越文化研究丛书编委会

功而崩,因葬焉,命曰会稽。"大禹死后传位子启,夏朝开始。据史载:"启使使以岁时春秋而祭禹于越,立宗庙于南山之上。"①此是越的开始。不过,此时的越,虽有了大禹的宗庙,尚只是地,不是国,据《吴越春秋》:"禹以下六世而得帝少康。少康恐禹祭之绝祀,乃封其庶子于越,号曰无余。"②少康封无余于越,意味着越有了自己的地方政权。无余是越国的第一位君主。无余传世十多代后,因"末君微劣,不能自立,转从众庶为编户之民,禹祀断绝"③。十几年后,有奇人出,自称是无余之后,指着天空,向着禹墓,说着鸟语,立志要"复禹墓之祀,为民请福于天,以通鬼神之道"④。顿时,凤凰翔集,万民喜悦。大禹之祭恢复,越国开始强大。

大禹是中国古代全民族共同尊崇的帝王,是中国第一个国家政权——夏朝的实际奠基人。越文化源于禹,说明越文化不只是组成中华民族文化的诸多地域文化之一支,而且是中华民族主流文化的直接继承者。

在地域文化中,越文化是有着鲜明特色的,比如名士辈出,清人吴悔堂《越中杂识·越中图识》用了八个字概括越文化的特点:"风景常新,英贤辈出。"关于"英贤",吴悔堂《越中杂识序》说:"守斯土者,皆辅相之才;生斯土者,多菁华之彦。"毛泽东有诗咏越,诗云:"鉴湖越台名士乡,忧忡为国痛断肠。剑南歌接秋风吟,一例氤氲入诗囊。"虽然中国大地到处都出人才,但人才出得多、档次高、历代不中断,形成一种名士文化现象的,大概只有越了。

又如文武兼融。从越文化源头古越国历史事迹看,它是尚武的,后人概括其精神为胆剑精神,胆剑精神之剑,意味着勇猛进击。这种尚武的精神,发展为革命的精神,在近代反清革命中表现得鲜明突出。虽然越文化中有尚武的一面,但是越文化更多地表现出来的却是重文,此地出的文人多,在儒学、佛学、玄学、文学、艺术等方面,创造出辉煌的业绩。

再比如道器并重。道学代表人物明有王阳明、刘宗周、黄宗羲承前启后,脉系分明;实学是道学之外别一种学术⑤,此派重经世致用,古越有范

① 赵晔:《吴越春秋·越王无余外传》。
② 同上。
③ 同上。
④ 同上。
⑤ 冯友兰先生在《中国哲学史新编》(人民出版社 1999 年版)中将陈亮与叶适说成是"道学外的思想家",见该书第 56 章。

蠡、文种、计倪,重农倡商,开其先河,南宋有陈亮、叶适开宗创派。从而充分见出越文化道器并重的特色。

研究越文化,最早始于东汉,代表性事件是袁康、吴平整理《越绝书》。《越绝书》是越人在越世系断绝以后虑越史之绝而撰写的一部地方史书,袁康、吴平整理此书,增加了当时流传的于越故事,补充了先秦以后的资料,所以他们的工作属于早期的越文化研究。从袁、吴的工作联系到东汉初期,这实在是越人流散以后越文化研究的发端时期,也是一个很有成就的时期。从现存的成果来看,除《越绝书》之外,还有《吴越春秋》和《论衡》两种。从保存越文化资料的价值来看,《越绝书》无疑是首要的,但《吴越春秋》和《论衡》的价值也都远远超过先秦人的著作。① 其后,这种研究没有间断过,但没有出现标志性的成果。

越文化研究的跃进是从上世纪二三十年代发轫的,当时出现了一批思想活跃、见识宽广、根底扎实、治学勤奋的史学家,他们既深入钻研古代有关越人的大量文献,又细致地鉴别分析这些文献,先后提出了不少前无古人的科学创见。如顾颉刚、罗香林、卫聚贤、蒙文通、杨向奎诸氏,都发表过关于越文化的不同于前人见解的论文。80年代以来,越文化研究有了很大的发展,研究队伍空前扩大,研究成果,包括专著和论文,大量涌现。同时借助于考古的发现,多学科交叉综合的研究也大量出现,获得了大量的成果。

一如越文化是一条绵延不息的历史长河,有关越文化的研究也是个没有尽头的学术之路。

我们认为,今后越文化研究需注意以下三点:一、历史研究与现实问题研究的结合,越文化是历史形态,但其发展则为现实形态。对越文化,我们不能只做历史的研究,也应做现实问题的研究,并且将这两者很好地结合起来,要注重从越文化的历史形态中发掘出更多的对当代有价值的启示。二、单项研究与整体研究的结合。在单项研究上,我们过去做得比较地多,整体研究相对较弱。三、多角度地研究。文化,本就是人类物质文明精神文明的总和,涉及人类生活的方方面面。文化研究应是多角度的,目前我们的越文化研究,角度还不够丰富。

---

① 参见陈桥驿:《越文化研究的回顾和展望》,《杭州师范学院学报》2004年第2期。

本丛书名为"越文化通论",就是试图在以上三个问题上做一些新的探索。

本通论将遵循马克思主义的历史与逻辑相结合的原则,以历史唯物主义和辩证唯物主义为根本方法,建立文化地理学和文化生态学的理论框架,综合利用考古学、人类学、民俗学、历史学、社会学等各种方法,从纵横两个角度全面揭示越文化的历史演变真相和丰富内涵,并从形而下走向形而上,分析越文化的基本精神,论述越文化和整个中国文化的关系,指明越文化精华对当代中国先进文化建设的特殊价值。

作为一项综合性的研究成果,这套论著要在各卷次的专题探讨上保持前沿性,体现独特性,拓展越文化的研究领域,争取在越文化研究的方法论问题、越文化的发展演变、越文化在中国文化中的地位、越地特有的经济思想和行为模式、越文化在意识形态领域的精神特征、越地学术思想与学术流派、越地文学艺术成就、越地方言和民俗等一系列方面有较大的收获,力图让此项研究成果成为越文化研究史上的一块基石,通过此次探索为今后越文化的研究找到新的起点。与此同时,本通论的研究成果也可以为其他地域文化的研究提供一种模式以及一些有益的经验,甚或进而为国家整体文化的发展提供某种启示。

由于选题的内容部分是有交叉的,难免有些重叠;又由于作者认识上的差异,每部书的观点和看法不一定全然一致。我想这样也许有它的好处,有兴趣的读者可以互相参校,生发出自己的看法。

越文化是一块沃土,我们希望,为了越文化研究的繁荣,为了学术事业的不断创新,有更多的朋友参与到我们的队伍中来。

通越
论文
化

前
言

·5·

目 录
CONTENTS

越文化通论

越文化通论

目录

越文学艺术论

通论 越文化

第一章　越文学艺术的研究对象和基本特征

一、越文学艺术研究的范畴和方法

（一）地域文化研究中的"文化场"现象

地域文化的研究往往不能回避这样的一个问题,即如何合理界定地域的研究范畴和研究对象。研究范畴直接决定着研究对象的确认和中心问题的凸显,研究范畴一般包括时间与空间两种维度。就其本质而言,地域文化是一种有空间形态的历史文化,"地域文化的空间形态是在时间的维度之中随着文化的流传和变迁从而形成的相对稳固的群体集合"①。在地域文化研究中,时间并不是个特别复杂的问题,因为每个文化区域总有其客观的时间序列和发展脉络可以梳理,随着现代考古技术的不断进步,时间的序列必然会越来越清晰。而空间范畴则要复杂得多,历史上的文化区

---

① 张明:《全球化进程与地域文化研究》,《文艺争鸣》2008 年第 5 期。

域研究是历史文化地理研究的核心内容,它不但包含着地域文化生成、文化分布、文化扩散和迁移等多种新变的文化因素,而且对地域文化的研究,因学科领域和方法论的差异性,或从语言学、地理学的角度,也有从风俗学、社会人类学的视角,从不同的角度切入,可谓横看成林,侧看成峰,研究的范畴和结果就各不相同。

一般意义上的地域文化研究大多着眼于形式文化区域的考察。形式文化区域是指具有某种文化特征或具有某种特殊文化的人群的地理分布。这种划分有其合理性,自然地理背景下的文化总有其必然的特性,但也有很多困惑。要比较不同文化区的特征容易,要根据这个特征划分文化区的界限却十分棘手。历史上的行政区域与自然地理、文化地理不但存在着不一致性,而且经常因政权的更替变动而影响着文化区域的划分与确认。地域文化区的边界一般难以确认,不同文化区之间的过渡交融和相互渗透,是划分文化区的难点所在。但有一点却是客观事实,即文化区是以文化特征为标志的,并且几乎所有地域文化区的特征都不可能是均质的。一个文化内部总会有一组较其他文化特征具有更重要功能的文化特征,它们是该文化系统或文化类型的决定因素,文化人类学家斯图尔德称之为"文化核心"①。在一个相对独立、自成体系的地域文化区内,核心区域体现着该区域文化的典型特征,其文化特征由核心向边缘呈发散性辐射,并渐次弱化,地域文化的这种现象,有学者把它描述为像石头激起的波浪一样,越往远处涟漪越小,又像一滴墨水滴在纸上晕染开来一样。② 临界处往往带有很大的模糊性,相互包含融合着,你中有我,我中有你,边缘充满活力。这种现象在地域文化研究中带有普遍性,在我们看来,这就是地域文化研究中的"文化场"现象。"文化场"属于地理学的范畴,"文化场"同样有中心和边界、核心和边缘,只不过不像行政地理那样泾渭分明罢了。

"文化场"的概念是从自然场的复杂作用的演化中派生出来的。自然科学、社会科学和人文艺术在本质上是相通的。如果说以往的自然科学是侧重描述物质世界的演化规律,那么社会科学和人文艺术就是侧重描述人类社会和精神世界的演化规律,它们在根本上保持着一致性。自然科学的

---

① [美]斯图尔德:《文化变迁的理论》,张恭启译,台北允晨文化出版社 1984 年版,第45 页。

② 参见周振鹤等:《中国历史文化区域研究》,上海复旦大学出版社 1997 年版,第 4 页。

发展使人类不再将物质看成截然分开的、孤立的、不连续的物质实体,而是将物质看成连续的场态物质,整个社会是诸多场域(例如经济场、法律场、宗教场、艺术场)的集合。一个场域可定义为在各种位置之间存在的客观关系的一个网络。因而有研究者指出,正像由四种基本力演化派生出了宇宙生态、生命生态和社会生态引起人们的关注一样,在文化研究中,我们同样需要关注文化的生态结构。①

“文化场”正好反映了以地域为背景的文化的生态结构及其相互之间的关系。20世纪50年代以来,人类学家开始从生态学的角度研究社会文化现象。斯图尔德的文化生态学并不是单纯的地理决定论或环境决定论,而是一种以考察文化与生态环境关系的学问或方法。文化生态学着眼于研究文化与生态环境之间的关系,研究土地、自然资源等自然条件与技术、经济等文化因素之间的互动关系所造成的不同文化之异同和变化。认为一种文化的面貌与变迁,可以从这种文化和其所处的特定环境的适应中得到合理解释。因此在人文领域中,人们经常借用“场”的概念。如社会学研究者以“人文文化场”最本质的内涵,构筑社会人文大环境和个人的内心世界小环境②;宗教研究者从“文化场”及“场效应”角度透视赋予人文意义的中国佛教名山的“文化场”及“场效应”③;文学研究者从鲁迅作品的字里行间剖析鲁迅的精神结构中存在着一个意蕴深厚的、恰似磁盘构造的“地域文化场”④。我们认为文化生态学理论在地域文化研究中也具有方法论的学术意义和应用价值。

在很多情况下,文化与环境之间实际上是一种对话关系或者说是一种互动依存关系。地域的自然环境影响着独特的“文化场”的形成,同样,“文化场”一旦形成,其氛围又可以反作用于自然环境,从而产生许多必然的影响。物理学意义上的“场”体现的是物质之间的相互关系,那么,在地域文化研究中,各种地域因素之间的相互联系则构成了“文化场”的种种表现形态。地域“文化场”的物理基础是这个地域的自然环境、气候特征等基本要

① 参见李德昌:《文化场与南北对话》,《理论月刊》2002年第7期。
② 参见车洪波:《论人文文化场》,《学习与探索》1989年第3期。
③ 参见周齐:《五台山佛教文化之“场效应”——关于“佛教名山文化”的思考及个案分析》,《五台山研究》2000年第3期。
④ 参见陈方竞:《鲁迅与浙东文化》,吉林大学出版社1999年版,第88页。

素;地域"文化场"的社会基础(人文环境)则是特定区域中人与人、人与自然相互制约所形成的一定关系。这种关系也是一定层次与意义上的"文化场"的表现形式。因此,自然环境是一种"场",人文环境也是一种"场"。地域"文化场"可以是自然的、地理环境的;也可以是政治的、宗教的、民俗的、文学艺术的。它们以"场"的形式存在,并在"场"的作用、制约下运动着。

地域"文化场"是一种动态的、具有向心力的文化形态。在地域"文化场"中,自然环境和社会环境的重要程度往往因时因地的变化而有所不同。有些情况下社会环境(人文环境)会比较重要,而另一些情况之下则是自然环境占主导。在文化形成的初始阶段,地理因素对文化形态形成的作用是比较明显的,有时甚至是起决定性作用的。古人曰:"高山大川异制,民生其间者异俗"①,自然环境是人类赖以生存的重要舞台,自然环境的差异和变化促使了不同文明的发生。中国古代的方志、舆地类文献中,早就有关于自然地理环境分门别类的记载,是我们研究地域背景的重要依据。《周礼》中掌大司徒之职的地官"以天下土地之图,周知九州之地域广轮之数,辨其山、林、川、泽、丘、陵、坟、衍、原、隰之名物,而辨其邦国都鄙之数,制其畿疆而沟封之,设其社稷之遗,而树之田主,各以其野之所宜木,遂以名其社与其野"②。我们今天讨论的中国地域文化和最早的文化区划分都源于地理环境等物理因素。史前社会,环境和气候制约和酝酿着不同文明的发生,影响着地域"文化场"的形成。当区域之中自然的和人文的各种要素之间的相互关系构成了相对独立的"场"态现象时,"文化场"就有了生命特征。生命是具有向心力的、不断运动变化的。当"场"内的各种要素相互作用,此起彼伏,"场"的结构和形态特征就会处于不断的变化呈现中。人类历史是这样,地域文化亦复如此。初始时期的特征和阶段性的特征不可能一成不变,变化是常态,变化才赋予地域文化以生命。其动态特征可以表现在空间上"中心"和"边缘"的迁移;也可以表现在时间上、地缘上文化特征的发展演变。展示不同时期地域文化研究中的"文化场"现象,可以避免刻板机械的行政区域式分界方法,对动态地阐释地域文化表现形态和空间

---

① 《汉书·地理志》引《礼记·王制》。

② 《周礼·地官·大司徒》,引自杨天宇:《周礼译注》,上海古籍出版社2004年版。

范畴很有意义。

我们借助于"文化场"的研究视角,主要基于这样的考虑。

首先,"文化场"是一个以文化特征为核心的、动态发展的地域平台,是具有鲜明文化特征所构成的有机整体,包含了时空诸多因素的概念。地域"文化场"通常不能以行政区域人为地进行划分,而是以历史上人类生产生活等等众多方面的共通性为结点而形成的具有相对独立特征的人文状态来区分的。借助于"文化场"的研究视角,可以比较完整地解释特定地域背景下文化发生发展、变化融合的过程,借此建构有普适意义的研究新范式。在地域文化研究中之所以提出"文化场"的概念,并不是想就此模糊地域文化区之间的界限,而是试图解决地域文化研究中常常面临的一些动态复杂而多变的问题。以地域"文化场"为视点,审视取舍某些现象,可能会对传统的地域文化观和所持的尺度产生解构,但我们认为它在目前的地域文化研究中确实能起到删繁就简、摆落枝叶、突出主干的作用。我们认为地域文化的存在就是一种"场"态存在,以"文化场"及其特征为中心,可以勾勒地域文化动态的、全景的画面。或许从某一局部的范围看,它的边缘是模糊的、不清晰的,但就整个区域文化的场景看,它却是清晰的、完整的。犹如七色彩虹,也许难以划分色与色之间的临界线,但并不影响它整体色彩的层次和个性。

其次,"文化场"是一个纯粹地域性的视角,也可以说是地域文化研究中一个新的研究视角。地域文化研究中,文化特征是维系"文化场"的向心力,人物是文化的缔造者和传播者,是最重要最活跃的因素。地域文化研究中的诸多人物其文化事项往往存在着超地域因素。历史上大规模、小范围的人口迁徙和移民,文化的交流与融合使地域文化不能简单地划地为界,必须仔细地考察以地域为背景的"文化场"运动过程中的轨迹。地域孕育了各种各样的人物,人物身上也打上了地域文化的烙印。在一般情况下,人的文化活动的半径不可能完全圈于同一地域。人物超地域的流动而产生的地域文化形态变化,在历史上是司空见惯的现象,我们不可能视而不见。地域空间的局限性和人物文化活动的超地域性之间的矛盾如何解决,借助于"文化场",我们可以从一个纯粹地域性的视角,去研究各种人物在不同地域舞台上的表现,包括他们的生存方式、文化行为等。从地域的角度解释地域对人物文化行为的影响,这也是地域"文化场"不同于全景式文化史展示的魅力所在。

（二）地域"文化场"中的越文学艺术

文学艺术是文化形而上的一个重要方面,也是形象思维特征最鲜明、最有表现力的文化类型。本书是《越文化通论》(十卷本)的一部分,是越文化的有机组成,研究的是我们的先人,在古越这个地域空间舞台上,对自然环境和人文环境进行形象反映和艺术再现的丰富成就。这些伟大的文学家、艺术家们,受山川风土之感发,地域文化精神之熏陶,站在不同的历史空间与天地自然悠然心会,以不同的方式尽情挥洒着他们的艺术才情,表现自然,再现生活。他们创造、累积的精神艺术产品最终汇聚成的璀璨的历史长河,流光溢彩,一直流淌至今,是历史造就了无法割断的文脉,奠基着今天的文化。

面对越文化留给我们的丰富遗存,如何盘点和清理先贤累积的地域文学艺术宝库,客观评估并且发掘其应有的艺术价值? 我们认为持"文化场"的视点,对廓清研究主体、把握研究对象、评价研究内容显得十分必要。

文化是人与环境共同创造的,所以地域"文化场"文学艺术研究,从体系上讲,其研究范畴不外乎三个方面:

一是对越文学艺术生成的地域环境,即生存空间的研究。

地域文化存在于特定的地域环境之中。地域环境分两种,一种是自然环境,一种是人文环境。自然环境最重要的因素是地貌和气候。人文环境即文化环境,是人为的环境,是人们根据生活需要塑造出来的,包括物质的和非物质的两个方面。

一个地域或民族的地理环境造就了它们独特的文化形貌,人物的产生与自然环境有关,俗话说:一方水土养育一方人物;或曰:钟灵毓秀、人杰地灵,均强调山川风土对生活在其间人物的影响,自然环境对群体人格的形成有一定的作用。自然环境为人们提供了一个创造文化的空间物质基础。生活其间的人物营造的文化,构成了这个地域"文化场"的人文环境。人文环境对人物的影响通常比自然环境更为重要。人文环境包括文化环境、社会环境、政治环境、经济环境等等,它们对人物的影响是很直接的,历史上这样的事例不胜枚举。如家族门第对文人的熏陶和影响,社会治乱对人才产出的影响,政治气候对人才造就的影响,经济强弱对人才凝聚的作用等等,无不体现着人文环境对人的巨大反作用。文化决定了一个地域或民族的生产生活方式,进而最终决定了其现有的生存样式。从这个意义上讲,地域"文化场"研究实际上是人物与环境之间联系和影响的互动研究,是描述人与环境作用所产生的"文化场"如何发生、形成并且发展、演变的动态研究。环境是一切地域文化研究的立足点和出发点,是地域文化研究最基础的、最根本的问题。司马迁"究天人之际"的文化传统在地域和文化的话题中得以充分印证。越文学艺术研究应该置于这样一个人与环境相互作用的地域"文化场"的研究中。

二是对地域"文化场"中人物的研究,包括占籍人物、客居或过境人物的文学艺术活动研究。

任何地域文化研究都是以自然环境为基础,以人物的生存状态与文化行为研究为中心的。青史留名的文艺人才,一般都是扬名一方的人物,对他们的研究,我们认为应该有别于古代方志文献中单纯的本籍人物资料辑录和现在普遍采用的名人占籍研究。在生产力水平低下,交通信息相对落后、闭塞的历史时期,一个地域的占籍人物无疑是该地域文化的主要创造者,是文化的主体。但随着社会的发展,生产力水平的提高,历史上文化交流的频繁,研究考察地域文化如果仍然单纯地采用占籍框定法,就不免静态、机械和不符合客观实际了,也不符合"文化场"的运动发展的特征和规律。在地域文化研究中,我们不但要考察独特的地域环境孕育了什么样的人物,而且还应该充分重视人物对地域文化的贡献。人物和地域之间构成的必然联系及其表现形态才是地域"文化场"的研究重点。我们取舍人物的标准,是人物与环境之间的关联度。人物是地域"文化场"中的人物,因此,它至少包含两大类人物:一类是该地域的占籍人物,其生活方式与文化行为(文艺创作)与该地相关联者;另一类是客居和过境人物,虽不产于该地,但其生活方式与文化行为(文艺创作)与该地有很大的关联度,比如历史上的家族迁徙、仕宦、游历、移民等。这两大类人物构成了地域"文化场"中的创造文化的主体。

中国人安土重迁,籍贯和生活的地域空间往往是二而一,所以人物的籍贯分布大致可以窥见地域环境对于人物的影响。因此,传统的地域文化毫不例外地把占籍作为区域人物研究的重要标志。而我们认为占籍固然很重要,但不能成为地域文化人物取舍的唯一标准。任何地域"文化场"中的人物都是活动的,这就是我们为什么在占籍人物研究中要特别强调"生活方式与文化行为(文艺创作)与该地相关联者"的原因。占籍研究可以说明某些问题,但占籍人物对地域的意义是建立在静态的、相对封闭的空间概念的基础上,对日益频繁的人才流动和此起彼伏的文化现象显然是缺乏足够的诠释说服力的。就本土占籍文化名人而言,他们的生活舞台在那里,在本土地域"文化场"中能否找到他们的位置? 他们的创造天才是否仅仅属于这一方热土? 他们最辉煌的瞬间是否植根于其本土文化? 或者他们的文化行为(文艺创作)是否带有明显的本土文化烙印,期间有多大的关联度? 这些都是值得思考的问题。这样的思考势必会分化出两类占籍人物,一类与地域文化的联系是必然的、密切的,那就是传统意义上的乡土文人,除了家族承传的因子外,还有文化遗传的因子,这类人物无疑是地域文化中必须浓墨重彩标榜的。还有一类是除了占籍外,根本就不在此地生活,血液中有家族性遗传的因子,但此因子已经在异乡他地与其他种类的文化融合了,嫁接了,体现的更多的是其他文化的新的特质,如果不考虑这些变化的因素,而一味地以占籍为依据纳入渐去渐远的地域文化的格局中,显然也是有违于事实的一种牵强。

鉴于构成地域"文化场"核心的两类人物的背景不同,我们对之研究的侧重点也应有所不同。对于第一类占籍人物,可能主要考察地域文化传统对本土人物生存方式、文化行为(文艺创作)的影响;而对于第二类客居或过境人物(非占籍人物),则主要考察人物在进入该地域"文化场"后所产生的文艺创作影响,或者说是人物所携带的异质文化在传播、融合过程中对地域"文化场"所产生的影响。"它将具有相近的生存方式和文化特征的集结作为单独的认识对象,然后进行历史的和文化学的分类和归纳,从而重建历史时期的文化景观。"①两类人物均可以创造出丰富多元的文化景观,因此,都应该纳入我们的研究范畴。

三是对地域"文化场"中作为越文学艺术个性特征的发现和研究。

现代意义上的地域文学艺术研究与中国古代以行政区域为根本的"方志"中的文艺志传统有什么差别呢? 我们认为最根本的差别在于研究宗旨和研究方法的不同。

---

① 王健:《区域文化研究的理论与实践论略》,《徐州师范大学学报》2002 年第 1 期。

中国古代以行政区域为根本的"方志"传统，或叙说历史及其沿革，或是挖掘收集史料及其掌故，其使命是据实收录，述而不作。那么地域文化是什么？正如有论者概括的，地域文化与地理有联系但不是地理；与历史有联系但不是历史；与景物有联系但不是景物。对地域文化，从空间上看，在大范围讲有其独立性；在小范围讲有其主导性。从时间上看，在历史发展上有其持续性；在当下意义上有其现实性。我们对地域文化的研究，就是通过对"器"（有形之物）的"索"（探索研究的过程），达到悟出"道"（变化发展法则）的目的。① 因此，地域文化研究一般通过考察地域文化客观存在的诸多形式，描述地域文化现象，分析地域文化特征，概括地域文化精神，地域文化研究的旨趣在于通过特定地域历时和共时的考察，展示地域文化丰富的个性风采，从而发现不同地域文化之间的异量之美。文化的求异，既是地域文化研究的起点，也是地域文化研究得以持续发展的魅力所在。具体到文学艺术领域，考察地域文学艺术发生发展演变的生命历程，发现地域文学艺术的个性特征，确认地域文学艺术对整个中国文化乃至世界文化丰富性的贡献等，这些都是地域文化研究的目的和任务。这就决定了作为地域文化分支之一的越文学艺术的研究方法区别于"方志"文艺志传统的独特性，必须具备微观与宏观相结合的文化视野，实证与学理相融会的研究体系，局部深入与整体发展相结合的研究方法。

地域文化的研究方法缘于地域文化和诸多"文化场"中的文学艺术活动是有生命特征的。文化从远古岁月流淌至今，古老而鲜活，是有生命、有体温的，它依然对我们今天的社会生活发生着作用。因此有人说："文化的沉淀是历史，历史的流动是文化；文化死了是历史，历史活了是文化"②，说文化有生命，很有见地。地域文化的生命特征是伴随历史发展不断新生的。从地域"文化场"的局部看，地域因素之间的关系与作用是形成文化特征的内因，历史上异质文化之间的对抗和同化是外因。这两方面的作用，在任何历史时期、任何地域几乎都不曾间断过。文化包括文艺的特质总是诞生在各种地域之间的文化冲突与融合关系过程之中。在新的历史条件下，地域文化传统会在异域文化的观照下得以刷新，不断显现出新的特质

---

① 参见李建平：《关于地域文化研究的几个问题》，人民网理论频道 http://theory. people. com. cn 2006 年 3 月 14 日。

② 同上。

越文化通论

第一章 越文学艺术的研究对象和基本特征

和生命活力。文学艺术是文化中最有生命力，能够最形象地体现时代生命体征和本质精神的文化，往往体现着"地域文化精神历史的根基和精华，现实的状态和内涵，未来的指向和意义"①。所以，对越文学艺术个性特征的研究和发掘是重要的使命。

（三）越文学艺术研究的对象和方法

面对越文化留给我们的丰富遗存，如何盘点和清理先贤累积的地域文学艺术宝库，客观评估并且发掘其应有的艺术价值？我们认为持"文化场"的视点，对廓清研究主体、把握研究对象、评价研究内容显得十分必要。

1. 越文学艺术研究的着力点和研究对象

地域文化与通常所讨论的文化不同，它是带有空间范围限定词的文化。因此作为越文化的有机组成的越文学艺术必然有自己立足的"文化场"，这个"文化场"就是于越民族后裔在称之为"越"的地方建立起来的地域"文化场"。但在史料和人们的观念里，"越"的地域可大可小。由于历史上越族的迁徙和地方行政区域的变化，关于"越"的空间边界问题从来没有一个确切的说法。大到百越，指整个南方少数民族②；小到越州，相当于唐代的浙东方镇范围，或者后来以绍兴为核心地带的区域③。因之，越文化概念，也众说纷纭。有的把越文化纯粹看做是历史时期的考古学文化（一般都以国家、民族的名称来命名的），认为随着越国青铜时代的结束，越文化就不复存在了。有的认为："作为一个地域文化，'越文化'是'吴越文化'

的重要部分","宁绍地区的越文化是吴越文化的地方类型"。① 还有的认为越文化"实际上经历了由百越文化到越国文化再到越地区文化的发展、演变的过程","从性质上讲,百越文化属部族文化,是血缘组合下的文化形态;邦国文化兼具部族(越族)与风土(越地)两重性质,体现着由血缘向地缘关系的转变;至于秦汉以后的越文化,则纯然属于地区性文化,是我国丰富多彩的区域文化形态中的一个特定的范型"。② 我们认为越文化源于生活在长江下游的于越部族,我们研究的越文化不是百越文化,而是古代南方百越民族中最先进的于越部族及其后裔创造的地域文化。于越部族是百越民族中最先进的一支,他们历史悠久,现代考古学证明,在近万年前就创造了灿烂的史前文明。在经历了漫长而曲折的发展,克服了种种洪涝灾难后,大约在西周时期于越建立了邦国,春秋战国时期的越国发展到鼎盛阶段,形成了特色鲜明而不同于周边文化和中原文化的土著文化——鉴于中国地域文化冠名的历史性,我们一般称越文化。越文化生成的自然环境背山面海,丘陵平原水网交错,有史以来,生活在这样一个特殊环境中的人们有自己的文明因素,有自己的思维方式和文化行为。根据史料记载,越文化有独特的语言、风俗、人文精神等。所以,虽然历史时期越文化发生发展的空间曾经发生了那么多朝代更替、人事变化,但越文化始终依托在古越族繁衍生活的根据地、春秋时越国的政治文化中心浙东和沿钱塘江两岸的地区。③ 因此,越"文化场"的核心空间是古越自然地理最典型的地区,于越民族繁衍生息的,以今会稽山为中心的浙东地区,其"文化场"的半径,则须根据文化特征的显晦来考察。地域"文化场"的环境虽然是以自然地理为依托的,具有相对恒定的因素,但历史上人文环境的变迁会制约"文化场"的形成和演变,越"文化场"也一样,不论越"文化场"怎么圈怎么画,其核心文化及其特征始终覆盖和辐射到古今浙江的大部分地区。我们对越文学艺术的研究也将以地域文化特征为标尺,以越"文化场"为平台,试图通过各个时期越文学艺术成就的个案研究,"从地方性经验中建构有普适

越文化通论

第一章 越文学艺术的研究对象和基本特征

---

① 董楚平:《横看成岭侧成峰——越文化面面观》,费君清主编《中国传统文化与越文化研究》,人民出版社 2005 年版,第 76 页。

② 陈伯海:《越文化三问》,费君清主编《中国传统文化与越文化研究》,人民出版社 2005 年版,第 61 页。

③ 《国语·越语》:"句践之地,南至于句无〔今诸暨〕,北至于御儿〔今嘉兴〕,东至于鄞〔宁波鄞县〕,西至于姑蔑〔今衢州龙游〕,广运百里。"

意义的研究新范式"①。

2. 越文学艺术的研究方法

地域文化的发生和演变,往往是一种"文化场"产生的综合效应,也即诸种因素的合力使然。正是这诸种因素的相互作用和辩证运动,促成了对象的发生和演变。"文化场"现象引发的思考在地域文化研究领域中是全方位的,对以地域为原型、为母题的文学艺术领域,更有针对性的启示。

首先,运用"文化场"多学科兼容的平台,来深化越文学艺术研究。长期以来,尽管关注和从事地域文化研究的队伍日见庞大,成果可观,方法众多,但迄今为止地域文化研究也不被认为是一个独立的学科。或以为:地域文化研究涵盖了众多学科的所有方法,但又绝不是这些方法的简单叠加。地域文化研究应当属于人文地理学范畴,它是一门研究人类文化空间组合的文化学,对地域文化的研究,既要涉及文化学的方法,又要借助地理学的手段。应该说,地域文化是一门涉及多种学科交叉研究的边缘学科。②或以为:地域文化是以地域为基础,以历史为主线,以景物为载体,以现实为表象,在社会进程中发挥作用的人文精神。③ 或以为:以往地域文化研究的话语系统更多的是在历史、社会、政治和经济层面,在全球化背景下,我们应该在已有的话语系统基础上强化文化审美的阐释,建构地域文化研究的审美话语系统。④ 凡此种种,关于地域文化的观点,都强调凭借社会学、历史学、文化人类学、考古学、民族学、语言学、民俗学、哲学甚至与美学等多学科交叉的手段以及其他方法开展研究,多学科的参与与介入,仍然是地域文化研究纷繁的现状,"场"是由若干个有联系的因素组成的地域文化空间,它既可以分解,又可以综合。"文化场"恰好为特定地域背景下的文学艺术研究提供了一个兼容的平台。

其次,运用"文化场"框架,点面结合,史论结合的方法,集中凸显越文学艺术的文化个性,体现越文学艺术的纵深度。地域文化实际是特定空间和漫长时间中客观存在的文化小世界,本身的复杂性就决定了研究内容的

① 卢敦基:《"地域文化"概念及其研究路径探析》,《浙江社会科学》2008 年第 4 期,第 63 页,按语。

② 参见张凤琦:《"地域文化"概念及其研究路径探析》,《浙江社会科学》2008 年第 4 期。

③ 参见李建平:《关于地域文化研究的几个问题》,人民网 2006 年 3 月 14 日。

④ 参见何青志:《地域文化研究的全球化视野》,《浙江社会科学》2008 年第 4 期。

多元甚至庞杂。文化有多复杂，地域文化就有多复杂，有时甚至更复杂。我们以为，越是面对复杂的问题，删繁就简是一个应对复杂问题的好办法。文化是个大概念，分不同的层次和类型，文学艺术只是其中的一部分。一个区域构筑一部地域文化史是一个大工程，文化的各个层面都必须面面俱到，必须调动一切方法广采博纳，包罗万象。这类工程不能不做，也不必全做。从已经面世的众多各种不同类型的地域文化史看，大多分门别类齐全，或物质层面，或精神层面，或制度层面，纵横交织，梳理的文化事项，以求全求通为特色，这为奠定地域文化的整体格局打下了坚实的基础。而地域文化研究要向纵深方向推进，我们认为应避免继续在广度上投入，应该多采取化整为零的办法。点的开掘，也就是说，从单一的文化结点入手，不求网罗材料之全，重点关注地域文化领域中带有标志性的专题研究也是一种途径。具体到对越文学艺术领域，就是如何强化地域与文学、地域与艺术之间关系的视点。我们不求面面俱到，我们对越文学艺术的研究，不单纯是为了展示地域文学艺术的数量和规模，而是通过动态描述，显示越文学艺术对于整个中国文学艺术丰富性的贡献。有时候也可能挂一漏万，但只要能抓住带有本质特征的着力点加以开掘，由点及面地凸显地域个性与特色即可。面的描述，就是把时空维度中的越文学艺术置于地域"文化场"的视野中加以考察，充分重视地理环境（包括自然环境、人文环境等）对越文学艺术的作用，从地域文化的整体格局描述文学艺术发生、发展和演变的脉络，并对带有规律性的地域文学艺术现象作深入剖析。所谓史论结合的方法，也是这个道理。"史"是面上的现象，重在描述越文学艺术发生发展演变的轨迹，"论"是点上开掘，是对地域"文化场"中个案现象的理性透视。在纵向展示越地各个时期文学艺术成就的同时，概括每个不同历史阶段的个性特征，我们将从地域"文化场"的层面，关注越文学艺术在整个越文化形成发展中的地位。

第三，运用辩证和发展的观点贯穿越文学艺术的研究。"文化场"也是流动的，俗话说，三百年河东，三百年河西，风水轮流转，这是最正常不过的现象。大到中国文化经济、政治、文化中心的南北风会转移，小到一个局部地域文化小气候的形成和异军突起，历史上都有明证。先秦两汉时期中原政治逐鹿，学术百家争鸣，北方文化是何等的先进发达，甚至于辉煌鼎盛。江南乃刀耕火种、断发文身的蛮夷之地，经济不发达，文化落后，属于不开化地区。曾几何时,为什么有大批文明人纷纷跑到会稽来,发现挖掘这里蕴藏在山水间的文化因子,而成为东晋士族文人的一方乐土,创造了越地六朝文化引人注目的"文化场"。这种机遇还可以从三次移民浪潮中得到启发和印证。

"文化场"是地域文化最精彩、最典型的个性化呈现。我们将通过描述不同时期"文化场"的形成主客观因素和场的效应与特征,来展示越文学艺术的精彩历程。文化场的形成需要氛围,有了这个"场",一切问题都可以得到合理的解释,在什么时期在怎样的条件下这个"场"形成了,便有文化的兴旺发展,如六朝兰亭诗酒文会发生在当时并不发达的会稽山阴,此地的崇山峻岭和茂林修竹固然是群贤毕至、少长咸集的好处所,但来此修禊的大都是南迁的中原士族,而非土著文人。在唐代三百多年的历史上,浙东山水名重海内,唐代几乎所有成名的诗人,他们或来此漫游踏访,或来此宦游隐居,或题咏,或联唱,李白和李绅三次徜徉在这条路上,孟浩然和杜甫在这条路上逗留的时间前后达四年之久,浙东唐诗之路留下名篇的大都是唐代一流的旅居、客游和宦游的诗人,因为浙东有一个令人神往的"文化场",所以,他们"或从京、洛舟车南下,或自岷、峨沿江东流,间关万里"①不约而同地来了,并且欲罢不能;浙东浙西唱和也是一个特殊的"文化场",虽然它有本地的诗人作为东道主,但招徕和荟萃的绝大多数都是外地诗人;据此,以地域为中心的文化场可以为本地文人和客游旅居文人提供足够的文化空间,"文化场"所提供的平台,可以使各路诗人在这个特殊平台上尽情演绎自己的才华。有的人在这个平台上是出色的文人,而离开了这个"场"就不是,如鲍防是大历中浙东文学集团的核心人物,其创作活动及文学影响也主要集中于浙东任上,鲍防离开越州后,就不再有这样的文学影响。有的人在不同的"文化场"就有不同的个性展示,而成就无疑地应该是属于地域"文化场"的,因为它为士大夫文人提供了特殊的文化背景和创作的灵感。

"文化场"永远荡漾在历史的回音中并且不时地唤起人们对于美的历程的记忆。岁月流逝,人世沧桑,可以湮没黯淡许多东西,如曾经令无数唐代诗人陶醉的浙东风光,湮没浙东唐诗之路上许多曾经非常有影响的胜景

---

① 邹志方:《浙东唐诗之路》,浙江古籍出版社 1995 年版,第 1 页,吴熊和序。

古迹,如八百里镜湖,令人应接不暇的山阴道,谢安的东山胜迹,谢灵运的始宁别墅,还有动人眉目的沃洲、天姥等,然而,只要有优美的唐诗存在,有不朽的文化存在,浙东唐诗之路作为心目中的人文景观就永远不会消失。早在 20 世纪 80 年代,傅璇琮的《唐代科举与文学》就特别重视文学风气形成的生态环境。留意在某一时期、在某个地方、某一批(群)人共同演绎了某件对文学发生重大影响的事情,并且力图复原这种历史文化场景,这是真正意义上的"文化场"研究。因为"文化场"与众不同的地方,是它能给历史留下一种整体的鲜活的感觉。

二、越文学艺术发展的几个主要阶段

越文学艺术源远流长,越地的文学艺术的发展,在东晋以前,经历了漫长的酝酿时期和曲折的发展道路。越地的史前原始艺术原本十分光辉灿烂,但有史以来,越地由于生存环境的突变,生产力水平的相对滞后,文艺人才也势单力薄,较之中原的文学集团和文艺创作盛况,越地的文艺创作显得有点沉寂,这种情况到东汉以后才有所改变。随着水土治理,越地由"荒服之地"向"鱼米之乡"过渡成为可能,原来的沼泽连绵、土地斥卤的穷乡僻壤,逐渐改造成为河湖交错、良田沃衍的富庶之地。晋室南渡之后,越地文艺厚积薄发,得到了凤凰涅槃般的新生。文学艺术创作作为一种风气,开始在越地蔚然成风,并且一下子达到了令世人叹为观止的高度。历史上一般认为越地东晋以后文艺特别发达,是因为南北文化的交融,或者更直接地说是与晋室南渡文化渗透有关。而我们认为,这仅仅是一种外部机遇。现代越地考古丰富的发现表明,古越这块神奇的土地上,其实早就包含着瑰丽的文艺基因,孕育着文艺兴盛的种子。东晋之后越地文艺的兴旺发展是越地文艺的种子在适宜的环境下的破土新生和文艺复兴。而这一切不能不说是得益于它所处的自然地理环境,得益于越中江山的丰厚之助。

越地地处长江下游,"西则迫江,东则薄海",带江薄海的特殊地理位置和河网密布、丘陵蜿蜒、田畴纵横优美旖旎的自然环境,使越这个地方深得海岳之精华,充溢着山川之灵气,尤其适宜于文艺人才的孕育和成长。越地自然环境孕育了越地文人的灵气和才性,赋予了他们更多的艺术氤氲,终究创造出令世人刮目相看的文学艺术成就。身为越人的鲁迅曾自豪地说："于越故称无敌于天下，海岳精液，善生俊异，先后络绎，展其殊才。"①越之地域文化造就了无数"俊异"，他们的文艺"殊才"在不同的历史时期均有不俗的表现，究其发展，大致可分这样几个阶段。

（一）越文学艺术的发生阶段

史前到秦汉是越文学艺术的发生阶段，也是"文化场"形成的初始阶段。

越地先民生活的地理环境造就了独特的文化形貌，自然环境为于越提供了一个创造文化的空间物质基础。环境和气候制约着不同文明的发生，这个时期，自然环境、地理因素对文学艺术形态形成的作用是比较明显的，是越文学艺术之"文化场"发生时期的物理基础。

发生阶段主要分史前和先秦两汉两个时期。史前艺术十分灿烂，是中华民族史前艺术的瑰宝；有史以来到秦汉，越地的文艺发展则处于低谷，相对滞后于中原文化，其重要的原因是气候和环境的恶化导致了文明的逆转。但先秦时期越地也不乏带着浓郁地方特色的古老歌谣，两汉开始出现比较杰出的文艺人才。

艺术的萌芽往往先于以文字为载体的文学，越文学艺术发生阶段的成就主要以原始艺术为标志。越原始艺术主要包括原始绘画、图腾崇拜、原始书法等。这些还不是纯粹的、真正意义上的艺术门类，所以，冠以"原始"之名，一是因为其雏形已经表现了越地先民的精神图腾和具象崇拜，二是因为它反映了越文学艺术发生阶段的原始风貌并烙有越地文化萌芽时期的文化印记。

由于史前没有文字记载，我们今天的描述主要依托考古发现，也就是王国维所说的现代意义上的科学研究，以地下的文物印证文明史。早在史前时期，于越先民就得益于这方沃土的福祉。鲁迅说"会稽古称沃衍，珍宝所聚"②，于越先民在越地创造的原始艺术是令人惊叹的，不但毫不逊色于中原文明,而且在某种意义上说,发祥于今天浙东萧绍平原的于越民族,创造了中国新石器时代最为先进的原始艺术,以其独具地域文化个性的原始艺术,不但成为中华文明的重要源头之一,而且对中华文化和中华文明的进程起到了重要的推动作用。

考古资料业已证明,越地先民至少在一万年以前就开始了自己的艺术创造活动。艺术史上,最早的艺术形式大概要算原始人的文身和图腾了。在越地,色彩和线条已经成为一种民族性的符号形式得到了应用,如古越印纹陶上面独特的纹饰,越地先民通过对物体的装饰,来表达某种共同的信息(身份、图腾)。考古发现的资料表明,越地手工业遗存不但非常丰富,而且艺术价值很高。如河姆渡遗址出土的大量式样新颖、制作精巧的各种生活生产工具的实物遗存。良渚出土的大量雕琢细腻的礼器、玉器,如琮、钺、璜、璧等,种类齐全,花纹繁多,制作之精湛,均令世人瞩目。这些丰富的原始艺术可以使后人想见于越民族在史前时期便创造了灿烂的原始艺术和手工业文明。

远古神话传说往往反映史前的文化概貌。神话传说一般不会凭空产生,它是先民对远古历史文化的表达方式。大禹是我国古代影响极大的传说人物,顾颉刚说:"禹是南方民族神话中的人物","这个神话的中心点在越(会稽)"①,在西汉以前,有关大禹和防风氏的传说已在今浙江一带广为流传。汉代史学家司马迁在《史记·夏本纪》中较早提到:"十年,帝禹东巡狩,至于会稽而崩。"为完成《史记》,司马迁"年二十而南游江、淮,上会稽,探禹穴"②,这表明,作为一位态度严谨的史学家,司马迁对今浙江境内的禹迹是进行过实地考察的。会稽有禹穴,传说是大禹葬身之处。越地流传着许多禹的神话,上古时期越地关于禹的神话传说并非空穴来风。如"会稽鸟耘"就是吴越先民所创造的一个关于大禹的道德神话。《越绝书·卷八》记载"鸟田"的创始人为大禹,他"教民鸟田","天美禹德而劳其功,使百鸟还,为民田"③,故有"会稽鸟耘"的壮观场面。人们还从大量考古学、文献学、民族学资料中发现,鸟与越文化之间有着极其密切的关系,越地有"鸟

---

① 顾颉刚:《讨论古史答刘胡二先生》,《古史论文集》第 1 册,中华书局 1988 年版。
② 《太史公自序》,《史记》卷一三〇,中华书局 1959 年版,第 3293 页。
③ 《吴越春秋·越王无余外传》。《水经注·浙江水》亦曰:"昔大禹即位十年,东巡狩,崩于会稽,因而葬之。有鸟为之耘,春拔草根,秋啄其秽。"

田",图有鸟纹,人为"鸟人",言为"鸟语",并且围绕着鸟还产生了斑斓多彩的神话系列。

虽说自人类有了语言,便有了诗歌。然而,中国到先秦的春秋战国时期才有真正意义上的诗歌,才有文学萌芽。《诗经》十五国风收集的是以黄河流域为代表的中原歌谣,并没有越地的作品,但古越语本有它古老的语系,《吴越春秋》《吕氏春秋》收录了越地古老的歌谣,不失为早期歌谣的一个标本。秦以后越地的文化发展的内涵与脉络,多表现为真正意义上的精神文化层面的融合与超越,昭示了文学艺术发展的规律与方向。从汉代开始,越地的文化土壤开始出现文艺人才的萌芽,良好的学术文化生态环境,为越地"文化场"的进一步形成奠定了良好的基础。

(二)越文学艺术的转型发展阶段

六朝到唐宋是越地人文"文化场"真正形成的阶段。六朝是越文学艺术转型并进入初步发展的时期,唐宋两代越文学艺术的发展呈现出良好的发展势头,并开始形成鲜明的个性。

杨义在1991年初写的《古越精神与现代理性的审美错综——鲁迅〈铸剑〉新解》一文中提到:"剑文化是古越文化的一大特色,堪与东晋衣冠南渡后的书文化并列为于越文化的千古二绝。假若要谈论鲁迅的精神世界和审美世界,是不可忽略古越文化这种剑书交替互补的奇观的。"[1]杨义从鲁迅的作品中读到了"尚武"和"斯文"二重特性,而越文化从"尚武"向"斯文"转型,则始于东晋衣冠南渡,这种转型对越文学艺术的影响至为深刻。

魏晋是"人的觉醒"[2]的时代,所以人的精神"极自由,极解放,最富于智能,最浓于热情,因此也是最富有艺术精神的一个时代。王羲之父子的字,顾恺之和陆探微的画,戴逵和戴颙的雕塑,嵇康的《广陵散》,……无一不是光芒万丈,前无古人,奠定了后代文学艺术的根基和趋向"[3]。从魏晋到永嘉之后,六朝士族阶层在会稽的形成,使越文化产生了深刻的变化。东晋衣冠南渡以后,打破了长期以中原即洛阳与邺下一带为文化中心的历史格局,越地斯文之风兴起,文艺得到了长足的发展。越地固有山水之美,

---

① 《杨义文存》第5卷,人民出版社1998年版,第550页。

② 李泽厚:《美学三书》,天津社会科学院出版社2003年版,第80页。

③ 宗白华:《美学散步》,上海人民出版社1981年版,第213页。

与士族阶层的闲情一触即发。美是需要发现的,东晋的王羲之南渡浙江,看到此地有崇山峻岭,茂林修竹,又有清流急湍映带左右,便产生了"终焉之志",他与越中山水俯仰契合,在兰亭诗酒挥毫,得江山之助,开创了中国的新书体。从此以后,书法创作的风气在越地蔚然丕盛,渐渐形成了中国书法创作的一大"文化场",二王书法薪火相传,越地书家辈出,并吸引了海内外众多书家前来朝圣。

越地得天独厚的自然山水,一方面为文人士大夫所向往和留恋,另一方面文人士大夫钟情于越中山水的文学创作也为越中山水增添了许多人文色彩。王羲之在绍兴兰亭的茂林修竹间完成了有"山水美文"、"千古绝唱"和"天下第一行书"之誉的《兰亭集序》。南朝谢灵运、谢惠连以浙东为背景创作的大量山水诗,使山水景物步入了诗歌的殿堂,促使了中国山水文学在浙东的勃兴。吴均的散文表现了优游于浙东山水的生活情趣,所形成的独特的"吴均体"也烙上了地域文化的韵味。自东晋至隋代,生活在越地的这些文人士大夫和越地的山水共同打造了一个充满文学精神和艺术氛围的地域"文化场",推动了中国文艺在江南地区的新发展。

唐宋时期是中国诗歌创作空前繁荣鼎盛时期,又是中国文化的核心圈向南转移的一个重要时期。唐代安史之乱、五代吴越国和宋代靖康之变促使了中国整个经济文化中心格局的变化。特别是靖康之变,南宋王朝定都临安(今杭州),中国的政治、经济和文化中心随之转移到了浙江。这一历史变迁,使"江浙人文薮"的历史格局得到了巩固。越地成为京畿地区,正是各路文化精英荟萃所在。特别是南宋时期的越地,不但是诗歌创作的一方热土,更是词坛名家荟萃之地,宋代理学的核心所在。

伴随着唐诗的全面繁荣,唐代越地涌现了成批著名的诗人,如虞世南、褚遂良、骆宾王、贺知章、崔国辅、徐浩、齐唐、贺德仁、吴融、钱起、孟郊、秦系、严维、罗隐、朱庆余等著名的本地诗人。他们有的是初唐诗坛的中坚,有的是开启盛唐之音的诗坛宿将,有的是浙东唱和的发起者和核心人物,有的是名噪一时的诗坛名流。他们活跃在唐代各个时期的诗坛上,并产生了重要影响。与此同时,唐代还有一大批对越地情有独钟、很有影响力的客游过境诗人,如孟浩然、李白、杜甫、刘长卿、元稹、白居易等。他们或因宦游,寓居越地;或因浙东山水名重海内,激发起"自爱名山入剡中"的诗情,在越地这个"文化场"中,尽情地挥洒着他们的诗笔,为越地诗歌的繁荣做出了贡献。

与唐代越中诗坛群星璀璨不同，宋代越地诗坛则呈现出另外一种气象。宋代越中诗坛不但涌现了中国诗歌史上"巨擘"级的领军人物，并以地域性的诗歌流派和众星拱月式的创作格局立足于文坛。北宋前期主要以"西昆体"诗人钱惟演和"晚唐体"诗人林逋为代表。南渡后，越地诗坛空前繁荣，一跃成为南宋诗歌创作的中心。先是涌现了中国诗坛的领军式的人物——中国诗史上具有崇高地位的伟大诗人陆游；继之出现了地域性很强的两个诗歌流派，即光宗、宁宗朝以永嘉人徐玑、徐照、翁卷、赵师秀为主体的"永嘉四灵"和宁宗、理宗朝以杭州书商陈起等为"声气之联络"的"江湖诗派"。宋元易朝之际，南宋遗民诗人汪元量、林景熙等承其衣钵，为宋诗赋写了一个慷慨悲壮的句号。

唐宋时期也是我国词创作发生发展、繁荣鼎盛时期，两宋越中词坛盛况空前。据唐圭章先生《宋词四考·两宋词人占籍考》统计，两宋的作词人数共867人，而浙江却有216人，占两宋词人的四分之一。纵观越地词坛人物，从北宋末年的周邦彦，到南宋的陈亮、陆游、吴文英、周密、张炎、王沂孙等，均是卓有建树的大词家。其中又有被认为是词中"巨擘"、"集大成者"的词人周邦彦，因为他高超的词艺和对词乐的娴熟精通，被奉为南宋格律词的鼻祖，为南宋词的发展起了导夫先路的作用。特别值得一提的是，南宋时期越地的爱国词人阵容特别壮大，著名的有陆游、陈亮、戴复古、汪元量等，他们与南下的爱国词人辛弃疾意气相投，代表着民族的正气和爱国精神。宋元之交两浙路词坛的结社联吟带着浓厚的情感色彩和时代苦难的印痕，不失为南宋遗民词人最后的心灵守望。宋词的产生和词人群的形成，有着明显的区域性。两宋词人的占籍统计数字从一个侧面证明了这种客观存在。而词的区域性的兴盛，我们认为当与地域"文化场"中的自然环境有着密切的联系。词之为体，与"境"有关，什么是"词境"？缪钺《论词》云："以天象论，斜风细雨，淡月疏星，词境也；以地理论，幽壑清溪，平湖曲岸，词境也；以人心论，锐感灵思，深怀幽怨，词境也。"①越地有"千岩竞秀，万壑争流"的会稽山水，又有"淡妆浓抹总相宜"的西湖的形胜。这种自然环境本身就是得天独厚的词境。这样的环境不但使得天独厚的本地词人

---

① 缪钺：《诗词散论》，上海古籍出版社1982年版。

浸染其中，而且也吸引了无数客居过境词人印证绝妙"词境"，为他们提供了一个很好的地域文化平台，越中词社之盛就不足为奇了。

两宋时期也是越地书法、绘画、理学和戏曲兴盛的重要时期。在宋元山水画的发展史中，越地又占据了举足轻重的地位。与词相仿佛，山水画的创作也具有明显的区域性。究其原因，地理环境起着不可忽视的作用。越地山水，为画家提供了天然的画境，也孕育了他们的创作灵性。在南宋，画院画家无不以西湖山水作为自己体验、写生的对象。因此，西湖山水更明显地成了他们赖以成长的摇篮。元代的赵孟頫和"四大家"，也无不是在对自己家乡的山水形胜的深刻体验和领悟的基础上脱颖而出，成为一代山水艺术大师的。南宋理学从北方转移到浙东，也是一个地域性很强的哲学流派，婺州（今金华）是南渡后宋代理学的重要中心。另外，源于温州的南戏，在南宋时期流行，是我国最早成熟的戏曲艺术形式之一，代表着南方戏曲，与金元杂剧为元代的两大剧种；它的出现，在中国戏曲艺术史上，具有划时代的意义。

唐宋时期的越地文坛日益呈现出泱泱大观之气象，期间的重大历史事件对文学创作重心的南移和对中国学术文化中心的变迁起到了至关重要的作用。

一般情况下，文化自身的进步是缓慢的，人类文化史上的几次突变性的进步，往往是在不同类型的文化进行大规模交流融合时出现的。人是文化的重要载体，文化交流基本上是通过移民来实现的。这个时期，越地的经济发展也经历了多次外部发展机遇，大规模的民族迁徙，使它一次次地面临转型，进入到它演变、发展的历史进程。如果说两汉时期避乱会稽者还时存"还中土"的打算，那么到了永嘉之乱、晋室南渡后，避乱会稽者则越来越真切体会到越地的经济发展已经是乱世中真正的"乐土"，而愿意终老于斯了。经过永嘉之乱、安史之乱，特别是靖康之乱，中原移民的大量涌入，南北文化交融，一次又一次地给越地经济带来快速发展的历史机遇。一方面，越地持续的水土改造，使越地成为良田沃畴、河湖交织的鱼米之乡。另一方面，文化重心的南迁，斯文之风大炽，使越地成为著名的人文荟萃之地。北宋时苏轼在《进单锷吴中水利状书》中就说："两浙之富，国用所恃；岁漕都下米百五十万石，其他财赋供馈，不可悉数。"①靖康之变后，赵宋

越文化通论

第一章 越文学艺术的研究对象和基本特征

---

① 《苏轼集》卷五十九，山西古籍出版社 2007 年版。

王朝迁都临安(今杭州),中国的政治、经济和文化中心转移到了江南。这一新的历史变迁,使"东南财赋地,江浙人文薮"的历史格局,更加得到了巩固。历史的机遇、经济的发展、文化的积淀,更兼得天独厚、适宜于文学艺术滋生的自然环境,种种合力,使越地形成了一个中原文化圈而外的引人瞩目的、具有山水性灵的地域"文化场",令天下才俊向往,越地的文学艺术的声名地位由此而确立。

(三)越文学艺术的鼎盛阶段

元明清时期是越地文学艺术走向鼎盛,盛极而变的时期,大致可以分为前后两个阶段。前期伴随越地在整个中国经济文化格局中地位的进一步巩固,各种文学艺术门类齐全,地域性的文艺流派众多,十分活跃。

元明清越地的书画创作,虽然不如诗词戏曲那样普及,但书画方面名家辈出,实力雄厚,越地艺坛已经形成了自己的风习和传统。他们仰承六朝以来越地书画艺术传统,并不断发扬光大,在时代艺术中起领军作用。元初赵孟頫是书画俱胜的艺术大师。明代"浙画派"艺人,浙派画风,风行于山水画坛。诗书画兼擅的越中大家徐渭,花鸟画、人物画,大开写意画的风气。诸暨的陈洪绶深得"武林派"的山水画旨,而他更以人物画享誉当世,是明末清初人物画的巨擘,其版画人物在清代长达两个多世纪中,也无人敢超。陈氏的子女亲属同样善画,也是著名的绘画世家。降至清代,赵之谦的书画艺术个性鲜明,越地绘画艺术扬名海内外,日本人纷纷前来拜师学画,艺人也不断东渡扶桑,聚徒授艺,使越地的绘画艺术开始走向世界。

这个时期越地的戏曲艺术一枝独秀,统领风骚,达到了登峰造极的境界,并出现了世代传承的家学。而后随着西方政治、思想、经济文化的逐渐渗透与侵入,使越文化的现代转型得风气之先,个性解放、人本精神得到重视,个性得到充分张扬,明清时期的越文学艺术融中国传统文艺精神和西方人文思想于一体,终于成为中国最早放眼世界的地域"文化场"之一。

元明清时期是越文学进一步繁荣开拓的时期。宋元时期则有创立"铁崖诗体"的杨维祯和传奇诗人王冕。明朝诗坛上以区域为分野的诗歌纷纷涌现。以刘基、宋濂为中心的"越诗派"和以绍兴文人为主的文学集团"越中十子"是彼时有影响力的两个诗派。

据胡应麟《诗数》记载,东南一带吴、越、闽、岭南、江右五个诗派林立。五派之中,以吴、越两派阵容最大。《明诗纪事》收绍兴、金华、处州、台州、衢州等浙东一带的越派诗人共八十余人,占其所收全部明初诗人的20%。就事功而言,越诗派又远在其他四派之上。

在文学观念上,"越诗派"的经世济民主张和越地传统的文化学术思想是一脉相传的。他们重在表现对社会现实和政治问题的感受,抒写报国之志。自南宋以来,浙东一直是理学家十分活跃的地区。宋代金华、永康、永嘉等学派所倡导的重事功、重修养的学术思想,在这一带普遍流行。越派诗人继承和发展了越地的学术思想,渴望在社会的变革中建立不世之勋。在仕途经济方面,刘基、宋濂等人是经世学派的积极奉行者,他们是明代的开国功臣,是明初政坛上的风云人物。在文学创作上,他们擅长抒写报国之志,表现对社会现实和政治问题的感受。因此,经世济民是越派诗人表现的一个鲜明的主题。在诗歌体式上,越派诗人大多以五古见长,诗歌成就最高的是刘基。沈德潜《明诗别裁》推尊他为一代之冠,是明初诗坛的风云人物。

"越中十子"①是一个以绍兴文人为主的文学集团。他们没有明确的文学主张,但在精神气质上有许多相近之处。"十子"中,名望最大的当推沈炼,文学艺术成就最高的则是徐渭。从"越诗派"到"越中十子",越地名家辈出,一直是明代文学家的高产区域之一。以徐渭、王骥德、吕天成、孟称舜等越中曲派作家群,以张岱、王思任、祁彪佳等为代表的小品散文名家,在明代文坛上都占有重要的地位,他们为明代文学的繁荣发展,谱写了精彩的篇章。

清代越地的文学创作依然精彩。"浙派"是清乾、嘉时期由厉鹗、杭世骏等人发起的一个诗歌流派。他们具有重学问、宗宋调、主空灵、善写景的共同的创作倾向,是以区域为分野的清代重要诗歌流派。浙派始由黄宗羲启其端绪,朱彝尊振其声威,到雍正至乾隆的七十余年间,浙产作家群正式冠以"浙派"之名,而浙派诗的创作也进入了它的兴盛时期。钱塘袁枚创"性灵"一说,以为"性灵"乃诗之根本,"性灵派"风靡诗坛。"浙派"一统诗

---

① 《绍兴府志》:"〔徐〕渭与萧柱山勉、陈海樵鹤、杨秘阁珂、朱东武公节、沈青霞炼、钱八山梗、柳少明珂及褚龙泉、吕对明称'越中十子'。"

词,浙派诗人同时又是浙派词人。如朱彝尊,同时又是"浙派词"的创始人。"浙派词"有自己的词学主张,朱彝尊为此编选刊行了表现词学主张的词选《词综》。

明清时期,越地的戏曲理论和创作尤其显示出它的勃勃生机。明代的绍兴是全国戏曲的中心之一。在明代流行的四大腔调,有两种就是产生于越地;越地出现了一批以徐渭、王骥德、孟称舜为代表的杂剧传奇作家,形成了声势显著的越中曲派。徐渭是越中曲派的鼻祖。徐渭多才多艺,在诗文书画和戏剧等艺术领域都取得了令人瞩目的成就。公安派领袖袁宏道盛赞徐渭的诗、文、字、画、人"无之而不奇"(《徐文长传》)。尤其是他的杂剧创作,畅快,激情喷涌,读来畅快淋漓,表现出了扫尽陈规、自备一格的气度,表现出离经叛道、追求个性自由的强烈愿望,在戏曲史上享有盛名。王骥德《曲律》评其"是天地间一种奇绝文字"。他的作品从不避人间烟火与市井气息,在一定意义上反映出值得珍视的世俗观念和相对进步的市民精神,带有极为浓厚的民间文学色彩。① 徐渭嬉笑怒骂、谑而有理的性格使他敢于揭露讥刺所谓的巍巍正统和赫赫权威,开辟了讽刺杂剧的新路,因此澄道人《四声猿引》称徐剧"为明曲第一"。汤显祖也认为"《四声猿》乃词场飞将"(王思任《批点玉茗堂牡丹亭叙》)。徐渭还精通声律,著有《南词叙录》一书,是研究宋元南戏和明初戏文的专著。徐渭在明代剧坛上有着深远的影响,这是文学史学者公认的事实。徐渭的讽刺杂剧是明传奇浪漫主义的先驱,清代的洪升则又将传奇向前大大地推进了一步。

(四)越文学艺术的持续影响阶段

从近代到现代是越文学艺术的持续影响阶段。以地域特征为标志的文学艺术,随着交流与开放的频繁,区域间原来的壁垒被打破,不少区域性文化的特征就会相互影响,某些原生状态的文化特征可能会被同化或者淡化,但文学艺术所植根的"文化场"却会深深地烙在艺术家的精神记忆中,超越时间和空间的界限,仍然发生着持续的影响。

这个时期的文学艺术有一个普遍的不同于以往的特点,就是越文学艺术已经不仅仅是一个空间地域意义上的"文化场",而是一个对全国产生了

---

① 参见袁行霈主编:《中国文学史》第4卷,高等教育出版社1999年版,第103页。

强大的辐射力的精神"文化场"。随着近代社会的开放,文化的交流,事实上很少文学艺术家终生困守一地,局限于原来的地域范围,近代的浙江是一个受西方现代经济和民主思想影响较早、程度较深的地方,西学东渐,得风气之先;思想解放,追求民主革新,越人有敢为人先的精神。所以,这个时期在文学艺术上有所建树的人物,大都不甘困守一地,他们为追求新知,有的离乡背井,走出本土,特别是走出国门,漂洋过海,留学异域;他们有的大半生闯荡,一去而不复返。他们虽然走出越地,远离故土,接受了现代民主和文明思想的熏陶,在异乡他地取得了令人瞩目的成就,但他们的精神深处始终存在着一个越文化"场"。

正如普列汉诺夫所说的:"每一个民族的气质中,都保存着某些为自然环境的影响所引起的特点,这些特点,可以由于适应社会环境而有几分改变,但是决不因此完全消失。这些民族气质的特点,形成所谓种族。种族对于某些思想体系的历史,譬如艺术史,给予一种毫无疑问的影响。"①这种影响是持续的。

近代是灾难深重的时代,也是一个多变之秋,思想领域和文学艺术领域都在发生着翻天覆地的变化。从开启近代中国文艺革新之序幕的思想家、文学家龚自珍,到使文学艺术呈现出鲜明现代意识的王国维、吴昌硕、鲁迅等文艺巨擘。越文学艺术在宋元明清的基础上持续发展,继续体现了越地"人文渊薮"的区位优势和地域文化的雄厚基础,越地的开放的胸怀,成功地将外国的哲学、美学思想与中国传统文艺结合起来,建立了新型的文艺思想,从思想上、艺术上开辟了前所未有的新天地,在中国文艺史上树起了举世瞩目的新的里程碑。

20 世纪初期,在资产阶级民主革命派蓬勃发展的过程中,越地涌现出一批革命诗人,如章太炎、秋瑾、柳亚子、陈去病等。特别有代表性的是号称"鉴湖女侠"的巾帼英雄秋瑾,她是我国近代妇女解放运动和民主革命的先锋,她在新思想的激荡下,只身留学日本,投身于革命事业,她的文学创作是她怀抱救国献身精神的集中体现:"拼将十万头颅血,须把乾坤力挽回"(《黄海舟中日人索句并见俄战争地图》),她的诗正如辛亥革命的其他越中英豪一样充满壮烈情怀,常常表现出一种勇往直前,誓把革命事业进

---

① 《普列汉诺夫哲学著作选集》第 1 卷,三联书店 1973 年版,第 4 页。

行到底的撼人心魄的力量。

近代绘画巨匠任伯年广资博采,"一心开辟新道路,打开新局"的"海上画派"和西泠印社社长、书法家吴昌硕以书法笔意入画,形成雄健磅礴的画风,在中国绘画史上也树起了一面崭新的大旗;现代的黄宾虹、潘天寿等则在继承传统的基础上革新创造,表现了越地绘画对中国近现代绘画发展的持续影响。

有学者指出,一部中国近现代文学史,半部是由浙江人写成的。是的,而且一部中国近现代文学史,没有像越地那样集中荟萃了那么多一流的文学、文化大家,如刘大白、王国维、鲁迅、朱自清、郁达夫、周作人等等。鲁迅在故乡绍兴度过了他一生近1/3的岁月,不管他是否意识到,在他的意识深处,始终存在着一个越文化"场"。这表现在:在鲁迅各种形式的作品中,不时浮现出一种"故乡情结";鲁迅的精神气质,可用"硬"和"韧"二字概括,蕴涵着越文化的传统;在鲁迅的思维方式上,也显示了越文化"崇实"和强烈的批判意识的思维特征。① 鲁迅精神结构中的"地域文化场",表现在他对文学个性的自觉②,一方面对浙东文化在内质上的提纯;另一方面又将这精髓置于浙东的历史和现实中,以求其完形③。鲁迅是中国现代小说之父,在他充满越地乡土风情的小说《故乡》、《社戏》等的影响下,逐渐形成了一个"乡土文学"的流派。④ 越地小说创作的辉煌成就,及其对中国小说现代化的卓越贡献,是地域文学对中国文学的卓越贡献。

在以鲁迅为代表的越地文学名人大多在外地开疆拓土,以"乡土文学"建功文坛的同时,以夏丏尊、朱自清、丰子恺等浙江籍作家为主体的文学群体却在越地本土上虞的白马湖畔,创造了将自然山水与艺术人生相融合的以"白马湖文学"为标志的地域"文化场",他们借白马湖的山水灵性,以独特的艺术风格给现代文坛留下了一种难以忘怀的文化记忆。

总之,越地深厚的文化土壤、浓厚的文化氛围,孕育了一代又一代的文学艺术家,而一代又一代的文艺越人,以他们的聪慧和才智,为发展和弘扬

---

① 参见陈越:《鲁迅意识深处的越文化"场"》,《浙江师范大学学报》2000年第3期。
② 鲁迅在1934年4月19日致陈烟桥的信中说:"现在的文学也一样,有地方色彩的,倒容易成为世界的,即为别国所注意。"
③ 参见陈方竞:《鲁迅与浙东文化》,吉林大学出版社1999年版,第94页。
④ 参见郑择魁:《吴越文化与中国现代文学》,杭州大学出版社1998年版,第4页。

地域文化做出了贡献。法国的史学家丹纳在其《艺术哲学》中,针对文艺创作中出现的区域特征,打了这样一个比喻,自然界的土壤和气候的变化决定着植物种类和分布;文化的发展也有它的"土壤"和"气候"的因素,它的变化决定这种那种艺术的出现。继宋元明清以来,近现代浙江的文学艺术取得了比以往任何时期都辉煌灿烂的成就和地域文化称雄的优势。这并非是历史的简单重复和巧合,而是作为自然地理环境独特、经济思想开放、人文底蕴深厚的越地历史发展的必然结果。

三、越文学艺术的基本特征

上面我们认为文化特征是体现和维系地域"文化场"的最基本的要素。越文学艺术也是如此,其基本特征也是以"文化场"为核心的,有一个动态发展的过程,历史上越文学艺术因为滋生的地域环境和生活方式的共通性,从而形成了具有相对独立特征的文化行为和思维方式,这是构成越文学艺术基本特征的重要前提。

(一)生存环境和文化行为

法国的史学家丹纳在其《艺术哲学》中,认为文艺创作中出现的区域特征和自然界的气候特征是有可比性的,"自然界的气候的变化决定这种那种植物的出现;精神方面也有它的气候,它的变化决定这种那种艺术的出现"①。所以,他认为精神文明包括文学艺术和动植物界的产物一样,"只能用各自的环境来解释"。

在文化的诸多因素中,自然环境是属于比较稳定的因素。相对而言,人文环境则是比较活跃的因子,属于形而上的范畴,往往与社会和政治的关系比较密切。我们不难发现,滥觞于先秦的地域文化,如秦、晋、齐、鲁、楚、吴、越诸多地域文化及其文化的主体——原住民,在他们生存的土地上曾经创造了个性鲜明的地域文化,入秦后政治思想体制一统,他们都直接面临着被迁徙、被改组、被同化的威胁。秦汉以后的封建王朝,在政治体制

---

① 丹纳:《艺术哲学》,傅雷译,广西师范大学出版社 2000 年版,第 172 页。

上逐渐废除了藩国分封制,实行中央集权的郡县制和职官制度,原先作为割据的政治体制方面的地域特征随之消亡,取而代之的是新建立起来的、维持中国达二千年之久的封建政治集权制度。为了消除六国后裔潜在的威胁,秦王朝实行了大规模的移民政策,其目的就是彻底改变原来诸侯割据各自为政的思想基础,纳入到"车同轨,书同文,行同论"的轨道中来,以消弭战国时期地域文化之间的差异。汉武帝时期董仲舒"罢黜百家,独尊儒术"以及"尊王攘夷"的学说,为中国正统思想奠定了意识形态基础。从此,制度文化和政治文化已经不再是我国地域文化的主要差异。那么,为什么地域文化依然存在,他们的差异是什么? 在人类学看来,"地域文化"是一定空间范围内特定人群的行为模式和思维模式,不同地域的人们其行为模式是不同的,便导致了地域文化的差异性。地域文化的差异恒久地表现在生存环境和文化行为上。水土气候、山川地貌、名胜景物等自然环境所造成的空间特征,在岁月的流逝中是恒久的存在,超越了朝代更迭、时世变换。

文化从某种意义上表现为一种行为模式,文化的个性是由不同的行为模式所决定的。美国人类学家克鲁伯在《今天的人类学》一书中认为:"文化是一整套行为的和有关行为的模式。该模式在某一特定时期内流行于某一群体。"①地域文化是模式化的存在,文化模式既构造了行为和仪式,也构造了感知和思想,乃至塑造了个人的心理和群体的地方性——往往以"集体无意识"的形式显示出来。研究地域文化,不仅要借助考古学、人类学研究相关地域人群的生存环境,更应该研究缘于生存环境而形成的观念影响下的东西——文化行为。中华民族作为一个多民族的大家庭,在精神文化方面有许多共通的地方。如文学艺术致力表现真、善、美的事物,文学艺术描述的山水景物、时序节候,共通尊奉的传统美德,民族精神的丰富内涵等。文化的内涵虽然很丰富,但意识形态的东西,一旦抽象为思想,就会变成放之四海皆可,所有优秀文化共同崇尚的精神特征。精神文化,从实质上讲是趋同的,或者说是大同小异的。而地域文学艺术就是要从文化行为学的角度,用不同行为方式来诠释、表现同中之异。不同行为过程、表现

---

① 克鲁伯编:《今天的人类学》,引自何平《中国和西方思想中的"文化"概念》,《史学理论研究》1999 年第 2 期。

方式中所包含的异量之美,正是越文学艺术致力凸显的文化品质。如同是对自强不息精神的诠释,齐鲁文化崇尚的是礼乐之美,内圣外王,以道德体系的完善来表达一个地域以仁义治理天下的厚重;古越文化则采用卧薪尝胆、生聚教训的方式,隐忍而复国自强。中国古代对科举的热衷是普遍现象,但表现这种文化的行为本身,南北亦有差异,"东南之俗好文,故进士多而经学少;西北之人尚质,故进士少而经学多"①。不同文化行为方式是表现"和而不同"的精神特质的关键。

在漫长的中国封建社会中政治体制上是一元主导的,但地域文化在政治体制、精神思想趋同的过程中,并没有随之消失,相反,它们依然凭借地缘优势,创造和积累着自身的个性风格与新的特质,保持着多元并存、各自演进的地域文化格局。因为地域文化中最稳定的生存环境并没有发生根本的改变,秦汉以后的地域文化的特征,更集中地体现在因山川阻隔,地理气候等自然条件不同而表现出来的生存方式和地域风情方面。人类学家普遍认为,生存环境对文化的影响是稳固而持久的,生存环境对人的体质、心理、道德诸方面都产生着积极的作用。生存本质同生存环境的结合所产生的行为方式的分化,常常是文化分化的内趋力。人类生存形式的同构性,决定了不同民族、不同地域文化可以和而不同,共生共存。人类生存环境和行为方式的差异性是地域文化格局得以长期共存的基础。

文学艺术是狭义的文化,是属于精英层面的文化,是特定人群对生存环境的积极个性化的感应和表现。古代越地的学者很早就注意到本土"善生俊异"的环境因素。三国时山阴人朱育借余姚人虞翻之语极赞会稽地杰人灵,谓"夫会稽上应牵牛之宿,下当少阳之位,东渐巨海,西通五湖,南畅无垠,北渚浙江,南山攸居,实为州镇。昔禹会群臣,因以名之。山有金木鸟兽之殷,水有鱼盐珠蚌之饶。海岳精液,善生俊异,是以忠臣继踵,孝子连闾,下及贤女,靡不育焉"②。这里的"善生俊异"强调的是人得江山之助,环境造化人。文学艺术表现的则是人性化的自然,艺术家以特殊的行为方式创造的人文环境。地域文学艺术展示的是古往今来的文艺精英在同一空间中的文化行为,他们对着同一空间的山水景物进行着不同的体悟

---

① 欧阳修:《论逐路取人札子》,《欧阳修全集·奏议集》卷十七,中华书局2001年版。
② 《三国志·吴书·虞翻传》裴松之注引《会稽典录》,中华书局1959年版。

和表现,在这种不变之变的时空天地里抒发着特殊的感悟和追忆。中国山水诗、山水画就是以山川自然作为审美和描绘的对象,千百年来,"外师造化,中得心源"一直是艺术家遵循的创作原则。面对自然,由于艺术家对不同地域生活感受与生活状态形成了不同的形象意境和笔墨技巧,创造出了各自不同的风格与特色。经过时间的不断层累,他们笔下的自然景物便拥有了深厚的人文意蕴,在人与自然的这种亲密互动中,作为"人学"的文艺,就不能不打上地域色彩和风貌的烙印,而创作这种"人学"的艺术家本身的产出,更离不开他生存的土壤和环境。

古人把"东南财赋地,江浙人文薮"两者相提并论。这一方面说明包括越地在内的江浙地区自东晋以来直至近代为衍生文学艺术家的重要基地;另一方面说明地域的人文渊薮,包括经济环境和自然环境孕育和滋润着艺术家的创作灵性和风格。清代戏曲家孔尚任说:"盖山川风土者,诗人性情之根柢也。得其云霞则灵,得其泉脉则秀,得其冈陵则厚,得其林莽烟火则健。凡人不为诗则已,若为之,必有一得焉。"①欧阳修说东南之俗好文,其实岂止东南,我国长江中下游的巴蜀、荆楚、吴越都是文学艺术特别发达的区域,巴蜀之瑰丽奇险、荆楚之浪漫奇诡、吴越之妩媚灵秀都使文学艺术各领风骚,极一时之盛。这些都是"自然界的结构留在民族精神上的印记"②。越地的山川风土和人文渊薮决定了地域与文学艺术相辅相成之亲和。这是一方灵秀的、"善生俊异"的热土,越文学艺术的层出不穷和兴旺发达自在情理之中。

(二)生活方式和思维方式

自然环境对于人类的社会活动起着很大的制约作用,也影响着人类的文化生成。马克思在《资本论》第一卷中说:"不同的共同体在各自的自然环境中,找到不同的生产资料和不同的生活资料。因此,它们的生产方式、生活方式和产品,也就各不相同。"③人是社会关系的总和,人的地域性本质上是由人的社会实践活动和复杂的社会关系所决定的,人的生活方式和思维方式很大程度上取决于所依托的文化环境。

---

① 《孔尚任诗文集》卷六《古铁斋诗序》,中华书局 1962 年版。
② 丹纳:《艺术哲学》,傅雷译,广西师范大学出版社 2000 年版,第 255 页。
③ 马克思:《资本论》第 1 卷,人民出版社 2004 年第 2 版,第 407 页。

越地"西则迫江,东则薄海",背倚浙东丘陵,横跨钱塘江两岸,西南向山谷纵横,溪流湍急;东北向田畴河网密布、水资源丰富。南高北低,地形复杂多变,蕴涵着极其丰富的"水文化"因素。从新石器时期就形成了"稻饭羹鱼"捕捞养殖为特色的生活方式。生活于钱塘江两岸和浙东腹地的越人世世代代与水打交道,被视为"泽国"和"海滨"之民,因而也衍生出与江湖海洋文化特性相一致的民风民俗。越人"文身断发"①,《隋书·地理志》:"江南之俗,火耕水耨,食鱼与稻,以渔猎为业,信鬼神,好淫祀,君子尚礼,庸庶敦庞。"明代大地理学家王士性在《广志绎》卷四中对越地"泽国之民"、"山谷之民"和"海滨之民"各自为俗的生活风尚也作过生动的概括:"杭、嘉、湖平原水乡,是为泽国之民;金、衢、严处丘陵险阻,是山谷之民;宁、绍、温、台连山大海,是为海滨之民。三民各自为俗:泽国之民,舟楫为居,百货所聚,闾阎易于富贵,俗尚奢侈,缙绅气势大而众庶小;山谷之民,石气所钟,猛烈鸷愎,轻犯刑法,喜习俭素,然豪民颇负气,聚党羽而傲缙绅;海滨之民,餐风宿水,百死一生,以有海利为生不甚穷,以不通商贩不甚富,闾阎与缙绅相安,官民得贵贱之中,俗尚居奢俭之半。"从地理的角度,越地正处于泽国、山谷、海滨的交汇处,兼有"泽国之民"、"山谷之民"和"海滨之民"的诸多特点,不同经济背景下形成的丰富的生活习性和精神文化特征使越人的才性和思维方式具有应时应地而变的灵活性,从而滋生出善于顺应自然、欣赏自然、崇尚自然性灵的艺术文化。

顺应自然,理性务实的思维方式是越文学艺术产生的精神文化基础从生活实际出发是越地先民面对恶劣复杂的自然环境的必然选择,是与越地的生产方式、生产力发展水平存在某种相应的渊源关系。越人尊重自然规律,重视天象观察,讲究规矩绳墨,这些都直接源于长期农业、手工业生产劳动经验。有人认为越地存有禹墨遗风②,不无道理。越人"文身断发,以避蛟龙之害"③,"吴越之君皆好勇,故其民至今好用剑,轻死易发"④。古

---

① 《汉书·地理志》卷八下,中华书局 1959 年版,第 1669 页。
② 参见顾琅川:《古越文化性格考略》,《中国传统文化与越文化研究》,人民出版社 2004 年版,第 216 页。
③ 《汉书·地理志》卷八下,中华书局 1959 年版,第 1669 页。
④ 同上书,第 1667 页。

越先民"水行而山处,以船为车,以楫为马,往若飘风,去则难从,锐兵任死"①,这是与自然相适应而形成的一种原始的顽梗的生活方式和朴野悍勇的精神文化。在漫长的历史迁衍中,这种顺应自然的生活方式和朴野悍勇的精神习性遂渐而形成为一种务实悍勇的地域风气。东汉王充《论衡》秉持的是"疾虚妄"的原则,南宋王十朋在《会稽风俗赋》中说越人处世是"慷慨以复仇,隐忍以成事"方式。从王充、陆游、王阳明、刘宗周、张岱、黄宗羲、章学诚,一直到近代的鲁迅,自始至终贯穿了理性务实的思维方式,重视"经世致用"学术思想。越族在它早期兴衰起伏的漫长过程中所积聚起来的巨大心理经验体系,作为一种集体无意识,必然会递传于后代。有人说:鲁迅的精神气质,可用"硬"和"韧"二字概括,而这也正是越人的传统。在鲁迅的思维方式上,也显示了越文化"崇实"和强烈的批判意识的思维特征。② 越文化中有一种疏离于主流意识的批判精神以及与批判精神同行的本真意识,这也是一种有地域特色的思维方式。

关注自然,源于生活,善于发现山水之美并加以审美表现是越文学艺术的优长 越地山水文化特别发达,在艺术思维方面比较偏重庄老佛禅的一路。玄学起于中原,但玄谈之风却极盛于江左。中国佛教史上第一个独立的佛学宗派——天台宗创建在越地,禅宗革新于惠能,禅门的几大宗派都在浙东成立了根据地(如临济宗于灵隐寺,曹洞宗于天童景德寺,云门宗于雪窦寺等);道教也是全国性的宗教,而选为胜景的118个洞天福地中却有近三分之一散在越中。出现这种情况,当然跟越地山水的秀美分不开,亦体现出越地偏重佛禅、亲和自然的生活方式。越地属于亚热带季风气候,雨量丰沛,空气湿润,植被葱郁,四季分明。境内地形起伏较大,山水层次丰富,具有较高的审美观赏价值,是我国山水文化的策源地。中国山水诗形成于六朝,山水诗派的创始人谢灵运是懂得欣赏自然、享受自然的第一人,其诗的兴感多得力于会稽、永嘉的佳山胜水;现存最早的山水赋是玄言诗人孙绰的《游天台山赋》,描绘了越地山水"峻极之状、嘉祥之美,穷山海之瑰富,尽人情之壮丽矣"。山水散文小品创立人吴均和"吴均体"均以越地山水为表现对象,风格清新秀丽,名重一时;东晋画家顾恺之在描述会

---

① 《越绝书》,上海古籍出版社1985年版,第58页。
② 参见陈越:《鲁迅意识深处的越文化"场"》,《浙江师范大学学报》2000年第3期。

稽山川之美时，以"千岩竞秀，万壑争流，草木蒙笼其上，若云兴霞蔚"来作形容①，可见越地山川在艺术家眼中的审美。山水与越地文学艺术结下不解之缘，越地山水之美经过六朝文人的渲染，引起了后来多少文人墨客的神往！在中国文学艺术的发展史上，体验越中山水之美成为六朝文学艺术留给历史的一大瑰宝。

　　崇尚自然，表现本真，抒写性灵，是越文学艺术的一大特色　集中表现在文学艺术领域中发达的性灵创作方面。越地文人的性灵创作，重在师法自然，性灵正意味着人性的自然，即情性的自然。对自然适性的情趣的宗尚，与佛老思潮的兴盛相联系，主性灵，即崇尚自然的传统，抒写人之天性与本真，构成了越文学艺术的重要传统。不仅六朝山水诗奠基于越，唐宋以后的整个山水文化亦常与越地紧密相关，著名的"元四家"、明浙派的山水画以及明清人大量的游记、小品均取材于此。在袁枚看来，"诗者，人之性情也"（《随园诗话》卷六《与罗聘》），而诗人应是最真诚、最天真的人，"诗人者，不失其赤子之心者也"（《随园诗话》卷三）。王国维说："词人者，不失其赤子之心者也。"（《人间词话》）都强调源于自然的本真。有学者认为，是越中山水启发了性灵，从南宋"永嘉四灵"起，经元末杨维祯、王冕以至明中叶徐渭等，形成了一个性灵文学的统系。晚明公安、竟陵派的首领虽非越产，而越地一批杰出作家如陶望龄、王思任、张岱诸人的积极呼应与推动，却是这一运动走向高潮的必不可少的借力，其流风余韵一直延续到清中叶的袁枚、龚自珍乃至当代的周作人，均属性灵文学的大家，可见重性灵的传统在越地的源远流长。②

（三）越文学艺术的特质和建树

　　越地是文学艺术和学术文化特别发达的一个区域。从汉代开始，这里文化土壤最适宜生长文艺人才。于是，在文学、书法、绘画和戏曲等艺术领域涌现了许多出类拔萃、值得标榜的文艺才俊，形成了特色鲜明的文学艺术高地——地域"文化场"。越地文学艺术源远流长，成就卓著，特色明显。

　　首先值得称道的是越地文学艺术有史的构架与规模。它发端很早，绵

---

　　①　引自刘义庆：《世说新语·言语》，徐震堮校笺，中华书局1999年版，第82页。
　　②　参见陈伯海：《越俗·越艺·越学——越文化研究随想》，《海峡两岸越文化研究》，人民出版社2005年版，第42页。

延千年,高潮迭起,代有所雄,始终保持着举足轻重的地位。在发展的每个重要阶段几乎都有值得标榜的传世作品和管领风骚的代表作家。前面我们大致把越文学艺术的发展分为发生、转型发展、鼎盛、持续影响四个阶段,有史的构架与规模,绵延和序列,几乎同步见证了中国文学艺术的发展进程,这在地域文化史中是很少见的。地域文学艺术的不平衡性,在于其一般非直线式的发展,只是间断性地出现不规则繁荣景象,这是常态,所以很难用古今贯穿的视角,在被中断或切割的时间里于历史的深层次寻求连通的脉络,探究其整体演变趋势。因此,分类横向多维比照的方式,更适合于考察一般地域性的文学艺术的特征。而越文学艺术恰恰相反,不仅在整体艺术成就上序列井然,即使各艺术门类单列阐述,如文学、如书法、如绘画,也俨然有独立发展的脉络和辉煌。这就是我们之所以采用史论结合的方法审视越文学艺术建树的理论依据。

其次是越文学艺术殊有开风气之先的创新之举。中国文学的肇始是诗歌,而现存中国古代第一首诗歌《弹歌》是越地歌谣,诗歌滥觞在先,中国山水诗发端于浙东,谢灵运开创的山水诗令中国诗坛耳目一新,在诗歌题材的开掘上堪称开山之功,此其一。书法史上,二王父子(王羲之、王献之)开创的新书体为“二王笔法”,一变汉魏以来的质朴书风,形成了行草谐美流畅、气韵生动、遒媚秀逸的风格,开创了中国书法创作史上的新纪元,此其二。在山水画的发展过程中,宋元画家创作也具有明显的区域性。以越地山水为素材的南宋院体山水画的出现,使中国的山水画进入了一个全新时期,此其三。在戏曲史上,越地是戏曲重镇,源于永嘉(温州)一带的南曲戏文(南戏),开创了中国南方戏曲的重要形式,其声腔、体制、角色、唱法、乐曲等均是南方戏曲的代表,是中国戏曲史上的独创。明清时期,越地戏剧家群英荟萃,明代有徐渭、王骥德、吕天成、孟称舜等越中曲派作家群,清代有李渔、洪昇以及近代的王国维等。他们的戏曲理论和创作都是中国戏曲史上的扛鼎之作,对丰富和发展中国戏曲艺术做出了卓越的贡献,此其四。在小说史上,鲁迅以现代体式创作的白话短篇小说《狂人日记》,为中国现代小说树立了新的范式;郁达夫开自叙传抒情小说的先河,茅盾确立了现代社会剖析派小说的宗旨。他们的创作引领着时代潮流,是中国现代小说的开山之举,此其五。从上可见越地文学艺术体式丰富,发展与时俱进,均能站在时代前沿,起到引领时代潮流的作用。地域优势明显,从地域的角度,为文学艺术的不断创新做出了突出的贡献,在中国文学艺术领域具有举足轻重的地位。

第三,越文学艺术拥有一个自然天成的地域"文化场","场"的背景和效应使其充满勃勃生机和活力。一方水土不但养育了一方才俊,而且这方水土还越来越受到中原主流文化的青睐,六朝以来越地良好的学术文化生态环境,使之成为中原士大夫名流的避乱之所,文化的退身之处。在全国范围内,它也是令人瞩目的一方乐土。"文化场"的形成需要文化基础,"文化场"兴盛则需要文化气候与影响力。地域"文化场"究其实质就是一个文化的磁场,不但具有构成磁场的基本实力(本土才俊),而且应该具有吸纳四方英才的磁力。地域"文化场"是本土才俊与客游过境者共同打造的艺术平台。如果仅仅以关注本土才俊为荣是不够的。① 一方文化热土,只有"热"了,关注、过境和客游的文化人多了,才能造成一定的社会影响,形成"场"效应。有了这个"场",一切问题都可以得到合理的解释。越文学艺术在发展的几个重要时期、关结点上,都产生过"场"效应。在什么时期,在怎样的条件下这个"场"形成了,便有文化的兴旺发展。宋以前越地的鉴湖和唐以后钱塘江畔的西湖都是出色的文化场。如六朝兰亭诗酒文会发生在当时并不发达的会稽山阴,此地的崇山峻岭和茂林修竹固然是群贤毕至、少长咸集的好处所,但来此修禊的大都是南迁的中原士族,而非土著文人,因为有这个文化场磁力吸纳,优美旖旎的自然环境赋予文人灵性与才气,激发了他们的艺术才思,才创作了别具一格、如此杰出的文学艺术作品。在唐代三百多年的历史上,浙东山水名重海内,唐代几乎所有成名的诗人,他们或来此漫游踏访,或来此宦游隐居,或题咏,或联唱,李白和李绅三次徜徉在这条路上,孟浩然和杜甫在这条路上逗留的时间前后达四年之久,浙东唐诗之路留下名篇的大都是唐代一流的旅居、客游和宦游诗人,因为浙东有一个令人神往的文化场,所以,他们"或从京、洛舟车南下,或自岷、峨沿江东流,间关万里"②,不约而同地来了,并且欲罢不能;浙东浙西唱和也是一个特殊的"文化场",虽然它有本地的诗人作为东道主,但招徕和荟

① 据罗媛元、赵维江统计,唐代岭南籍作者 31 人,南迁岭南作者 234 人,由是可知,正是南迁文人的创作建构了唐代岭南诗歌的主体。参见《岭南地域文化环境中的唐诗意象创造》,《暨南学报》2008 年第 5 期。

② 邹志方:《浙东唐诗之路》,浙江古籍出版社 1995 年版,第 1 页,吴熊和序。

萃的绝大多数都是外地诗人；据此，以地域为中心的"文化场"可以为本地文人和客游旅居文人提供足够的文化空间，"文化场"所提供的平台，可以使各路诗人在这个特殊平台上尽情演绎自己的才华，有的人在这个平台上是出色的文人，而离开了这个"场"就不是，如鲍防是大历中浙东文学集团的核心人物，其创作活动及文学影响也主要集中于浙东任上，鲍防离开越州后，就不再有这样的文学影响。有的人在不同的"文化场"就有不同的个性展示，而成就无疑应该是属于地域"文化场"的，因为它为士大夫文人提供了特殊的文化背景和创造的灵感。越文学艺术日新月异的生命活力，不能不说是得益于江山之助。由于越地自然环境和人文环境的共同赋予，本土文人和客游过境文人合力建构了适宜于文学艺术滋生的地域"文化场"。

第二章　于越艺术文明论

艺术是人类的精神家园,艺术的发展经历了漫长的历史。艺术的起源如同人类产生一样,永远是一个古老的谜。格罗塞在《艺术的起源》一书中认为:"艺术起源的地方,就在文化起源的地方"①,西方哲人认为艺术和文化的起源几乎同样古老和悠久。原始人类在劳动过程中发现的原始美感和朴野情感,正是导致原始文艺产生的必不可少的条件之一。于越艺术起源于于越史前文化,并与于越先民的生活息息相关。于越所处的地理环境和史前文明造就了于越原始艺术独特的文化形貌,我们考察原始艺术形态和特点,主要依赖于现代考古学的发现;我们考察上古时期其他艺术的萌芽则有赖于历史文献和人类学、民俗学、考古学的相互联系。

---

① 格罗塞:《艺术的起源》,蔡慕晖译,商务印书馆 2005 年版,第 26 页。

一、现代考古学视野中的于越原始艺术

(一)于越史前文明

作为长江流域的地域文化,越文化有它自己的源头和独立发展的过程。于越先民生活在长江下游的东南沿海一带,古越族生存繁衍的地方属于亚热带,温暖的气候,充足的雨量,丘陵和平原交错的地理环境,蕴藏着十分丰富的自然资源。因此,在史前的古越大地上,较早地绽露出人类文明的曙光。于越史前文明发端很早,延绵不断的越地考古遗存,构筑起距今1万年前到3000多年前的原始文化场景。浦阳江流域、曹娥江流域、姚江流域和钱塘江周边地区的考古发现表明,我们的先民在这里曾创造了灿烂的新石器时代文明,这个地区不仅有着完整的史前文化遗迹,如浦阳江上游的上山遗址,曹娥江上游的小黄山遗址,浦阳江下游的跨湖桥遗址,姚江流域的河姆渡遗址,钱塘江周边地区的良渚文化遗址、马桥文化遗址,而且还呈现了与环境相一致的地域文化特征。

浦阳江上游的上山遗址年代相当古老,经碳14标本测定,大约距今为1.1万年—9000年之间,属新石器时代早期的遗存,在遗址出土的陶器(片)和石器中,多为夹炭红衣陶(见图1),数量少,陶质疏松,火候低,器型

图1 夹炭红衣陶

十分简单。石器以打制石器为主,并发现少量通体磨光的石锛和石斧,其中以石磨盘和石磨棒的组合最具特点,保留着旧石器到新石器时代的过渡痕迹,反映了与原始农业紧密相关的经济生活模式。① 位于浙江省嵊州市甘霖镇上杜山村的小黄山遗址,遗址面积5万多平方米,是目前长江中下游地区距今9000年前后规模最大的聚落遗址。遗址出土的夹砂红衣陶器群、用于加工食物的石磨盘、磨石和储藏坑是小黄山遗存最主要最鲜明的文化特征,其中,第六文化层还出土利用玄武岩质砾石钻刻、掏挖而成的石雕人首一件,形象传神,具有较高的审美价值。② 萧山跨湖桥遗址年代经碳14标本测定,大约距今为8000—7000多年间③,遗址发掘了大量精致程度不亚于良渚文化的磨光黑陶(见图2)和舟船制造的技艺。特别是陶器的纹

图 2　跨湖桥陶器

饰丰富多彩,有条带纹、波折纹、环带纹、垂挂纹、太阳纹、火焰纹、十字或交叉纹等,装饰工艺多样,包括印、戳、刻、镂、贴等手法。跨湖桥遗址陶器上

　　① 参见蒋乐平、郑建明等:《浙江浦江县发现距今万年的早期新石器时代遗址》,《中国文物报》2003年11月7日;金毅:《浦江上山遗址发现一万年前的栽培稻》,《钱江晚报》2005年1月21日。

　　② 参见张恒等:《浙江嵊州小黄山遗址发现新石器时代早期遗存》,《中国文物报》2005年9月30日。

　　③ 参见浙江省文物考古所等:《浦阳江流域考古报告之一跨湖桥》,文物出版社2004年版,第40页。

的圆圈、放射线图案,包括镂空、刻划放射线图案,都是以太阳为模仿题材,体现了跨湖桥古人的太阳崇拜心理。发现于 20 世纪 70 年代的河姆渡遗址,是长江下游地区最有代表性的文化遗址,总面积约 4 万平方米,自下而上叠压着四个文化层,根据北京大学碳 14 实验室测定,年代为距今 7000—4000 多年前①,除了发现丰富的栽培稻谷和大面积的木建筑遗迹,出土大量生产工具、生活器具(见图 3)外,还发现了许多珍贵的原始艺术品,数量巨大、种类丰富,为研究我国远古时代的艺术文明提供了极其珍贵的实物

图 3　河姆渡陶器圆角长方钵

资料,其规模是空前的。它与距今 5300—4000 年的良渚文化交相辉映,代表着越地史前艺术的最高成就。良渚发现的大量制作精美、工艺精湛的玉器(见图 4),有精细的刻划花纹和镂孔的灰黑陶和泥质灰胎黑皮陶器。制陶普遍采用轮制,器形规整,造型优美。有的陶鼎上刻有旋涡钩连纹和曲折纹图案,有的贯耳壶上刻有简化鸟纹和曲折纹。这些纹饰,线条精细,繁杂而富于变化,代表了当时社会文化进步的信息。② 良渚文化横跨钱塘江

---

① 据《考古学报》1978 年第 1 期发表的浙江省文管会、博物馆有关《河姆渡遗址第一期发掘报告》,1973 年,在浙江杭州湾河姆渡遗址中发现了这种"干栏"式建筑的遗址。

② 参见浙江省文物管理委员会:《杭州水田畈遗址发掘报告》,《考古学报》1960 年第 2 期。

图4 良渚三叉形玉器

两岸,在宁波慈湖遗址、奉化名山后遗址、绍兴马鞍仙人山遗址等多处,都发现了良渚文化遗存。可以看出在良渚文化时期,钱塘江南岸的宁绍平原,虽然仍保留了河姆渡文化系统的一些传统,但却是以良渚文化因素为其主流了。众多文化遗址的相继发掘所提供的大量实物证明,越地史前文化的发展脉络是清晰的连贯的,而且越地文化遗址的分布体现了某种相似性,即都在多山的河谷地带的高岗上,这对我们认识古越先民在新石器阶段聚落选址和人类生产、生活的阶段性特征很有启发。公元前2000年前后,正当这个地域的史前文明进入最辉煌的阶段,由于某种原因,原本发达的良渚文化突然消失,致使相当于中原夏商时期的马桥文化出现了一个奇特的返祖现象:即良渚文化晚期出现的许多耗工费时的稀世珍品,包括玉器,带细刻图案的陶器、象牙器,在马桥古文化遗址中均未发现,遗存只是些粗陋的陶器杂件(见图5)。对此,学术界有两种观点,一种观点认为是这个地区的气候变暖,海平面上升,发生一次大规模的海侵,致使作为马桥文化原始文字的形器结构和表意方式,比上距千年的良渚文字更为简单。这种现象,考古界认为很大程度是受生态环境的影响。由于海侵和洪水,沿海地区众多聚落荒废,人大批死亡,造成马桥文化突然衰落,与良渚文化风格传统渊源中断。与连续发展的、没有中断的同时期的中原文化相比,显得有些滞后,从而奠定了有史以来中华文化以中原文化为核心的基础。另

图 5　马桥陶器

一种观点认为在良渚文化以后,由于生活在杭嘉湖地区的浙江先民,在其首领的率领下,北徙中原,参加了旷日持久的战争,并在当地定居下来,成为华夏族中的一支。[①] 致使盛行千余年之久的高度发达的玉器文化在浙江地区消失,原来良渚地区文化开始进入低谷时期,一度滞后于中原。

但现代考古学已经证明,中国史前文化的发生是多元并存的。新石器时期的越文化是发达的,不但毫不逊色,而且在某些方面是领先于整个中华文明。越地新石器时代的文化发展史上,河姆渡文化遗址、良渚文化遗址出土的大量实物最能够代表越地新石器时代多姿多彩的原始艺术的水平。

(二)于越原始艺术的种类及其表现

在以河姆渡文化、良渚文化为代表的于越史前遗存中,包含了丰富的原始艺术种类,从考古发现的角度大致可分为原始绘画、原始雕塑或原始工艺造型等。"人类第一件原始空间艺术作品,是雕刻绘画诸美术因素的混融形态;人类第一件原始时期艺术作品,是诗、歌、舞、剧诸表演因素的混

---

①　参见徐吉军:《浙江古代文化的发展与繁荣》,《东南文化》1990 年第 5 期。

融形态。"①原始艺术的遗存常常表现为种类的混合性，艺术与实用相结合的特征，于越的史前艺术也不例外。

河姆渡文化、良渚文化为代表的于越史前遗存具有较高的艺术价值，集中表现在出土的器物已形成自身特有的审美意识及艺术表现方式。大到生产、生活用具，小到装饰用品，琳琅满目，应有尽有，并表现出原始艺术种类的混合性与观赏性实用性相结合的特征。从功能种类看，可分为施刻于器表之上集实用和观赏于一体的装饰艺术和独立存在的纯艺术品两大类，而以前一类数量居多。

1. 原始装饰艺术

原始艺术其最初的基本的价值意识应该是"有用""实用"的。所以，集实用和观赏于一体的原始装饰艺术在原始艺术中总占绝对数量。以河姆渡、良渚文化为代表的集实用和观赏于一体的装饰艺术，从艺术表现形式分，大致有刻画艺术、雕刻艺术、陶塑艺术、彩陶艺术、造型艺术等五个方面。其中以刻画艺术、雕刻艺术和陶塑艺术最为突出，具有强烈的地方色彩。

刻绘于石器、陶器、玉器、木器和身上的纹饰图符是非常广泛的。考古发现中精美的史前艺术往往使令人殊感震惊。在距今9000年前的嵊州小黄山遗址发现了新石器时期早期的石雕艺术，如穿孔石器、石球和石雕人首，逼真的石雕人首高7.6厘米，是利用玄武岩质砾石运用钻、刻、掏挖等工艺成形的，形象传神，是越地发现最早的雕刻艺术，也是我国新石器时代最早的石雕人首(见图6)。

以陶器为例，在越地出土的陶器上都有各种装饰，而这装饰又各具特色。一般来说，陶器装饰多位于陶器上较为显眼又不易磨损的位置，如陶器的口沿和肩部。陶器装饰表现手法一般采用刻、画，也有压印、印和戳印等技法。在距今9000年前的嵊州小黄山遗址发现的敛口钵、双腹豆、夹砂灰陶折肩卵腹绳纹釜、甑等，有交错拍印绳纹、镂孔放射线和红底白彩的装饰风格，与萧山跨湖桥类型文化同类陶器十分相似，表现出更为古老的文化特征。距今7000多年前的河姆渡陶器装饰图案纹样的内容更为丰富多样，在炊器的腹底部多用拍印绳纹，在附加堆脊上、口沿上刻画有短线斜线、弦纹、贝齿纹、水波纹、锥刺的实纹、杆戳的圆圈纹、指捺的浅窝纹等(见

---

① 马荣：《艺术起源于宗教吗》，《文艺报》1990年4月9日。

图6　石雕人首

图7）。这些纹样组合有序,或繁或简,给人以朴素、原创之美。河姆渡文化遗址还出土了大量形象逼真的鸟纹陶器,反映出河姆渡人在生产、生活之余,对美的向往和追求。良渚文化遗址出土的陶器,早期以鼎、豆、双鼻壶、圈足罐等为主要组合,晚期发展为鼎、豆、圈足盘、双鼻壶、尊、簋、实足带把鬶、宽把带流杯和带流壶等。良渚陶器以泥质灰胎磨光黑皮陶最具特色,采用轮制,器形规整,圈足器居多,用镂孔、竹节纹、弦纹等装饰,也有彩绘,工艺精湛,很有审美价值(见图8)。即使是出现返祖现象的马桥文化遗址,出土的各种印纹陶器上也有叶脉纹、篮纹、方格纹、回字纹、鱼鸟纹和云雷纹等装饰花纹(见图9)。这些文饰实际上就是古越的原始装饰绘画。

以玉器为例,如河姆渡第四、三层出土的玉玦、玉璜、玉管、玉珠等①小

---

① 参见浙江省文物管理委员会:《河姆渡遗址第一期发掘报告》,《考古学报》1978年第1期。

图7　河姆渡陶器

件饰物,还有良渚玉器中的不少器类也具有人体装饰或日用器具的功能,如镯、环是人的腕饰或臂饰,由璜与管、珠组串而成的串饰多是胸饰或颈饰,玉梳背是修饰发梳的镶嵌物,玉勺和玉匕是进食的器具。良渚穿缀件玉器中也常有令人叹为观止的装饰艺术品,如鸟、龟、蝉等动物形穿缀件玉器,取像于越地鸽雀类性情温顺的飞禽,雕琢精巧,组成了良渚社会世俗物质生活中最精致的部分(见图10)。

　　另外,越人还有文身的习俗,说是以避蛟龙之害。尽管这些原始艺术给人的直观感受是各不相同的,但其混沌神秘、多元实用以及抽象具象交互运用的艺术手法,还是一目了然的。

　　2. 原始艺术品

　　在河姆渡出土的堪称纯艺术品的,比较典型的是用象牙、骨、木等材料雕刻而成的原始艺术品。这些雕刻品不仅材料讲究,设计奇巧,而且寓意深刻,耐人寻味。从题材来看,这些雕刻品主要以鸟类为主,其次还有太

图8　良渚陶器

图9　马桥陶器

阳、鱼、蚕等形象和几何图形,最为人称道的是"双鸟朝阳"纹象牙雕刻件(见图11)。这是一件难得的国宝级精品,该器长16.6厘米,宽5.9厘米,厚1.2厘米,形似鸟窝。它的正面雕刻一组花纹,中间为一组由大小不等的

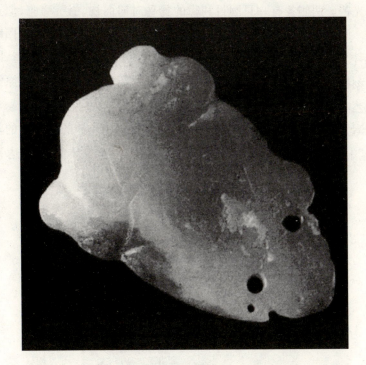

图 10　良渚玉器

图 11　河姆渡象牙蝶形器

5个同心圆构成的太阳纹,外围周边刻着炽烈而扑扑升腾的火焰纹,象征着太阳的光芒。两侧各有一只圆目利喙的鸷鸟对向而视,引吭啼鸣,似要振翅欲翔。画面布局严谨,线条虚实结合,图画寓意深刻,象征着对太阳和生命的崇拜。"双鸟朝阳"纹象牙雕刻品造型线条流畅,形象惟妙惟肖,既是一件雕刻精品,又具有强烈的绘画美,这是古越新石器时期出色的原始雕刻绘画艺术,和我国后来发展的花鸟画有同工之妙。

　　良渚文化玉器非常发达,种类很多,可以看做是纯粹的艺术品的多属礼器,其中最具典型意义的器物是玉琮(见图12)。玉琮体大者,高达18—

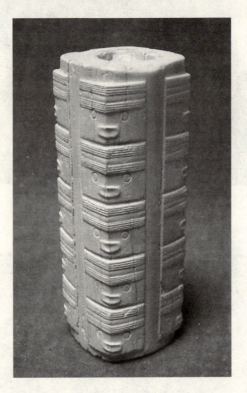

图 12　良渚玉琮

23厘米,形状为内圆外方的造型,与古代天圆地方、天地相通的思想相吻合。上面雕刻圆目兽面纹,工艺精湛,是中国古代玉器中的珍品。良渚文化的玉器不仅品类众多,而且琢磨精致,纹饰华丽,新创纹样琳琅满目。有神人兽面纹、束丝纹、绞丝纹、蚩尤纹、立人纹、兽眼鸟纹、云雷纹、蒲草纹。多浅浮雕,利用减地平凸的手法,凸出主要纹饰,强化主题表达。良渚文化玉器的工艺水准简直达到了鬼斧神工般的超卓高度,而纹饰则是将新石器时期玉器的创作"推到了顶峰"。作为艺术品的玉琮中蕴涵着极为丰富的内容,在外方内圆的柱状造型和精美绝伦的刻划纹饰的表象背后,反映出原始先民丰富的想像力和高超的造型能力。

(三)于越原始艺术的审美价值

普列汉诺夫曾经说过:"以有意识的功利观点来看待事物,往往是先于以审美的观点来看待事物的。"[①]从原始造型艺术来看,原始艺术的审美特性是逐渐从实用性功能中发展和剥离出来的,从最初往往是从适用功利观点来观察事物的现象,后来才发展到从审美的观念上来看待它们。从功能性的工具制作,逐渐发展到非功能性制品(如人体饰物、图腾物)的制作;从工具和器物的某些部分上刻划某些纹饰,到逐渐在功能性之外增加了非功能性的即审美的形式因素——形象。形象是一种特殊的审美符号,是艺术主体的审美心理和审美行为的外化符号,是对客观现实的真实的和长期作用的一种反映。

自然环境决定了越族先民所使用的工具和材料是与生活的环境相一致的,其审美习惯也源于生活经验。雕刻艺术方面,越人就地取材,主要是用陶器、玉器、石器、骨器等与日常生活密切相关的工具和材料,其刻划线条婉转流畅,手法新颖,极具特色,构成于越原始艺术独特的文化形貌,与中原的原始艺术风格自然不同。

在河姆渡出土的陶器或象牙骨器表面,集实用和观赏于一体的装饰艺术的图案,大多呈现出曲线的造型,刻划物象的线条多采用弧线、圆圈线、波曲线、卷曲线或称"S"形线等走势。河姆渡刻划艺术线条的美学特征是圆转、生动、细致的,充满着生命活力。不论是在象牙或骨器上刻的双鸟朝阳、连体双鸟,还是在陶器上刻划的游鱼、禾苗、稻谷、树叶、藤蔓等,都是由流畅、圆转、细致的曲线来实现的。表现了流动、生动、柔和、轻巧和流畅的美学特征,给人产生轻快愉悦的感受。

良渚文化的众多玉琮中最典型、最美丽的是羽冠神人兽面纹(见图13),玉器上刻有似神似兽的神人形像和神人兽合一的形像,即良渚"神徽"。兽面纹堪称绝无仅有的艺术杰作,刻划之精细,色彩之柔和,极具温和滋润之美,是融合了丰富的社会内容的"有意味的形式",也是原始宗教

---

① [俄]普列汉诺夫:《论艺术》,曹葆华译,三联书店1973年版,第108页。

图13　良渚玉琮纹饰

艺术的体现。良渚纯艺术品已经出现了崇尚抽象造型的趋势,良渚玉刻纹的线条已经具备人性的情感和审美的意味,线条、笔法的走势疏密有致,蕴涵了书法的意趣。

河姆渡原始艺术中的刻划和雕刻艺术可以看做古越绘画艺术的滥觞,其线条、笔法、色彩具有鲜明的美学特征。河姆渡原始象形刻划艺术中,以曲线为特征的线条应用,形成了细腻、柔和、生动、传神的艺术风格。河姆渡原始艺术造型还大量采用对称原理,使之产生整齐、稳重和沉静的艺术效果。立意和构图的出现,标志着原始艺术的进步,考察已出土的河姆渡刻划艺术品,其取材和构思可分三类:一是表示祈望和吉兆文饰。大量水稻和

图14　鱼形器柄

鱼的文饰(见图14),不但具有亲水的地理属性,又都是当时河姆渡人重要

图15　陶制纺轮

的维生物质。河姆渡人用艺术印证了汉代文献所记吴越地区"饭稻羹鱼"生活的真实性；二是表示对大自然赞美的文饰。原始河姆渡人对花草十分偏爱，如他们有时把花的形象刻划在陶制纺轮上（见图15），作为一种装饰，有时把叶状的花纹拍印在陶器的饰面，作为一种点缀；三是反映图腾意识，河姆渡人对飞鸟充满了敬仰和崇拜，无论是大量的历史文献、民族学材料，还是考古发掘，都印证了这样一个事实，鸟图腾崇拜及其崇鸟习俗一直是古代吴越地区重要的文化特征（见图16）。至于河姆渡遗址出土的双鸟纹骨匕、钻刻鸟纹骨匕和雕刻有"双鸟朝阳"的象牙蝶形器都是崇鸟图腾物证。特别是象牙蝶形器中间五个大小不等的同心圆，外圆上端刻出炽烈的火焰状，对向的振翅欲飞伸脖昂首相望之态的双鸟，均留下了原始艺术图腾崇拜的印记。对此，下面将有专题论述，此不赘述。

　　总之，河姆渡的原始装饰艺术既写实又夸张，既写景又寄情；既有浓厚的生活气息，又有明显的装饰趣味。它反映了原始河姆渡人高超的艺术创造力，体现出河姆渡人的性格、审美意识和情趣。这种艺术风格的形式完全与所在的自然环境密切相关。这种风格，在后来先秦相当长的历史时期中虽然

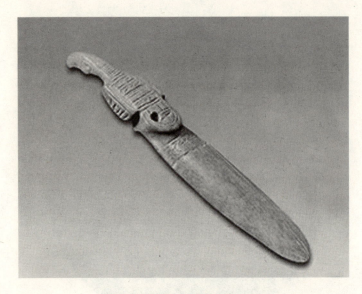

图 16　河姆渡圆雕鸟形象牙匕

一度中断,但到了永嘉之后,又得到了很好的延续、继承和发展,从而形成我们今天所说的细腻柔和的江南风格或称南方风格、南宗风格。从某种意义上看,河姆渡原始艺术线条运用的风格,是我国绘画南方风格的一个源头。

明代董其昌在《画禅室随笔》中注意到了中国绘画存在南、北两大系统的差异,认为中国绘画的南北分宗始于唐,并将王维和李思训父子分别作为南、北宗之始祖。其实南北绘画艺术风格的差异在 7000 年前中原地区和江南地区已初露端倪。黄河中游及关中盆地的仰韶、半坡原始艺术和江南宁绍平原的河姆渡原始艺术正可代表中国绘画南北差异的源头。半坡彩陶绘所使用的线条粗硬,折曲多圭角,造型上多采用变形的手法,重色彩,重写意,喜欢采用粗硬直线的运势,艺术风格是粗犷的、刚劲的、鲜艳的;而河姆渡的刻划艺术线条细腻柔和,圆转流畅,整体白描素雅,不尚色彩,艺术风格是细腻的、柔和的、素雅的。因此有学者认为,河姆渡与半坡原始艺术所表现出来的风格特征,与后来董其昌对南、北宗艺术风格的描述是一脉相承的,与后来历史中的南北绘画风格特征也是相一致的。中国南北绘画艺术两大系统的艺术差异实际上从新石器时代便表现出来了。[①]

---

① 参见康育义:《论河姆渡原始艺术的美学特征——兼论中国绘画南北差异之起源》,《东南文化》1990 年第 5 期。

二、民间文学视野中的于越神话传说

以神话为核心的原始文艺,代表着原始文艺的智慧结晶。神话是"通过人民的幻想用一种不自觉的艺术方式加工过的自然和社会形式本身"①。远古先人对于周围环境的变化,日月之嬗变,季节之转换,乃至于山崩地裂,洪水泛滥,瘟疫流行等自然界的巨大变化,会产生无比的困惑和莫明的恐惧。他们希望能认识这一切,并且主宰自然界的这些变化,由此激发出无穷的智慧和想象,去驾御征服自然界的变化,于是神话就产生了。神话依托于原始人类的生存环境,其中隐潜着一段段曾经发生过的历史。历史在神话的渲染中变得十分神秘,然而,神话传说却又生生不息,代代相传。前代的智慧给后代以启发,而后代又增加了许多想象和联想。神话传说代表着一个时代,是文学的童年时代。远古神话无比广阔神奇的想象空间,是后人无法企及的。

(一)于越族的洪水神话

如果说以河姆渡文化、良渚文化为代表的于越史前遗存用实物充分展示了于越丰富的原始艺术成就,如原始绘画、原始雕塑和原始工艺等,那么,于越族的神话和传说主要依赖的是历代文献资料的辑存和民间传说。越族的原始初民与世界上其他地区的原始人一样,一方面依赖于自然,要从自然界获得必要的生存保障;另一方面,在遭受自然界的袭击和毁灭时,又要苦思冥想,渴望创出一种能与自然相抗衡的力量。这种生存环境的外在压力和心理的内在渴求,成为产生神话的驱动力。从这个意义上说,于越族的洪水神话是最有代表性的。

于越族的洪水神话发生在中国的上古时期,和这个地区频繁出现的水患密切相关。神话的中心人物与上古时期遍布于中国众多地区的治水神话中心人物一样,都集中在夏朝的始祖禹的身上。正唯如此,关于禹的文

---

① 马克思:《〈政治经济学批判〉导言》,《马克思恩格斯选集》第2卷,人民出版社1995年第2版,第29页。

献记载比较集中,《左传》、《国语》、《世本》、《竹书纪年》、《山海经》及《墨子》、《庄子》、《孟子》、《韩非子》、《吕氏春秋》、《管子》等都有不少有关大禹及其史迹的记载。西汉时期杰出的历史学家司马迁对先秦时期文献中有关大禹的记载进行了系统的整理研究和合理取舍,并以《禹贡》为主要素材,在《夏本纪》中较为系统地记录了大禹及其时代的"历史",而后人对这些文献的解读却呈现出众说纷纭的特征。

自从顾颉刚先生于20世纪20年代在他的名著《古史辨》中提出"禹是南方民族神话中的人物","这个神话的中心点在越(会稽)"①等观点,有人表示赞同,有人提出质疑,到今天都各执己见,莫衷一是。赞同者如陈桥驿利用新的考古发现,认为禹从来就是越族传说中的伟大人物,证明了上述观点的前瞻意义,并且对以中原为根据的文献作进一步的阐发:

> 禹的传说就因为卷转虫海侵而在越族中起源,然后传到中原。但是这种传说在宁绍平原一带是根深蒂固的。中原的汉族虽然把这位越族传说中的伟大人物据为己有,但是他们显然留有余地,设法在这种传说中添枝加叶,尽量布置一个结局,让这位从越族中硬拉过来的人物,最后仍然回到越族中去。这就是权威的史书《史记·夏本纪》中所说的"帝禹东巡狩,至于会稽而崩"。在《史记》的正文以后,司马迁还要加上一段他自己的话:"禹会诸侯江南,计功而崩,因葬焉,命曰会稽,会稽者,会计也。"《国语·晋语》还记下了一个禹会诸侯于会稽的插曲:"仲尼曰:丘闻之,昔禹致群神于会稽之山,防风氏后至,禹杀之。"对于中原的夏王朝来说,会稽是荒外之地,是越族的领地。"同气共俗"的吴国,尚且要血战一场才能进军到这个地方,汉族的帝王和诸侯凭什么能到这个"南蛮鴃舌"之地去"会计"呢?但孔夫子和太史公都不属于会说谎话的人,他们的话,当然是从前代传下来的。《史记·越世家》又说:"越王句践,其先禹之苗裔而夏后帝少康之庶子也,封于会稽以奉守禹之祀。"这真是古代汉族人的高明之处。以上所引《国语》和《史记》中的话,实际上就是汉族人告诉越族人:"对不起,我们占用你们传说中的一位伟大人物,但是在他死以前,我们原物奉还吧。"②

① 顾颉刚:《古史辨》,北平朴社1926年版。
② 陈桥驿:《吴越文化与中日两国的史前交流》,《浙江学刊》1990年第4期。

认为大禹本治水神话在越地的广泛流传,印证了越族的一段历史。如前所述,越族先民在新石器时代曾经创造了灿烂的文明,然而,距今4000年左右的新石器时代末期,越地却发生了文化逆转,先进的良渚文化在越地突然消失。在夏、商、周整整三代的历史时期,越地的文化始终处于低迷状态,明显地落后于同时期的中原文化。究竟是什么原因导致越地文化的突然逆转,现代环境科学研究和考古发现成果认为,中国东部有传说中历时数代的灾难性的大洪水可能导致良渚文化的结束。陈桥驿进而以卷转虫海侵说解释越地文明的停滞和延缓,认为卷转虫海侵的过程,是越地自然环境恶化的过程。[①] 在第四纪最后一次海侵即卷转虫海侵以前,于越民族早期居住的是一片自然条件比较优越的近海平原。但在海侵的过程中,这里沦为一片浅海,越族开始流散。于越民族在会稽山地渡过了几千年的迁徙农业和狩猎业的生活。及至海退以后,于越族繁衍生息的这块肥美平原已经成为一片沮洳泥泞的沼泽地。在这漫长的历史时期,这里潮汐出没,土地斥卤。鉴此,有研究者进一步认为,千百年来广为流传于越地的大禹治水的传说,其实是卷转虫海侵淹没东部沿海平原,然后随着海退的过程及其越族人民胼手胝足,改造这种恶化了的自然环境而使东部沿海平原再度露出海面这一自然—人文过程在越族人民头脑中的曲折反映。[②]

质疑者也不乏其人,对于禹的出生地、娶妻地、治水地域、终老之处,甚至禹是否确有其人,一直存在着争议。越地自古以来流传着大量有关大禹的传说。汉代史学家司马迁在《史记·夏本纪》中较早提到:"十年,帝禹东巡狩,至于会稽而崩。"为著述《史记》,司马迁"年二十而南游江、淮,上会稽,探禹穴",这表明,作为一位态度严谨的史学家,司马迁对今浙江境内的禹迹曾经进行过实地考察,说明至迟在西汉以前,越地已经是大禹故事传说广泛流传的地域之一。司马迁时代对越地大禹文化的源头也仅仅追溯至夏后帝少康之时。《史记·越王句践世家》说:"越王句践,其先禹之苗裔,而夏后帝少康之庶子也。封于会稽,以奉守禹之祀。"司马迁认为越为禹后,越地是大禹终老之地(见图17),有禹迹和禹的神话传说应是情理之中。

---

① 参见陈桥驿:《于越历史概论》,《浙江学刊》1984年第2期。
② 参见徐建春:《越国的自然环境变迁与人文事演替》,《学术月刊》2001年第10期。

越文化通论

第二章 于越艺术文明论

图17　大禹陵

　　上古时期越地民间的神话传说,由于本地区没有相应的、更早的文献记载,所以只有依据传世的同一时期的中原文献资料来钩稽其中的一些信息。关于尧、舜、禹时代那场洪水的气势,典籍中是这样描述的:"当帝尧之时,鸿水滔天,浩浩怀山襄陵,下民其忧。"①"当尧之时,天下犹未平,洪水横流,泛滥于天下,草木畅茂,禽兽繁殖,五谷不登,禽兽逼人,兽蹄鸟迹之道交于中国。"②但在最早的文献资料中,都认为这个传说起源于黄河流域,相传在帝尧之时,天下发生了一场延续长久的滔天洪水。于是尧便推选禹之父鲧去治理洪水,鲧用9年的时间治理水患不成,于是尧便将鲧杀死在羽山,然后又推举鲧之子禹前往治理。禹劳身焦思,居外13年,过家门不入,经过艰苦卓绝的努力,用疏导的方式,终于平息水患,天下太平。禹也

---

① 《史记·夏本纪》。
② 《孟子·滕文公》。

因为治水的成功而成为中国历史上第一个王朝夏王朝的缔造者。大禹治水的神话首先是在北方的《诗经》、《尚书》中被记载下来。① 近年来一件西周中期记述大禹治水故事的青铜礼器公盨的发现，将有关大禹治水的文献记载一下子提早了六七百年，公盨铸有 98 字长篇铭文，上有："天命禹敷土，随〔堕〕山浚川……"的字样，记述了大禹治水等内容。公盨铭是目前所知时代最早也最为详实的关于大禹的可靠的文字，充分表明早在《诗经》、《尚书》前，人们就在广泛传颂着大禹的功绩。可见，关于大禹治水神话的口头文学必然会更早，这个神话究竟源于何处，还有待于进一步发现。

中原文献资料中记载的大禹与会稽有密切关系，史载禹娶于涂山，葬于会稽。关于会稽的地望虽又有不同的说法②，但从先秦以降，禹陵、禹墓只有江南会稽一处。在现存的先秦古籍中，绝大部分明确认定禹巡狩和归葬的会稽位于江南。江南会稽所在的越地，是这类神话传说特别流行的地域之一，也是禹、舜故迹分布特别密集的地区。我们从越地的许多地名的渊源解释中就可见一斑。如《越绝书》卷八："禹始也，忧民救水，到大越，上茅山，大会计，爵有德，封有功，更名茅山曰会稽。"绍兴的前身为会稽、山阴，而这两地都因会稽山而得名。③ 从舜、禹故迹方面看，据不完全统计，浙江绍兴、余姚、上虞三县境内的舜、禹故迹共有 25 处之多，是舜、禹故迹分布最为密集的地区之一。④ 越地以禹为中心神话传说主要有"鲧禹治水"、"宛委山得金简之书"、"娶妻涂山"、"禹会会稽"、"会稽鸟耘"等。越地先后两部乡土文献《越绝书》和《吴越春秋》对此都有生动的记录。

如《越绝书·越绝外传记地传》：

> 大越海滨之民，独以鸟田，小大有差，进退有行，莫将自使，其故何也？曰：禹始也，忧民救水，到大越。上茅山大会计，爵有德，封有功。更名茅山曰会稽。及其王也，巡狩大越，见耆老，纳诗书，审铨衡，平斗斛。因病亡死，葬会稽。苇椁桐棺，穿圹七尺；上无漏泄，下无即水。坛高三尺，土阶三等，延袤一亩。尚以为居之者乐，为之者苦，无以报

---

① 《尚书·益稷》："禹曰：洪水滔天，浩浩怀山襄陵，下民昏垫。予乘四载，随山刊木。……予决九川，距四海；浚畎浍，距川。"《诗·长发》："洪水芒芒，禹敷下土方。"

② 除了浙江绍兴说，还有安徽涂山说、山东说、辽西说、河南说、河北说等。

③ 会稽：因位于会稽山北而得知，山阴："水南山北为阴"，是地名命名的由来。

④ 参见徐建春：《大禹、会稽与夏文化》，《杭州师范大学学报》2000 年第 2 期。

民功,教民鸟田,一盛一衰。当禹之时,舜死苍梧,象为民田也。禹至此者,亦有因矣,亦覆釜也。覆釜者,州土也,填德也。禹美而告至焉。禹知时晏岁暮,年加申酉,求书其下,祠白马禹井,井者,法也。以为禹葬以法度,不烦人众。①

《吴越春秋》载:

帝尧之时,遭洪水滔滔,天下沉渍,九州阏塞,四渎壅闭。帝乃忧中国之不康,悼黎元之罹咎,乃命四岳,乃举贤良,将任治水。自中国至于条方,莫荐人,帝靡所任。四岳乃举鲧而荐之于尧,帝曰:"鲧负命毁族,不可。"四岳曰:"等之群臣,未有如鲧者。"尧用治水,受命九载,功不成。帝怒曰:"朕知不能也。"乃更求之,得舜。使摄行天子之政,巡狩。观鲧之治水无有形状,乃殛鲧于羽山。鲧投于水,化为黄能,因为羽渊之神。

舜与四岳举鲧之子高密。四岳谓禹曰:"舜以治水无功,举尔嗣考之勋。"禹曰:"俞!小子敢悉考绩以统天意,惟委而已!"禹伤父功不成,循江溯河,尽济甄淮,乃劳身焦思以行七年。闻乐不听,过门不入,冠挂不顾,履遗不蹑,功未及成,愁然沉思。乃案《黄帝中经历》,盖圣人所记,曰:"在于九山东南,天柱号曰宛委。赤帝在阙。其岩之巅,承以丈玉,覆以磐石,其书金简,青玉为字,编以白银,皆琢其文。"禹乃东巡,登衡岳,血白马以祭,不幸所求。禹乃登山,仰天而啸。因梦见赤绣衣男子,自称玄夷苍水使者。"闻帝使文命于斯,故来候之。非厥岁月,将告以期,无为戏吟,故倚歌覆釜之山。"东顾谓禹曰:"欲得我山神书者,斋于黄帝岩岳之下,三月庚子,登山发石,金简之书存矣。"禹退,又斋。三月庚子,登宛委山,发金简之书,案金简玉字,得通水之理。复返归岳,乘四载以行川,始于霍山,徊集五岳。诗云:"信彼南山,唯禹甸之。"遂巡行四渎,与益、夔共谋。行到名山大泽,召其神而问之山川脉理、金玉所有、鸟兽昆虫之类及八方之民俗、殊国异域、土地里数,使益疏而记之。故名之曰《山海经》。

禹三十未娶,行到涂山,恐时之暮,失其度制,乃辞云:"吾娶也,必有应矣。"乃有白狐九尾造于禹。禹曰:"白者,吾之服也。其九尾者,

_____

① 《越绝书》,上海古籍出版社1985年版,第57页。

王之证也。《涂山之歌》曰:'绥绥白狐,九尾痝痝。我家嘉夷,来宾为王。成家成室,我造彼昌。'天人之际,于兹则行,明矣哉!"禹因娶涂山,谓之女娇,取辛壬癸甲。禹行十月,女娇生子启。启生,不见父,昼夕呱呱啼泣。

……

于是,周行宇内,东造绝迹,西延积石,南途赤岸,北过寒谷,徊昆仑,察六扈,脉地理,名金石。写流沙于西隅,决弱水于北汉。青泉、赤渊分入洞穴,通江东流至于碣石。疏九河于潜渊,开五水于东北。凿龙门,辟伊阙。平易相土,观地分州。殊方各进,有所纳贡。民去崎岖,归于中国。尧曰:"俞! 以固冀于此。"乃号禹曰伯禹,官曰司空,赐胜姒氏,领统州伯,以巡十二部。尧崩,禹服三年之丧,如丧考妣,昼哭夜泣,气不属声。尧禅位于舜,舜荐大禹,改官司徒,内辅虞位,外行九伯。舜崩,禅位命禹。禹服三年,形体枯槁,面目黎黑,让位商均,退处阳山之南,阴阿之北。万民不附商均,追就禹之所,状若惊鸟扬天,骇鱼入渊,昼歌夜吟,登高号呼,曰:"禹弃我,如何所戴!"禹三年服毕,哀民,不得已,即天子之位。三载考功,五年政定,周行天下,归还大越。登茅山以朝四方群臣,观示中州诸侯,防风后至,斩以示众,示天下悉属禹也。乃大会计治国之道。内美釜山州慎之功,外演圣德以应天心,遂更名茅山曰会稽之山。因传国政,休养万民,国号曰夏。后封有功,爵有德,恶无细而不诛,功无微而不赏,天下喁喁,若儿思母,子归父。……乃纳言听谏,安民治室;居靡山伐木,为邑画作印,横木为门;调权衡,平斗斛,造井示民,以为法度。凤凰栖于树,鸾鸟巢于侧,麒麟步于庭,百鸟佃于泽。①

《越绝书》的作者和成书过程,旧说认为是始于战国时人的创作②,一般认为后经东汉越人袁康、吴平加以增删辑录而成。《吴越春秋》作者为东汉越人赵晔。从成书年代上看,《吴越春秋》明显晚于《越绝书》,两书中均有完整的大禹治水神话记载。特别是成于东汉的《吴越春秋》上古越地神话有更为丰富的描写,显然是吸收了先秦典籍和正史以外的大量本土民间

---

① 《吴越春秋·越王无余外传》,江苏古籍出版社 1992 年版,第 79 页。

② 《隋书·经籍志》、《旧唐书·经籍志》、《新唐书·艺文志》著录此书者均作子贡。宋《崇文总目》又加子胥。

传说综合而成的。

　　"禹会会稽"在先秦史乘《左传》、《国语》和诸子《墨子》、《韩非子》文籍中均有记载。《左传·哀公七年》:"禹合诸侯于涂山,执玉帛者万国。"《国语·鲁语下》:"昔禹致群神于会稽之山,防风氏后至,禹杀而戮之⋯⋯"《墨子·节葬下》:"禹东教乎九夷,道死,葬会稽山。"《韩非子·饰邪》:"禹朝请侯之君会稽之上。防风之君后至,而禹斩之。"到西汉,司马迁《史记·夏本纪》说:"帝禹东巡狩。至于会稽而崩。""禹会诸侯江南,计功而朋,因葬焉,命曰会稽。会稽者,会计也。""禹会会稽"之地在地属江南的越地,司马迁亲自上会稽,探禹穴。《吴越春秋》显然在此基础上有更充分的渲染。"禹娶妻涂山"主要记载于《尚书》、《楚辞》、《吕氏春秋》、《史记》等古籍中。《尚书·益稷篇》:"禹娶于涂山,辛壬癸甲。启呱呱而泣,予弗子,惟荒废土功。弼成五服,至于五千。"《楚辞·天问》:"禹之力献功,降省下土四方,焉得彼涂山之女,而通之于台桑?"《吕氏春秋·音初》:"禹行水,窃见涂山之女⋯⋯涂山氏之女乃令其妾候禹于涂山之阳。"《史记·夏本纪》:"禹曰:'予娶涂山,辛壬癸甲,生启,予不子',以故能成水土功。"涂山在何处,均没有明言。《越绝书·越绝外传记地传》明确地说:"涂山者,禹所娶妻之山也,去县五十里。"[①]尽管早在唐时,就出现了"涂山四说",即越地会稽(绍兴)之涂山、江州(重庆)涂山、皖南(当涂)涂山和蚌埠(怀远)涂山等。从典籍记载看,还是以越地会稽(绍兴)之涂山说为古老。至于"会稽鸟耘"的神话传说,那就是越地特有的一个道德神话。大禹是上古吴越民族神话里的治水英雄,为治理供水,他公而忘私,三过家门而不入。意志坚定,百折不挠。他身上蕴藏和集中了我国古代劳动人民的许多优秀品德,是道德理想的化身。他的崇高精神足以感动万物生灵,于是就有了"会稽鸟耘"的圣瑞气象。这个神话在不断的解读过程中,自然会形成这样一种印象:即"群鸟耘田"与德政之间的必然联系。《史记·夏本纪·集解》引《地理志》:"〔会稽〕山上有禹井、禹祠,相传以为下有群鸟耘田也。"《越绝书》:"大越海滨之民,独以鸟田,小大有差,进退有行,莫将自使。"《吴越春秋》:"〔禹〕乃纳言听谏,安民治室。⋯⋯凤凰栖于树,鸾鸟巢于侧,麒麟步于庭,百鸟佃于泽。⋯⋯禹崩以后,众瑞并去,天美禹德而劳其功,使百鸟还为民

---

① 《越绝书》,上海古籍出版社1985年版,第63页。

田。大小有差,进退而行,一盛一衰,往来有常。"另外《水经注·渐江水》也说:"昔大禹即位十年,东巡狩崩于会稽,因而葬之。有鸟来为之耘。春拔草根,秋啄其秽,是以县官禁民不得妄害此鸟,犯则刑无赦。"《艺文类聚》卷十一引《帝王世纪》:"〔禹〕年百岁崩于会稽,因葬会稽山阴之南。今山上有禹冢并祠,下有群鸟芸田。"王充《论衡·书虚篇》引传书言:"舜葬苍梧,象为之耕,禹葬会稽,鸟为之田。盖以圣德所致,天使鸟兽报佑也。"从不同的角度诠释了禹的美德所引发的大自然中神奇的鸟耘现象。

　　大禹治水神话在越地的广泛流传,反映了人们希望通过不懈的努力,改变恶劣的自然环境的愿望。至于大禹治水成功的结果,则是海退以后,自然环境有所好转的客观反映。在这个过程中,越地的洪水神话多和治水相联系,蕴涵着于越部族一段难忘的历史。王国维说:"上古之事,传说与史实混而不分。史实之中固不免有所缘饰,与传说无异,而传说之中亦往往有史实为之素地,二者不易区别,此世界各国之所同也。"①古史传说是古史不可缺少的一部分,有很多神话想象夸张变形的东西,不能像后代史料那样直接引据,是因为早期文史哲不分家,古史传说中有文学的成分。

　　宋《宝庆会稽续志》云:"古有三圣人,越兼其二焉。"②上古尧、舜、禹三圣中,除禹以外,舜与越族的关系也很密切,在越地有许多关于他们的神话传说和踪迹。在史书和民间有许多记述和传说。在《史记》舜及禹的本纪中,多次讲到他们在越地的活动。如《五帝本纪》"正义"引《会稽旧记》云:舜上虞人,去虞30里有姚丘,即舜所生也。有引《括地志》云:"越州余姚县,顾野王云舜后支庶所封之地,舜姓姚,故云余姚。县西七十里有汉上虞故里。"③绍兴、上虞、余姚等地众多与舜的故事相联系的史迹地名遗存,是舜的神话在越地流传的见证。如虞舜到过之地,现称"上虞",境内有舜山、舜井、舜江、舜里、百官等地名,有大舜行宫遗迹和虞王庙遗址(见图18)。余姚县也有舜井、舜水。《吕氏春秋·古乐篇》:"商人服象,为虐于东夷,周公乃以师逐之,至于江南。"说商民族役使许多大象在东方一带逞威,周公便派了兵队去驱逐他们,一直把他们赶到长江以南地方。越地有"舜耕历山"、"象耕鸟耘"的神话传说。在今浙江余姚、上虞两地都有舜所耕的历

　　① 王国维:《古史新证》,湖南人民出版社2010年版,第1页。
　　② 《嘉泰会稽志·附宝庆会稽续志》卷八孙因《越问序》。
　　③ 《史记·五帝本纪》"舜"之"正义"。中华书局1982年版。

图18　小舜江

山;两处均有象田、舜井。余姚的历山还有舜的石床,足踏处双迹宛然。曹娥江原名舜江,百官镇为舜会百官之地。有源也有流,由于越地自古流传着关于舜的传说,六朝以来不少典籍开始记载舜生于浙东。如唐《括地志》引《会稽旧记》云:"舜,上虞人,去虞三十里有姚丘,即舜所生也。"学界有从良渚城的发现,进而提出夏王朝兴于东南的观点①,从神话流传的地域看,也不是完全没有可能。

远古神话传说蕴涵了许多形象生动的故事,是人类最早的幻想性口头散文作品,是早期文明的瑰宝。远古神话传说是远古先民智慧的结晶,开文学的先河。神话反映了远古时代生产力水平低下的人们为争取生存、提高生产能力而产生的认识自然、支配自然的积极要求,既有文学的想象,又有历史的痕迹。神话是一部透视远古先民生活的精彩画卷,远古先民们通过这些神话传说形式为我们搭建了一个远古文明的框架。因此,"随着近代考古资料和出土文物的不断发现,证实了部分神话的历史真实性。神话

---

① 参见陈剩勇:《中国第一王朝的崛起》,湖南出版社1994年版。

传说一般不会凭空产生的,它是先民对远古历史文化的表达方式"①。

东方是太阳升起的地方,也是神话诞生的故乡。上古神话产生的地理环境大都与东方、与海洋文明相关联。越地神话之发达,之广为流传,正好印证了这样一种地域现象。

(二)于越族的原始宗教和图腾崇拜

图腾崇拜有原始宗教的意味。在原始时代,原始人的艺术活动与宗教崇拜仪式活动乃至生产活动常常是混融一体的,既是远古先民对自然界纯朴的热爱和尊重,又表现他们企图改善自身生存条件达到"天人合一"的热切愿望。图腾,在人类学意义上指的是一种信仰和习俗的体系,它表明某一人类群体与某一类实物(通常是动植物)之间存在有某种神秘的或祭礼仪式的关系。图腾崇拜给予远古先民精神生活的影响力是巨大的。他们把自己对大自然的全部感情,倾注到宗教形式下的精神创造活动中去,由此催生出原始图腾崇拜。原始先民为了免遭外界的伤害,就把自然界的某些动物或植物作为自己氏族的保护神加以崇拜,祈求平安和丰收。新石器时代的陶器纹饰符号蕴涵着图腾崇拜的元素,它既具有审美的观念,又表达着人类对自然力和自然物神秘的敬畏、依赖和祈祷等。随着人类思维的进一步发展,逐步从个别现象的思维发展到综合性思维,于是便出现了有关自然图腾崇拜的艺术。一般情况下,图腾往往作为一个民族的标志或图徽,具有很大的敏感性和象征性。因此,图腾崇拜是最能反映一个民族的文化心态及其与周边民族关系的文化因素之一。如越地的鸟、蛇图腾崇拜就是很典型的例子。

1. 越地的鸟图腾崇拜

楚越先民都有以凤鸟为图腾的习俗,与楚人偏崇凤习俗相比,毗邻而处的越人更注重对鸟的图腾崇拜(见图19)。《禹贡》说古吴越是一块"阳鸟枚居"的湖泊沼泽地。群鸟栖居,嘤嘤鸣鸣,使人们的生活充满了盎然生机。鸟能自由地飞翔在深邃莫测的天宇中,更给人们以遐想,似乎它能给人们的生活带来吉祥幸福,因而对它产生了崇敬之意。《越绝书》:"大越海滨之民,独以鸟田。"《吴越春秋·越王无余外传》:"天美禹德,而劳其功,使

---

① 叶岗:《中国文化的地域发生之特征》,《社会科学战线》2006 年第 4 期。

图 19　越国贵族墓文物

百鸟还为民田。"从于越地区的鸟神话传说中不难看出越人对这些神圣鸟类的崇拜心理。《吴越春秋》称:"越地山有鸟如鸿,青色,名冶鸟","百鸟佃于泽","越人谓此鸟为越祝之祖"。① 东汉王充在《论衡》中记载:"雁鹄集于会稽,去避砀石之寒,来遭民田之毕,蹈履民田,啄食草根。"② 又:"会稽众鸟所居……鸟自食草,土蹶草尽,若耕田状,壤靡泥易,人随种之。"③ 鸟类是当时与先民共处于这片土地上的最大众的生灵,它们与于越先民共同生活在江南这片温暖的沼泽地上,鸟类的生存栖息繁衍,有着当时于越先民所难以企及的自由悠闲和神奇兴旺,不时地给予越人某种神灵的"启迪"。越人崇拜鸟在考古上也得到了大量印证。在河姆渡文化遗址里,就发现了双鸟朝阳、双头连体鸟纹、鸟形象牙圆雕等图案。第四层共出土各类鸟形象材料 35 件,其中刻划鸟纹器物 3 件,鸟形器 32 件。第三层共出土各类鸟形象材料 14 件,其中鸟纹材料 1 件,鸟形器或鸟形堆塑 13 件。种类丰富,有陶塑鸟、石质鸟形器、骨质鸟形器、象牙鸟形器、木质鸟形器等。④

---

① 《吴越春秋·越王无余外传》,江苏古籍出版社 1992 年版,第 85 页。
② 王充:《论衡·偶会篇》,中华书局 1990 年版。
③ 王充:《论衡·书虚篇》,中华书局 1990 年版。
④ 参见浙江省文物考古研究所:《河姆渡——新石器时代遗址考古发掘报告》(上、下册),文物出版社 2003 年版。

河姆渡文化是以鸟图腾崇拜为特征的农业文化,鸟图腾作为一种原始宗教信仰及抽象观念对越文化的发展和演变产生持久的影响。

在良渚文化遗址里,不仅出土了带有鸟纹的陶器,而且将耘田器也制作成象征鸟类的两翼形,以之表示群鸟耘田、鸟田之利的吉祥之象。翅奋飞状。1987年,浙江省余杭县安溪乡瑶山良渚文化祭坛遗址的墓葬中也出土有玉鸟,并且在冠状饰件的人兽合体图象的两侧雕有鸟的图案。根据发掘者的意见,神人兽面像(即人、兽合体图象)是良渚文化的氏族图腾。值得注意的是,在几件重要玉器上,除人、兽合体纹饰外,几乎都出现了鸟纹。1990年3月,绍兴县漓清中庄坝头出土了一件青铜鸠杖,顶端立一鸠,两翅微展,也留下了鸟崇拜的记号(见图20)。江苏六合县一座春秋战国时期的墓葬中曾出土的随葬品中有一件残铜匜,器内所饰的细纹刻划图案据研究"是一幅生动的'鸟田'图"[1]。1981年浙江绍兴坡塘狮子山春秋战国时期的越墓中出土了一座随葬的铜屋模型,屋顶正中的八角形柱端高高站立一只鸠鸟,铜屋内却塑有六个跪坐的铜乐人[2],可以推断该铜屋模型当是越人巫祝击鼓弹琴,祭祀鸠鸟图腾的造型,蕴涵着某种神秘的宗教意义(见图21)。

图腾崇拜是古代先民对自然现象的一种理解,也反映出一个区域的文化认同,越先民早期发自内心的对鸟的仰慕和崇拜。越人把"长颈鸟喙、鹰视狼步"看成是帝王之相,把鸟作为吉祥的、能引渡灵魂飞上天堂之使者。《吴越春秋·阖闾内传》载,吴王女胜玉死,乃舞白鹤于吴市中,令万民随而观之。越人对鸟的这种崇拜,还获得了"鸟语之人"的称谓,东汉时,人们将移居安徽宣城一带的山越之民称做"椎髻鸟语之人"[3]。后来,越人始传有关鸟的一些灵验故事,如晋朝王嘉《拾遗记》载:"越王入国,有

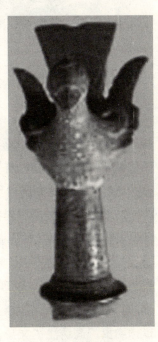

图20　青铜鸠杖

---

① 陈龙:《鸟田考》,《福建文博》1982年第1期。
② 参见《绍兴306号战国墓发掘简报》,《文物》1984年第1期。
③ 范晔:《后汉书·度尚传》,中华书局1965年版。

第二章　于越艺术文明论

通论　越文化

图21　铜屋模型

丹鸟夹王而飞,故句践之霸也。起望鸟台,言丹鸟之异也。"陶元藻《广会稽风俗赋》:"越王入吴时,有鸟夹王而飞,以为瑞也。因筑望鸟台,属山阴。"显然已经从最初的图腾崇拜发展到迷信了。

2. 越地的龙蛇图腾崇拜

古代百越族的龙蛇图腾崇拜也很普遍,于越先民"断发文身"的风俗起源也与"龙蛇"崇拜有关。《说文》载:"东南越,蛇种。"《说文》中把越族首指为蛇种,这是有一定道理的。相传蛇是越人的祖灵,越人对蛇是十分虔敬的。《淮南子·原道训》:"九嶷之南陆事寡而水事众,于是民人被发文身以像鳞虫。"高诱注:"文身,刻画其体,内墨其中,为蛇龙之状,以入水,蛟龙不害也,故曰以像鳞虫也。"刘向《说苑·奉使》也说:"翦发文身,烂然成章,以像龙子者,将避水神也。"越人生活在江海湖沼地区,常与水打交道,为了祈求平安,断发文身,在身体上画上龙蛇的花纹,装扮成龙子模样,以求得到水神龙的认同和保护。这种带有强烈巫术意味的做法,将越人以龙蛇为图腾的心理意识反映得很清楚。龙是传说中的水神,其原形就是蛇,所以龙蛇崇拜在越人心目中是合而为一的。《吴越春秋·句践阴谋外传》记载越王句践依照文种的计谋，派三千人入山伐木，然后让"巧工施效，制以归绳，雕治圆转，刻削磨砻，分为丹青，错画文章，罢以白璧，镂以黄金，状类龙蛇，文彩生光"，做成侈奢礼品送给吴王。同书《阖闾内传》记述伍子胥接受吴王阖闾之命建造吴国大城时，"欲东并大越，越在东南，故立蛇门，以制敌国。吴在辰，其位龙也，故小城南门上反羽为两鲵，以像龙角；越在巳地，其位蛇也，故南大门上有木蛇，北向首内，示越属于吴也"。可见，龙蛇是越人的象征。这些在越地的考古发现中均有实例。如反山、瑶山发掘的良渚玉器饕餮纹的最完整、复杂的型式。见于瑶山、反山的玉琮（见图22）是这种型式的典型。玉琮纹饰显示的图像，可以看做上下两部分的重合。上方是

图 22　瑶山玉琮

人形的上半部，有戴羽冠的头和双手。下方为兽面，有卵圆形的目和突出獠牙的口，并有盘曲的前爪。上下的界限相当清楚。下部的兽，李学勤认为很可能是当时龙的形象。① 因为传说中的饕餮本是龙的一种，好饮食，故立于鼎盖。羽冠的轮廓也十分特殊，是良渚文化流行的一种玉冠状饰品。牟永抗推断这种"冠状饰就是神偶像上的帽子"②，这种冠状饰是神性的一

---

① 参见李学勤：《良渚文化玉器与饕餮纹的演变》，《东南文化》1991 年第 5 期。
② 牟永抗：《良渚玉器上神崇拜的探索》，《庆祝苏秉琦考古五十五年论文集》，文物出版社 1989 年版，第 191 页。

种表征。这种图象所要表现的正是人形与兽形（龙）的结合统一。图像中的兽，即龙，本来是神话性的动物，是古人神秘信仰的体现，同时又是当时正在逐渐形成、增长的统治权力的象征。要在图像中表现这一点，于是构成了如此奇幻的纹饰。良渚文化玉器上的饕餮纹，看来已甚复杂，恐怕还不是这种纹饰的原始形态。它所特有的价值是，比商周青铜器更清楚地向人们展示了纹饰的神秘性质。这种纹饰确实应当有信仰、神话的意义。虽然我们还不完全知道应该怎样去解释。①1981年，绍兴一座战国越墓中出土了一批铜器，其中一件铜插座，四面都饰有两条蛇首相背、互相缠绕的浮雕蛇纹；一件被称为"小阳燧"的铜器背面，饰有昂首舞爪的四条奔龙；在一件提梁式三足禾皿的流、益、提梁及足部，有多达56条神态各异、大小不同的立雕兽首蛇。② 这些蛇纹或龙纹（可看做蛇纹的变体）写实性很强，其风格与同时期中原地区铜器上常见的"蟠螭"纹迥然相异，有学者认为这是当时越人的图腾崇拜在器物上的表现或图腾的图案化。③ 1997年在绍兴兰亭镇里木栅村印山大墓出土的龙首形玉部件和1982年在绍兴县鉴湖镇坡塘狮子山东周墓出土的玉龙（见图23），均是春秋时雕琢的玉质精品，工艺精湛，纹样精致，龙的造型蟠曲生动。考古学上还有一个引人注目的重要发现是，在我国古越族分布的东南

图23　玉龙（春秋）

---

① 参见李学勤：《良渚文化玉器与饕餮纹的演变》，《东南文化》1991年第5期。

② 参见《绍兴306号战国墓发掘简报》，《文物》1984年第1期。

③ 参见陈克伦：《吴越风俗考》，《百越史论集》，云南民族出版社1989年版。

地区,发掘出古越人制造和使用的大量几何印纹陶器,这些几何形印纹,有学者认为是"蛇状和蛇的斑纹的模拟和演变"①。几何印纹陶器上的几何形印纹乃是越人龙蛇图腾纹饰的变体,这不是没有道理的。因此,从图腾崇拜意义上看,正好印证了汉朝许慎的说法:"东南越,蛇种。"②

图腾崇拜所表现的审美艺术在上古社会中比在现代社会里更能影响较多的个人,并构成较大部分的文化内容,这种内容又因部族的不同而显出明显的差异来。越人"断发文身"正是带有典型性的审美艺术表现。"断发",又可称做"短发"、"祝发"、"被发"、"剪发"、"箭发",其实就是将发剪短,以并贯于头。这种习俗似在河姆渡文化时期就已出现,出土的很多骨笄,属人体一种不固定的装饰。"文身"则是人体的固定装饰,吴越人是以针刺皮肤,画出龙纹的形象。著名的艺术史专家格罗塞对人体装饰艺术的原因有过深刻的分析。他说:"诱致人们将自己装饰起来的最大最有力的动机,无疑是想取得别人的喜悦",并认为:"无论哪一种,都不是无足轻重的赘物,而是一种最不可少的和最有效的生存竞争的式器"。③ 于越族的这些人体装饰也复如此。文身是为了取得水神的认同,也是一种对美的追求。《淮南子·泰族训》说:"夫刻肌肤、镵皮革,被创流血,至难也,然越为之以求荣。"说明越人的"断发文身"既是基于面对自然环境的一种生存技巧,同时也是于越族的一种原始审美艺术。

三、于越族的原始书法及其演变

人类第一件原始空间艺术作品,是雕刻绘画诸美术因素的混融形态。④混沌是人类早期神秘性与混沌性思维的特征,艺术种类的混沌又是原始艺术与生俱来的面貌,这种混沌当然也包括原始时期的书法。在文字产生的初期,也许还谈不上书写的艺术问题,但中国的汉字从形成的时候起,实质

---

① 陈文华:《几何印纹陶与古越族的蛇图腾崇拜——试论几何印纹陶纹饰的起源》,《考古与文物》1981 年第 2 期。

② 许慎:《说文解字》,中华书局 1963 年影印本,第 282 页。

③ 格罗塞:《艺术的起源》,商务印书馆 2005 年版,第 79 页。

④ 参见马荣:《艺术起源于宗教吗》,《文艺报》1990 年 4 月 9 日。

上就蕴涵了书法的意义。我们在前面已经提到,良渚纯艺术品已经出现了崇尚抽象造型的趋势,良渚玉刻纹的线条已经具备人性的情感和审美的意味,线条、笔法的走势疏密有致,蕴涵了书法的意趣。我们不妨把这种处于萌芽混沌状态的书写艺术称之为原始书法,或者越地早期有意趣的文字。

(一)良渚时期的原始书法

考古发现已经证明,越地可能有着更早的文字起源。文字的起源与陶器符号有关,这在其他古代文明中也有实例。据有的外国学者研究,古埃及文字的起源可追溯到公元前4000—前3000年的陶器上绘写、浮雕或刻划的符号。① 这个年代和中国新石器时期的陶器符号是差不多的。在中国的北方和南方都有这样的遗存。考古工作者以为距今6000多年前的仰韶文化和良渚文化的陶器上都有一些象形和刻划符号,即文字起源阶段所产生的简单文字,因为审美就具备了书法的意趣(见图24)。汉文字发源于象形和刻划,书法基于线条与意象,两者是有内在联系的。

图24　良渚陶器

---

① 参见李学勤:《中国和古埃及文字的起源》,《文史知识》1984年第5期。

艺术的起源与人类的起源同步,在艺术领域中,原始与现代并不遥远,因此书法所蕴涵的艺术性和审美性较早地包含在具有艺术美感的线条和符号之中,原始刻划符号是书法艺术的先声。汉字的产生,从先文字阶段进入原始文字阶段,其明显的特征是刻划文字的出现。良渚文化出土的个别陶器上有成串的刻划符号,在不少玉器上也有很抽象的符号。有符号的玉器包括有璧、琮、环、臂圈等。符号的刻划位置独特,不同器上其他花纹混淆。有的符号为了突出,还特别施加框线或填有细线。良渚文化玉器符号已发现 11 种,其中 5 种和大汶口文化陶器符号相同或近似。这些符号如果试用古文字学的方法分析,大多能够释读。①

李学勤在谈到对商周青铜器、玉器等文物的研究时说,纯学术性的研讨多,美术史的观察则太少,"我们如果只用考古学的眼睛,不用美术史的眼睛去观察,就不能看到珍贵的青铜器、玉器都是重要的美术品。正是这样美术品的性质,规定了每一件青铜器、玉器的产生都是一次美术的创造。商周秦汉大量这种器物,竟然各各不同,少有重复,就是因为这个缘故。不重视青铜器、玉器的美术性质,绝不能充分认识这些珍品的价值"②。对于原始文字,可能也存在着同样的情况,从文字起源角度研究识读、解读的研究比较深入,而对于原始文字从笔势美感,蕴涵书法艺术意趣的角度比较缺乏。如果我们对这些原始文字能从汉字书法史的角度加以考察,就会发现良渚文化出土的个别陶器上有成串的刻划符号,其圆润的线条和独特的象形符号有序的表现,在此达到了完满的统一。这种美的形式一旦产生就激活种种审美的、抒情的、寄托的效应。

有学者指出:"在南方的一些几何印纹陶器上发现有刻划的文字和符号约计三百多个,其中有数十个与中原出土的一样或相似,相当一部分则不见于中原,说明古代的南方,有着与中原不完全相同的文字体系。这些文字极有可能就是广泛分布在南方地区的古越族人民的文字。"③从几何印纹陶器上发现有刻划的文字和符号看,古越族的先民们应该有过创作文字的尝试,正如古越族本有自己的语言一样,也许在古越族的文字尚未形成体系之时,他们受到了华夏族的文字的影响。从出土的吴、越青铜戈剑上的铭文看,古越族的文字存在着与华夏文字融合的痕迹,这就是后来流行于春秋战国时期吴越地区独特新颖的"鸟虫书",郭沫若说它"与绘画同样的字体,或者在笔划上加些圈点或者故作波折,或者在应有字划之外附加以鸟形之类以为装饰"①。李学勤先生对良渚文化有过深入的考证,认为中国史前文化中大量存在于陶器、玉器上的刻划符号应是汉字的源头。良渚文化个别陶器上有成串的刻划符号,形制大而有宗教礼仪性质的玉璧、玉琮等玉器上不少刻划符号,大都可以用解读商周甲古文的方法进行分析,已具备单个原始文字的性质。这些文化的符号经过人口的迁徙逐步向东北和东南方向扩散。在许多方面,长江下游的文化怎样影响中原的王朝,今后需要进一步探索和了解。

殷商时期,北方出现了青铜文化,而越地却出现了印纹陶文化。商周时期越地青铜器种类尽管不多,却不乏大器、重器,且具有浓厚的地域特色。当时越国文字既有中原文字的传统,又有很强烈的长江中下游地域风格,表现在青铜器铭文上,最典型的就是越国一种修长的、飘逸的文字,有的称"鸟虫书",后人又称它为"鸟篆文"。它那蜷曲的鸟虫的形状和圆润优美的线条造型,不能不使人联想到7000年前河姆渡人的鸟崇拜。良渚文化时期陶器上有成串的刻划符号,以及越地陶器玉器上有书法意趣的原始符号与后来流行于楚越之地的鸟篆文还是有神似之处的。

(二)形制独特的书法雏形——鸟篆

鸟篆是春秋战国时期流行于南方楚、越等国的一种艺术字体,它通过改变常用字附加或融合装饰性成分达到美化的效果。"鸟篆"一语最早见于《后汉书·蔡邕传》:

> 初,帝好学,自造《皇羲篇》五十章,因引诸生能为文赋者。本颇以经学相招,后为尺牍及工书鸟篆者,皆加引招,遂至数十人。

从现存文字资料分析,这种艺术字体或是线条蜿蜒盘曲"寓鸟形于笔画中",或是"增其他文饰"②,与北方艺术字体有别,是一种地域性强、颇有

---

① 郭沫若:《古代文字之辩证的发展》,《考古学报》1972年第1期。
② 曹锦炎:《鸟虫书通考》,上海书画出版社1999年版,第16页。

装饰效果的艺术字体。现存最早的鸟篆出现在春秋中期的楚国,标志性器铭是《楚王子午鼎》,铸造时间在公元前558—552年间。最早出现鸟篆的虽是楚国器,却以有鸟图腾崇拜之风的越国为盛。鸟篆书是先秦最优美的艺术书体。鸟篆书字旁常饰鸟形,鸟形皆为张口小鸟,这是越国鸟篆书的一个标志。越国鸟篆书形制独特、笔法流畅、有明显的象形写意的意味,是先秦时期越地民族崇鸟文化的反映。

根据研究者统计,现有出土的器铭,国别确定的铭鸟篆器物有131件,各国数目自多至少分别是:越国60件,楚国34件,蔡国19件,吴国9件,曾国5件,宋国3件,徐国1件。[①] 越国占总量的53%。值得注意的是现有越国具铭兵器无一例外地采用鸟篆书,礼乐铭器也用鸟篆书,这又是绝无仅有的文化奇观(见图25)。有铭鸟篆的如《越王者旨於赐戈》、《越王者旨於

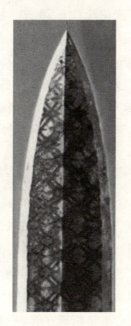

图25　鸟篆文

赐钟》、《越王者旨於赐剑》等皆精美无比,反映了越国的青铜文化达到了一定水平,铭鸟篆器物被大量地铸造出来,在数量和规模上超过了楚国,位居各国的榜首,成为越国具有标志性的书体。如吴国春秋晚期有铭鸟篆的器

---

① 参见罗卫东:《鸟篆与东周南方文化》,《中国文化研究》2008年第2期。

物集中出现在阖闾时期,在阖闾之后再无铭鸟篆文器物。吴王夫差时期的铜器铭文没有一件是鸟篆,吴国夫差时期有铭鸟篆器物的突然消失,而同时的越国有铭鸟篆的器物却层出不穷。如"越王句践剑"3件,句践之子制作的铭鸟篆文兵器更多达13件。有人认为吴国对鸟篆的排斥是因为"夫差是怀着对越人杀父之仇登上王位的,登位后突然中止鸟篆,可能与仇越有关"①。可见,在青铜文化发达的吴越战争时期,鸟篆几乎成了越国的文化符号。

若仅从鸟形而言,越国器之鸟书与它国颇有异趣,有人把它分为三类。一类为较写实的鸟,往往位于该字的右上方;二类为鸟形较简化,但于其尾部则常有平行状线条,似随风披拂;三类则只保留鸟首,往往两首相背,并且认为这一特点尤为突出。②

越国兵器中所刻属于越王的,据董楚平先生统计有28件。从已发表的材料得知,在发现的越王兵器中,铸有越王(可能属句践之物)、鸿浅(句践)、其子者旨於赐、其孙兀北古、其曾孙朱句这祖孙四代的剑、矛或戈。特别值得注意的是,这四代越王的兵器上,"王"大多写成双首联体鸟书,这在当时其他诸国的鸟书中似乎少见。这种王室专用的书写符号似乎与河姆渡文化中的双鸟联体纹饰遥相呼应,是否蕴涵着鸟图腾崇拜的神秘寓意,值得思考。

越国有铭鸟篆的繁盛是有历史渊源的,距今7000年的河姆渡遗址中早有鸟形刻纹、鸟形器、鸟日同体图等出土;距今4000—5000年的良渚文化,鸟神崇拜更为明显。说明从史前到春秋时期,越地的鸟图腾遗风是一脉相传的。这些美丽的有铭鸟篆可以看做于越后裔具有文化个性的原始书法的流变。朱狄在《艺术的起源》一书中指出,艺术在摆脱了原始阶段后,就不再具有进化的性质,艺术总是一定社会生活条件下人类思想情感的反映,艺术内容的这种不可重复性决定它本质上不是积累性的。③ 当越国有铭鸟篆成型时,也就意味着进入了它的辉煌期。鸟篆是那个时代的产物,代表着越地青铜时期书法的流变,当越地书法发生时期行将结束的时候,它的式微也是必然的。

① 董楚平、金永平:《吴越文化志》,上海人民出版社1998年版,第92页。

② 参见严志斌:《鸟书构形简论》,《华夏考古》2001年第1期。

③ 参见朱狄:《艺术的起源》,中国青年出版社1999年版,第19页。

越国鸟篆是别具一格、装饰绘画意味很强的文字形式,有铭鸟篆具有圆而曲的韵致,"要曲兮不要直"的仪容美,"直而有曲致"的结构美,以"曲"破"方"的笔势美,充分体现了越地书法发生期艺术的独创性。显然,越人是有意识把文字艺术化,从而渗透个性化、有意味的特色,表现出对文字书法美的有意识的追求。从这个意义上看,现存的越王句践剑铭文和岣嵝碑铭堪称是越地最为典型的书法作品的雏形了。

"艺术是人类最原始和最基本的活动,其他的精神活动都要以艺术活动为土壤生长起来。"[①]"自然环境决定着一个民族最初的也是最基本的审美习惯。这种习惯一旦养成,就象人的皮肤一样,长久地保持下来并渗透到人们精神的各个领域。"[②]原始艺术与生俱来的审美特征及其与地理环境之间的密切关系,在古越艺术文明之"文化场"形成的初始阶段,已经得到了充分的体现。自然环境为于越提供了一个创造文化的空间物质基础。越地史前的原始艺术,无论是考古发现原始绘画、原始雕塑,还是原始手工艺品,磨砺之精美,雕刻之细密,体现了古越先民高超的技艺和独特的精神追求。越地处于长江下游,当这个温暖湿润的多水环境予先民生活以便利的时候,越地便产生了许多与地理风貌相一致的细腻圆润的艺术风格;当水环境恶化,洪水泛滥予民以灾难时,越地便相应产生了关于治水的神话,水环境萌发了"断发文身"、"以象龙子"畅行于水中的风俗,水环境也激发了越人像"鸟"一样遨游天空的自由向往和图腾崇拜。越地史前艺术已经证明,这是一个蕴涵深厚、值得关注的地域环境,也是特别容易孕育艺术想像力和创造力的地域"文化场",其原始艺术所表现的审美意趣,具有鲜明的地域特色,这种与生俱来的艺术特色一旦形成,就像人的皮肤一样,长久地保持下来并渗透到精神的各个领域。

---

① 邓福星:《艺术前的艺术》,山东文艺出版社 1987 年版,第 14 页。

② 朱伯雄:《世界美术史》第 1 卷,山东美术出版社 1987 年版,第 256 页。

第三章　越地文学发生论

　　文学的发生是人类思维达到一定水平的产物。人类思维是在感性认识的基础上进行的,原始思维具有重情感、重表象、重想象的特点,而这些又正是艺术形象的特点。所以,原始思维的产生和发展,为文学艺术的产生和发展作了充分的铺垫。文学的发生又是不平衡的。袁行霈谈及中国文学发展的不平衡时,言及文体发展的不平衡和地域的不平衡。文体的不平衡主要表现在各种文体从萌生到形成再到成熟的时代不同,有先后之分。在中国文学发生演进过程中,诗歌和散文是最早形成的两种文体,早在商周时代就有了用文字记载的诗文;地域的不平衡则表现为文学发生的地域性特征。因此认为:"中国文学发展中所表现出来的地域性,说明中国文学有不止一个发源地。"[①]文体发生的不平衡现象和文学发生多元并存的地域性现象,在越文学发生的早期就有很典型的体现。

---

① 袁行霈:《中国文学史》,高等教育出版社 1999 年版,第 8 页。

一、越歌:越地文学的肇始

(一)中国诗歌滥觞的多元性

中国文学的发生以诗文为先,因为口传时代的文学虽然十分久远,如原始神话,其文字记载则是后来的追忆而已,带上了后人的再创造,已经不是那个年代原生态的东西。神话的原始形态没有很好地保存下来,只有最简朴的韵语——原始歌谣,才真实地反映了原始初民生活的场景,因此诗歌是公认的最古老的文学样式之一。

文学艺术的起源问题和文学艺术创作的动因问题都是属于文学发生论的范畴。"劳动说"、"模仿说"、"物感说"、"游戏说"、"巫术说"等概括了中西学者对文学起源问题的探索。文学艺术创作的起源莫先于诗。关于诗歌的滥觞,如果从不同的角度考察,也有不同的说法。

从诗歌发生的内因看,有物感缘情说。1907 年,鲁迅在《摩罗诗力说》一文中,初步接触到诗歌的起源问题。他指出:

> 盖人文之留遗后世者,最有力莫如心声。古民神思,接天然之阅宫,冥契万有,与之灵会,道其所道,爰为诗歌。

意思是说人类文化最早、最有生命力的莫过于诗歌。古代先民发挥他们的想象,探索自然的奥秘,与自然万物达成神契的境界。于是,说出了心中所感所想,便发而为诗。诗歌的产生是原始先民在与生存的环境感应的过程中,有所感触,于是驰骋他们的思想,抒发他们的感慨,有感而发,终于发而为诗。关于诗歌的发生问题,鲁迅显然是禀承了中国古代关于诗歌缘起的学说。《礼记·乐记》说:"凡音之起,由人心生也。人心之动,物使之然也。感于物而动,故形于声。"《文心雕龙·明诗篇》说:"人禀七情,应物斯感。感物吟志,莫非自然。"钟嵘《诗品·序》说:"气之动物,物之感人,故摇荡性情,形诸舞咏。"刘勰《文心雕龙·物色》也说:"春秋代序,阴阳惨舒,物色之动,心亦摇焉。"他们强调的是外物对人类情感的触发。阴阳节序变化,万物激荡人心,引起了人类丰富的情感共鸣,从而表现为情不自禁的表情动作和歌咏语言。朱熹《诗序》曰:"诗何为而作也?予应之曰:"人生而静,人之性也;感于物而动,性之欲也。夫既有欲矣,则不能无思;既有思矣,则不能无言;既有言矣,则言之所不能尽,而发于咨嗟咏叹之余者,又必有自然之音响节奏而不能已焉,此诗之所以作也。"鲁迅《摩罗诗力说》中阐述的观点,实际上发展了齐梁以来钟嵘与刘勰关于诗歌起源问题的看法,认为诗歌的产生,源于人与自然的情感交流。中国的"物感缘情"说源于中国传统哲学"天人合一"、"天人感应"理论。"物感缘情"说是心物统一,心物互动。

从诗歌生成的外因看,有劳动说。《淮南子·道应训》云:"今夫举大木者,前呼'邪许',后亦应之,此举重劝力之歌也。""邪许",意即今天所说的劳动号子,"举重劝力之歌"就是我国最早的诗歌,它是伴随着劳动的呼声,因袭着这种呼声的旋律产生出来的。劳动中身体动作如果协调而有节奏,就不易发生疲倦。人们在集体劳动时,须得有节奏的号子配合,以便把这些动作有效地联系起来,原始人就是在这些有节奏的号子配合中,酝酿出诗歌的。鲁迅在19世纪20年代中期,明确提出了"诗歌起源于劳动"的说法。鲁迅把诗歌的起源和小说的起源作了一种对比:"诗歌是韵文,从劳动时发生的,小说是散文,从休息时发生的。"他还指出:"在文艺作品发生的次序中,恐怕是诗歌在先,小说在后的,诗歌起于劳动和宗教。其一,因劳动时,一面工作,一面唱歌,可以忘却劳苦,所以从单纯的呼叫发展开去,直接发挥自己的心意和感情,并偕有自然的韵调;其二,是因为原始民族对于神明,渐因畏惧而生敬仰,于是歌颂其威灵,赞叹其功烈,也就成了诗歌的起源。"[1]后来,鲁迅对诗歌的起源有了更为形象的阐述:

> 我们的祖先原始的人,原是连话也不会说的,为了共同劳作,必需发表意见,才渐渐的练出复杂的声音来。假如那时大家抬木头,都觉得吃力了,却想不到发表,其中有一个叫道"杭育杭育",那么,这就是创作,大家也要佩服、应用的,这就是出版,倘若用什么记号留存下来,这就是文学,他当然就是作家,也是文学家,是"杭育杭育"派。[2]

劳动说描述了诗歌产生的外部客观环境。《吴越春秋》的《弹歌》反映了渔猎社会集体打猎的场面。《诗经·魏风·伐檀》一诗,犹能令人仿佛从

① 鲁迅:《中国小说的历史变迁》,《鲁迅全集》第9卷,人民文学出版社2005年版,第311页。

② 鲁迅:《且介亭杂文·门外文谈》,《鲁迅全集》第6卷,人民文学出版社1982年版,第72页。

渔猎社会过渡到农业社会,劳动群众集体歌咏的某些场景。

从诗歌产生的艺术形态看,有诗乐舞同源说。南朝梁任昉《述异志》中"越俗祭防风神,奏防风古乐。截竹长三尺,吹之如嗥。三人披发而舞"和《吴越春秋》中"少康……封其庶子于越,号曰无余。……春秋祠禹墓于会稽"这两段记载,特别是良渚文化遗址中祭坛的发现,说明歌谣乐舞之兴,除劳作外同时也源于先民的祭祀和敬神;而祭祀和敬神又往往与巫观和乐伎联系在一起。《汉孝女曹娥碑记》中,即有曹娥之父曹盱能"抚节按歌,婆娑乐神"的记载。鲁迅也注意到了原始歌谣诗乐舞同源的现象,指出:"复有巫现,职在通神,盛为歌舞,认祈灵贶,而赞颂之在人群,其用乃愈益广大。试察今之蛮民,虽状极狂獠,未有衣服宫室文字,而颂神抒情之什,降灵召鬼之人,大抵有焉。"①对诗歌产生之后的发展和流传,鲁迅立足于诗歌起源于劳动,阐述了原始诗歌的诗乐舞一体的特性。他说:"在昔原始之民,其群居中,盖惟以姿态声音,自达其情意而已。声音繁变,寝成言辞,言辞谐美,乃兆歌咏。"②这就是说,"原始之民"在集体生活中,为了互通"情意"的需要,必须借助"姿态声音"进行交流。"姿态"实为舞蹈之雏形,"声音"则为语言的表达或音乐的萌芽。"声音繁变,寝成言辞,言辞谐美,乃兆歌咏。"说明从根本上看,诗歌是诗乐舞一体的产物。后来才慢慢地从诗乐舞一体的综合艺术中分离出来,独立为言辞谐美的语言艺术。他指出:"时属草昧,庶民朴淳,心志郁于内,则任情而歌呼;天地变于外,则祗畏以颂祝,踊跃吟叹,时越侪辈,为众所赏;默识不忘,口耳相传,或逮后世。"③这几句话,实际上概括地指出了诗歌的发生、发展和流传的基本规律。诗歌是韵文,由于上古时期诗乐舞一体同源,所以中国诗歌的产生和流传,具有与生俱来的诗乐舞一体的性质。

从诗歌发生的地域看,则有以《诗经》和《楚辞》为代表的中原歌谣和南方歌谣(南音)等多个源头。南北歌谣的差异,其实在源头时代就表现出来了。中国诗学主要有两条线索:从本质观上说一是"诗言志",一是"诗缘情";从价值观上说一是"教化",一是"吟咏情性"。"诗言志"和"教化"一致,价值指向是社会群体;"诗缘情"和"吟咏情性"一致,价值指向是人本个

①　鲁迅:《汉文学史纲要》,《鲁迅全集》第9卷,人民文学出版社2005年版,第353页。
②　同上。
③　同上。

体。上述几种诗歌发生论,也可归入这两条"文以气为主"的才气论和"不平则鸣"的心理论。才气论者多主情,多主性灵。"感于物而动"有的指自然景物,有的指社会事物,指自然景物多"缘情",指社会事物多"言志"。总体上看,北方歌谣重言志,南方歌谣擅抒情。

中国诗歌滥觞时的诸多特征,在越地诗歌的滥觞阶段即有不同程度的体现。

(二)古越语与越歌

古越语是指春秋时期以前越国为中心的地区使用的区域语言,是东南于越民族特有的一种语言。《史记·越王句践世家》说:"越王句践,其先禹之苗裔,而后帝少康之庶子也。封于会稽,以奉守禹之祀。文身断发,被草莱而邑焉。"据蒋炳钊考证,越族不是夏民族的后代,夏族和越族分布在不同的地域,有着不同的语言及文化特征。① 不过在民族来源、政治制度和文化生活方面看,越国与华夏民族有密切的关系。越国的民族来源是由夏人和楚人同当地居民相结合而成的。② 这说明以土著为主的古越族在越国政权建立的早期就受到了周边楚文化和楚语的影响。

于越民族有自己的语言。西汉刘向编辑的《说苑·善说》中记载有关古越语的一则故事,对我们了解古越语可能会有一些帮助:

> 鄂君子皙之泛舟于新波之中也,乘青翰之舟……。会钟鼓之音毕,榜枻越人拥楫而歌。歌辞曰:"滥兮抃草滥予昌枑泽予昌州州𩦡州焉乎秦胥胥缦予乎昭澶秦踰渗惿随河湖。"鄂君子皙曰:"吾不知越歌,子试为我楚说之。"于是乃召越译,乃楚说之曰:

> "今夕何夕兮,搴洲〔舟〕中流;今日何日兮,得与王子同舟! 蒙羞被好兮,不訾诟耻。心几顽而不绝兮,得知王子。山有木兮木有枝,心说〔悦〕君兮君不知!"

> 于是鄂君子皙乃揄修袂,行而拥之,举绣被而覆之。鄂君子皙亲楚王母弟也,官为令尹,爵为执珪,一榜枻越人,犹得交欢尽意焉。③

---

① 参见蒋炳钊:《"越为禹后"说质疑——兼论越族的来源》,《民族研究》1981 年第 3 期。

② 参见郭沫若主编:《中国史稿》第 1 册,人民出版社 1976 年版,第 228—231 页。

③ 刘向:《说苑》卷十一,中华书局聚珍版。

《越人歌》是《越人拥楫歌》的简称，是古代越人所唱的歌，《善说篇》中用汉字记录了它的古越语发音。而楚译《越人歌》是我国古代保存下来的少有的几篇附有原文对照的十分成功的优美译诗。《越人歌》的原文和译文保存了二千多年前楚越之地的民间歌谣，具有十分珍贵的文学价值和史料价值。

　　据《史记·楚世家》载，鄂君子晳是楚共王的儿子，于公元前528年曾短期任楚国令尹，据此，此首《越人歌》当作于此年前后。也就是说《越人歌》问世距今应有2530年了。因越人擅长舟楫，故子晳夜游新湖就用越人为其执楫。越人因以与王子同舟自豪而高兴地唱起船歌来。《越人歌》原文用汉字记音凡用32字，而楚译人用了54个字才将其译成汉语，竟多用22字，由此可知两者不是一种语言，所以不能一一对译。两者的表现方式也不一样，楚译人为了使译文合乎楚辞的表达方式，还添加了衬韵助词。原文因不知其意而无法断句，因为两者既然不是一种语言，所以我们就无法按照中原语音的协韵方式去断句，也无法确定韵字在哪里。

　　对于《越人歌》原唱的研究曾引起学界的广泛关注。

　　《越人歌》真实地保存了古越语珍贵的原始资料。《越人歌》带有浓厚的春秋时代特征，风格古朴，因为出自民间，甚至可以说有些"鄙陋"。其记音忠实保留了2500多年前古越语民歌的本来面目，其价值可说无比珍贵。梁启超认为《越人歌》"原文具传，尤难得。倘此类史料能得多数，则于古代言语学人类学皆有大裨，又不仅文学之光而已"①。"《说苑》虽说战国末著述，但战国时楚、越之地，像有发生这种文体之可能，况且还有鉤辀鴃舌的越语原文，我想总不会是伪造的。"②说《越人歌》比《吴越春秋》中的《渔父歌》③歌词古朴鄙陋，真实可信。

　　古越语是一种与夏言、楚语完全不同的非常独特的土著语言。它有自己的语法系统和词类特征，外族人一般很难听懂。古越语词类构成的一个

　　① 梁启超：《中国之美文及其历史》，《饮冰室合集》第16册，东方出版社1996年版，第13页。
　　② 同上。
　　③ 《吴越春秋》中的《渔父歌》歌词是："日月照耀乎浸已迟，与子期乎芦之漪。""日已夕兮，余心忧愁悲。月已迟兮，何以渡为？事浸急兮，将奈何？"从"兮"字的运用和句法结构上看，与《楚辞》相似。

重要特点是名词类音缀多带有复辅音或连音成分，相当一部分单词由复合声母或几个连用声母拼缀而成。例如，古越语（括号里是汉语）：须虑（船）、句吴（吴）、于越（越）、羞泽纷母（广大），等等。古越语中的修饰词倒置，如称"盐官"为"朱余"（余为盐、朱为官）；越国的国君称为："无余、无壬、无疆、无诸等"。其中"无"即为"王"、"君"、"主"之类，后面的才是国君的名字。古越语是一种粘着语。① 句践死后被越人尊为"菼执"也是越语，相当于汉人庙号"太祖，太宗"；《越绝书》之"绝"字也是越语，是"记录，记载"的意思。②

《越人歌》是二千多年前越人使用的民族语言。在春秋战国的文献中所谈到的越，仅指东越（即于越、瓯及扬粤），他们分布在楚国的东部和东南部，并没有记载提到南越（西瓯、骆越）；而子皙当时泛舟也当在东部的鄂（今武昌）。《说苑》说子皙是鄂君（受封在鄂的王子），又是令尹（相当于宰相的大官）。古越语应该包括古籍所谓的"吴语"。而且由于吴地不断入楚，那么古书所谓"楚语"、"南楚江湘"方言之类，也会有"吴语"即古越语成分。这一点认识对我们解读《越人歌》是很重要的。由于在很早的时候越人已经散布于东南沿海各地，越国破灭后越人流散，越语扩散的范围是很大的。《汉书·地理志》注中说："自交趾至会稽七八千里，百越杂处，各有种姓。"当然我们也不排除秦汉以后越人更大规模的迁徙流散，有学者认为壮侗语族（包括傣族），也是古越人的后裔，古越语部分保留在他们的语言中，"古越语和今天的壮傣语，不仅语法相同，而且词的读音也有很多相同或近似之处"③。日本语言学家泉井久之助等人，对于那个尤为难得的"鉤辀鴃舌的越语原文"，也有深入的研究④，他们借助于南亚语系的孟高棉语族的古语和马来—玻里尼西亚语系的古马来语和古印度尼西亚语等来译读，这确是一个很有意义的发现。它不仅有助于我们解开几千年遗存下来的奥秘，而且也有助于我们探索马来人种同我国古代越族的族属

① 参见董楚平：《吴越文化新探》，浙江人民出版社 1988 年版，第 112 页；陈剩勇：《中国第一王朝的崛起》，湖南出版社 1994 年版，第 215 页。

② 参见郑张尚芳：《句践"维甲"令中之古越语的解读》，《民族语文》1999 年第 4 期。

③ 江应梁：《傣族史》，四川民族出版社 1983 年版，第 5 页。

④ 参见泉井久之助：《关于刘向〈说苑〉中的一首越歌》，日本《言语研究》1953 年第 22—23 期。

关系。

现在可以看到的古越语汉字记音的越语材料,除了《说苑·善说》所记的《越人拥楫歌》外,还有《越绝书》所记的越王句践动员对吴备战的"维甲"令辞。公元前494年,吴越夫椒之战,越大败求和,越王句践还被迫入吴为臣隶,三年后才得放回。"越王入宦于吴"受尽屈辱,返国后卧薪尝胆,发愤图强,蓄志雪耻。句践返国后生聚教训,曾向他的子民发布了备战的号令,《越绝书·吴内传》保留有一份可贵的记录:

> 越王句践反国六年,皆得士民之众,而欲伐吴,于是乃使之维甲。维甲者,治甲系断。修内矛,赤鸡稽繇者也,越人谓"人铩"也。方舟航买仪尘者,越人往如江也。治须虑者,越人谓船为"须虑"。亟怒纷纷者,怒貌也,怒至。士击高文者,跃勇士也。习之于夷,夷、海也;宿之于莱,莱、野也;致之于单,单者,堵也。①

"维甲"以下,是句践发布的备战令辞,史官在记录原话的基础上,已经作了必要的翻译解释,但毕竟保留了一些原文词句。这里古越语原文和汉语译文都夹杂在一起,显得有些混乱。也正因为如此,才显出这份材料的原始可信。句践返国六年,据《国语·越语下》三国吴人韦昭的注解,应为鲁哀公十一年(前484),可见"维甲"令要比前528年前后的《越人拥楫歌》晚四十多年。有学者从"维甲"以下的叙述中,钩稽出古越语原文是:

> 维甲,修内矛(赤鸡稽繇),方舟航(买仪尘),治须虑。亟怒纷纷。士击高文。习之于夷,宿之于莱,致之于单。②

并以古汉语拟音与秦文比较进行解读,翻译为:

> 连结好犀牛甲,快整修好枪矛刀剑!要想抬起头来航行,快整治战船,激起冲天怒火,勇士们坚定地迈步向前!让勇士们在海上苦练,让勇士们在野地宿营,让勇士们到前线致胜攻关!③

中外研究者试图用今天少数民族保留的方言来解读《越人歌》,说明古越语作为上古的民族区域性语言存在的真实性和遗存的广泛性,这不失为研究古越语的很好尝试。

刘向所记载的《越人歌》既是一首越歌原唱,又是一首楚译越歌。刘向

越文化通论

① 《越绝书》第3卷,上海古籍出版社1985年版,第26页。
② 郑张尚芳:《句践"维甲"令中之古越语的解读》,《民族语文》1999年第4期。
③ 同上。

第三章 越地文学发生论

记载的"榜枻越人拥楫而歌"之地,当是楚越文化交融之处。两首歌同时代产生的歌谣,语言却有很大的差异,楚人要通过翻译才能听懂,说明越语原文之"鉤辀鴃舌"。子晰皙听不懂越歌,便能随即召来越译,说明其地兼通熟悉楚语和越语者不少。《史记·张仪传》说:"越人庄舄任楚执珪,有顷而病,楚王曰:'舄故越鄙细人也,今仕楚执珪,富贵矣,亦思越不?中谢对曰:'凡人之思故,在其病也,彼思越则越声,不思越则楚声。'使人往听之,犹尚越声也。"这段记载表明身为越人的庄舄到楚国做官,公共场合操的是楚语,病中私下里吐露心事则仍操土著越语。所以当时的越人不仅保留着本部族特有的语言,而且广泛接受了楚国文化的影响,精通楚声,能将越歌即兴翻译为优美的楚歌。而且所翻译的楚歌体《越人歌》语言之优美"几乎与其后的一些楚辞作品无有二致"①。张正明认为《越人歌》是一首优美的民间恋歌,夏野则认为是古代越人"民歌中的船歌"②。

《越人歌》是先秦楚越两个民族文化相互交往融合的结晶,作为一首歌曲艺术作品,由于曲调失载,我们已无法窥见其歌曲声情之全貌,但是就楚译歌词而言,亦堪称是一首别具韵致的抒情诗歌。赋、比、兴等艺术手法,在这首歌中,运用得灵活而有度。托物起兴,铺陈抒意,语言婉转,意趣盎然。"山有木兮木有枝,心说君兮君不知",情景交融,语意双关,温馨蕴涵,风致犹领先于《九歌·湘夫人》,自是千古妙句。《越人歌》的语言亦洗练、清新、隽永。句式随物赋形,变化多样。韵律自由,节奏鲜明,错落有致。作为南方抒情诗所特有的"兮"字,亦随情势而设,灵活自然,恰到好处。因而,对于这首楚译越歌,古今学者对其艺术成就都有很高的评价。宋代朱熹认为《九歌·湘夫人》中"沅有茝兮醴有兰,思君子兮未敢言"章,"其起兴之例,正犹《越人之歌》"③,以为《越人歌》之比兴运用早于《九歌》。清沈德潜把《越人歌》视为中国诗歌之源的精品,将其收入《古诗源》中,并注评其"与'思君子兮未敢言',同一婉至"④。梁启超也给予很高的评价。他在《翻译文学与佛典》中说:"古书中之纯粹翻译文学,以吾所记忆,则得二事:(一)《说苑·善说篇》所载鄂君译《越人歌》。……(二)《后汉书·西南夷

---

① 张正明主编:《楚文化志》,湖北人民出版社 1988 年版。
② 夏野:《中国古代音乐史简编》,上海音乐出版社 1989 年版。
③ 朱熹:《朱文公文集》,四部丛刊本。
④ 沈德潜:《古诗源》,中华书局 1963 年版,第 18 页。

传》所载白狼王唐装等《慕化诗》三章。……两篇实我文学界之凤毛麟角，《鄂君歌》译本之优美，殊不在《风》、《骚》下。"①并且说："《楚辞》以外，战国时江南诗歌，《说苑·善说篇》所载越女棹歌……歌词的旖旎缠绵，读起来令人和后来南朝的'吴歌'，发生联想。"②游国恩在《屈原》一书中认为《越人歌》等对《离骚》和《九章》等"骚体"的形成也起了重要的作用。他说："到了公元前六世纪中叶，楚国有一首根据越人口语翻译出来的诗歌，名为《越人歌》……楚国民歌到了这一阶段，无论从形式的发展上看，或从技巧的熟练上看，无疑的都比二百多年前的二南（《诗经》之《周南》、《召南》）民歌是大大地进步了。而屈原所创造的'骚体'形式，也就是在这些楚国民歌的基础上变化发展而成的。例如《橘颂》一篇及《九章》一部分'乱'辞，就完全是沿用《摽有梅》一类的形式；而《离骚》、《九章》等篇则是从《越人歌》、《孺子歌》那种形式变化发展出来的。"③

关于《越人歌》的歌者，有人认为歌者当属越族一船家女子。梁启超《中国之美文及其历史》说："楚国的王子鄂君子晳乘船在越溪游耍，船家女子'拥楫而歌'，歌的是越音。"因此，梁启超又称《越人歌》为《越女棹歌》。④《越人歌》意境优美，辞藻华丽，感情缠绵、音韵铿锵，与抒情越女的身份比较吻合，具有阴柔之美，与后来楚辞《九歌》风格相近。张正明认为，《楚辞》中《九歌》是屈原在越人之地，仿越人之歌而作的。

受张正明先生对《九歌》所作考察的启发，刘玉堂继而考察了《离骚》与越歌、与越人之间的某种瓜葛。他从以下几个方面论证了楚越文化之关系，楚辞受越歌的影响。首先，《离骚》中既有楚人崇奉的凤，也有越人崇奉的龙。凤出现了五次，龙出现四次；其次，就写作手法来看，《离骚》也似乎受到《越人歌》的影响。最早指出这一点的是清人李调元，他在《粤俗笔记》卷一《粤俗好歌》篇说："说者谓越歌始自榜人之女，其原辞不可解，以楚说译之，如'山有木兮木有枝，心悦君兮君不知'，则绝类《离骚》也。"最后，

① 《梁任公近著》第1辑，中卷，上海商务印书馆1923年版。
② 梁启超：《中国之美文及其历史》，《饮冰室合集》第16册，东方出版社1996年版，第13页。
③ 游国恩：《屈原》，中华书局1980年版，第12页。
④ 参见梁启超：《中国之美文及其历史》，《饮冰室合集》第16册，东方出版社1996年版，第13页。

《离骚》中所写的植物,也大都为越地特产。如"纫秋兰以为佩","杂申椒与菌桂兮","岂维纫夫蕙",以及"畦留夷与揭车兮"等等即是。他还举战国早期曾侯乙墓和人物御龙帛画为例,曾侯乙棺画绘有越神羽人和五首龙蛇,反映了越文化对楚文化的浸润。1973 年,在湖南长沙城东子弹库的战国楚墓中,出土了一幅帛画。帛画上有一头戴高冠,身着博袍,腰佩长剑的男子,立于蛟龙之背,蛟龙昂首仰视,劲尾上翘,宛若龙舟,龙尾之上伫立有一只仙鹤,与龙首相背而立。龙的左下方有一嬉戏的鲤鱼,男子头顶上的缨络迎风飘逸。这幅饮誉中外的帛画,因出于楚墓之中,故无人怀疑其为楚画。然而,这只是就画的隶属而言,若就此画的作者而论,刘玉堂以为很可能出自越人之手。因为此画与越人以龙为舟的风习相吻合。如《九歌》之《湘君》:"驾飞龙兮北征,遭吾道兮洞庭","石濑兮浅浅,飞龙兮翩翩"。"湘君"为道地越神,《湘君》写于越地更是毋庸置疑。通过对楚越文化关系的考索,刘玉堂认为:楚文化形成和发展的过程,正是其与越文化相互染濡乃至逐步融合的过程。从某种意义上说,没有越文化,就没有《人物御龙帛画》这样出神入化的杰作,就没有《九歌》这样风采卓异的辞章!总之,没有越文化,楚文化就会减去不少光泽。①

传世文献与考古研究证明,以楚辞为代表的南方文化、南方文学的形成,与上古时期的越地的文化和文学有某种渊源关系,越歌感情缠绵的抒情性和楚辞意境华美的抒情性代表了中国诗歌"缘情"善于"吟咏情性"多主情、多主性灵的地域性特征。

中国诗歌发生"感于物而动",反映社会事物的"言志"传统,在越歌中也有所体现。在文字发明以前,人类口耳相传,其群体记忆的能力十分强,对于流传事件的一些关键因素,能在相当长的阶段中保持不改变,原始歌谣是最早的文学形式。只是在文字产生之后才被纪录下来,流传后世。可惜由于年代久远,大部分作品在漫长的历史流传中遗失了。其原始歌谣"以文字记载,一般皆为简短鲜明的鼓的节奏!"②越地的歌谣起于何时,已无法考证,但从后来的文献中辑录的短章看,其发生的年代可能不会比《诗经》迟。"可是因为《诗三百篇》的编者只收集了中原和江、汉的《国风》,江

---

① 　参见刘玉堂、黄山:《楚越文化关系论略》,《湖北大学学报》(哲学社会科学版)1989年第 2 期。

② 　叶君远:《诗》,人民文学出版社 1994 年版。

以南的吴、越、楚都没有在《风》、《雅》中占得一席之地。这也许是因为他们蛮夷舣舌之音,还不足以登中原文化的大雅之堂的缘故。可是这并不能证明吴人没有歌,不会唱。"①刘向所记载的《越人歌》就说明越人善歌的特性。除此而外,《吴越春秋·句践阴谋外传》还有一首古老的二言诗,名为《弹歌》,又名《断竹歌》:

      断竹,续竹;飞土,逐宍〔肉〕。

《吴越春秋》的作者赵晔是东汉会稽山阴人,《弹歌》保存在记录吴越史事之中,流传越地会稽一带,是越地先民所创作的原始歌谣。传说这是一首孝子唱的挽歌,但从其内容和形式看,应像一首原始狩猎歌。它反映的是渔猎时代原始人的劳动生活,描写了他们制造狩猎工具和追捕猎物的整个过程,语言质朴而又自然。这是古越人渔猎生活的真实写照,与文献中所记载的于越先民"随陵陆而耕种,或逐禽鹿而给食"的生活是极为吻合的。这首古老的二言诗,是人类早期语言环境中产生的诗体。刘勰《文心雕龙·章句》云:"寻二言肇于黄世,'竹弹之谣'是也。"《弹歌》被视为最早被文字记载的诗歌形式,带有原始歌谣语言单纯节奏明显的特点,读起来琅琅上口。上古时期的歌谣一般都是口口相传,要有文字形式记载,这既要以文字的产生为前提,也是音乐进一步发展的需要。一旦有文字记载,便有了相应的视觉审美要求,如字数的齐整和谐程度等。这首二言诗在艺术上有独到之处。诗歌以"断竹、续竹、飞土、逐宍"四个连续动作组成了一组完整的狩猎镜头,节奏紧凑而单纯。飞、逐又是视觉形象性极强的词语,将它用在狩猎上,很有动态和现场感,生动贴切。四句短语,句句都是动宾结构,两个字构成一个节拍,动作非常鲜明,读来富有韵味。在章法上,四个动宾词语连续并列,在同样的二言句式中有序展现狩猎的动态画面,使整首诗动作刻画流程清晰,结构完整,写实的味道很浓,是古越先民渔猎生活的形象写照。

越地早期四言诗的出现,也有文献为据。古人称《候人歌》为"南音之始",《吕氏春秋·音初》中记载:"禹行动,见涂山之女,禹未之遇,而巡省南土。涂山之女乃令其妾候禹于涂山之阳,女乃作歌,歌曰:'候人兮猗!'实始作为南音。"对于这则记载的地望问题,旧有浙江绍兴,四川重庆,安徽淮

---

① 顾颉刚:《吴歌小史》,《顾颉刚选集》,天津人民出版社 1988 年版,第 392 页。

南、当涂，河南嵩县诸说。据《越绝书·越绝外传记地传》载："涂山者，禹所取妻之山也。去县五十里。"涂山当在今浙江绍兴境内，属会稽山脉。有学者根据 1982 年 3 月绍兴 306 号越墓出土的徐国青铜器汤鼎上的铭文考证，认为铭文口气同秦始皇会稽刻石文中的"遂登会稽，宜省习俗"有相似之处。徐国青铜器汤鼎在浙江绍兴出土，涂山当在浙江绍兴。① 况且，越地绍兴一直流传着关于禹的传说。相传禹与涂山氏女相爱成婚后，禹便离家治水，一去数年，使涂山氏女无限思念，"候人"即等待和盼望亲人之意。"候人兮猗！"是作为大禹之妻涂山氏女的内心表白，通过这自白的反复咏唱，表现出涂山氏女候禹不至而引起的缠绵的思绪和焦灼的心情。"兮""猗"两个感叹词连用所造成的强烈感叹语气增强了表现力量。"候人兮猗"一句，其实词仅为"候人"二字。《候人歌》为四言一句歌，但明显含有两个音节"候人"，"兮猗"。"兮猗"二字连用，从音乐角度看，实为一种声调。这种声调，刘勰称为"语助余声"，闻一多称为"音乐的萌芽"。"兮猗"二字虽为感叹词，却与"候人"二字连接成为一个完整的歌句。在动宾结构候人后面加了两个感叹字"兮"和"猗"，虚字的出现是诗歌发展史上的一次飞跃。《候人歌》由于增加了虚字，诗句容量扩大，在形式上显得自由、活泼、生动，且余味无穷，富有南方歌谣余音袅袅的特点。故《吕氏春秋》称之为"南音之始"。《候人歌》虽然只有短短四个字，却是一首完整的表现夫妻相思之情的地道的情歌，也是中国文学史上最古老的写实情歌。《候人歌》通过夫妻相思反映了社会发展的重大变化，在诗歌艺术与现实生活关系上，第一次触及了人与人之间的关系这一文艺最重要的对象。

从《弹歌》到《候人歌》，反映了越地上古歌谣发展的脉络。越歌由《弹歌》时期的单纯实词，发展到《候人歌》时期在实词中穿插虚词，其变化脉络表现了南方歌谣之间的相互影响。古越歌发端较早，后来经过越楚文化长期交融，所以在艺术形式上表现出一种共同的倾向。

我们把《吴越春秋》中两首表现织妇、木工生活的越歌《采葛妇歌》："女工织兮不敢迟，弱于罗兮轻霏霏。号缔素兮将献之，越王悦兮忘罪除。"《越王夫人歌》："妻衣褐兮为婢，夫去冕兮为奴。岁遥遥兮难极，冤悲痛兮心恻。"与楚辞《九歌·少司命》："入不言兮出不辞，乘风回兮载云旗。悲莫

---

① 参见曹锦炎：《绍兴坡塘出土徐器铭文及其相关问题》，《文物》1984 年第 1 期。

悲兮生别离,乐莫乐兮新相知。"《九歌·湘君》:"令湘沅兮无波,使江水兮安流。望夫君兮未来,吹参差兮谁思。"两相比较,就会发现无论是句式还是语言风格,都非常接近,但这仅仅是形式而已。透过语言表象,我们还是可以看出楚辞和越歌本质的差异。楚国是一个巫风炽烈的国度。"在楚国,神话思维、原始宗教情感、神仙思想和谐地融合于一体,注入楚人的一切社会生活,给楚国文学的创作提供了大量的题材和交错的多系列意象,形成了楚辞的浪漫主义特征。"①楚辞的文学形象是民神杂糅,文学投射出来的是"虚幻的映象"。以《九歌》为例,《九歌》11篇,前有迎神曲,后有送神歌,是一组完整的祭祀曲辞,是人与鬼神的对话和情感倾诉;而越歌,无论是《越人歌》、《弹歌》、《候人歌》,还是《吴越春秋》中表现织妇、木工生活的越歌《采葛妇歌》、《越王夫人歌》,都植根于现世社会,文学形象多为客观社会系列,取材颇具现实性,这就是"吴歈越吟"区别于楚辞的最根本的地域特色。

二、《会稽刻石》与中国碑铭文学的形成

(一)《会稽刻石》产生的文学背景

秦始皇统一六国后,曾五次大规模巡行天下。他西北至陇西、北地等,东巡及泰山,琅邪等滨海地带,北巡至碣石、上郡等地,南巡至云梦、会稽。他的巡行,持续了十年之久,覆盖了除西南边地和岭南地区以外的当时全国版图,是秦代历史上引人注目的事件。在秦始皇的巡行过程中,留下六篇刻石,均出自李斯之手,后被《史记》载录。秦始皇统一六国后的五次大规模巡行,从表面上看"颂秦德,明得意"②,有展示作为一统帝国的最高统治者雄视天下的气度,当然也不排除炫耀功德、求仙问道、排斥隐忧等其他复杂的意图。《史记·高祖本纪》载:"秦始皇帝常曰:'东南有天子气',于是因东游以厌之。"可见秦始皇巡行是怀着潜在的目的。从政治角度看,秦始皇巡行,旨在威慑六国的遗民,巩固新建政权,灌输大一统思想。从文化

---

① 赵辉:《楚辞文化背景研究》,湖北教育出版社1995年版,第51页。
② 司马迁:《史记》,中华书局1982年版,第244页。

角度看,巡行宇内,有展示华夏中原文化实力,使蛮夷部族接受教化,向华夏文化靠拢的用意。从文学角度来看,在秦始皇巡行的过程中,客观上产生了秦代富有特色的碑铭刻石文学。秦始皇巡行留下的诸多刻石,有助于我们在文学的层面上认识碑铭体文学形成的基础,也有助于我们从地域的层面看文学样式产生的背景,从而拓展文学研究的空间维度。

秦始皇在巡行途中,令刻石铭文,有昭示天下的需要,亦有传之后世的企图,故所到之处,尽刻于石,这种创作方式是前代不曾出现的现象,值得重视。唐李翱说:"夫铭古多有焉,汤之盘铭,其辞云云;卫孔悝之鼎铭,其辞云云;秦始皇帝之峄山铭,其辞云云。于盘则曰铭,于鼎则曰鼎铭,于山则曰山铭。"①秦始皇刻石产生时,碑作为一种文体并未产生,说明秦统一后的刻石铭文在碑铭这一文体方面有开创价值。

在中国古代,实用文体和文学文体形态是浑然一体的,从曹丕的《典论·论文》、陆机《文赋》、挚虞《文章流别论》、刘勰《文心雕龙》、萧统《文选》,一直到明清时期的各种文论、文集,它们所涉及的文体,既有诗赋等符合现代文学观念的文体,也有奏议、章表、碑铭等被今人拒于文学文体之外的各种实用文体的论述。因此在考察古代文学时,我们应当充分考虑中国古代文学文体在发生阶段的特殊性。

一般认为,碑文兴起于汉代②,是汉代文人创作中除诗、赋之外最重要的一种文体形式。汉碑奠定了碑志文体的基本体式和规范,并且树立了碑文正体的典范,东汉是碑刻发展史上的第一个高峰。有学者指出:"从文体发展的角度看,中国古代文学史可视为各类文体孕育形成和发展演变的历史,也是各类文体之间相互作用,互相渗透,不断衍生出新品种的历史。正是这种经由各时代创作活动所引发的文学体类的自动和互动,促进了文学形式的创新、繁衍,并与它们所承载和表现的历史事件、作家情感等内容一起,共同构成缤纷复杂的中国古代文学的发展史。"③碑铭体是一种语言形式,但它并不是纯语言现象,时代社会环境与精神文化需求才是文体形态创造和发展的内在的原因。一种文体的形成及其演变,不仅有其自身生成

---

① 李翱:《答泗州开元寺僧澄观书》,《全唐文》,上海古籍出版社1990年版,第2845页。

② [清]叶昌炽《语石》云:"凡刻石之文皆谓之碑,当是汉以后始。"(中华书局1994年版,第151页)

③ 郭建勋:《先唐辞赋研究》,人民出版社2004年版,第81页。

及衍变的规律,而且有特定的社会文化背景。对于碑铭这样一种文体而言,影响它兴盛的原因有两方面:一方面是文体内部构成因素的变化,另一方面是文体外部社会系统的影响。

先看文体内部构成因素的变化。中国现存最早的刻石文字,是殷代刻在石牛和其他石器上与占卜有关的几个零星的数字性铭文。① 秦代以前,也有刻石文字。譬如《石鼓文》,共有十石,为战国时秦国所刻,载有国君游猎的十首诗。还有《诅楚文》,原有三石,文字基本相同,乃为秦王历数楚王罪恶,请求天神伐楚,是较成功的散文。这些资料,虽然开了刻石之先河,但对于中国古代文体的形成,并不具有明显的作用。秦以前铸刻于坚硬的金属的钟鼎铭文形制矮小,费时费力,而随着时代的发展,帝王的功德需要进一步以鸿文来颂扬。碑志文不仅篆刻快捷而且包容广大,其优越性便一步步地体现出来,记事记功的功能逐渐超过并最终取代了钟鼎铭文。秦代刻石才具有文体意义。从内容考察,秦刻石文具有"颂"体的文体特征。"颂"本来源于《诗经》,《诗大序》曰:"颂者,美盛德之形容,以其成功告于神明者也。"在《文心雕龙·颂赞》中,刘勰将"颂"体的起源追溯到上古,委实渺茫难征。然而,只有秦代的这六篇刻石作为"颂"体,刻之于石,昭示天下。从"颂"体的历史可以看出,明言刻于石上,是前代不曾出现的现象,这是秦始皇刻石在"颂"这一文体的发展中值得注意之处。从笔调方面看,秦刻石文具有"铭"文的文体意义。这六篇刻石虽主要在颂秦德、明得意,但在巡行途中,登山临海,不可能不影响作者的思绪,情满于山、意溢于海,形诸文字,自然景物无疑会渗入铭文的写作过程之中。在这些刻石中,自然景物的描写虽极为简省,往往点到为止,但在铭文里加入自然景物描写,乃是一种开创,并被后世继承。汉代班固的《封燕然山铭》中的自然描写比秦始皇刻石要多且集中,晋张载的《剑阁铭》自然景物描写更多。并且出现了纯粹以自然景物为主的山铭,如鲍照的《石帆铭》,六朝齐梁以后,用骈文写的山铭渐多。所以,从山铭发展的这条线索来看,秦始皇刻石可以说是它的源头。从表现形式上看,秦刻石文开创了"碑"文的文体模式。碑是一种后起的概念,秦代并未用碑来指称这些刻石,但秦刻石历来被视为碑体,究

---

① 参见郑若葵:《安阳苗圃北地新发现的殷代刻数石器及相关问题》,《文物》1986 年第2 期。

其原因，是因为刻石中的叙事成分，促使后来碑这一文体的产生。

再看文体外部社会系统的影响。鉴于文体形态不是纯语言现象，任何一种新文体的产生，不仅是一种语言存在，同时也是一种文化存在。秦始皇统一天下后，为炫耀自己的功德伟业，多次出游，并广泛刻石纪功，使刻石这种具有巨大传播能力的文体有了很大发展。秦刻石就详细记载了始皇东巡的经过，用了大段文字歌颂其文治武功。琅琊台刻石文更多达五百多字，显然形制矮小的钟鼎铭器无法承载如此长文，更不用说铸刻于坚硬的金属比直接刻于石上费时费力。碑志文记事记功的功能逐渐超过并最终取代了鼎铭文。刘勰《文心雕龙·铭箴》说："斯文之兴，盛于三代。夏商二箴，余句颇存。"郑樵《通志·金石略》也云："三代而上，惟勒鼎彝，秦人始大其刻，而用石鼓；始皇欲详其文，而用丰碑。自秦迄今，惟用石刻。"①

关于秦始皇统一六国后刻石数目的问题，长期以来学术界见解不一，或说多达九块。② 秦刻石大多已亡佚，其文辞赖典籍而传世的虽然仅有六篇，但足以代表秦刻石所达到的的艺术成就和文体水平。正因为有秦刻石铭文标志性的先行，入汉后石刻文学才真正进入了兴盛的时代，东汉刻石不仅数量众多，而且品类繁盛，派生出多种功用的石碑，初步形成了由刻石、碑、碣、表、颂、石阙、石经、摩崖、画像题刻、题字、题名、墓石等构成的碑家族群体，出现了"碑碣云起"的局面。从这个意义上讲，秦刻石对碑铭体文学的形成起着承前启后的作用。

这一集"颂"、"铭"、"碑"诸多文体特征于一体的秦刻石文，经秦始皇十年的巡行传播，最后一站来到了越地会稽，并且把这一新兴文体带到了地广人稀、蛮风犹炽的越地，秦始皇三十七年（前210），秦始皇率着大队车骑、随从，由咸阳出发，浩浩荡荡地向东南巡行。"上会稽，祭大禹，望于南海。"③他来到会稽（今浙江绍兴）以后，登上秦望山顶，东瞻浩瀚大海，西眺巍峨的鹅鼻山，面对古越大地，颇生感慨，像以前几次巡行一样，即命丞相李斯手书铭文，刻石记功，并立碑于秦望山，即秦代篆书刻石《会稽刻石》，俗称《李斯碑》。《会稽刻石》是现存秦始皇时期的最后一块刻石铭文，也是越地入秦后最直接的文学材料。内容既与秦王朝的政治教化相关，又形象

① 郑樵：《通志》，浙江古籍出版社1988年版，第841页。
② 参见金其桢：《中国碑文化》，重庆出版社2002年版，第37页。
③ 司马迁：《史记》，中华书局1982年版，第260页。

地反映了巡行之地的风俗文化。其文体价值自不待言，其文化史料价值和书法艺术价值也同样值得关注。

（二）《会稽刻石》的碑铭学特征

公元前 210 年，产生于越地的《会稽刻石》，不但标志着秦代刻石这种文体的成熟，已初步奠定碑铭文学的特征，而且对越地后来的文学氛围的形成产生了导引作用。下面我们将通过对《会稽刻石》的具体考察，来进一步分析《会稽刻石》的碑铭学特征。

据《史记》载：秦代篆书原刻《会稽刻石》"石高一丈四尺，南北面广一尺，东西面广一尺六寸"。孙畅之《述征记》云："其字四寸，画如小指。"司马迁时代应该是能够看到原刻的，后来碑石久毁，现存之《会稽刻石》几经复刻。元至正元年（1341），绍兴路总管府推官申屠駉以家藏旧本摹勒，与徐铉所摹《峄山碑》表里相刻，置于府学宫之稽古阁（今绍兴市稽山中学）。碑高 230 厘米，文小篆，与《史记》所载有数字不同。此刻在清康熙（1662—1722）年间又为石工磨去。乾隆五十七年（1792）知府李亨特嘱钱泳以申屠

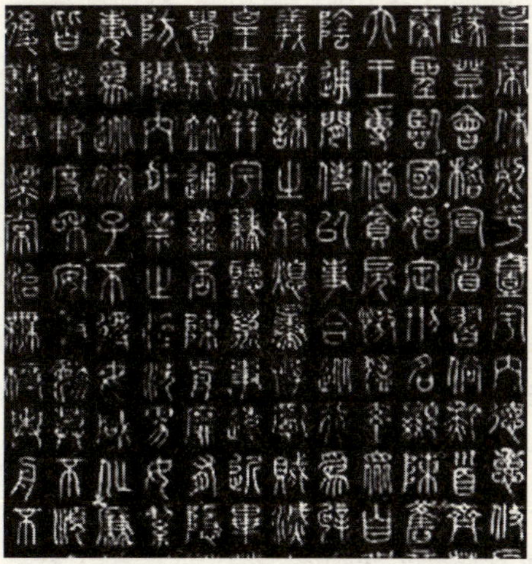

图 26 《会稽刻石》申屠駉原拓本重刻局部

氏本双钩上石，刘征刻，立于原处。现移于大禹陵碑廊（见图 26）。碑石古朴，高八尺七寸，宽四尺四寸，上刻篆书 12 行，每行 24 字，还有用隶书撰写的题记三行，计 60 字。记的是秦王朝统一六国的功业和治理国家的方针大计。全文如下：

皇帝休烈，平一宇内，德惠脩长。卅有七年，亲巡天下，周览远方。
遂登会稽，宣省习俗，黔首斋庄。群臣诵功，本原事迹，追道高明。
秦圣临国，始定刑名，显陈旧章。初平法式，审别职任，以立恒常。
六王专倍，贪戾慠猛，率众自强。暴虐恣行，负力而骄，数动甲兵。
阴通间使，以事合从，行为辟方。内饰诈谋，外来侵边，遂起祸殃。
义威诛之，殄熄暴悖，乱贼灭亡。圣德广密，六合之中，被泽无疆。
皇帝并宇，兼听万事，远近毕清。运理群物，考验事实，各载其名。
贵贱并通，善否陈前，靡有隐情。饰省宣义，有子而嫁，倍死不贞。
防隔内外，禁止淫泆，男女絜诚。夫为寄豭，杀之无罪，男秉义程。
妻为逃嫁，子不得母，咸化廉清。大治濯俗，天下承风，蒙被休经。
皆遵度轨，和安敦勉，莫不顺令。黔首修絜，人乐同则，嘉保太平。
后敬奉法，常治无极，舆舟不倾。从臣诵烈，请刻此石，光垂
休铭。①

《会稽刻石》是秦始皇最后一次出巡也是第一次南巡楚越地区所立，内容也最为丰富。从构成看，四字一句，三句一韵，庄重凝练，是铭文文体的代表作。其内容大体可以分为前后两个部分：前半部分述说秦统一天下以及推行的各项法律制度的神圣与利民，六国君王"贪戾慠猛"、"暴虐恣行"；皇帝替天行道，才"义威诛之，殄熄暴悖，乱贼灭亡"，从而使"圣德广密，六合之中，被泽无疆"。后半部分是说明皇帝如何勤谨治国，举国上下，政通民和，风化清醇，一片太平盛事的景象，并对民风民俗、婚嫁道德方面提出了具体准则要求。和以往刻石比较，前半部分宣扬道德教化是一以贯之的主线，后半部分中的"饰省宣义……"云云则为其他刻词所无。统一前的越地，其社会结构、民风民俗，有着明显的区域性，是东周时代主要文化圈之一，在被纳入秦朝的版图之后，加速了其社会发展与其他地区趋同的历史脚步，《会稽刻石》以叙说的笔法透露了这一历史信息。关于《会稽刻石》反映的区域性问题将在后文论述，此不展开。

从《会稽刻石》可以看出，秦始皇刻石虽颂功德，但并不笼统，综观每篇铭文各有侧重，结合当时发生的具体事件，形成刻石中的叙事因素，都有一个相对集中的主题。碑体的格式，正如姚鼐所说："碑志类者，其体本于

---

①　司马迁：《史记》，中华书局 1982 年版，第 261 页。

《诗》,歌功颂德,其用施于金石。周之时有石鼓刻文,秦刻石于巡狩所经过,汉人作碑文,又加以序。序之体,盖秦刻琅邪具之矣。"①也就是说碑志类文学本源于诗经时代的颂,兼有颂德和纪事的特点。秦代刻石基本奠定了后世纪功碑的写法,只是汉代以后,散体在前为序;韵文在后为铭,如班固《封燕然山铭》、韩愈《平淮西碑》皆依其体。

《会稽刻石》刻石纪事铭功的碑铭学特征是很明显的。刻石也是古碑的一种,其行文自然也可视做早期的碑铭文学。碑铭源于先秦时期,与其他文体一样,碑铭文体的形成也有一个历史过程,碑诞生后,时人有所碑刻必然有所记录有所文辞,可是只有当碑刻要求以形式化规范化的语言文字对人对事予以详尽准确的记录纪念时,具有文体意义的碑铭文才真正形成。有据可考的是碑铭文体形成的时代是在汉代,具体是在东汉后期。它的源头是先秦时期石鼓文,秦刻石继承了先秦铭文记事的传统,在体制上初具规模,下开汉代立碑纪事铭功之风。汉代的碑刻在写法上沿袭秦代刻石文,因此后人把先秦的刻石也都统称为碑。姚鼐编《古文辞类纂》列碑志类文体概念,所收以李斯撰《泰山刻石》、《会稽刻石》等六篇刻石文字为最早。吴纳《文章辨体序说》:"秦汉以来,始刻石曰碑,其盖始于李斯峄山之刻耳。"②清王筠《说文释例》也云:"秦之记功德也,曰立石,曰刻石,其言碑者汉以后之语也。"

《会稽刻石》体现着碑体文一个很重要的因素就是其叙事性。首先是叙述刻石产生的时间、地域背景,继而铺张其灭六王、并天下之丰功伟绩,然后提出风俗教化的具体要求,最后点明刻石的宗旨,叙事的主线是很突出的。可见秦的碑志文学,从写法看,其记述简练而时地人皆备,不无史传笔法。但和前几篇刻石文相比,《会稽刻石》在叙事的过程中已经参杂着议论成分。徐师曾《文体明辨序说》:"碑之体主于叙事,其后渐以议论杂之,则非矣。"又说:"其主于叙事者曰正体,主于议论者曰变体,叙事而参之以议论者曰变而不失其正。"③徐师曾所论碑铭体主要是针对汉代立碑之风兴起之后,时人纪事铭功,所用的碑刻。在《会稽刻石》里,叙事而参之以议

---

① 姚鼐:《古文辞类纂·序目》,上海古籍出版社 1998 年版。
② 吴纳:《文章辨体序说》,人民文学出版社 1962 年版。第 52 页。
③ 徐师曾著、罗根泽校点:《文体明辨序说·文章辨体序说》,人民文学出版社 1998 年版,第 144 页。

论,乃"变而不失其正",已经开启后来碑铭体文学杂以议论的风气。历来对碑铭的关注无形中成就了中国古代文学的一种特殊传播方式。经作碑者的撰写叙述,以石碑为信息载体的传播,读碑者为受众的接受,从而形成了一个完整的文学传播过程,在古代社会的领域中发挥着特殊的作用。

《会稽刻石》体现着碑体文的语言特点是文句整饬简洁,辞采雅训有则。碑志文最初的写作体例与鼎铭文相同,每句四字,有韵,与《诗经》句式相同。秦时的石鼓文与石磬,其上刻的都是四字一句的韵文。与秦以前的鼎铭文和石鼓文相比,碑志文在形制、质地、容量上更胜一筹。但是由于碑板面积的限制,碑铭的篇幅也不能漫无节制地挥洒,因此碑文语言要求简明扼要、精练明朗、概括性强,既不能像史传那样详为叙事,也不能像辞赋那样洋洋洒洒数千言铺陈。集文学性、应用性于一体,其写作也成为衡量士人才华的一个重要方面,所以历代成名的碑铭体文学大都出于大家硕儒之手。如秦始皇时代的李斯,汉代的班固、蔡邕。在碑铭文体的发展史上,蔡邕是第一个大力写作碑文并取得卓越成就,对后世碑志创作影响深远的人。蔡邕(133—192),字伯喈,东汉末年著名的学者、文人。他博学多才,在经学、辞章、书画、音乐等方面均有极高造诣,尤其善作哀铭碑诔。碑文辞采雅泽,纵意铺衍,语求骈俪,广为用典,呈现了高超的语言表达能力和文学才华。语趋骈偶、藻采、雅训三者巧妙结合,行文自然流畅,代表了东汉文学语言形式的审美追求,蔡邕自觉地把他的文学审美追求融入碑文写作之中,确立了一种至高的典范,从而使这一实用文体大放异彩。

《会稽刻石》体现着碑体文一个重要特点便是颂的笔法,这是该文体与生俱来的特征。记人记事俱以颂为主,详尽备至,具体到时间地点,具体到年月日。因为碑、碑文最早是因为其实用价值而产生的,这就决定了其所记内容务必真实可靠,颂赞都要合乎事实、合乎情理;叙述清楚明确,达到恒久传世的目的,可以说优秀的碑志文都有可作资证的史传文学价值。但碑志文写法上铭功彰美,扬善隐恶的基本方法,也是区别于史传文学的地方。秦始皇东巡刻石记事多为歌功颂德的赞辞。《文心雕龙·颂赞》:"秦政刻文,爰颂其德","颂者,容也,所以美盛德而述形容也"。秦刻石之异军突起、一枝独秀,与秦王朝在政治统一天下之后,需要思想学术的统一,文化意识形态的一统的需求,为新建立的帝国服务的目标相一致。秦代的博士与儒生,曾经由于秉持自由议政的精神,遭到秦王朝"焚书坑儒"的政治打击,尤其是"坑儒"事件,让秦及后世的士人看到了政治对学术的毁灭,大大挫伤了士人的斗志。其结果是秦始皇东巡,以李斯为代表的官僚士人,主动放弃相对独立的学术身份,依附于国家机器,刻石铭文,展示出文学向政治靠拢的趋势,是"古代士人学术独立身份丧失的开始"①。刻石文在歌功颂德的同时,还带有为政治服务、为权力代言的性质,撰文者个性的旁落,文中的套话谀词也就在所难免。伴随着立碑之风的盛行,碑铭文从上层社会到民间均受到普遍追捧。物极必反,碑铭文隐恶扬善、记功彰美的写法,有时还会招来清讥。注重歌功颂德、彰美显华的碑志文,撰述者虽然才华横溢,文采飞扬,终不会引以为荣。相反,蔡邕作为一代擅长碑铭文的大家,人们对他的碑文手笔往往赞誉有加,而对他多为达官权贵撰写碑志不无垢病。与中国古代史家如董狐、司马迁、崔浩等不惧权势,秉笔直书者相比,碑志的虚美不实,无疑会受到人们的抨击。蔡邕遭人垢病,韩愈碑文也被讥为"谀墓"。大家名流尚且如此,可见人们对碑志的求真要求是多么强烈。因此,去汉不远的曹丕在《典论·论文》中强调"铭诔尚实",呼唤真实朴实的碑铭文风,这实际是针对碑铭体作品普遍存在的溢美不实之辞和浮华靡丽文风的补救。

秦汉以后,出现了更具有纯文学性质的碑志文,自唐宋至明清,经久不衰,写法上也不断演进变化。如韩愈的《柳子厚墓志铭》重抒情,明代归有光《寒花葬志》委婉深情,独具一格,俨然晚明小品文的写法。对此,姚鼐在《古文辞类纂·序目》中解释道:"碑志类者,其体本于〔诗〕歌颂功德,其用施于金石。周之时,有石鼓刻文,秦刻石于巡狩所经过,汉人作碑文,又加以序。序之体,盖秦刻琅琊具之矣。……志者,识也,或立石墓上,或埋之圹中,古人皆曰志。为之铭者,所以识之之辞也。然恐人观之不详,故又为序。世或以石立墓上曰碑,曰表,埋乃曰志,及分志铭二之,独呼前序曰志者,皆失其义。"②

刘勰在《文心雕龙·诔碑》中论到碑体时就指出:"自后汉以来,碑碣云起",认为碑体创作兴于东汉并在东汉达到高峰。所谓碑铭,就是刻在石头上的文辞。其内容大致可分为纪功碑文、庙宇碑文、墓碑文三种。纪功碑

① 梁葆莉:《从秦始皇巡行看秦代的精神探索和文学表现》,《文学遗产》2008 年第 5 期。

② 姚鼐:《古文辞类纂》,上海古籍出版社 1998 年版。

文主要是记叙某人功绩或某项重大历史功业。因其刻记于石,古人不称碑而称刻石,如秦始皇巡行天下留下的摩崖刻石。东汉典型的纪功碑文是被称为"汉三颂"的《石门颂》、《西狭颂》、《甫耳阁颂》。此外,班固作的《封燕然山铭》记述车骑将军窦宪率兵北征匈奴获胜后登燕然山刻石纪汉威德之事,也是东汉纪功碑文的代表。东汉碑铭不仅数量多,而且文学名家参与创作者多。东汉撰碑者最负盛名的是蔡邕,集文学家与书法家于一身,作碑数量高居排行榜首。东汉碑铭因社会的普遍需求而被大量地制作,并进入到文学家创作的视野,留下数量可观的作品,这有力地证明碑铭已成为当时除诗赋之外最流行的文体之一。书法潮的掀起,推动了碑铭创作的发展。东汉中后期,随着造纸术的出现,纸渐渐替代简,人们可以挥洒自如地在"蔡侯纸"、"左伯纸"上书写。书写材料的改进,极大促进了书法艺术的发展,掀起了书法热潮,这一时期,涌现出杜度、崔瑗、张伯英、韦仲将、姜孟颖、梁孔达、张芝、张昶、蔡邕、孔融等一大批书法名家(详见卫恒《四体书势》)。张芝、张昶兄弟的草书受到世人的尊崇,崔瑗不仅草书为一时之绝,还著有书法论文《草书势》。时人仰慕崔、张书法,争相效仿学习,竟到了如痴如醉的境地,赵壹在《非草书》一文中批评世人为了学草书"钻坚仰高,忘其疲劳,夕惕不息,仄不暇食。十日一笔,月数丸墨,领袖如皂,唇齿常黑。虽处众坐,不遑谈戏。展指画地,以草刿壁。臂穿皮刮,指爪摧折。见腮出血,犹不休辍"①。碑铭篇幅不能漫无节制地挥洒。碑简史繁的情况就更为突出。碑志与史传虽然同样是写人叙事,但毕竟文体不同,语言特色也各异,碑铭的辞句简古,而史传详赡。"铭"主要称颂碑主功德,先秦以来庙堂颂诗雍容典重的传统,写作时大多用四字韵文,语言典雅、端庄、肃穆,以表达死者德之高、功之显。撰碑者还常常或用比喻、或对仗、或用典、或引经成议论、或铺陈,竭力夸耀赞美碑主美德,使碑铭的语言呈现出深厚茂密、隽秀典丽、雍容雅泽的特点。树碑之风盛行于东汉,祝嘉《书学史》描述当时盛况:"光武中兴,武功既盛,文章亦隆,书家辈出,百世宗仰,摩崖碑碣几遍天下。"②以蔡邕为代表的东汉作家在大量创作实践中形成的碑体格式以及古朴凝练、雍容典雅的文学风格,为后世的墓志文树立了典范。以石碑

---

① 房玄龄:《晋书·卫恒传》,中华书局 1974 年版,第 1064 页。
② 祝嘉:《书学史》,成都古籍书店 1984 年版,第 18—19 页。

为物质载体,读碑者为受众,从而形成了一个完整的文学传播过程。在简策尚未被纸完全替代的东汉中后期,碑铭作为传播媒介,扩大了文学传播的范围。许多优秀作家的声名因碑铭而远扬,他们所作的碑铭被当做"美文"广为传颂,还有一些作家凭借碑铭的创作一举成名,据《会稽典录》载,上虞县长度尚立《曹娥碑》请魏朗做碑文,"尚问朗碑文成未,朗辞不才。因试使子礼为之,操笔而成,无所点定。朗嗟叹不暇,遂毁其草"①。子礼即度尚弟子邯郸淳,时甫弱冠,有异才,操笔而成碑文,令前辈魏朗嗟叹不已,邯郸淳这位英才少年也由此声名大震。

碑铭作为传播媒介不光在东汉当时备受社会关注,而且这个传播过程还是纵向的持久的。就拿著名的《曹娥碑》来说,上虞县长度尚改葬孝女曹娥并为之设祭、立碑,旨在彰表曹娥的孝行;邯郸淳为之撰写碑文,使孝女懿行与碑文合一而流芳千古;蔡邕避难经过吴地读到《曹娥碑》以为诗人之作,无诡妄也,在碑背后刻了"黄绢幼妇外孙齑臼"八字评语。这谜一样的评语,又让后人费解。《世说新语》记载:"魏武尝过曹娥碑下,杨修从,碑背上见题作'黄绢幼妇外孙齑臼'八字。魏武谓修曰'解不?'答曰:'解。'魏武曰:'卿未可言,待我思之。'行三十里,魏武乃曰:'吾已得。'令修别记所知。修曰:'黄绢,色丝也,于字为绝。幼妇,少女也,于字为妙。外孙,女子也,于字为好。齑臼,受辛也,于字为辞。所谓绝妙好辞也。'魏武亦记之,与修同,乃叹曰:'我才不及卿,乃觉三十里。'"②一方《曹娥碑》记载了碑主曹娥的至孝至诚,立碑者度尚的悲悯情怀,撰碑者邯郸淳的年少才高,赏碑者蔡邕的婉转高深,解读者杨修的才思敏捷、魏武的博学谦逊。它从东汉流传到后世,不同时代的读者都在绵绵不断地进行赏读,碑铭所承载的内容、情致也随之传布,形成一条传播链。这使得时至今日,我们依然可以品味摩崖石刻,欣赏一方方存留的汉碑,发思古之幽情。③

(三)《会稽刻石》与越地民俗之关系

《会稽刻石》除了"诵秦德,明得意"一般颂扬秦始皇的文词外,还有四句铭文非常直接地涉及秦帝国如何如何"禁止淫泆"移风易俗的具体话题,

---

① 范晔:《后汉书·列女传》,中华书局1965年版,第2795页。
② 刘义庆:《世说新语·捷悟》,刘孝标注,中华书局1999年版,第368页。
③ 参见任群英:《东汉碑铭创作的文学史意义》,《学术论坛》2008年第9期。

成为后来关注的重点：

> 饰省宣义，有子而嫁，倍死不贞。防隔内外，禁止淫泆，男女絜诚。
>
> 夫为寄豭，杀之无罪，男秉义程。妻为逃嫁，子不得母，咸化廉清。

这四句铭文的大意是说：文饰过错、强词夺理是不对的。寡妇抛弃儿子再嫁是死罪不可赦。男女之间不得任意接触，防范要严，必须禁止杜绝淫乱事件的发生。男男女女都要关系纯洁、态度诚实。做丈夫的如果与妻子以外的女性发生性关系，就如同跑到不属于自己的圈里的猪一样，任何人都可以将其杀死，女子嫁人后随情夫私奔，害得子女失去母亲，也是罪大恶极。这些都要严加教化使得风气清正。

秦始皇不远千里，跑到古越大地，登上会稽山，面对的是一个任兵锐死、好斗的民族，发表这么一通婆婆妈妈"行同伦"的施政纲领，意欲何为？

对于《会稽刻石》的理解，一般认为是针对越地战国时期形成的淫泆之风而发的议论，是有的放矢。此说影响较大的是范文澜等主编的《中国通史》，云："相传越俗自句践时起，男女间关系不严，《会稽刻石辞》特别着重在'禁止淫泆'，宣告用严刑（杀奸夫无罪）来矫正，使不异于中原风俗。"[1]或者认为刻石的主要内容"是禁止此地的淫风，力图用严厉的制裁办法来纠正"。因为会稽地区"教化习俗还很落后，氏族社会偶婚制习俗尚未清除"[2]。也就是说，秦始皇在《会稽刻石》中所以写下制裁淫泆的内容，主要是针对当地风俗尚相当落后、淫泆之风严重而提出的。持这个观点的可以追溯到顾炎武《日知录》卷十三《秦纪会稽山刻石》：

> 秦始皇刻石凡六，皆铺张其灭六王、并天下之事。其言黔首风俗，在泰山则云"男女礼顺，慎尊职事。昭隔内外，靡不清净"。在碣石门则云："男乐其畴，女修其业"。如此而已。惟会稽一刻其辞曰："饰省宣义，有子而嫁，倍死不贞。防隔内外，禁止淫泆，男女洁诚。夫为寄豭，杀之无罪，男秉义程。妻为逃嫁，子不得母，咸化廉清"。何其繁而不杀也？考之《国语》，自越王句践栖于会稽之后，惟恐国人之不繁，故令壮者无娶老妇，老者无娶壮妻。女子十七不嫁，其父母有罪；丈夫二十不娶，其父母有罪。生丈夫，二壶酒一犬；生女子，二壶酒一豚。生

---

① 范文澜、蔡美彪编：《中国通史》第 2 册，人民出版社 1994 年版。
② 郭志坤：《秦始皇大传》，上海三联书店 1983 年版。

三人,公与之母;生二人,公与之饩。《内传》子胥之言亦曰:"越十年生聚"。《吴越春秋》至谓句践以寡妇淫泆过犯,皆输山上;士有忧思者,令游山上,以喜其意。当其时盖欲民之多,而不复禁其淫泆。传至六国之末,而其风犹在。故始皇为之厉禁,而特著于刻石之文。以此与灭六王并天下之事并提而论,且不著之于燕、齐,而独著之于越,然则秦之任刑虽过,而其坊民正俗之意,固未始异于三王也。汉兴以来,承用秦法,以至于今日者多矣。世之儒者言及于秦,即以为亡国之法,亦未之深考乎?

顾炎武的这段话,一是指出《史记·秦始皇本纪》记载的秦始皇六块刻石中,有力求统一全国的人伦风俗和道德观念的施政内容。这个内容虽然在《泰山刻石》、《碣石门刻石》也略有涉及,但只有《会稽刻石》专门强调限制男女自由交往的这一事实。其原因,顾氏的解释是会稽地区因越王句践时代因一味鼓励生育而形成淫泆之俗,历战国到秦朝统一也没有改变,"故始皇为之厉禁,而特著于刻石之文"。二是指出秦始皇统一之后曾像儒家所主张的那样,大力整齐风俗,申明"坊民正俗之意固未始异于三王也",批评后世儒生在评论秦政时只看到秦政"任刑"的一面,没有看到其重视礼义、推行教化、整齐人伦的努力。这是历史上最早对会稽刻石的内容进行历史性分析的文字,也是辩证地看待秦始皇及其政治的代表性意见。特别是关于会稽刻石的原因分析,得到了许多人的认同。后人对越地教化落后、民风"淫泆"的认识,实际上是顾氏观点的继续。

《会稽刻石》所述内容是否是针对越地遗俗而发,引起了后人的关注。也有人提出《会稽刻石》所述内容,不是针对越地而论,而是就全国性的整齐风俗而言。因为《会稽刻石》所述之种种不雅驯现象,并不限于一时一地,在《会稽刻石》之前,秦始皇的前四次巡行中,曾在峄山、泰山、芝罘、琅琊、碣石等五处留下五块刻石。在这些刻石的文辞中,除一般歌功颂德外,凡属于具体规定或制度,均有法律效力,其生效范围则遍及全国,决非仅限刻石之地,其针对性也非只是当地。

从秦代的会稽当地情况考察,这里的风气也和"淫泆"二字联系不到一块。据《汉书·地理志》对淫泆之风盛行的地区都有明确的记述。战国以来民风"淫泆"者,更多地存在于原燕赵大地、齐楚之邦。这只要看看《史记·货殖列传》和班固《汉书·地理志》关于战国秦朝各地关于男女交往的风俗习惯的记载即可。《汉书》、《史记》所记载的战国末年到汉初,国内属于"淫泆之风"盛行的地区有河东的郑、卫、赵国、中山等国。在司马迁和班固笔下所记的有"男女群婚"之遗迹的"文化落后地区",并不包括会稽及其所在的越地。《史记·货殖列传》谓战国时代的赵国、中山等地的民俗更有甚者,需要移风易俗。那么,为什么"禁止淫泆"的号令不在别处颁发,独在《会稽刻石》中昭示? 有人以为《会稽刻石》立于秦始皇三十七年,是传世秦始皇刻石中时间最晚的一块,距离统一六国已经 11 个年头,从时间上看,政权的统一是紧迫的问题,而风俗的统一可能是一个更深入持久的社会问题,到了这时才真正地显现出来,予以大力宣扬。

或以为《会稽刻石》中严刑矫正"淫泆"之风,是秦始皇临殁病态心理的反映。《会稽刻石》时在秦始皇三十七年,这时秦始皇已满 50 岁,刻石不久,过平原津时,这位千古一帝就一病不起,以至在当年七月就死于沙丘平台。始皇既为病死又只有 50 岁,可见其身体素质并非上乘。而在死前数月途经会稽之时,精神、体力大约早有临近死亡之先兆。他在临死之前数月,萦绕于脑际的无非是一生中的成败、得失和身后的安排。而在秦始皇一生的政治生涯中,关键时刻都与女人有关,而这些女人的"淫"则对秦始皇的命运起着决定性作用。作为专制君主的秦始皇耻于出身私生子,痛恨生母的淫荡。从他镇压嫪毐、吕不韦后,车裂假父、囊扑两弟、迁母茸阳宫等残酷手段中就可得到证明。因此,当秦始皇病在垂危之际,总结、回顾毕生成就之时,除夸耀其统一中国的功绩之外,诅咒淫行乃是其十分顺理成章之事。①

我们认为《会稽刻石》等刻石虽然均出自丞相李斯之手笔,但铭文反映的却是秦始皇的思想、观念,其中主要内容应该是有感而发的。

公元前 221 年,秦始皇统一中国,结束了诸侯割据称雄的局面,建立了封建专制中央集权国家。灭六国征服百越后,分天下为三十六郡。为了"示强威,服海内",秦始皇在帝位 12 年,通过出巡郡县等途径,颁布统一的各种制度、订定文字、大规模移民、经济上各种措施结合起来,在荀派儒学和法家刑名之学的思想基础上,促进了全国范围内"行同伦"的巨大任

---

① 参见林剑鸣:《秦始皇会稽刻石辨析》,《学术月刊》1994 年第 7 期。

务。① 当时他最顾忌的一是西北面的匈奴,所以不惜举国之力修筑长城防御;二是东南方向的天子气,除了镇压移民外就是巡视怀柔、恩威并施。前219年,秦始皇第二次东巡上邹峄山(在山东邹县)刻石,上泰山刻石,登芝罘山(山东烟台市北)刻石,又登琅琊台(在山东诸城县)刻石。琅琊是春秋时越王句践灭吴后迁都筑高台、尊天子、盟诸侯之地。秦始皇留居琅琊台三月,徙黔首三万户居台下。他这样做,目的是要表彰句践之尊周,以此告戒南方越人谨守本分。这个意图集中表现在公元前210年,秦始皇最后一次南巡的过程中。南巡至九嶷山(在湖南宁远县),浮长江东下,至古越腹地,登会稽山(在浙江绍兴县),祭大禹,留下最后一块刻石。《会稽刻石》的宗旨与以往相比,有明显的不同,很值得玩味。

从秦始皇出巡郡县传世的六次刻石的内容看,除了为新帝国歌功颂德外,每一次刻石所宣扬的侧重点则有所不同,从这些侧重点的变化,可以看出秦始皇施政内容的变迁。时间最早的泰山刻石是秦始皇统一后带有纲领性的政治宣言,并奠定了秦刻石"诵秦德,明得意"的基调,成为以后每一次刻石必须重申的主题。后来的刻石施政的侧重虽有所不同,如《琅琊刻石》强调法度,《碣石刻石》强调文治和水利,但"诵秦德,明得意"的基调是不变的。同样,《会稽刻石》除一般颂扬秦始皇的文词外,还特别强调男女之大防等人伦方面的问题,我们认为醉翁之意不在此,不在于区区"淫泆"之风,而在于越地民风的另类所引发的隐患,于是以男女之细事为突破口,用酷刑起到杀鸡警猴的威慑作用。

越国素有强悍、峻烈而轻死的蛮风,是一个任性的民族。《越绝书》说古越初民,"山行而水处,以船为车,以楫为马,往若飘风,去则难从,锐兵任死"②,具有一种原始的顽梗不屈的野性。在漫长的历史迁衍中,这种蛮野性习遂渐而形成为一种好剑善斗的地域风气。《汉书·地理志》载:"吴越之君皆好勇,故其民至今好用剑,轻死易发。"③在吴越长期争霸之战中,越国最后取得胜利,靠的就是卧薪尝胆、生聚教训的坚忍不拔的精神和锐兵任死的作风。越族从某种意义上讲,是一个鄙视强权、敢于争雄、敢于复仇、善于复兴的民族。所以,当秦始皇大队人马浩浩荡荡来到会稽时,身为

---

① 参见范文澜、蔡美彪:《中国通史》第2册,人民出版社1994年版。
② 《越绝书》,上海古籍出版社1985年版,第58页。
③ 《汉书·地理志》卷八(下),中华书局1959年版,第1667页。

越人的项羽脱口而出:"彼可取而代之!"毫无疑问,东南之帝王气、霸气是秦王朝的潜在威胁。这是秦始皇最无法容忍的。《会稽刻石》借题发挥,用严禁"淫泆"之酷刑,蕴涵着秦王朝对越地民风强悍的排斥。

好勇争强,是吴越人的秉性。《越绝书》、《吴越春秋》的中心内容,就是叙写吴越两国之间的争强斗胜。其中吴楚吴越之间的长期争斗,是书中最生动最精彩的内容。后人多称两书为复仇之书,确实是有道理的。因为其中不仅记叙了国与国之间的争斗与复仇,也叙写了人与人之间的怨愤与复仇。书中还记载越国在消灭吴国足够强大的时侯,便北上中原,威服诸侯,与老牌霸主争夺霸主之位。越国称霸关东,并徙都琅琊,将越国的军事和文化势力扩展到中原。《越绝书》、《吴越春秋》作者细致曲折、甚至夸张渲染地叙写这样的故事,除了对于本土文化的自豪感外,似乎还表现了张扬地方文化并以之抗衡中原文化的企图。去秦未远、入汉以后的越地文人笔下尚且有这样争强斗胜的地域个性风格,说明秦王朝对越地民俗和文化的顾忌并不是多余的。

三、越地论说文的发轫:"度越诸子"王充的《论衡》

(一)会稽郡斯文之风的兴起

西汉时期中原文化强盛,"关东出相,关西出将","文学皆出山东"。地处东南沿海偏远之地的越地,和江南大部分地区一样还处于一文不名、寂寞寥寥之中。前去中原谋生的越人,讳言自己出身南方的背景。如出身会稽的郑朋向外戚史高等表白"我关东人"(《汉书·萧望之传》),南方地广人稀,势单力薄,所以越人从心理上有攀附强势文化的倾向也是情理之中。

西汉时期,越地文化发展和文学创作还相对沉寂。这时期虽然出现了一些学者和文学家,如庄忌、庄助(严助①)、朱买臣等,但没有对主流文化产生大的影响。《汉书·艺文志》诸子类著录庄助文"四篇",诗赋类著录"赋三十五篇",也算是一位多产作家。这些作品,很多作于会稽郡守期间,史称"有奇异,辄使为文,及作赋颂数十篇"。庄助不仅自己从事创作,同时

---

① 东汉为避明帝"刘庄"讳,班固著《汉书》将"庄"姓改成了"严"。

还积极引荐江南文士。朱买臣即是其中一位佼佼者。经同郡庄助的推荐，得到武帝的召见，说《春秋》，言《楚词》，拜为中大夫，后为会稽太守，衣锦还乡。朱买臣的这段经历也就成为文学史上一个重要的文学题材。这些人虽然受当时学术和文学创作风气的影响，修习儒家经典并进行辞赋创作，但他们主要是一些轻脱纵横之士，注意力在事功而不在学术。

直到西汉末期，江南地区的经济开发为越地文化的发展准备了良好的物质条件。铜山铸钱，就海煮盐，三十余年中无赋，有力地促进了越地的经济发展和文化风貌的改变。汉朝选拔学业有成的儒生为郡国官吏，汉朝尊崇儒学，儒生学业成就，可以为郎为吏，这大大刺激了人们的读书兴趣，越地也有不少人远离家乡求学问道。如会稽人包咸，就曾求学长安，精通《鲁诗》、《论语》，后为皇太子师。另外，西汉末中原大乱，许多中原人为躲避战乱而移居江南，其中包括大量世族大户。他们把北方先进的文化带到江南，促进了越地经济和文化的发展。如王充，祖上本是魏郡元城人，西汉末迁居会稽。后来，北方人口大规模南徙，王鸣盛《十七史商榷》卷九"徙民会稽"条："元狩四年徙关东贫民于陇西、北地、西河、上郡、会稽，凡七十二万五千口。会稽生齿之繁，当始于此。约增十四万五千口也。"[①]江南地区人气趋旺。《后汉书·循吏·任延传》记载，东汉初年，"时天下初定，道路未通，避乱江南者皆未还中土，会稽颇称多士"。武帝时徙强宗大姓，到六朝时期都在江南安居下来。如会稽山阴郑氏、朱氏、陆氏皆从北方迁入。东汉越地著名的人物，大多来自移民家族。如王充祖上原本魏郡元城人，从军有功，封会稽阳亭，后世居会稽。《论衡·自纪篇》："世祖勇任气，卒咸不揆於人。岁凶，横道伤杀，怨仇众多。会世扰乱，恐为怨仇所擒，祖父汎举家檐载，就安会稽，留钱唐县，以贾贩为事。生子二人，长曰蒙，少曰诵，诵即充父。祖世任气，至蒙、诵滋甚。故蒙、诵在钱唐，勇势凌人。末复与豪家丁伯等结怨，举家徙处上虞。"南北文化相互融合，正是这种融合，加速了越地文化发展的步伐。到了东汉后期，越地已经有了文学知名人物，形成受人关注的文学群体。《三国志·吴书·虞翻传》记载北方大儒孔融读越地文人虞翻的《易》注后，喟然叹道："乃知东南之美者，非徒会稽之竹箭也。"孔融作《论盛孝章书》就是推荐会稽名士而创作的名文，这也是众所周

---

① 王鸣盛:《十七史商榷》, 丛书集成初编本。

知的显例。①

东汉初期,越地出现了一些文学群体,他们的著述丰富,体裁多样,作品内容广泛,具有鲜明的地域文化色彩和独特的文章风格,对后世学术、思想和文学创作都产生了巨大而深远的影响。

越地在东汉初期产生了大批学者和文学家,成就巨大,地域色彩也颇鲜明。王充在《论衡·案书篇》中说:"案东番邹伯奇,临淮袁太伯、袁文术,会稽吴君高、周长生之辈,位虽不至公卿,诚能知之囊橐,文雅之英雄也。观伯奇之《元思》,太伯之《易章句》,文术之《箴铭》,君高之《越纽录》,长生之《洞历》,刘子政、扬子云不能过也。"②

他在《论衡·超奇篇》中极力推举本土的文化人,说:

> 前世有严夫子,后有吴君高,末有周长生。白雉贡于越,雍州出玉,荆扬生金。珍物产于四远,幽辽之地,未可言无奇人也。孔子曰:"文王既没,文不在兹乎!"文王之文在孔子,孔子之文在仲舒,仲舒既死,岂在长生之徒与?何言之卓殊,文之美丽也!唐勒、宋玉,亦楚文人也,竹帛不纪者,屈原在其上也。会稽文才,岂独周长生哉?所以未论列者,长生尤逾出也。九州多山,而华、岱为岳;四方多川,而江河为渎者,华、岱高江、河大也。长生,州郡高大者也。同姓之伯贤,舍而誉他族之孟,未为得也。长生说文辞之伯,文人之所共宗,独记录之,《春秋》记元于鲁之义也。

用充满自豪感的语气赞扬了吴越地区的先贤和时彦,并说明东汉初期在吴越地区出现了一个文人群体,其中尤为突出者为周树,成就之大足可继武董仲舒。王充引用孔子的话说明,当时中原地区的儒学已经衰微,学术中心已经转移到吴越地区。这当然有些夸大其辞,但反映了王充对于新崛起的吴越文人群体的体认和维护。这种思想意识,王充在自述《论衡》的创作宗旨时也有所流露,他说他所以创作《论衡》,"其本皆起人间有非,故尽心极思,以讥世俗"③。当时以博士系统为中心的北方学术,充满了曲解、虚言和迷信,特别是天人感应说和谶纬神学,将儒学搞得乌烟瘴气。王充运用锐利之笔,批谬揭伪,将当时儒学发展的真面目昭示给世人。当时会稽人

---

① 参见刘跃进:《江南的开发及其文学的发轫》,《文学遗产》2007 年第 3 期。
② 王充:《论衡·案书篇》,黄晖《论衡校释》本,中华书局 1990 年版,第 1173 页。
③ 王充:《论衡·超奇篇》,黄晖《论衡校释》本,中华书局 1990 年版,第 1179 页。

谢夷吾在荐举王充的上书中说："充之天才,非学所加,虽前世孟轲、孙卿,近汉扬雄、刘向、司马迁,不能过也。"①这当然是褒扬过当,但反映了吴越士人对本土文化的张扬及企图凌越当时北方中原文化的心理。

东汉时期越地士人群体逐渐形成,改变了西汉的窘境。由此可知,东汉初期,越地已经形成了一个文人群体,也取得了一定的学术与文学成就,他们相互推赏,并引以为自豪。

事实上,东汉初期越地的学者文人还不止这些。今综合王充在《论衡》中的记述及《后汉书》、《越绝书》、《吴越春秋》等典籍的记载,将东汉初期吴越地区著名学者、著述胪述如下:会稽王充《论衡》、《政务》、《讥俗节义》、《养性》、《六儒论》,赵晔《韩诗谱》、《吴越春秋》、《诗细历神渊(诗神泉)》②,周树《洞历》,袁康、吴平《越绝书(越纽录)》,谢夷吾《上书荐王充》、《与张凉州书》③。东汉初期越地学人的著作,从内容上分大致可以分为四类。其一,为解经类,如赵晔的《韩诗谱》、《诗细历神渊》这些作品久已亡佚,但从作品题目来看,东汉越地学者除继承西汉传统的解经方法外,又有自己的独到之处。尤著者为赵晔,其《韩诗谱》内容虽不可知,但据东汉末郑玄《诗谱》的叙知道郑玄《诗谱》的内容主要是论说诗的产生、功能作用和内容风格的变迁,赵晔《韩诗谱》内容大概也是如此。然则赵晔又是一位在《诗经》研究上独辟蹊径的人。至于他的《诗细历神渊》则更为独特,单从名称来看,颇像是一部纬书。《后汉书》本传说:"蔡邕至会稽,读《诗细》而叹息,以为长于《论衡》"④,那么本书很可能是一部讨论《诗经》的论说性著作。由此可知,东汉吴越学人在解经方面也有自己的特色和独特贡献。其二,为史传类。如袁康、吴平的《越绝书》,赵晔的《吴越春秋》,周树的《洞历》等,前两书基本保存下来,《洞历》已亡佚。王充在《论衡·超奇篇》曾作介绍:"长生之才,非徒锐于牒牍也,作《洞历》十篇,上自黄帝,下至汉朝,锋芒毛发之事,莫不记载,与太史公表、纪相似类也。上通下达,故曰《洞历》。然则长生非徒文人,所谓鸿儒者也。"可知,周长生的《洞历》是一部通史性著作,但又并非用以详述历史事实,而是要通过叙史来表达自己的思想观念。其三,为论说类,如王充的《论衡》、《政务》,邹伯奇的《元思》。这些著作只有《论衡》比较完整地保存下来。《论衡》为"疾虚妄"之书,此众所周知。《政务》从题目来看,当为王充正面阐发政治见解的著作。其四,为讥世诫俗类。如王充的《讥俗节义》、《养性书》,袁文术的《箴铭》等。从上述可知,东汉初越地学者和文学家的著作,题材广泛,风格多样,具有较为浓重的地域文化色彩。

东汉时期越地文化圈的初步形成是客观事实。如此多的本土作家作品,只因地域僻远,其对当时主流文化没有产生直接而明显的影响,因而没有引起时人应有的重视。越地文化人对本土文化早有比较清晰的意识,他们守持这种文化,维护这种文化,甚至张扬这种文化,但是这些成就在当时并没有引起中原主流文化足够的注意,也没有产生多大的影响。与中原地区强大的主流文化相比,显得势孤力单。真正进入主流文化视野并引起注意的,则是越地文人自觉的个性张扬与中原成名人士的极力揄扬相呼应后的结果。王充之《论衡》得以闻世,其中不无侥幸的成分。

对于《论衡》,越人谢夷吾可以说是最早的知音。但在王充身后至东汉末叶的近百年间,《论衡》只在越地民间传抄,并已经出现了散佚现象,就在《论衡》等越中文典即将面临乱世劫难的关头,汉末魏初的大学问家蔡邕以落难之身来到了王充的家乡越地,一呆就是12年,其间,他读书访胜,足迹遍布古越大地,以文化人特有的生活方式打发着避祸隐世的时光。当他意外得到越地民间流传的王充著作《论衡》时,如获至宝,"叹其文高,度越诸子"①,认为《论衡》是"异书"。《后汉书·王充传》引袁山松注云:

> 充所作《论衡》,中土未有传者,蔡邕入吴始得之,恒秘玩以为谈助。其后王朗为会稽太守,又得其书,及还许下,时人称其才进。或曰:不见异人,当得异书。问之,果以《论衡》之益,由是遂见传焉。

蔡邕是东汉后期的大学者和大文学家,在当时就具有崇高的地位和巨大的影响,其治学与思想受到王充、赵晔等人的影响。《抱朴子》曰:"时人嫌蔡邕得异书,或搜求其帐中隐处,果得《论衡》,抱数卷持去。邕丁宁之曰:唯我与尔共之,勿广也。"②《后汉书·儒林传·赵晔传》说:"晔著《吴越

---

① 《太平御览》卷六〇二引《抱朴子》。
② 范晔:《后汉书》,中华书局1965年版,第1629页。

春秋》,《诗细历神渊》。蔡邕至会稽,读《诗细》而叹息,以为长于《论衡》。邕还京师,传之,学者咸诵习焉。"①蔡邕晚年将大量书籍赠送给他所知赏的王粲。王粲在汉末战乱时期与其族兄王凯到荆州避难,成为荆州学的重要成员。荆州学重义理、轻章句的学术风格明显受到王充等人治学方法的影响。后来王粲归附曹操,成为邺下文人集团的主要成员之一。魏晋玄学开山人物之一的王弼,正是王凯之孙,王粲之继孙。由此可知,王充的学术风格和治学思想对魏晋玄学的产生和形成起了导夫先路的作用。

王朗是三国时期著名的学者和朝廷大员,做过四年会稽太守,以虞翻为功曹,王朗曾问虞翻曰:"曾闻士人叹美贵邦,旧多英俊,徒以远于京散,含香未越耳,功曹好博古,宁识其人邪?"虞翻以极其骄傲的口吻,历数乡贤才俊,以至王朗叹曰:"贵郡虽士人纷纭,于此足矣。"②虞翻又曾称同郡阚泽曰:"阚生矫杰,盖蜀之扬雄",又说:"阚子儒术德行,亦今之仲舒也。"③史称王朗因研读与中原学术风格迥异的王充等人的著作,北归后时人称其才进。史载其"著《易》、《春秋》、《孝经》、《周官》,奏议论记,咸传于世"④,则其学术活动也必然受到越地学人治学风格的影响。其子王肃,秉承家学,成为魏晋时期的经学大师。史称:"〔肃〕年十八,从宋忠读《太玄》而更为解。"⑤又说:"初,肃善贾、马之学,而不好郑氏。采会同异,为《尚书》、《诗》、《论语》、《三礼》、《左氏》解,及撰定父朗所作《易传》,皆列于学官。"⑥王肃所善贾逵、马融之学,即已有偏重义理、轻视章句的倾向,这与王充等人的治学方法颇为相似,而与郑玄之治学风格颇有不同。王肃凭借自己杰出的学术成就及与晋朝的特殊关系,成为两晋南北朝在经学领域与郑玄分庭抗礼的经学大师,特别是两晋南朝的经学,王学实占主导地位。

标新立异使《论衡》获得了极大的欢迎,蔡邕、王朗都很欣赏《论衡》这部"异书"。《论衡》为何能够记载很多"异端"之说? 这不是一个个体的现象,可以从地域文化方面寻找原因。喜欢"异端"之说不仅仅是身为"度越

① 范晔:《后汉书》,中华书局 1965 年版,第 2575 页。
② 陈寿:《三国志》卷五十七《吴书·虞翻传》注引《会稽典录》,中华书局 1959 年版,第 413 页。
③ 陈寿:《三国志》卷五十七《吴书·阚泽传》注引《吴录》,中华书局 1959 年版,第 414 页。
④ 同上。
⑤ 同上。
⑥ 同上书,第 419 页。

诸子"王充一人。他的同乡、会稽山阴人赵晔,也喜欢"异端邪说"。《后汉书》卷七十九《儒林下》本传云:

> 〔赵〕晔著《吴越春秋》、《诗细》、《历神渊》。蔡邕至会稽,读《诗细》而叹息,以为长于《论衡》。邕还京师,传之,学者咸诵习焉。

赵晔的《诗细》,因为早已失传,内容不得而详。蔡邕既然以之与《论衡》相比,可见《诗细》与《论衡》在类型上是比较相近的,而且《诗细》比《论衡》在个性化方面似乎走得比《论衡》更远,所以蔡邕读《诗细》为之不胜叹息,甚至认为优于《论衡》。赵晔的《吴越春秋》,基本保存下来了。我们知道:《吴越春秋》喜欢收集民间传说,内容颇近小说,而所记越国世系,也与《史记》多有不合,虽有元徐天祐作音注,对事迹异同作了考证,但其可信性仍有问题,与《论衡》有一定的可比性。《三国志》卷五十七《吴书·虞翻传》注引《会稽典录》将赵晔与王充并称,云:

> 有道山阴赵晔,征士上虞王充,各洪才渊懿,学究道源,著书垂藻,骆驿百篇,释经传之宿疑,解当世之盘结,或上穷阴阳之奥秘,下摅人情之归极。

也说明此二人属于同类。明人钱福撰《重刊吴越春秋序》云:

> 《吴越春秋》乃作于东汉赵晔,后世补亡之书耳。大抵本《国语》、《史记》而附以所传闻者为之。元徐天祐……谓其不类汉文者,其字句间或似小说家。观《儒林传》称其所著,复有所谓《诗细》者,蔡邕读而叹息,以为长于《论衡》。今《论衡》故在也,鄙俚怪诞者不少,则东汉末亦自有此文气矣。①

钱福注重到《吴越春秋》来源"传闻",而《论衡》也"鄙俚怪诞者不少",二者可以进行比较,堪称颇具慧眼。但认为原因是"东汉末亦自有此文气",却不太正确。陈寅恪曾经指出:

> 滨海之地应早有海上交通,受外来之影响。以其不易证实,姑置不论。但神仙学说之起原及其道术之传授,必与此滨海地域有连,则无可疑者。故汉末黄巾之乱亦不能与此区域无关。②

陈寅恪认为滨海地域的自然环境与思想之自由开放不无关系。越地

---

① 赵晔:《吴越春秋》卷首。
② 陈寅恪:《天师道与滨海地域之关系》,《金明馆丛稿初编》,上海古籍出版社 1980 年版,第 1 页。

作为滨海地域海上交通自古发达,越人思想开拓,有冒险精神,民俗重祭祀巫术。《后汉书》卷三十七《桓荣附鸾子晔传》云:"初平中,天下乱,避地会稽,遂浮海客交阯。"《后汉书》卷四十一《第五伦传》云:"会稽俗多淫祀,好卜筮。"会稽民俗之另类,我们在上文中已有涉及。越地处滨海,由于大自然的关系,一般思想开放,敢于想象,而"异端邪说"也最易在这里传播。故王充《论衡》如此,赵晔《诗细》、《吴越春秋》也如此,此种文化观念已经成为一种集体无意识表现渗透到越地作家的潜意识之中。

公元前222年,秦灭越,在越地设会稽郡,越人被强行迁徙流散,中原人南下,取代了土著越人的统治地位。秦朝实行钳制文化的政策,使一度比较空寂的越地学术和文学创作更加寂寞。汉朝建立后,实行较为宽松的文化政策,至武帝,崇尚儒学,立五经博士,为读书人开禄利之途,激励了人们读书的积极性,促进了文化的迅速而广远的传播。这不仅使广大的中原地区人文兴盛,边远地区文化也迅速崛起,形成颇具特色的区域文化中心。作为地域文化的越文化也实现了由民族、国族向区域转化的一种地域特征的文化转型。在这一汉化的过程中,越地出现了王充这样著名的思想家、文学家,留下了《论衡》这样具有思辨色彩的著作。这标志着越地斯文之风的兴起,以王充为代表的越地作家群和众多作品蜚声文坛,以其鲜明的地域特色,对当时和后世的学术、思想和文学创作产生了巨大影响。

(二)"异书"《论衡》的文学思想

在我国文学的发轫时期,散文中的文学作品与哲学、历史著作很难划分,先秦两汉的诸子散文和历史散文都是如此。王充《论衡》不是纯粹的文学散文,但它却包含着很强的文学感染力,其文章的神理、气味、格律、声色、结构、剪裁、用笔和用字等都有不容低估的美学价值。因此,前人对王充的散文成就评价很高。东汉著名的文学家蔡邕在江南得到《论衡》一书,看了以后,不禁"叹其文高",认为"度越诸子!"有人把《论衡》作为两汉时期散文的代表作品之一,甚至还把王充比作孟轲、扬雄、司马迁等大文豪。

王充不仅思想深邃独特,而且文学观点鲜明。王充的这种离经叛道的思想,反映在文学方面,就是旗帜鲜明地主张文学为世所用的社会性,反对华而不实、讹而失真的文风,主张文学贵在独创。其一系列个性化的文学观点,引起人们的高度重视。王充所处的时代,是文学理论、文学批评尚处于萌芽状态。《论衡》中有关文学批评的段落和篇章,提出并确定了文学批评的定义和价值,在文学批评史上有开风气的影响。

王充文学思想中最鲜明的观点是"为世用"说。《论衡》针对当时文坛风气和文学创作中普遍存在的内容虚妄荒诞、词藻华靡和复古倾向等现象,提出文章"为世用"说。"为世用者,百篇无害;不为用者,一章无补。"(《自纪篇》)而所谓"为世用"的具体内容,即是要能够劝善惩恶,对社会起积极作用。他说:

> 文岂徒调墨弄笔为美丽之观哉!载人之行,传人之名也。善人愿载,思勉为善;邪人恶载,力自禁裁。然则文人之笔,劝善惩恶也。(《佚文篇》)

王充十分重视文学务实尚用的功能。说古代圣贤凡是作文都是"不空为""不妄作",他著述的《论衡》"如衡之平,如鉴之开"(《自纪》),用来衡量各种言论和事实的轻重是非,以定其取舍,益化补政。他说:"人之有文也,犹禽之有毛也。毛有五色,皆生于体。苟有文无实,是则五色之禽毛妄生也。"(《超奇篇》)从这个角度出发,王充对"深覆典雅,指意难睹"的汉赋偏于藻绘的倾向作了尖锐的批判。在《谴告篇》中王充指出了汉赋大家司马相如、扬雄的赋颂"欲讽反劝"的事实,认为他们的作品文辞宏丽、意趣深博,"然而不能处定是非,辩然否之实",无补于世,所以尽管"文如锦绣,深如河汉"(《定贤篇》),也不能算是好作品。作为越地文学先驱王充"为世用"的文学观。对后来越地文化学术思想的形成产生了深远的影响。南宋越地诗人陆游的文学主张与王充就有精神血缘上的相似。陆游从匡时济世的政治观点出发,也主张文学(诗歌)必须经世致用,和现实生活发生直接联系。他有一段话与王充有惊人的相似:

> 山泽之气为云,降而为雨。勾者伸,秀者实,此云之见于用者也。子尝见早岁之云乎?嵯峨突兀,起为奇峰,足以悦人之目,而不见于用,此云之不幸也。①

能降雨之云可使"勾者伸,秀者实",这是见于用的好处。陆游把唐代李贺诗比作五色炫耀的百家锦衲,认为这种诗虽然光夺眼目,但求其补于用,无有也。陆游还以云之见用,喻诗歌补时之社会功能,而李贺之诗"五

---

① 陆游:《渭南文集》卷二十七《跋吴梦予诗编》。

色炫耀、光夺眼目”，徒有浓艳之表，在陆游看来，这种诗就如旱云，虽能娱人之目，但终不见于用，这是云之不幸。陆游以“致用”为本，十分注意诗歌的社会功能，他认为诗歌必须与现实生活相结合，反映生活矛盾，起到裨补时阙的作用。陆游以后，包括浙东学派，都秉持经世致用的创作原则，成为越地文化的基本准则。

王充主张文章的内容必须真实，反对描写虚妄迷信内容。王充所指的“虚妄”，主要是关于谶纬五行、“天人感应”和世俗迷信等无稽之谈，并包括表现在文章写作上夸张失实的描写：

> 世俗所患，患言事增其实；著文垂辞，辞出溢其真，称美过其善，进恶没其罪。何则？俗人好奇。不奇，言不用也。故誉人不增其美，则闻者不快其意；毁人不益其恶，则听者不惬于心。闻一增以为十，见百益以为千。使夫纯朴之事，十剖百判；审然之语，千反万畔。墨子哭于练丝，杨子哭于歧道，盖伤失本，悲离其实也。蜚流之言，百传之语，出小人之口，驰闾巷之间，其犹是也。诸子之文，笔墨之疏，大贤所著，妙思所集，宜如其实，犹或增之；况经艺之言如其实乎，言审莫过圣人，经艺万世不易，犹或出溢增过其实。增过其实皆有事为，不妄乱误以少为多也。然而必论之者，方言经艺之增与传语异也。经增非一，略举较著，令恍惑之人，观览采择，得以开心通意，晓解觉悟。①

他认为文学家为迎合“俗人好奇”的社会心理，会失去人心之本真。他强烈谴责“众书并失实，虚妄之言胜真美也”的现象。王充坚持“凡天下之事，不可增损”的态度，特别称赞桓谭的《新论》，因为它“论世间事，辩明然否，虚妄之言，伪饰之辞，莫不证定”（《超奇篇》）。既要“疾虚妄”，自然要“求实诚”，使内容和形式表里悉相副称。

在创作论方面，王充反对模拟因袭，主张文学贵在独创，“饰貌以强类者失形，调辞以务似者失情。百夫之子，不同父母；殊类而生，不必相似；各以所察，自为佳好”（《自纪篇》）。汉代由于儒家思想处在“定于一尊”的统治地位，文人都尊奉孔子，泥古、托古的思想在当时势力很大，“述而不作”，章句之学盛行，厚古贱今，模拟因袭的风气十分严重。王充一反这种时俗风气，重“作”不重“述”，提出“文无古今”、贵在独创的观点，对不从实际出

---

① 王充：《论衡》卷八《艺增篇》，黄晖《论衡校释》本，中华书局1990年版。

发的因袭模仿和拟古之风,进行尖锐的批评。在《佚文篇》中,他说文人之文共有五种,而其中以"发胸中之思,论世俗之事,非徒讽古经,续故文"的"造论著说之文,最为上等,尤宜劳焉"。在《超奇篇》中,他指出孔子作《春秋》之所以高超,正是因为他不拘泥于鲁国史学著作,而能做到"眇思自出于胸中"。在《自纪篇》中,他说:"美色不同面,皆佳于目;悲音不共声,皆快于耳。酒醴异气,饮之皆醉;百谷殊味,食之皆饱。谓文当与前合,是谓舜眉当复八采,禹目当复重瞳。"反对华而不实、讹而失真的文风,他能从发展的眼光来看待文学发展的历史,这种进步的文学观,与当时占据文坛主流的复古思潮是针锋相对的。汉代董仲舒提出"天不变,道亦不变"。在此种学说的影响下,许多学术著作和文学作品都不免染上复古的色彩,比如扬雄写《法言》、《太玄》,有意模仿《论语》,故作艰深。他的《甘泉赋》、《长杨赋》刻意效法司马相如的《子虚赋》、《上林赋》,《解嘲》、《解难》则明显追随东方朔《答客难》。还有西汉后期的王褒、刘向到东汉的王逸,他们的骚体作品又显然脱胎于屈原的《九章》。面对着滚滚而来的复古思潮,王充以其鲜明的态度,对好古而贱今作了有力的否定。他在《齐世篇》、《案书篇》中指出,历史是不断向前发展的,社会是愈来愈进步的,因此"尊古卑今"、"贱所见,贵所闻"(《齐世篇》)是毫无道理的。衡量文学作品的优劣,应以"真伪"、"善恶"为标准,而不应以古今为依据,复古模拟的结果只能是倒退,而不是前进。

王充提倡文章的口语化,反对古奥艰涩的文风。王充在《自纪》篇中论说了书面语言和口语应当是一致的。他认为,口语和文学语言都是表达人们的思想感情的,因为语言不借诸文字不能久传,所以人们才将自己的语言著之于文字,它们在内容上并没有什么差别。根据这一论点,王充主张"言文一致",写文章要在旨意的深厚上下功夫,并且写得通晓浅显,让读者很容易理解,他反对那种意思浅薄、言语艰深的文章。他说古人的文章为什么难懂,是因为"古今言殊,四方谈异也"(《自纪篇》),因此他自己写《论衡》就要求做到"形露易观","口则务在明言,笔则务在露文"。

综上,我们可以发现,王充的文学思想具有很强的反时俗的个性特色,其中"疾虚妄"和"为世用"是贯穿《论衡》全书的基本宗旨,这种务实疾妄的文学思想开启了越地学术文化思想的先河。其文学思想的精髓,对越文艺思想和精神特质的形成影响是十分深远的。求实、崇实是越学的基本精神和学风。王充的《论衡》提倡"忌虚妄,求实成"发其端;到南宋时期越地有陈亮的永嘉学派、叶适的永嘉学派、吕祖谦的金华学派,标志着"越学"进入成熟的境地。他们都讲实事实理,讲事功,讲实际效率。再到明清时期的刘宗周、黄宗羲、全祖望、万斯同、章学诚,到清末的章太炎,民国的蔡元培,都具有崇实的精神。一直贯注到黄宗羲《明儒学案》、全祖望《宋元学案》、章学诚《文史通义》。浙东史学求实的学风一脉相承,内容上史论结合,学风上讲学以致用,这是越学的特点。越人务实尚用作风是对王充"为世用"观点的继承和发挥。

王充的《论衡》论说体,其学术背景主要是儒家,但同样表现出鲜明的越文化风格。王充挟凌厉之势,对古今学术流行观念和世俗民情进行检讨。他认为错的,即推锋而进,讥弹无所回避,甚至问孔刺孟;他认为对的,则笃信无所怀疑,甚至曲为之辩解。实则王充的持论,也不无偏激之处。如其《正说篇》对当时经学发展状况的议论,固然切中当时经学的要害,但也多有偏激臆断之语。关于王充持论善为锋芒摧陷而无枢要足以持守的特点,古今学者多有评说。黄震在《黄氏日抄·读诸子》中说:

> 盖充亦杰然以文学称者,惜其初心发于怒愤,持论至于过激,失理之平,正与自名"论衡"之意相背耳……凡皆以不平之念,尽欲更时俗之说,而时俗之说之通行者,终不可废。矫枉过正,亦不自觉其衡决至此也。①

王充以越人的心态、观念和风格向当时主流文化中流行的观念作猛烈的冲击,其基本观念、表达方式具有吴越人那种凌厉无前、蹈死不顾的作风,其冲击主流文化观念的心态,也与越国作为后起乍强的偏僻小国向中原老牌强国快意复仇的心态十分相似。

四、越地史传文学之鼻祖:《越绝书》与《吴越春秋》

(一)东汉越地郡书编纂之风

郡书,即郡国之书,是史之一种,专门用来记载地方人物的史乘。东汉

---

① 《论衡校释》附编三,黄辉校释本,中华书局1990年版。

建立后,光武帝刘秀为表彰乡里之盛,诏撰《南阳风俗传》。于是"郡国之书,由是而作"(《隋书·经籍志》),上有所好,下必甚焉,光武帝的提倡,东汉时期开始出现兴起编撰地方性著作的热潮。其内容开始以人物为主,唐朝刘知几《史通·杂述》说:"汝颍奇士,江汉英灵,人物所生,载光郡国。故乡人学者,编而记之。"又说:"郡书者,矜其乡贤,美其邦族。施于本国,颇得流行;置于他方,罕闻爱异。"东汉郡书的实际情况确实如此。随着郡书编纂之风兴起,远离政治中心洛阳的东南边陲会稽郡也诞生了一部拟《春秋》而作,记载吴、越两国史地为主的地方性史籍《越绝书》,稍后又诞生了以春秋吴越战争题材为中心的杂史《吴越春秋》。《越绝书》与《吴越春秋》都是记载一方历史文化、山川风土的方志郡书类著作。他们的编辑也是如此。如《越绝外传本事第一》所说:"《越绝》小艺之文,固不能布于四方。"而编辑的目的则是通过"贬大吴,显弱越",确定越国的历史地位,肯定越王句践的功德,美其邦族。

从秦至东汉初的二百多年间,由于秦始皇、汉高祖、汉武帝都实行"强干弱枝"政策,迁天下豪富强族于京师,关中片面繁荣,东南落后停滞。越地一直处于政治文化的边缘,与中原各郡相比,既无政治上的风云人物可与沛、南阳的两汉开国君臣相媲美,也鲜有文坛的名公巨擘能载光郡国,总之,付阙乏陈。在郡书编纂的过程中,因为缺乏当代可以标榜的史料资源,所以关注的目光自然而然投射到风云变幻的春秋战国时期。历史上的吴、越两国,曾是春秋五霸中的两霸,有过一段辉煌的历史。越王句践灭吴后还将都城迁到了琅琊。从越国君臣的功业来说有可歌可泣之处,其史实既有《国语》、《史记》等记载为证,去古未远,许多鲜活的故事一直流传于民间,撰史者还可从民间采访中获得有关吴、越历史的口述资料,以补文献之不足。在郡书编纂之风兴起之际,正处于文化转型期的会稽郡,为了张扬本土文化,美其邦族,"吴、越贤者"拟《春秋》而修史,将与吴越两国相关的前人著述进行整理,并杂收民间传说,通过禹越历史对接,编辑成《越绝书》和《吴越春秋》,将越国的历史呈现给当世的人们。

有人认为《越绝书》等郡书的产生和当时儒生"尊古卑今"普遍观念有关。而我们认为未必,《越绝书》和《吴越春秋》题材上虽然属古,但编撰的立意和观念上却充满了当代意识,编纂者力图通过郡书的编纂,表现一种不甘寂寞的精神。他们立足乡邦文献,旨在引起主流文化的关注。其用意是很明显的。比如说《越绝书》的书名和作者之谜,都蕴涵着这种深意。

《越绝书》原名《越绝》,大抵唐以后开始多称《越绝书》。《越绝》何以称"绝"？据考证:"绝"是记录、记载的意思,"越绝"应该是越国史记的专名,而"越绝书"是音译和意译叠加,它保留了越语记史的本色。秦汉以后,越国故地汉化,越语消失,"越绝"的含义不为人理解,而后来的史书又往往以"书"为名,如《汉书》、《后汉书》、《晋书》等。因此,《越绝》演变为《越绝书》也是很正常的事。这实际上也是越国故地文化转型的一种表现。①《越绝书》作者,南朝梁时阮孝绪《七录》称"或云伍子胥撰",《隋书》卷三十三《经籍志》、《旧唐书》卷四十六《经籍志》、《新唐书》卷五十八《艺文志》说是子贡撰。唐朝司马贞在《史记索隐》中说:"《越绝书》子贡所著,恐非也。其书多记吴越亡后土地,或后人所录。"宋朝陈振孙在《直斋书录解题》中对《越绝书》为子贡所作及其成书时代也提出怀疑。他说:"相传以为子贡者,非也。其书杂记吴越事,下及秦汉,直至建武二十八年。盖战国后人所为,而汉人附益耳。"明正德、嘉靖年间,一些学者注意到《越绝篇叙外传记第十九》的一段隐语:

> 记陈厥说,略其有人。以去为姓,得衣乃成;厥名有米,覆之以庚。禹来东征,死葬其疆。不直其斥,托类自明;写精露愚,略以事类,侯告后人。文属辞定,自于邦贤。邦贤以口为姓,承之以天;楚相屈原,与之同名。②

《四库全书总目提要》卷六十六概括:"其云以去为姓,得衣乃成,是袁字也;厥名有米,覆之以庚,是康字也。禹来东征,死葬其疆,是会稽人也。又云文属辞定,自于邦贤,以口为姓,承之以天,是吴字也;楚相屈原,与之同名,是平字也。然则此书为会稽袁康所作,同郡吴平所定也。"又根据《越绝外传记吴地传第二》中"句践徙琅邪到建武二十八年,凡五百六十七年"的记载,判定袁康、吴平为东汉初年人。关于《越绝书》的编辑者,在《越绝外传本事第一》对非一人所作已交代十分清楚。其云:

> 问曰:"或经或传,或内或外,何谓?"曰:"经者,论其事;传者,道其意;外者,非一人所作,颇相覆载,或非其事,引类以托。说之者见夫子

---

① 参见王志邦:《〈越绝书〉再认识》,《中国地方志》2005 年第 12 期。

② 袁康、吴平:《越绝书》,上海古籍出版社 1985 年版,第 108 页。

删《诗》《书》,就经《易》,亦知小艺之复重。又各辩士所述,不可断绝。

小道不通,偏有所期。明说者不专,故删定复重,以为中外篇。①

正是出于众人之手,故该书编辑者自隐其名而称"吴、越贤者所作"。编辑者不敢将自己的名字公之于众,确有他难言的苦衷。因为越国的历史不同于南阳,它最光彩夺目的又恰恰是卧薪尝胆的复仇和称霸中原的历史。面对建立不久的东汉新朝廷,《越绝书》的编辑者是不能不有所顾忌的。《越绝书》与《吴越春秋》一样,并不是"尊古卑今"贱所见贵所闻的世俗之性使然,而是东汉初年,在"吴、越贤者"的视野里确实没有出现能够威震海内乾坤的当代题材,使他们产生强烈的创作冲动,令他们扬眉吐气。

《越绝书》作为当时郡书的一种,内容自然兼涉会稽地理。其《越绝外传记吴地传第三》、《越绝外传记地传第三》两篇,记述吴、越两国城邑、乡里、冢墓、交通、山川湖泊以及建置沿革,事涉秦汉,基本按类而述,有一定的体例要求。如述城池,言其周围大小、兴废情况,像《越绝外传记地传第十》记山阴大城云:"山阴大城者,范蠡所筑治也。今传谓之蠡城。陆门二,水门二,决西北,亦有事。到始建国时,蠡城尽。"述山川湖泊,注意记其方位及与县城距离;在城池、山川、湖泊的具体记述中,有的将有关人物事迹、传说轶闻有机地融合于一体。六朝今浙江境域的地记体例与这两篇"地传"体例几乎一脉相承。正因如此,明清以来不少方志编纂者将《越绝书》视为方志鼻祖。如明万历《绍兴府志》卷五十八云:"其文奥古多奇,《地传》具形势、营构始末、道里远近,是地志祖。"清毕沅《醴泉县志序》云:"一方之志,始于《越绝》。"因为东汉编纂的其他郡国之书都散佚了,后世方志编纂者将传世的《越绝书》视为地志之祖。②

两汉时期越地儒学并不兴盛,与此形成鲜明对照的是,道家以及由此而形成的道教思想,在越地有着广泛的影响。由于这样一种特殊的文化背景,在越文化基因中,离经叛道的异端因素比较浓郁。譬如王充说:"夫天地合气,人偶自生也;犹夫妇合气,子则自生也。夫妇合气,非当时欲得生子,情欲动而合,合而生子。"(《物势篇》)从王充的论著及其本身的经历可以看出,越地文人对于传统的儒家学说并不以为然。越地文人看问题往往

① 袁康、吴平:《越绝书》,上海古籍出版社1985年版,第3页。
② 参见王志邦:《〈越绝书〉再认识》,《中国地方志》2005年第12期。

离经叛道,没有传统儒家正统思想的束缚。他们往往更加注重自己的个性,而不愿意为传统所束缚。这种思想观念给越地文人文艺个性的发展提供了更大的自由空间。

因此,越地学术文化不是以儒家经学为标志,而是以史学为其主流,文学为胜场。据《汉书·艺文志》载,西汉时越人儒家类著述只有《庄助》4篇;在赋类中,有《庄夫子赋》24篇,《严助赋》35篇,《朱买臣赋》3篇,《庄忽奇赋》11篇,皆长于辞赋。可见越人的主要文化活动表现在文学方面,而在代表官方思想文化的经学领域并无多少建树。董楚平认为:"经学不显,子学发达,文艺与科技人才特多,是此后二千年间吴越文化的一个特点,这个特点在汉代就已显露出来。"[①]越地士人,西汉时期以辞赋见称于世,东汉时期,则以史学、子学为标志,游离于经学之外,又恰逢朝廷"表彰乡里之盛",可以借此"矜其乡贤,美其邦族",给了越地文人一个驰骋文艺才情的机会。于是,袁康、吴平和赵晔等人以郡书著作一鸣惊人。《四库全书总目》对其著作有:"其文纵横曼衍","词颇丰蔚","博丽奥衍"等评价。鲁迅《中国小说史略》则称之为"虽本史实,并含异闻"。这种写法对后世的历史演义小说是很有启发的。赵晔字长君,山阴人,是当时著名的文士,蔡邕和虞翻对他都十分赏识。他以撰作《吴越春秋》而著名。此书的内容是记叙吴国自太伯至夫差,越国自无余至句践的历史故事,其中有不少民间传说。袁康和吴平都是会稽人,他们编纂的《越绝书》记述吴越的历史地理及夫差、伍子胥、文种、范蠡等人的活动,也是考察于越历史和地理情况的一部十分重要的著作。这两部书旧时书录都收入史部,称之为"杂史",从文学的角度来说,它们都是获得一定成就的。

自《越绝书》、《吴越春秋》问世之后,在越地的历史上,记载本地山川、物产、风俗、人物的著作就绵亘不绝,陈桥驿先生在《绍兴地方文献考录》中著录的六朝时期会稽各类方志文献就多达近三十种。见诸著录的主要有:三国吴朱育撰的《会稽土地记》(一卷)和《问土对》,谢承撰的《会稽先贤传》(七卷),东晋贺循撰的《会稽记》(一卷),虞预撰的《会稽典录》(二十篇)和《诸虞传》,钟离岫撰的《会稽后贤传记》(二卷),贺氏撰的《会稽先贤象赞》(五卷)和《会稽太守像赞》(二卷),南朝宋孔灵符撰的《会稽记》,谢

① 董楚平:《汉代的吴越文化》,《杭州师范学院学报》2001年第1期。

灵运撰的《山居赋》，南朝齐虞愿撰的《会稽记》，南朝陈、隋间夏侯曾先撰的《会稽地志》。此外，还有佚名的《会稽郡十城地志》和《会稽旧记》等。其中，谢灵运的《山居赋》开创了以韵文形式写地方志的范例。地方志以韵文形式撰写，为以后浙江境内以韵文形式撰写地方志开创了范例。后继者有南宋王十朋的《会稽三赋》，孙因的《越问》，诸葛兴的《会稽九颂》，佚名的《四明风俗赋》，葛澧的《钱塘赋》，元赵孟頫的《吴兴赋》等，都是用韵文抒写的地方志，有历史与文学相糅合的特点。越地方志历经六朝隋唐发展，至南宋形成与正史相辅相成的地方历史载体—方志。就全国而言，东汉编纂的其他郡国之书都散佚了，唯独《越绝书》与《吴越春秋》代代相传，一直流传至今。

（二）《越绝书》、《吴越春秋》的文学特征

《越绝书》与《吴越春秋》是东汉初流传到现在的较为完整的两部史传著作，两书以生动的情节，鲜明的形象，记吴越之地，写吴越之人，叙吴越之事，反映了吴越地区的风土民情、习俗性行和文化心理，特别是把吴越地区轻疾好死善斗的社会风俗渲染得淋漓尽致。《汉书·地理志》记载吴越地区的民风民俗说："吴粤之君好勇，故其民至今好用剑，轻死易发。"即日救渡伍子胥的渔父，为消除伍子胥的疑虑，覆船自沉而死；为奉养母亲而二十未嫁、救伍子胥于疾病饥饿之中的濑水女子，自以为自己的行为是"越亏礼仪"，竟投水而死；莫邪为助丈夫铸成宝剑，竟毅然投入熊熊的火炉之中；要离为成就其所谓"忠义"，竟让吴王杀其妻子，焚尸扬灰，又自断其左臂，以取得庆忌的信任。在杀掉庆忌后，又伏剑而死，如此等等，都给人留下深刻的印象。

吴越民族具有飘忽轻捷的气性和超凌争胜的心理，这使其容易形成使气善斗、推锋而进，快意复仇、不计生死的民风民俗。这种民族风习和民族心理使吴越作家的文章呈现出雄壮激切、奇矫凌厉的风格特征。

第一，写人方面。吴越民风奋迅矫激，轻死善斗，推锋而前，不计后果。这种风习在吴越学人作品中对人物的描写上表现得相当明显。如《吴越春秋》中对渔父、濑水女子、专诸、要离等人的描写，莫不如此。再如《越绝外传·越绝德序外传记》中这样写道："胥死之后，吴王闻，以为妖言，甚咎子胥。王使人捐于大江口。勇士执之，乃有遗响，发愤驰腾，气若奔马。威凌万物，归神大海，仿佛之间，音兆常在。后世称述，盖子胥水仙也。"文中人物生气勃郁、虽死不屈的气性，再加上斩截脆快、音声铿锵的语言表达，使

文章显现出鲜明的矫激凌厉的风格。

第二,叙述描写方面。《越绝书》、《吴越春秋》叙事,干脆矫捷,转折迅疾。有时叙述与描写相结合,使文章显得既痛快淋漓,又画面鲜明。如吴王率军在黄池与晋国争霸事件的叙述和场面的描写,就令人惊心动魄。又如《吴越春秋·句践伐吴外传》中的描写:"未至六七里,望吴南城,见伍子胥头若巨车轮,目若耀电,须发四张,耀于十数里。越军大惧,留兵假道。即日夜半,暴风疾雨,'宙奔电激,飞石扬沙,疾于弓弩。越军坏败,松陵却退,兵士僵毙,人众分解,莫能救止。'"铿锵快捷的四言句式,将吴越地区好勇善斗、蹈死不顾、身死气在的民风民俗形象地表现出来。

《越绝书》似《国语》、《公羊》,语言纵横蔓衍,博雅伟丽;而《吴越春秋》在文字表达上较朴实严谨,更接近于史书语言。从记载的内容看,《吴越春秋》固多怪诞之说,但其体例结构的完整性,叙述的系统性,以及反映史实的广泛性,是远超《越绝书》的。

好勇争强,是吴越人的秉性。《越绝书》、《吴越春秋》的中心内容,就是叙写吴越两国之间的争强斗胜。其中吴楚、吴越之间的长期争斗,是书中最生动最精彩的内容。后人多称两书为复仇之书,确实是有道理的,因为其中不仅记叙了国与国之间的争斗与复仇,也叙写了人与人之间的怨愤与复仇。《越绝书》、《吴越春秋》作者细致曲折、甚至夸张渲染地叙写这样的故事,除了对于本土文化的自豪感外,似乎还表现了张扬地方文化并以之抗衡中原文化的企图。

《吴越春秋》一直被划属杂史或野史类,而为文学研究者所冷落,随着对小说史研究的深入,一些杂史作品引起研究者的关注,认为以记叙某些史实为主的杂史类作品不乏文学成分,具有古代小说创作的因素,而《吴越春秋》就是其中较成熟的一部。它已突破了史书的藩篱,在体例、叙事特点、形象塑造及表现方法、浓厚的传奇风格色彩等方面,都具有开创性,"是一部以历史事件为题材的雏形小说"[1]。

《越绝书》和《吴越春秋》出现于《史记》、《汉书》之间,远早于《三国志》、《后汉书》等史学名著,足以代表越地发生期史传文学的水平。

---

① 梁宗华:《一部值得重视的汉代历史小说——〈吴越春秋〉文学价值初探》,《浙江学刊》1989 年第 5 期。

第四章　越地文学艺术崛起论

　　六朝到唐宋是越地人文"文化场"真正形成的阶段。特别是六朝,越文学艺术进入转型时期并得到了初步发展。越文学艺术在东晋以前,虽然经历了漫长的酝酿时期和曲折的发展道路,但今天的史前考古发现告诉我们,越地的原始艺术原本十分光辉灿烂,但有史以来,越地的文艺人才势单力薄,较之中原的文学集团和文艺创作盛况,越地的文学艺术创作比较孤寂,以至于有史以来的文献给人以越地环境恶劣,越人强悍而不文的印象。① 晋室南渡之后,越地文艺得到了凤凰涅槃般的新生,并且一下子达到了令世人侧目的高度。历史上一般认为东晋以后文艺的发达,是与晋室南渡文化渗透有关。而我们认为,这仅仅是一种外部机遇。现代越地考古丰富的发现表明,古越这块神奇的土地上,其实早就包含着瑰丽的文艺基因,孕育着文艺兴盛的种子。东晋之后越地文艺的兴旺发展是越地文艺的种

――――――

　　① 《管子·水地篇》曰:"越之水浊重而洎,故其民愚疾而垢";《越绝书》卷八句践曰:"越性脆而愚,水行而山处,以船为车,以楫为马;往若飘风,去则难从;锐兵忍死,越之常性也。"

子在适宜的环境下的破土新生和文艺复兴。而这一切不能不说是得益于它所处的自然地理环境,得益于越中江山的丰厚之助。自东晋至隋代,生活在越地的文人士大夫和越地的山水共同打造了一个充满文学精神和艺术氛围的地域"文化场",推动了中国文学艺术在江南地区的新发展。

一、越中士族文化的形成

(一)越地文化的另面

古越人历来以尚武、怀疑、耿直等鲜明的个性著称。陈伯海认为,这种"略具原始性的质朴、生猛的气质却长期存留下来,积淀于越文化传统的演进之中",这一特质与中原华夏文明重礼教、尚文饰的特征有明显的区别。这种特质表现在喜生食、重巫鬼等的民俗中,也表现在泼辣大胆的明清山歌、高腔亢厉的绍剧等文化现象中。①

古越人缘何会表现出如此好勇尚斗的性格? 越文化的精神个性与地域的环境条件有密切的关系。越地滨江临海,多草泽丘陵,山洪潮汐、虫蛇野兽相继侵袭为害。《汉书·地理志》记载:越人"文身断发,以避蛟龙之害"②。古越国人口稀少,环境恶劣,生产方式、生活水准远远落后于中原之地。生存的艰辛是古越人面临的首要问题。内忧之外,又有外患,北部吴国的强大威胁着越国的生存,使之处于种族覆亡的边缘。这种严峻的现实磨砺了古越人的性格,使之形成"一种强悍、峻裂而轻死的蛮风"③。古越人的性格特质深深影响了越文化的形成与形态。

但是,文化精神从来不会是单向度的,文化的丰富正在于它的多样性。在越人上述文化性格的背后,还有一种人们不太注意的文化特性,那就是东晋南迁士族带来的闲淡自然。越文化的创造主体并不是单一的,有"生于斯终老于斯的越地土著,生于斯却出外谋求发展以至终老不归的越地游子,生于外地但父祖籍贯在越地的越地后裔,由外地迁居于斯的越地新居

---

① 参见陈伯海:《越文化三问》,费君清主编《中国传统文化与越文化研究》,人民出版社 2004 年版,第 61—62 页。

② 班固:《汉书》,中华书局 1962 年版,第 1669 页。

③ 顾琅川:《古越文化精神研究》,《绍兴文理学院学报》2004 年第 4 期。

民及其子孙和暂寓于斯的越地过客"①。这些越文化的主体都在越文化的形成中做出了大小不等的贡献。如果说生于斯长于斯的越人先民开创了越文化，那么越文化的保鲜与发展有赖于其他文化的汇入与融合。只有获得新鲜的血液，文化才会有创造力。越文化是一条奔腾的大河，与其他文化的交融就好像支流不断汇入。

东晋南迁士族正属于"由外地迁居于斯的越地新居民及其子孙"一类。西晋末年，战乱频生，外族入侵，大量士族纷纷南下，其中一大部分就来到了风景秀美的越地。他们的到来给越文化带来了不同传统古越文化的因子，开创了与古越尚勇好斗的文化特性截然不同的文化面貌，构成了不同于主流越文化的另面。寓情于自然山水之中，东晋士人不仅改变了西晋的士风文风，也为越文化注入了新鲜的血液。正是这些另面文化丰富了越文化，使越文化呈现出立体化、多维化的的态势。

（二）东晋士风文风的转变

东晋的士风文风与西晋不同。西晋士人追逐名利，他们的生活日益苍白，感情日益无力，文学上只有在辞藻排偶上用力；东晋士人则追求闲淡，无意功名，文学上或表现为枯淡或呈现出清新自然。

那么，东晋士风文风的转变原因何在？我们以为，这种变化与玄学有密切的关联。玄学的影响主要表现在以下两方面。

一是在文学中直接探讨玄理，从而使作品形成质朴枯淡的风格。这类文学是东晋的主流文学，后世对东晋文学的批判也主要是针对此而言。刘勰说："自中朝贵玄，江左称盛，因谈余气，流成文体。是以世极迍邅，而辞意夷泰，诗必柱下之旨归，赋乃漆园之义疏。故知文变染乎世情，兴废系乎时序，原始以要终，虽百世可知也。"②沈约说："有晋中兴，玄风独振，为学穷于柱下，博物止于七篇，驰骋文词，义殚乎此。自建武暨乎义熙，历载将百，虽缀响联辞，波属云委，莫不寄言上德，托义玄珠，遒丽之词，无闻焉尔。"③沈约指出东晋文学所表现的内容是"寄言上德，托义玄珠"，而文风上则失去了遒丽的风格。遒，代表着魏代文学的风骨；丽，是西晋文学的主

---

① 潘承玉：《越文化研究纲要》，《绍兴文理学院学报》2003 年第 4 期。
② 范文澜：《文心雕龙注》，人民文学出版社 1958 年版，第 675 页。
③ ［南朝］沈约：《宋书·谢灵运传论》，中华书局 1974 年版，第 1778 页。

要风格。东晋文学将二者都抛掉,走向了质朴枯淡的风格。

二是玄学的发展使东晋士人的审美情趣发生了重大的转变。他们没有了建安士人建不世功业的大志,也没有正始士人的愤激,更鄙视西晋士人的追名逐利,他们所崇尚的是淡。正如王锺陵先生所说:"东晋一代的审美情趣,可以用'玄淡'二字加以概括,而其核心则为'淡'。"①

这种转变还受到东晋特殊的政治环境的影响。门阀政治使士族在政治上享有崇高的地位,同时庄园经济的发展使士族在经济上无忧。门阀政治和庄园经济为士族在生活上提供了充分的自由。东晋士人既无须考虑物质的需要,功名富贵又唾手可得,于是他们便转向精神,重视情性。

这种变化还与会稽山水进入东晋士人的视野有关。东晋士人既重性情,便喜在山水游弋中体悟人生。尤其要注意的是,东晋士人所处的山水是江南的秀丽山水,在这种宁静秀美的自然山水的陶冶之下,他们的审美情趣、理性人格发生剧烈转变。东晋士人追求一种旷淡的理想人格,无论是旷淡,还是简淡,都是门阀士族具有浓厚玄学色彩的理想人格。东晋士人热爱山水,崇尚自然,对文学语言形式的要求也以自然为尚。所以,比起西晋文学来,东晋文学要质朴得多,形成了一种淡远清新的风格。东晋的文学理论不多,我们从李充《翰林论》中可以窥探其一二。《翰林论》现在只留下了残缺的几条,如:"表宜以远大为本,不以华藻为先","校不以华藻为先"、"容象图而赞立,宜使辞简而义正","在朝辨政而议奏出,宜以远大为本"。② 李充是东晋初期之人,他的文学观念已经不是西晋尚丽的观念。其论中多次提到的"远大",指对文学意境的开拓。文学从魏代的动情与气骨,发展到西晋的繁丽;到东晋崇尚"远大",总体文风表现为一种淡。

身处江南的秀美山水,东晋士人重视在山水中陶冶情性。东晋社会,从帝王到僧人都在自然山水中追求一种会心。简文入华林园,顾谓左右曰:"会心处不必在远,翳然林水,便自有濠、濮间想也,觉鸟兽禽鱼自来亲人。"③王羲之曰:"从山阴道上行,如在镜中游。"山水在他们的眼中是一种独立的存在。东晋士人认为山水自然中隐藏着宇宙、人生的真理。因此,士人经常出入于山水,王羲之、谢安、许询、支遁等名士名僧,"出则鱼弋山

---

① 王锺陵:《中国中古诗歌史》,人民出版社 2005 年版,第 4 页。
② 李充:《翰林论》,《全上古三代秦汉三国六朝文》,中华书局 1999 年版,第 1767 页。
③ 《世说新语·言语》,徐震堮校笺《世说新语校笺》,中华书局 1999 年版,第 67 页。

水,入则言咏属文,无处世意"①。如果说竹林名士的放诞出于愤激,中朝名士则真的以纵欲为尚,那么东晋名士则转向为对个人修养的追求、转向山水之乐。

王羲之是东晋士风文风转变的典型。他归隐之后与东土人士尽山水之游,"与道士许迈共修服食,采药石不远千里,遍游东中诸郡,穷诸名山,泛沧海,叹曰:'我卒当以乐死'"②。在山水中,王羲之寻到了人生的乐趣。山水一直是王羲之生活的重要部分,他喜爱山水、崇尚山水。当时的会稽郡有佳山水,名士谢安、孙绰、李充、许询、支遁等皆以文义冠世,并筑室东土,与羲之同好。士人用心去亲近山水、在山水中体悟玄理,将山水作为颐养身心之所。戴逵曰:"山林之客,非徒逃人患避争斗。谅所以翼顺资和,剔除机心,容养淳淑而自适者尔。况物莫不以适者为得,以足为至。"③既然山水有这样重要的作用,士人就越发地喜游山水。

永和九年(353)三月三日,王羲之召集同好在会稽山阴兰亭宴集。王羲之召集的这次三月三日的聚会,是一次盛大的集会,共有42人参加。这次集会共辑诗37首,王羲之既是召集者,诗集序就由他来写。这就是他的散文名篇《兰亭诗序》。这样盛大的宴集在西晋也有过一次,石崇等30人为送王诩还长安,共往金谷涧中,昼夜游宴,在石崇的别业举行金谷诗会,石崇曾作《金谷诗序》。时人将王羲之《兰亭诗序》与之相比。

石崇引以为豪的金谷别业,"或高或下,有清泉茂林,众果竹柏、药草之属莫不毕至",又有水碓、鱼池、土窟,所谓"娱目欢心之物备矣"。众人"或登高临下,或列坐水滨。时琴瑟笙筑,合载车中,道路并作。及住,令与鼓吹递奏。遂各赋诗,以叙中怀"。在石崇等人的眼中,清泉茂林、众果竹柏、药草之属、水碓、鱼池、土窟等山水自然还只是各自孤立的"娱目欢心之物"④,山水只是外在于人、让人娱乐的"物"。

兰亭集会中自然山水则显示了很大的不同(见图27)。《兰亭诗序》开篇王羲之即点出聚会的时间和事由:"永和九年,岁在癸丑。暮春之初,会

---

① 《晋书·谢安传》卷七十九,中华书局1974年版,第2072页。
② 《晋书·王羲之传》卷八十,中华书局1974年版,第2101页。
③ 戴逵:《闲游赞序》,《全上古三代秦汉三国六朝文》,中华书局1999年版,第2250页。
④ 石崇:《金谷诗序》,《全上古三代秦汉三国六朝文》,中华书局1999年版,第1651页。

图 27　兰亭

于会稽山阴之兰亭,修禊事也。"①石崇《金谷诗序》列举了若干可以"娱目
欢心"的自然之物之后,便将山水抛之脑后,开始了热闹的诗会。王羲之对
兰亭诗会的描述则完全不同,自然与诗会是相互交融的。在"群贤毕至,少
长咸集"之后,他开始关注山水:"崇山峻岭"是人所处的场所,"茂林修竹"
与"清流急湍"是人周围的环境,"映带左右"象征着人与自然的无言融合。
环境交代之后才是诗会的过程:"流觞曲水,列坐其次。虽无丝竹管弦之
盛,一觞一咏,亦足以畅叙幽情",同时描述诗会的过程中时刻不忘自然:
"仰观宇宙之大,俯察品类之盛,所以游目骋怀,足以极视听之娱。"在这一
段中,王羲之将诗会的过程与山水的描写始终结合在一起,此种安排富有
深意。在这里自然不再是"娱目欢心"的对象,而是诗会中不可或缺、激发
人思维和灵感的源泉,是诗人欢畅于其中,并与之对话、与之交融的存在。
在这种存在中,人是自然的一个因子,人在其中领悟了生存的真谛。在山
水中悟道并乐在其中,对于王羲之及其诗友来说是人生乐事。

<hr />

① 王羲之:《兰亭诗序》,《晋书·王羲之传》卷八十,中华书局 1974 年版,第 2099 页。

孙绰是东晋玄言诗的代表作家,他也善于在山水中悟道,认为山水是写作的源泉。《世说新语·赏誉》:"孙兴公为庾公参军,共游白石山。卫君长在坐。孙曰:'此子神情不关山水,而能作文。'"①在孙绰的眼中关注山水是创作的前提,所以才会产生卫君长神情不关山水,而能作文的疑惑。孙绰对自己作文非常自信,本传曰:"绰与询一时名流,或爱询高迈,则鄙于绰,或爱绰才藻,而无取于询。沙门支遁试问绰:'君何如许?'答曰:'高情远致,弟子早已服膺;然一咏一吟,许将北面矣。'"②

孙绰爱好山水,认为山水可以陶冶精神:"闲步于林野,则辽落之意兴"③,"游览既周,体静心闲。害马已去,世事都捐"④。当人浸润于自然山水之中,旷远寥廓的自然山水与人内心之澹泊玄虚达到统一时,人便从中得到一种满足。正如黑格尔所说:"正确的观照和纯洁的心智只有在从现象中确实可以看到和感到现象所体现的本质与真理时,才获得满足。"⑤东晋士人喜欢山水,或亲临,或神游,都是因为他们在山水的真趣中获得了满足。

兰亭集会,孙绰也是参与者,并作有《三月三日兰亭诗序》,王羲之文是前序,孙绰文为后序。在此文中孙绰认为,人处在不同的环境就会生出不同的情绪来:"情因所习而迁移,物触所遇而兴感,故振辔于朝市,则充屈之心生;闲步于林野,则辽落之意兴"⑥;他自己喜欢自然山水:"思萦拂之道,屡借山水,以化其郁结。"这次身处"高岭千寻,长湖万顷"的三月三日聚会上,众人"席芳草,镜清流,览卉木,观鱼鸟",这种欢快的聚会使孙绰体悟到万物皆无差别的理趣。

可以说,正是东晋士人发现并挖掘了会稽的明山秀水,使山水逐渐走入文学的视野,并开始成为独立的对象被观照。这对之后山水文学的大规模产生具有深刻的意义。同时,也正是越地秀美山水促使东晋士人的审美

---

① 徐震堮校笺:《世说新语校笺》,中华书局 1999 年版,第 261 页。

② 《晋书·孙绰传》卷五十六,中华书局 1974 年版,第 1544 页。

③ 孙绰:《三月三日兰亭诗序》,《全上古三代秦汉三国六朝文》,中华书局 1999 年版,第 1808 页。

④ 孙绰:《游天台山赋》,李善注《文选》,上海古籍出版社 1986 年版,第 499 页。

⑤ 〔德〕黑格尔:《美学》,朱光潜译,商务印书馆 1996 年版,第 24 页。

⑥ 孙绰:《三月三日兰亭诗序》,《全上古三代秦汉三国六朝文》,中华书局 1999 年版,第 1808 页。

情趣、理想人格发生了转变。于是,东晋士人与会稽山水碰撞结合,使得越地又生出这样一种闲淡自然的风格,而这种风格在后世发生了巨大的影响,东晋士人的风度更一直成为后世文人心期之所在。

二、王羲之与中国书法艺术的发展

东晋时的会稽郡,是中国重要的文化中心。北方士族在西晋末的战乱中大举南迁,大多在会稽郡建立了自己的庄园,他们是东晋门阀政治即相对衰落的皇权与相对强势的士族权利的特殊组合的最大受益者。庄园经济的发展为士族的生活提供了物质保障,而特殊的政治地位使他们无须努力便可做到厚俸禄又赋闲的高官。如此,士人就颇有闲暇来品味人生,从而成为物质和精神两个层面上的真正贵族,这在中国历史上并不多见。相对安定的环境对于文艺的发展是有利的,门阀士族为了维护家族的特殊地位,也特别重视文艺,所以东晋的书法、绘画等艺术都达到了很高的水平。个人的修养如书法、绘画、音乐,同玄谈、文学一样是东晋士族身份的象征与显示。那么,东晋士族如何安排他们闲暇的生活呢?他们的生活充满了艺术的趣味,士人或读书、或弹琴、或绘画、或书法,所以涌现出一批以王羲之、顾恺之为代表的艺术家。王羲之在书法上的成就尤其突出。

(一)王羲之书法

王羲之(见图 28)出身于文艺世家,一门善书。其父王旷善行书、隶书。[1] 从伯王敦"以工书得家传之学"[2]。从叔王导"甚有楷法,以师锺、卫"[3],"善稿行"[4],"行草见贵当世"[5]。叔父王廙"能章楷,传锺法"[6]。同

---

① 参见[宋]陈思:《书小史》卷五,《四库全书》本。
② 《宣和书谱·草书二》卷十四,毛晋辑《津逮秘书》,上海博古斋 1922 年影印。
③ [南齐]王僧虔:《论书》,张彦远《法书要录》卷一,人民美术出版社 2003 年版,第 19 页(以下所引《法书要录》,均为张彦远所辑)。
④ [刘宋]羊欣:《采古来能书人名》,《法书要录》卷一,人民美术出版社 2003 年版,第 14 页。
⑤ 张怀瓘:《书断》下,《法书要录》卷九,人民美术出版社 2003 年版,第 295 页。
⑥ 羊欣:《采古来能书人名》,《法书要录》卷一,人民美术出版社 2003 年版,第 14 页。

图28　王羲之

辈中从弟王恬"善隶书"①，"工于草隶，当世难与为比"②，从弟王洽"众书通善，尤能隶行"③，"于草尤工，落简挥毫，有郢匠乘风之势"④。

身处书法世家，王羲之少时即学书。早年师从卫夫人。《题卫夫人〈笔阵图〉后》曰："羲之少学卫夫人书，将谓大能。及渡江北游名山，比见李斯、曹喜等书。又之许下，见锺繇、梁鹄书。又之洛下，见蔡邕《石经三体书》。又于从兄洽处见张昶《华岳碑》。始知学卫夫人书，徒费年月耳。遂改本

① 羊欣：《采古来能书人名》，《法书要录》卷一，人民美术出版社 2003 年版，第 14 页。
② 张怀瓘：《书断》下，《法书要录》卷九，人民美术出版社 2003 年版，第 296 页。
③ 羊欣：《采古来能书人名》，《法书要录》卷一，人民美术出版社 2003 年版，第 14 页。
④ 张怀瓘：《书断》中，《法书要录》卷八，人民美术出版社 2003 年版，第 277 页。

师，仍于众碑学习焉，遂成书尔。"①宋羊欣《采古来能书人名》曰："晋中书院李充母卫夫人，善锺书，王逸少之师。"②卫夫人书学锺繇，工隶书即楷体。后从叔父王廙学书。"王平南廙是右军叔。自过江东，右军之前，惟廙为最。画为晋明帝师，书为右军法。"③王廙各体皆善，"工于草、隶、飞白，祖述张、卫遗法"，"自过江，右军之前，世将书与荀勖画为明帝师。其飞白，志气极古，垂雕鹗之翅羽，类旌旗之卷舒。时人云：'王廙飞白，右军之亚'"④。王廙对侄子王羲之寄予厚望，曰："余兄子羲之，幼而歧嶷，必将隆于堂构。"《历代书画记》中记载了王羲之从叔父王廙学书画的情形："汝欲学书，则知积学可以致远，学画可以知师弟子行己之道，又各为汝赞之。"⑤

王羲之果然不负厚望，持续钻研。宋虞龢《论书表》曰："羲之书，在始未有奇殊，不胜庾翼、郗愔，迨其末年，乃造其极。"⑥《晋书》本传也载："羲之书初不胜庾翼、郗愔，及其暮年方妙。"⑦正是王羲之不断研习，才使其书法日益精进。王羲之一生书写了大量的书法作品。据唐褚遂良《晋右军王羲之书目》记有：正书5卷40帖，行书58卷。⑧今存书法中既有抄写前人的文学作品，如《乐毅论》、《洛神赋》⑨、《东方朔画赞》、《黄庭经》、《七经诗》⑩等，也有自创的散文名作《兰亭集序》，大量的则是各类法帖。

积学可以致远，王羲之书法终变古体，自成一家。南齐王僧虔《论书》曰："亡曾祖领军洽与右军俱变古形，不尔，至今犹法钟、张。"⑪唐张怀瓘《书断》曰："右军开凿通津，神模天巧，故能增损古法，裁成今体。进退宪章，耀文含质。推广履度，动必中庸。英气绝伦，妙节孤峙。"⑫无论是"俱

① 王羲之：《题卫夫人〈笔阵图〉后》，《法书要录》卷一，人民美术出版社2003年版，第9页。
② 羊欣：《采古来能书人名》，《法书要录》卷一，人民美术出版社2003年版，第14页。
③ 王僧虔：《论书》，张彦远《法书要录》卷一，人民美术出版社2003年版，第18页。
④ 张怀瓘：《书断》中，《法书要录》卷八，人民美术出版社2003年版，第276页。
⑤ 张彦远：《历代名画记》卷五，人民美术出版社2004年版，第110页。
⑥ ［刘宋］虞龢：《论书表》，《法书要录》卷二，人民美术出版社2003年版，第41页。
⑦ 《晋书·王羲之传》卷八十，中华书局1974年版，第2100页。
⑧ 参见［唐］褚遂良：《右军书目》，《法书要录》卷三，人民美术出版社2003年版，第88、89页。
⑨ "《洛神赋》，王右军、大令各书数十本，当是晋人极推之。"（王世贞《艺苑卮言》卷三）
⑩ 谭浚《说诗》卷下："晋傅咸为《七经诗》……王羲之写。见《初学记》。"
⑪ ［南齐］王僧虔：《论书》，《法书要录》卷一，人民美术出版社2003年版，第18页。
⑫ 张怀瓘：《书断》下，《法书要录》卷九，人民美术出版社2003年版，第307—308页。

越文化通论

第四章 越地文学艺术崛起论

变古形",还是"增损古法,裁成今体",都指的是王羲之在学习前人书法上的变创。

王羲之"博精群法,特善草、隶。羊欣云:'古今莫二'"①。除草、隶外,王羲之还善"八分、飞白、章、行,备精诸体,自成一家法"②。根据前人的评价和存世的书法可知王羲之在楷书、行书、草书方面成就突出。

王羲之善楷书,被张怀瓘评为第一。③楷书古称真书,魏锺繇在民间流传的基础上始创。王羲之代表作有《乐毅论》、《东方朔画赞》、《黄庭经》等。《晋书》评王羲之"尤善隶书,为古今之冠"④。此处的隶书即指楷书。王羲之的楷书不仅吸收了前人的精华,而且能超越锺繇又自创新境,"对以往的笔法作了根本性的变革,即在王廙楷书的基础上进一步摒弃了隶书笔法,使笔法趋向简化明快"⑤。

王羲之善行书,也被张怀瓘评为第一。⑥行书非草非真,是一种书写较自由的书体。兼真者谓之真行,带草者谓之行草。汉刘德升在民间流传的基础上加以整理,后经锺繇、胡昭发扬而逐渐为文人重视。王羲之对行书作出了重要的改造,著名的有《兰亭序》、《平安帖》、《丧乱帖》(见图29)等。

永和九年三月三日,天朗气清,惠风和畅,会稽内史王羲之召集良朋好友亲戚故旧42人在会稽山阴的兰亭宴集。修禊事毕,王羲之等人在崇山峻岭、茂林修竹、清流激湍的兰亭举行了饮酒赋诗的曲水流觞活动。据记载,这次雅集中,有11人成诗两篇,15人成诗一篇,共辑诗37首,还有16人因诗不成而被罚酒三巨觥,王献之或因年龄太小未作成诗亦在被罚之列。之后,王羲之乘兴而书,"用蚕茧纸,鼠须笔,遒媚劲健,绝代更无。凡二十八行,三百二十四字,有重者皆构别体。就中'之'字最多,乃有二十许个,变转悉异,遂无同者"⑦。这就是流传千古的"天下第一行书"《兰亭集序》。

可惜真迹随唐太宗入昭陵,今所见皆为后世各种临摹和刻本。其中著

① 羊欣:《采古来能书人名》,《法书要录》卷一,人民美术出版社2003年版,第15页。
② 张怀瓘:《书断》中,《法书要录》卷八,人民美术出版社2003年版,第266页。
③ 参见张怀瓘:《书议》,《法书要录》卷四,人民美术出版社2003年版,第153页。
④ 《晋书·王羲之传》卷八十,中华书局1974年版,第2093页。
⑤ 刘正成主编:《中国书法全集》第18卷,荣宝斋1991年版,第16页。
⑥ 参见张怀瓘:《书议》,《法书要录》卷四,人民美术出版社2003年版,第153页。
⑦ [唐]何延之:《兰亭记》,《法书要录》卷三,人民美术出版社2003年版,第124页。

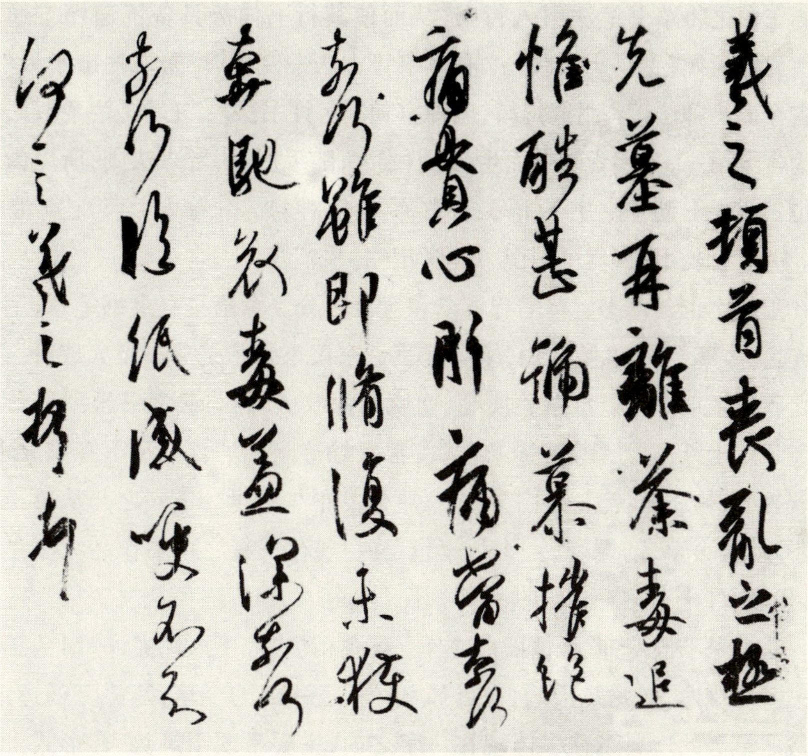

图29 王羲之《丧乱帖》

名者有神龙本、定武本。神龙本，又称"神龙半印本"，帖首有"神龙"印左半，因而得名，右题"唐模兰亭"四字，一般称此本为冯承素双钩摹本（见图30）。此本笔画灵动多姿，钩摹细腻，与虞世南、褚遂良临本相比大同小异，而在细微处更加忠实原本。定武本，传为欧阳询拓临，摹刻于唐朝内府。历经战乱，后在北宋庆历年间发现于定武军，名声始显，后世称此本为定武兰亭。诸刻本中，定武本最佳。①

图30 《兰亭集序》局部

① 参见刘正成主编：《中国书法全集》第 19 卷，荣宝斋 1991 年版，第 355 页。

王羲之将草书笔法引入行书,从而使其行书体势具备了遒媚雄逸之气。元赵孟頫《兰亭十三跋》:"右军字势古法一变,其雄秀之气出于天然,故古今以为师法。"①明董其昌《画禅室随笔·评书法》:"右军《兰亭叙》,章法为古今第一,其字皆映带而生,或小或大,随手所如,皆入法则,所以为神品也。"②清王澍《论书剩语》:"右军平生神妙,一卷《兰亭》,宣泄殆尽。……无美不臻,莫可端倪,其惟《禊帖》乎?"③

王羲之也善草书。草书有章草和今草之分。章草具有隶书笔意,笔势不连贯;今草更简便、更自由,笔势连贯。东汉末张芝是草书集大成者。王羲之善作章草。尝以章草答庾亮,而庾翼深叹伏,因与羲之书云:"吾昔有伯英章草十纸,过江颠狈,遂乃亡失,常叹妙迹永绝。忽见足下答家兄书,焕若神明,顿还旧观。"④但王羲之章草作品很少传世。王羲之与从弟王洽"变章草为今草,韵媚婉转,大行于世"⑤。现存王羲之草书作品大多是今草,代表有《十七帖》、《破羌帖》等。

法帖是不假修饰、缘情而书之作。梁萧衍《古今书人优劣评》曰:"王羲之书字势雄逸,如龙跳天门,虎卧凤阙。"⑥王羲之的今草,笔势流畅遒逸。王羲之笔势的连属飞移多体现在一字之内,主要呈现于笔势,非形式上的连属,而是神采上的贯通,即是唐太宗所谓的"状若断而还连"。于是章草书体字字独立的形态与今草书体流畅纵逸的笔势,在王羲之的今草书中得到了融会贯通,成为王羲之今草新体的主要特征。⑦

后人对王羲之书法的评价极高。梁庾肩吾《书品》曰:"若探妙测深,尽形得势。烟花落纸将动,风采带字欲飞。疑神化之所为,非世人之所学。惟张有道、钟元常、王右军其人也。……羊欣云:'贵越群品,古今莫二'。兼撮众法,备成一家。"⑧唐李世民《王羲之传论》:"详察古今,研精篆素,尽

① [清]卞永玉:《式古堂书画汇考》卷五,《四库全书》本。
② [明]董其昌:《画禅室随笔》卷一,《四库全书》本。
③ [清]王澍:《淳化秘阁法帖考证》卷十二,《四库全书》本。
④ 《晋书·王羲之传》卷八十,中华书局1974年版,第2100页。
⑤ 张怀瓘:《书断》上,《法书要录》卷七,人民美术出版社2003年版,第239页。
⑥ [梁]萧衍:《古今书人优劣评》,《历代书法论文选》,上海书画出版社1979年版,第81页。
⑦ 参见《中国书法全集》第18卷,荣宝斋1999年版,第19页。
⑧ [梁]庾肩吾:《书品》,《法书要录》卷二,人民美术出版社2003年版,第64页。

善尽美,其惟王逸少乎!观其点曳之工,裁成之妙,烟霏露结,状若断而还连;凤翥龙蟠,势如斜而反直。"①唐欧阳询《用笔论》:"自书契之兴,篆、隶滋起,百家千体,纷杂不同。至于尽妙穷神,作范垂代,腾芳飞誉,冠绝古今,惟右军王逸少一人而已。"②

(二)王羲之的雄逸书风

王羲之兼备众法,"备成一家","尽善尽美","尽妙穷神","冠绝古今"。《晋书》本传载:"论者称其笔势,以为飘若浮云,矫若惊龙。"③清刘熙载《艺概·书概》曰:"右军书以二语评之,曰:力屈万夫,韵高千古。"④"矫若惊龙"、"力屈万夫",是雄;"宛若浮云"、"韵高千古"是逸,是秀。萧衍《古今书人优劣评》评王羲之书"字势雄逸",赵孟頫评王羲之书有"雄秀之气"。可见,前人对王羲之书风的总体风格的评价是一致的,即是"雄逸"。雄,即雄壮有力;逸,即飘逸秀美。这种王羲之独有的雄逸书风与其品性、对书法的态度,以及东晋时代的士人的审美情趣皆有关联。

王羲之书风的雄壮之气与其骨鲠的个性密切相关。

王羲之被庾亮称为"清贵有鉴裁"⑤。年少时就表现出了不凡的气质。《本传》载:"羲之幼讷于言,人未之奇;年十三,尝谒周顗,周察而异之",又为其从父王敦看好,认为其是"吾家佳子弟,当不减阮主簿"⑥,东床坦腹的故事更显示了他的风度。"及长辩赡,以骨鲠称。"⑦元赵孟頫《识王羲之〈七月帖〉》:"右将军王羲之,在晋以骨鲠称,激切恺直,不屑屑细行。议论人物,中其病十之八九,与当道讽谏无所畏避。发粟赈饥,上疏争论,悉不阿党。凡所处分,轻重时宜,为当晋室第一流人品,奈何其名为能书所掩耶!书,心画也,观其笔法正锋,腕力遒劲,即同其人品。"⑧

东晋时代朝隐思想很普遍。孙绰为刘惔作诔,曰其"居官无官官之事,

① 《晋书·王羲之传论》卷八十,中华书局 1974 年版,第 2108 页。
② 《历代书法论文选》,上海书画出版社 1979 年版,第 105 页。
③ 《晋书·王羲之传》卷八十,中华书局 1974 年版,第 2093 页。
④ [清]刘熙载:《艺概·书概》,上海古籍出版社 1978 年版,第 147 页。
⑤ 《晋书·王羲之传》卷八十,中华书局 1974 年版,第 2093 页。
⑥ 同上。
⑦ 同上。
⑧ [清]卞永玉:《式古堂书画汇考》卷六,《四库全书》本。

处世无事事之心"①,被当时称为名言。早年的王羲之与时代思潮表现了很大的不同,他对国家政治显示了极大的关心。《世说新语》记载的一段话显示了王羲之曾经积极从政的态度:"王右军与谢太傅共登冶城。谢悠然远想,有高世之志。王谓谢曰:'夏禹勤王,手足胼胝;文王旰食,日不暇给。今四郊多垒,宜人人自效;而虚谈废物,浮文妨要,恐非当今所宜。'"②根据张可礼《东晋文艺系年》,王羲之与谢安共在京师的时间是晋永和三年(347),其时王羲之45岁,谢安28岁。谢安40余岁才出仕,之前一直过着隐居衡门的生活,有高世之志是他那个时期心态的反映。而王羲之此时已任护军将军,处处以国家前途为系念,所以认为虚谈废物、浮文妨要,这是王羲之这个时期心态的真实流露。

王羲之为追求"美政"做了很多努力,但是"美政"理想还未实现,王羲之就因和王述的不睦,称病去郡。王羲之对美政的放弃,实属不得已。他和王述素来不睦,当王述为扬州刺史,为会稽内史的顶头上司的时候,王羲之曾做过努力,希望朝廷将他管辖的会稽分为越州,这样就和王述的扬州是并列的州郡而不必受其辖制。王羲之这样的请求遭到朝廷的拒绝,也因此为时贤所笑。王羲之进一步怀疑:自己的能力不减王述而位遇悬邈,不得朝廷所重,是由于自己的儿子们不如王述的儿子王坦之的缘故。王羲之只得暂且忍耐。但当王述"检察会稽郡,辩其刑政,主者疲于简对"③的情形下,王羲之深以为耻,遂辞官不做。王羲之深知有这样一个与自己刁难的上级,再难以随自己的意愿行事,那么做官不做官与自己的理想都是没有差别的,"美政"再难有实现的机会。那么,与其做官受人辖制,何如辞官过自己从容闲适之生活!辞官正是王羲之有骨鲠之气的另一种表现。

无论是前期对美政的积极追求,还是后期的辞官归隐,王羲之的骨鲠之气贯穿其一生。那么,在王羲之钟爱并用力的书法艺术中,呈现出雄壮之气也是自然的事情。

至于王羲之书风中的飘逸秀美,则与东晋士风以及士人的审美情趣有关。

---

① 《晋书·刘惔传》卷七十五,中华书局 1974 年版,第 1992 页。
② 刘义庆:《世说新语·言语》,徐震堮校笺《世说新语校笺》,中华书局 1999 年版,第 71 页。
③ 《晋书·王羲之传》卷八十,中华书局 1974 年版,第 2101 页。

王羲之归隐之后与东土士人尽山水之游,与道士许迈共修服食,采药石不远千里,遍游东中诸郡,穷诸名山。一次王羲之一个在四川做官的朋友写信给他,叙述那里的山水非常奇妙,是扬雄的《蜀都赋》、左思《三都赋》都没办法描述的。王羲之回信道:"登汶岭峨眉而旋,实不朽之盛事。"①把畅游山水当做不朽盛事,可见自然山水在王羲之心中的地位。

其实,王羲之并不仅仅是辞官之后才出入山水的,山水一直是王羲之生活的重要部分,他喜爱山水、崇尚山水。东晋士人爱好山水与他们的闲适生活、玄淡情趣密切相关,而隐居也是东晋上流阶层很多人的向往。如当时名士戴逵在其《闲游赞序》中说:"彼闲游者,奚往而不适,奚待而不足!故荫映岩流之际,偃息琴书之侧,寄心松竹,取乐鱼鸟,则澹泊之愿,于是毕矣。"②东晋贵族的志愿,就是生活在衣食无忧的人间,不时游览山水,读书弹琴,看天空中鸟儿飞翔,看池中鱼儿游过,心中就充满了快乐。东晋皇权的衰弱,士人在出处问题上是比较自由的。比如谢安一直隐居到 40 岁才出仕,陶渊明反复几次出世入世,都表明了士人选择的自由。王羲之归隐之后,一直过着优游无事的闲适生活。他在《与吏部郎谢万书》中庆幸自己不必像古代的隐士那样过一种"被发阳狂"、"污身秽迹"的艰难生活,而可以在家中教养子孙、享受儿孙之乐:"顷东游还,修植桑果,今盛敷荣,率诸子,抱弱孙,游观其间,有一味之甘,割而分之,以娱目前。虽植德无殊邈,犹欲教养子孙以敦厚退让";出行则"与安石东游山海,并行田视地利,颐养闲暇"。③ 在衣食之余,与亲人知交时共欢宴,虽不能"兴言高咏,衔杯引满,语田里所行,故以为抚掌之资,其为得意,可胜言邪! 常依陆贾、班嗣、杨王孙之处世,甚欲希风数子,老夫志愿尽于此也"。教养子孙,游览山海,与知交兴言高咏、清谈饮酒、书法弹琴,这就是王羲之归隐之后的闲居生活。

王羲之在生活中追求一种从容闲适,表现在其书法中则是飘逸秀美的风格。王羲之的书法被评为"飘若浮云,矫若惊龙"④,不仅传达出行草的

① 王羲之:《十七帖》,《法书要录》卷十,人民美术出版社 2003 年版,第 319 页。
② 戴逵:《闲游赞序》,《全上古三代秦汉三国六朝文》,中华书局 1999 年版,第 2250 页。
③ 王羲之:《与吏部郎谢万书》,《晋书·王羲之传》卷八十,中华书局 1974 年版,第 2102 页。
④ 《晋书·王羲之传》卷八十,中华书局 1974 年版,第 2093 页。

精神,并且将东晋士人的闲淡自然的人格明示。

王羲之书法的雄逸之风还与其对书法的态度有关。《自论书》曰:

> 吾书比之锺、张当抗行,或谓过之。张草犹当雁行。张精熟过人,临池学书,池水尽墨,若吾耽之若此,未必谢之。后达解者,知其评之不虚。吾尽心精作亦久,寻诸旧书,惟锺张故为绝伦,其余为是小佳,不足在意。去此二贤,仆书次之。须得书意转深,点画之间皆有意,自有言所不尽。得其妙者,事事皆然。平南、李式论君不谢。①

从这段话中可以看到:第一,王羲之对自己的书法非常自信,认为自己的书法比之锺繇、张芝之书有过之而无不及。第二,王羲之尽心搜寻前代精作,认为除了锺、张之外,其余都不足在意,难以和自己抗衡。第三,王羲之认为书法有情义在,一点一画之间皆有含义,才是真正的书法艺术。而且在书写之前,要"凝神静思,预想字形大小、偃仰、平直、振动,令筋脉相连,意在笔前,然后作字"②。从王羲之的论书,可见王羲之认为书法是有情感的。王羲之在书法中寄托了自己的深情。正如宗白华所说:晋人风神潇洒,不滞于物,自由的心灵找到了一种最适宜于表现自己的艺术,就是书法中的行草。行草艺术纯系一片神机,无法而有法,全在于下笔时点画自如,一点一拂皆有情趣,从头至尾,一气呵成,如天马行空,游行自在。这种超妙的艺术,只有晋人萧散超脱的心灵,才能心手相应,登峰造极。魏晋书法的特色,是能尽各字的真态。③

王羲之书法不仅笔势含情,而且书写的内容更是深情。唐张怀瓘曰:"夫翰墨及文章,至妙者皆有深意,以见其志,览之即令了然。"④王羲之的书法文章皆是有深意的妙者。

王羲之留下了大量的法帖。法帖相当于现在的便条一类的短言,被唐张彦远收录在《法书要录》卷十《王右军记》中。欧阳修曰:"余尝喜览魏晋以来笔墨遗迹,而想前人之高致也。所谓法帖者,其事率皆吊哀候病,叙睽离,通讯问,施于家人朋友之间,不过数行而已。盖其初非用意,而逸笔余

---

① 张彦远:《法书要录》卷一,人民美术出版社 2003 年版,第 4—5 页。

② 王羲之:《题卫夫人〈笔阵图〉后》,《法书要录》卷一,人民美术出版社 2003 年版,第 8 页。

③ 参见宗白华:《论〈世说新语〉和晋人的美》,《意境》,北京大学出版社 1997 年版,第 136 页。

④ 张怀瓘:《书议》,《法书要录》卷四,人民美术出版社 2003 年版,第 152 页。

兴,淋漓挥洒,或妍或丑,百态横生,披卷发函,烂然在目,使骤见惊绝。徐而视之,其意愈无穷尽,故使后世得之以为奇玩,而想见其为人也!"①在法帖中我们可以读到王羲之的高情远致,也可以看到东晋时代人与人的深情。王

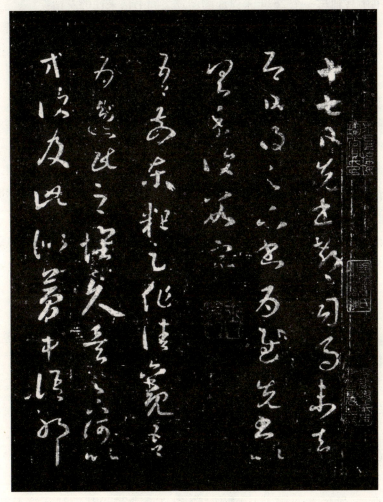

图31　王羲之《十七帖》

羲之法帖中最著名的是《十七帖》(见图31)。《十七帖》长一丈二尺,即贞观中内本。该帖107行,942字,是煊赫著名的法帖。② 今举几例以说明:

①　欧阳修:《集古录跋尾》卷四,《欧阳修全集》卷一三七,中华书局2001年版,第2164页。
②　参见张彦远:《法书要录》卷十,人民美术出版社2003年版,第317页。

计与足下别,廿六年于今,虽时书问,不解阔怀。省足下先后之
书,但增悲慨。顷积雪凝,五十年中所无。想顷如常,冀来夏秋间,或
复得足下问耳。比者悠悠,如何可言。①

书中写到与一个26年未谋面的朋友之间书信来往的友情:

得足下旃罽胡桃药二种,知足下至戎,盐乃要也,是服食所须。知
足下谓须服食,方回近之未许吾此志,知我者希,无缘见卿,以当
一笑。②

青李、来禽、樱桃、日给藤。子皆囊盛为佳,函封多不生。足下所
疏云此。果佳,可为致子,当种之。此种彼胡桃皆生也,吾笃喜。种果
今在田里,惟以此为务,故远及。足下致此子者,大惠也。③

此二帖写王羲之的朋友不远千里,寄果与他,以及对友人的感谢。有
朋友记着、惦念,王羲之心中是舒畅的。王羲之本是情感极为丰富的人。
谢安尝谓羲之曰:"中年伤于哀乐,与亲友别,辄作数日恶。"王羲之曰:"年
在桑榆,自然至此。正赖丝竹陶写,恒恐儿辈觉,损欣乐之趣。"④王羲之宁
愿丝竹陶写自己心中的哀伤,也不愿让自己的伤感传达给享有欢乐之趣的
儿辈们。

王羲之的法帖,信笔写来,不假雕琢,自然隽永,而这正是超逸文风的
展现。朱熹评《跋十七帖》:"玩其笔意,从容衍裕,而气象超然,不与法缚,
不求法脱,真所谓——从自己胸襟流出者。窃意书家者流,虽知其美,而未
必知其所以美也。"⑤这种文风正是东晋士人追求萧散的意趣、崇尚从容闲
适的生活在文学中的反映。

(三)二王书风之比较

王羲之诸子皆善书,第七子王献之成就与其父比肩,后世合称"二王"。
王献之,工草隶,善丹青。七八岁时学书,王羲之悄悄从后掣其笔不得,叹

---

① 王羲之:《十七帖》,《法书要录》卷十,人民美术出版社2003年版,第318—319页。
② 同上书,第320—321页。
③ 同上书,第321页。
④ 刘义庆:《世说新语·言语》,徐震堮校笺《世说新语校笺》,中华书局1999年版,第
68页。
⑤ 《晦庵先生朱文公文集》卷八十四,《朱子全书》第24册,上海古籍出版社、安徽教育
出版社2002年版,第3951页。

曰："此儿后当复有大名。"①王献之善隶书、行书、章草、飞白、草书，皆入张怀瓘《书断》神品。②

王献之今存书法作品主要是楷书和行草。《洛神赋》是王献之用小楷抄写的书法名品（见图32）。南宋董逌《〈洛神赋〉别本》评：子敬《洛神赋》"字法端劲，是书法家所难，偏旁自见，不相映带，分有主客，趣向整严，非善

图32　王献之《洛神赋》

①　《晋书·王献之传》卷八十，中华书局 1974 年版，第 2105 页。
②　参见张怀瓘：《书断》中，《法书要录》卷八，人民美术出版社 2003 年版，第 248—249 页。

书者不能也”①。与王羲之的楷体不同，王献之的楷体越加趋向今体，更加秀美。宋明帝《文章志》曰：“献之善隶书，变右军法为今体。字画秀媚，妙绝时伦，与父俱得名。”②

《十二月帖》是王献之行草风格的代表。宋米芾曾见此真迹，并临摹其中一段为《中秋帖》，并在《书史》中极力称赞：“此帖运笔如火箸画灰，连属无端，末如不经意，所谓一笔书，天下子敬第一帖也。”③张怀瓘《书断》中概括了张芝今草的特征，并指出只有王献之深谙其中之味：“字之体势，一笔而成，偶有不连而血脉不断。及其连者，气候通而隔行。唯王子敬明其深指，故行守之字，往往继前行之末。世称一笔书者，起自张伯英。”④

王献之对草书的体悟正来自于他对草书的认识。少年时建议其父王羲之改变章草的写法，而趋向张芝的今草的用笔。据唐张怀瓘《书议》记载：

> 子敬年十五六时，尝白其父云：“古之章草，未能宏逸。今穷伪略之理，极草纵之致，不若藁行之间，于往法固殊。大人宜改体。”且法既不定，事贵变通，然古法亦局而执。⑤

张怀瓘解释：“藁亦草也，因草呼藁。”⑥“藁行之间”即行草。从王献之的这段话可以看到他对草书的态度：行草书艺应当不拘泥于六书规范，可以适当省略合并点画，并要达到书法气势血脉的连贯通畅。王羲之对王献之的变通创新的建议报以微笑。此后王献之的书艺正是沿着此路发展，走出不同于王羲之的风格。

《世说新语·品藻》记录了王献之对自己和父亲书法的看法。谢安问王献之：“君书何如君家尊?”答曰：“固当不同。”公曰：“外人论殊不尔。”王曰：“外人那得知?”⑦王献之认为己书与父亲书法风格不同，各有千秋。历代的书评家也看到了二王的不同。宋羊欣曰：王献之“善隶藁，骨势不及

---

① ［宋］董逌：《广川书跋》卷六，《四库全书》本。

② 《世说新语·品藻》刘孝标注文，徐震堮校笺《世说新语校笺》，中华书局 1999 年版，第 296 页。

③ ［宋］米芾：《书史》，《四库全书》本。

④ 张怀瓘：《书断》上，《法书要录》卷七，人民美术出版社 2003 年版，第 240 页。

⑤ 张怀瓘：《书议》，《法书要录》卷四，人民美术出版社 2003 年版，第 155—156 页。

⑥ 张怀瓘：《书断》上，《法书要录》卷七，人民美术出版社 2003 年版，第 239 页。

⑦ 徐震堮校笺：《世说新语校笺》，中华书局 1999 年版，第 296 页。

父,而媚趣过之。"①梁虞龢曰:"二王暮年皆胜于少,父子之间又为今古,子敬穷其妍妙,固其宜也。"②"献之始学父书,正体乃不相似。至于绝笔章草,殊相拟类,笔迹流怿,宛转妍媚,乃欲过之。"③这些书法评论家指出:王献之书风比之王羲之的更"秀媚",多"媚趣",具有"妍媚"之态,这正是王献之书风的独特性。"媚",美也,姿态可爱,婀娜多姿,是六朝人喜欢的一个美学标准。如刘宋宗炳《山水画序》:"山水以形媚道。"谢灵运《过始宁墅》诗曰:"绿筱媚清涟。"与王羲之的雄逸书风相比较,王献之的书法更加婀娜飘逸,秀媚多姿。

王献之的这种独特书风正与其风神气质相关。据史书载:王献之高迈不羁,"风流为一时之冠"④。《世说新语·雅量》:"王子猷、子敬曾俱坐一室,上忽发火,子猷遽走避,不惶取屐;子敬神色恬然,徐唤左右,扶凭而出,不异平常。"⑤王献之神宇高迈可见一斑。王献之的风流高迈的气度呈现于其书法中。明王世贞曰:"大令书神情散朗,姿态超逸,有御风餐霞之气,令人作天际真人想。"⑥

王献之书风的形成既与其高迈的风神相关,又与东晋一代的审美情趣相一致,尤其是行草艺术最能体现东晋士人的风神。唐张怀瓘指出:"子敬才高识远,行草之外,更开一门。夫行书,非草非真,离方遁圆,在乎季孟之间。兼真者,谓之真行;带草者,谓之行草。子敬之法,非草非行,流便于草,开张于行,草又处其中间。无藉因循,宁拘制则;挺然秀出,务于简易;情驰神纵,超逸优游;临事制宜,从意适便。有若风行雨散,润色开花,笔法体势之中,最为风流者也。"⑦

综上,"逸少秉真行之要,子敬执行草之权,父之灵和,子之神俊,皆古今之独绝也"⑧。这个时代的艺术,"要着重表现自己的思想,自己的人格","陶潜作诗和顾恺之作画,都是突出的例子。王羲之的字,也没有汉隶

---

① 羊欣:《采古来能书人名》,《法书要录》卷一,人民美术出版社 2003 年版,第 15 页。
② 虞龢:《论书表》,《法书要录》卷二,人民美术出版社 2003 年版,第 36 页。
③ 同上书,第 41 页。
④ 《晋书·王献之传》卷八十,中华书局 1974 年版,第 2104 页。
⑤ 徐震堮校笺:《世说新语校笺》,中华书局 1999 年版,第 209—210 页。
⑥ [明]王世贞:《弇州四部稿·淳化阁帖十跋》卷一三三,《四库全书》本。
⑦ 张怀瓘:《书议》,《法书要录》卷四,人民美术出版社 2003 年版,第 156 页。
⑧ 同上。

那么整齐,那么有装饰性,而是一种'自然可爱'的美"。① 这是美学思想史上的一个大解放。诗书画成为活泼泼的生活的表现,独立的自我表现。晋书的神韵正呈现在以二王为代表的晋书艺术中。东晋以后,历代书家很少能达到此境界,而其难以企及的艺术风格与东晋的时代难以分开。东晋的士人是中国历史上真正的贵族,他们无须为生活奔波,他们拥有大量的庄园;他们也无须为仕途担忧,他们生来就会有既轻闲又俸禄丰厚的官可做,所以悠闲的生活使他们更注重精神品格的追求。而这种悠然也是人类所需要的,诸多的艺术都是在闲适中产生的,东晋书法、绘画、音乐特别发达,这与此时代的士人对精神世界的重视不无关系。可以说,正是在东晋的特殊环境中才能孕育出具有如此风神的书法艺术。

三、《兰亭诗》与玄言诗在越中的传播

(一)魏晋清谈与玄言诗的滋生

玄谈、清谈是魏晋名士重要的文化品格的象征。东晋上层追求旷淡玄远、风流神韵,于是清谈和文学成为东晋士族精英身份的象征与彰显。《世说新语·文学》篇中记录了很多东晋士人的清谈活动和过程。

清谈成为东晋士人生活中重要的组成部分,他们经常探讨三玄、争论佛理。此种风气对东晋的文学产生了极大的影响,东晋百年间的文坛基本笼罩在玄理的氛围中。东晋的主流诗歌是以表现玄理、思辨为核心的一种诗歌形式,后世将其称为玄言诗。玄言诗的产生和兴盛,既与东晋士人善于清谈玄理有关,又与会稽的明秀山水所影响而形成的东晋士人玄淡的士风相联系。

可以说,玄言诗创作思潮的出现,是东晋士人生活情趣变化的一个侧面。如同东晋士人在生活中谈论佛理、谈玄表现了高雅的情趣一样,他们也在诗歌创作中以谈玄、谈佛理为高雅。② 玄言诗的写作,是生活中谈玄谈佛理的另外一种方式。

---

① 宗白华:《中国美学史中重要问题的初步探索》卷四,《意境》,北京大学出版社 1997 年版,第 344 页。

② 参见罗宗强:《魏晋南北朝文学思想史》,中华书局 1996 年版,第 142—145 页。

（二）以《兰亭诗》为代表的玄言诗

玄言诗的写作主要有两种：一是直接谈玄理，二是在山水中悟道。即以保存相对完整的组诗《兰亭诗》为例。[①]《兰亭诗》今存 37 首，其中有 9 首直接抒写玄理：

> 望岩怀逸许，临流想奇庄。谁云真风绝，千载挹余芳。（孙嗣）
>
> 去来悠悠子，披褐良足钦。超迹修独往，真契齐古今。（王涣之）
>
> 愿与达人游，解结遨濠梁。狂吟任所适，浪流无何乡。（曹华）
>
> 仰怀虚舟说，俯叹世上宾。朝荣虽云乐，夕毙理自因。（庾蕴）
>
> 驰心域表，寥寥远迈。理感则一，冥然玄会。（庾友）
>
> 先师有冥藏，安用羁世罗。未若保冲真，齐契箕山阿。（王徽之）
>
> 庄浪濠津，巢步颍湄。冥心真寄，千载同归。（王凝之）
>
> 人亦有言，得意则欢。嘉宾既臻，相与游盘。
>
> 微音迭咏，馥焉若兰。苟齐一致，遐想揭竿。（袁峤之）
>
> 主人虽无怀，应物贵有尚。宣尼遨沂津，萧然心神王。
>
> 数子各言志，曾生发奇唱。今我叹斯游，愠情亦暂畅。（桓伟）

兰亭诗人在这些诗中抒写他们心中的理想境界，或怀隐逸者许由，或想奇人庄子，或愿与达人同游，与箕山相契，与庄浪冥合，与曾子同感，尽显诗人心怀旷逸、寥寥远迈之玄淡情趣（见图 33）。

图 33　文征明《兰亭修禊图》

---

① 所引《兰亭诗》均自逯钦立辑校《先秦汉魏晋南北朝诗》中册，中华书局 1998 年版，第 895—917 页。

其他的《兰亭诗》多与会稽的山水有关。东晋士人在会稽的山川之美中培养了自己的山水审美趣味,他们的偏安心态与会稽的宁静明秀的山川之美一拍即合。① 他们对待山水的态度,既是审美的需要,也是借山水来悟道。

诗人或在山水中体"道",领悟着庄子的神妙哲理,惊叹于大造之神秘奇妙:

三春启群品,寄畅在所因。仰望碧天际,俯磐渌水滨。

寥朗无厓观,寓目理自陈。大矣造化工,万殊莫不均。

群籁虽参差,适我无非新。(王羲之)

流风拂枉渚,停云阴九皋。莺语吟修竹,游鳞戏澜涛。

携笔落云藻,微言剖纤毫。时珍岂不甘,忘味在闻韶。(孙绰)

伊昔先子,有怀春游。契兹言执,寄傲林丘。

森森连岭,茫茫原畴。迥霄垂雾,凝泉散流。(谢安)

相与欣佳节,率尔同褰裳。薄云罗阳景,微风翼轻航。

醇醪陶丹府,兀若游羲唐。万殊混一理,安复觉彭殇。(谢安)

茫茫大造,万化齐轨。罔悟玄同,竟异摽旨。

平勃运谟,黄绮隐几。凡我仰希,期山期水。(孙统)

三春陶和气,万物齐一欢。明后欣时丰,驾言映清澜。

亹亹德音畅,萧萧遗世难。望岩愧脱屣,临川谢揭竿。(魏滂)

烟煴柔风扇,熙怡和气淳。驾言兴时游,消遥映通津。(王凝之)

鲜葩映林薄,游鳞戏清渠。临轩欣投钓,得意岂在鱼。(王彬之)

纵觞任所适,回波萦游鳞。千载同一朝,沐浴陶清尘。(谢怿)

温风起东谷,和气振柔条。端坐兴远想,薄言游近郊。(郄昙)

俯挥素波,仰缀芳兰。尚想嘉客,希风咏叹。(徐丰之)

肆盼岩岫,临泉濯趾。感兴鱼鸟,安兹幽峙。(王丰之)

兰亭诗人在他们的笔下尽情展现着春天的温婉多姿,碧天、渌水、流风、停云、莺语、游鳞、垂雾、凝泉、烟煴、鲜葩、素波等春天的美景充盈在天地自然间。见此三春之群品,诗人感慨于大造(宇宙)之神妙,万物混一均等,那么千年与一朝无分别,彭殇亦无不同。在自然中,兰亭诗人体悟到了

庄学的神妙哲理。

兰亭诗人或在山水中散怀寄畅：

> 代谢鳞次，忽焉以周。欣此暮春，和气载柔。
>
> 咏彼舞雩，异世同流。乃携齐契，散怀一丘。（王羲之）
>
> 散怀山水，萧然忘羁。秀薄粲颖，疏松笼崖。
>
> 游羽扇霄，鳞跃清池。归目寄欢，心冥二奇。（王徽之）
>
> 四眺华林茂，俯仰清川焕。激泉流芳醪，豁尔累心散。
>
> 遐想逸民轨，遗音良可玩。古人咏舞雩，今也同斯叹。（袁峤之）
>
> 时来谁不怀，寄散山林间。尚想方外宾，迢迢有余闲。（曹茂之）
>
> 松竹挺岩崖，幽涧激清流。萧散肆情志，酣畅豁滞忧。（王玄之）
>
> 清响拟丝竹，班荆对绮疏。临筋飞曲津，欢然朱颜舒。（徐丰之）
>
> 散豁情志畅，尘缨忽以捐。仰咏挹余芳，怡神味重渊。（王蕴之）
>
> 嘉会欣时游，豁尔畅心神。吟咏曲水濑，绿波转素鳞。（王肃之）
>
> 神散宇宙内，形浪濠梁津。寄畅须臾欢，尚想味古人。（虞说）
>
> 在昔暇日，味存林岭。今我斯游，神怡心静。（王肃之）
>
> 林荣其郁，浪激其限。泛泛轻筋，载欣载怀。（华茂）

面对宇宙的广袤自然的永久，人间的种种贪欲、争斗，就如同蛮触之争，都显得微不足道，可以通通化为乌有。兰亭诗人很喜欢在山水中萧散情志，松竹、岩崖、幽涧、清流，山水自然给他们以慰藉，让他们欢然、酣畅、神怡、心静。

四、谢灵运与中国山水诗的兴起

（一）东晋士人与会稽佳山水

山水诗的出现，必须具备两个因素：一是客体山水，二是主体诗人。

据《世说新语》注引《会稽郡记》曰："会稽境特多名山水，峰崿隆峻，吐纳云雾。松栝枫柏，擢干竦条。潭壑镜彻，清流泻注。"①会稽郡内的秀丽山水存在了数千年，但它自己无法言说，只有以千年的姿态默默等待欣赏它

---

① 《世说新语·言语》，徐震堮校笺《世说新语校笺》，中华书局1999年版，第82页。

的眼睛。这让我们想到了清人叶燮《原诗·外篇》中的一句话:"天地之生是山水也,其幽远奇险,天地亦不能自剖其妙。自有此人之耳目手足一历之,而山水之妙始开。"①会稽郡的佳山秀水静候着发现它们的主体。

历史终于将剖析山水之妙的大任降赐予东晋士族。这批南渡的高人文士以他们娴雅不俗的审美眼光发现了会稽的明秀山水。东晋时代,山水在士人眼中俨然已是一种独立的存在。《世说新语》载:顾恺之从会稽还,人问山川之美,顾曰:"千岩竞秀,万壑争流;草木蒙笼其上,若云兴霞蔚。"②王徽之说:"从山阴道上行,山川自相映发,使人应接不暇。若秋冬之际,尤难为怀。"③会稽的千岩万壑、草木蒙笼,让顾恺之赞叹不已,而秋冬之际的山川之美更让王徽之难以用言语表达自己内心的情怀。

此时,客体与主体和谐统一,士人成为山水的知音,山水亦成为士人生活中无法分割的情趣,正如袁山松所言:"山水有灵,亦当惊知己于千古矣。"④

东晋之诗文散佚的比较严重,但在现存东晋诗中,山水描写的诗作占了不小的比例。在这些描摹山水的东晋诗作中,较有代表性的是组诗《兰亭诗》。《兰亭诗》除少数几首直接抒写玄理之外,大多诗中有描写山水的成分。如孙绰诗:

> 流风拂枉渚,停云阴九皋。莺语吟修竹,游鳞戏澜涛。
>
> 携笔落云藻,微言剖纤毫。时珍岂不甘,忘味在闻韶。

当流风轻轻地拂过弯曲的小渚,暂留的云朵笼罩着大半的皋陆,黄莺在修竹间吟唱,游鱼在澜涛中嬉戏,面对此景的诗人提笔挥毫,希望以微妙的言辞尽剖内心的纤细感受,但是携笔之时却发现自己难以说清,并非眼前的珍肴不甘美,实在是韶乐让人忘味。此处诗人用"闻韶"来比喻所见美景,用"忘味"来表达自己无法言说山水的神妙之理。还有一些诗表现了兰亭诗人在山水中散怀寄畅、萧散情志。

《兰亭诗》中已有了一些比较纯粹的山水诗,如谢万诗:

> 肆眺崇阿,寓目高林。青罗翳岫,修竹冠岑。

---

① 叶燮:《原诗》卷四,王夫之等《清诗话》,上海古籍出版社 1999 年版,第 607 页。
② 《世说新语·言语》,徐震堮校笺《世说新语校笺》,中华书局 1999 年版,第 82 页。
③ 同上。
④ 陈桥驿校正:《水经注校正》卷三十四,中华书局 2007 年版,第 793 页。

谷流清响,条鼓鸣音。玄崿吐润,霏雾成阴。

诗人自在地眺望远处的层峦叠嶂,入眼的是高高的山林。青色的藤萝遮蔽在山岫间,修长的竹子像是山岑的冠帽。耳边回响着谷中溪水的潺潺声,又似乎隐隐听到了近处细小的枝条在微风中鼓动而发出的鸣音。玄黑的峰崿似乎在吐出润气,山中充满了霏霏的水雾。当我们神游于这片有如仙境的山水时,亦为诗人的高情远志所感动。这类较纯地描写山水的诗作在《兰亭诗》中有五首之多,它们从各个角度呈现了兰亭的景致,有修竹阴沼,旋濑萦丘,有禽吟长涧,万籁吹峰,有碧林英翠,红葩新茎,静态的鲜亮青翠,动态的清响婉转,真正是一片春光粲然之景。

东晋后期,玄言诗中的山水成分逐渐清晰,甚至独立出来。沈约曰:"仲文始革孙、许之风,叔源大变太元之气。"①《兰亭诗》之后,东晋后期的殷仲文、谢混陆续有山水诗作问世。如谢混《游西池》:

悟彼蟋蟀唱,信此劳者歌。有来岂不疾,良游常蹉跎。

逍遥越城肆,愿言屡经过。回阡被陵阙,高台眺飞霞。

惠风荡繁囿,白云屯曾阿。景昃鸣禽集,水木湛清华。

褰裳顺兰沚,徙倚引芳柯。美人怨岁月,迟暮独如何!

无为牵所思,南荣戒其多。②

此诗呈现出清新的风格,尤其是"惠风荡繁囿,白云屯曾阿。景昃鸣禽集,水木湛清华"四句,描写惠风轻轻摇荡着苑囿中繁盛的草木,白云悠悠地屯聚在层峦深处。不觉中日影西斜,归鸟欢快地鸣叫着会集在枝头,而水木则在落日的余晖中呈现出清澈澄明的光华。西池的清秀景色在谢混的笔下再现。甚至还有一些未被沈约关注的小作家,诸如湛方生等也创作了不少的山水诗。比如其诗《还都帆》诗曰:"高岳万丈峻,长湖千里清。白沙穷年洁,林松冬夏青。水无暂停留,木有千载质。寤言赋新诗,忽忘羁客情。"此诗前四句写景清新而省净。《天晴》诗:"屏翳寝神辔,飞廉收灵扇。青天莹如镜,凝睛平如研。落帆修江渚,悠悠极长眄。清气朗山壑,千里遥相见。"③此诗写景更是灵动逼真。山水刻画的风气正是在东晋诸多诗人的诗作中愈益丰赡起来。

① [梁]沈约:《宋书》,中华书局 1974 年版,第 1778 页。

② 李善注:《文选》,上海古籍出版社 1986 年版,第 1034 页。

③ 逯钦立辑校:《先秦汉魏晋南北朝诗》,中华书局 1998 年版,第 944 页。

(二)谢灵运山水诗创造的文学时代特征

刘宋之际出现了山水文学真正开宗立派的大家谢灵运。谢灵运(385—433),会稽人,原为陈郡谢氏士族。东晋名将谢玄之孙,小名"客",人称谢客,袭封康乐公,称谢康乐(见图34)。今存诗90多首,其中的山水之作约60首。与东晋前贤相比,谢灵运山水诗的创作就数量而言是惊人

图34 谢灵运

的。这与谢灵运到处追寻幽僻之山水不无关联。不管是出为永嘉太守,还是在朝任职,甚至隐居始宁,皆是如此。虽然谢灵运对山水的寻访常常被理解为是其愤激情绪的宣泄。谢灵运作为陈郡谢氏之后,谢玄之孙,对政治充满了热情与期待,然而"灵运为性偏激,多愆礼度,朝廷唯以文义处之,不以应实相许。自谓才能宜参权要,既不见知,常怀愤愤"①。在永嘉时,"郡有名山水,灵运素所爱好,出守既不得志,遂肆意游遨,遍历诸县,动逾旬朔,民间听讼,不复关怀。所至辄为诗咏,以致其意焉"②。在京师时,"灵运意不平,多称疾不

朝直。穿池植援,种竹树堇,驱课公役,无复期度。出郭游行,或一日百六七十里,经旬不归"③。在始宁时,先是"修营别业,傍山带江,尽幽居之美"④,继而"寻山陟岭,必造幽峻;岩嶂千里,莫不备尽"⑤。在山水中寻求慰藉,正是谢灵运对东晋前贤的追慕。如果说游览山水是为了化其内心之

---

① 《宋书·谢灵运传》卷六十七,中华书局1974年版,第1753页。
② 同上书,第1753—1754页。
③ 同上书,第1772页。
④ 同上书,第1754页。
⑤ 同上书,第1775页。

郁积,那么山水诗的创作正是其移情山水的审美结晶。正如唐代白居易《读谢灵运诗》中曰:"吾闻达士道,穷通顺冥数。通乃朝廷来,穷即江湖去。谢公才廓落,与世不相遇。壮志郁不用,须有所泄处。泄为山水诗,逸韵谐奇趣。大必笼天海,细不遗草树。岂惟玩景物,亦欲摅心素。往往即事中,未能忘兴谕。因知康乐作,不独在章句。"

谢灵运不同于前人的对山水景物的描摹则主要表现为诗中的新变。①《南齐书·文学传论》:"在乎文章,弥患凡旧。若无新变,不能代雄。"②这种新变与刘宋文风的改变有着紧密的联系。刘勰在《文心雕龙·明诗》篇中有精辟的总结:"宋初文咏,体有因革,老、庄告退,而山水方滋。俪采百字之偶,争价一句之奇;情必极貌以写物,辞必穷力而追新。"③也就是说,刘宋文学与东晋文学相比一个最大的变化,就在于山水诗的大量崛起,而尤其表现为对山水景物细致入微的刻画,以及对于辞藻的极力追新。这一文学的新变,直接在谢灵运的山水诗中有生动的体现。

谢灵运的山水诗中景色刻画精微,所谓"极貌以写物"。如《于南山往北山经湖中瞻眺》:

初篁苞绿箨,新蒲含紫茸。海鸥戏春岸,天鸡弄和风。④

新竹开始裹上了绿衣,初生的蒲草显出紫色的茸茸。海鸥在春天的岸边嬉耍,天鸡在和煦的春风中游戏。一幅春色融融的江南美景图就在诗人对微小事物的关注中灵活展现。

谢灵运诗中很善于将细节的入微描写与整体环境的渲染完美统一起来。再如《晚出西射堂》:

连障叠巘崿,青翠杳深沉。晓霜枫叶丹,夕曛岚气阴。⑤

前二句描写连绵的远峰上重叠着的高矮不同的山崖,山中的青翠在暮色中逐渐变得杳暗深沉,极力渲染远山暮色中的幽暗。后二句写曾在晓霜的映衬下的丹红的枫叶,现在也被夕曛中的烟岚缭绕而阴晦不明,用细节来点染昏冥的晚景。又如《石壁精舍还湖中作》:

---

① 参见王瑶:《中古文学史论》,北京大学出版社1998年版,第274页。
② 萧子显:《南齐书·文学传论》,中华书局1997年版,第908页。
③ 范文澜注:《文心雕龙注》,人民文学出版社1958年版,第67页。
④ 顾绍柏校注:《谢灵运集校注》,中州古籍出版社1987年版,第118页。
⑤ 同上书,第54页。

林壑敛暝色,云霞收夕霏。芰荷迭映蔚,蒲稗相因依。①

前二句用敛暝色和收夕霏从大处来渲染暮色中的林壑与云霞,后二句则细致地刻画了芰荷在暮色中光与影的互相映照,蒲稗在船行过后相互依靠的动态景色。

沈德潜评谢诗:"匠心独造,少规往则,钩深极微,而渐进自然"②,此语评价非常到位。谢灵运山水诗中不论是细节刻画还是整体景色摹写,都呈现出自然清新的风格。谢诗中许多世代传颂的名句如"池塘生春草,园柳变鸣禽"(《登池上楼》)、"白云抱幽石,绿筱媚清涟"(《过始宁墅》)、"春晚绿野秀,岩高白云屯"(《入彭蠡湖口》)等,都逼真细致地刻画出自然景物之美,给人以一种扑面而来的清新。"野旷沙岸净,天高秋月明"(《初去郡》)句甚至有了唐诗"野旷天低树,江清月近人"(《宿建德江》)的平淡清远的风致。所以鲍照认为谢五言诗"如初发芙蓉,自然可爱"③。汤惠休也说:"谢诗如芙蓉出水。"④

对景物的钩深极微的刻画,很容易形成山水图景。加之,谢灵运是一位多才的诗人,他工于绘画、书法,所以在他的诗中可以读到优美的画境。如《七里濑》:

石浅水潺湲,日落山照曜。荒林纷沃若,哀禽相叫啸。⑤

在落日照耀山峰的黄昏时刻,潺湲的溪水缓缓地撞击着溪石,远处的树林在夕阳的映衬下显示出多姿的色彩,林中的归鸟在此起彼伏地啼叫,一幅生动的日落山野图便呈现出来。谢灵运很喜欢写晚景,这一幅是落日山野图,以下一幅则是雨后初霁之远山暮景。《游南亭》:

时竟夕澄霁,云归日西驰。密林含余清,远峰隐半规。⑥

雨后初晴的天空澄澈明净,乌云东归,落日西斜,茂密的树林在暮色中蕴涵着清辉,遥远的山峰被余晖吞没的只剩下半边。

谢灵运山水诗往往能情景相洽、寓情于理。以《石壁精舍还湖中作》为例:

① 顾绍柏校注:《谢灵运集校注》,中州古籍出版社1987年版,第112页。
② [清]沈德潜:《说诗晬语》,《清诗话》,上海古籍出版社1999年版,第532页。
③ [唐]李延寿:《南史·颜延之传》,中华书局1997年版,第881页。
④ 陈延杰注:《诗品注》,人民文学出版社1961年版,第43页。
⑤ 顾绍柏校注:《谢灵运集校注》,中州古籍出版社1987年版,第51页。
⑥ 同上书,第82页。

昏旦变气候，山水含清晖。清晖能娱人，游子憺忘归。

出谷日尚早，入舟阳已微。林壑敛暝色，云霞收夕霏。

芰荷迭映蔚，蒲稗相因依。披拂趋南径，愉悦偃东扉。

虑澹物自轻，意惬理无违。寄言摄生客，试用此道推。①

前四句写出早晚不同的气候让山峦林泉蕴涵多姿的光辉，而这山泽的缤纷能让人心生安适的情怀。中间八句记述了早出晚归、水行舟渡时水天相映的湖上晚景，以及舍舟陆行、到家后偃息东窗下的愉悦心态。后四句写出诗人因此而得出的理趣：思虑淡泊而外物自轻，心意惬然则万物无违，并将此番解悟推荐给那些追求长生者。此诗景、情、理融为一体，前面的写景，无论是含清晖的山水，还是暝色中的林壑，甚至是湖中的芰荷与蒲稗，皆是脉脉含情，而诗人的愉悦，亦在这些意象中流动。结尾的理性表达，亦是水到渠成之笔。黄子云曰："舒情缀景，畅达理旨，三者兼长，洵堪睥睨一世。"②沈德潜认为谢诗在"流览闲适中，时时浃洽理趣"③。这正是对谢灵运此类诗的概括。谢灵运有的诗更是物我浑然。如《石室山》：

清旦索幽异，放舟越坰郊。莓莓兰渚急，藐藐苔岭高。

石室冠林陬，飞泉发山椒。虚泛径千载，峥嵘非一朝。

乡村绝闻见，樵苏限风霄。微戎无远览，总笄羡升乔。

灵域久韬隐，如与心赏交。合欢不容言，摘芳弄寒条。④

开头写诗人在一个清朗的早晨求索幽异之胜景，放舟江中越过近郊远野。只见草木茂盛的兰渚急急而过，藐小的苔岭扑面而来似乎也高出平日许多。远处的石室山宛若山隅深林的冠帽，流泉从长满椒的山中飞奔直下。中间四句写诗人因这样的美景无人知晓而叹息：飞泉空自流经了千年，高峻的石室山未尝不是空立了千年，乡村之人从未听说或见到如此之美景，甚至连山中的樵苏也被山风云霄所阻隔而无法为打柴人发现。接下来的四句与石室山交流：我不是不想早点来你这里远游，自小就很羡慕了升仙的子乔了。只是你这种灵域之地韬隐的太久远，希望你能了解我真心对你的欣赏更愿与你结交。结尾留下了默然不语的合欢树与摘芳弄寒条的诗

---

① 顾绍柏校注：《谢灵运集校注》，中州古籍出版社1987年版，第112页。
② [清]黄子云：《野鸿诗的》，《清诗话》，上海古籍出版社1999年版，第862页。
③ [清]沈德潜：《说诗晬语》，《清诗话》，上海古籍出版社1999年版，第532页。
④ 顾绍柏校注：《谢灵运集校注》，中州古籍出版社1987年版，第72页。

人。这样的结尾让人遐想无限。此诗中的石室山与诗人已然不是对立的客体与主体,而是主客泯合浑然的一个整体。方东树曰:"唯其思深气沉,风格凝重,造语工妙,兴象宛然,人自不能及。"①

谢灵运的山水诗较前代相比,具有鲜明的特点,也取得了很高的成就,在当时的京城引起轰动的效应,"每一诗至都邑,贵贱莫不竞写;宿昔之间,士庶皆遍,远近钦慕,名动京师"②。但由于谢灵运是第一个大力创作山水诗的诗人,谢诗在某些方面也遭到了学者的批评。首先针对的是他的诗歌结尾总有悟道之言,留下了一个玄言的尾巴。因为谢灵运的山水诗是对其游览或者纪游的真实记录,所以其诗往往呈现出纪游的格局:先是出发,再是途中所见,最后是有所悟。关于这一点,正如前文所言,谢诗的结尾悟道大体能够与景情相洽,而不至于景、情、理割裂。只是从山水诗的发展演变来讲,悟道之语可能会使山水的描绘不如后世的山水诗那么纯粹。还有学者认为其诗语言繁富、结构有些疏散。钟嵘《诗品》指出:谢诗"颇以繁芜为累"③。《南史》又曰:"康乐放荡,作诗不辨有首尾。"④古人都指出了谢灵运的诗歌语言有些繁芜、结构不太紧凑的缺点。而关于这一点,也与诗人精细刻画山水有关。"因为一般的作风既注重到刻画形似,于是赋的写法便影响到了诗;体物浏亮的铺陈写法被一般所采用了,便自然难免失于繁冗。"⑤但是,这些都难掩谢诗整体风格的清新风格,所谓"汤惠休称谢灵运为'初日芙蕖'……最当人意。'初日芙蕖',非人力所为,而精彩华妙之意,自然见于造化之外"⑥。

谢灵运以会稽、永嘉的明秀山水入诗,写下了大量的山水诗,打破了东晋玄言诗的统治,扩大了诗歌题材的领域,丰富了诗歌创作的技巧,对后代诗人有很大的影响。谢灵运使得山水成为诗歌中最常见的物象,从此山水描摹成为南朝诗人笔下最常见的一种题材。即以谢氏宗族为例。与谢灵运同时的的族弟谢惠连、稍后的谢庄都有山水描摹之作。南齐永明年间,

---

① [清]方东树:《昭昧詹言》卷五,人民文学出版社1961年版,第129页。
② 《宋书·谢灵运传》卷六十七,中华书局1974年版,第1754页。
③ 陈延杰注:《诗品注》,人民文学出版社1961年版,第29页。
④ 李延寿:《南史·武陵昭王晔传》卷四十三,中华书局1975年版,第1081页。
⑤ 王瑶:《中古文学史论》,北京大学出版社1998年版,第277页。
⑥ [宋]叶梦得:《石林诗话》,何文焕辑《历代诗话》,中华书局1981年版,第453页。

谢朓又为山水诗的发展做出了新的贡献。谢朓诗首先是对谢灵运山水诗的继承,正如贺贻孙所言:"其诗仍是谢氏宗派,而一种齐俊幽秀处,似沉酣于康乐集中而得者。"①而谢朓山水诗更是谢灵运山水诗的进一步发展,尤其是将谢灵运诗中的那些有意探寻的幽险绝美的人境之外的山水转到了随处可以看到的人境内的山川景物,对自然景色的欣赏与他的官宦生活密切融为一体,在写景中渗入了更多的情感。② 前人评价其诗"得于性情独深"③,于是我们在他的诗中,常常可以感受到一种萧散的意趣、纯净的清韵。严羽《沧浪诗话》中指出:"谢朓之诗,已有全篇似唐人者。"④这是以唐诗的准备衡量谢朓诗,反过来,亦可以说谢朓诗直接影响了唐代山水诗歌的风格。

五、六朝会稽的佛道文化对越地文学艺术的影响

(一)六朝佛教对越地文学创作的影响

东晋的僧人,大都钟情于自然山水。在沃洲山修道的名僧有竺道潜、支道林、于法兰、于法开、于法威、帛道猷、竺道壹等高僧。竺法潜"隐迹剡山",后虽复运东西,而素怀不乐,于是晚年还"剡之仰山,遂其先志,于是逍遥林皋,以毕余年"⑤。支遁先隐居余杭山,因慕会稽郡之佳山水,求买仰山之侧沃州小岭,欲为幽栖之处,竺发潜曰:"欲来辄给,岂闻巢、由买山而隐。"⑥随后投迹剡山,于沃洲小岭立寺行道,晚移石城山,"宴坐山门,游心禅院,木食涧饮,浪志无生",后又淹留京师三载,最后"收迹剡山,毕命林泽"。⑦ 支遁隐居会稽之时,与名士谢安、孙绰、李充、许询、支遁等皆以文义冠世,并筑室东土,与羲之同好。于法兰风神秀逸,名流四远,性好山水,多

---

① [清]贺贻孙:《诗筏》,郭绍虞编选《清诗话续编》,上海古籍出版社1999年版,第161页。
② 参见王锺陵:《中国中古诗歌史》,人民出版社2005年版,第424—426页。
③ 黄子云:《野鸿诗的》,《清诗话》,上海古籍出版社1999年版,第862页。
④ 严羽:《沧浪诗话》,《历代诗话》,中华书局1981年版,第696页。
⑤ 《高僧传·晋剡东仰山竺发潜》卷四,中华书局1997年版,第157页。
⑥ 同上书,第157页。
⑦ 同上书,第159、161页。

处岩壑,"后闻江东山水,剡县称奇,乃徐步东瓯,远瞻崤嵊,居于石城山足,今之元华寺是也"①。于法兰的弟子于法开"还剡石城,续修元华寺,后移白山灵鹫寺"。于法开的弟子于法威,先在京都讲经,晚年"辞还东山"②。帛道猷本姓冯,山阴人,隐居若耶山,少以篇牍著称。"好丘壑,一吟一咏,有濠上之风。"与竺道壹有讲筵之遇,后致书于道壹,曰:"始得优游山林之下,纵心孔释之书,触兴为诗,陵峰采药,服饵蠲痾,乐有余也。但不与足下同日,以此为恨耳。"并附所作诗:"道壹得书,契合怀抱,于是东适若耶,与道猷相会。"③

剡中风景秀美,使人一见倾心。沃洲山一时吸引了众多的名僧名士。白居易《沃洲山禅院记》记录了东晋名僧名士或止栖或交游于沃洲山的盛况:"东南山水越为首,剡为面,沃洲天姥为眉目。夫有非常之境,然后有非常之人栖焉。晋宋以来,因山开洞。厥初有罗汉僧西天竺人白道猷居焉;次有高僧竺法潜、支道林居焉;次又有乾、兴、渊、支、遁、开、威、蕴、崇、实、光、炽、裴、藏、济、度、逞、印凡十八僧居焉。高士名人有戴逵、王洽、刘恢、许元度、殷融、郗超、孙绰、桓彦表、王敬仁、何次道、王文度、谢长霞、袁彦伯、王蒙、卫玠、谢万石、蔡叔子、王羲之凡十八人,或游焉,或止焉。"④

东晋高僧多选择隐栖或游于会稽,是有其原因的。首先是由于六朝时期的会稽经济发达,为东南富庶之地,所谓"今之会稽,昔之关中"⑤。其次,会稽秀丽的山水,为僧人的传教和悟道提供了良好的环境。六朝时的会稽峰峦连绵,清流泄注,湖水镜澈,茂林修竹,风景秀丽。据记载:"会稽境内特多名山水。峰崿隆峻,吐纳云雾,松栝枫柏,擢干疏条。潭壑镜澈,清流灌注。"⑥"崤山与嵊山接。二山虽曰异县,而峰岭相连,其间倾涧怀烟,泉溪引雾,吹畦风馨,触岫延赏。是以王元琳谓之神明境,事备谢康乐《山居记》。"⑦"自上虞七十里至溪口,从溪口随江上数十里,两岸峻壁,乘

---

① 《高僧传·晋剡山于法兰传》卷四,中华书局 1997 年版,第 166 页。
② 同上书,第 168 页。
③ 《高僧传·晋吴虎丘东山寺竺道壹传》卷五,中华书局 1997 年版,第 207 页。
④ 朱金城笺校:《白居易集笺校》卷六十八,上海古籍出版社 1988 年版,第 3684 页。
⑤ 《晋书·诸葛恢传》卷七十七,中华书局 1974 年版,第 2042 页。
⑥ 《世说新语·言语》注引《会稽郡记》,中华书局 2007 年版,第 82 页。
⑦ 陈桥驿:《水经注校证》卷四十,中华书局 2007 年版,第 946 页。

高临水,深林茂竹,表里辉映,名为崿嵊,奔濑讯湍,以至剡也。"①

在居于会稽的名僧中,支遁尤善文学,写了不少关于佛教的诗歌,《四月八日赞佛》、《五月长斋》、《八关斋》、《咏禅思道人》等。如《咏禅思道人诗》并序:"孙长乐作道士坐禅之像,并而赞之。可谓因俯对以寄诚心,求参焉於衡轭。图岩林之绝势,想伊人之在兹。余精其制作,美其嘉文,不能默已。聊著诗一首,以继于左。"其辞曰:

> 云岑竦太荒,落落英岊布。回壑伫兰泉,秀领攒嘉树。
> 蔚荟微游禽,峥嵘绝蹊路。中有冲希子,端坐摹太素。
> 自强敏天行,弱志欲无欲。玉质凌风霜,凄凄厉清趣。
> 指心契寒松,绸缪谅岁暮。会衷两息间,绵绵进禅务。
> 投一灭官知,摄二由神遇。承蜩累危丸,累十亦凝注。
> 悬想元气地,研几革粗虑。冥怀夷震惊,怡然肆幽度。
> 曾筌攀六净,空同浪七住。逝虚乘有来,永为有待驭。②

此诗是因看到孙绰画道士坐禅之像并赞之有所感而作的。前六句写景,中写"冲希子"有玉质清趣,心契寒松,端坐参禅。参悟之理由玄理和佛理杂糅而成。"六净""七注"皆为佛教术语。支遁的佛理诗将玄言佛理融于山水之中,对后来山水诗的兴起有一定的影响。

后隐于剡中的帛道猷作《陵峰采药触兴为诗》招隐于虎丘的竺道壹来剡,曰:

> 连峰数千里,修林带平津。云过远山翳,风至梗荒榛。
> 茅茨隐不见,鸡鸣知有人。闲步践其径,处处见遗薪。
> 始知百代下,故有上皇人。③

此诗是东晋成熟的山水诗作,意境清远,全然没有玄学的影子。前六句写景,数千里的连绵山峰,平陆水边到处是茂林修竹,云悠闲地飘过远山,风徐徐拂过荒野丛榛,茅屋隐入深山丛林中,听到鸡鸣才知有人家。闲步于山径,到处看到樵夫遗落的柴薪。此时才知当百代之下的今天也有人过着上皇时代的生活。此诗不仅刻画了剡中的美景,而且更抒发了人与山水的相契交感。果然,会稽的美景吸引了竺道壹前来。

① 《嘉泰会稽志》卷九,《四库全书》本。
② 《晋诗》卷二十,《先秦汉魏晋南北朝诗》,中华书局 1998 年版,第 1083 页。
③ 《高僧传·晋吴虎丘东山寺竺道壹传》卷五,中华书局 1997 年版,第 207 页。

由于佛教的影响，东晋名士在其诗歌的创作中时时会表现其佛教思想。支遁"把佛理引入文学、用文学形式来表现，有开创之功"①。孙绰《答许询诗》第八章："贻我新诗，韵灵旨清。粲如挥锦，琅若叩琼。既欣梦解，独愧未冥。悒在有身，乐在忘生。余则异矣，无往不平。理苟皆是，何累於情。"②许询《农里》："亹亹玄思得，濯濯清累除。"③这两首诗中"悒在有身"、"清累除"，讲的是道安、慧远的"本无义"④。

孙绰亦解析佛教之义理，试图调和儒佛，《喻道论》认为："夫佛也者，体道者也；道也者，导物者也；应感顺通，无为而无不为者也。无为，故虚寂自然；无不为，故神化万物。万物之求卑高不同，故训臻之术或精或粗。"佛也是体道之途径，和士人清谈玄理一样。时人或难曰："周孔适时而教，佛欲顿去之，将何以惩暴止奸，统理群生者哉？"他针对时人的疑惑，答曰："不然，周孔即佛，佛即周礼，盖外内名之耳。故在皇为皇，在王为王，佛者梵语，晋训'觉'也。'觉'之为义，'悟物'之谓，犹孟轲以圣人为先觉，其旨一也。应世轨物，盖亦随时，周孔救极弊，佛教明其本耳，共为首尾，其致不殊，即如外圣有深浅之迹，尧舜世夷。"⑤

南朝时代佛教的概念、术语进入诗文。常见的词语有空、禅、梵、慧、尘（六尘）、法、净、色、苦、戒等。⑥ 如谢灵运的诗中，出现了大量的佛教词语，如"空"、"幽"、"寂"、"灵"、"清"等。其中"空"字出现了 16 次之多。如："循禄反穷海，卧疴对空林。"（《登池上楼》）"云日相辉映，空水共澄鲜。"（《登江中孤屿》）"海岸常寥寥，空馆盈清思。"（《游岭门山》）"禅室栖空观，讲宇析妙理。"（《石壁立招提精舍》）"空翠难强名，渔钓易为曲。"（《过白岸亭》）这显然受到了佛教般若空观的影响。"空不是没有，而是物色之本体。"⑦这种对空、幽、寂、清等词的使用，使得诗意清幽，对后世诗歌中禅

---

① 孙昌武：《佛教与中国文学》，上海人民出版社 2007 年版，第 56 页。

② ［唐］许敬宗：《日藏弘仁本文馆词林校证》卷一五七，中华书局 2001 年版，第 57 页。

③ 《全晋诗》卷十二，《先秦汉魏晋南北朝诗》，中华书局 1998 年版，第 894 页。

④ 普慧：《南朝佛教与文学》，中华书局 2002 年版，第 16 页。

⑤ 《全晋文》卷六十二，《全上古三代秦汉三国六朝文》，中华书局 1999 年版，第 1811 页。

⑥ 参见普惠：《南朝佛教与文学》，中华书局 2002 年版，第 115—124 页。

⑦ 普惠：《南朝佛教与文学》，中华书局 2002 年版，第 56 页。

境的出现有重要的影响。如谢灵运《过瞿溪山饭僧》①：

> 迎旭凌绝嶝，映泫归溆浦。钻燧断山木，掩岸墐石户。
> 结驾非丹毂，藉田资宿莽。同游息心客，暧然若可睹。
> 清霄飏浮烟，空林响法鼓。忘怀狎鸥鯈，摄生驯兕虎。
> 望岭眷灵鹫，延心念净土。若乘四等观，永拔三界苦。②

前六句写瞿溪山僧人单纯简陋的生活。"息心"是佛教名词，"息心客"指僧人。诗人在僧人身上依稀看到了"空"之佛法。寺院清幽寂静，清空中浮烟袅袅，空旷的山林传来法鼓声声。僧人与自然万物亲近，日以摄性养生为务。远望瞿溪山令人想起佛教圣地灵鹫山，不觉羡慕此地是极乐世界的净土。若真正能了悟大乘之四等观，则可永拔除三界之苦。又如南齐王融《法乐辞》十二章中有"禅"、"梵"、"尘"、"净"等佛教词汇："禅衢开远驾，爱海乱轻舟。"（其一）"表尘维净觉，泛浴乃轮皇。"（其三）"方为净国游，岂结危城恋。"（其四）"明心弘十力，寂虑安四禅。"（其七）"禅悦兼芳旨，法言恋清琴。"（其十）"腾芳清汉里，响梵高云中。贞心延净境，邃业嗣天宫。"（其十一）"引慈邈已远，睿后扇高尘。"（其十二）③

南朝时代出现了大量的写寺庙及其周围景色的诗歌。如谢灵运《石壁立招提精舍》、王融《栖玄寺听讲毕游邸园七韵应司徒教》、王筠《北寺寅上人房望远岫玩前池》、王训《奉和同泰寺浮图》等诗。梁王筠《北寺寅上人房望远岫玩前池》：

> 安期逐长往，交甫称高让。远迹入沧溟，轻举驰昆阆。
> 良由心独善，兼且情由放。岂若寻幽栖，即目穷清旷。
> 激水周堂下，屯云塞檐向。闲牖听奔涛，开窗延叠嶂。
> 前阶复虚沿，泫迤成洲涨。雨点散圆文，风生起斜浪。
> 游鳞互潋灂，群飞皆呷吭。莲叶蔓田田，菱花动摇漾。
> 浮光曜庭庑，流芳袭帷帐。匡坐足忘怀，讵思江海上。④

此诗写可以在幽静清旷的山水中见出佛法，并描写了窗前所见佛寺之

---

① 逯钦立本据《太平寰宇记》作《登石室山饭僧诗》，顾绍柏《谢灵运集校注》据《艺文类聚》、焦本《谢康乐集》改。《光绪永嘉县志》卷二："瞿溪山，在城西南五十里，上有龙潭，瞿溪所出。"顾本"按石室山在今永嘉县西北，与瞿溪、瞿溪山相距甚远"。
② 顾绍柏：《谢灵运集校注》，中州古籍出版社1987年版，第90页。
③ 《齐诗》卷二，《先秦汉魏晋南北朝诗》，中华书局1998年版，第1391页。
④ 《梁诗》卷二十四，《先秦汉魏晋南北朝诗》，中华书局1998年版，第2013页。

内及遥望中的景象。堂前水声激越,屋檐上屯云密塞。闲来可以在窗前听奔流的涛声,打开窗户则可延请崇峦叠嶂。池前的台阶漫入在涨满的水中虚列延伸。雨点散落池中泛出圆纹,微风吹过池中生出斜浪。游鱼在水中嬉戏,飞鸟在水边鸣叫。莲叶田田蔓延,菱花在风中摇曳。浮光照耀着庭前廊庑,流芳熏染了帷帐。端坐已是如此令人难以忘怀,又岂思江海之上。诗人通过景物描写,表现了佛教的静、空等思想。

综上,佛教不仅对六朝越地山水文学的兴起有一定的影响,而且支遁、谢灵运等人的诗歌中佛教术语以及佛境的描写也起了开拓诗歌意境的作用。

(二)道教对六朝越地文艺的影响

1. 道教与越地书法之关系

六朝书法与道教有一定的关系。琅邪“王氏世事张氏五斗米道”①。王羲之归隐后“与道士许迈共修服食,采药石不远千里”②。王羲之留世的法帖中有时会记录服食后所引来的身体不适,但却对服食依然深信。如:“服食故不可乃将冷药,仆即复是中之者。肠胃中一冷,不可如何。是以要春秋辄大起,多腹中不调适,君宜深以为意。省君书亦比得之,物养之妙,岂复容言,直无其人耳。许君见验,何烦多云矣。”③会稽内史的王凝之在孙恩攻打会稽时,不做准备,而是入室请祷,并语诸将佐曰:“吾已请大道,许鬼兵相助,贼自破矣”,遂为孙恩所害。④ 陈寅恪更从名字考论琅邪王氏等是道教世家:“六朝人最重家讳,而‘之’‘道’等字则在不避之列,所以然之故虽不能详知,要是与宗教信仰有关。王鸣盛因齐梁世系‘道’‘之’等字之名,而疑《梁书》、《南史》所载梁室世系倒误(见《十七史商榷》五五《萧氏世系条》),殊不知此类代表宗教信仰之字,父子兄弟皆可取以命名,而不能据以定世次也。”⑤可见王氏是奉道之世家。

① 《晋书·王凝之传》卷八十,中华书局 1974 年版,第 2103 页。
② 《晋书·王羲之传》卷八十,中华书局 1974 年版,第 2101 页。
③ 张彦远:《法书要录》卷十,辽宁教育出版社 1998 年版,第 336 页。
④ 参见《晋书·王凝之传》卷八十,中华书局 1974 年版,第 2103 页。
⑤ 陈寅恪:《天师道与滨海地域之关系》,《金明馆丛稿初编》,三联书店 2001 年版,第 9 页。

陈寅恪《天师道与滨海地域之关系》一文中第一次论到书法与道教的联系："东西晋南北朝天师道为家世相传之宗教，其书法亦往往为家世相传之艺术，如北魏之崔卢，东晋之王郗，是其最著之例。旧史所载奉道世家与善书世家之符会，虽或为偶值之事，然艺术之发展多受宗教之影响。而宗教之传播，亦多倚艺术为资用。"①王羲之父子之书法地位非常高。南齐王僧虔论书曰："郗愔章草亚于右军。郗嘉宾草亚于二王。"②可知郗氏父子之书法亦只亚于二王。"南朝书法自应以王、郗二氏父子为冠，而王氏、郗氏皆天师道之世家，是南朝最著之能书世家即奉道之世家也。"③道教是以文字信仰为基干的宗教，在所有宗教中，只有它与书法艺术有着本质的类同性。道教重视经典，要人诵念经文，它的艺术以上章、书符为主，使奉道者对书写文字不敢随便。④

在道教来说，抄写经书是一种功德。⑤当时的奉道者多抄写经书。如王羲之抄写过《道德经》。据史书记载：山阴有一道士，养好鹅，王羲之前往观赏，意甚悦，固求市之。道士云："为写《道德经》，当举群相赠耳。"王羲之欣然写毕，笼鹅而归，甚以为乐。⑥虞龢《论书表》中也有类似的记载："又羲之性好鹅，山阴昙瀼村有一道士，养好鹅十余，右军清旦乘小船故往，意大愿乐，乃告求市易，道士不与，百方譬说，不能得。道士乃言性好道，久欲写河上公《老子》，缣素早办，而无人能书，府君若能自屈，书《道德经》各两章，便合群以奉。羲之便住半日，为写毕，笼鹅而归。"⑦又郗愔，"尚道法，密自遵循，善隶书，与右军相埒。手自起写道经，将盈百卷，于今多有在者"⑧。抄写道经不仅增加功德，而且在抄写中讲究书艺。《真诰》载："三君〔杨羲、许谧、许翙〕手迹，杨君书最工，不今不古，能大能细。大较虽祖效

① 陈寅恪：《天师道与滨海地域之关系》，《金明馆丛稿初编》，三联书店 2001 年版，第39 页。
② 《南齐书·王僧虔传》卷三十三，中华书局 1972 年版，第 597 页。
③ 陈寅恪：《天师道与滨海地域之关系》，《金明馆丛稿初编》，三联书店 2001 年版，第40 页。
④ 参见龚鹏程：《书艺丛谈》，山东画报出版社 2007 年版，第 191 页。
⑤ 参见陈寅恪：《天师道与滨海地域之关系》，《金明馆丛稿初编》，三联书店 2001 年版，第 42 页。
⑥ 参见《晋书·王羲之传》卷八十，中华书局 1974 年版，第 2100 页。
⑦ ［梁］虞龢：《论书表》，《法书要录》卷二，辽宁教育出版社 1998 年版，第 42 页。
⑧ 《太平御览》卷六六六引《太平经》，《四库全书》本。

郗法,笔力规矩并于二王,而名不显著者,当以地微,兼为二王所抑故也。掾书乃是学杨,而字体劲利,偏善写经,画符与杨相似,郁勃锋势,殆非人工所逮。长史章草乃能,而正书古拙,符又不巧,故不写经也。"①三人中许谧善隶书,字体劲利,最善写经。许翙善章草,不善写经。

由此可见,道教对六朝书法的发展有一定的促进作用。

2. 道教与越地文学之关系

葛洪曰:"为道者多在山林。"②道士只有入名山才可以摒弃人事而感受仙真之道,并终于修炼成仙。③ 会稽的名山吸引了很多奉道之人来此游处。"始宁县有坛醮山。相传云:'仙灵所醮集处。'山顶有十二方石,石悉如坐席许大,皆作行列。"④"上虞有龙头山,上有兰峰。峰顶盘石,广丈余。葛洪学仙,坐其上。"⑤赤城山"土色皆赤。岩岫连沓,状如云霞。悬溜千仞,谓之瀑布,飞流洒散,冬夏不绝。山谷绝涧,峥嵘无底,长松蔓蔂,幽霭其上","内有天台、灵岳、石室、睿台"⑥。汉末左元放,吴葛玄、晋葛洪、许迈等都曾在赤城山炼丹。许迈于永和二年移入临安西山,登岩茹芝,眇尔自得,有终焉之志。又著诗12首,论神仙之事。王羲之造之,未尝不弥日忘归,相与为世外之交。许迈与王羲之书曰:"自山阴南至临安,多有金堂玉室,仙人芝草,左元放之徒,汉末诸得道者皆在焉。"⑦

道教与会稽山水文学的兴盛有一定的关联。茅山处士陶弘景曾到越地,遍历会稽名山,寻药访仙。至会稽大洪山、余姚太平山、始宁上虞山、始丰天台山,并在永嘉大若岩撰写《真诰》。史载其"每经涧谷,必坐卧其间,吟咏盘桓,不能已。谓门人曰:'吾见朱门广厦,虽识其华乐,而无欲往之心。望高岩,瞰大泽,知此难立止,自恒欲就之。且永明中求禄,得辄差舛;若不尔,岂得为今日之事。岂唯身有仙相,亦缘势使之然'"⑧。其《答谢中

---

① 《真诰》卷十九,《四库全书》本。

② [晋]葛洪:《抱朴子内篇·登涉》卷十七,《诸子集成》,中华书局1954年版,第89页。

③ 参见赵益:《六朝南方神仙道教与文学》,上海古籍出版社2006年版,第306页。

④ [宋]孔灵符:《会稽记》,《鲁迅辑录古籍丛编》第3卷,人民文学出版社1999年版,第315页。

⑤ 同上书,第313页。

⑥ 同上书,第316页。

⑦ 《晋书·许迈传》卷八十,中华书局1974年版,第2107页。

⑧ 《南史·隐逸下》卷七十六,中华书局1975年版,第1897—1898页。

图 35　永嘉楠溪江

书书》写了永嘉楠溪江之秀美的景色（见图 35）：

> 山川之美，古来共谈。高峰入云，清流见底。
>
> 两岸石壁，五色交晖，青林翠竹，四时俱备。
>
> 晓雾将歇，猿鸟乱鸣。夕日欲颓，沈鳞竞跃。
>
> 实是欲界之仙都，自康乐以来，未复有能与其奇者。①

高耸的入云的山峰，清澈见底的流水，两岸的石壁在阳光下闪耀着五色光芒。青葱的树林，苍翠的竹林，四季常绿。清晨的雾水即将消散之时，山中的猿猴飞鸟交相乱鸣。傍晚夕阳欲下之时，潜沉在水中的游鱼竞相跃出水面。作者不由发出此地真是仙都之所在的慨叹。

会稽山阴孔氏也是奉道教之世家。孔稚珪父孔灵产于禹井山立馆，事道精笃。"吉日于静屋四向朝拜，涕泗滂沱。东出钱塘北郭，辄于舟中遥拜杜子恭墓，自北至都，东向坐，不敢背侧。"②孔稚珪今存诗三首残句二则，皆

---

① 《全梁文》卷四十六，《全上古三代秦汉三国六朝文》，中华书局 1999 年版，第 3215—3216 页。

② 《南齐书·孔稚珪传》卷四十八，中华书局 1972 年版，第 835 页。

关涉山水。《白马篇》写少年游侠欲灭强胡的壮志,其中四句写边塞风光:"横行绝漠表,饮马瀚海清。陇树枯无色,沙草不常青。"《旦发青林》是一首送别诗:"孤征越清江,游子悲路长。二旬候已满,三千眇未央。草杂今古色,严留冬夏霜。寄怀中山旧,举酒莫相忘。"①《游太平山诗》是一首山水诗:

> 石险天貌分,林交日容缺。阴涧落春荣,寒严留夏雪。②

太平山在今浙江省绍兴县东南七八十里。前两句写山石险峻直上云霄,原本完整的天空被险石隔离;山中树木葱郁,透过茂密的树叶只见残缺的太阳。诗人用两次仰望的感受,描摹出了太平山的高峻和幽深。后两句写山涧背阴之处还有刚落的春花,而严寒的山顶上尚留有夏季都难以融化的残雪。显然诗人是在夏季游天平山,所以阴涧处残留的春景和山顶上残留的冬景成为诗人特别关注的对象,天平山的奇妙景象也正在诗人的眼中显现。此诗对仗工整,选景巧妙,刻画生动,有身临其境之感。

其骈体《北山移文》被收入《文选》,历来成为六朝骈体文的代表之一。此文更是多处写景,在孔稚珪的笔下山水皆有灵性,尤其是知周颙要下山之时山中景物的孤独情感让人印象深刻:

> 使我高霞孤映,明月独举。青松落阴,白云谁侣?涧石摧绝无与归,石逕荒凉徒延伫。至於还飚入幕,写雾出楹,蕙帐空今夜鹄怨,山人去今晓猿惊。③

此文笔法奇特,以山水的视角来看周颙的隐居与出山,应当也与孔氏信奉道教、认为山水皆有灵有关。

道教影响了越地游仙诗的兴起。

魏晋道教中人首先创作游仙诗的当推葛玄。葛玄是道教灵宝派的始祖,至今天台山留有葛玄的遗迹(见图36)。唐徐灵府《天台山记》曰:"《真诰》云:'天台山高一万八千丈,周回八百里,山有八重,四面如一。'当斗牛之分,以其上应台宿,光辅紫宸,故名天台,亦曰桐柏栖山。"④天台山虽然后来以佛教天台宗而闻名,但最早发现此山的是汉末方士左慈。左慈东汉末

---

① 《先秦汉魏晋南北朝诗》,中华书局 1998 年版,第 1408 页。
② 同上。
③ 李善注:《文选》卷四十三,上海古籍出版社 1986 年版,第 1960 页。
④ [唐]徐灵府:《天台山记》,《丛书集成初编》本。

图 36　天台山石梁瀑

年避乱来到天台山,后将所修道经授予葛玄,开了天台山道教文化的风气。《抱朴子·金丹》载:"昔日左元放于天柱山中精思,而神人受之金丹仙经。会汉末乱,不遑合作,而避地来渡江东,志欲投名山以修斯道。余从祖仙公,又从元放受之,凡受《太清丹经》三卷,及《九鼎丹经》一卷,《金液丹经》一卷。"①葛玄曾居于天台山,在华顶峰、桐柏山、赤城山等地炼丹,成为天台山道教的真正创始者,曾在天台山以《灵宝经》授孙权。杜光庭《历代崇道记》曰:"吴主孙权于天台山造桐柏观,命葛玄居之。"②桐柏观,今称桐柏

　　①　[晋]葛洪:《抱朴子内篇·金丹》卷四,《诸子集成》,中华书局1954年版,第12页。
　　②　杜光庭:《历代崇道记》,《道藏》第11册,文物出版社、上海书店、天津古籍出版社1987年影印,第1页。

宫,依然是天台山的道教圣地。《真仙通鉴》曰:"仙公姓葛名玄字孝先,家本琅邪,以后汉桓帝延禧七年甲辰岁四月八日诞世。十三通古今,凡经传子集靡不该览。年十五六,名振江左。入天台赤城上虞山精思念道,遇真人左元放,授以九丹金液仙经,炼气保形之术。吴赤乌七年八月十五日升天。仙公暂停仙驾,赋五言歌诗三篇。降付乡朋,令歌诵开悟方来。"①

葛仙翁在升天之前作《空中歌》三首,其三曰:

散诞游山水,吐纳灵和津。炼气同希夷,静咏道德篇。
至心宗玄一,冥感今乃宣。飞驾御九龙,飘飘乘紫烟。
华景曜空衢,红云拥帝前。暂迁蓬莱宫,倏忽已宾天。
伟伟众真会,渺渺凌重玄。体固无终劫,金颜随日鲜。
欢乐太上境,悲念一切人。谁能离死坏,结是冥中缘。
悠悠成至道,无有入无问。微妙良难测,智者谓我贤。
若能弘众妙,轻举升神仙。②

这是最早的游仙诗作。此诗先写日常的修道,散游山水,吐纳练气,静咏道德。修道的目的是宗"玄一",此时在冥想中忽然悟道。神仙世界令人目眩,乘坐九龙驾的车在紫烟中飘移,日华照耀着空阔的大道,红色的云彩环绕在天帝前。刚刚还在蓬莱宫,倏忽间已来到天上。凌越重玄渺渺,众仙伟伟聚会,仙人个个鲜亮,在日光下焕发金颜。仙境是如此的欢乐,但悲伤顾念的是人间的所有人。若有缘结缘,能成至道,能弘众妙,则人人可轻举成仙。

葛玄的游仙诗,不仅开了道教中人创作游仙诗的风习,而且文人也开始创作游仙诗,所以在六朝产生了大量的游仙诗。萧统编《文选》专列"游仙"一类。

越地巫术的盛行对道教的流传以及神仙故事的产生有一定的影响。两汉时越地仍然保留原始巫术。《史记·封禅书》曰:"越人俗信鬼,而其祠皆见鬼,数有效。"据史籍记载曹娥之父是一位巫祝。"会稽上虞曹娥父盱,为巫祝,能抚节按歌,婆娑乐神。汉安二年五月五日于县江迎伍君神,溯涛而上,被水淹不得其尸。"③原始巫术的长期熏染,使得会稽人容易相信道教

---

① 《先秦汉魏晋南北朝诗》引,中华书局1998年版,第2783页。

② 《先秦汉魏晋南北朝诗》,中华书局1998年版,第2784页。

③ 虞预:《会稽典录》卷下,《鲁迅辑录古籍丛编》第3卷,人民文学出版社1999年版,第293—294页。

神仙。在汉末会稽留下了不少仙人的传说。晋陶潜《搜神后记》中记录了会稽剡县的两名猎人遇仙女的故事：

> 会稽剡县民袁相、根硕二人猎，经深山重岭甚多，见一群山羊六七头，逐之。经一石桥，甚狭而峻。羊去，根等亦随渡，向绝崖。崖正赤，壁立，名曰赤城。上有水流下，广狭如匹布，剡人谓之瀑布。羊径有山穴如门，豁然而过。既入，内甚平敞，草木皆香。有一小屋，二女子住其中，年皆十五六，容色甚美，著青衣。一名莹珠，一名洁玉。见二人至，欣然云："早望汝来。"遂为室家。忽二女出行，云复有得婿者，往庆之。曳履于绝岩上行，琅琅然。二人思归，潜去归路。二女追还已知，乃谓曰："自可去。"乃以一腕囊与根等，语曰："慎勿开也。"于是乃归。后出行，家人开视其囊，囊如莲花，一重去，一重复，至五盖，中有小青鸟，飞去。根还知此，怅然而已。后根于田中耕，家依常饷之，见在田中不动，就视，但有壳如蝉蜕也。①

宋刘义庆《幽明录》中记载了剡县刘晨、阮肇入天台山遇仙女，后成仙的故事：

> 汉明帝永平五年，剡县刘晨、阮肇共入天台山取谷皮，迷不得返。经十三日，粮食乏尽，饥馁殆死。遥望山上，有一桃树，大有子实；而绝岩邃涧，永无登路。攀援藤葛，乃得至上。各啖数枚，而饥止体充。复下山，持杯取水，欲盥漱。见芜菁叶从山腹流出，甚鲜新，复一杯流出，有胡麻饭掺，相谓曰："此知去人径不远。"便共没水，逆流二三里，得度山，出一大溪，溪边有二女子，姿质妙绝，见二人持杯出，便笑曰："刘阮二郎，捉向所失流杯来。"晨肇既不识之，缘二女便呼其姓，如似有旧，乃相见忻喜。问："来何晚邪？"因邀还家。其家铜瓦屋。南壁及东壁下各有一大床，皆施绛罗帐，帐角悬铃，金银交错，床头各有十侍婢，敕云："刘阮二郎，经涉山岨，向虽得琼实，犹尚虚弊，可速作食。"食胡麻饭、山羊脯、牛肉，甚甘美。食毕行酒，有一群女来，各持五三桃子，笑而言："贺汝婿来。"酒酣作乐，刘阮欣怖交并。至暮，令各就一帐宿，女往就之，言声清婉，令人忘忧。至十日后欲求还去，女云："君已来是，宿福所牵，何复欲还邪？"遂停半年。气候草木是春时，百鸟啼鸣，更怀

① ［晋］陶潜著，汪绍楹校注：《搜神后记》，中华书局 1981 年版，第 2—3 页。

悲思,求归甚苦。女曰:"罪牵君,当可如何?"遂呼前来女子,有三四十人,集会奏乐,共送刘阮,指示还路。既出,亲旧零落,邑屋改异,无复相识。问讯得七世孙,传闻上世入山,迷不得归。至晋太元八年,忽复去,不知何所。①

这两则凡人遇神仙的故事都发生于天台。正如前文所说,天台是道教的圣地,留下了不少成仙或神仙的传说。孙绰《游天台山赋》序曰:"天台山者,盖山岳之神秀也。涉海则有方丈、蓬莱,登陆则有四明、天台。皆玄圣之所游化,灵仙之所窟宅。"②

可见,天台道教神仙的传说对魏晋神仙小说的产生发生了影响。

① [刘宋]刘义庆:《幽明录》,《鲁迅辑录古籍丛编》第1卷,人民文学出版社1999年版,第184—185页。

② 《全晋文》第六十一,《全上古三代秦汉三国六朝文》,中华书局1999年版,第1806页。

第五章　越地文学艺术发展论

　　隋朝结束了魏晋南北朝以来长期南北对峙的局面,重新归于一统,使南北文化进一步融合。唐宋两代是中国文化发展的重要时期,也是完成中国文化核心圈逐渐向南转移的一个重要时期。期间经历了文学艺术的大发展,在文学方面,诗歌、散文登峰造极,还产生了成熟的小说,酝酿了戏曲的雏形,各种文体日臻完备;在艺术方面,唐宋两代书法、绘画特别兴盛,流派纷呈。越文学艺术在整体上与时俱进,尤其在唐代安史之乱、五代吴越国和宋代靖康之变等中国南北文化的大格局变化中,得天时地利之便,趁势而上,使越文学艺术继晋室南渡以后一再获得良好的发展机遇,使六朝以来形成的以文学艺术为胜场地域的"文化场"得到了进一步巩固和发展,吸引了海内众多文化人士关注的目光,并一度成为文人士大夫梦游寻胜的目的地。

一、越地文学艺术地域文化场的形成

（一）六朝文化余韵与中国文化中心的南渐

人才是文化的重要载体，在古代，文化交流基本上是通过移民来实现的。永嘉南渡的北方移民，对南方的影响是巨大的。不但由于人数众多，而且更重要的是由于移民素质较高，很多是皇室贵族、官僚地主、文人学士，他们在南方所起的作用远远大于他们所占的人口比例。根据谭其骧先生统计，《南史》列传中（不计后妃、宗室、孝义等）有人物 728 位，原籍北方的有 506 人，南方籍的只有 222 人。东晋南朝的所有君主，都毫无例外是北方移民或其后裔。据此有学者认为在南朝的政治、军事、经济、文化、艺术各方面起主要作用的是北方移民①，这一特点在局部地区表现得更加突出。

寓居会稽的北方士人，多为文化名流、高僧隐士，主要集中于远离政治中心的剡溪——上虞江流域。而那些用世之心较切的北方士人，多居于建康一带。会稽离政治中心较远，经过东汉以来的水环境治理，山水秀丽，自然面貌发生了很大的变化，文人学士都喜欢流连其间。谢安在上虞东山高卧，王羲之在山阴兰亭修禊。这里孕育出书圣王羲之、王献之，玄言诗人孙绰、许询，山水诗人谢灵运、谢惠连等。南渡的北方名士高僧如谢安、支遁等，也集中在越中会稽，会稽形成了独特的文化小气候，令人神往。建康城里勾心斗角，江淮地区金戈铁马，这里却诗赋唱和，曲水流觞。会稽一带名士的生活，颇有竹林七贤的遗韵，戴逵说："山林之客，非徒逃人患避争斗。谅所以翼顺资和，剔除机心，容养淳淑而自适者尔。况物莫不以适者为得，以足为至。彼闲游者，奚往而不适，奚待而不足！故荫映岩流之际，偃息琴书之侧，寄心松竹，取乐鱼鸟，则澹泊之愿，于是毕矣。"②这里山水清音，佛教所钟。佛教天台宗，即诞生于越中。魏晋以来，会稽文士多崇尚自然玄理，玄言诗人，此地为盛。他们追求精神放达无拘，名士风范。故民国《新

---

① 参见葛剑雄：《中国移民史》第 2 卷，福建人民出版社 1997 年版，第 413 页。
② ［晋］戴逵：《闲游赞序》，严可均辑《全上古三代秦汉三国六朝文》，中华书局 1999 年版，第 2250 页。

昌县志》论永嘉南渡越地人物之盛时，不无自豪地说："衣冠之盛，咸萃于越，为六州文物之薮，高人文士，云合影从。"

永嘉之乱士人南渡，是伴随着江东越地经济的同步崛起而完成的。经济和文化的相辅相成，使二者都得到了新的发展。自然环境的优化和经济的发展吸引了大批南渡文化士族，南渡的文化士人十分欣赏越地的自然环境，并把它们作为独立的审美对象加以观照。是东晋士人发现、挖掘了会稽的山水之美，使越中山水逐渐进入文学的视野，越中斯文之风于是大盛。东晋士人与会稽山水的主客观融合，也促进了越地士族文化和文学个性的形成。越中文人雅好清谈，性爱山水，崇尚自然，偏于性灵，有名士风范等特点，都成型于这个时期。从此，越地衣冠文物之盛，斯文之风名闻于天下。文学艺术在新的历史环境下得到了新的滋养和发展，佛教文化、山水文学和书法艺术率先崛起，并一度管领风骚，成为全国瞩目的中心。

山川地理是文化生成的平台，经过六朝士人持续的人文关怀和艺术创作活动，使会稽佳山水和佛道文化赋予越地山水以无穷诗情画意和浪漫色彩。东晋士人雅集，兰亭流觞，诗、书、文并秀，集中体现了王羲之等士人的一往隽气。东晋士人的风度便一直成为后世文人心期之所在；谢灵运在会稽永嘉千岩万壑间开宗立派，其诗意体验和肆意挥洒，成就了中国山水诗在越地的崛起；还有得道的高僧、道家的高人和隐士，他们纷纷栖居在浙东的名山幽壑间，借山水悟道，在萧散和从容闲适的生活中酝酿着艺术的趣味。明人袁宏道说：六朝以上人，不闻钱唐好。六朝以前，在钱塘江南岸的浙东山水间集中了越文化的精粹所在，也初步奠定了越文化以文艺胜场的基础。永嘉之乱促使会稽尚文之风和越中士族文化的形成，中原文化士族的南迁，使越地成为著名的人文荟萃之地。唐代历史学家杜佑在叙述永嘉南渡以后江东的文化面貌时说："永嘉以后，帝室东迁，衣冠避难，多所萃止。艺文儒术，斯之为盛。"①六朝文学艺术在越中获得了巨大的声誉和影响力，形成了无形的磁场，在唐宋文人士大夫心目中产生的反响是强烈的，这些我们可以从唐宋士人的漫游生活路径中得到很好的印证，浙东唐诗之路的形成说明，六朝越地山川留给后人的是无限遐想和神奇的向往。

---

① 《通典》卷一八二《州郡》第十二，中华书局1984年版。

（二）"安史之乱"、"靖康之难"对越文学艺术发展的影响

唐宋时期中国文化中心的再次南渐,给斯文之风渐盛的越地带来了新的发展机遇,使越文学艺术的中心场域不断扩大,由六朝时期偏于钱塘江南岸的会稽,推移蔓延扩张到钱塘江两岸,与越州隔江相望的新兴都市杭州的迅速崛起,历唐五代的发展,到宋代俨然成为三吴都会。南宋建都于此,临安一跃成为中国政治经济文化的中心,也成为越文化与中原文化融合的一大区域。中国文化中心的南渐使越文化中心区域在钱塘江流域不断扩展。中国文化中心的南渐,一方面使中原文化在越地有了更广阔的退身发展之处,另一方面也使越文化在唐宋时期更具发展活力,有了更广阔的发展空间。

隋结束了近三百年的南北分裂,统一中国后,隋文帝统治集团的核心基础是关陇集团,中原的传统优势一度恢复,他们对南方政治学术文化一向抱着鄙视的态度。直到隋炀帝接位后,这种情况才有所转变。隋炀帝杨广曾在江南生活过,他爱好江南文化,隋代大运河的邗沟(山阳渎)、江南河两段的先后开通,说明江南的重要性已得到了新的重视。

入唐以后,以长安为中心的政治地位得到强化,但南方经济上却一直保持着良好的发展势头。当时的越州是南方经济比较集中发达的一个地区,越罗、越瓷、越酒、越茶、越纸都名闻全国。隋唐时期,越州的丝织业和麻织业就已经比较有名。唐贞元间(785—805)越州丝绸贡品有吴绫、异样吴绫、花鼓羯纱、吴朱纱、宝花花、纹罗、白编绫、多梭绫、十样花绫、轻容兰纱、花纱、美绢等十余种。杜甫有"越罗与楚练,聪耀舆台躯"诗句。唐代越州交绫白纱、花纱等全国闻名,畅销各地,越州有"衣食半天下"①之誉,是全国的纺织中心之一。唐代越瓷也享有崇高声誉,颂扬诗篇盛极一时。《茶经》以"类玉""类冰"作比喻,赞美越瓷品质之高雅,并把越窑列为全国名窑之首;诗人陆龟蒙、徐寅用"九秋风露越窑开,夺得千峰翠色来"、"巧剜明月染春水,轻旋薄冰盛绿云"的诗句形容越瓷色泽之优美和造型之轻盈(见图37)。经济的发展使越地人口急增,越州人口有50万之众,当时的杭

---

① 杜牧:《樊川文集》第十八:"机杼耕稼,提封九州,其茧税鱼盐,衣食半天下。"(上海古籍出版社 2007 年版,陈允吉校点本)

州只有 20 多万,远在越州之后。①

图 37　越窑青瓷莲花托碗(五代)

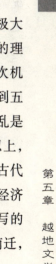

安史之乱(755—763)持续的战乱,给人口集中的中原地区造成了极大的破坏,钱塘江两岸的越地没有受到影响,于是就成为北方士人避难的理想之所,第二次大规模的移民浪潮带来了越地经济文化发展的又一次机遇。此时,从大范围看,长江流域的整体文化已与北方形成抗衡之势,到五代十国(907—960),中原人口已基本完成第二次大规模南迁。安史之乱是中国历史人口南北比重的分水岭,在此以前北方人口占全国的半数以上,在此以后南方占半数以上,而且南方人口进一步向东南地区集中。在古代中国,户口数是经济实力的标志,从户口数可知,安史之乱以后中国的经济重心实际上已移到南方,吴越地区是重中之重。李白在安史之乱时写的《为宋中丞请都金陵表》也明确提出:"天下衣冠士庶,避地东吴,永嘉南迁,未盛于此。"②

---

①　参见韩国磐:《南方诸州隋唐时户数及其升降》表二,《隋唐五代史论集》,三联书店1997年版,第 128 页。
②　瞿蜕园等:《李白集校注》卷二十六,上海古籍出版社 1980 年版,第 1511 页。

由于安史之乱没有波及江南,这给江南的经济发展提供了安定的社会环境。这也是唐代经济中心开始从中原向江南转移的重要原因所在。唐代在古越之地设置浙江东道(治所越州)、浙江西道(治所杭州)①,浙东浙西地区远离政治中心,一直处于平稳的社会环境中,特别是处于钱塘江流域的越州、明州和杭州,由于东晋士族南渡后即已得到开发,加上土地肥沃、灌溉便利、气候适宜等条件,已经是唐代粮食重产地。贞元初,"增江淮之运,浙江东西岁运米七十五万石,复以两税易米百万石"②,吕温在《故太子少保韦府君神道碑》中说:"天宝之后,中原释耒,辇越而衣,漕而食。"③韩愈说:"当今赋出于天下,江南居十九。"④朝廷在任命李讷为浙东观察使的制书上说浙东:"西界浙河,东奄左海,机杼耕稼,提封七州,其间茧税鱼盐,衣食半天下。"⑤可知安史之乱以后越州、杭州经济在全国的提升。

经济繁荣、社会稳定带来了文化的进步。浙东地区文化底蕴深厚,域内道观佛寺林立,山水胜迹星罗棋布,本来就引人入胜。越地从六朝以来积淀的佛教文化和山水文化,吸引众多的诗人前来寻访。初盛唐时期,来越地壮游的诗人已络绎不绝;安史之乱后,人们在经历了中原之纷乱,更加向往这方富庶而有魅力的地方。有论者曾对唐代浙东地区诗歌创作的情况做过统计分析⑥,走过浙东唐诗之路并留下诗作的448位唐代诗人中,安史之乱前的诗人为83位,约占总数的18.5%;安史之乱后的诗人达365位,约占总量的81.5%。后期诗人数量是前期诗人数量的近4.5倍。而在前期的83位诗人中,有11名为当地人,约占总数的13.3%,如贺知章为会稽人,徐浩为剡人,虞世南为余姚人,叶法善为括苍人,大都在京在外任职;有18位是到浙东当地为官的,约占总数的21.7%,且多数是被贬之官,如宋之问被贬为越州长史,沈佺期被贬为台州参军录事,骆宾王被贬为临海

① 据《旧唐书》卷三十八,志十八,地理一;《新唐书·地理志》,中华书局1974年标点本。

② 《新唐书》卷五十三《食货志》,中华书局1974年标点本。

③ 《文苑英华》卷九百一,中华书局1966年版。

④ 韩愈:《送陆歙州诗序》,《韩昌黎文集校注》卷四,上海古籍出版社1986年版,第231页。

⑤ 杜牧:《李讷除浙东观察使兼御史大夫制》,《樊川文集》卷十八,上海古籍出版社2007年校点本。

⑥ 参见陆晓冬:《浙东唐诗之路形成的社会经济动因浅析》,《浙江社会科学》2006年第3期。

丞,说明浙东在安史之乱前的政治地位并不高,安史之乱后情况则有了很大的改观,越中几乎成了文人安顿身心的一方乐土。李白在肃宗至德元年(756)第三次游浙东前写过一首《经乱后将避地剡中留赠崔宣城》诗,曾有隐居剡中的打算。中唐以后,越地文人荟萃,由本土的文人和宦游的旅居的文人所组成的文会诗会更是层出不穷。

诗歌创作是唐代文学繁荣的重要标志。唐大历年间(766—779)严维、鲍防发起的数次大规模的浙东联唱,长庆年间(821—824)元稹、白居易的浙东浙西唱和,都是唐代声势浩大的文人诗歌创作活动,在文学史上产生了积极的影响。《大历年浙东联唱集》是安史之乱爆发后,逃至浙东避难的诗人们的唱和集,很能代表安史之乱后至大历中期处于诗坛边缘的广大诗人的心态。《大历年浙东联唱集》流传甚广,直接影响到中晚唐的多次联唱活动。穆员在《工部尚书鲍防碑》中也说:"是时中原多故,故贤士大夫以三江五湖为家。登会稽者如鳞介之集渊羲,以公故也。"[1]中原多故是士大夫避地浙东最直接的原因,而鲍防从肃宗宝应元年(762)至代宗大历五年(770)担任浙东观察使薛兼训的从事,广延四方诗人,在客观上推进了浙东地区诗歌的繁盛。穆宗长庆三年(823)至文宗大和三年(829),元稹为越州刺史兼浙东观察使,窦巩为副使,赵嘏为从事。《旧唐书》元稹本传载:"会稽山水奇秀,稹所辟幕职,皆当时文士,而镜湖、秦望之游,月三四焉,诗什盈秩。"越州地方官好诗好客,酬唱不绝成为诗坛佳话。元稹在出任越州刺史兼浙东观察使时,与同时在杭州任职的白居易竹筒唱和,其《寄乐天》诗云:"莫嗟虚老海堧西,天下风光数会稽。灵汜桥前百里镜,石帆山崦五云溪。"元稹一再写诗夸耀"会稽天下本无俦"[2],盛赞越州风景的美丽、州宅的宏伟、城市的繁华。元稹自言"曾经沧海"做过京官,是一位见过大世面的人,他如此称道越州,足以说明越州当时在全国的地位和影响。

安史之乱后北方文化精英播迁南土,再一次使南方区域的文化繁盛起来,最后形成中唐至北宋时文化中心与政治中心相分离的新格局。文人雅集本是越地文人群体的一种活动方式,西魏北周时期,庾信、王褒等南方文士北去,将此风气带到关中。隋唐之际,北方文坛上文人雅集亦兴盛一时。

---

① 《文苑英华》卷八九六,中华书局 1966 年版。
② 元稹:《再酬复言和夸州宅》,《元稹集》卷二十二,中华书局 1982 年版。

· 175 ·

越文化通论

第五章 越地文学艺术发展论

如杨广与晋王府文人的雅集、唐初于志宁宅宴集、高氏林亭宴集,安德山池诗会等。安史之乱后,北人(包括原来北方之南人)南下,又将此风气带回南方。著名的大历年鲍防等浙东联唱和更大规模的颜真卿等参加的浙西诗会①,人才东南荟萃,江南之地为诗会的繁荣提供了广阔的舞台,风气之盛,远迈前代。

唐朝末年,中央政权削弱,四方纷纷割据。乾宁四年(897),吴越王钱镠,定杭州为吴越国西府,是吴越国的首都,定越州为吴越国东府,是吴越国的行都。钱镠本人曾几度驻节越州,擘画经营,建树甚多,进一步促进了越地经济文化的发展,奠定了越州、杭州在南宋初期成为临时国都的基础。

北宋建都开封,政治中心定位在黄河流域的中原地带,全国杰出人才都向首都集中。在北宋前期和中期,北方所出的人才仍多于南方。到了北宋后期,比重出现变化。北宋前期,两浙路文臣仅 5 人,居全国第十位,居南方第四名。中期增至 40 人,居全国第四名,居南方第一位。至北宋后期,增至 55 人,居全国第一位。② 北宋时期两浙户数已经居于全国领先地位。据《元丰九域志》③,元丰三年两浙有 1,778,953 户,居各路之首;据《宋史·地理志》,崇宁元年两浙有 1,975,041 户,居各路之首。北宋时期,两浙户数占全国的 10%左右,可谓举足轻重。两浙人口在宋代的大发展,得益于长期和平的历史背景和时代环境,得益于良好的地理条件。“靖康之难”后,南宋迁都临安,便形成更强大的凝聚力,大批流民和官僚贵族、军队不断涌入,又造成人口非经济迁移的机械增长。

北宋靖康之难(1126)后大规模的移民浪潮给越文化带来了又一次蓬勃发展的好机遇。1125 年金灭辽后,即大举伐宋。宋徽宗禅位给儿子赵桓,是为宋钦宗,靖康元年,金兵两次侵宋,开封城陷,史称“靖康之难”。1127 年,徽宗第九子赵构在逃亡途中建立南宋政权,是为高宗。1132 年南宋定都临安(杭州),北方沦陷区的遗民在求生欲望的驱使下纷纷南逃,形成了我国历史上第三次大规模的移民浪潮。此次移民浪潮持续很久,所迁地域分布甚广,前后迁徙的人口达五百万之多,主要分布在长江流域和珠

---

① 参见贾晋华:《〈大历年浙东联唱集〉考述》,《文学遗产》增刊第 18 辑,山西人民出版社 1989 年版;蒋寅:《大历诗人研究》上编,中华书局 1995 年版,第 159 页。

② 参见程民生:《略论宋代地域文化》,《历史研究》1995 年第 1 期。

③ 参见[宋]王存等撰:《元丰九域志》,中华书局 1984 年点校本。

江流域的南方地区,遍及南宋各路,其中以江南路最为集中。江南路是南宋首都所在地,又是南方经济文化最发达地区,移民中的精英分子多聚集于此。南宋时期由于失去北方半壁江山,仅是南方领土,总户数下降,加以两浙户数持续增长,其户数占南宋全国的 20% 左右,比在北宋时占全国比例增长一倍,与其中心地位相适应,换句话说,正是人口数量的绝对优势强化了其中心地位。

　　永嘉南渡与靖康之难作为大规模的移民浪潮两者有共同之处,即都伴随着政治权力中心的大规模南移,朝廷迁都吴越地区,人口急剧增长。但是这两次大规模的移民情况又有很大不同,南北外部环境发生了根本性的变化。永嘉南渡以前,吴越地区尚属经济文化相对落后地区,人才不多,故东晋南朝的军政大权,基本上掌握在北人手中,唱主角的文化名人大多也是南下北人及其后裔。越地自唐至北宋以来,已是全国经济文化发达地区,北宋中举、任官人数,南人已占优势,北宋进士 7869 人,北方人仅占10%,90% 是南方人。即使宋室不南迁,这种趋势也将进一步发展。是靖康之难加剧了这种趋势,或者说使南北政治文化的权重进一步明朗化了。

　　北宋时苏轼曾上奏朝廷说:"昔者以诗赋取士,今陛下以经术用人,名虽不同,然皆以文词进耳。考其所得,多吴、楚、闽、蜀之人。至于京东、西,河北,河东,陕西五路,盖自古豪杰之场,其人沉鸷勇悍,可任以事,然欲使治声律,读经义,以与吴、楚、闽、蜀之士争得失于毫厘之间,则彼有不仕而已,故其得人常少。"①苏轼表面上说得很婉转,实际上作为南方人,他不无自得。意思是说北人沉鸷勇悍有余,文词非其胜场,显然处于劣势。这在以文治为根本的宋朝意味着什么? 事实上也复如此。尤其是宋室南迁以后,北人驰骋战场,然在重文轻武的国策之下武臣很少有用武之地;而南宋文臣,包括朝廷与地方要员,则是南人占据绝对优势。宋高宗想加以平衡,有意提拔北人,多次诏令指定要"举中原流寓士大夫",才使天平不致过分倾斜。据吴松弟统计②,高宗朝宰执 88 人,籍贯明确者 80 人,北方移民 34人,占 42.5%,南方籍 46 人,占 57.5%,南人多于北人。孝宗以后,北人及其后裔在宰执中所占比例每况愈下。孝宗朝占 25%,光宗和宁宗朝占

①　苏轼:《上皇帝书》,《苏东坡全集》下,卷十一,中国书店 1986 年版,第 342 页。
②　参见吴松弟:《北方移民与南宋社会变迁》,台湾文津出版社 1993 年版。

15.4%,理宗朝占5%,度宗朝为零。路级长官同样是南方人居优势。吴廷燮《南宋制抚年表》共载制抚702人,除去籍贯不明者176人,移民及其后裔158人,占30%,南人368人,占70%。①北方人张嵲赋诗感叹道:"惟晋东渡,始披荆棘。衣冠踵来,异士亦出。王、庾、贺、顾,同赞王室。我宋用人,亦杂南北。维南多士,栉比周行。北客凋零,晓星相望。"②南宋文官大多是南人,主要原因就是"维南多士"。

陆游说:"伏闻天圣〔1023—1031〕以前,选用人才,多取北人,寇准持之尤力,故南方士大夫沉抑者多。仁宗皇帝照知其弊,公听并视,兼收博采,无南北之异。于是范仲淹起于吴,欧阳修起于楚,蔡襄起于闽,杜衍起于会稽,余靖起于岭南,皆为一时名臣。……及绍圣〔1094〕、崇宁〔1102〕间,取南人更多,而北方士大夫复有沉抑之叹。"③

南宋文臣以东南四路最占多数。其中,两浙路的文臣数,不管绝对数还是占人口的比例数,都遥遥领先。靖康之难以后,北方文人学士纷纷南下,文化中心转移到东南地区。理学中心也移到南方并生根开花结果,得到较大发展,成为影响元明清理学的正统思想。吕祖谦(1137—1181)开浙东学派之先声,吕祖谦与朱熹、张栻齐名,时称"东南三贤"。到南宋中后期,浙东的婺州(今金华)成为理学的重要中心。

由"靖康之难"引发的移民潮,移民规模超过前两次,对中国经济文化格局的影响直接而深远。自此以后,吴越地区(长江下游)成为中国经济文化的重心已成为定局。尽管元、明、清皆定都北方,但仍然无法改变中国经济文化以长江下游为重心的基本格局。这个格局,北宋中期已露端倪,"靖康之难"促使它真正确立。

在世界历史上,落后民族的入侵,往往使一些先进文明从此走向衰落,乃至灭亡。安史之乱、靖康之难,都是北方后进民族对中华先进文明的侵犯与破坏,幸好长江以南幅员广大,使中华文明有广阔的退身之地。其中,吴越地区自然条件最为优越,成为中华文明最佳的避难地。

严家炎认为:"地域对文学的影响,实际上是通过区域文化这个中间环

---

① 参见吴廷燮:《南宋制抚年表》,《二十五史补编本》,中华书局1984年版。

② 《宋张紫微先生集》,《永乐大典》卷三一三四。

③ 陆游:《论选用西北士大夫札子》,《渭南文集》卷三,《陆放翁全集》,中国书店1986年版,第14页。

节而起作用的。"①王水照也指出："环境对于学术文化、文学创作的影响，乃是不争的事实。而在构成环境的人文的、自然的或两种交融的诸要素中，区域的人文性文化对文学的影响常是最直接、最显著的。"②地域的人文性文化往往通过文人的感受而释放在文学创作中。如永嘉之乱后，北人南迁，北方士大夫对越地山川景物的人文关怀，构成了越地山水文学的第一次辉煌。梁启超《中国地理大势论》："燕赵多慷慨悲歌之士，吴楚多放诞纤丽之文，自古然矣，自唐以前，于诗于文于赋，皆南北各为家数。长城饮马，河梁携手，北人之气概也；江南草长，洞庭始波，南人之情怀也。散文之长江大河、一泻千里者，北人为优；骈文之镂云刻月、善移我情者，南人为优。盖文章根于性灵，其受四周社会之影响特甚焉。"③

唐代的安史之乱，使得文人雅集的吟唱活动，再次由隋唐之际的北方文坛回归到富庶安定的两浙地区，为越地的文人营造了一个山水与文学相得益彰的人文环境，在这个环境中唐代众多出色的、一流的诗人因此而再次拥有吟风咏月、驰骋诗才的舞台，共同铸就了浙东诗坛的盛事。北宋时期，吴越地区经济发达，社会稳定，出现了一批以文学艺术为终身乐趣的士人。如北宋隐士林逋，居杭州西湖之孤山，"二十年足不入城市"④，自称"以梅为妻，以鹤为子"。诗大都反映山林隐居的悠闲生活，其中歌咏西湖优美景色的作品不少。

在文学创作方面，承南唐和西蜀之余绪，越地的词坛创作特别发达，北宋时期出现了周邦彦这样集大成的词家，南渡以后，越地更成了词创作的一方热土，本土的、宦游的、客居的词人荟萃，吟事频仍，尽显地域风情。"靖康之难"是民族的一次灾难，"国家不幸诗人幸，话到沧桑语更工"，民族的灾难呼唤着南宋诗坛爱国主义精神的空前高涨，南北文学会聚在一起，越地终于酝酿出陆游这样杰出的大家，他以近万首的不朽诗篇高举起南宋爱国主义文学的一面旗帜，最终成为光耀越文化的一颗巨星。在南宋中后期，越地曾经形成过两个地域"诗歌场"，一个是在光宗、宁宗朝的永嘉，以

---

① 严家炎：《二十世纪中国文学与区域文化丛书总序》，湖南教育出版社1995年版，第2页。

② 王水照：《北宋洛阳文人集团与地域环境的关系》，《文学遗产》1994年第3期。

③ 梁启超：《中国地理大势论》，《饮冰室文集》第4册，云南教育出版社2001年版。

④ 《宋史·隐逸传》。

"永嘉四灵"为主体,地域性特征很明显的诗歌流派。该流派是清一色的永嘉人,主要创作活动都在永嘉,使他们出名的最得力的倡导者和鼓吹者叶适也是永嘉人,后来的追随者也主要集中在永嘉,因此,地方性成为"永嘉四灵"的一个重要特点。"永嘉四灵"的诗多写田园生活情趣和永嘉山水景色,还有朋友间的酬唱应答,注意追求野逸萧散清瘦情趣。;另一个是在宁宗、理宗朝以临安为中心的"江湖诗派"。他们以陈起为"声气之联络",编刻出版了《江湖集》,从而形成了一个比"四灵诗派"人数更多、声势更大的诗派。虽然他们籍贯不同,有的是本土诗人,有的是祖籍北方或长期寓居临安的,但他们在此生活创作,诗集也多半是在此刊刻,所以是以越地为"文化场"的又一个地域性特征明显的诗歌流派。

在书法艺术方面,在初唐书坛上,由六朝越地书家所创造和累积起来的书坛风流,仍然产生着广泛的影响。其皎皎者虞世南和褚遂良,随着他们仕进的步伐,把他们对"二王书风"的再创造推向北方文化中心。绘画方面唐代孙位、贯休等本土画家的人物画粗放遒劲之中见缜密,颇具特色。安史之乱后,越地的书画艺术得到了很好的发展。吴越国时期钱镠本人因善书画,又十分器重文学艺术家,因此招徕汇集了一批各路艺术人才,钱氏门下,可谓人才济济,称盛一时。宋室南渡后,临安成了宫廷画师云集之处,不但汇集了北宋宣和画院的画家,同时又招收了当地的新生,绍兴年间成立了绍兴画院,后改称南宋画院。从此以浙山浙水为题材的南宋院体山水画的出现,使中国的山水画进入了一个全新时期。著名的"马夏山水"是那个时代的写照,为明代"浙画派"导夫先路。入元以后,越地终于出现了书画大师级人物赵孟頫,他不仅号称"元人冠冕",在整个中国书画艺术史上,也是一位开风气的人物。他创作了形神兼备、炉火纯青的书画作品,在笔墨方面显示了逼人的气魄和胆识。董其昌说他"有唐之致去其纤,有北宋之雄去其犷"。赵孟頫竭力主张把书法应用到画法上,提倡绘画笔墨的书法趣味,融书法于画法,这是他对绘画艺术的创新和贡献,是中国艺术史上不可多得的创意。

二、以贺知章为中心的吴越诗人群体的崛起

初盛唐时期,越地本土诗坛相对沉寂,一些有影响力的越地文人随着

仕进的步伐纷纷北上,在北方进行了文化传播和再创造。先有唐初名臣虞世南和"初唐四杰"之骆宾王,后有"吴中四士"①之贺知章。他们的成名是初唐社会崇尚六朝江左文风的延续。初唐社会南朝化倾向表现在文学艺术方面,是唐太宗李世民对王羲之书法的竭力推崇,盛赞虞世南为五绝名臣②,作诗每使虞世南唱和③,并重用书法家褚遂良。凡此,从一个侧面反映了初唐文化南朝化的倾向;而玄宗朝贺知章的扬名京师,则标志着吴越诗人群体在唐代的崛起。

(一)"吴中四士"别样的丰采

初、盛唐间,在吴越之地,涌现出一批风流清高、个性不羁、有名士风采的文人,他们以"文词俊秀,名扬于上京"④,号称"吴中四士",他们就是来自于吴越一带的著名诗人贺知章、包融、张旭、张若虚四人。他们的扬名是吴越文人群体正式步入盛唐文坛的开始。

贺知章(659—744),字季真,会稽(今浙江绍兴)人。少以文词知名,武后证圣元年(695)登进士第。得其族姑之子、工部尚书陆象先的引荐,授国子四门博士,正式步入仕途,后迁太常博士。玄宗开元十一年(723),经宰相张说推荐,与秘书员外监徐坚、监察御史赵冬曦皆入丽正殿,修撰《六典》及《文纂》等书。开元十三年,迁礼部侍郎,加集贤院学士,后为太子宾客、秘书监,官阶三品。天宝二年(743)冬,上表请与幼子同度为道士,归还乡里。次年正月起行,玄宗亲自赐诗,太子以下百官赋诗饯送。贺知章归隐故里不久即病逝,享年86岁,肃宗朝赠礼部尚书。贺知章多才多艺,诗、书兼擅,文名很盛。一生最活跃、最辉煌的时期是玄宗朝,是"吴中四士"文学团体中最有影响力的一位文人。

包融(生卒年不详),润州延陵(今江苏丹阳)人。张九龄荐举他为怀州司户,中宗神龙(705—707)中,与贺知章、贺朝、万齐融、张若虚等以诗名扬

---

① 参见《新唐书》卷一四九《包佶传》,中华书局1974年版,第4798页。

② 《贞观政要·辅弼》载:"一尝临朝称世南一人遂兼五绝:一曰博闻,二曰德行,三曰书翰,四曰词藻,五曰忠直。有一于此,足谓名臣也,而世南兼之,宁非绝类也。"(〔唐〕吴兢撰,谢保成集校:《贞观政要》,中华书局2003年版)

③ 虞世南擅五绝,其《咏蝉》:"垂绥饮清露,流响出疏桐。居高声自远,非是借秋风。"一洗陈隋时期的浮艳诗风,堪称独步。

④ 《旧唐书》卷十九〇《贺知章传》,中华书局1975年版,第5031页。

越文学艺术论

越文化通论

于上京。开元十三年（725）以后，迁集贤院直学士、大理司直。他禀性耿直，有名士风度，仰慕正始诗人阮籍，向往隐居生活，与著名诗人孟浩然交情甚厚。擅长五言古诗，其诗多佚，《全唐诗》仅录存 8 首，存诗不多，但绘景如画，自有清虚的意境。

张旭（生卒年不详），字伯高，吴郡（今江苏苏州）人，唐代的草书大家，书名高过诗名。张旭不惯于官场的束缚，追求自在闲散的生活，仕途失意，只做过常熟尉、金吾长史，是"吴中四士"中性格最为狂放者。他嗜酒如命，醉后号呼狂走，索笔挥洒，似有神力。许多诗人都生动地描写过张旭的清狂性格和神妙书艺，杜甫《饮中八仙歌》云："张旭三杯草圣传，脱帽露顶王公前，挥毫落纸如云烟。"时号"草圣"、"张颠"，性好优游山水林泉。他把草书中所追求的那种不拘一格、变幻莫测、笔墨淋漓酣畅的审美趣味，自然地渗透到他的诗歌中，《全唐诗》存诗 6 首，都是描写自然景物的绝句，自有一种清新俊逸、洒脱飞动的风格。张旭草书和李白歌诗、裴旻剑舞并称为唐代"三绝"。

张若虚（生卒年不详），两《唐书》均无传，据《旧唐书·贺知章传》，知他做过兖州（今属山东）兵曹。中宗神龙间，与贺知章、贺朝、万齐融、包融诸人并驰名京都。《全唐诗》仅存诗 2 首，是一个以孤篇《春江花月夜》独步诗坛并传诵千载的扬州诗人。

"吴中四士"是以籍贯为单位的文人集团，他们成名于中宗神龙年间，皆出生于风景秀丽的吴越之地。因此，他们的诗歌创作不同于中原诗坛，呈现出吴越诗人特有的艺术风格和审美趣味，打上了江南地域文化的烙印，并以此扬名于京都。他们的作品尽管流传下来的不多，据《全唐诗》载，贺知章今存诗 22 首，包融今存诗 8 首，张旭今存诗 6 首，张若虚今存诗 2 首，但各具艺术个性和特色，而且不乏脍炙人口的名篇佳章。如贺知章的《咏柳》、《回乡偶书》，张若虚的《春江花月夜》，张旭的《清溪泛舟》、《春雨游值》等，都是流传千古、知名度很高的作品。他们性本自然，受吴越之地奇山异水、秀丽自然风光陶冶，在创作中往往能熔情景于一炉，有情景交融的优美境界。从整体上呈现出吴越一带文人的灵性和才情。在"吴中四士"的放达和清狂中，我们能看到一个浸染了晋宋风流的群体形象。

这个诗人群体殊途同归的艺术创新之处，在于独特的个性、纵横的才气、清丽的意境、飞扬的神采。诗歌中多浪漫的抒情，并出之以清新自然的

182

艺术风格,这种清新的诗风是对齐梁余波的一种反动。这个诗群的出现,给盛唐前期的诗苑带来了别样的丰采,其独特的个性才情和地域文化背景使人刮目相看,耳目一新。"吴中四士"一向未有专集刊行,现有王启兴、张虹辑注《贺知章包融张旭张若虚诗注》(上海古籍出版社 1986 年版)。

"吴中四士"的诗歌创作对初唐诗坛的最大贡献,在于它拓宽了诗歌的题材,创作了大量的山水诗。"吴中四士"的山水诗上承谢灵运,下启盛唐山水诗,成为盛唐山水诗的先驱,为盛唐山水诗的全面繁荣作好了积极的准备。遗憾的是,吴中四士的作品遗佚太多,无法再现盛名之下的创作全貌。

"吴中四士"的崛起并不是一个偶然的文学现象,实际上是吴越地区自东晋以来,文人创作由边缘不断走向中心舞台这样一种趋势的延续和发展。江南经济的快速发展,为文化的繁荣奠定了必要的物质基础。以贺知章为代表的一批吴越之士扬名于京城,正是隋唐以来南方文士不断发展而渐渐崛起的结果。"吴中四士"继"初唐四杰"、陈子昂之后,进一步拓宽了诗歌创作的空间,推出了大量情景交融的山水诗,并推动了六朝以来山水诗的进一步发展。以贺知章为代表的"吴中四士"诗歌中多浪漫的抒情,别样的清新自然的艺术风格,这既是对齐梁文风的一种冲击,同时也是对盛唐时期南北文风再次融合的一个重要的推动,为盛唐诗歌南北风格的交融做出了贡献。

"吴中四士"虽以文词俊秀名扬于京城,但他们并不代表当时文坛的主流,因为当时的诗坛依然是以长安、洛阳为代表的中原文士的天下,但是吴越诗人群体的出现,有如一股自然清新之风,为以京城为中心的主流文坛注入了新的气象,因此而引人瞩目。以"吴中四士"为中心的吴越诗人群体崛起,无疑宣告着江南文化在唐代社会的复兴。

(二)贺知章之诗书风流与"盛唐气象"

贺知章(见图 38)是"吴中四士"中地位最高、声名最著的一位大诗人,也是初唐诗向盛唐过渡的关键性人物。他自称"四明狂客",由做官转而学道,面对人生道路的这一大转变,他没有在诗中流露出丝毫的迷茫和不安的心理迹象,而是以道家豁达心胸和乐观态度去面对自然、面对生活,显示出来坦荡的个性和达观的人生态度,从这个意义上看,贺知章堪称越中文人书卷风流的代表。《旧唐书》卷一百九十《文苑传》云：

> 知章性放旷，善谈笑，当时贤达皆倾慕之……知章晚年尤加纵诞，无复规检，自号四明狂客，又称"秘书外监"，遂游里巷。醉后属词，动成卷轴，文不加点，咸有可观。又善草隶书，好事者供其笺翰，每纸不过数十字，共传宝之。……肃宗以侍读之旧，乾元元年十一月诏曰："故越州千秋观道士贺知章，器识夷淡，襟怀和雅，神清志逸，学富才雄，挺会稽之美箭，蕴昆岗之良玉。故飞名仙省，侍讲龙楼，常静默以养闲，因谈谐而讽谏。"

图38 贺知章

本传给我们描述了一个"器识夷淡，襟怀和雅，神清志逸，学富才雄"，又清谈倜傥、为人纵诞逾礼的"四明狂客"贺知章形象。所谓和雅和夷淡，指向的是传主主体淡泊旷达之人格境界；所谓谈谐和纵诞，指向的是传主主体放浪自由的外在行为表现。这种人格境界和行为姿态是有所本的，其精神和行为可以在嵇康、王羲之等魏晋名士身上得到印证。

越地文人放浪自由的天性往往表现在他们的日常生活之中，如放达嗜酒，艺术创作常常沉醉于痴迷的境界之中。杜甫《饮中八仙歌》云："知章骑马似乘船，眼花落井水底眠"，贺知章是文坛的风流之士，和张旭一样善书好饮，名列"饮中八仙"之首，有刘伶式的"但得饮酒，何论死生"的达者情怀。贺知章好清谈品评，言论倜傥，性格放旷，有魏晋风度。根据孟棨《本事诗》"高逸"第三和王定保《唐摭言》卷七记载，贺知章与李白初见，见太白之《蜀道难》评云："公非人世之人，可不是太白星精耶？"见其《乌栖曲》则叹赏苦吟曰："此诗可以泣鬼神矣。"此种纵横评述自是汉末以来吴越文人的清谈之姿，是感发于山水自然秉性的书卷风流。可以说，在唐初贞观时期，"吴中四士"能够充分发扬晋宋文人的超然姿态，不汲汲于富贵，不徇徇于功名,其人生境界正和晋宋文人不婴世务而狷雅飘逸的玄学人格相契合。从其醉酒而癫狂,书翰而自在,清谈而狂放的行为中能看到晋宋时期王、谢等名士风流自赏的影子。如贺知章有《题袁氏别业》诗云:"主人不相识,偶坐为林泉",诗中的贺知章与《世说新语·简傲》所描写的"径造竹下,讽啸良久"的王徽之有几分神似。《旧唐书·贺知章传》:"醉后属词,动成卷轴,文不加点,咸有可观。"其"文不加点"乘兴挥洒、一气呵成的创作状态,似乎真有神来之助,而这种迷狂沉醉的艺术创造,只有在个性充分自由张扬的创作的状态下才能完成。

贺知章作为一个盛名于文坛数十年的诗酒英豪,在文坛上的交游很广,可谓仕途亨通,左右逢源,上下皆宜。他生逢初盛唐间,并且长期生活在唐朝的政治文化中心,有着身居朝廷的特殊地位,再加上他为人和善坦荡,性格达观豪爽,而且极善谈笑,很有幽默感,所以周围不乏追慕者。他的朋友既有达官贵人,也有书生学子,有僧侣道士,也不乏生活在里巷的下层人士。其中有些诗人,是得到他的奖掖和推荐,才得以在京城扬名。他的人品和文名,使他有机会与初盛唐时的许多著名诗人交往。他绾结张若虚、张旭、张九龄等同辈诗人,后启李白、杜甫盛唐巨擘,在初盛唐诗上是一个开风气并承前启后式的人物。在一个以写诗为荣的诗的王国里,最能体现他诗坛声望的当数天宝三载(744)辞官归故里时百僚赋诗饯行的场面。因为玄宗的眷顾,当时在长安的知名文人几乎都参加了这次饯行诗会。唐玄宗在都门外祖席相送,并亲赋《送贺知章归四明》诗并序:

> 天宝三年,太子宾客贺知章,鉴止足之分,抗归老之疏,解组辞荣,志期入道。朕以其夙有微尚,年在迟暮,用循挂冠之事,俾遂赤松之游。五月五日,将归会稽,遂饯东路。乃命六卿庶尹大夫,供帐青门,宠行迈也。岂惟崇德尚齿,抑亦励俗劝人。无令二疏,独光汉册。乃赋诗赠行。

> 遗荣期入道,辞老竟抽簪。岂不惜贤达,其如高尚心。

> 襄中得秘要,方外散幽襟。独有青门饯,群英怅别深。①

在送行的行列里,不仅有皇太子、宰相这些高官,还有着李适之、韦坚、姚鹄、于休烈、卢象等这样一些当时文坛上的领袖式人物,还有贺知章的忘年

① 《全唐诗》,中华书局 1960 年校点本,第 31 页。

交李白等。如此众多的诗人会聚在一起,共同为送别贺知章而咏唱,这个事件本身堪称中国文坛上前无古人、后无来者的盛事。其瞩目的程度和在文坛的影响力,有似于东晋永和年间王羲之等雅士举行的兰亭诗会,而官方色彩的铺张则远非民间文会所能望其项背。鉴于贺知章本人在文坛上巨大的影响力,众多诗友对这位德高望重的诗人充满了真切的感情。送行的人中不乏像李白这样知遇者,他们纷纷赋诗以叙别情,这些诗,合编为题为《送贺秘监归会稽诗》一卷,保存下来的尚有 39 人的作品。当时的场面究竟有多大,参与的文人到底有多少,今天已不得而知。但遍览古今中国文坛,有哪一个作家回乡时曾得到过如此隆重的送行,如此高规格的礼遇?从某种意义上说,贺知章作为一个文人所得到的荣誉几乎是空前的,这与贺知章个人的人格魅力和以其为代表的吴越诗人在京城的地位和影响力是分不开的。贺知章晚年皈依道门,既为当时社会风气所染,亦与他那终生狂放的性格相吻合。

贺知章的诗情味隽永,颇有兴象。尤其值得称道的是还乡之后的作品,如《回乡偶书》二首:

少小离家老大回,乡音无改鬓毛衰。

儿童相见不相识,笑问客从何处来!

离别家乡岁月多,从来人事半销磨。

惟有门前镜湖水,春风不改旧时波。

《全唐诗》卷一一二录贺知章诗 18 题计 22 首,而且是从《旧唐书》、《国秀集》、《才调集》、《云溪友议》、《文苑英华》、《侯鲭录》等书中辑录而来。此外,还从皎然的《诗式》中辑了一联残句:“落花真好些,一醉一回颠。”以贺知章这样高龄的诗人和他当年的诗名,其创作的规模当不在他人之下,遗憾的是其诗散失良多,已难见其全貌。但从现存的这些诗中,足可以看出贺知章在诗歌创作上的杰出才华和深厚功力。《回乡偶书》二首,是贺知章的代表作,其一被孙洙选入《唐诗三百首》,排为七绝第一,而千百年来被人们广为传颂。诗人中年离乡,垂老归来,当置身于故乡熟悉而又生疏的环境之中,百感交集,世事沧桑的感觉不禁油然而生。《采莲曲》为乐府旧体,相传为梁武帝所创。在贺知章之前,用此曲者殊多,多为五言诗,其内容以对采莲女的描写和男女情思为主。贺知章在沿用这一乐府旧题时,首创了七绝体式。表现了诗人对故乡、对人生、对大自然的深切观照,与泛泛

越文学艺术论

通论 越文化

的拟古乐府有了质的区别，表现了他在盛唐七言绝句创作上的建树。

历来学术研究往往重视其诗而忽视其文。因为他的文章大多数散佚了，贺知章的文，传世的就更少了。《全唐文》卷三〇〇仅录了《上封禅仪注书》和《唐龙瑞宫记》2篇。《上封禅仪注奏》，乃公文；《唐龙瑞宫记》，已残阙不全。《四明丛书·贺秘监遗书》从方志中录了《唐故和州刺史吴郡张公无择墓铭》、《唐故朝议大夫给事中上柱国戴府君墓志铭并序》，以及五段只言片语的帖文。这些出自贺知章笔下的貌似枯燥的应用文，记录了盛唐时期的某些政治活动，其写作难度是很高的，决非一般的舞文弄墨者所能胜任。《唐文拾遗》补4篇，都是零章只句的法帖。仅从这些文章考察，还看不出其有多少成就。新近不断出土的贺知章所撰墓志①与传世的散文参证，就可以看出贺知章文章的概貌。初盛唐时一般墓志，在叙述墓志身世时，用的散文形式，而对墓主评价，则甚多骈句。贺知章所撰的墓志也不例外。但我们细加阅读，还是可以看出他在文体变革方面的努力的。他的墓志开始尝试以散句为主，自由灵活，与初盛唐时一般墓志呆板的风格有所不同。②

贺知章还是个诗书兼擅、有影响的书法家。唐代的书法与诗歌一样，至开元间呈鼎盛局面，两者的关系又极为密切，很多人集诗人、书法家于一身，贺知章即如此。《旧唐书·贺知章传》说："醉后属词，动成卷轴，文不加点，咸有可观。又善草隶书，好事者供其笺翰，每纸不过数十字，共传宝之。"唐人窦蒙《〈述书赋〉注》载贺知章："每兴酣命笔，好书大字，或三百言，或五百言，诗笔唯命。问有几纸？报十纸，纸尽语亦尽。二十纸、三十纸，纸尽语亦尽。忽有好处，与造化相争，非人工所到也。"③从这些记载可知，贺知章的书法已到达炉火纯青、出神入化的境界。《全唐诗》存录了张谓的一联残句；"稽山贺老粗知名，吴郡张颠曾不易"④，可知当时贺知章在

---

① 《唐代墓志汇编》开元二六三年《大唐故金紫光禄大夫行郴州刺史赠户部尚书上柱国河东忠公杨府君墓志铭并序》，开元三五七年《皇朝秘书丞摄御史朱公妻太原君王氏墓志并序》等，1988年4月出土《大唐故中散大夫比部郎中郑公（绩）墓志铭并序》，载王关成等《郑公墓志铭及其史料价值》，《文博》1989年第4期，第36—39页。

② 参见胡可先：《唐代越州文学试论》，《陆游与越中山水》，人民出版社2006年版，第546页。

③ 窦蒙：《〈述书赋〉注》，《全唐文》卷四四七，中华书局1983年影印本，第4472页。

④ 《全唐诗》，中华书局1960年校点本，第2202页。

书法上已与张旭相提并论。《〈述书赋〉》的作者窦臮,是盛唐时的著名书法家,他在赋中说:"湖山降祉,狂客风流。落笔精绝,芳词寡俦。如春林之绚采,实一望而写就。雍容省闼,高逸豁达,解朝服而归乡,敛霓裳而辞阙。"①他把贺知章的诗才、书艺、人品相提并论,并给予了高度评价,以见贺知章诗如其人,而书亦如其人。宋《宣和书谱》卷十八载当时御府藏有贺知章草书 12 幅,惜已失传。今绍兴市东南宛委山南的飞来石上,有唐宋以来题记30 余帧,传说为贺知章所书的《龙瑞宫记》摩崖石刻(见图 39),共 12 行,行15 字,为罕见的书法珍品。据绍兴县文物保护管理所研究人员考证,此摩

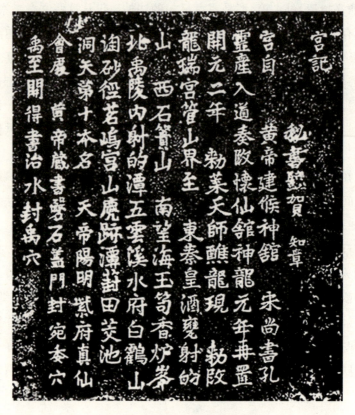

图 39 《龙瑞宫记》摩崖石刻

崖石刻确为贺知章所书,原刻至南宋嘉泰间已漫灭,今天所见,已经宋、清

---

① 《全唐文》卷四四七,中华书局 1983 年影印本,第 4472 页。

两朝好事者重刻,文中"秘书监"三字亦系后人所加。①

近代文学家刘师培对文风和地域的关系有这样的论述:"大抵北方之地土厚水深,民生其间,多尚实际。南方之地水势浩洋,民生其间,多尚虚无。民崇实际,故所著之文不外记事析理二端。民尚虚无,故所作之文或为言志抒情之体。"②南方文学多抒情之体,这是一个普遍的文学现象。在贺知章的诗歌中也呈现出鲜明的抒情性特征。贺知章出生在山清水秀的会稽,圣元年(695)登进士第,初授国子四门学士,迁太常博士。一生大部分时间在外做官,对家乡的感情是十分深厚的。天宝三年(744),上书请求还乡为道士,故作品中多透露出思乡之情。如贺知章《采莲曲》:

> 稽山云雾郁嵯峨,镜水无风也自波。
>
> 莫言春度芳菲尽,别有中流采芰荷。

稽山镜水浓缩了家乡的山水风物,诗人长年在外做官,奔波于仕途,在经历了人生的起伏和沧桑之后,诗人回到了生身的父母之乡。人生的变幻和短暂与山水的永恒形成了鲜明的对比,诗人把人生的感触倾注于"春风不改旧时波"的镜湖。贺知章的诗体现了越地文学细腻灵性的一面。其《咏柳》并不以辞采取胜,也非以境界取胜,而是以细腻的观察和想象取胜。黄周星《唐诗快》言此诗:"尖巧语,却非由雕琢而得。"所谓"尖巧"正是这种细腻化,正是江南文学在诗歌风格特征上的体现。贺知章的另一首七言歌行体诗《望人家桃李花》,语言清新秀丽,与"吴中四士"之一的张若虚的《春江花月夜》有某些相似之处:

> 山源夜雨度仙家,朝发东园桃李花。
>
> 桃花红兮李花白,照灼城隅复南陌。
>
> 南陌青楼十一重,春风桃李为谁客?
>
> 弃置千金轻不顾,脚橱五马谢相逢。
>
> 徒言南国容华晚,遂叹西家飘落远。
>
> 的缥长泰明光殿,氛氲半入披香苑。
>
> 苑中珍木元自奇,黄金作叶白银枝。
>
> 千年万年不凋落,还将桃李更相宜。

---

① 参见葛国庆:《唐贺知章龙瑞宫记摩崖考析》,《绍兴文理学院学报》2002 年第 4 期。

② 黄侃、刘师培:《中国现代学术经典》,河北教育出版社 1996 年版,第 757 页。

桃李从来露井傍,成蹊结影矜艳阳。

莫道春花不可树,会持仙实荐君土。

诗不但委婉细腻,而且音律谐美,这从一个侧面体现了贺知章作为一个著名诗人在诗歌风格和体式两方面的胜长。宇文所安认为:"在过渡时期,东南诗人可能也对盛唐风格的形成做出了贡献。"①

贺知章的出现,在唐代诗坛起着转变风气的作用,标志着"盛唐气象"的到来。在以贺知章为代表的"吴中四士"登上诗坛之前,唐代诗坛基本上为关陇和山东文人集团所主宰。吴越文人在这个阶段的崛起无疑宣告着江南文化在唐代社会的复兴。胡可先通过对洛阳偃师市南蔡庄村北出土一方《徐浚墓志》拓片文字的解读,从中发现,徐浚擅长诗歌,常与贺知章等人唱和。以贺知章为首的吴越之士,已经形成了一个文学群体。说明在开元、天宝时期,可以看出盛唐时期吴越地区人文荟萃吴越一带,诗歌鼎盛的情况。②

以贺知章为代表的"吴中四士"的出现,不是一个偶然的现象。东晋以来,南方经济逐步得到开发,经济的快速发展为文化的繁荣提供了必要的物质基础。他们名扬于京城,正是隋唐以来南方文士不断发展而渐渐崛起的结果。"吴中四士"继"初唐四杰"、陈子昂之后,进一步拓宽了诗歌的题材,创作了大量的山水诗,并推动了山水诗的进一步发展,达到了情景交融的艺术境界,为盛唐山水诗的全面繁荣作好了积极的准备。

以贺知章为代表的"吴中四士"诗歌多浪漫的抒情,并呈现出清新自然的艺术风格。这既是对齐梁文风的一种冲击,同时也成为初盛唐时期南北文风逐渐融合过程中一个重要的环节。值得注意的是,以贺知章为代表的"吴中四士"虽以文词俊秀名扬于京城,但他们并不是当时文坛的主流方向,长安依然是诗歌创作的中心。但是他们的出现,使得以京城为中心的主流文坛注入了新的气象。特别值得一提的是贺知章不同凡响的审美眼光和手眼,包括他对李白的赏识和推举,事实上标举的是一种大气包举、纵横开阖的盛唐风范,为呼唤盛唐气象、使唐诗进入全面繁荣的自由空间做出了贡献。

---

① 宇文所安:《盛唐诗》,贾晋华译,三联书店 2004 年版。
② 参见胡可先:《唐代越州文学试论》,《陆游与越中山水》,人民出版社 2006 年版,第546 页。

贺知章的诗歌创作,在唐代诗史上具有特别的价值和意义。他是继陈子昂之后,自觉地承担起诗风改革的又一人。他以诗歌创作实践,继承了陈子昂用质朴的语言入诗的优良传统,同时又注意克服了陈诗中所残留的玄言诗的习气,以现实生活中的事物入诗,境界清新,富有生活情趣。诚如贺裳所言:"吾读书至贺秘书,真若云开山出,境界一新,毋宁置张于初,列贺于盛耳!"①贺知章的诗歌的确已具备了盛唐气象的基本特点。现代唐诗研究者在论及盛唐诗歌风貌的时候,往往喜欢征引殷璠《河岳英灵集叙》的"神来、气来、情来"之说②,视为盛唐诗风形成的标志。若把"神来、气来、情来"三语作为殷璠理论的核心,并以之为贯穿盛唐气象的标志,那么神来、气来、情来确实表征了三个层面,传达了三种不同的特性,借用今日常见术语范畴,即是自然飘逸、慷慨激越、空灵蕴藉。而这些气象,在贺知章的文学创作中显然已经具备。

三、唐代浙东地域"文化场"的形成

浙东是唐代的一个行政区域,即浙江东道的简称。唐朝贞观元年(627),先分天下为十道。开元二十一年(733)又分天下为十五道,越地属于江南东道。中唐以后,江南东道之下又分设浙江西道、浙江东道两节度使。浙江东道简称浙东,下辖越、衢、婺、温、明、处、台七州,其中越州是浙江东道的治所。唐诗中的浙东,就是指钱塘江以南、浦阳江以东的大片地区。继入唐以来诗人盛行的漫游吴越之风后,在浙东这片神奇灵秀的土地上,又荟萃了一批批的著名诗人,他们不约而同地走着一条富有诗意的浙东漫游之路,后人称之为浙东"唐诗之路",中唐以后,在浙东的山水间又聚集了众多诗人,形成了唱和之风,史称"浙东唱和"。

---

① [清]贺裳:《载酒园诗话》,郭绍虞编《清诗话续编》,上海古籍出版社1983年版,第306页。

② 参见袁行霈、罗宗强主编:《中国文学史》第2卷,高等教育出版社1999年版,第196页。

（一）浙东"唐诗之路"的渊源

古越腹地浙东，自魏晋以来文风丕盛，俨然是文人雅士的一方乐土。到了唐代，浙东山水文化名重海内，前往浙东游历的诗人如过江之鲫。这个丘陵水网纵横交叉的山水胜地，留下了众多诗人的吟鞭游屐，浙东山水如神奇的磁场一样吸引着他们流连忘返。走的人多了，逐渐形成了一条承载着唐代士大夫文人诗意与精神寄托的文化之路。

从初唐开始，诗人追慕晋宋高人逸士之遗风，入越访胜络绎不绝，蔚然成风。宋之问在《宿云门寺》一诗中说："再来期春暮，当造林端穷。庶几踪谢客，开山投剡中。"①希望沿着谢灵运的足迹，到剡中游览。盛唐山水诗人孟浩然在"书剑两无成"、"风尘厌洛京"仕途失意的时候，首先想到的是"挂席东南望"②，"山水寻吴越"，"长揖谢公卿"③。李白曾四入浙江，三到剡中，二上天台④，坦然声称："此行不为鲈鱼脍，自爱名山入剡中"⑤，在《梦游天姥吟留别》中意欲"脚著谢公屐，身登青云梯"⑥；杜甫在剡中、天台流连忘返长达四年之久，说："剡溪蕴秀异，欲罢不能忘"⑦；崔颢任东阳太守时，从浙东的西路入剡，欣然唱道："鸣棹下东阳，回舟入剡乡。青山行不尽，绿水去何长！"⑧白居易在剡中写下了著名的《沃州山禅院记》，盛赞"东南山水，越为首，剡为面，沃洲、天台为眉目"；刘长卿也与剡中结下了不解之缘，其《寄灵一上人初还云门》诗云："寒霜白云里，法侣自相携。竹径通城下，松风隔水西。方同沃洲去，不作武陵迷。仿佛知心处，高峰是会稽。"我们从唐朝文人所表达的这些诗章中，可以清晰地感受到他们对浙东山水的眷爱之情。

浙东为什么能吸引众多唐代诗人纷至沓来？浙东山水到底有怎样的

① 《全唐诗》卷五十一，中华书局 1960 年版，第 622 页。
② 孟浩然：《舟中晓望》，《全唐诗》卷一六〇，中华书局 1960 年版，第 1652 页。
③ 孟浩然：《自洛之越》，《全唐诗》卷一六〇，中华书局 1960 年版，第 1652 页。
④ 参见竺岳兵：《剡溪——唐诗之路》，《唐代文学研究》第 6 辑，广西师范大学出版社 1996 年版，第 869 页。
⑤ 李白：《秋下荆门》，《李太白全集》，中华书局 1977 年版，第 1023 页。
⑥ 《李太白全集》，中华书局 1977 年版，第 705 页。
⑦ 杜甫：《壮游》，《杜诗详注》，中华书局 1979 年版，第 1438 页。
⑧ 崔颢：《舟行入剡》，《全唐诗》卷一三〇，中华书局 1960 年版，第 1330 页。

魔力令文人墨客流连忘返、梦牵魂绕？这实在缘于浙东地区深厚的文化底蕴和唐代诗人心灵深处的一份六朝情结。

唐代诗人的六朝情结，首先来自于六朝文学对浙东山水的美好印象。

浙东是中国山水诗的发源地。南北朝时期，北方战乱不断，北人大量南迁。文人士子以徜徉山水自托，回归自然成为一时之风尚。浙东独特的山水之美，开始进入了文人士大夫的审美视野，被空前地发现和欣赏。《世说新语·言语》篇载："顾长康从会稽还，人问山川之美，顾云：'千岩竞秀，万壑争流。草木蒙笼其上，若云兴霞蔚。'"①又王子敬云："从山阴道上行，山川自相映发，使人应接不暇。若秋冬之际，尤难为怀。"②当时的会稽一带是东晋文人集聚之地，王羲之的《兰亭集序》说，此地有崇山峻岭、茂林修竹，又有清流急湍，映带左右，其山水之美自不待言。《会稽郡记》云："会稽境特多名山水，峰嶂隆峻，吐纳云雾。松栝枫柏，擢干竦条；潭壑镜澈，清流灌注。"③南渡的北方世族多居于富庶而美丽的会稽一带，王羲之任会稽内史，举家居于会稽，谢安"寓居会稽"，孙绰"居于会稽"，孙统"家于会稽"。北人南迁不仅带来了先进的生产技术，也带来了欣赏江南山水文化的灵感和独特视角。他们在这里建庄营室，流连忘返。当时的剡溪，作为曹娥江的上游，北接浙东运河，南通天台、永嘉，可以贯穿整个浙东地区。宋高似孙《剡录》卷二曰："其水合山流为溪，殆如顾恺之所谓'万壑争流'者。其源有四：一自天台山北流，会于新昌，入于溪；一自婺之武义，西南流经东阳，复东流与北流之水会于南门，入于溪；其一导鄞之奉化，由沙溪西南转北，至杜潭入于溪；一自台之宁海，历三坑，西绕为三十六渡，与杜潭会，出浦口，入于溪。合四流为一，入于江。"④剡溪流经之地，即为剡中，不但有山有水，而且风光秀丽，是唐人最为向往之地。李颀在《送山阴姚丞携妓之任兼寄苏少府》诗中曾将它与会稽山相媲美："落日花边剡溪水，晴烟竹里会稽峰。"⑤可见其风景优美宜人。这种客观存在的自然山水和东晋玄言诗人的俯仰清谈，更兼谢灵运的纵情山水，激发了唐代诗人的浪漫诗情和美好

① 徐震堮校笺：《世说新语校笺》，中华书局 1999 年版，第 69 页。
② 同上书，第 71 页。
③ 《世说新语·言语》，刘孝标注引，中华书局 1999 年版，第 82 页。
④ 《剡录》，浙江省嵊县县志编纂委员办公室辑印，嵊州印刷厂 1985 年重印，第 40 页。
⑤ 竺岳兵：《唐诗之路唐诗总集》，中国文史出版社 2003 年版，第 153 页。

向往。唐人游览浙东的路线往往从渡钱塘江开始,经萧山西兴渡口,转入浙东运河,过镜湖,经曹娥江而溯流到达剡中、天台诸胜。正如李白《别储邕之剡中》诗中所叙述的:"借问剡中道,东南指越乡。舟从广陵去,水从会稽长。"①其实,越地的山,全然没有中土大山之雄壮奇险;越地的水,也没有大江大河之浩瀚壮阔。但越地的山水展示在世人面前的是表里澄澈、一片空明的美,是草木朦胧、云兴霞蔚的变幻。这里移步换景、令人应接不暇。既可以入诗、入画,又可触、可感、可亲、可近,有很强的观赏性,妙就妙在山川自然映发,可以体悟玄理,颐养身心。

谢灵运《游名山志》云:"夫衣食,人生之所资;山水,性分之所适。"②谢氏家族本来就有希企隐逸的传统,他们把老庄隐逸思想与士族意识紧密结合起来,努力去营建艺术性的别墅山庄。谢安"于土山营墅,楼馆竹林甚盛,每携中外子侄往来游集"③,谢玄的庄园"右滨长江,左傍连山,平陵修道,澄湖远镜,于江曲起楼。楼侧皆是桐梓,森耸可爱"④。谢灵运继承了父祖"选自然之神丽,尽高栖之意得"的嗜好,"修营别业,傍山带江,尽幽居之美"。⑤ 其《山居赋》介绍始宁庄园说:"若乃南北两居,水通陆阻……大小巫湖,中隔一山。然往北山,经巫湖中过","田连冈而盈畴,岭枕水而通阡,阡陌纵横,塍埒交经"。⑥ 庄园首要的目的是方便于农业生产,以提供衣食资源,保障享乐生活。作为诗人的谢灵运,同时还追求庄园建设上的艺术化,他在布局上根据天然的山水地形,加以改造利用,以求能够收纳远近景观,充分体现出文人化艺术化的园林观念。当然,谢灵运的这种追求并不是孤立的,从东晋南朝时代开始,士族文人在园林营建过程中,由实用转向审美,由粗旷转向秀美,形成了一种时代风气。东晋南朝士族文人的这种审美观念,对唐人产生了巨大影响。

唐代诗人非常羡慕魏晋名士寄情山水的这份逍遥,希望通过山水游弋来体悟印证文献中的自然风光和人生境界。唐代文人漫游浙东的主要交

---

① [清]王琦注:《李太白全集》,中华书局 1977 年版,第 725 页。
② [清]严可均辑:《全上古三代秦汉三国六朝文》,中华书局 1999 年版,第 2616 页。
③ [唐]房玄龄等:《晋书·谢安传》,中华书局 1974 年版,第 2075 页。
④ [北魏]郦道元:《水经注·浙江水注》,陈桥驿点校,浙江古籍出版社 2001 年版,第946 页。
⑤ [梁]沈约:《宋书·谢灵运传》,中华书局 1974 年版,第 1754 页。
⑥ 《宋书·谢灵运传》,中华书局 1974 年版,第 1766 页。

通干线是水路,包括以浙东运河、镜湖、曹娥江、剡溪等为主干,和周边浦阳江、富春江、瓯江等构成的浙东漫游的文化圈。这里横亘着会稽山脉、四明山脉、天台山脉和括苍山脉。山水自然映发,今人称这条充满山水风光和诗情画意的古代旅游线路为浙东"唐诗之路"。①

唐代诗人的六朝情结,其次表现为对六朝东南文化的倾心追慕。

天台山作为佛教胜地有很多传说,其中最为著名的就是《刘晨阮肇遇仙记》,其故事情节的主干是相传东汉永平年间,剡溪人刘晨、阮肇同入天台山采药,遇二女子,邀至家,逗留半年,其间环境气候草木常如春时,等到二人还乡时,发现子孙已过七世,才知是误入仙境。天台山终因刘阮遇仙故事的广传远播而声名卓著,刘阮故事则因天台山桃源烟霞的幽深奇丽而赖以印证。唐代诗人李白、孟浩然、曹唐、元稹等都前来探胜。曹唐《刘晨阮肇游天台》诗云:

> 树入天台石路新,云和草静迥无尘。
>
> 烟霞不省生前事,水木空疑梦后身。
>
> 往往鸡鸣岩下月,时时犬吠洞中春。
>
> 不知此地归何处? 须就桃源问主人。②

诗人依托刘义庆《幽明录》敷衍的神人遇合的美丽故事,表现出无限的遐想。此外还有元稹的《刘阮妻二首》诗:

> 仙洞千年一度开,等闲偷入又偷回。
>
> 桃花飞尽东风起,何处消沉去不来?
>
> 芙蓉脂肉绿云鬟,罨画楼台青黛山。
>
> 千树桃花万千药,不知何事忆人间?③

张祜《忆游天台寄道流》诗:

> 忆昨天台到赤城,几朝仙籍耳中生。
>
> 云龙出水风声过,海鹤鸣皋日色清。
>
> 石笋半山移步险,桂花当洞拂衣轻。

---

① 参见竺岳兵:《剡溪——唐诗之路》,《唐代文学研究》第 6 辑,广西师范大学出版社 1996 年版,附录,第 865 页。

② 《全唐诗》卷六四〇,中华书局 1960 年版,第 7337 页。

③ 《全唐诗》卷四二二,中华书局 1960 年版,第 4640 页。

今来尽是人间梦,刘阮茫茫何处行。①

刘阮浪漫而美丽的神奇遇合故事,使后来者不胜艳羡;刘阮传说更为越中山水披上了一层扑朔迷离的色彩。

六朝时期,越地的佛教文化一直呈欣欣向荣之势。佛教自传入中国就渐渐地本土化,并在浙东一脉盛传。晋室南迁引来了大批的社会上层人物和方外高人。天下名山僧占半,名士、隐者和方外高人都钟情于浙东的明山秀水。越地寺院林立,高僧云集。支遁长居越州,家世事佛,自幼读经,以好谈玄理闻名当时。后投迹剡山,晚移石城寺,游心禅苑。常与高人许询相互辩难,一时传为美谈。《世说新语·文学》篇载:“支道林、许掾诸人共在会稽王斋头。支为法师,许为都讲。支通一义,四坐莫不厌心。许送一难,众人莫不抃舞。但共嗟咏二家之美,不辩其理之所在。”②南朝的很多帝王热衷于佛教,大肆营造寺院佛像,南朝陈、隋僧人智顗入天台山建草庵,创天台宗,世称“天台大师”。天台宗对后来成立的佛教宗派有很大的影响。初唐诗人宋之问就打着追寻剡中“支道遗风”的旗号,来到越地,他在《湖中别鉴上人》诗中云:“愿与道林近,在意逍遥篇。自有灵佳寺,何用沃洲禅。”③

会稽云门寺本晋中书令王献之旧居,晋义熙三年(408),相传有五色祥云,安帝诏建云门寺。云门寺佛学精深,名声甚大。高僧帛道猷始居之,其后历任住持多为著名高僧,如智永、惠欣、辩才等。智永乃王羲之七世孙,世传寺中珍藏着《兰亭集序》真迹,唐太宗遣御史萧翼设计方从辩才处赚得。唐太宗曾为此寺树碑建塔,名重一时。在灵一、灵澈住持云门寺期间,文人墨客会集云门,诗歌唱和,传为佳话。唐代刘长卿《题灵一上人新泉》诗云:

东林一泉出,复与远公期。石浅寒流处,山空夜落时。

梦闲闻细响,虑澹对清漪。动静皆无意,唯应达者知。④

诗僧灵澈的《云门雪夜》诗从一个侧面反映了千年古寺的幽寂:

湖边归鹤唳寥穴,僧房中倚秦奉缺。

① 《全唐诗》卷五一一,中华书局 1960 年版,第 5828 页。
② 徐震堮校笺:《世说新语校笺》,中华书局 1999 年版,第 123—124 页。
③ 《全唐诗》卷五十三,中华书局 1960 年版,第 655 页。
④ 《全唐诗》卷一四七,中华书局 1960 年版,第 1495 页。

云生幽石何逍遥,泉去疏林几鸣咽。

天寒猛虎叫岩月,松下无人空有雪。

千年象教人不闻,烧香独为鬼神说。

诗人钱起《宿云门寺》表现了对越中禅林的眷恋:

出寺宜静夜,禅房开竹扉。支公方晤语,孤月复清辉。

一磬响丹壑,千峰明翠微。平生厌浮世,兹夕更忘归。①

天台国清寺(见图40)是佛教天台宗的发祥地,在唐代国清寺已煊赫江

图40 天台山国清寺

南,前来寻访的诗人络绎不绝。越地活跃着王维、刘长卿、宋之问、韦应物、顾况、钱起、贾岛这样耽于禅理的诗人,也出现了寒山、灵一、皎然、灵澈、拾得、湛然这样溺于诗情的僧流,而介乎两者之间的就是秦系、陆羽这些隐士。浙东素有"有寺山皆遍,无家水不通"(张籍《送朱庆余及第归越》)的美誉,在越地的著名的法华寺、云门寺、沃洲寺、兴善寺、国清寺、天台寺等地方都留下了唐代诗人追慕名刹净土、访胜参禅的足迹。

和佛教名刹一样,道教宫观多筑于风景优美之地。越地的道教也十分兴盛。镜湖之畔,会稽山中,胜处皆是。如越州的龙瑞宫,会稽山葛仙炼丹

① 《会稽掇英总集》,邹志方点校本,人民出版社2006年版,第83页。

的第十洞天。沃洲山、天姥山、若耶溪、司马悔山分别是道教的第十五、十六、十七、六十福地。在唐代道教因为上层统治者的信奉重视而特别受追捧。唐玄宗亲自为《道德经》作注,命士庶均须家藏一本。东晋以来炼丹方术理论也有重大发展,士大夫和社会名流与道教结缘者不乏其人。越州名贤,唐代著名诗人贺知章好老庄之学,其告老还乡时,皇帝特赐给鉴湖一曲,舍宅为道士庄。唐代诗人孙逖,为寻觅道教圣地龙瑞宫,特地来到越州并赋有《寻龙瑞》诗:

> 仙穴寻遗迹,轻舟爱水乡。溪流一曲尽,山路九峰长。
>
> 渔父歌金洞,江妃舞翠房。遥怜葛仙宅,真气共微茫。

李白自称谪仙人,《梦游天姥吟留别》等一大批歌咏神仙生活飘逸豪放的诗篇,折射出诗人对精神自由的不懈追求。诗歌中呈现的五光十色的神仙境界都与越中剡溪一带的洞天福地有关。

唐代诗人的六朝情结,还表现为对六朝士人生活方式的欣赏和推重。

《世说新语》、《文选》、《晋书》等典籍中对魏晋风度、名士风流和文学成就的描述与反映,深深地吸引了唐代文人士大夫。六朝玄学在江南的兴盛,并渗透到文艺领域,对士大夫精神家园产生了很大影响;魏晋名士受老庄哲学清静无为思想的影响,人生观发生了巨大的变化。他们不再热衷于政治,士大夫开始关注自身的安身立命问题。竹林名士蔑视礼法,放浪形骸,不受约束,向往自由逍遥的生活。士人心目中的“圣人”是以自然为体、与道同极,无为而无不为的人,也就是顺适人的自然本性,委弃世事与机心,“物物而不物于物”,追求一种超然玄远的生活方式的人。① 这种主流思想与老庄哲学合流,便形成了新的人生哲学,即魏晋玄学。伴随着玄学的兴起,魏晋名士纷纷寄情山水,好“清谈”,追求生命本真的意义,以转移现实社会的矛盾。魏晋名流在生活方式和言语行为上表现出一种十分特殊的学风和士风,这点我们可以从他们创作的诗歌和记录魏晋名士风流的《世说新语》等文献中得到印证。

唐代文人对六朝士人对待人生价值和回归自然、返璞归真的思想极为倾慕。刘大杰先生认为魏晋时代与其说是自然主义,不如说是浪漫主义时

---

① 参见詹福瑞:《论晋宋之际山水诗潮兴起的内因外缘》,《中国文学研究》1991 年第 4 期。

代。① 他们所表达的思想是相同的,那就是,此时代中人表现出精神上的解放与自由,感情上的细腻和热烈,生活趣味上的优雅和风流,他们像经营艺术品那样经营自己的生活,给人留下清新活泼、卓尔不群的深刻印象。以《世说新语》为代表的文献中到处弥漫着六朝人的人生诗韵:

> 嵇康与吕安善,值康不在,喜出户延之,不入,题门上作"凤"字而去。(《世说新语·简傲》)

> 山公曰:"嵇叔夜之为人也,岩岩若孤松之独立,其醉也,傀俄若玉山之将崩。"(《世说新语·容止》)

> 嵇中散临刑东市,神气不变,索琴弹之,奏广陵散,曲终曰:"袁孝尼尝请学此散,吾靳固不与,广陵散于今绝矣!"(《世说新语·雅量》)

> 王子猷居山阴。夜大雪,眠觉,开室,命酌酒,四望皎然。因起彷徨,咏左思《招隐》诗,忽忆戴安道,时戴在剡,即便夜乘小船就之。经宿方至,造门不前而返。人问其故,王曰:"吾本乘兴而行,兴尽而返,何必见戴。"(《世说新语·任诞》)

> 王子猷尝寄人空宅住,便令种竹。或问:"暂住何烦尔?"王啸咏良久,直指竹曰:"何可一日无此君。"(《世说新语·任诞》)

> 简文入华林园,顾谓左右曰,会心处不必在远,翳然林水,便自有濠濮间想也,觉鸟兽禽鱼,自来亲人。(《世说新语·言语》)

东晋士人注重性情,喜欢在山水游弋中体悟人生。追求一种旷淡的理想人格,重视在山水中陶冶性情,在自然山水中追求一种会心。东晋士人认为山水自然中隐藏着宇宙、人生的真理。《晋书·谢安传》说谢安寓居会稽期间,常与王羲之、许询、支遁等人游处,忘怀世事,"出则鱼弋山水,入则言咏属文"②。东晋名士喜爱山水、崇尚山水、亲近山水,谢灵运"尝自始宁南山伐木开径,直至临海;从者数百人。临海太守王琇惊骇,谓为山贼,徐知是灵运乃安"③,此风流之举,更使后人景仰不已。皇甫曾说:"谢客开山后,郊扉积水通。江湖千里别,衰老一尊同……"(《过刘员外长卿别墅》)道教第九洞天四明山中有一座山峰则是由灵运而得名:覆厄山,位于县南

---

① 刘大杰:《魏晋思想论》,上海古籍出版社1998年版,第78页。
② [唐]房玄龄等:《晋书》卷七十九,中华书局1974年版,第2072页。
③ [梁]沈约:《宋书·谢灵运传》,中华书局1974年版,第1775页。

端覆卮、岭南二乡与嵊县交界处，……相传谢灵运登此山饮酒赋诗，饮罢覆卮而得名。① 对于另一道教圣地天姥山，谢灵运在《登临海峤初发疆中作与从弟惠连见羊何共和之》中写道："暝投剡中宿，明登天姥岑。"唐代李白漫游浙东，便选取天姥山为目标，在做梦时也去游览，《梦游天姥吟留别》："我欲因之梦吴越，一夜飞渡镜湖月。湖月照我影，送我至剡溪。谢公宿处今尚在，渌水荡漾清猿啼。脚着谢公屐，身登青云梯。半壁见海日，空中闻天鸡。……"

庄园经济为东晋世族的生活提供了充裕的物质保障，特殊的政治地位又使他们无须特别努力就能获得既清闲俸禄又高的官职，东晋士人才有闲暇的时间和心情走向自然山水，追求精神的满足，成为真正的精神贵族。东晋文人崇尚旷淡玄远、风流神韵，于是清谈和文学成为东晋世族精英身份的象征。清谈成为士人生活中重要的组成部分。支遁"作数千言，才藻新奇，花烂映发。王遂披襟解带，流连不已"②。王羲之从容闲适，自有一往隽气③，谢安、孙绰、李充、许询、支遁等皆以文义冠世，并筑室东土，与羲之同好。魏晋"托怀玄胜，还咏老庄"的人格风度，深为唐代诗人雅士所钦羡。他们习之仿之，嵇康"目送归鸿，手挥五弦，俯仰自得，心游太玄"的精神风貌和视死如归的从安态度，陶渊明返璞归真"心远地自偏"的人格修养，说明六朝士人已经树立了自己的生活信念，过着一种具有审美理想和审美意义的生活。而他们的生存方式和文采风流，深为唐代士人所向往和追求。

综上，六朝情结是唐代诗人纷纷到浙东漫游的最直接的心理动力。对于这样一种文学文化现象，20世纪90年代，爱好唐诗的新昌学者竺岳兵提出了"唐诗之路"的概念。

所谓"唐诗之路"，是指对唐诗特色的形成，起了载体作用的，具有代表性的一条道路。根据这一定义，则这条道路由以下三个要素构成：(1)范围的确定性：在一个相对独立的地区，有大量的风望甚高而格调多样的唐代诗人游戈歌咏于此。(2)形态的多样性：诗人在这一区域旅游的表现形式丰富多样。(3)文化的继承性：这一地区的人文景观、自然景观，与唐诗有着整体性的渊源关系。三要素中的任何一

---

① 参见上虞县志编纂委员会编：《上虞县志》，浙江人民出版社1990年版，第88页。
② 徐震堮校笺：《世说新语校笺》，中华书局1999年版，第121页。
③ 参见同上。

项,都不能单独形成或构成"唐诗之路"。准上,则剡溪当是一条名副其实的"唐诗之路"。①

作为地域文化意义上的浙东"唐诗之路",自竺岳兵首倡命题后,便受到海内外唐诗研究者的热情关注和联翩反响。1994年底,在浙江新昌召开了中国唐代文学学会第七届年会,特别单列专题,就浙东山水与文学的关系作了充分而有意义的探讨。

浙东"唐诗之路"以古越人文地理为背景,以浙东的山水风光和宗教文化为特色。实际包括了浦阳江流域以东、括苍山脉以北至东海的区域,涉及的范围相当于春秋时期越国全盛时期的疆域。所以唐代诗人惯以"越"或"越中"称呼。李白《送杨山人归天台》诗曰:"涛落浙江秋,沙明浦阳月。今游方厌楚,昨梦先归越。"孟郊《赴越中山水》曰:"碧嶂几千绕,清泉万余流。"这一区域内,地势南高北低,会稽山脉、四明山脉、天台山脉呈西南东北走向形成了"川"字形"千岩竞秀,万壑争流"的态势。

浙东"唐诗之路"的主脉是一条水路,它的起点是钱塘江畔的渡口西兴,穿越浙东运河,经萧山到绍兴鉴湖,顺着浙东运河东至上虞,南入曹娥江、剡中,到天姥山、天台山。它的两翼几乎可以延伸到钱塘江以南的浙东地区。

这是一条承载着诗意和精神的历史文化之路。这条线路曾经对中国山水诗、书画艺术乃至宗教思想的发展产生了重大影响,是一方神奇的土地,这里有大禹治水的传说、句践不灭的越绝精神、王充的卓然远识、嵇康的魏晋风流、王羲之的翰墨清香和谢灵运的山水清音。白居易说:"东南山水越为首,剡为面,沃洲天姥为眉目。"无论是镜湖春色、若耶蝉声、禹穴梅梁、兰亭惠风,还是剡溪夜雪、天台梵音、石梁飞瀑、天姥云霞,旖旎的自然风光、丰厚的历史画卷和人文典实都无不深深吸引着诗人纷至沓来,流连忘返。孟浩然、李白、杜甫、白居易、刘长卿、孟郊、贾岛、杜牧、皮日休、陆龟蒙等著名诗人,都无不以浙江东之行作为人生快事。李白说:"此行不为鲈鱼脍,自爱名山入剡中"(《秋入荆门》),杜甫说:"剡溪蕴秀异,欲罢不能忘"(《壮游》),孟浩然说:"我行适之越,梦寐怀所欢"(《题云门山寄越府包户曹徐起居》)。

---

① 竺岳兵:《剡溪——唐诗之路》,《唐代文学研究》第6辑,广西师范大学出版社1996年版,附录,第865页。

唐朝诗人之所以对越中山水这般仰慕神往,很大程度上是因为他们在六朝诗文中发现了会稽永嘉山水的艺术魅力。特别是王羲之等兰亭文会和谢灵运的山水诗,都以浙东山水为背景,开创了山水文学的典范。使得天下诗人以领略体会文学诗情画意为愿景,怀着朝圣的情感,步王谢之后尘,睹晋宋之流风余韵。另外,浙东也是佛教文化本土化最初的一大重镇,高僧名流云集,逸人隐士辈出。佛家的梵宫寺院、仙家的洞天福地都是藏龙卧虎之地,天下文士才俊把浙东之旅作为安顿心灵、获取诗情的神来之地。无论是兼济天下的达者、还是独善其身的穷者,进退出处都可以从中得到精神的享受和慰藉。孟郊的《下第东南行》说:"越风东南清","越天阴易收"。入剡对于诗人来说,是一条淡化现实冲突并融入自然怀抱的退路。据《幽明录》、《太广平记》记载,浙东是刘晨、阮肇遇仙之地,刘长卿的《游四窗》诗云:"我来游其间,寄傲巾半幅。白云本无心,悠然伴幽独。对此脱尘鞅,顿忘荣与辱;长笑天地宽,仙风吹佩玉。"①唐代文人很有佛教情缘,诗人上天台大多都与宗教情结有关。诗人喜欢与僧人交往,浙东的僧人很多本身就是出色的诗人,李白《送友人寻越中山水》中说:"此中多逸兴,早晚向天台",孟浩然《舟中晓望》诗云:"问我今何去,天台访石桥",刘昭禹《冬日暮国清寺留题》:"天台山下寺,冬暮景如屏。因共真僧话,心中万虑宁",在诗歌中寻求精神上的平衡,是人类根深蒂固的天性,当然,浙东"唐诗之路"也决非唐代游子的终极的精神家园,无论是佛家的梵宫寺院、仙家的洞天福地都不是皈依宗教的终极目标。

浙东"唐诗之路"是一条诗路,更是一条文化之路,它会聚了唐代几乎最负盛名的众多诗人的诗情体验,在浙东这方土地上酝酿出浪漫的形象、想象和诗意,使之获得了极大的影响。而承载这些声名的多数诗人并非本土诗人,而是慕名前来,或云游、或过境、或宦游的客居诗人,他们在浙东山川的平台上尽情挥洒,演绎了精彩的文学人生,正唯如此,才促成了浙东诗歌的繁荣。

(二)大历"浙东唱和"

"浙东唱和"之名,首见于南宋时期修撰的《嘉泰会稽志》。《嘉泰会稽

---

① 《全唐诗》卷一五一,中华书局 1960 年版,第 1580 页。

志》卷十四："严维,字正文,为秘书郎。大历中,与郑概、裴冕、徐疑、王纲等宴其园宅,联句赋诗,世传'浙东唱和'。""浙东唱和"的作品则最早著录于北宋欧阳修、宋祁等修撰的《新唐书·艺文志》,《新唐书》卷六十《艺文志》著录了《大历年浙东联唱集》二卷。因此,"浙东唱和"也就指的是唐代大历年间发生在浙东地区(以越州为中心)的诗歌联唱活动。这次地区性的诗歌联唱活动因为有诗集流传,所以颇受后人关注。宋代初年,王尧臣等修撰的《崇文总目》卷十一总集类著录:"《浙东联唱集》二卷";成书于北宋神宗熙宁五年(1072)孔延之编就的《会稽掇英总集》收录了大量"浙东唱和"的作品;南宋初郑樵《通志·艺文略》卷七十诗总集类也著录:"《大历年浙东联唱集》二卷"。明胡震亨《唐音癸签》言及"同人唱和"中有《大历年浙东联唱集》二卷。然而,《大历年浙东联唱集》在流传的过程中亡佚严重,从宋代著录的情况看,此集在北宋时,集子完备,流传较广。南宋时开始散佚,尤袤《遂初堂书目》总集类著录:"《大历浙东联句》",不注卷数,说明《大历年浙东联唱集》在流传的过程中,已经开始出现散佚情况,卷数不清。① 晁公武《郡斋读书志》和陈振孙《直斋书录解题》是南宋很有影响力的目录学著作,均未见著录《大历年浙东联唱集》。元代《宋史·艺文志》集部总集类只著录:"《大历浙东酬唱集》一卷"②;到清人编《全唐诗》时,这本诗集已经难觅踪影,关于大历年浙东联唱的诗歌已所剩无几了③。

　　"浙东唱和"发生在安史之乱后的大历年间是有其特殊的社会文化背景的。蒋寅在《大历浙东浙西联句述论》中说:"由于安史之乱造成的特殊的政治、军事局面,大历诗人明显分为京官、地方官、方外之士三个群体。其中京官诗人与方外诗人因地理的悬隔交流联系相对较少,而地方官诗人则因台省迁转、出牧佐府,遂与京官诗人、方外诗人两方面都有交际。尤其当他们较长时间留滞于吴越一带时,便与方外诗人产生了密不可分的联系,在生活态度和创作作风上都出现趋同化倾向。"④中唐时期中原局势动荡,南方相对安定,经济的发展,给文学带来了繁荣的机运。士大夫文人乐

---

① 参见俞林波:《〈大历年浙东联唱集〉考论》,《东南大学学报》2008 年第 3 期。
② 《宋史》卷二百九集类志一六二《艺文八》,中华书局 1977 年版,第 5393 页。
③ 《全唐诗》卷七八九收录严维名下以联句为题的有《中元日鲍端公宅遇吴天师联句》、《酒语联句各分一字》、《一字至九字诗联句》等 3 首。
④ 《文学研究》1993 年第 2 辑,第 121 页。

意到吴越一带游栖、侨居、出仕,享受东南山川之美,与当地方外之士和社会名流交往形成的"趋于同化现象",成了一种新的时尚。特别是宦游浙东的一批地方官诗人和社会名流在这个过程中起着推波助澜的作用,以鲍防、严维为首的浙东仕宦名流是越地文坛的主要倡导者,他们在诗人联唱活动中起着搭建平台、招徕四方文人的作用。

鲍防(722?—790?),湖北襄阳人,与谢良弼合称"鲍谢",当时在越州做浙东观察使薛兼训幕府,是当时浙东地区很有实权的人物。鲍防本人的诗歌创作在唐代诗坛中并无多少建树,但他在客居浙东时,却与当地文人严维举办了一次次对浙东文化发展有着历史性影响的诗歌联唱活动,其影响之大,有似于东晋永和年间的兰亭雅集。而且从浙东联唱中留名的几十位诗人的占籍情况看,除了严维之外,均是旅居浙东的诗人,可见鲍防的存在对浙东文坛凝聚客居文人的巨大作用。穆员《工部尚书鲍防碑》曰:

> 天宝中天下尚文,其曰闻人则重侔有德、贵齿高位,公赋《感遇》十七章,以古之政法刺讥时病,丽而有则,属诗者宗而诵之。举进士高第,调太子正字。中州兵兴,全德违难,辞永王,去来滇,为李光弼所致。光弼上将薛兼训授专征之命于东越,辍公介之。……东越仍师旅饥馑之后,三分其人,兵盗半之。公之佐兼训也,令必公口,事必公手,兵兼于农,盗复于人。自中原多故,贤士大夫以三江五湖为家,登会稽者如鳞介之集渊薮,以公故也。①

鲍防是作为浙东观察使薛兼训从事来到越州的,据吴廷燮《唐方镇年表》卷五记载,自肃宗宝应元年(762)到代宗大历五年(770)七月,薛兼训为浙东观察使。薛兼训在越八年,作为浙东观察使从事,鲍防一直在越州。鲍防亲身经历安史之乱,并且跟从薛兼训参与了主将李光弼平乱活动。他精明练达,佐治有方,深得薛兼训的信任,与薛兼训的关系非同寻常。薛为浙东观察使,他为僚佐;薛兼训迁太原尹、河东节度使,他为太原少尹;薛兼训卒,他继任。据赵振华考证②,连《唐薛兼训墓志》也出自鲍防手笔,可见两人关系之密切。鲍防不但佐治有方,对诗文亦颇感兴趣,在文坛有号召力,以其特殊的身份最终成为大历中浙东文学集团的核心人物。其创作活

---

① [宋]李昉:《文苑英华》卷八九六,中华书局1966年版,第4720页。
② 参见赵振华:《唐薛兼训残志考索》,《唐研究》第9卷,北京大学出版社2003年版,第477—490页。

动,也主要集中于浙东任上,从穆员的碑文看,以他为中心的文学集团也形成于此。浙东为鲍防为首的文学集团和鲍防自身的文学创作提供了驰骋才华的舞台。因此,胡可先认为,探究鲍防安史之乱前后的经历,尤其是政治与文学活动,对于研究安史之乱促使文学转型及越州区域文学具有一定的意义。因为在鲍防的仕宦生涯中除了越州,就不再产生这样的文学集团。由此可知,安史之乱后,影响唐代文学发展的重要因素,地理环境更为重要。如果对以鲍防、薛兼训为中心的文学活动进行深入的个案研究与动态考察,会更有助于我们了解大历年间浙东唱和的地域文化背景。①

浙东文人集团的创作成果主要收集于《大历浙东联唱集》中,可惜此书已佚。当代学者经过考证,还是勾勒出浙东联唱的基本规模和存世作品。

邹志方认为大历年间的"浙东唱和"的形式有三种。② 第一种形式是联句,《全唐诗》卷七八九鲍防名下存 3 首③,《全唐诗外编·全唐诗续补遗》卷五存《经兰亭故池联句》1 首。《会稽掇英总集》卷十四存 10 首④,联句诗共计 14 首。第二种形式是同一题目的唱酬。《全唐诗》卷三〇七存同题《状江南》计 12 首⑤,《全唐诗》卷三〇七存同题《忆长安》12 首⑥,所咏为越州风物,亦属"浙东唱和",合计 24 首。"浙东唱和"的第三种形式是同一

---

① 参见胡可先:《唐代越州文学试论》,《陆游与越中山水》,人民出版社 2006 年版,第551 页。

② 参见邹志方:《"浙东唱和"考索》,《绍兴师专学报》1991 年第 4 期。

③ 即《中元日鲍端公宅遇吴天师联句》、《酒语联句各分一字》、《一字至九字诗联句》。

④ 即《松花坛茶宴联句》、《寻法华寺西溪联句》、《云门寺小溪茶宴怀院中诸公》、《征镜湖故事》、《自云门还泛若耶溪入镜湖寄院中诸公》、《秋日宴严长史宅》、《严氏园林》、《柏梁体状云门山物》、《花严寺松潭》、《登法华寺最高顶忆院中诸公》10 首,联唱的地点均在浙东境内的会稽县和山阴县。

⑤ 即鲍防《状江南·孟春》、谢良辅《状江南·仲春》、严维《状江南·季春》、贾弇《状江南·孟夏》、樊珣《状江南·仲夏》、范灯《状江南·季夏》、郑概《状江南·孟秋》、沈仲昌《状江南·仲秋》、刘蕃《状江南·季秋》、谢良辅《状江南·孟冬》、吕渭《状江南·仲冬》、丘丹《状江南·季冬》,计 12 首。

⑥ 即谢良辅《忆长安·正月》、鲍防《忆长安·二月》、杜奕《忆长安·三月》、丘丹《忆长安·四月》、严维〈忆长安·五月》、郑概《忆长安·六月》、陈允初《忆长安·七月》、吕渭《忆长安·八月》、范灯《忆长安·九月》、樊珣《忆长安·十月》、刘蕃《忆长安·十一月》、谢良辅《忆长安·十二月》12 首。

体裁的唱酬。《会稽掇英总集》卷十五收录的鲍防等诗人的 11 首偈语诗。①在这 11 首偈语前,鲍防有一总题《云门寺济公上方偈》的短序:"己酉岁,仆忝尚书郎,司浙南之武。时府中无事,墨客自台省而下者凡十有一人,会云门济公之上方。以偈者赞之流也,姑取于佛事云。"显然也属于"浙东唱和"。三种类型共计 49 首诗。在"浙东唱和"的 17 次联句、唱酬活动中,参加者 197 人次,有名可稽者 41 人。②

根据胡可先统计"浙东唱和"诗,《唐诗纪事》卷四十七在谢良辅等人名下收唱和诗 24 首、联句 1 首;《会稽掇英总集》卷十四收联句 12 首,卷十五收偈一组 11 首;《全唐诗》卷七八九据宋刻唐人别集收联句 3 首。除去重复,共存唱和诗 24 首、联句 14 首、偈 11 首③,总量也是 49 首。

关于参加的人数,根据南宋桑世昌《兰亭考》辑录一首《经兰亭故池联句》的注文:"鲍防、严维、刘全白、朱迪共三十五人,具姓名。大历中唱〔和〕五十七人。元本不注姓名于联句下。"最多的时候是 57 人。贾晋华据此推论:"鲍防等人《经兰亭故池联句》及多至五十七人之联唱,应作于广德元年至大历五年鲍防任浙东从事时,这种大规模联唱的盛况,正与当时江南文士'登会稽者如鳞介之集渊薮'的情况合。《大历年浙东联唱集》二卷,当即鲍联唱集团的作品总集。"并考定说:"《大历年浙东联唱集》的作者共有五十七人,可确考者有鲍防、严维、刘全白、朱迪、吕渭、谢良辅、丘丹、陈允初、郑概、杜奕、范憕、樊珣、刘蕃、贾弇、沈仲昌、李清、范淹、吴筠、□迥、成用、张叔政、周颂,共二十二人;可能参加者有皇甫曾、张河、神邕、卢士式、裴冕、徐嶷、王纳、秦系、朱放、张志和、灵澈、清江、陆羽、李华舅,共十四人"④,

---

① 即鲍防《护戒刀偈》、李聿《茗侣偈》、杜奕《芭蕉偈》、阙名《山啄木偈》、阙名《澡瓶偈》、郑概《山石榴偈》、杜倚《漉水囊偈》、袁邕《藤偈》、崔泌《蔷薇偈》、阙名《斑竹杖偈》、任遴《题天章寺偈》。

② 郑概19、严维18、陈允初15、吕渭14、鲍防12、周颂7、贾弇7、谢良辅6、张叔政6、杜奕6、成用6、谢良弼5、裴冕5、李清4、刘蕃4、丘丹4、沈仲昌4、袁邕4、李聿4、崔泌4、杜倚4、樊珣3、萧幼和3、庾媵3、吴筠3、刘企白2、秦瑀2、范灯2、范淹1、□迥1、朱迪1、章八元1、贾肃1、徐疑1、张著1、范绛1、王纲1、贾全1、段格1、刘题1、任遴1。据邹志方:《"浙东唱和"考索(续)》,《绍兴师专学报》1992 年第 1 期。

③ 参见胡可先:《唐代越州文学试论》,《陆游与越中山水》,人民出版社 2006 年版,第 548 页。

④ 贾晋华:《大历年浙东联唱集考述》,《文学遗产增刊》第 18 辑,山西人民出版社 1989 年版,第 99—107 页。

两者相加有名可稽的唱和者为 36 人。由于年久失考,关于"浙东唱和"人数有不同的说法①,限于文献的残缺,已很难一一印证了。

从现存诗歌的内容看,"浙东唱和"主持者或者说核心人物当推鲍防和严维。

鲍防的文学成就与作为这一集团的中心人物,表现在他任职浙东时。当时士大夫文人因为鲍防雅好诗文而纷至沓来,在越州唱和赋诗,联句次韵,一时蔚为风气,《大历年浙东联唱集》就是这一集团联句赋诗盛况的见证。《大历年浙东联唱集》反映出安史之乱后越州文坛的盛况。

胡可先通过考察浙东联唱,认为安史之乱后的越州文学有以下两个特点:

其一,文学群体的包融性。鲍防既是越州的地方官员又是文学集团的领袖人物,在他的组织与倡导下,各种不同类型的士人聚集在一起,形成了声势浩大的联唱活动。他们之中有官僚,如吕渭、裴冕、皇甫曾;有文士,如严维、刘全白、陈允初;有隐士,如丘丹、秦系、朱放、张志和;有僧人,如灵澈、清江。之所以有这样包融性的特征,主要是安史之乱后社会变化的结果。因为无论是幕府官吏,还是普通文人,或是僧人道侣,他们在较为安定的环境下,时常聚集。《宋高僧传》卷十七《唐越州焦山大历寺神邕传》称:"倏遇禄山兵乱,东归江湖。……旋居故乡法华寺,殿中侍御史皇甫曾、大理评事张何、金吾卫长史严维、兵曹吕渭、诸暨长丘丹、校书陈允初赋诗往复,卢士式为之序引,以继支、许之游,为邑中故事。"这表现出当时文士聚集的盛况。有了这样适于诗歌创作的环境,联句自然就繁盛了。

其二,使府文学的区域性。就诗人而言,安史之乱前,诗人主要在京城,文学中心也在京城,文人要实现自己的志向,或者要在诗坛上取得重要的地位,就必须入京,故而像王维、李白、杜甫、孟浩然、岑参、高适等等,都有入京的经历。真正的方外之士,因为志趣的不同与地缘的隔阂,虽然也颇致力于文学创作,但终究难以得到官方的认可,也不易产生较大的社会影响。安史之乱后,随着中央集权的旁落,经济文化的南移,方镇使府的崛起,区域化的政权中心也就不断出现。而方镇崛起后的文化发展情况,南

① 蒋寅:《大历浙东浙西联句述论》:"今按姚宽《西溪丛话》云:'大历中朱迪、吴渭、吴筠、章八元等三十七人经兰亭故地联句',与桑世昌说稍异,疑桑书五十七为三十七人之误。"(《文学研究》1992 年第 2 辑,第 121—139 页)

北有所不同。北方因为是安禄山、史思明的发迹地,受祸乱影响最大,藩镇首领又以武人较多,他们不可能有很大的兴趣也没有能力在文化方面有很大推进,而只有通过武力争取或控制自己的地盘,因而带有割据的性质。南方则不同,这些方镇是在州郡的基础上发展起来的,仍然带有州郡的特点,加以经济文化持续发展,文人受重视的程度与北方藩镇大有不同。这时的方镇首领大多由京官莅任,他们在南方地区,既致力于经济的繁荣,又致力于文化的振兴。和京官相比,他们有了接触方外之士之机会,故而能将京官文化、方镇文化与方外文化融为一体。这种特点在南方的方镇都不同程度地表现出来,而以越州为中心的浙东方镇最有代表性。①

大历以浙东文人为中心的联句唱和,影响极为深远。

环境于浙东文人集团的形成和创作有极大影响。白居易《沃洲山禅院记》说:"东南山水,越为首,剡为面,沃洲、天姥为眉目。"从自然环境的角度看,越州山水向来以秀美著称于世,《世说新语·言语》载顾恺之从会稽还,人问山川之美,顾云:"千岩竞秀,万壑争流,草木蒙笼其上,若云兴霞蔚。"顾野王《舆地志》则载:"山阴南湖赏带郊郭,若镜若图,故王逸少〔羲之〕云:'山阴路上行,如在镜中游。'"②这里有镜湖、剡溪、若耶溪等湖泊河网;有会稽、秦望、石帆、宛委等越中名山;禹庙、云门、法华等著名寺院。浙东联唱的诗题法华寺、云门寺、镜湖、若耶溪、五云溪等,本身就是越中山水胜处,它们为浙东文人的诗歌创作活动提供了十分优雅的自然环境。

越中山水又富有文化底蕴,有说不尽的文化典章、风雅韵事。兰亭文会、谢公东山,葛仙炼丹、太史禹穴,历历可数。皎然《兰亭古石桥柱赞序》:"山阴有古卧石一枚,即晋永和中兰亭废桥柱也。大历八年春,大理少卿卢公幼平诏祭会稽山,携至居士陆羽,因而得之。生好古者,与吾同志,故赞云。"对兰亭遗物的欣赏正好说明唐人对六朝士人的仰慕之情。姚宽《西溪丛语》卷上:"后大历中,朱迪、吕谓〔渭〕、吴筠、章八元等三十七人,经兰亭故池联句,有'赏是文辞会,欢同癸丑年'之句,必有此事也。"浙东联唱《经兰亭故池联句》今存,首云:"曲水邀欢处,遗芳尚宛然",可见浙东诗会远绍兰亭宴集的余绪。《征镜湖故事》联句,津津乐道于葛洪、郑弘、秦皇、大禹、

---

① 参见胡可先:《唐代越州文学试论》,《陆游与越中山水》,人民出版社 2006 年版,第 550 页。

② 〔宋〕吴曾:《能改斋漫录》卷八引,上海古籍出版社 1979 年版。

梅福、王羲之、王献之、谢安、王徽之等故事，可见越中历史文脉化对文人联吟的巨大影响。

浙东文人集团的形成，与鲍防、严维的倡导和中心地位有极大关系。

鲍防是这个团体的领袖人物。《旧唐书·鲍防传》："善属文，天宝末举进士，为浙东观察使薛兼训从事。"薛兼训宝应元年(762)至大历五年(770)为浙东观察使，鲍防为其从事即在此期间。时中原地区战乱未息，江浙一带相对安定，没有大的兵乱。穆员《鲍防碑》云："自中原多故，贤士大夫以三江五湖为家，登会稽者如鳞介之集渊薮，以公故也。"①鲍防不但长于吏治，作为浙东观察使薛兼训之从事，掌握着浙东的行政权，其名望地位十分重要。而且鲍防是个儒雅之士，喜欢结纳文友，文学之士趋集于越就不足为奇了。李华《送十三舅适越序》："舅氏曰：'吾交侍御鲍君，夫玉待琢者也。知我者鲍君，成我者鲍君，是以适越，求琢于鲍。'"②皇甫冉《送陆鸿渐赴越诗序》："尚书郎鲍侯，知子爱子者，将推食解衣以拯其极，讲德游艺以凌其深，岂徒尝镜水之鱼、宿耶溪之月而已！"③上述二序充分说明鲍防的名望地位对文士的感召力。由这样一位好文的地方官主盟诗坛，自然造成一个时期诗歌创作的繁荣景象。刘长卿为睦州司马，有《上巳日越中与鲍侍郎泛舟耶溪》诗；隐居剡溪的诗人秦系，也有《鲍防员外见寻因书情呈赠》；朱长文亦有《送李司直归浙东幕兼寄鲍行军》。严维《余姚祗役奉简鲍参军》云："歌诗盛赋文星动，箫管新亭晦日游。"可见当时文场之盛。

严维是越州人，在越州的地方名士，交游颇广。刘长卿、李嘉祐、秦系、包佶、皇甫冉、丘为、朱放、灵一等，皆与严维有交往。其著名诗句"柳塘春水漫，花坞夕阳迟"，就是酬赠刘长卿的。章八元、灵澈，则从严维学诗。浙东联唱有几首联句，就是以严维为中心进行的。《嘉泰会稽志》卷十四说严维"大历中与郑概、裴晃、徐疑、王纲等宴其园宅，联句赋诗，世传浙东唱和"，又卷十三云："严长史园林颇名于唐，大历中有联句者六人。"严维官职虽不高，却是一方名流的代表，这种人物对于地方性的文人团体来说是不可或缺的。

浙东文人联唱之作，艺术上崇尚文采，追求意境，推崇一种超然高蹈、远离世俗的悠闲情绪，追求诗境的闲适宁静、淡泊平和的田园情趣，这是浙

---

① [宋]李昉《文苑英华》卷八九六，中华书局1966年版，第4720页。
② 《全唐文》卷三一五，中华书局1983年影印本，第3200页。
③ 《全唐诗》卷二五〇，中华书局1960年校点本，第2812页。

东诗人诗歌酬唱的共同倾向。他们游赏风景、品茶赋诗,表现为一种无忧无虑、陶然忘世的闲适心情。浙东联唱《经兰亭故池联句》:"野兴攀藤坐,幽情枕石眠";《松花坛茶宴联句》:"焚香忘世虑,啜茗长幽情";《严氏园林》:"自愧薄沾冠冕,何如乐在丘园。"浙东诗人钟情于山水文会,陶醉于闲适优美的情景之中,而忘怀世情得失。元和间白居易批评"诗道崩坏",说谢灵运"多溺于山水",批评齐梁诗为"嘲风雪,弄花草"①,自然也包含着对大历年间浙东诗风的排斥。大历诗人占得青山白云、春风芳草以为己有,留连光景;接交僧侣,广结禅缘,诗歌意境优美而充满机趣。

浙东联唱之前,唐人联句、唱和之作甚少。李白、杜甫有过联句。浙东诗会使联句、唱和之风大兴。后继踵武者,据研究有李益、广宣、杜羔的红楼联句;韩愈与孟郊,与李正封与张籍、张彻等的联句;裴度、白居易、刘禹锡、韦行式等的联句;段成式、张希复、郑符游长安诸寺的联句;皮日休在苏州与陆龟蒙的联句。② 不过后来的联句不像浙东联句那样具有较大的规模。唱和也一样,大历前有王维、裴迪的《辋川集》,《新唐书·艺文志四》于《大历浙东联唱集》后,著录各种唱和集就有 18 种之多。如唐次等《盛山唱和集》,裴均、杨凭《荆潭唱和集》。元稹观察浙东时,正值李德裕为浙西观察使,白居易为杭州刺史,李谅为苏州刺史,诸人唱酬颇多,故于长庆四年结集为《杭越唱和诗集》、《三州唱和集》。③ 大和元年,将元稹与白居易二人唱酬诗结集为《元白唱酬集》④,大和二年,又编成《因继集》⑤。大和三年,将与李德裕、刘禹锡等唱和诗作,结集为《吴越唱和集》。⑥ "以文会友,

---

① 白居易:《与元九书》,《白居易集》卷四十五,中华书局 1979 年版,第 966 页。

② 参见尹占华:《大历浙东和湖州文人集团的形成和诗歌创作》,《文学遗产》2000 年第 4 期。

③ 《新唐书》卷六〇《艺文志》:"《三州唱和集》一卷。元稹、白居易、崔玄亮。"《宋史》卷二〇九《艺文志》:"元稹、白居易、李谅《杭越寄和诗集》一卷。"

④ 白居易:《和微之诗二十三首》序:"况曩者《唱酬》,近来《因继》,已十六卷,凡千余首矣。"(《白居易集》,中华书局 1979 年版,第 1465 页)

⑤ 白居易:《因继集重序》:"今年,予复以近诗五十首寄去。微之不逾月,依韵尽和,合一百首,又寄来,题为《因继集》卷之二。……〔大和〕二年十月十五日,乐天重序。"(《白居易集》,中华书局 1979 年版,第 1432 页)

⑥ 〔宋〕胡仔:《苕溪渔隐丛话》前集卷三十八引宋蔡启《蔡宽夫诗话》:"〔李〕文饶在京口,时乐天正在苏州,元微之在越州,刘禹锡在和州,元、刘与文饶唱和往来甚多,谓之《吴越唱和集》。"

缘情放言","同其声气,则有唱和"①,元稹在越州期间,使得文人唱和之风
再趋繁盛。一方面与这些官僚兼文士的中心人物倡导有关,另一方面也与
中唐以后科举制度逐渐完善,吸引更多的文人走科举求仕的道路有关。士
子为了取得更多的机会,必然广交文友,以诗会友的唱和活动能切磋诗艺,
提高声誉和影响。因此,在唐诗发展演变过程中,浙东诗歌联唱的作用是
显而易见的。

在越地诗歌发展过程中,无论是"唐诗之路"还是"浙东唱和",有两点
特别值得一提。一是六朝以来累积起来的浙东人文地理之"文化场"所起
的作用是不可忽视的;二是过境诗人和本土诗人共同促进了浙东诗歌发展
的历史,从地域文学的角度研究,也不失为一个很典型的范例。

四、唐宋书画艺术的发展

(一)唐宋书家对"二王"书法艺术的推进

唐宋书家对"二王"书法艺术的推进,集中地表现在两个方面。一是变
家族性、地域性的衣钵传承为跨地域的、社会化的弘扬广大。入唐以后,
"二王"书法的传播与接受不再限于地域,伴随着上层统治集团的推崇推
介,迅速一跃成为书坛的主流文化。二是围绕着"二王"书法在唐宋两代的
接受,实际上演绎了中国书家对不同时代风格特色和艺术精神的孜孜不倦
的追求,即后人所谓的"晋韵"、"唐法"和"宋意"的嬗变。

以王羲之、王献之为代表的"二王"书法,一圣一仙,其风格分别代表了
中国书法的两大系统。"二王"书风,首先在王氏家族子弟中得到继承。书
法艺术昭示着当时世家大族的家学与家风,为了保持本家族在书法领域的
领先地位,在家族文化上保持优势,书法成为家传世学,秘不示人的家族
性、地域性的衣钵传承模式是书法学习的主要形式。在这种书法家族嫡传
的环境下,直接受泽于"二王"书风的自然是王氏族人和与之交好的书法世
家,即使在东晋之后的南北朝也是如此。东晋中期,王羲之的书名始盛,朝

① [唐]权德舆:《唐使君盛山唱和集序》,《全唐文》卷四九〇,中华书局1983年影印
本。

野人士纷纷效法王羲之书法。东晋后期及至南朝,随着书风"今妍"之势的不断发展,王献之的书风便后来居上,甚至超过了王羲之的影响力。在《万岁通天帖》中,我们发现南朝王氏子弟的行、草书,一派"妍媚""逸气",这正是东晋后期王献之书风的延续。宋、齐时最著名的书家入羊欣(献之甥)、丘道护、薄绍之、孔琳之、王僧虔等,俱学王献之,这种风气直到梁武帝时才开始反拨。总之,历时 170 余年的南朝主流书风堪称为"二王"时代——由王献之书风转向王羲之书风的时代。南北朝后期随着南北文化交流的推进,以"二王"体系为主体的南朝书风播及北朝并占据主导地位。这不但反映在士大夫阶层的好尚上,也反映在当时的碑刻、墓志等石刻文书上。公元 554 年,西魏攻陷梁都江陵(今湖北荆沙),王氏后裔、梁朝书家王褒与一大批江南文士入关,以"二王"书风为主流的南朝书法传入北方。随着北周统一北方,士人纷纷效慕王褒书法①,"二王"书风又成为主流。南朝距王氏父子辞世未久,书迹易寻,追摹者对于"二王"书法的笔势和神韵比较容易把握,所以面目也较接近"二王"。然而得其神韵者,均出于王氏一门,如王僧虔、王褒、智永等。特别是王羲之七世孙隋僧智永"远祖逸少,历纪专精,摄斋升堂,真草惟命,夷途良骖,大海安流,微尚有道之风,半得右军之肉,兼能诸体,于草最优"②。智永书风开启了以"二王"为宗、楷法规整的唐代书法,成为书史上"二王"之后、唐之前承前启后的人物。

入唐以后,以"二王"书法为标志的"晋韵",在唐代被解读得淋漓尽致。美学研究者认为:"中国独有的美术书法——这书法也是中国绘画艺术的灵魂——是从晋人的风韵中产生的。"③初唐由于太宗崇尚右军,天下士子,莫不相效,以致"二王"书风一时蔚为大观。唐太宗李世民亲为《晋书·王羲之传》所作的传论:"书契之兴,肇乎中古,绳文鸟迹,不足可观。末代去朴归华,舒笺点翰,争相夸尚,竞其工拙。伯英临池之妙,无复余踪;师宜悬帐之奇,罕有遗迹。逮乎钟王以降,略可言焉。"有唐一代书论家,无不秉承

---

① 《北史·赵文深传》:"及平江陵之后,王褒入关,贵游等翕然并学褒书,文深之书,遂被遐弃。文深惭恨,形于言色。后知好尚难反,亦攻习褒书,然竟无所成,转被讥议,谓之学步邯郸焉。"(《北史》卷八十二,中华书局 1974 年版,第 2751 页)

② 张怀瓘:《书断》,《历代书法论文选》,上海书画出版社 1979 年版,第 198 页。

③ 宗白华:《论〈世说新语〉和晋人的美》,《美学散步》,上海人民出版社 1981 年版,第 213 页。

太宗此论,力赞王书,如李嗣真《书后品》云:

> 右军正体如阴阳四时,寒暑调畅,岩廊宏敞,簪据肃穆。其声鸣也,则铿锵金石;其芬郁也,则氤氲兰房;其难征也,则缥缈而已仙;其可魏也,则昭彰而在目。可谓书之圣也。①

李嗣真直接把王羲之推至无以复加的崇高地位——"书之圣"。梁武帝之推崇王羲之,可以理解为一种崇尚"晋韵"的美学立场,而书法造诣颇高的唐太宗之盛赞王羲之,除了个人偏爱"晋韵"而生的激情外,更多的则是基于治国平天下的立场。王羲之书法文质彬彬,不偏不倚,气韵生动,极具儒家追求的中和之美。在唐太宗看来王羲之是正统中的楷模、典范和圣者,大有"尽善尽美"的境界。这一推举对书法史产生的影响是深刻而久远的,"圣者"、"正统"、"正脉",在中国文化中自古有崇高的地位。有唐一代,在太宗的影响下,高宗、武则天、玄宗都认真学习王羲之书法,他们热衷于收集、传布;今藏辽宁博物馆的唐摹《万岁通天帖》,包括王羲之、王献之在内的王氏一门书翰,便是由王氏传人王方庆进呈武则天,并摹榻传留于今的。帝王的大力提倡和身体力行,使王羲之"书圣"的形象根深蒂固、深入人心。唐代帝王对王羲之书法创造的"尽善尽美"境界的推崇,还直接促成了怀仁集王羲之书《圣教序》的完成。在唐代,王书摹榻本很精,但数量毕竟稀少,一般人要学习王书,范本难求,真迹都被皇室、贵族所垄断。怀仁集24年之功,于公元672年刻成《怀仁集王羲之圣教序》(见图41),"逸少剧迹咸萃其中",而且"纤微克肖",这无异于一本王羲之书法的字典。《圣教序》刊石后,拓本易得,对王羲之书法传播起到了推波助澜的作用,学王书也蔚然成风。20世纪初期,从敦煌石室发现的唐人遗书中,就有《兰亭序》的抄本。另外,就考古的发现来看,唐代行书碑志里,绝大多数是取法王羲之书,特别是以《圣教序》里的王字为学习的对象。正如清人王澍所说:"《兰亭》、《圣教》,行书之宗,千百年来十重铁围,无有一人能打破者。"②

南唐李煜《评书》在总结唐人"善法书者"时认为他们"各得右军之一体",或得王羲之书法之一枝一脉,且都存在着不够"尽善尽美"地方:

---

① 李嗣真:《书后品》,《历代书法论文选》,上海书画出版社1979年版,第133页。
② 王澍:《竹云题跋·行书第七》,丛书集成初编本,中华书局1983年版。

图41　怀仁集王羲之圣教序

　　若虞世南得其美韵而失其俊迈，欧阳询得其力而失其温秀，褚遂良得其意而失其变化，薛稷得其清而失于拘窘，颜真卿得其筋而失于粗鲁，柳公权得其骨而失于生犷，徐浩得其肉而失于俗，李邕得其气而失于体格，张旭得其法而失于狂，献之俱得而失于惊急，无蕴藉态度。①李煜列举的书家，都是唐代一流王书的高手。但在李煜眼里，终其数家都不能与王羲之相提并论，望其项背，此说之偏激之处，正说明"唐法"刻意之处。

　　唐时"二王"书法风靡天下，有唐一代，"二王"书法完全融入到主流文化之中，受"二王"书风影响的名家遍布朝野，杰出者如虞世南、欧阳询、褚遂良、孙过庭、李邕、张旭与颜真卿等。摹写《兰亭序》的书家众多，传世者有欧阳询的"定武本"、冯承素的"神龙本"、虞世南的"天历本"（见图42）、褚遂良的"黄绢本"和敦煌石室旧藏唐人钞本等。甚至远播域外，日本平安时代"三迹"之一的空海便有酷似王羲之的《风信帖》传世。

　　在李唐王朝建都北方的同时，不少在越地成长起来的文人士大夫，因

────────────

　　①　李煜：《书述》，《历代书法论文选》，上海书画出版社1979年版，第299页。

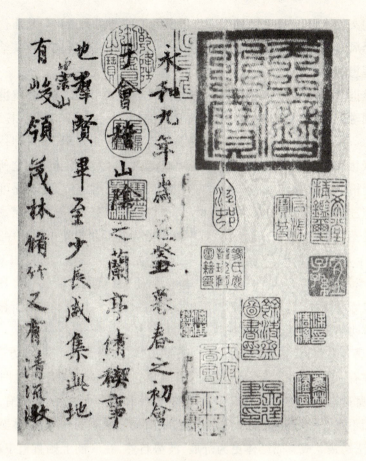

图 42　虞世南的"天历本"

为仕进纷纷北上,他们凭借深厚的本土文化渊源在北方大显身手,一举成名。虞世南和褚遂良就是以"二王"书法扬名于朝的佼佼者,是太宗时代最杰出的书法家。虞世南(558—638),字伯施,越州余姚人,官至秘书监永兴公,世称"虞永兴"。是王羲之七世孙智永禅师的嫡传弟子,直承"二王"家风,其书温文尔雅、含而不露,正体现了"君子藏器"的儒家风范,符合太宗的文治理想,因而深得太宗的赏识。褚遂良(596—658 或 659),字登善,杭州人,官至右仆射河南公,世称"褚河南"。初习北派书法,后改学王羲之书法,书风出北碑而入"二王",开启了初唐楷书妍媚遒丽、瘦硬劲拔的新风尚。

虞世南和褚遂良的先后成名,既有属于地域才性方面的因素,也有唐代政治与社会风气的深刻背景。从地域才性方面看,他们秉承了六朝越地深厚的文化传统,在书法方面表现出很深的地域渊源和造诣。从唐代政治与社会风气的方面看,虞世南和褚遂良的人品和书风与唐代初年统治者的文治理想是相一致的。

虞世南得智永大师的嫡传,自然是深得王羲之书法之精髓,虞世南的书风圆融遒逸,外柔内刚,风神萧散,自成一格。近人党晴梵《论书绝句》称:"永兴师法永禅师,一代宗风俨在兹。墨本换得银印佩,令人神往庙堂碑。"换银印佩即指虞世南呈《孔子庙堂碑》墨本时,太宗赐予王羲之所佩右将军会稽内史黄银印一事。虞世南在初唐书坛上的地位,也于此可见一斑。褚遂良的书法学王羲之和虞世南,深得逸少三昧,并自成一家。对褚遂良学王之成就,历来评价极高,其中以米芾为甚:"褚模兰亭宴集序,虽临王帖,全是褚法,其状若岩岩奇峰之峻,英英浓秀之华,翩翩自得,如飞举之仙。"①米芾对"二王"笔法有深刻的理解,而他"慕褚而学最久",自然对其中的奥妙心领神会。从中也不难看出,褚书在传统艺术的基础上所显示出来的鲜明的个性特征和艺术成就。

《唐人书评》说褚书:"字里金生,行间玉润,法则温雅,美丽多方。"②其代表作有《孟法师碑》、《雁塔圣教序》和临摹的神武本《兰亭序》(见图43)。《孟法师碑》用笔方劲古拙,其中撇尾、右钩挑和撇脚参以隶法,流有隶意,但含而不露。《雁塔圣教序》把虞世南、欧阳询笔法融为一体,字体圆润瘦劲,笔法娴熟老成。而结体更为舒展,波势自然,在气韵上则直追王羲之,但用笔结字,圆润瘦硬之处,全为"褚法",《雁塔圣教序》碑是褚书中杰作。褚遂良在书写此碑时已进入了老年,他的技法日臻纯熟自成体系,创造了形似纤瘦,实则劲挺饱满的字体。张怀瓘《书断》说:"褚遂良善书,真书甚得媚趣,若美人婵娟,似不任乎罗绮,增华绰约,甚有余态,欧虞谢之。"③虽是楷书,却含有行草书的畅达飘逸和灵动之势。清代秦文锦评曰:"褚登善书,貌如罗琦婵娟,神态铜柯铁干。此碑尤婉媚遒逸,波拂如游丝。万文韶〔刻者〕能将转折微妙处一一传出,摩勒之精,为有唐各碑之冠。"这些都体现了丽而有则的美学风范。

唐初几位楷书大家如虞世南、欧阳询、褚遂良等,都是直接继承"二王"

① 米芾:《续书评》,引自马宗霍《书林藻鉴》卷八,文物出版社1984年版,第84页。
② 《唐人书评》,引自马宗霍《书林藻鉴》卷八,文物出版社1984年版,第86页。
③ 张怀瓘:《书断》,《历代书法论文选》,上海书画出版社1979年版,第197页。

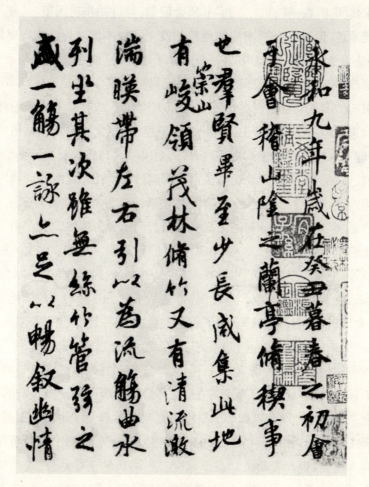

图43 褚遂良摹本

笔法取法六朝的。唐玄宗时代也恪守"二王"成法,有意取法《兰亭序》,初看惟妙惟肖,若合一契,然而仔细体会,风格韵味和精神气息却有所不同,其书法"结构丰丽,绝无山野气,自有龙姿凤彩"(清吴有贞《书画论》)。唐代的时代风气毕竟已不同于六朝,书法以"二王"为宗,不可能一成不变。所以盛唐以后虽则依然崇尚"晋韵",但因时代风气不同却孕育出法度谨严、结构丰硕的颜楷和浪漫奔放的狂草,呈现为典型的盛唐气象。初唐清逸俊朗的"二王"书风至此而丕变,"自颜而下,终晚唐无晋韵矣"①。

① 杨慎:《墨池琐录》,引自《明清书法论文选》,上海书店出版社 1994 年版,第 84 页。

宋代同唐代一样,以"二王"书风为依归,并进一步巩固了"二王"书法的正统地位,但对"二王"书法的理解却发生了根本的变化。同样是以"二王"书法为资源,宋人却走出了一条迥异于唐人的"尚意"之路,与晋、唐书法相辉映,宋代书法"尚意"的特点是显而易见的。

宋初的帝王非常重视文化复兴,宋太宗推崇"二王",下旨命翰林侍书王著编选内府所藏历代帝王、名臣、名家墨迹成《淳化阁帖》,该帖虽博取诸家,归趣实以"二王"为主。书界趋时,久而成习,"与之言羲、献,则怡然;与之言悦、湛〔崔悦、卢湛皆北朝书法家〕,则惘然"①。《淳化阁帖》共计十卷,其中第六至第八卷为王羲之书,第九卷和第十卷为王献之书,"二王"父子书帖占了一半。可见《淳化阁帖》的刊行,起到了大力传播"二王"书法的效果。正是宋代帖学才使"二王"书风广泛流行,真正沉积到广大文人的层面上,从根本上奠定了"二王"书法在中国书法史上的经典地位。宋太宗喜欢的是潇洒优游的魏晋风范,《淳化阁帖》荟萃了"二王"影响下的历代书法名家,如卷四《历代名臣法帖》和卷五《诸家古法帖》中,有唐代书家褚遂良、虞世南、欧阳询、柳公权、李邕、陆柬之、薄绍之、张旭、怀素等名家。《淳化阁帖》中所收的褚、虞、欧、李、陆诸家作品,均比较明显地倾向于流美爽利,颇具晋人风度。《淳化阁帖》所倡导的,正是沿袭初唐以来崇尚晋韵的书风,以恢复二王书法道统为旨归。如果说唐太宗之独尊大王是出于偏爱,宋太宗之崇王则源自对书法正宗的弘扬,《阁帖》的刊刻,表面上是对历代书迹的保存和复制,但真实动机却在于标榜二王书风的正统地位,进而树立宋太宗在政治继承上的正统性。在皇权的直接干预下导致这一宋代文化配套工程,最终却无意间成为中国书法艺术史上的经典之作。但对于古代法书尤其是"二王"书法的保存和传播而言却意义重大。唐宋两朝太宗对待古代法书分别以摹榻和刻帖这两种技术来进行复制,在影印技术尚未发明的中古时代,不仅具有书法史的意义,而且具有科学技术史的意义。宋代第一次为"二王"书法艺术的普及提供了可能,并从根本上树立了"二王"书风在书法史上的经典地位。"二王"书风得以绵延至今,正是依赖于《阁帖》的普及。所以赵孟頫《阁帖跋》云:"书法之不丧,此帖之泽也。"以"二王"为宗的帖学自宋发端,《淳化阁帖》也博得了"法帖之祖"①的美誉。

---

① 刘熙载:《艺概》,《历代书法论文选》,上海书画出版社 1979 年版,第 697 页。

尽管宋代同唐代一样以"二王"书风为依归,并进一步巩固了"二王"书法的正统地位,但对其理解却发生了根本的变化。随着印刷术的普遍使用,楷书的实用价值便大打折扣。唐以前以流布久远为目的的楷书石刻随之让位于书札尺牍,更多地注入书家个人文化心理内容的题记、笔札流行,行草书不断受到重视。宋代这种"尚意"书风,也为"二王"书风进一步向个性化演变提供了表现的空间。"晋尚韵,唐尚法,宋尚意,元、明尚态"①,苏轼、黄庭坚、米芾等人对"二王"书法的理解、学习采取了非常个人化的方式,使书家寻绎各自心中的"二王"笔法,构筑风格的多样性成为可能。宋人笔法的多样化,便源自于这种对"二王"笔法理解的个性化。黄庭坚学王羲之《兰亭序》,学到其宽绰而有余,以及风姿绰约的笔意。米芾有极强的临摹能力,并以"集古字"为能。在 31 岁时米芾"专学晋人,其书大进",寻访魏晋法帖,先后得到王献之的《中秋帖》、王羲之《快雪时晴帖》和《王略帖》等,他在追求平淡天成的"晋人格"的同时,"八面出锋",表现出一种"锋势郁勃挥霍,浓淡如云烟,变怪多态"②的意趣,已与蕴藉天然的"二王"笔法显著不同,完全是其浪漫个性的真实写照。必须承认,苏、黄、米等北宋书家的"尚意"是成功的,他们不囿成法,使"二王"笔法得到了充分个性化的发展。

(二)宋代越地院体山水画的新发展

唐代越地的画家不如书家著名,缺乏一流的作手和自成一体的气候。中唐以后江南的水墨山水松石画派主要是由三吴地区与天台山地区的画家构成。三吴即吴兴(湖州)、吴郡(苏州)的环太湖一带及山阴(绍兴、会稽)地区,此间活跃着一大批水墨画家。除了吴兴的朱审、释宗偃,吴郡的张璪、顾况外,山阴会稽一带有张志和、释道芬和孙位,天台一带的画家最重要者当属项氏一门,包括项容和他孙辈的项信、项洙等,以及项容的学生王墨。特别是孙位的出现,使越地画坛表现出个性化的转机。

孙位,一名遇,自号会稽山人,擅长人物画和山水壁画。他上承魏晋神韵,擅长表现绘画超逸风神气度,被誉为"逸格第一人"③。他的作品,据

---

① 梁巘:《评书帖》,《历代书法论文选》,上海书画出版社 1979 年版,第 575 页。

② [宋]米芾:《书史》,跋王羲之《伏想清和帖》。

③ [宋]黄休复:《益州名画录》,四川人民出版社 1982 年版。

《宣和画谱》载,共有 26 件,现存只有残卷《高逸图》(见图 44)。这是一幅为历代所珍视的彩色绢本人物画,经今人鉴定,画中所画的四逸,是晋代"竹林七子"中的山涛、王戎、刘伶和阮籍。画中在共同反映这四人傲啸山

图 44 《高逸图》局部

林的气质的同时,又以不同的穿戴和神态,生动地展现了越地文人各自不同的性格特征。唐末黄巢之乱,他入蜀客居,常出入山林寺院,与僧道隐逸之士为伍,在四川的应天寺、昭觉寺等处有他的笔墨。如龙水、墨竹、松石和天王像等壁画。宋代黄休复《益州名画录》说他"性情疏野,襟抱超然",所画"两寺天王部众,人鬼相杂,矛戟鼓纵横,驰突交加,戛击欲有声响。鹰犬之类,皆三五笔而成。弓弦斧柄之属,并掇而描,如绳而正矣"。① 孙位的后半生从地缘上虽然移居四川,成为蜀中绘画大师级人物,但其人物、山水画的风格始终带着魏晋时期越地文人任性放达、随物赋形的神逸之气,深深地烙上了越文化的印痕。他的画兼具严谨精致和超逸粗放两种风格,其中严谨的作风为北宋李公麟和元代的赵孟頫等人所继承,粗放的画风为五代的贯休所吸收。越地的绘画经五代吴越王钱镠之后,进入了一个准备期。钱镠本人工书能画,十分钟爱文学艺术,并且有意识地招徕南下的文人才士。吸引了中原一大批画家到杭州定居。在他周围,形成了南北画家荟萃、称盛一时的小气候,为南宋院体画在杭州的发展打下了良好的基础。

---

① [宋]黄休复:《益州名画录》,四川人民出版社 1982 年版。

靖康之变后,中原沦陷,南宋在杭州营建了南宋小朝廷。原本生活在北方的画家包括皇家画院的宫廷画师,也不得不南渡避难。他们中有的逃往四川,更多的则来到了杭州。杭州也因此成了画家云集的绘画基地。南宋统治者为了使偏安的政局得以巩固,对南渡而来的文人予以优厚的待遇。南宋皇朝汇集了北宋宣和画院的画家,同时又招收了当地的新生,于绍兴年间成立了绍兴画院,后改称南宋画院。

南宋画院中的画家,大多是从中原南下的,但他们或定居江南,或终老杭州,与江南的山山水水结下了不解之缘。异乡风物、人事感慨触发了艺术家的创作灵感,西湖山水成了画家们取材的对象。他们经常以十景为题创作山水画。其中画院待诏陈清波的西湖景色画最为著名,根据《绘事备考》记载,他曾经画过苏堤春晓、三潭印月、断桥残雪等风景,而另一位画院待诏马远常画西湖景色,也有以两峰插云、平湖秋月、柳浪闻莺为题的山水画。马远的儿子、画院祗候马麟也曾画绢本"断桥残雪"、"曲院风荷"等《西湖十景》。以江南山水为素材的南宋院体山水画的出现,使中国的山水画进入了一个全新时期。而代表院体山水最高成就的,则是刘松年、夏珪、马远和李唐。他们四人,历来被称为南宋掩盖一切的"四大家",尤其是马、夏,地位更高,史称"马夏山水",为明代"浙画派"的先祖。

五、宋代越地文化家族和陆游的文化魅力

(一)以明州鄞县史氏和越州山阴陆氏为代表的文化家族

从魏晋开始,越地出现了许多文化家族,如王羲之、王献之为代表的王氏家族,谢安、谢灵运为代表的谢氏家族,以贺循、贺场为代表的贺氏家族,以孔愉、孔稚珪为代表的孔氏家族,以虞世南、虞世基为代表的虞氏家族等,越地文化家族史不绝书,六朝时期形成了文化家族的第一个密集期。这些文化家族,积几代人的文化素养,培养出了出类拔萃的文化名家。不但使本家族声名鹊起,也为地域文化氛围的形成增添了许多亮眼之处。入宋以后,由于社会安定,尚文之风的普遍,越地家族文化迅速崛起,进入了越地文化家族兴盛的第二个密集期。著名的有吴越钱氏家族(钱惟演、钱昆、钱易),山阴陆氏家族(陆轸、陆佃、陆宰、陆游),明州鄞县史氏家族(史

浩、史涓、史弥远、史弥巩、史弥宁、史嵩之），衢州赵氏家族（赵湘、赵抃、赵扬），富阳谢氏家族（谢涛、谢绛、谢景初、谢景温），金华杜氏家族（杜旟、杜游、杜斿、杜旞、杜旆），金华俞氏家族（俞紫芝、俞澹），龙泉孙氏家族（孙逢吉、孙逢年、孙逢辰），平阳林氏家族（林景怡、林景熙）等。宋代的文化家族不同于六朝文化家族的地方是，宋代的文化家族一般家门比较清寒，他们往往以科举进士起家，通过科举走上仕途，或在政坛上有所建树，或在文坛上声名卓著。这些家族往往具有良好的家风和教育传统，家族中形成浓厚的文化气氛和读书意识，爱书藏书之风浓厚，即便显达，也秉持耕读传家的传统。在这方面，以史浩代表的明州鄞县史氏家族和陆游为代表的越州山阴陆氏家族最为典型。

1. 明州鄞县史氏家族

明州鄞县史氏家族以进士起家，终为南宋望族，史氏家族在南宋政坛上具有非凡的影响力，一门中出了史浩、史弥远、史嵩之三位丞相，南宋鄞县史氏家族不仅在政治上影响巨大，而且治学严谨，在文学上也颇有建树。涌现了史浩、史涓、史弥巩、史弥宁等文学名人。其中，最杰出的代表是开拓了史氏"一门三宰相，四世二封王"的辉煌基业和颇有文学造诣的著名词人史浩。

史浩（1106—1194），字直翁，绍兴十五年进士（见图45）。史浩从小好读书，由于父亲过早去世，作为长子他承担了生活中的种种磨难。39岁金榜题名后步入仕途。他向高宗建议立太子，以此受知于朝廷，成为孝宗朝重臣。隆兴、淳熙间，两入为相，绍兴三十二年孝宗即位，史浩任参知政事，隆兴元年（1163）拜尚书右仆射。他首先辩赵鼎、李光无罪，又为岳飞等平反。史浩为政几十年，先后引荐过许多有用之才，其中包括张浚、王十朋、朱熹、杨简、陆游、叶适等数十人。史浩政治上位极人臣，治学也很严谨，著述甚富，有《鄮峰真隐漫录》、《鄮峰真隐大曲》、《尚书讲义》、《周官讲义》、《论语口义》、《童丱须知》、《会稽先贤祠传赞》等。文学上颇有佳绩，是南宋初年一位著名词人。他的词作，大多数为寿词、劝酒词和官场应酬之作，反映了南宋词坛风气，属于"宫廷专事应制的供奉词人群"①。南渡后社会相对承平，由于宗室南移，建都临安，两浙成为京畿之地，"六朝以上人，不

---

① 刘扬忠:《唐宋词流派史》,福建人民出版社 1999 年版,第 388 页。

闻西湖好"的历史被彻底地改写了。西湖这个京城的销金窟一跃成为宋词中一道最集中最亮丽的风景。词坛、乐坛一方面"复雅"声高,掀起持续雅化的潮流;另一方面,以娱乐为主的节序风俗与士大夫社会的日常生活开始渗透到词的创作中来,于是,大量应歌词、应社词、酒词、茶词、节序词、寿词的出现,赋予了词很多社交的功能。词叙说的是酒楼歌榭佐欢之乐,表达的是世俗情怀。史浩的词反映了仕宦生涯中燕饮侑觞和社交应制的普遍风气。如史浩的《教池回·竞渡》:

图45 史浩

> 云淡天低,疏雨乍霁,桃溪嫩绿蒙茸。珠帘映画毂,金勒耀花骢。绕湖上、罗衣隘香风。擘波双引蛟龙。寻奇处,高标锦段,各骋英雄。
>
> 缥缈初登彩舫,箫鼓沸,群仙玉佩丁东。夕阳中、拼一饮千锺。看看见、璧月穿林杪,十洲三岛春容。醉归去,双旌摇曳,夹路金笼。

又《渔家傲·留别孙表材》:

> 春恨不禁听杜宇。买舟忽觅东鄞路。一笑轻帆同野渡。频回顾。吴山夜岫俱眉妩。 何事匆匆分袂去。夫君小隐临烟渚。明夜月华来竹坞。相思处。还应梦属清江橹。

又《满庭芳·游湖》:

> 和靖重湖,知章一曲,浙江左右为邻。绣幰彩舰,只许日寻春。正好厌厌夜饮,都寂静、没个游人。夫何故,欢阑兴阻,只为隔城闉。
>
> 堪嘉,唯甬水,回环雉堞,中峙三神。更楼台缭岸,花柳迷津。不惜频添画烛,更深看、舞上华裀。拼沈醉,从他咿喔,金距报凌晨。

又《满庭芳·劝乡老众宾酒》:

> 十载江湖,一朝簪组,宠荣曷称衰容。圣恩不许,归卧旧庐中。慨念东山伴侣,烟霞外、久阔仙踪。今何幸,相逢故里,谈笑一尊同。

吾州，真幸会，湖边贺监，海上黄公。胜渭川遗老，绛县仙翁。纵饮何辞烂醉，脸霞转、一笑生红。从今后，婆娑化国，千岁乐皇风。

史浩的词以其特殊的身份、地位，在南宋初年的词坛上，反映着词的社会文化风气和功能。因为无论是"词体本身的雅与俗，在构成和维持唐宋整体的社会文化中，都各自发挥着作用，不管其功能有高下之分，其价值有大小之别，对生活都是有效的。……由这一社会文化形态孕育而成的形而下的实用功能，则又是唐宋词体的生命力得以生生不息的源泉"①。尽管功能不尽相同，但都具备有效的艺术价值。

特别值得一提的是他在《鄮峰真隐漫录》中保留了他创作的大曲的歌辞。共有《采莲》、《采莲舞》、《太清舞》、《柘枝舞》、《花舞》、《剑舞》和《渔父舞》等七套。每一套又各有段落，还有段落的名称和细节。如《采莲》：

采莲（延遍·寿乡词）

霞霄上，有寿乡广袤无际。东极沧海，缥缈虚无，蓬莱弱水。风生屋浪，鼓楫扬舲，不许凡人得至。甚幽邃。　　试右望金枢外。西母楼阁，玉阙瑶池。万顷琉璃。双成偕巧，方朔诙谐。来往徜徉，霓裳飘摇宝砌。更希奇。

采莲（摇捱遍）

南邻幄丹宫，赤伏显符记。朱陵曜绮绣，箕翼炯、瑞光腾起。每岁秋分老人见，表皇家、袭庆迎祺。　　天子当膺，无疆万岁。北窥玄冥，魁杓拥佳气。长拱极、终古无移。论南北东西。相直何啻千万里。信难计。

采莲（入破）

璇穹层云上覆，光景如梭逝。惟此过隙缓征辔。垂象森列昭回。碧落卓然躔度，炳曜更腾辉。　　永永清光晔炜。绵四野、金璧为地。蕊珠馆，琼玖室，俱高峙。千种奇葩，松椿可比。暗香幽馥，岁岁长春，阳乌何曾西委。

采莲（衮遍）

遍此境，人乐康，袪难老术，悟长生理。尽阿僧祇劫，赤松王令安期。彭篯盛矣。尚为婴稚。鹤算龟龄，绛老休夸甲子。　　鲐背耇、

① 沈松勤：《唐宋词社会文化学研究》绪论，浙江大学出版社 2004 年版，第 7 页。

黄发垂髫。更童颜，长鼓腹、同游戏。真是华胥。行有歌，坐有乐，献笑都是神仙，时见群翁启齿。

采莲（实催）

露华霞液，云浆椒醑，恣玉斝金罍。交酬成雅会。拼沈醉。中山千日，未为长久，今此陶陶一饮，动经万祀。　　陈果瓌，皆是奇异。似瓜如斗尽备。三千岁。一熟珍味。钉坐中，莹似玉、爽口流涎，三偷不枉，西真指议。

采莲（衮）

有珍馔，时时馈。滑甘丰腻。紫芝荧煌，嫩菊秀媚。贮玛瑙琥珀精器。延年益寿莫拟。人间烹饪徒费。　　休说龙肝凤髓。动妙乐、仙音鼎沸。玉箫清，瑶瑟美。龙笛脆。杂还飞鸾，花裀上、趁拍红牙，余韵修扬，竟海变桑田未止。

采莲（歇拍）

其间有洞天侣，思游尘世。珠葆摇曳。华表真人，清江使者，相从密议。此老邀嬉。我辈应须随侍。　　正举步、忽思同类。十八公、方耸擢，宜邀致。凤驾星言，人争图绘。竭来鄞山甬水。因此崇成，四明里第。

采莲（煞衮）

吾皇喜。光宠无贰。玉带金鱼荣贵。或者疑之。岂识圣明，曾主斯乡，尝相与尽缱绻，胶漆何可相离。　　今日风云合契。此实天意。吾皇圣寿无极，享晏桼千载相逢，我翁亦昌炽。永作升平上瑞。

大曲多联章而咏，史浩的词保存了许多不易见到的宋代大曲的歌词，是研究唐宋以来舞曲的极为可贵的史料。吴梅跋《鄮峰真隐大曲》说宋时大曲："如六一、东坡，往往仅作勾放乐语而不制歌词；郑仅、董颖之徒，则又止有歌词，而无乐语，二者鲜有兼备焉。《鄮峰大曲》二卷，有歌词，有乐语，且诸曲之下，各载歌演之状，尤为欧、苏、郑、董诸子所未及，宋人大曲之详，无有过于此者矣。"[①]史浩所作大曲适足代表时风。它不同于唐大曲重乐、舞，近于"曲"的表演形式，明显表现出"歌辞"向"文词"的转化趋势。有研究认为，史浩七套大曲在"曲"向"词"渐变之时，叙事性渐为主位，虽未入于

"代言体"之戏剧,作为"大曲"之"曲"的嬗变,却是歌舞"声容"之"曲"向叙事"代言"之"曲"转化的表现,从表演艺术言,可谓转移;从叙事文学言,可谓发展。① 其价值是不言而喻的。史浩晚年还创"四明尊老会",与魏杞、汪大猷他们咏诗品茗,写下大量诗作。又和地方上学者和亲故建"月湖诗社",以吟咏为乐。

史氏家族文脉不断,自史浩之弟史涓以来,出了不少文学人士,后人辑有《史氏世宝集》。如弥字辈的史弥巩(1170—1249),字南叔,号独善,宁宗嘉定十年(1217)进士,有《独善先生文集》,可惜已佚。史弥宁,生卒年不详,约宋宁宗庆元末前后在世。《四库总目》说他著有《友林诗稿》二卷,今存《友林乙稿》一卷。

2.越州山阴陆氏家族

山阴陆氏家族历史悠久,在历史上出了许多有名望的人物。《放翁家训》说陆氏家族在唐官为辅相者有6人之多,所谓"文武忠孝,史不绝书"。唐末政局动荡,陆氏为避五代之乱,从吴郡迁徙到嘉兴、钱塘。吴越国时,再迁到山阴隐居。从此,陆氏家族在山阴鲁墟遵循祖训,以耕读传家。直到北宋祥符年间,陆氏家族才与时俱兴,陆游高祖陆轸以进士起家,而后,家族中登进士者达16人②,文才儒学应有尽有,为官有声望者更不计其数。陆氏在山阴称得上是诗书簪缨之族,也是科举入仕人数较多的仕宦家族之一。陆游祖辈中,如曾祖陆珪为国子博士,祖父陆佃、叔祖陆傅均是神宗朝进士,伯祖陆佖官至中大夫,均有政绩;陆游父辈中,叔伯陆长民是神宗朝进士,伯父陆宦官至朝散大夫,是个书法家,伯父陆寅官至中散大夫赠少师,叔父陆宷(元珍)官至右朝散大夫并有治业取予的才略;陆游同辈兄弟中也不乏出类拔萃的人才,从兄陆升之、陆光之是高宗朝进士,从弟陆承之是孝宗朝进士,从兄陆沆、陆沇、陆洸均为朝奉大夫,胞兄陆淞官至左朝请大夫,雅好文学,词采斐然。陆游的子侄辈中,长子陆子虡曾参与修撰《会稽志》,能诗,有《淮西小稿》,今佚。幼子陆子聿善诗能文,早慧,陆游说他十岁能吟病起诗。在溧阳任上,撰有《溧阳县题名记》和《渭南文集跋》。总

① 参见赵晓岚:《论史浩〈鄮峰真隐大曲〉及唐宋宫廷大曲之别》,《文学遗产》1999年第5期。

② 据冯丽君《谈宋代山阴陆氏家族对陆游的影响》一文所列简表,载《绍兴文理学院学报》2003年第3期。

之,陆氏家族中可表可书、值得称道的人物是很多的,影响较大的除陆游而外莫过于陆轸、陆佃和陆宰。

陆游高祖陆轸(979—1055),字齐卿,是个颇有传奇色彩的人物。相传年幼时默默不能言,七岁时忽然开口朗然作诗,语出惊人:"昔年曾住海三山,日月宫中屡往还。无事引他天女笑,谪来为吏在人间。"从此才思迸发,一发而不可收。宋真宗大中祥符五年(1012)登进士,曾为越州知州,也以吏部郎中直昭文馆知严州,为官多施惠政,清廉有声望,官至礼部郎中。后因孙子陆佃功绩卓著,朝廷追赠他为太子太傅。陆轸一生性情宽厚、正直坦荡,仁宗皇帝为此特赐玉砚表彰他的清白。他笃信道教,精通阴阳堪舆之术。看到会稽吼山一带山水绝佳,便有意识地在那儿建了住宅,经常往来于鲁墟与吼山之间。他写了《修心鉴》一书,教育子孙如何为学为人。他十分信奉道学,热衷于修炼道教辟谷炼丹之术,功力深厚。爱喝酒,酒醉之后,将花插在帽上,怡然自乐,懂医摄生,晚年自号朝隐子。陆游这位以进士起家的高祖,《宋史》无传,但在陆游心目中却有着崇高的地位,陆游的《家世旧闻》①中对高祖的德行有许多记载,景慕之情溢于言表,以至于后来陆游的立身行事常常带有乃祖的风格。陆轸为官清廉自洁,两袖清风,终身未置余产。喜欢读书买书,把有限的俸禄都购置典籍留与子孙,为子孙作出了榜样。另外,陆轸身上学道修身自适的作风对陆游的影响也是明显的。

陆游曾祖陆珪(1020—1073)是陆轸的次子,陆珪生前为国子博士。后因其子陆佃功绩,朝廷追赠他为太尉。陆珪同时代人苏颂在《苏魏文公文集》卷五十九有一篇《国子博士陆君墓志铭》说他"有才气,好学尚义",为人刚正,治政以聪察为先。陆珪有四个儿子,以次子陆佃、三子陆傅名声为著,时人把他们兄弟俩比为"二陆",即西晋时的大才子陆机、陆云兄弟。值得一提的是陆游的叔祖陆傅,官至礼部尚书,和陆游一样,也是一位有名气的高产诗人。

陆游祖父陆佃(1043—1104),字农师,号陶山,神宗熙宁三年(1070)进士,官至尚书左丞,卒后追赠太师楚国公,《宋史》有传。陆佃秉承祖上清廉自守的家风,从小刻苦好学,寒暑不辍。年幼时家里清贫,没有油灯,就映

---

① 孔凡礼点校:《唐宋史料笔记丛刊》本,中华书局1993年版。

着月光读书。青年时代的陆佃景慕"王学",就不远千里跑到金陵,拜王安石为师,学习经学。后来,由于陆佃对王安石推举的新政持有不同意见,又不肯盲目依附,因而得罪了王安石,王安石便不再和他谈论时政。因此,在经学上,他们是师徒,在政见上,陆佃与身为宰相和主考官的王安石是对立的,以至于后来被奸臣划为元祐党籍(以苏轼为代表的旧党,王安石新政的反对派)。哲宗即位后,任用司马光为相,把以前参与王安石变法的官员全部摒除。王安石一旦失势,许多人便望风而变色,甚至不惜倒戈相背。陆佃则处之如素,不离不弃,终生执弟子礼甚恭。王安石死后,陆佃还特地到王安石的神像前哭祭,颂恩师为"真儒",在修撰《神宗实录》时,数次与史官范祖禹、黄庭坚争辩,客观评价了王安石的历史贡献。士大夫纷纷称赞陆佃人品高尚,敬佩他的操持,这种不背于本真的做法最为后人所推重。陆佃历任神宗、哲宗、徽宗三朝仕宦,是个耿直尽职、不亢不卑的朝臣,更是个持论宽恕、博学多才的学者。他爱好读书藏书,一生著书242卷,参与了《神宗实录》、《哲宗实录》的修撰,在经学、文学、礼仪、名数方面造诣精深。著有《埤雅》、《尔雅新义》、《礼象》、《春秋后传》等著作,《陶山集》是他的诗文集,流传下来的诗歌有二百多首,其中以七言近体诗最有特色,这方面陆游可谓得其真传,并有出蓝之胜。陆游对祖父陆佃的道德文章是极其敬佩的,他甚至把祖父比作儒学创始人孔子和儒学大师董仲舒。陆佃在经学、文学方面的卓越成就深深地激励着子孙后代见贤思齐,自此,经学和文学也就成为陆氏代代相传的家学。陆游的《家世旧闻》中涉及祖父的材料有五十多则,非常形象生动地记录了陆佃一生的思想、德行、操守、学问、见识等,询可补《宋史》本传之不足。

陆游父亲陆宰(1088—1148),字元钧,号千岩,通经学,是一位信守"王学"、为人正直、坚持气节的人,又是宋代著名的藏书家。陆游的《家世旧闻》有三十几处记到父亲陆宰,为我们了解陆宰其人及其思想作风提供了不可多得的资料。陆宰是个学识丰富的人。他博闻强识,能诗善文,还特别爱好藏书。陆家典藏书籍上万卷,与当时藏书大家石公弼、诸葛行仁齐名,被誉为浙中三大藏书家。父亲在隐居山阴时花大力气修筑了双清堂、小隐山,用来收藏图书。家里藏书最多时上万卷。北宋末,朝廷下诏鼓励民间献书,陆宰一下子就呈献图书13000多卷,是宋代私家向朝廷献书最多的,因此受到朝廷的表彰。

陆游为自己出身于这样一个书香门第而感到自豪,自称"七世相传一束书"①。陆宰的藏书对子孙的学业影响是很大的。受家庭环境熏陶,陆游从小即养成爱书的习惯,和其父一样也酷爱读书藏书,自嘲为"书痴"、"书颠",说"客来不怕笑书痴"。② "不是爱书即欲死,任从人笑作书颠。""老死爱书心不厌,来生恐堕蠹鱼中。"③陆游如此如痴如狂地嗜书,后来卓然成家,成为著名的诗人学者、远近闻名的藏书家也是情理之中的事。陆游爱书,自称:"平生喜藏书,拱璧未为宝"④,"有酒一尊聊自适,藏书万卷未为贫"⑤,他对生活清贫并不在意,却把丰富的藏书看做是家族兴盛的基业。陆游中年入蜀,广泛收集蜀中善本,淳熙五年(1178)奉诏东归时不带长物,尽载蜀书以归。在陆游的影响下,幼子陆子遹继承父祖之业,也成为南宋闻名的藏书家。陆氏祖孙三世的藏书在中国藏书史上是有一定影响的。

山阴陆氏的文学建树是有目共睹的。陆游曾这样描述过自己的家世:"孝悌行于家,仁义修于身,独有古遗法,世世守之,不以显晦也。宋兴,历三朝数十年,秀杰之士毕出。太傅始以进士起家,楚公继之,陆氏衣冠之盛,寝复如晋唐时,往往各以所长见于世。"⑥他们以耕读为乐,诗书传家,积淀了深厚的文学修养。高祖陆轸有诗才,7岁就能朗然开口吟诗,以进士起家,授著作郎直集贤院,后以吏部郎中集贤院校理身份出任越州知州。与著名诗人宋祁有文字之交,《全宋诗》卷二一三辑有宋祁《送越州陆学士》云:"梅天霞破候旗干,乡树依然越绝间。挟策当年逢掖去,怀章此日绣衣还。亭余内史流觞水,路入仙人取箭山。牛酒盛夸先墅宴,不妨春诏得亲班。"可见陆游高祖陆轸诗文风雅之致,著《修心鉴》,以养生修心之道传于子孙,有高士之风,开启了诗书传家的家风。陆游的祖父陆佃从小刻苦好学,拜王安石为师,以优异的文才登进士第,有史才,曾修撰《神宗实录》,著书242卷,有《埤雅》、《礼象》、《春秋后传》等行世,尚有《尔雅新义》(佚)。

① 陆游:《园庐》,钱仲联《剑南诗稿校注》卷六十一,上海古籍出版社1985年版,第3499页。
② 陆游:《读书》,《剑南诗稿校注》卷十四,上海古籍出版社1985年版,第1118页。
③ 陆游:《寒夜读书》,《剑南诗稿校注》卷十九,上海古籍出版社1985年版,第1490页。
④ 陆游:《冬夜读书》,《剑南诗稿校注》卷十五,上海古籍出版社1985年版,第1212页。
⑤ 陆游:《遣兴》,《剑南诗稿校注》卷四十三,上海古籍出版社1985年版,第2693页。
⑥ 陆游:《右朝散大夫陆公墓志铭》,《渭南文集》卷三十二,中国书店1986年版,第198页。

陆佃的《埤雅》(见图46)是一部宋代名物训诂方面的专著,对兴宋代之雅学有积极意义。诗文集原有《陶山集》20卷,后散佚,清乾隆四十一年

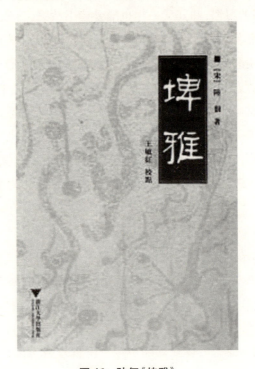

图46 陆佃《埤雅》

(1776)翰林院修撰陈初哲以《永乐大典》一书所载,集为16卷。收诗224首,文191篇,包括札子、议、表、策问、制、序、书、启、墓志铭等,可谓诸体皆备。擅长七言近体诗,有诗名。《瀛奎律髓》说"胡宿与佃诗格相似",后人认为陆游的七言近体诗有乃祖家学渊薮。① 陆佃的文章也是大手笔,如《除中书舍人谢丞相荆公启》、《祭丞相荆公文》、《江宁府到任祭丞相荆公墓文》②等谢启、祭文均感情真挚,文笔精微,粲然可读。陆游的叔祖陆傅文章与其兄陆佃齐名。陆傅还是一位高产的诗人,陆游说他日课一诗,有《东山文集》、《翰苑清议》,可惜都没有传下来。陆游父辈中,五叔陆宰(元珍)有文才。父亲陆宰是一个学者,藏书家,一生坚守王学,通经学,有《春秋后传补遗》1卷,《宋史·艺文志》著录。陆宰还曾整理父亲陆佃的著作,陆游在

① 参见[清]陈初哲:《陶山集》序,武英殿聚珍版。
② [宋]陆佃:《陶山集》卷十三,武英殿聚珍版。

他的诗中对此有记述:"楚公著书数百编,少师手校世世传。"①陆宰也是一位诗人,陆游《家世旧闻》记录了陆宰诗歌方面的造诣,可惜多散佚,没有诗集行世,从流传的《云门小隐》诗看,也以律诗见长,技法相当纯熟。陆游兄弟辈中,长兄陆淞雅好文学,词采斐然,体近骚雅,深受时人赞誉。当然,山阴陆氏家族是因为陆游的崛起而名声大噪,令世人瞩目。陆游著述最为宏富,据《宋史·艺文志》著录,陆游著有《高宗圣政草》1 卷、《孝宗实录》500 卷、《光宗实录》100 卷、《陆氏续集验方》,均散佚。流传至今的著作有《剑南诗稿》、《渭南文集》、《入蜀记》、《老学庵笔记》、《家世旧闻》、《南唐书》等。《剑南诗稿》前集为陆游生前手定,陆游的爱国诗歌的创作推动了南宋诗歌创作的进程,促使山阴陆氏家族的文学声誉登峰造极,达到了前所未有的高度。

(二)陆游诗的地域文化魅力

在南宋诗坛上,陆游是地域特色非常明显的诗人。他一生绝大部分时间是在故乡绍兴度过的。面对《剑南诗稿》近万首作品,我们感受到的不仅仅是这位中国诗歌史上创作最宏富的诗人在作品数量和规模上的震撼,而且是一种精神的震撼和文化魅力的震撼。如果穿越时间的隧道,走进陆游的诗歌世界,我们会情不自禁地感动于"亘古男儿"所表现出来的那种强烈的、高涨的民族感情,百折不挠的爱国情愫,崇高的精神境界,这一切无疑为我们这个多灾多难的民族在抵抗外族入侵,砥砺民族精神方面留下了一份极其珍贵的精神财富,这也是作为爱国诗人的陆游最具魅力的地方。然而,陆游的魅力并不仅限于此,陆游是一个真正意义上的文化人,一个宋型文化的典型代表,他不仅博学、睿智、儒雅,而且天真、平和、亲切,他身上洋溢着诗人、文化人的特殊气质和人格魅力,又具有高超的艺术表现力。读陆游的作品如涉足深山大泽;走近陆游,犹如走进了一段形象而生动的文化史:山川风貌、田园节候、人文典章、民风民俗等历史场景如图画般均历历呈现在我们眼前。他用挥洒自如的诗笔,描述了他生活的那个时代丰富的社会生活场景。特别是他的乡土诗,不仅有着鲜明的地域特色,而且有

---

① 陆游:《诵书示子聿》,《剑南诗稿校注》卷四十九,上海古籍出版社 1985 年版,第 2974 页。

着深广的文化维度,解读陆游,不啻于开启了一扇领略江南山川地理、风俗人情,了解越地文化背景最合适的窗口。

陆游的创作是宏富的,"六十年间万首诗"中,有一半以上是以他的家乡山阴一带的风物为背景创作的。越地的许多自然景观,在陆游诗歌中不但均有出色描绘,而且,还与他的生活空间和行程视野息息相关,他用充满感情的诗笔,非常生活化地反映江南一带山水景物的地域特征,读他的诗,如行走在山阴道上,真有一种应接不暇的感受:

千金不须买画图,听我长歌歌镜湖。

湖山奇丽说不尽,且复为子陈吾庐。

柳姑庙前鱼作市,道士庄畔菱为租。

一弯画桥出林薄,两岸红蓼连菰蒲。

陂南陂北鸦阵黑,舍西舍东枫叶赤。①

陆游的《思故山》诗,以诗笔作画,又以画手写诗,浓烈的语言泼就了一幅色彩斑斓、境界优美、充满水乡田园情趣的镜湖秋居图(见图47)。在缤纷的画面里,诗人所住的屋庐处在周遭美景的环抱之中,佳山美景清晰如画,深深地烙在诗人的心中,所以他能出口成诵,如数家珍,一一胪述之。

图 47　鉴湖

---

① 陆游:《思故山》,钱仲联《剑南诗稿校注》卷十一,上海古籍出版社 1985 年版,第 858页。

陆游的诗踪遍布于稽山鉴水间,有名可稽的如若耶溪、古鉴湖、大禹陵、禹庙、会稽山、龙瑞宫、云门寺、兰亭、吼山、卧龙山、沈园等,大凡今日绍兴一带的能够列举的风景名胜,大多牢笼在陆游笔下。经历了八百多年的沧海桑田,有的景物虽然今非昔比,但因为有陆游诗歌的存在,依然令人浮想联翩。如当年鉴湖畔的白塔、红桥、柳姑庙、道士庄、蜻蜓浦等,陆游都有生动而诗意的写照:"镜湖四月正清和,白塔红桥小艇过。"(《初夏怀故山》)"柳姑庙前渔作市,道士庄前菱为租。"有的美景,在陆游笔下虽然连个名称都没有留下,如诗人85岁写的《夏日六言》:"溪涨清风拂面,月落繁星满天。数只船横浦口,一声笛起山前",但小溪、清风、明月、繁星,浦口舟横、山前笛起,意境优美,洵可入画。作者以眼前景色为范本,浓缩了江南水乡夏夜迷人的风光,真不愧是陆游垂暮之年得江山之助,妙手偶得的精彩诗境。

陆游非常热爱家乡,一生有2/3强的时间是在故乡山阴度过的。特别是晚年,诗人以鉴湖之畔的别业为依托,过着清贫的生活,读书和出游便成了他生活的两大乐事,"读书才倦即游山"(《自喜》),我们只要沿着诗人的游踪,就可以饱览绍兴鉴湖一带水网纤陌纵横、丘陵沃野交相辉映的景色;感受诗人水乡村居生活的闲适:"船头一束书,船后一壶酒"(《思故山》),"歌缥缈,橹呕哑,酒如清露鲊如花。逢人问道归何处?笑指船儿此是家"(《鹧鸪天》),体会平和之境:"幽栖莫笑蜗庐小,有云山、烟水万重。半世向、丹青看,喜如今、身在画中。"(《恋绣衾》)诗人对家乡风物的描写,往往与"我"的心境相和谐。燕飞春岸、鸥落晚沙的翩然自在与诗人歌声隐约、橹声欸乃怡然自得的神情融为一体,让读者在飘逸闲淡的境界中去理解安贫乐道者的内心愉悦。

陆游描写家乡风物的诗歌几乎遍布于创作的每一个时期。诗人早年和晚年因为乡居,诗歌所占的份额自不待言。像《朝中措》:"明月梅山笛夜,和风禹庙莺天。"《舍北晚眺》:"红树青林带暮烟,并桥常有卖鱼船。樊川诗句营丘画,尽在先生拄杖边。"《兰亭道上》:"湖上青山古会稽,断云漠漠雨凄凄。篮舆晚过偏门市,满路春泥闻竹鸡。"《春游绝句》:"一百五日春郊行,三十六溪春水生。千秋馆里逢急雨,射的峰前看晚晴。"写得都很动情。即便是中年入蜀,纵横于川陕,东归转蓬宦游他乡时,诗人也未尝忘怀家乡的山山水水。陆游在四川长达九年,曾经萌生终焉之意,但东望山阴,忍不住有"行遍天涯真老矣,愁无寐,鬓丝几缕茶烟里"(《渔家傲》)这样心系故园的感叹。值得一提的是,陆游宦游期间的故园诗写得特别精彩,如作于福建建安任上《月夜》:"天风忽送荷香过,一叶飘然忆故乡。"《初秋梦故山觉而有作》诗:"秋风严濑清,春雨戴溪绿。"严州(今浙江建德)任上的《渔父》词:"石帆山下雨空蒙,三扇香新翠箬篷","镜湖俯仰两青天,万顷玻璃一叶船"等,这些作品空灵蕴藉,有一种由于空间距离间隔而产生的美感。追忆,能过滤平时纷乱无章的生活,使她更集中更艺术地表现美好的感觉和印象。

陆游在《春日》诗中自矜:"今代江南无画手,矮笺移入放翁诗。"其山水田园诗是我们体会江南"山重水复""柳暗花明"(《游山西村》)一道不可多得的亮丽风景。清梁清远在《雕丘杂录》中说:"陆放翁诗,山居景况,一一写尽,可为山林史"①,可谓知言。

陆游诗对越中风俗也有十分逼真的艺术写照。南宋时期随着文化中心的南移,江南一带经济比较发达,文化传播得很快。陆游的家乡毗连京都,是个文化十分繁盛的地方。从陆游的作品看,诗人生活的那个年代,山阴农村一些民间祭祀风尚,如赛神、下湖等,一些民间表演艺术活动,如演戏、作场等,已经十分盛行,许多"戏"的因子早已存在,传播得快,并且深受欢迎。

赛神即祭神,也叫赛社,是上古流传下来的十二腊祭的遗俗。农闲时分,农民们往往相聚以酒食祭田神,击鼓吹笙相与饮酒作乐。陆游《剑南诗稿》中描写赛神的诗很多,据粗略统计,仅直接描写山阴一带民间赛社的诗就有七十余首,记录的赛事多在春、秋、冬三季。赛神场面之热闹,仪式之隆重,祭品之丰盛,只要读读《赛神曲》便可想见一斑:

> 击鼓坎坎,吹笙呜呜。
>
> 绿袍槐简立老巫,红衫绣裙舞小姑。
>
> 乌白烛明蜡不如,鲤鱼糁美出神厨。
>
> 老巫前致词,小姑抱酒壶。
>
> 愿神来享常欢娱,使我嘉谷收连车;

---

① 《雕丘杂录》卷一,《古典文学研究资料汇编·陆游卷》,中华书局1962年版,第143页。

牛羊暮归塞门闾,鸡鹜一母生百雏;

岁岁赐粟,年年蠲租。蒲鞭不施,圜土空虚;

束草作官但形模,刻木为吏无文书;

淳风复还羲皇初,绳亦不结况其馀。

神归人散醉相扶,夜深歌舞官道隔。①

诗描写了鉴湖畔热闹的祭神场面,勾勒了一场完整隆重的祭祀仪式。鼓声坎坎、笙声呜呜,上场的有穿着绿色祭服、手执槐板、神色庄重的老巫,又有穿着红色漂亮裙衫翩翩起舞的小巫,四周乌白蜡烛一片通明,气氛庄重而神秘。老巫代表乡民敬神致词,小巫手执酒壶斟酒司供。祭祀的地点,陆游《秋赛》诗说一般是在庙前的空旷场地上。供品丰盛,端端正正地摆放在祭台上。祭品中,陆游多次提到鱼和酒,可见这是少不了的,象征着年年有余、岁岁安泰。其他则是三牲福物:"社日淋漓酒满衣,黄鸡正嫩白鹅肥。"(《代邻家子作》)黄鸡、白鹅和猪豚,也常作为祭神的物品供神享用。这些供品从何而来?恐怕还得看看陆游的另一些诗:"半醉半醒村老子,家家门口掠社钱"(《秋日郊居》),"邻僧每欲分斋钵,庙吏犹来催社钱"(《晚秋出门戏咏》),可见赛神的物品开支,全由乡民自己凑泊而成,分摊承担,一般推举村中年长者或庙巫牵头,敛钱聚资置办一切。祭神的钱资既然来自于各家各户,所以每到祭祀这一天必然是倾村而动,人头攒动。乡民们各自怀着对神的众多期望,祈求神灵降福保佑。农民的渴望是很朴素的,无非是六畜兴旺、五谷丰登,免租免税,不受人欺压凌辱,过安泰和平的生活。一般祭神结束后,村民欢宴相庆,欢乐的场面直到夜深还热闹非凡,歌舞阵阵。从娱神到自娱,整个过程气氛热烈,活灵活现,吟咏一遍,有如同身临的感受。

下湖,也指越地的一种祭祀风俗。农历三月初五是禹的生日,乡民总要乘画舫,具酒食,设歌舞到禹庙拜祭,称之为"下湖(鉴湖)"。陆游有一首小诗《阿姥》,记录了当时鉴湖农村一位七十多岁农村老太太爱下湖,赶热闹的情形:"城南倒社下湖忙,阿姥龙钟七十强。犹有尘埃嫁时镜,东涂西抹不成妆。"鉴湖农村本来有许多古老的文化习俗,除了逢春秋及年关时要

① 陆游:《赛神曲》,钱仲联《剑南诗稿校注》卷二十九,上海古籍出版社 1985 年版,第 1975 页。

赛神祭社外,还有"下湖"这种习俗,这些民间节庆祭祀活动,对长年面对土地的乡民来说,既是祈神保佑的必要仪式,又是难得的文化娱乐方式,在当时称得上是隆重的节日。所以即便是这位上了年纪的乡村老妇,也不想错过这个出门的好机会,还特别拿出陪嫁时的镜子,涂脂抹粉,穿戴整齐地赶热闹去了。作者用一个古稀之年爱赶热闹的阿姥神态,反映了当时农村普遍流行的节庆风尚,把农村的风俗写活了。

演戏、作场,相当于我们今天的民间演出。七八百年前的鉴湖农村已有小麦、早稻、晚稻三熟制的耕作,自然环境比较优裕。宋室南渡后,宗室亲贵多在此购田置产,所以这一带大姓大族特别多,人口也相对密集。因为与京城临安比较近,文化也传播得特别快。这些在陆游《春社》诗里有反映:"太平处处是优场,社日儿童喜欲狂。且看参军唤苍鹘,京都新禁舞者郎。"说明山阴农村,社日常有参军戏的演出,主角(参军)和配角(苍鹘)滑稽的表演,常引得儿童们开怀大笑。陆游《小舟游近村,舍舟步归》诗:"斜阳古柳赵家庄,负鼓盲翁正作场。死后是非谁管得,满村听说蔡中郎。"记录了村头古柳树下负鼓的说盲艺人的作场表演,开场的锣鼓和精彩的故事吸引着全村人围观。盲人说的是蔡中郎的故事,从诗人的笔调中显然证明艺人口中的蔡邕,身后已是非惹身,被说成是一个背亲弃妇不仁不义的反面角色。据徐渭《南词叙录》记载,南宋的戏文中就有《赵贞女蔡二郎》的故事,写的是蔡伯喈及第后抛弃父母妻室,入赘牛相府负德负心的故事,这正好与陆游诗中艺人口吻相近。一个历史人物身后居然被艺人当做故事来演说,引得满村人感慨唏嘘,可见故事本身已经相当艺术化了。陆游生活的鉴湖农村不但有优场、戏场,而且还有村伶、老伶这些演出的角色。这些说明,在南宋时期的山阴农村,演戏、作场已经相当普遍,并且深受欢迎了。这些民间文化艺术活动从一个方面证实了作为戏曲之乡绍兴深厚的历史渊源。

陆游有首著名的诗《游山西村》:"莫笑农家腊酒浑,丰年留客足鸡豚。山重水复疑无路,柳暗花明又一村。箫鼓追随春社近,衣冠简朴古风存。从今若许闲乘月,拄杖无时夜叩门。"诗不但把读者带进了山清水秀、风光旖旎的江南小山村,让你饱览曲折多变的山乡景色,还让你感受呼吸到山阴春社到来前浓厚的文化气氛,领略农家敦厚朴实的乡情乡俗。陆游在闲居期间写下的大量山水田园诗,生活气息浓厚,推进了中国山水田园诗的

·风俗化进程。①

　　陆游的故乡是一个具有最古老、最悠久的稻作文化和海洋文明的地方，这里的先民早在七八千年前已经掌握了水稻灌溉种植和运用船桨舟楫水上航行的技术。这里曾是春秋越国的政治文化中心，有史以来，越地的文明史就与水密切相关。汉代马臻修筑鉴湖，具备了利用水利之便生存发展的能力。东汉以后持续的水土改造和根治，才形成了六朝以来"今之会稽，昔之关中"物产繁富、人文荟萃彬彬之盛的局面，与中原文化的进一步交融，使越地一跃而成为东南一带经济富庶、文化昌盛的地区之一。经唐历宋，逮及陆游生活的那个年代，文化的积淀无疑越来越丰厚，这就是诗人为之倾情歌咏的家园，也是其诗歌之所以具备人文内涵的客观的、外在的物质文化基础。

　　一方水土（外部环境）能塑造人、养育人，但环境要造就真正的文化名人，必然还有很特殊的个体特质、内在因素在起作用。陆游出生在世代诗书簪缨之家，少时读书嗜书可以废寝忘食，家中藏书之富在当时也是远近闻名的。他博学多才，除了文学（诗、词、散文）创作是平生绝诣外，还精通历史，旁及哲学、医学，擅长书法，有品鉴名物的眼光和独立耿介的人格。他不但有文学家的天真和浪漫，人称"小李白"，还有史家手笔（曾独立编撰了《南唐书》）；他有艺术家的疏狂和不拘行迹，陆游自称"草书学张颠，行书学杨风"（《暇日弄笔戏书》）。后人评"草书横绝一时"（赵翼）；他还有方志学家的严谨和一丝不苟。他出入经史，纵横于诗文，谙熟乡邦文献，正因为陆游本身的学养，更兼他的家乡山阴此地所拥有的历史文化渊薮，致使陆游描写越中风情的诗歌别具深厚的人文内涵。读陆游的乡土诗，扑面而来的是诗人不经意间流露出来的深厚的地域文化底蕴。试看他的《稽山行》：

　　　　稽山何巍巍，浙江水汤汤。千里亘大野，句践之所荒。
　　　　春雨桑柘绿，秋风粳稻香。村村作蟹椴，处处起鱼梁。
　　　　陂放万头鸭，园覆千畦姜。春碓声如雷，私债逾官仓。
　　　　禹庙争奉牲，兰亭共流觞。空巷看竞渡，倒社观戏场。
　　　　项里杨梅熟，采摘日夜忙。翠篮满山路，不数荔枝筐。
　　　　星驰入侯家，那惜黄金偿？湘湖莼菜出，卖者环三乡。

　　① 参见杨义：《陆游诗魂与越中山水魂》，《文学遗产》2006 年第 3 期。

何以共烹煮? 鲈鱼三尺长。芳鲜初上市,羊酪何足当。

镜湖滀众水,自汉无旱蝗。重楼与曲槛,激滟浮湖光。

舟行以当车,小伞遮新妆。浅坊小陌间,深夜理丝簧。

我老述此诗,妄继古乐章。恨无季札听,大国风泱泱。①

诗从悠远的历史、古老的文明写起,山阴是古越国的发祥地,上古文明灌溉了这片肥沃的土地,使她的子孙后代永远沾溉着物质文明的光华。诗用近似于汉赋的笔法追溯历史,铺张名物,分述风土人情:这里有大禹留下的足迹,是东晋文人放情山水的地方;这里历史悠久,物产丰富,民风淳朴。祭禹和流觞是文人雅举,竞渡和观戏则是民间老少皆宜的娱乐活动。诗人文野并陈,雅俗并举,力图勾勒出越地丰富多维的文化生活。"镜湖"以下八句描写鉴湖的湖光山色和人们生活其间的安闲与自得。有几个镜头今天读来也是饶有兴味、颇具典型意义。一是以舟代步,仕女的小伞新妆;二是小街小巷中夜阑时分的丝竹之乐。这一切形象地勾勒出了江南水乡特有的韵味和风情。陆游对家乡的稔熟简直到了如数家珍的程度,他擅长提炼寻常生活之美,传达出诗人对家乡风土人情的艺术感受。

东晋永和九年,王羲之、谢安等41人在兰亭曲水之畔流觞赋诗,畅叙幽情,这千古盛会,情景宛现,王羲之以《兰亭集序》记之,从此文脉绵延,流风永泽,引起后代多少文人雅士的神往。陆游对兰亭雅集,则怀抱着比一般人更特殊的感情,其《兰亭》诗云:"兰亭绝境擅吾州,病起身闲得纵游。曲水流觞千古胜,小山丛桂一年秋。酒酣起舞风前袖,兴尽回桡月下舟。江左诸贤嗟未远,感今怀昔使人愁。"他中年结庐于鉴湖之滨的三山,与兰亭一水相连,据陆游《秋夜闻兰亭天章寺钟》一诗所述,诗人往返于两地只消"一炊顷"即一顿饭的工夫,诗人平素闲居在家,夜深人静之际,还可以听到从兰亭天章寺方向传来的悠扬钟声,诗人每每艳羡于江左诸人的放诞风流,面对眼前的局促处境不免会有"感今怀昔"的感慨。与当年晋人留下的兰亭诗相比,陆游的诗则更多地代表了对六朝名士文化的追随和仰慕,一种文采风流的自期和感喟。

因为谙熟历史典实,因此,陆游一些山水纪行诗更喜欢糅合神话传说、

---

① 陆游:《稽山行》,钱仲联《剑南诗稿校注》卷六十五,上海古籍出版社 1985 年版,第 3660 页。

历史故事,由景及人,由人及事,包含他对人文环境内涵的解读和感慨。如《小雨泛镜湖》诗:"吾州清绝冠三吴,天写云山万幅图。龙化庙梁飞白雨,鹤收仙箭下青芜。菱歌袅袅遥相答,烟树昏昏淡欲无。端办一船多贮酒,敢辞送老向南湖?"写会稽境内禹庙、白鹤山有关梅梁和白鹤的神话传说,给人以扑朔迷离之感。据嘉泰《会稽志》云:《越绝书》说禹陵是少康所立。梁朝修庙时,缺一根横梁。当时风雨大作,在鉴湖中获得一木,取以为梁,就是传说中的梅梁。据说这根梅梁是蛟龙所化,一到夜里要飞去,天亮归来,上面还粘着水草,非常神奇。关于白鹤山,孔灵符《会稽记》有载:"射的山西南水中,有白鹤山。此鹤尝为仙人取箭,曾刮坏寻索,遂成此山。"这些故实,为大禹故事在会稽的演绎烙上了神奇的民间文化印记。又如陆游咏项里的小诗《湖山》:"逐鹿心虽壮,乘骓势已穷。终全盖世气,绝意走江东。"诗后自注:"项羽庙"。此庙传说是项羽曾经住过的地方。嘉定元年(1208)冬,开禧北伐失败,南宋又向金屈膝求和,诗人内心万分愤慨,有感而发写下了这首类似李清照"至今思项羽,不肯过江东"(《夏日绝句》)一样寄寓政治感慨的诗句,其咏史咏怀的意味是十分明显的。

陆游是个藏书爱好者,陆家的藏书在南宋是闻名的,其《书室明暖……》诗云:"美睡宜人胜按摩,江南十月气犹和。重帘不捲留香久,古砚微凹聚墨多。……"诗人用细致尔雅的笔调描述了自得其乐的书斋生活:终日安坐于书斋之中,游息于浩繁书卷之间,诗中读书、美睡、泼墨、品茗,月下探梅、风高闻雁均缘于自适,充满了幽闲恬静的趣味。着笔细腻,写景工巧,确实能够"咀嚼出日常生活的隽永滋味"并"熨帖出当前景物的曲折情状"。[1]

在越地文化漫长的发展演变历史过程中,有四个阶段特别引人注目,第一个阶段是上古时期,古越精神和文化的奠基时期,传说中的禹和越王句践可以作为代表,是古越文化的发端;第二个阶段是六朝时期,是越文化的发展和演变时期,以东晋王、谢的士族文化、名士文化为代表。第三个阶段是宋室南迁,文化中心南移,民族矛盾激化,爱国热情高涨的南宋时期,陆游是宋型文化的代表,爱国诗人的一面旗帜。第四个阶段是辛亥革命时期,国门洞开,中西文化碰撞,代表人物是徐锡麟、陶成章、秋瑾等,鲁迅是

---

① 钱钟书:《宋诗选注》,人民文学出版社1997年版,第170页。

这个时期越地文化最杰出的代表,是近代文化的巨子。越地四个重要时期的文化成就和杰出代表,不但对地域文化做出了巨大贡献,而且他们对中国文化的发展也起到了积极的推动作用。从这个意义上讲,陆游笔下的越中风物、越中风俗和越中风情所代表的是越地传统文化,在区域文化的发展史上有举足轻重的地位。他仰承了古越精神文化和六朝名士文化的优良传统,又为区域文化的进一步弘扬和广大增添了新的内涵,是承前启后的一座桥梁,陆游的乡土诗所描述的鉴湖水文化、会稽山大禹文化、东晋名士文化、民俗文化、戏曲文化、方志文化、藏书文化、养生文化、耕读文化、酒文化、茶文化等诸多文化现象,有的在鲁迅先生笔下有进一步的延续和深化,如民风民俗的写真;有的则已经成为绍兴这个文化名城历史上不可再现、独一无二的资源和骄傲,如鉴湖风物的歌咏、沈园的爱情文化。历史将证明文化史上的陆游,也具有永久的魅力,文化陆游是不朽的。

六、地域特色诗歌流派的形成

在南宋中后期,在越地曾经出现过两个诗歌中心,一个是在光宗、宁宗朝的永嘉(今浙江温州),以"永嘉四灵"为主体,聚集了一大批追随者,形成了堪与江西诗派"相抵轧"的盛况;另一个中心是在宁宗、理宗朝的临安(今浙江杭州)。临安是南宋的都城,文化气氛十分浓厚,有不少诗社、吟社之类的文学团体,"江湖诗人"就是颇有影响力的诗人群体。直至宋元之交,越地尚有许多遗民诗人吟唱着那个时代的哀歌。

(一)南宋诗人的群体意识与"永嘉四灵"

和唐代诗人相比,宋代诗人的创作有比较明显的群体意识。北宋后期出现了以黄庭坚为中心的"江西诗派",就是一个以地域命名的自然形成的诗歌流派。"江西诗派"在南宋前期号召力很大,许多有影响力的诗人都出其门下,如"中兴四大诗人"中的陆游、杨万里、尤袤等。"江西诗派"的影响反映了南宋诗人一种自觉的群体意识,包括这之后产生于越地两个地域性很强的诗歌流派"永嘉四灵"和"江湖诗派",都是南宋诗人群体意识的体现。

南宋中后期，随着时代环境和社会气候的改变，曾经风靡一时的"江西诗派"创作的局限性和弊病渐渐地暴露出来，于是不少人开始"厌傍江西篱落"，力图摆脱它的影响，跳出它的范围。南宋中叶，徐玑、徐照、翁卷、赵师秀等"永嘉四灵"应运而起，他们出于矫正江西之流弊的动机，反对江西诗风而转学晚唐，标举贾岛、姚合的诗风，独树一帜，形成了一种新的以地域性的诗人团体为纽带的诗歌流派。

名为"永嘉四灵"，有两层含义，一是因为他们都是长期居住在越地永嘉的本土诗人；二是因为他们的字或号中都带有一个"灵"字，如徐玑号灵渊、徐照字灵晖、翁卷字灵舒、赵师秀字灵芝。他们长期生活创作在同一地域，互相欣赏，声气相和，趣味相投，于是自然形成了一个具有很明显的地域性特征的诗歌群体。有论者指出：在北宋和南宋前期的文坛上，虽然出现过不少诗歌流派，但它们的地域性是不突出的，即使是江西诗派，其中的成员也并非全是江西人，把他们联系在一起的，主要是他们的诗歌风格比较接近。唯独"永嘉四灵"是清一色的永嘉人，而且他们的主要创作活动都在永嘉，使他们出名的最得力的倡导者和鼓吹者叶适也是永嘉人，后来的追随者也主要集中在永嘉，因此，地方性成为"永嘉四灵"的一个重要特点。① 区域性的群体意识和文学趋尚是促成"永嘉四灵"在诗坛崛起的前提。

"永嘉四灵"在艺术上刻意求工，轻古体而重近体，尤重五律，讲究精致，甚至要求全诗字数不得超过 40 字。徐玑曾说："昔人以浮声切响，单字只句计巧拙，盖风骚之至精也。近世乃连篇累牍、汗漫无禁，岂能名家哉！"（见叶适《徐文渊墓志铭》）表现了艺术上的精品意识。"永嘉四灵"擅长以清新刻露之词写野逸清瘦之趣，四灵之冠的赵师秀颇可见"野逸清瘦"之风。继承了山水诗人、田园诗人的传统，满足于啸傲田园、寄情泉石的闲逸生活。崇尚白描，"自吐性情"，简约清淡，平易可读，在较大程度上纠正了江西诗派以学问为诗的习气。

"永嘉四灵"以地域为依托，以群体的面貌出现，对宋代诗风的转变发生过重要影响。清人全祖望在《〈宋诗纪事〉序》里把宋诗的发展归纳为

---

① 参见沈善洪、费君清主编：《浙江文化史》（上册），浙江大学出版社 2009 年版，第 396 页。

"四变",从陆游等"中兴四大家"到"永嘉四灵"为其中的第三变。但是,在很长一段时间里学术界对"永嘉四灵"的研究和评价均失之粗略和肤浅。"永嘉四灵"诗人群体中虽然没有一流的大诗人,但他们对于宋诗的意义却不可低估。南宋批评家严羽在《沧浪诗话》中说:"近世赵紫芝〔师秀〕、翁灵舒〔卷〕辈,独喜贾岛、姚合之诗,稍稍复就清苦之风,江湖诗人多效其体,一时自谓之唐宗。"江湖派领袖刘克庄生活在与四灵同时稍后的年代,他在青年时也曾经竭力仿效四灵诗,因此对四灵诗自然了解得很清楚。他说:"今江湖诸人竞为四灵体"(《满领卫诗题跋》),可见"永嘉四灵"在当时的影响。

"永嘉四灵"在艺术创作上确实有着独特的品格,这种品格又与越文化中崇尚自然,与山水结缘,抒述性灵的传统相一致。"永嘉四灵"多写清新自然的乡野景物,清苦幽静的隐逸生活,清高优雅的世外情怀。赵师秀《约客》诗:"黄梅时节家家雨,青草池塘处处蛙。有约不来过夜半,闲敲棋子落灯花。"能在僻狭处化出新奇的意趣。翁卷说:"有口不须谈世事,无机惟合卧山林",徐照说:"爱闲却道无官好,住僻如嫌有客多",徐玑说:"门开春郭静,桥度野池深",赵师秀说:"泊然安贱贫;心夷语自秀",等等,都体现了"四灵"诗某些方面的性灵。"永嘉四灵"能以一寓之人力而走向社会,受到诗坛的广泛关注和高度评价,实在缘于他们具有独树一帜的诗歌主张和特点鲜明的创作实绩。

"永嘉四灵"走的是"敛情约性,因狭出奇"的创作道路。在内容上多写田园生活情趣和永嘉山水景色,还有朋友间的酬唱应答,注意追求野逸萧散清瘦的情趣。他们没有鸿篇巨制,很少写重大题材,而是把主要精力放在抒写个人闻见所及的情事上,专攻五律,从而形成了自己的艺术特色。"永嘉四灵"的这种观点和做法很受时人的欢迎,因为这正好符合那些才力有限又想有所建树的诗人们的想法,所以效之者尤众。赵师秀有"五言专城"之誉,徐照的诗"昔为人所称,今为人所宝"(赵师秀《哀山民》)。《四灵诗选》自从被临安书商陈起刊出之后,由于著名的哲学家、永嘉学派核心人物叶适的一力赞誉,"永嘉四灵"之声名便在诗坛鹊起,叶适对"永嘉四灵"诗的广泛传播起到了推波助澜的作用。赵汝回指出:"水心先生既啧啧叹赏之,于是四灵天下莫不闻。"(《瓜庐诗序》)

在"永嘉四灵"的熏陶影响下,永嘉出现了一大批诗人,作诗蔚然成风。

南宋人王绰在《薛瓜庐墓志铭》中列举了以"四灵"为首的"永嘉之作唐诗者"18人,可见一时风气。他说:"永嘉视昔之江西几似矣,岂不盛哉!"

(二)江湖诗人创作的区域特点和时代特征

宁宗、理宗朝活跃在临安的江湖诗人的情况与"永嘉四灵"有所不同。他们虽然也以临安为中心,但身在江湖漂泊不定,人员的流动性较大,人员的组合远比"永嘉四灵"复杂得多,声势也更大。

南宋时期的江湖诗人实际上是一个群体,它的人员十分庞杂,今日可考知的就达一百多人,主要由三类人组成:第一类是普通的中下级官吏,如金华王同祖、临安俞桂等;第二类是浪迹天涯的游士,如黄岩戴复古、余姚高翥等;第三类是避居山林的隐士道士,如海盐许棐、永嘉薛师石、山阴葛天民、临安永颐等。这三类人的身份和经历各异,有的做官,有的隐居,也有的浪迹江湖,所以他们的生活态度与生活方式也不太相同。这三类人的活动年代跨度也很大,最早的从南宋初就已出现,最晚的直到南宋末年,并且身份也很不相同,有的是土生土长的本地人,也有一些是南渡后迁居越地的。他们以临安为中心,经常流动,分布地域很广,活动的半径很大,并呈现出新的区域文化特点。

他们之所以形成一个群体,是由于江湖诗人与临安城中"睦亲坊"陈氏书籍铺的主人陈起关系密切,陈起作为临安城里爱好诗歌的书商,喜欢收集这些江湖诗人的作品,并编刻出版了《江湖集》,大批江湖诗人的作品就是经过他的审阅、删改后正式刊行的。陈起与江湖诗人有广泛的联系,他的书籍铺又刚好为江湖诗人提供了一个固定的联络场所和发表诗作的绝好机会,他把松散的江湖诗人凝聚起来,从而形成了一个比"永嘉四灵"人数更多的江湖诗派。

陈起,字宗之,号陈道人,亦号芸居,钱塘(今浙江杭州)人。开书肆于钱塘睦亲坊,与江湖诗人友善,理宗宝庆元年(1225),史弥远当政,大兴文字狱,认为《江湖集》中的某些诗有谤讪朝政、触犯时忌的嫌疑,下诏禁令士大夫作诗,劈《江湖集》版,陈起遭流配。一直到史弥远死后方得赦免,重操旧业。陈起本人亦善诗,有《芸居诗稿》。他的《芸隐提管诗来依韵奉答》诗是这样评价自己的:"我诗如折桐,经霜为一空。尚可亲时髦,托根日华宫。莫谓背于时,会在春风中。小雨洒清明,又是一番红。"又云:"君诗如梅花,将尽春意函。一枝漏泄处,踏雪寒曾谙。肯践桃李场,溪山还自甘。破玉暗香度,似亲夷甫谈。"他对自己和他人的诗歌都有精到的品鉴能力。江湖诗人叶茵在《赠芸居》一诗中评价陈起:"气貌老成闻见熟,江湖指作定南针。"陈起确实具备诗人的才华和选家的手眼。因此,江湖诗人在诗坛的崛起,与陈起在其中的作用是分不开的。

江湖诗人在诗坛的崛起还有其深刻的社会原因,是那个特殊时代的产物,因此有着鲜明的时代特征。陈起当初定诗集名为"江湖",在某种程度上点明了入选诗人的社会身份和社会地位,"江湖"相当于"在野",它与庙堂"之上"在朝"的身份是相对的,这是一批处于边缘化的文人,一个社会萌生的新型文士阶层。

宋室南渡后,大批宗室和士大夫随朝南迁,江浙一带本来就存在的地少人多的矛盾更加突出。南宋中后期,土地兼并厉害,大量的膏田沃野又落入达官贵人手中,江浙一带的好山好地几乎都被占尽,文人要想过山林隐居生活,没有相当的物质基础是无法安生的,对于普通的士大夫文人来说,希望隐居出世也是一种奢望,城市化的进程使得江湖诗人别无选择地融入滚滚红尘之中,为五斗米而折腰。再加上南宋官僚机构本身臃肿不堪,僧多粥少,大批文士被拒之门外,希望入世者仕进无望,只得游荡于四方。因此,江湖游士之多,成为南宋社会一个颇为独特的现象。而京城临安是江湖游士主要的谋生之地。他们不得不像当年的杜甫一样"朝叩富儿门,暮随肥马尘",以文字交结权要,干谒豪门,所不同的是,不是借此获取功名的途径,而是获得相对稳定的生活来源。南宋偏安局面形成以后,许多王公贵族也需要招引文人墨客来附庸风雅,于是养士之风大行。方回《瀛奎律髓》云:"钱塘湖山,此曹什伯为群。"在这样的背景之下,江湖游士这一特殊社会阶层的大量滋生便不足为奇了。江湖诗人群体的实际形成也就是顺理成章的事。

江湖诗人的社会地位并不高,他们的生活状况和心理状况极为相似。他们一般借诗文扩大社会名声,靠干谒获取生活所需。有的虽然有一官半职,然多沉于下僚,有落魄江湖之感。他们往往在诗歌中表现浓重的江湖意味。如戴复古自称"一生漂泊老江湖",薛师石说:"共是江湖客,斜阳各晒蓑",陈造也自号"江湖长翁","自以为无补于世,置江湖乃宜"。陈起把众多下层僚吏和江湖游士等量齐观,一并收入《江湖集》中就是这个阶层实际地位的共同反映。

江湖诗人的社会地位不高,但他们诗歌的影响力不可小看。江湖诗人以临安为中心,往来唱酬,形成了一种共同的文化现象,有研究者称之为"江湖意味"。"行藏两无策"作为江湖诗人心境的反映喻示着传统价值观念间新价值观念的转换过渡。传统的"君子喻义不喻利"、"君子固穷"的训诫受到了冲击,江湖诗人脱离了传统的生活轨道,尽管政治上可以与统治集团离心离德,而经济上却依然保持丝丝缕缕的关系。这种离合形态明显地带有商品经济的印迹,而尤其表现在江湖谒客身上。①

江湖诗人并非属于特别有名气的诗人,却有不少脍炙人口的佳作。如长期隐居于杭州西湖的叶绍翁有《西湖秋晚》、《夜书所见》等诗,充满淡雅自然的逸兴野趣,特别是七绝《游园不值》诗意盎然:"应怜屐齿印苍苔,小扣柴扉久不开。春色满园关不住,一枝红杏出墙来。"另陆游的弟子、布衣终身的杰出爱国诗人戴复古"以诗鸣东南半天下"②,其《初夏游张园》:"乳鸭池塘水浅深,熟梅天气半晴阴。东园载酒西园醉,摘尽枇杷一树金",天然不费斧凿,选入《千家诗》,知名度很高。《四库全书总目》称其"诗笔俊爽",是江湖派的佼佼者。又如刘克庄的《落梅》诗:"一片能教一断肠,可堪平砌更堆墙。飘如迁客来过岭,坠似骚人去赴湘。乱点莓苔多莫数,偶粘衣袖久犹香。东风谬掌花权柄,却忌孤高不主张",借落梅意象曲折地表达诗人的悲愤之情。刘克庄还是忧国忧民的江湖诗人,其《戊辰即事》:"诗人安得有青衫? 今岁和戎百万缣。从此西湖休插柳,剩栽桑树养吴蚕。"讽刺痛斥了朝廷妥协求和的政策和丧权辱国的行径。江湖诗人中的代表人物是刘克庄、戴复古与方岳,代表着南宋后期诗坛的风尚。

(三)易代之际越地遗民诗人的哀歌

方凤(1240—1321),字韶卿,又字景山,号岩南,祖籍浙江桐庐,迁居浦江郑村(今方宅村)。方凤出身在"宋朝父子尚书第,明世经纶布政家"的仕宦家庭中,祖辈中曾出过两名尚书,自幼受到诗书礼仪的熏陶。20 岁以后,到都城临安,应进士举不第,寓居王斌家,为其二子授业解惑。恭帝德祐元

---

① 参见李越深:《论江湖诗人与江湖诗味》,《浙江社会科学》1995 年第 4 期。
② [宋]包恢:《石屏集序》,《戴复古全集校注》,中国文史出版社 2008 年版,第 397 页。

年(1275)春,建康(南京)、镇江、常州等城池相继失守,临安朝官纷纷外逃。方凤曾通过王斌向朝廷进言,主张抗元,但未予采纳。不久,南宋为元所灭,方凤怀着一种悲愤与沉痛的心情回到故乡浦江担任吴氏私塾教师。元世祖至元二十三年(1286),吴渭、方凤、谢翱、吴思齐等志同道合的南宋遗民创办月泉吟社,以《春日田园杂兴》为题征诗于天下,浙、苏、闽、桂、赣等省文人骚客应者云集,浦江一时成为当时闻名遐迩的文化中心。方凤生于宋元易朝之际,仕途经济的理想破灭了,这位世代食宋之俸禄的故宋遗民,抱着"食君之禄,忠君之事"的清节,不愿屈志仕元,于是将满腹怫郁感慨以诗歌的形式进行宣泄,因此他的大多数诗作中,贯穿了一种对蒙元政权的坚决离弃和对故国河山的深深依恋之情。如他在《述志》中云:"只因生在胡元世,岂将蓝缕换罗衣!"他的许多托物言志的作品也同样表达了这样的思想主题。

汪元量(1241—约1317),字大有,号水云。钱塘(今浙江杭州)人。南宋度宗时以晓音律、善鼓琴供奉内廷。南宋灭亡后,汪元量随三宫俘虏北行,饱尝亡国之痛,去国之苦。写成《湖山类稿》,满腔悲愤,悲歌当哭,成"宋亡之诗史"。《越州歌》、《湖州歌》、《醉歌》是汪元量"诗史"的代表作。《越州歌》20首,描述了元兵南下时半壁河山遭受蹂躏的惨象:"昔梦吴山列御筵,三千宫女烛金莲。而今莫说梦中梦,梦里吴山只自怜";"东南半壁日昏昏,万骑临轩趣幼君。三十六宫随辇去,不堪回首望吴云";《湖州歌》98首,以七绝联章的形式,依次记述"杭州万里到幽州"的所历所感、所见所闻,景真情挚,非有切身感受者不能道。元军长驱直入,宋室社稷岌岌可危时,其《北师驻皋亭山》诗写道:"钱塘江上雨初干,风入端门阵阵酸。万马乱嘶临警跸,三宫洒泪湿铃鸾。童儿剩遣追徐福,疠鬼终当灭贺兰。若说和亲能活国,婵娟应是嫁呼韩。"格调悲壮,感情真挚,读之使人泪下,表达了作者对国破家亡的悲怆,对时局的担心和对朝廷退让态度的不满。《四库全书总目提要》评论道:"其诗多慷慨悲歌,有故宫离黍之感,于宋末之事,皆可据以征信。"其目睹亡国惨状,格调凄恻哀怨,深度和广度都超出其他宋遗民同类的诗。诗中记述的史实,往往能补史籍之所未及。

林景熙(1242—1310),字德阳,号霁山,温州平阳人,在中国文学史上是一位具有民族气节的诗人。在诗歌创作上表达出强烈的故国之思,诗风沉郁苍劲,历史上曾有"南渡之后,堪与山阴放翁媲美者,唯霁山也"之说,并非过之。爱国诗人陆游临终之《示儿》诗:"死去元知万事空,但悲不见九州同,王师北定中原日,家祭无忘告乃翁",念念不忘祖国,在时过66年之后,林景熙亲自目睹了这一在敌人屠刀铁蹄之下的残酷"统一",痛心疾首地写了一首《书陆放翁卷后》诗:"天宝诗人诗有史,杜鹃再拜泪如水。龟堂一老旗鼓雄,劲气往往摩其垒。轻裘骏马成都花,冰瓯雪碗建溪茶。承平麾节半海宇,归来镜曲盟鸥沙。诗墨淋漓不负酒,但恨未饮月氏首。床头孤剑空有声,坐看中原落人手。青山一发愁蒙蒙,干戈况满天南东。来孙却见九州同,家祭如何告乃翁?"林景熙说:现在九州已经"同"了,可却是"同"在元人的铁蹄之下,家祭之时怎么可以告诉九泉之下的放翁呢? 林景熙还是一位有过爱国义举的志士。元世祖至元二十一年(1284),江南释教总统杨琏真伽发掘宋帝陵墓,劫取金银财宝,"弃骨草莽间"。林景熙与会稽人唐珏冒着生命危险,化装成"丐者",身背竹箩,托名采药,收拾高宗等六帝遗骨于荒野之中,以后把它埋在会稽之兰亭,事迹见罗有开《唐义士传》。收葬后在土坟上植以冬青作为标志,林景熙在《梦中作四首》其二写道:"一抔自筑珠丘土,双匣犹传竺国经。独有春风知此意,年年杜宇泣冬青。"明代曾于陵旁建林、唐"双义祠",有联云:"一树冬青怀义士,千秋香火近思陵",以示对他们两人的敬仰。

七、宋季两浙路词人结社联咏之风

(一)从"西湖吟社"到"越中词社"

宋元易代之际,江浙地区也活跃着各种各样的词人群体。对此,学术界有各种各样的概括与描述。吴熊和先生《唐宋词通论》第四章"词派"指出"宋元之际词坛主要有这样两派"即"文天祥、刘辰翁发扬苏、辛词风,周密、王沂孙、张炎则谨持周、姜衣钵"①;刘乃昌先生认为"南宋末期词"主要分"爱国志士的悲壮词"和"结社唱酬的遗民词"两类②;刘扬忠先生《唐宋词流派史》从创作流派的角度提出了一个新的名称"宋末元初的江西词

---

① 吴熊和:《唐宋词通论》,浙江古籍出版社1985年版,第267页。
② 刘乃昌:《两宋文化与诗词发展论略》,山东大学出版社2005年版,第218页。

越文化通论

第五章 越地文学艺术发展论

派",并且把"宋末元初的江西词派"和"江浙一带的白石派、梦窗派词人"①两种不同情调和风格的词派作了一些比较。上述著述从大处入手,从总体上勾勒了宋季词坛的基本面貌,对于把握宋元之际词坛的走向有宏观的指导意义。由于上述著述限于体例,对某一具体的对象研究未及细化,尚留有许多值得探究的空间,因此在此基础上,从地域的角度研究这两类不同词人群体,成为许多研究者进一步深入勾勒还原彼时词坛创作生态环境的有效手段。据此,有的研究者把周密、王沂孙等词人群体称之为"临安词人群"②、"临安遗民词人群体"③、"杭越词人群"④,或径直称之为"浙江词人",并且指出"宋末元初浙江词坛的审美取向却有着非常明显的地域趋同性"⑤。有的则从宋季词人生活地域的集中,较易于词人互相联络友谊,喜欢结社唱酬的角度,研究他们的结社联唱活动,认为当时确实存在着一个以杨缵、周密等人为中心的"西湖词社"⑥或"西湖吟社",他们的交游唱和活动十分频繁,社交的痕迹明显,从中可以看出宋元易代之际的某些时代风气、文人心理、生活观念、地域特点、社会审美习俗、文学创作倾向等⑦。

从地域的角度研究宋季词坛的创作现象,从而考究彼时的文坛风气、文人心态和文学创作面貌无疑是可取的,问题是既然是细究彼时的词坛的创作风尚和创作特点,那就有必要进一步还原以地域为平台(中心)的"浙江词人"或者"临安词人群"、"临安遗民词人群体"、"杭越词人群"名称之下词人或词社创作的真实状态。通过对宋元之际词人作品的解读,我们非常认同上述以"浙江"、"临安"、"杭越"等地名冠名的词人群体,或以"西湖"冠名的词社吟社,因为他们确实存在着,并且产生了一定的社会影响。但如果要深入考究解剖宋元易代之际词人、词坛创作走向的话,笔者觉得"杭越词人群"的提法比统称"浙江词人"、"临安词人群"较切近实际。但"杭越"不仅仅是地望上的并列,而且标志着词坛创作中心的转移。如果前

① 刘扬忠:《唐宋词流派史》,福建人民出版社1999年版,第546页。

② 刘荣平:《宋遗民词群体研究》,邓乔彬教授指导博士论文,中国国家图书馆2000年收录;许芳红:《临安词人隐逸心态的精神栖息与故国情怀》,《求索》2004年第10期。

③ 丁楹:《宋遗民词人交游唱和盛行成因初探》,《重庆文理学院学报》2006年第2期。

④ 陶然:《金元词通论》,上海古籍出版社2001年版,第341页。

⑤ 谢皓烨:《论宋末元初浙江词坛的审美取向》,《赣南师范学院学报》2006年第5期。

⑥ 尹占华:《论周密等西湖词社的创作活动》,《兰州大学学报》2003年第5期。

⑦ 丁楹:《宋遗民词人交游唱和盛行成因再探》,《重庆文理学院学报》2006年第5期。

期是以"西湖词社"为标志,以临安为创作中心的话,那么后期(尤其是入元后)则是以"越中词社"为标志,创作中心则已转移到浙东的越州一带。在以地域为平台的创作群体中有必要特别强调宋季"越中词社"实际存在的价值和越中词坛对于遗民词人创作的实际意义。

众所周知,两浙是宋代经济发达,人文荟萃的先进地区,靖康之变以后,又成为政治文化的中心。然而两浙的东、西从区域史研究的角度说,它们在地理上的差异也是客观存在的。浙东多山地,包括温、处、婺、衢、明、台、越七州,朝廷在越州(绍兴)设置观察使,统领七州;浙西多泽国,包括杭、苏、湖、秀、常、严六州及江阴军、镇江府八地,南宋杭州改称临安是都城,自然是政治经济文化的中心。宋季两浙路词人得天时地利之和,结社联咏之风特盛,这是事实。浙西和浙东虽只一江之隔,但文风却呈现出不同的面貌。南宋词人结社之风先形成于浙西之杭州、湖州,中心在当时的临安。活跃在宋末词坛的重要群体"西湖吟社"中词人,以西湖为背景,或歌咏节序风物,啸傲山川;或浅斟低唱,吟赏烟霞,以抒情怀。其群体成员如杨缵(紫霞)、周密(草窗)、张枢(寄闲)、李彭老(商隐)等人都是文人雅士、社会名流。他们精通音律,又有文采。杨缵知音识曲,有《作词五要》。张枢乃张镃之孙、张炎之父,家有园林之胜,周密说他"善音律",是"承平佳公子"①,张炎说"先人晓畅音律,有《寄闲集》旁缀音谱"②,可见其擅长。周密是临安时期"西湖吟社"的核心人物,与社中人都在师友之间,他们创作观念、审美趣味相近,气味相投,交往密切,唱和频繁。临安词人向以江湖雅人自居,寄情山水,并以优雅的方式生存并创作着。周密《采绿吟》序云:"甲子夏,霞翁〔杨缵〕会吟社诸友逃暑于西湖之环碧〔见图48〕,琴尊笔研,短葛束巾,放舟于荷深柳密间。舞影歌尘,远谢耳目。酒酣,采莲叶,探题赋词。"该群体以临安为中心,优游于湖光山色之间,创作了大量吟咏西湖风光的词作,这是南宋定都临安以来,大量涌现的以西湖为背景的词作的一个缩影。流传下来的"西湖十景"的词作大都成于此时。如张矩《应天长》"西湖十景"③,陈允平《西湖十咏》词,周密的《木兰花慢》"西湖十景",

---

① 周密:《浩然斋雅谈》卷下,辽宁教育出版社 2000 年版。
② 张炎《词源》卷下,《词话丛编》本第 1 册,中华书局 1986 年版,第 256 页。
③ 《全宋词》,中华书局 1982 年版,第 3086 页。

图48　西湖环碧山庄

真所谓"是古今词家未能道者"①。陈允平《西湖十咏》词云："右十景,先辈寄之歌咏者多矣,雪川周公谨〔周密〕以所作《木兰花》示予约同赋,因成,时景定癸亥岁也。"②景定为宋理宗后期年号。据尹占华先生考证,西湖词社集中活动的时间,当是在宋理宗景定四年癸亥(1263)至度宗咸淳元年乙丑(1265)这三年中。③ 也就是说"西湖十景"词的唱和为词社活动拉开了序幕,他们在开宴梅边,饯春东园,主宾赏音,家姬侑尊,忘情于落花飞絮间,抚尽曲中诸调,极一时之盛。从现存的作品看,临安时期西湖吟社的唱和之作合乐尚雅,词人们往往沉醉于"三秋桂子,十里荷花"京都的繁华与美丽之中,简直不知今夕何夕。正如周密后来在《武林旧事序》中回忆宝祐、景定间生活"朝歌暮嬉,酣玩岁月,意谓人生正复若此,初不省承平乐事为难遇也"④。西湖吟社的词人和词作正是这种背景下形成产生的。周密在南宋后期虽然往来于杭州和湖州之间,但他的创作活动主要是在杭州,他见证了以临安为中心词坛唱和的盛况,也经历了南宋灭亡后西湖吟社今非昔比的沉寂。入元以后,临安虽不乏吟事,但词人唱和的中心显然已经向

① 周密:《木兰花慢》序,《全宋词》,中华书局1982年版,第3264页。
② 《全宋词》,中华书局1982年版,第3097页。
③ 参见尹占华:《论周密等西湖词社的创作活动》,《兰州大学学报》2003年第5期。
④ 周密:《武林旧事序》,浙江人民出版社1984年版,第2页。

浙东的越州转移。宋季词人结社联吟之风由名人荟萃的京城继而转移到浙东之越州，并不是偶然的现象，这标志着宋季临安时期文人雅士优游士风的终结和越州时期遗民文人咏物联唱之风的开始，宋季元初越中词社唱和带着浓厚的情感色彩和时代苦难的印痕，与临安时期的唱和性质已大异其趣，而与越地长期积淀的区域性的文化传统却是密切相关的。

（二）词人结社联咏由"应歌"向"应社"转变的词史风标

一般认为越中结社联咏只是西湖吟（词）社或临安词人群的一部分①，其实不然。临安时期的西湖吟（词）社的创作结社缘起与创作动机与后来遗民词人在越州的联咏是两种截然不同的活动。临安时期的西湖吟（词）社吟咏的是流连光景、宴饮酬唱为主体的风雅韵事，而越中结社联咏是兴寄咏物为主体的唱和活动。结社吟咏的题材和情调自不相同，创作动机也不一样，地点也由杭州向越州迁移。社中词人虽有重合，但换了人间，换了地域，换了话题，至关重要的是换了结社的心态。彼时西湖山水依旧，而人事全非。面对残山剩水，周密等西湖吟友再也没有歌咏"西湖十景"时的年少锐气和东园饯春分题倚声时的雅兴。他在写给越地词友王沂孙的词中徒叹："对西风，休赋登楼"②，"但梦绕西泠，空江冷月，魂断随潮"③。周密后期与越中词人往来频繁，不但参加了越中词人发起的咏物联唱活动，而且还长时间地在越地逗留，创作了《一萼红·登蓬莱阁有感》、《满江红·寄剡中醉兄》、《西江月·怀剡》、《高阳台·寄越中诸友》等一批作品：

> 步深幽，正云黄天淡，雪意未全休。鉴曲寒沙，茂林烟草，俯仰千古悠悠。岁华晚，漂零渐远，谁念我，同载五湖舟？磴古松斜，崖阴苔老，一片清愁。回首天涯归梦，几魂飞西浦，泪洒东州。故国山川，故园心眼，还似王粲登楼。最负他，秦鬟妆镜，好河山，何事此时游！为唤狂吟老监，共赋销忧。（原注：阁在绍兴，西浦、东州皆其地）④

①　尹占华《论周密等西湖词社的创作活动》把《乐府补题》之联唱视为西湖词社的后期活动；许芳红《临安词人隐逸心态的精神栖息与故国情怀》认为临安词人群是以临安为中心，包括山阴、会稽一带。参见《求索》2004年第10期。

②　周密：《声声慢·送王圣与次韵》，《全宋词》，中华书局1982年版，第3290页。

③　周密：《忆旧游·寄王圣与》，《全宋词》，中华书局1982年版，第3290页。

④　周密：《一萼红·登蓬莱阁有感》，《全宋词》，中华书局1982年版，第3290页。

秋水涓涓,情渺渺、美人何许。还记得、东堂松桂,对床风雨。流水桃花西塞隐,茂林修竹山阴路。二十年、历历旧经行,空怀古。评砚品,临书谱。笺画史,修茶具。喜一愚天禀,一闲天赋,百战征求千里马,十年饾饤三都赋。问何如、石鼎约弥明,同联句。①

地域是词人创作的舞台。周密本齐人,出生在湖州,由于长期寓居杭州,遂成为浙西词社的中坚人物。入元以后他频繁参与浙东词人组织的联咏,融入其中,自然成为越中结社联咏的一分子,词人张炎也复如此。早年张炎以宋贵介公子的身份居临安,与父辈优游吟咏于楼台湖山间,其《木兰花慢》词序有"呈雪川吟社〔西湖吟社〕诸公"②之字样,说明他与西湖吟社有交往。入元后,张炎"无心再续笙歌梦","怕见飞花,怕听啼鹃"③,自称是"写不成书,只寄得相思一点"的"孤雁"④,他"东游山阴、四明、天台间"⑤,写下了《台城路·杭友抵越,过鉴曲渔舍会饮》、《声声慢·别四明诸友归杭》、《湘月·余载书往来山阴道中》⑥、《忆旧游·登越州蓬莱阁》、《渡江云·山阴久客,一再逢春,回忆西杭,渺然愁思》、《声声慢·寄叶书隐(叔昂室名)》等词作。张炎在浙东一带交游唱和的词人亦大都是越地的同人和隐逸之士,如山阴王沂孙、徐平野、叶叔昂、越僧樵隐、姚江陈文卿等。张炎《木兰花慢·为越僧樵隐赋樵山》:

> 龟峰深处隐,严壑静,万尘空。任一路白云,山童休扫,却似崆峒。
> 只恐烂柯人到,怕光阴,不与世间同。旋采生枝带叶,微煎石鼎团龙。
> 从容。吟啸百年翁。行乐少扶筇。向镜水传心,柴桑袖手,门掩清风。
> 如何晋人去后,好林泉,都在夕阳中。禅外更无今古,醉归明月千松。⑦

张炎对越僧住处的赞美,表现了词人对理想的隐逸生活的心期,字里行间不难感受到词人对越地的神往之情。

---

① 周密:《满江红·寄剡中醉兄》,《全宋词》,中华书局 1982 年版,第 3288 页。
② 张炎:《山中白云词》,中华书局 1983 年版,第 1262 页。
③ 张炎:《高阳台·西湖春感》,《山中白云词》,中华书局 1983 年版,第 2 页。
④ 张炎:《解连环·孤雁》,《山中白云词》,中华书局 1983 年版,第 20 页。
⑤ 戴表元:《送张叔夏西游序》,《山中白云词》序录,中华书局 1983 年版,第 162 页。
⑥ 张炎《湘月》词序云:"余载书往来山阴道中,每以事夺,不能尽兴。戊子冬晚,与徐平野、王中仙〔沂孙〕曳舟溪上。天空水寒,古意萧飒。中仙有词雅丽,平野作晋雪图,亦清逸可观,余述此调,盖白石念奴娇鬲指声也。"
⑦ 张炎:《山中白云词》,中华书局 1983 年版,第 11 页。

景炎三年(1278)十二月,元僧盗发六陵,此间张炎正旅居在山阴,与王沂孙、徐平野等唱和。据咏物词专集《乐府补题》提供的资料,周密、王沂孙、张炎、王易简、冯应瑞、唐艺孙、吕同老、李彭老、李居仁、陈恕可、唐珏、赵汝钠、仇远(佚名1人)等14位遗民词人在此期间曾举行过五次大型的集社活动,联吟唱和分咏龙涎香、白莲、莼、蝉、蟹等物,共存词作37首。其中《天香·宛委山房拟赋龙涎香》8首,《水龙吟·浮翠山房拟赋白莲》10首,《摸鱼儿·紫云山房拟赋莼》5首,《齐天乐·余闲书院拟赋蝉》10首,《桂枝香·天柱山房拟赋蟹》4首。词人聚集越地以咏物词的创作来互相酬唱,并将这些在集社活动中的咏物之作汇集为《乐府补题》,其间流露出故国之思、亡国之恨的情感意绪,似与南宋六陵的被掘被盗的政治悲剧相关。《乐府补题》是越地词人结社联吟的产物,反映了越中遗民词人群体的结社酬唱的基本面貌。《乐府补题》拈题分韵的创作方法,对于我们了解越中词社咏物词创作的形式和文化风尚也大有裨益。

首先,《乐府补题》标明了作品分咏的地点均在越中名流的山房书院。这五题分咏的地点分别是宛委山房、浮翠山房、紫云山房、余闲书院、天柱山房等五处。夏承焘《〈乐府补题〉考》云:"其集会之地若宛委山房、天柱山房、紫云山房皆以越山得名〔宛委山即天柱山,亦名玉笥山,在会稽县东南。紫云山在府城东南〕。"①从现存词作看,越中结社联咏活动的形式是:定点、定词牌、分题咏物唱和的形式,如在宛委山房(陈恕可之居)赋龙涎香,调寄《天香》,同赋者有王沂孙、周密、王易简、冯应瑞、唐艺孙、吕同老、李彭老、无名氏共8人;于紫云山房(吕同老之居)赋莼,调寄《摸鱼儿》,同赋者王易简、唐珏、王沂孙、李彭老、无名氏等5人;浮翠山房(唐艺孙之居)拟赋白莲,调寄《水龙吟》,同赋者周密、王易简、陈恕可、唐珏、吕同老、赵汝钠、李居仁、张炎、王沂孙等9人;又在余闲书院(王英孙之居)拟赋蝉,调寄《齐天乐》,同赋者仇远、唐艺孙、王沂孙、吕同老、王易简、周密、唐珏、陈恕可等8人;又于天柱山房(王易简之居)赋蟹,调寄《桂枝香》,赋者陈忽可、吕同老、唐艺孙、唐珏4人。五次活动人数不等,最多的聚集9人次,最少的只有4人次。与临安时期西湖吟社社友间规模不大的组合形式比较接近。清代词论家厉鹗为此赋诗:"头白遗民泣不禁,补题风物在山阴。残蝉身世

① 夏承焘:《乐府补题考》,《唐宋词人年谱》,上海古籍出版社1979年版,第378页。

香莼兴,一片冬青冢畔心。"①正因为唱和的地点在越州,发起人或组织者在越州,说明当时的越州为词社的生成创设了很好的平台。另外,从周密、张炎的众多词序看,入元之初,他们或寓居在越中,或频繁往来于杭越之间,参与越中词社联吟活动,与越地词人关系密切,十分稔熟,他们的词集中一些追忆越中行吟唱和的文字,为我们考察当时越州词坛的盛况提供了有效信息。

其次,《乐府补题》的作者大多是宋元易代时期活跃在词坛上的知名人物,他们的作品完全可以代表那个时期的词坛的整体实力。择其要者,如周密(1232—1308),前期寓居临安,是临安西湖吟社的代表人物,编有《绝妙好词》。在南宋词坛上与吴文英并称为"二窗",是时往来于杭越间。张炎(1248—1371?),南宋主战名将张俊之后,西湖吟社张枢之子,精通词律,著有《词源》二卷,后人把他与姜夔并称"姜张",是时寓居山阴。王沂孙,字圣与,号碧山,会稽(绍兴)人,年辈与张炎相仿,有《花外集》,又名《碧山乐府》,存词六十余首,是宋末词人中咏物词最多、最工者。清代常州派词人对其推崇备至,把他与周邦彦、辛弃疾、吴文英等称为领袖有宋一代的四家词人。王英孙,会稽人。父为南宋保端明殿学士,家资豪富。宋亡之际,好延揽四方名士,林景熙、谢翱、周密、唐珏皆居其家,实为重葬六陵陵骨之主使者,越中词社的实际组织者。唐珏,山阴人。家贫,聚徒授经。宋六陵被盗,曾邀里中少年暗易帝后陵骨葬至兰亭天章寺前,与王沂孙等参加了浮翠山房、紫云山房、余闲书院、天柱山房的词社唱和活动。正是这么一批词名显赫的词人和社会名流活跃在文坛上,他们秉承了浙东文人结社联吟的风气,创作出一大批足以转移文坛风气的咏物词,左右了宋元易代时期词坛的走向。

第三,入元以后,浙东文人对元蒙统治的抵触情绪是比较强烈的,特别是在越地发生了元僧杨琏真伽盗发越地南宋六陵事件(见图49)之后,激起了越中义士的民族义愤。元僧杨琏真伽盗发在会稽宝山的南宋诸帝后陵墓,"发赵氏诸陵寝,至断残肢体,攫珠襦玉柙,焚其弃骨草莽间",后又下令裹陵骨杂置牛马骨骼中,筑塔压之,名曰"镇南"②。国族沦亡,桑海巨变,

① 厉鹗:《论词绝句》,《樊榭山房集》,上海古籍出版社1992年版。
② 陶宗仪:《南村辍耕录》卷四,《陶宗仪集》,浙江人民出版社2005年版。

皇陵被盗，宗室蒙辱，越中义士如王英孙、唐珏、林景熙、谢翱等冒着生命危险，亲身搜求诸陵遗骨，加以重葬。如唐珏、王英孙亲身经历了护陵义举，本身又是词社中人，他们的情绪和义举不会不对周围的文人，特别是词社中人产生直接的影响。因此，《乐府补题》所咏之物，清代以来许多著名词家都认为《乐府补题》有寄托，并概有所指，有的还作句句比附式诠解。20世纪30年代，夏承焘先生撰《乐府补题考》，发展了清人的观点，他指出："清代常州词人，好以寄托说词，而往往不厌附会；惟周济词选，疑唐珏赋白莲，为杨琏真伽发越陵而作，则确凿无疑；予惜其但善发端，犹未详考《乐府补题》全编，援引杂书，为申其说。"①认为"补题所赋凡五：曰龙涎香、曰白莲、曰蝉、曰莼、曰蟹。依周（济）、王（树荣）之说详而推之，大抵龙涎香、莼、蟹以指宋帝，蝉与白莲则托喻后妃。故赋龙涎香屡曰'骊宫'、'惊蛰'……赋莼赋蟹屡曰'秦宫'、'髯影'"②。认为所咏之物，当与宋亡后杨琏真伽盗发越地六陵事相关，是有寄意之作。前人的指证也许有过于质实处，所以

---

① 夏承焘：《唐宋词人年谱》，上海古籍出版社，1979年版，第376页。

② 夏承焘：《乐府补题考》，《唐宋词人年谱》，上海古籍出版社1979年版，第377页。

学术界对清代以来的比兴寄托说一般都持审慎的态度。但《乐府补题》作为一本特定背景下的咏物唱和词集,触物伤怀,采取比兴寄托的手法,抒发亡国哀思、民族情绪应该是情理之中。如王沂孙《齐天乐·蝉》:

> 一襟余恨宫魂断,年年翠阴庭树。乍咽凉柯,还移暗叶,重把离愁深诉。西窗过雨,怪瑶佩流空,玉筝调柱。镜暗妆残,为谁娇鬓尚如许?铜仙铅泪似洗,叹移盘去远,难贮零露。病翼惊秋,枯形阅世,消得斜阳几度?余音更苦!甚独抱清商,顿成凄楚?漫想薰风,柳丝十万缕。

《齐天乐》不是一首单纯的咏物词,它是有寄托的。当然,这种寄托是指整首词而言,决不是清人端木埰所理解的句句比附式的寄托。碧山的寄托,一方面是由于其寒蝉身世所致,另一方面是由于他表情蕴藉。词中所言完全是词人触物伤情之言,"病其惊秋,枯形阅世,消得斜阳几度?"作者也有蝉一样的身世,因此,在咏物时,人和蝉合而为一,不可轻分。关于寄托,况周颐说:"身世之感通乎性灵,即性灵即寄托,非二物相比附也。"①王沂孙在词中,虽然用齐王后尸变为蝉,魏文帝宫女莫琼树制蝉鬓"缥缈如蝉",魏明帝拆迁汉武帝所筑承露盘,"仙人临载,乃潸然泪下",李贺《金铜仙人辞汉歌》并有"忆君清泪如铅水"句等故实,寄慨兴亡之意。其中对蝉的凄凉身世、惨痛末路的渲染中流露的幽情苦绪,都写得如此哀婉深切,含蓄而凝重。寄托是性灵的自然流露,碧山借咏物言身世之感,抒国族沦亡之情,感情沉郁,寄托遥深,所以特别真切感人。

当然,越中词人结社联咏唱和的范围远不止咏物,但以《乐府补题》为代表的分题咏物唱和词的大量集中出现,正好说明越中词社存在的客观性,它的产生与存在也是词坛风会转移的必然选择。自北宋以来,咏物词开始有所发展,到了南宋的辛弃疾、姜夔、史达祖,咏物渐成风气。词这种体裁本来就长于表达低徊要眇之情感,咏物让遗民词人们发现了表达情怀的新天地。南宋末年越州宝山的六陵被掘被盗,词人以比兴咏物来抒写亡国之恨、身世之悲,是一种很自然的选择。《乐府补题》所使用的比兴寄托之法,与文学传统和作品样式关系更为密切,比较起来,现实政治的因素或

---

① 况周颐:《蕙风词话》卷五,人民文学出版社1982年版,第127页。

许是次要的。① 在这个风会转移的过程中,越地遗民词人所建立起来的艺术旨趣和艺术风范最能够代表或凸显彼时的词坛风气,这是我们要注意的,越中词家的联吟可以说是那个时代的一道文学风景。

周济在《介存斋论词杂著》中说:"北宋有无谓之词以应歌,南宋有无谓之词以应社。"宋季元初越中文人结社联唱其实也是词体文学由传统"应歌"向"应社"转型大背景下的产物。越中遗民词人的交游唱和活动,不同于以往诗人词客的风流雅集,他们的唱和是特殊政治背景下文人的无奈选择,带有易代之交遗民隐逸边缘文化的内涵,是情感抒发的最后支点,因为除此以外他们别无选择。因此,遗民词人之间的结社唱和意识,比起以前来得更为强烈和自觉。赵翼说:"南宋遗民故老,相与唱叹于荒江寂寞之滨,流风余韵,久而弗替,遂成风会。"②"越中词社"的实际存在对显示词史的风标走向无疑具有重要的意义。

(三)两浙路词人结社联咏之风的地缘特点

宋季两浙路词人结社联咏有着明显的地缘特点,是地域文化传统和文坛风气使然。

先说地域文化传统。宋元之交浙西的西湖词社和浙东越中词社联咏唱和犹如一波两折,两者关系密切,但因为文化背景不同,又有很大的区别。

浙西之钱塘自唐五代以来城市经济得到了很大的发展,吴越国建都于此,特别是宋室南渡建都临安,山川宫阙,衣冠礼乐甲于天下。南宋朝廷偏安一隅,表面上的承平气象,使杭城日益繁盛,朝歌暮嬉,享乐之风遂兴:

> 〔西湖〕皆台榭亭阁,花木奇石,影映湖山,兼之贵宅宜舍,列亭馆于木堤;梵刹琳宫,布殿阁于湖山,周围胜景,言之难尽。东坡诗云:"若把西湖比西子,淡妆浓抹总相宜。"正谓是也。近者画家称湖山四时景色最奇者有十:曰苏堤春晓、曲院荷风、平湖秋月、断桥残雪、柳浪闻莺、花港观鱼、雷峰夕照、两峰插云、南屏晚钟、三潭映月。春则花柳争妍,夏则荷榴竞放,秋则桂子飘香,冬则梅花破玉,瑞雪飞瑶。四时

① 参见张宏生:《乐府补题与元初文网》,《古典文学知识》2001 年第 4 期。
② 赵翼:《廿二史札记》三十《元季风雅相尚》,中国书店 1987 年版。

之景不同,而赏心乐事者亦与之无穷矣。①

《梦粱录》中,画家眼中西湖四时景色最奇者之"十景"与西湖词(吟)社中词家笔下的"西湖十景"是何其相似。

周密《武林旧事》之《西湖游幸》也写道:

> 西湖天下景,朝昏晴雨,四序总宜。杭人亦无时而不游,而春游特盛焉。承平时……大贾豪民,买笑千金,呼卢百万……日糜金钱,靡有纪极。故杭谚有"销金锅儿"之号,此语不为过也。②

当时的京城临安确实是一个消费型的城市,文人士大夫生活其间,不可能不受京都文化的影响,以杨缵、周密为中心的西湖词社对西湖的联咏唱和活动,以及文风细腻,词风优雅,正是西湖承平时期文人雅士享乐生活的写照。

浙东多山多丘陵,越地自然环境相对逼仄,自古以来民风强悍、理性、务实,不事浮华。这是越地固有的文化传统,在民风趋向文弱的历史转型之后,这种强悍务实的特点始终以隐性形态积淀在越人后裔的血脉之中,一遇民族生死存亡时期,便会表现出来。建炎四年(1130),当高宗赵构再次返回驻跸越州时,越地臣民纷纷上书上表,呼吁重振河山。高宗受越地民风的感召,应群臣之请,宣布"绍万世之宏林,兴百王之丕绪"的大赦文,意思说要继承先辈创立的福荫,完成国家未竟的功业,并取这两句的首字"绍兴"二字为年号(1131),以示中兴之决心。南宋越地诗人陆游的恢复之志,以及后来浙东学派理性务实的学风,都是对越地传统文化精神的仰承。

在宋末元初这个特殊时期,越中词人的创作从整体上表现为一种移情咏物,表达沧桑变故的群体行为,他们纷纷结社联咏,在宋季词风衰微之余,抗节遁迹,抒国族之痛,遗民之悲,凄婉之音,都浓缩在以咏物为标志的词作中,这些作品"为两宋词添上个彗星光尾一样的结束"③。王沂孙和同时代的周密、仇远、张炎、陈允平、戴表元等都是此际词坛的中坚人物。宋季越中词社唱和带着浓厚的故国之思和时代苦难的烙印,不失为南宋遗民词人最后的心灵守望。

---

① 吴自牧:《梦粱录》卷十二《西湖》,中国商业出版社 1982 年版,第 96 页。
② 周密:《武林旧事》卷三,中国商业出版社 1982 年版,第 43 页。
③ 吴熊和:《唐宋词通论》,浙江古籍出版社 1989 年版,第 260 页。

再说文坛风气。两浙路自古就有文人诗酒唱和的风气与文脉,东晋永和兰亭雅集,越地诗酒文会之风由此形成;入唐以后,浙东、浙西一带俨然是文人唱和的一方乐土。如大历年间越州诗人严维、鲍防等发起的以越州州治为中心的浙东唱和活动,湖州诗人颜真卿、皎然等组织的浙西湖州联唱等,在诗坛上均产生了开风气的巨大影响。由此而形成的《大历浙东联唱集》①、《吴兴集》②、《吴越唱和集》③、《杭越寄和诗集》④等以方镇使府地域为中心的诗歌联唱集、唱和集,说明两浙路文坛联唱的风气已蔚然成风。逮及两宋,此风从诗坛波及词苑,南宋爱国词人辛弃疾晚年起为浙东观察使,知绍兴府,在越中怅望山川,缅怀历史,一口气写下了四首《汉宫春》词,有慷慨纵谈今古的气度,最负名的是《汉宫春·会稽蓬莱阁观雨》和《汉宫春·会稽秋风亭怀古》,前者云:

> 秦望山头,看乱云急雨,倒立江湖。不如云者为雨,雨者云乎。长空万里,被西风、变灭须史。回首听,月明天籁,人间万窍号呼。谁向若耶溪上,倩美人西去,麋鹿姑苏。至今故国人望,一舸归欤。岁云暮矣,问何不、鼓瑟吹竽。君不见,王亭谢馆,冷烟寒树啼乌。

原唱一出,应和者甚众。张镃《汉宫春·稼轩帅浙东,作秋风亭成,以长短句寄余,欲和久之》⑤,李兼善有和词⑥,姜夔作《汉宫春·次韵稼轩蓬莱阁》:

> 一顾倾吴。芒萝人不见,烟杳重湖。当时事如对弈,此亦天乎。大夫仙去,笑人间、千古须史。有倦客、扁舟夜泛,犹疑水鸟相呼。秦山对楼自绿,怕越王故垒,时下樵苏。只今倚阑一笑,然则非欤。小丛解唱,倩松风、为我吹竽。更坐待、千岩月落,城头眇眇啼乌。⑦

----

① 欧阳修、宋祁等修撰《新唐书》卷六十《艺文志》著录《大历年浙东联唱集》二卷。

② 欧阳修、宋祁等修撰《新唐书》卷六十《艺文志》著录《吴兴集》十卷。《全唐文》卷五一四殷亮《颜鲁公行状》云此为"铙鼓之文及词客唱和之作"。

③ 《苕溪渔隐丛话·前集》卷三十八引蔡启《蔡宽夫诗话》云:"〔李〕文饶镇京口,时乐天在苏州,元微之在越州,刘禹锡在和州,元、刘与文饶唱和往来甚多,谓之《吴越唱和集》。"

④ 《宋史》卷二〇九《艺文志》八《集类·总集类》云:"元稹、白居易、李谅《杭越寄和诗集》一卷。"

⑤ 参见《全宋词》,中华书局1982年版,第2753页。

⑥ 辛弃疾有《汉宫春·答李兼善提举和章》,《全宋词》,中华书局1982年版,第1864页。

⑦ 《全宋词》,中华书局1982年版,第2816页。

　　两浙路词坛结社联咏的创作风气是地域文化长期积淀的一个缩影。以"西湖词社"和"越中词社"为标志的宋季两浙路词人结社唱和活动,正是在这样一种文化背景之下的文脉延续。

第六章　越地文坛艺苑鼎盛论

　　越文学艺术经历了三次发展机遇,到元明清时期已臻鼎盛之势。书画、戏曲、小说、诗文、词学等一流大家层出不穷,成批涌现,在文学艺术领域中引领潮流,代表着文坛主流方向。其优势形成于地域,其影响则波及全国。与以往文学艺术发展一定程度上依托政治文化中心的转移有所不同,越文学艺术繁荣的标志表现为:一方面,越地文艺人才和人气的集聚完全成为一种纯粹成熟的文化现象,不再依托政治中心等背景,成为文艺中心。元明清三代,政治中心依然北居,而文化中心,特别是文艺中心,江南则当之无愧。越文学艺术作为文艺江南的有机组成,已经牢牢建立起属于地域的个性鲜明的文化场,吸引着海内外的目光,吸引大批人才前来感受属于地域的文艺氛围和文化特色。康熙、乾隆数下江南,充分可见文化场的人气指数。另一方面,本土大家越来越表现出成熟的艺术自信和对本土文化的认同。他们植根于本土文化,并且对本土文化表现出强烈的兴趣,引以为自豪,欣赏甚至迷恋。这是一个创造大家的时代,他们独立不羁,不盲目趋附,表现出充分的自信与气度。在晚明以来思想变革的引领下,文学艺术领域屡屡创造引领时代潮流,表现出鲜明的艺术趣味与诗性精神。这个时期,中国文艺史上具有相当知名度的、深远影响力的多才多艺的艺术家以及标志性的成果,在越地如雨后春笋般诞生。书画艺术兼擅者如赵孟頫、徐渭、陈洪绶、赵之谦等;诗文曲胜场者如杨维桢、徐渭、王骥德、张岱、李慈铭、袁枚等;文艺思潮开宗立派、稳执牛耳者如王守仁、刘宗周、黄宗羲等,所谓"士比鲫多",诚极一时之盛。

一、越中诗坛的地域性特征

在文学领域,诗歌往往是最早感受到思想的脉动,呼吸到自由的空气。从"铁崖体""越诗派"到明清时期以"性灵"为特色的创作,正是越地诗人从不自觉到自觉的觉醒过程。

(一)率性而发的"铁崖体"

元末明初文学成就主要集中在东南地区,领袖人物是杨维桢和高启。前者是著名的"铁崖诗派"的开创者、越中杰出的文坛大家。后者是"吴中四杰"、"北郭十子"的杰出代表。在元明之际文坛上,杨维桢是一位作品个性鲜明、知名度很高、而且有争议的著名人物,正是他那区别于从儒家正统观念出发的所谓"性情之正",独具个性的创作,进一步凸显了越文学的地域性特征,并且开创了明代的"性灵"说的先河。

杨维桢(1296—1370),字廉夫,自号铁崖,晚年又号老铁、东维子、铁笛道人、抱遗老人,绍兴诸暨人(见图50),一生的活动主要在元代后期,明代初期。个性特立独行,有令世人侧目处。泰定四年(1327)以《春秋》经登李黼榜进士,他勤于理事,政绩卓然。历任天台县尹、绍兴钱清场盐司令、杭州四务提举、建德路总管府推官。曾擢江西儒学提举,因兵乱道梗未成行,避地富春山,后又挈家归钱塘。由于他为官廉直,个性率真,狷直傲物,不免"与时龃龉"①,故"众恶其直,且目为狂生"②,仕途并不通达。入明后,因

---

① 《元故奉训大夫江西等处儒学提举杨君墓志铭》,《宋文宪公全集》卷二,四部备要本。

② 《铁崖先生传》,《清江贝先生集》卷十,四部丛刊初编本。

文名重东南,成为新朝笼络对象。张士诚开藩姑苏,广招名流,东南名士纷纷依附,杨维祯独不应召,宁愿浪迹山水之间。明洪武二年(1369),明太祖朱元璋征召诸儒纂修礼乐书,派翰林院侍读学士詹同持厚礼聘请,杨维祯将自己比作老客妇,予以婉拒。后来在朝廷的一再催促下,他明确表示只受事,不受官,并赋《老客妇谣》以明志:"皇帝竭吾之能,不强吾所不能,则可;否,则蹈海死耳。"在得到朱元璋承诺后,他才前往南京受事。而待所纂礼书条目略定,即以布衣身份告退还乡,抵家作《归全堂记》,以示完节归全之意。后因肺疾辞

图50 杨维祯

世,享年75岁。应该说,其不仕新朝、恪守节操之志是相当坚定的。因此,"若与之官,将亦必受之"之说,纯属无端猜测。

杨维祯生性豁达,喜欢周游山水,以文会友,"不尚峻绝之行,接引人物,称之恒过其实,士以此咸附之;而于负者,亦未尝较曲直,他日遇之如初","名执政与司宪纪者,艳君之文,无不投贽愿交,而缙绅大夫与岩穴之士踵门求文者,座无虚席"。① 与其有诗文交并为其所称誉的东南之士,就有永嘉李孝光、张天英、郑东,钱塘张天雨,天台丁复、项炯等。至于求业于其门者,则"南北逾百人"②,其中以张宪、袁华、贝琼等人最为著名。可以说,在杨维祯周围形成了一个颇有影响力的文学圈。终其一生,杨维祯在官场上坎壈失意,政治上未得大用,然而在学术上却多有作为。

他学问渊博,著述丰富。在文学、史学、经学等领域均取得了丰赡的成果,有"文章巨公"、"文中之雄"、"第一诗宗"之誉。其诗赋文集有:《东维

① 《元故奉训大夫江西等处儒学提举杨君墓志铭》,《宋文宪公全集》卷十,四部备要本;《铁崖先生传》,《清江贝先生集》卷二,四部丛刊初编本。
② [清]朱彝尊:《曝书亭集》卷六十四《杨椎祯传》,丛书集成初编本。

子文集》、《铁崖古乐府》、《乐府补》、《复古诗集》、《丽泽遗音》、《铁崖赋稿》等。《东维子集》凡 31 卷,其中文 28 卷,诗 2 卷,杂文 6 篇,附录 1 卷。四库馆臣以为其文"文从字顺,无所谓蒨红刻翠以为涂饰,聱牙棘口以为古奥者也"①。杨维祯对于文学多有精辟之见,如在《鹿皮子文集·序》中强调,文为传世之器,当"高而当"、"奥而通",反对"言庞义淫"之作。

杨维祯的诗歌被称为"铁崖(雅)诗"或"铁体"②,在当时影响是很大的。由于他和他的弟子及追随者实际上形成一个诗派,加上他们在很大程度上恢复了南宋词坛盛行的标宗立派的门户做法,相互炫耀,所以名声很大。《明史·文苑传》列其传于首,说他至吴中后,"海内荐绅大夫与东南才俊之士,造门纳履无虚日"。宋濂在《元故奉训大夫江西等处儒举杨君墓志铭》中说:"元之中世,有文章巨公,起于浙河之间,曰铁崖君。声光殷殷,磨戛宵汉,吴越诸生多归之,殆犹山之宗岱,河之走海,如是者四十年乃终。"③素称博洽平正的四库馆臣也称他"横绝一世之才","以诗文奇逸凌跨一时",可见其影响。当然,对当时文坛追捧杨维祯的现象,也有出言不逊,加以诋毁抨击者。如元末王彝对杨维祯之文学影响颇不以为然,曾作《文妖》一文曰:"浙之西,有言文者必曰杨先生。余观杨之文,以淫词怪语裂仁义、反名实,浊乱先圣之道,顾乃柔曼倾衍、黛绿朱白而狡狯幻化奄焉以自媚,是狐而女妇则,宜乎世之男子者之惑之也。故曰:会稽杨维祯之文,狐也,文妖也。"④显然,这种漫骂式的评论已经超越了文学的本义,连四库馆臣也以为王彝之词未免"矫枉过直,而诟厉亦伤雅"⑤了。明代胡应麟对杨维祯在称赞的同时惜其"大器小成",明末钱谦益则贬多于褒。《四库全书总目·铁崖古乐府条》中说:"元之季年,多效温庭筠体,柔媚旖旎,全类小词,维祯以横绝一世之才,乘其弊而力矫之,根柢于青莲、昌谷,纵横排奡,自辟町畦,其高者或突过古人,其下者亦多堕入魔趣。故文采照映一时,而弹射

---

① 《四库全书总目》卷一六八《集别·别集类二一·东维子集》,中华书局 1992 年版,第 1461 页。

② 杨维祯曾居吴山铁冶岭,因号"铁崖"。《明史·杨维祯传》有"铁崖体"之说。又,朱彝尊《静志居诗话》中有"铁崖流派"之说。

③ 《宋濂全集》,浙江古籍出版社 1999 年版,第 679 页。

④ 《文妖》,《王常宗集》卷三,四库文渊阁本。

⑤ 《四库全书总目》卷一六九《集部·别集类二二·王常宗集》,中华书局 1992 年版,第 1469 页。

者亦复四起。"自元至清,这种评论无疑是较为公允的。

杨维桢诗之所以引起不同的评价甚至争议,实缘于其独标一帜的性情化的创作,而这种带有叛逆性的个性创作无疑是植根于越地深厚文化传统、与生俱来的。

杨维桢最有特色的创作是他的古乐府诗,在体格上都有所创造、变化,民歌体竹枝词也写得婉丽动人,乃至被人视为唐代刘禹锡后第一人。他反对模拟,不主张写律诗,推崇和学习李贺的古乐府,实际上是对元初以来的学唐风气中的一种模拟倾向的反思和批评。章琬《辑铁雅先生复古诗集序》中说:

> 我朝诗体备奥,惟古乐府则置而不为,天历以来,会稽杨先生与五峰李先生始相唱和,为古乐府辞……绾登铁门学诗,因辑先生所制者二百首,连吴复所编又三百首,名曰《铁雅先生复古诗集》。此集出而我朝之诗斯为大备……此先生之作,所以为复古,而非一时流辈之所能班,南北词人,推为一代诗宗。

元代大德延祐以来,宗唐之风盛极一时。随之而来出现一种弊病,即只在模仿词句上下功夫,杨维桢的创作是逆这种潮流而发。诗写性情,本非新见,元代一些著名诗人如赵孟𫖯、虞集,也都有这种说法。问题的契机在于对"性情"的解释,虞集囿于"情性之正",实即传统的"温柔敦厚"说,因此提倡淡泊、安静的诗风。从杨维桢的创作实践看,他在写作"闵时病俗,陈善闭邪"的诗歌的同时,又醉心于写作艳情、游宴诗歌,后者影响很大,甚至被视做他"平生性格所好"乃至他的"诗格"。[①] 因此,他的"性情"说和传统的"情性之正"观点显得不同。他的写诗贵在"性"和"神"的见解,因此有研究认为,杨维桢的创作与明代后起的"性灵"说相类,不妨说,他的这种观点实际上开了"性灵"说的先河。[②]

和元明清许多诗人一样,杨维桢的创作也是从宗唐开始的。他学李贺,但不停留于色泽、词句,而能掌握李贺诗作艺术上的个性化特点。他学刘禹锡仿民歌而写的竹枝词婉丽动人,在元末大放异彩,于是竞写竹枝词成为一时风尚,或叫"西湖竹枝词",或叫"海乡竹枝歌",或叫"吴下竹枝

---

① 《归田诗话》曾标举杨维桢的艳情诗《无题效商隐体四首》和"嬉春体"诗,称为"廉夫诗格"。

② 参见邓绍基:《略谈杨维桢诗歌的特点》,《湖北大学学报》1989 年第 4 期。

歌",不一而足。在这场"竹枝词热"中,杨维祯的作品极受明清两代人的激赏,乃至认为他是唐代刘禹锡后第一人。由于"西湖竹枝词"之名称为杨维祯首倡,响应属和者数以百计,元至政八年,杨维祯又将120家的184首竹枝词编写成《西湖竹枝集》,影响更大,一直影响到明清两代。吴复于至正六年编辑《铁崖先生古乐府》卷十收有杨维祯的《西湖竹枝歌》、《吴万竹枝歌》和《海乡竹枝歌》共20首。明代著名学者和诗评家胡应麟激赏其中的"劝郎莫上南高峰",认为"其婉丽梦得靡加",清代王士祯和翁方纲等人也很激赏杨维祯的竹枝词。王士祯的《渔洋诗话》曾有"竹枝古称刘梦得、杨廉夫"的说法。翁方纲《石洲诗话》中说:"廉夫自负五言小乐府在七言绝句之上。然七言竹枝诸篇,当与小乐府俱为绝唱。刘梦得以后,罕有伦比。而竹枝尤妙。"

《铁崖古乐府》为杨维祯门人吴复编,定稿于元至正六年(1364)。现有版本多种,通行的较好本子有四部丛刊本《铁崖先生古乐府》10卷、四库文渊阁本辑汲古阁本,内附《乐府补》6卷、四部备要本《铁崖乐府注》10卷、《铁崖咏史注》8卷、《铁崖逸编注》8卷。对杨维祯的乐府诗,纪昀作过这样的评论。他说:

> 元之季年,多效温庭筠体,柔媚绮旎,全类小词。维祯以横绝一世之才,乘其弊而力矫之,根柢于青莲、昌谷,纵横排奡,自辟町畦,其高者或突过古人,其下者亦多堕入魔趣,故文采照映一时,而弹射者亦复四起。然其中如拟《白头吟》一篇曰:"买妾千黄金,许身不许心。使君闻有妇,夜夜白头吟。"与三百篇风人之旨亦复何异? 特其才务驰骋,意务新异,不免滋末流之弊,是其一短耳。去其太甚则可,欲竟废之,则究不可磨灭也。①

乐府诗是杨维祯诗歌创作的主体,亦是他生平最为自负的作品。他曾说:"七言绝句体人易到,吾门章木能之。古乐府不易到,吾门张宪能之。至小乐府,二三子不能,惟吾能之耳。"②然而,人们对它的评价却颇不一致。

---

① 《四库全书总目》卷一六八《集部·别集类二一·铁崖古乐府集》,中华书局1992年版,第1462页。

② [清]王士祯:《池北偶谈》卷十五《谈艺五·小乐府》,中华书局1982年版,第357页。

张天雨赞其"上法汉、魏而出入于少陵、二李之间","隐然有旷世金石声"①，褒之甚高。陆容则说："观其《正统辨》、《史钺》等作，皆善已。若《香奁》、《续奁》二集，则皆淫亵之词"②，贬之极低。这里，纪昀认为，在元末乐府趋于"柔媚旖旎，全类小词"之际，杨维祯乘弊而起，独辟蹊径，仿古而不落窠臼，确有超越前人之处。在总体上肯定的同时也指出，由于刻意新异，一些作品不免"堕入魔趣"，而滋末流之弊。

《复古诗集》为杨维祯门人章琬所编。皆《琴操》、《宫冶》、《冶春》、《游仙》、《香奁》等作，而《古乐府》也错杂其间。因其诗体不为时俗所重，故名为复古。章琬《铁崖先生复古诗集·序》认为此集出，而本朝之诗斯为大备。"嗟乎，红紫乱朱，郑卫乱雅，生于季世而欲为诗于古，度越齐梁，追踪汉魏，而上薄乎骚雅，是秉正色于红紫之中，奏《韶》于郑卫之际，不其难矣哉！此先生之作，所以为复古，而非一时流辈之所能班。"此说虽有过于溢美之处，却道出了杨维祯逆时流而刻意求变求新的用意。

在杨维祯的诗文创作宗旨中，有一点十分突出的，就是强调诗出情性。其中最引人注目的是反叛传统的"异端"倾向，肯定人性的"自然"本性。杨维祯认为："诗者，人之情性也，人各有情性，则人各有诗也。"③他反对当时学者"执笔呻吟，模朱拟白"④的作诗风气，主张作诗当为"自家之诗"。他说："诗得于师，固不若得于资之为优也"，又说："诗不可以学为也，诗本情性，有性此有情，有情此有诗也。上而言上，雅诗情纯，风诗情杂；下而言之，屈诗情骚，陶诗情靖，李诗情逸，杜诗情厚。诗之状未有不依情而出也。"认为诗歌创作的关键在于陶冶己之性情，"虽然不可学，诗之所出者不可以无学也。声和平中正必由于情，情和平中正或矢于性，则学问之功得矣"⑤。因此，在他的诗歌作品中，或托情山水，直抒胸臆，如《西湖竹枝歌》、《庐山瀑布谣》等；或感事伤怀，忧心如焚，如《食糠谣》、《牛商行》、《拟战城南》等；或愤世嫉俗，寄情隐逸，如《钟藤词》、《警雕》、《无忧之乐》等，不一而足。

① 《铁崖古乐府·原序》，四库文渊阁本。
② 〔明〕陆容：《菽园杂记》卷九，中华书局1985年版，第113页。
③ 《东维子集》卷七《李仲虞诗序》，四库文渊阁本。
④ 《东维子集》卷七《吴复诗录序》，四库文渊阁本。
⑤ 《东维子集》卷七《剡韶诗序》，四库文渊阁本。

杨维桢古乐府创作取材往往不同凡响，他喜欢撷取一些历史传说中的题材，创造出浪漫瑰奇的艺术境界，借以抒发诗人胸中昂藏不平的峥嵘块垒。如《虞美人行》、《鸿门会》、《龙王嫁女词》、《皇蜗补天谣》、《梁父吟》、《南妇还》等。杨维桢的得意之作《鸿门会》，最能反映其古乐府的独特风貌，诗云：

> 天迷关、地迷户，东龙白日西龙雨。撞钟饮酒愁海翻，碧火吹巢双
> 猰㺄。照天万古无二乌，残星破月开天余。座中有客天子气，左股七
> 十二子连明珠。军声十万振屋瓦，拔剑当人面如赭。将军下马力拔
> 山，气卷黄河酒中泻。剑光上天寒彗残，明朝画地分河山。将军呼龙
> 将客走，石破青天撞玉斗。

其门人吴复说："先生酒酣时，常自歌是诗，此诗本用贺体，而气则过之。"[①]有意加强瑰奇豪宕的色彩，驰骋情感，吸取中唐韩愈、李贺歌行体的特点，形成了一种参差错落、戛戛独造的语言风貌。铁崖诗的语言又力避平熟，出之以古质奇崛，改变诗坛"雅正"的模式，时时流露出反传统的色彩和作者鲜明的人格及创作个性。杨维桢本人的创作也实践了其论诗主张，清人顾嗣立在《元诗选·铁崖古乐府》中评价杨维桢："至正改元，人才辈出，标新立异，则廉夫为之雄，而元诗之变极矣！"铁崖体构思奇特、意象奇崛，在整体审美效应上具有强烈的个性化特征与力度感，从而走出了元代中期模拟盛唐、圆熟平滑、缺少个性的诗歌创作模式。即使是他创作的一些艳体诗，如《香奁八首》、《续奁集》等也反映了对个人权利的肯定和对个人生命意欲的张扬。晚年的杨维桢，放情山水，日携宾客妓女以文酒为乐，脱帽忘形，不为世俗伦理道德所羁。其"放浪"之行，与击木剑、倒骑黄牛读《汉书》的同乡王冕一样，其叛逆的个性源于越地先贤王充的异端精神，其放浪萧疏的神情有似魏晋诸君和唐代的贺知章。

总之，杨维桢的"铁崖体"诗，纵横跌宕，自成一家。其中又以乐府诗为代表，世称"铁崖乐府"。在理学对诗学的渗透的年代，诗坛的审美倾向流于理念化，缺乏鲜明生动的艺术个性，这种沉滞的局面到元末杨维桢时代终于被打破了。杨维桢不仅是这一地区的诗歌领袖，也是元末最出色的诗论家，是促使元明诗歌思想发生重大转变的关键性人物。杨维桢认为诗是

---

① 《元诗选·铁崖古乐府》，中华书局 2002 年版。

个人情性的表现,他所说的"情性",分明是指个人的秉赋气质,而非那种被儒家思想规范化、过滤后的"情性"。其诗歌中对个人情性的追求,反映了新思潮的崛起。尽管后人对他的评价不尽一致,但他在元明之际领袖文坛,铁崖乐府风靡天下,为时人所争相效仿的事实却是有目共睹的。逮及明清,其流风余韵依然。这一现象本身足以说明,杨维桢所倡导的抒写性情的异端诗风对后世文坛的影响是持续的。明代公安派"独抒性灵,不拘格套"(袁宏道《叙小修诗》)也深受杨维桢的影响。清代的袁枚则是"性灵说"的集大成者,主张"自把新诗写性情"(袁枚《春日杂诗》),认为"作诗,不可以无我"(《随园诗话》卷四),强调诗人的创作应直接抒发个人的情感,显示创作的个性。明清两代专主"性灵"的诗学理论,与杨维桢的诗歌思想在本质上是相通的。在中国诗歌思想发展史上,"诗缘情"的诗学观念有一个不断深化、完善的发展过程,杨维桢的诗歌思想是其中不可忽略的重要一环,他所代表的那种追求个性的精神,既是地域性的文学传统,又在时代转折、思想解放大背景的浪潮中再次绽放出来。在其怪异个性和诗风表象下,折射出的是强烈的反叛精神和艺术创新精神。诗中流露的对人性欲念的肯定和对个性的尊重,实为晚明文学思想的先驱。

(二)"越诗派"、"越中十子"的事功意识

明清时期是越地诗歌进一步繁荣开拓的时期,时代的发展、文化大气候在江南的形成,为越地文学的繁荣提供了基础。

明清两代,以区域分野为标志的文学团体纷纷涌现。诗文创作有茶陵派、公安派、竟陵派、桐城派等;词创作前有云间词派、西陵(泠)词派、岭南词派,后有浙西词派、常州词派;戏曲有越中派、吴江派、临川派、苏州派等,形成了一种以江南地区为中心,遍布星散于南方若干州郡的态势。这与中国的经济文化重心南移,南方地区经济迅速发展,社会相对安定,人口密度大,文风鼎盛,且地理状况相对复杂、方言区众多等客观条件相关。文人密集容易形成带有地域性的作家群体,产生出地域性的文学流派。科举制度的实行,社会政治集团的裂变,加剧了社会各阶层的流动,使地域性的文学团体有可能风云际会,自觉或不自觉地登上历史的舞台,展现属于区域的文化特色。在这个大背景大趋势的影响下,越地的文学流派形成可以说是水到渠成、自然而然的事。一方面顺应了时代潮流与时俱进,另一方面也

进一步凸显了这个区域长期以来积淀的文人结社联吟的地域文化渊薮。

明朝初年江南地区的诗派比较集中。"吴诗派"、"越诗派"等概念是浙东兰溪人胡应麟提出来的：

> 国初吴诗派昉于高季迪、越诗派昉于刘伯温、闽诗派昉于林子羽、岭南诗派昉于孙蕡仲衍、江右诗派昉于刘崧子高。五家才力，咸足雄踞一方，先驱当代。①

胡应麟《诗薮》把明初众多有影响力的诗人按照地望的不同分成吴、越、江右、闽、粤五大创作群体，这五个地域性流派绝大多数盛行于江南，五派之中，以吴、越两派阵容最大，居领先地位。以春秋吴国环太湖地区为核心的诗人创作团体，胡应麟称之为"吴诗派"；以越国故地浙东地区为中心的诗人创作团体，胡应麟即称之为"越诗派"。根据陈田《明诗纪事》所收属于吴派的诗人的范围，大致就是活跃在苏南包括浙西一带的诗人，据今人统计大约有130余人，约占所收明初诗人的33%左右。② 这派诗人以"吴中四杰"及"北郭十友"中的人物为主要人员，以诗人高启为代表。越派的诗人《明诗纪事》主要收录了浙东地区，包括绍兴、金华、处州、台州、衢州等浙东一带的越派诗人共80余人的作品，占其所收全部明初诗人的20%左右。有的诗派中的诗人不一定占籍，但其主要创作活动植根于此。可见胡应麟所指的"吴诗派"、"越诗派"，实际相当于传统意义上古代吴、越地区诗人群体，由于文化背景不同，所以给人以不同的创作印象，虽然这种文学流派是非自觉型的。

当时处于诗歌创作中心地带的越地，是江南两大文学重镇之一，涌现了刘基、宋濂、沈錬、陈鹤等一大批著名诗人，明初的"越诗派"和后来以绍兴文人为主的文学集团"越中十子"两个诗文流派，虽然以地域命名，但并不以地域自限，他们以区域文化为依托，用诗文创作的形式展现自己的个性特色，其影响力波及明清两代诗坛。

"越诗派"的崛起并非偶然，他们长期生活在钱塘江以南的浙东一带，有赖于越地长久以来盛行的文风。《明史·文苑传》云："当元季浙东西士大夫以文墨相尚，每岁必联诗社，聘一二文章巨公主之。"李东阳《麓堂诗

---

① 胡应麟：《诗薮》续编卷一，中华书局1958年版，第327页。
② 参见王学太：《以地域分野的明初诗歌派别论》，《文学遗产》1989年第5期。

话》也说："元季国初,东南人士重诗社,每一有力者为主。聘诗人为考官,隔岁封题于诸郡之能诗者,期以明春集卷。私试开榜次名,仍刻其优者,略如科举之法。"这些诗社文会,在活跃文坛、培养人才和涌现名家方面无疑是行之有效的,有力地促进了当地诗文的发展。

越派诗人有很强的事功意识,在政治上多与明政权关系密切。其中一些人曾为朱元璋所礼遇,因之在明朝有较高的政治地位。浙东自南宋以来是理学家活跃的地区。宋代有金华、永康、永嘉三大学派,他们都比较注重经世致用。"越诗派"中人多是学有师承的儒者,在思想上受理学思想影响,或重修养,或重事功,以儒者自命,耻于厕身文士之列。他们多希望在社会变革中建立不世之功,在这方面,成为明代开国元勋的刘基和宋濂堪称"越诗派"的杰出代表。

刘基(1311—1375),字伯温,浙江青田人。宋濂(1310—1381),字景濂,浙江浦江人。刘基小宋濂一岁,都是浙东人,因为两人的友谊和文缘,文学史上一般刘、宋并称,如双峰并峙。《明史》刘基本传中,评刘、宋二人"所为文章,气昌而奇","并为一代之宗"。① 清代四库馆臣编纂《四库全书总目》,在沿用"并为一代之宗"说的同时,又把他们相提并论:"濂文雍容浑穆,如天闲良骥,鱼鱼雅雅,自中节度。基文神锋四出,如千金骏足,飞腾飘瞥,蓦涧注坡。"②刘基在羁管绍兴期间为宋濂的《潜溪集》作序时,表现了彼此之间的友谊和赏识。他们生逢易代之际,在元朝的统治下都不得志。元末的动乱,群雄割据,纷纷争取士人,这为他们建功立业的向往提供了可能性。朱元璋攻下金华后两次派人敦请刘基。刘基和宋濂共同投奔朱元璋,同在朱元璋身边共事七年,成为休戚与共的同僚。刘基后来为朱出谋划策、运筹帷幄,成为建立明朝的第一谋臣。宋濂成为著名的开国文臣、文坛领袖。最能够淋漓尽致地表现他们二人的友谊和共同心态的莫过于刘基的《二鬼》诗。诗中刘基以"日神"自比,以"月神"隐指宋濂,以富有浪漫主义色彩的笔调,描写了二鬼不凡的使命和遭际。尽管他们有拔尘超凡的能力,但他们最终的共同理想却是:"启迪天下蠢蠢氓,悉蹈礼义尊父师。奉事周文公鲁仲尼曾子与子思,敬习书易礼春秋诗。履正直,屏邪敬,引顽

① 《明史》卷一二八《刘基传》,中华书局 1974 年版,第 3777 页。
② 《四库全书总目》卷一六九《宋学士全集》。

器,入规矩。雍雍熙熙,不冻不饥,避刑远罪趋祥祺。"勾勒的是一幅儒家仁政社会的美好愿景,即便如此敦厚衷心,也会引来天帝(统治者)的不满,"谓此是我所当为,吵吵末二鬼,何敢越分生思惟,咖嗽向暗盲,泄漏造化微?"面对唯我独尊的专制当权,他们只能够寻求自我宽慰:"两鬼亦自相顾笑,但得不寒不馁长乐无忧悲,自可等待天帝息怒解猜迷,依旧天上作伴同游戏。"①这种自我宽慰其实也就是安身立命、韬晦自守的一种表现,刘基《二鬼》诗既是"越诗派"诗人精神面貌的写照,也是"越诗派"文人在现实社会境遇的客观反映。刘基、宋濂、王棉、胡翰、苏伯衡等都是被召出山的,虽然其中一些人位至显通,成为明初政治斗争中的风云人物,但也避免不了最终成为封建专制制度的牺牲品的命运。

"越诗派"诗人投身于政治斗争,希望在新王朝中实现自己的社会理想,他们的入世精神是高昂的。与此相应,他们关于诗文的理论也是注重实用,强调文学的社会功用。刘基的乐府诗创作虽说走的也是一条师古与师心并行不悖的道路,但他以政治家的眼光始终关注着元末动乱的时局,诗作当中包含着对社会现实的艺术折射,因而具有鲜明的时代特征。刘基七古乐府诗《关山月》,以古题本旨拟作,有较多的借题发挥。其诗云:"关山月明风侧恻,万里黄云杂沙砾。夜深羌笛吹一声,征人相看泪沾臆。古人绶服奋武卫,耕战守御不外求。何人倡此戍边策,千载以贻中国忧?关山月,圆复缺,何忍年年照离别。愿得驰光照明主,莫遣边人望乡苦。"②这种质疑和期盼正是作为政治家的刘基针对元季连年征战的动乱时世有感而发的。刘基还特别强调诗歌的讽喻作用,并认为诗歌应该而且能够救当世之失。他说:"故祭公谋父赋《祈招》以感穆王,穆王早寤焉,周室赖以不坏。诗之力也。是故家父之诵、寺人之章,仲尼咸取焉,纵不能救当时之失,亦可垂戒警于后世,夫岂徒然哉!"(《倡和集序》)刘基以诗议政客观上承续宋人"以议论为诗"之传统,主观上则因其固有的经世致用的文学观念使然,体现了作者强烈的参政意识和批判精神,其所议论的范围包括元季至正年间吏治、军政等种种社会弊端。其诗文理论力主讽喻之说,提倡理、气并重,重视时代风格,强调经世致用,把文学提高到"经国大业"的高度,

---

① 《诚意伯文集》卷十一,《四库全书》文渊阁本,上海古籍出版社 1987 年影印。
② 《诚意伯文集》卷一,《四库全书》文渊阁本,上海古籍出版社 1987 年影印。

抽象到社会人文思想高度上认识、研究和讨论,成为刘基文风的基本精神。宋濂早年就学于正统文人吴莱,游学于号称"儒林四杰"中的柳贯、黄溍门下,深受浙东儒家"事功"和金华学派"践履"精神的熏染。入明后应诏任江南儒学提举,推为开国文臣之首。这样的社会地位和学术渊源必然左右他坚持正统儒家文学观。他在《文说赠王生黼》中云:"明道之谓文,立教之谓文,可以辅俗化民之谓文。斯文也,果谁之文也? 圣贤之文也。非圣贤之文也,圣贤之道充乎中,著乎外,形乎言,不求其成文而文生焉者也。"①这里的文是诗文并举,宋濂论诗与刘基相近,他在《清啸后稿序》中提出诗应是"忠信、近道之质,优柔不反之思,主文谲谏之言"②。宋濂论诗主教化,但他对文学志趣不同、生活态度完全相反的诗人杨维祯却保持着一份敬意,称这位率性的"会稽老友"、"俨然晋高风"③,这当属文坛佳话。

早期"越诗派"另一位诗人胡翰,入明已年老,仅官衢州教授。虽然他未登高位,但却怀有澄清天下之志,他的许多诗章都是抒写报国之情的,诗中充满了实现自己价值的渴望。如"一夕复一夕,一朝非一朝。昨见春花开,忽睹秋叶飘。人非金石姿,安得长不凋。穷年事觚翰,驾言远游遨。手提具楄剑,拂拭鹧鸪膏。含精变光彩,上薄青云霄。愿君勿弃置,佩此长在腰。南山有猛虎,西江有长蛟。斫蛟取猛虎,始贵非铅刀"(《拟古(九首)》之一),诗写得慷慨激昂,它不是简单"拟古",从中可听到诗人内心的跳动,可见其急于用世之情。

"越诗派"的晚期代表是方孝孺(1357—1402),浙江宁海人。承学于宋濂,深受器重。文章、学问为宋濂诸弟子之冠。但他轻文艺,重教化,以明王道、致太平为己任,其诗表面上看来十分平淡,但却有一股发扬蹈厉的硬气流露于笔墨之间。其志向抱负极大,诗云:"我非今世人,空怀今世忧。所忧谅非他,慨想禹九州。商君以为秦,周公以为周。哀哉万年后,谁为斯民谋?"(《闲居感怀》)他所想的已经超越一姓一国的局限,他对于生死问题也作过严肃的思考,在《次王仲缙感怀》中说:"翠鸟质微细,乃以羽自戕。犀象兽之雄,每因齿角亡。彭聃死于寿,夭者死于殇。万生谁长存,所贵德

---

① 罗月霞主编:《宋濂全集》卷二十六,浙江古籍出版社 1999 年版。
② 《宋濂全集》卷七,浙江古籍出版社 1999 年版。
③ 《元故奉训大夫江西等处儒学提举杨君墓志铭》,《宋濂全集》卷二十一,浙江古籍出版社 1999 年版,第 681 页。

誉光。古来志节士，立身有大方。孰云萧艾聚，果胜兰蕙芳?"由此也可见出后来他拒绝为燕王朱棣篡位草诏不完全是出于正统观念。鲁迅先生在其《为了忘却的记念》一文中，把方孝孺、柔石等纳入他的笔下，一并称赞他们身上表现出了"台州式的硬气"。方孝孺的诗文擅长议论，短文如《越巫》：

> 越巫自诡善驱鬼物。人病，立坛场，鸣角振铃，跳掷叫呼，为胡旋舞禳之。病幸已，馔酒食持其赀去，死则诿以他故，终不自信其术之妄。恒夸人曰："我善治鬼，鬼莫敢我抗。"恶少年愠其诞，瞷其夜归，分五六人栖道旁木上，相去各里所，候巫过下，砂石击之。巫以为真鬼也，即旋其角，且角且走，心大骇，首岑岑加重，行不知足所在。稍前，骇颇定，木间砂乱下如初，又旋而角，角不能成音，走愈急。复至前，复如初，手栗气慑不能角，角坠振其铃，既而铃坠，唯大叫以行。行闻履声及叶鸣谷响，亦皆以为鬼，号求救于人甚哀。夜半抵家，大哭叩门，其妻问故，舌缩不能言，唯指床曰："巫扶我寝! 我遇鬼，今死矣!"扶至床，胆裂死，肤色如蓝。巫至死不知其非鬼。①

文章生动地描述了惯于装神弄鬼的越巫，被恶少装鬼而吓死的故事，鞭挞了招摇撞骗、自欺欺人的越巫之流，也形象地揭示了骗人者始则害人、终则害己这一古训，不失为警世振俗之文。诗歌如《勉学诗》、《感橙树有作》也都是上佳的说理之作。但这些道理多是诗人对世界和人生严肃思考而产生的，并采取抒情形式来表达，所以能以理动人。

从上述可见越派诗人的共同特点是善于用抒情方式表达自己对政治问题的感受、抒写自己的报国之志。其中除刘基兼善诸体外，大多以五言古体见长。五古质朴平淡，情感激越铿锵。诗风受宋诗影响较大，表现为理性深邃;诗人与浙东理学渊源深厚，表现为强烈的事功意识。"越诗派"中人虽不能说都是理学家，但绝大多数都与理学关系密切。有些还得到理学家之真传。像宋濂、方孝孺这样较为纯粹的儒者，他们的诗作的骨力、气格不仅为邵雍"击壤体"之作所不及，即使与刘子翚、朱熹这些善写诗的理学家作品相比，也毫不逊色。这对明代理学家是有好影响的。另外，明代许多处尊位、对于社会进步有贡献的政治家勋业才名相兼者颇不乏人，如

---

① 《逊志斋集》，《四部备要》本。

于谦、杨一清、王越、王守仁者,他们与"越诗派"的作者在精神上有相承之处,故在诗风上也近于"越诗派"。

在文学观念上,"越诗派"的经世济民主张和越地传统的文化学术思想是一脉相传的。他们重在表现对社会现实和政治问题的感受,抒写报国之志。自南宋以来,浙东一直是理学家十分活跃的地区。宋代金华、永康、永嘉等学派所倡导的重事功、重修养的学术思想,在这一带普遍流行。"越诗派"文人继承和发展了越地的学术思想,渴望在社会的变革中建立不世之勋。在仕途经济方面,"越诗派"的刘基、宋濂等人是经世学派的代表,明初政坛上的风云人物,事功方面的积极奉行者;在文学创作上,"越诗派"擅长抒写报国之志,表现对社会现实和政治问题的感受,经世济民是"越诗派"表现的一个鲜明的主题;在文学体式上,"越诗派"诗文兼擅,诗歌以五古见长,散文以政论见长,诗歌成就最高的是刘基,散文则当推宋濂。

至于后来的"越中十子"是一个以绍兴文人为主的文学集团。据《绍兴府志》说:"渭与萧柱山勉、陈海樵鹤、杨秘图柯、朱东武公节、沈青霞铼、钱八山梗、柳少明文,及诸龙泉、吕对明称'越中十子'。"①"越中十子"身份不同,年齿不一。有退休缙绅、隐逸文士,也有地方官员,青年才俊。萧勉,字女行,号柱山,太学生,山阴人,著名学者萧鸣凤的长子,擅长诗文。徐渭称他"文藻励吴越"、"谈锋敦能折"②。陈鹤,字鸣野,号海樵山人,山阴人。多才多艺,中举而未仕,居家醉心于诗文书画戏曲创作,生前与徐渭气味相投,交谊深厚,著有《海樵先生集》、《越海亭诗集》等。陈鹤诗画兼长,特别是他的写意水墨画"工赡绝伦",给徐渭的大写意很大启发。杨柯,号秘图山人,余姚人。隐逸不仕,有狭义之风,徐渭笔之为鲁仲连。擅长诗书,号称"今之右军也",徐渭草书受其影响,后来徐渭、杨柯书法齐名,杨柯有《秘图诗草》等。朱公节,字允中,号东武,山阴人,曾任彭泽县令、泰州知州,后在稽山设坛讲学,生徒甚众。沈铼,字纯甫,号青霞,嘉靖十七年(1538)进士,授溧阳县令,在丁忧回乡期间与越中名士诗文唱和,为人刚直,嫉恶如仇。上疏弹劾严嵩及其奸党,后为严党所害。有《青霞集》,《明史》有传。钱梗,号八山,参禅信佛,曾经是徐渭的老师,后与徐渭同处王阳明弟子季

① 嘉庆本《绍兴府志·徐渭传》。
② 《哀四子诗两萧太学——柱山、盘峰》,《徐文长三集》卷四,《徐渭集》第1册,中华书局1983年版,第66页。

本门下。柳文,字彬中,号少明,山阴贡生。曾任江西都昌县令,与徐渭交谊颇深,徐渭作《都昌柳公墓志铭》。诸龙泉,名大绶,字端甫,号龙泉,嘉靖三十六年(1557)进士,与徐渭是同学,有诗文之交,几次援手救徐渭,官至礼部侍郎,《明史》有传。吕对明,名光升,号莲峰,新昌人,因面对四明山而称对明山人。善诗,有《吕山人诗集》。"越中十子"皆为越中名士,诗文艺术方面各有擅长,重人格修养,彼此在精神气质上有许多相近之处。"十子"中,名望最大的是政治家沈鍊,文学艺术成就最高、最有代表性的则是徐渭。

从"越诗派"到"越中十子",有一点是一脉相传的,那就是越人自觉的经世精神和事功意识,特别是在易代之际,越地文人都表现出深沉的忧患意识和昂扬的入世精神;有一点必须指出的是,"越中十子"在承传"越诗派"事功意识的同时,兼收并蓄,转益多师,进一步发扬了杨维桢性情化的创作主张,与晚明代文学思潮相呼应,把一直并存于越地的两种文学思想和创作个性很自然地糅合于一体,终于诞生了徐渭这样一个最能体现越文化精神的文坛大家,为越地文学的繁荣谱写了精彩的篇章。

清代越地的文学创作依然精彩。"浙派"是清乾、嘉时期由厉鹗、杭世骏等人发起的一个诗歌流派。他们具有重学问、宗宋调、主空灵、善写景的共同的创作倾向,是以区域为分野的清代重要诗歌流派。浙派始由黄宗羲启其端绪,朱彝尊振其声威,到雍正至乾隆的七十余年间,浙产作家群正式冠以"浙派"之名,而浙派诗的创作也进入了它的兴盛时期。钱塘(今杭州)人袁枚创"性灵"一说,是著名的"性灵派"的倡导者。"浙派"一统诗词,浙派诗人同时又是浙派词人。如朱彝尊,同时又是"浙派词"的创始人。"浙派词"有自己的词学主张,朱彝尊为此编选刊行了表现词学主张的词选《词综》。

清代越地的文学中心虽然已经从钱塘江以南的浙东地区转移到钱塘江以北的浙西地区,与太湖流域的吴地文化有某些交融,但文坛主性灵的实质其实是深受越地文化的滋养。有学者很好地概括了越文化的两方面精神特征,一是自然适性的情趣与佛老思潮的兴盛相联系的特征。对自然适性的情趣的宗尚,构成了越文化传统的重要方面。不仅六朝山水诗奠基于越,唐宋以后的整个山水文化亦常与越地紧密相关,著名的"元四家"、明浙派的山水画以及明清人大量的游记、小品均取材于此。山水启发了性灵,从南宋"永嘉四灵"起,经元末杨维桢、王冕以至明中叶徐渭等,形成了一个性灵文学的统系。晚明公安、竟陵派的首领虽非越产，而越地一批杰出作家如陶望龄、王思任、张岱诸人的积极呼应与推动，却是这一运动走向高潮的必不可少的借力，其流风余韵一直延续到清中叶的袁枚、龚自珍乃至当代的周作人。二是越文化传统中非常世俗而务实的特征。这种务实的倾向反映在它的诗文里，就是宋明理学家的心性学说。自南宋以来，越中出现了陈亮、叶适为代表的永康、永嘉学派，高扬"事功"。即使在理学的正宗藩篱之内，当时仍有吕祖谦家族所传的婺州学派（或称金华学派）标榜博学通识、学以致用的作风，以与朱、陆分门别户。这一重实际、讲事功的路线在元明两代续有衍流，而于入清后更接上了自黄宗羲、全祖望以至章学诚的浙东学术的统绪，其后劲直达章太炎和鲁迅。①

（三）徐渭和越中诗坛的地域性

明初越地的性情派创作和事功派创作两种倾向并行不悖，看似殊途，但到了徐渭身上却得到了很好的融会，就此而论，徐渭称得上是越中诗坛一个集大成式的人物。

徐渭（1521—1593），字文长，号青藤、天池山人，山阴人（见图51）。他在诗文、书法、戏曲、绘画上均有独特造诣，尽管生前坎坷潦倒，文名不显，但与文学史上许多不朽的大家一样，其文学价值是被不断发现推崇的，并且随着历史的汰选，将越来越显示出其经典的魅力，引起更为广泛的关注和高度的评价。有时候历史会以独特的方式淬砺成就一个伟大人物，徐渭的坎壈身世正印证了这样一个事实。其书画、戏曲上的建树后面将专题

图51 徐渭

① 参见陈伯海：《越文化三问》，《中国传统文化与越文化研究》，人民出版社2004年版，第61页。

论述,这里先论述一下其文学影响。

明代嘉靖、隆庆与万历前期,是一个动荡与变革的时代,也是文学思想变革的酝酿阶段。从文学史的角度看,此间江南地区最引人注目的重量级人物,当数越地的徐渭和吴地的王世贞(1526—1590)。所不同的是徐渭生前的名声并不大,似乎没有引起文坛足够的重视,远没有王世贞显赫。然而,恰恰是这两个人在文学史上却产生了不同的反响。徐渭由生前默默无闻到身后名重天下,王世贞却由生前享有盛名到身后微词连连,这种现象不仅仅是历史的巧合,它反映了明代文学思潮的起落和文学环境的嬗变。

徐渭科考十分坎坷,八试不售,郁郁不得志。因此,常怀着怀才不遇的草野文人的心态,与当权者、当道者在感情上保持着距离。他与中原文人的交往不多,"抵死目中无七子",对当时风靡诗坛的前后七子并不以为然,而是自立于当时的复古文学思潮之外,固守一份属于自己的寂寞。徐渭交往的文人主要是乡贤名流,如"越中十子",因而"其名不出于越"①。吴地的王世贞的经历与徐渭刚好相左,他于嘉靖二十六年(1547)顺利中进士后,授刑部主事,"又与李攀龙、宗臣、梁有誉、徐中行、吴国伦辈相唱和,绍述何、李,名日益盛"②。喜欢有意识地结交南北文士,特别是与李攀龙等"后七子"关系密切,投身于当时的文学复古思潮之中,相与鼓吹,因而"名日益盛"。然而,风靡一时的文名毕竟要以创作为基石,真正代表潮流方向的应该是作品中蕴涵着的精神世界的先声,正是这一点,徐渭的文学终究是要被发现的,只是时间问题,当晚明思想解放大潮汹涌而来时,文学的徐渭被推到时代的浪尖,也是情理之中的事。这一点是与徐渭受王阳明哲学思想很大的影响分不开的。

徐渭与王阳明同为浙江绍兴府人,王阳明曾筑室于会稽山中的阳明洞,地缘上的亲近感拉近了他们之间的距离。但徐渭真正接受阳明心学,是在他拜王阳明弟子季本为师,同时与王阳明弟子王畿交往期间。《畸谱》正文谓徐渭28岁(嘉靖廿七年)时"师季长沙公",而其中《师类》则说"嘉靖廿六年丁未,渭始事先生〔指季本〕"。③ 徐渭受季本影响很大,自己说:

① 钱伯城笺校:《袁宏道集笺校》,上海古籍出版社1981年版,第716页。
② 张廷玉等:《明史》,中华书局1984年版,第7379页。
③ 《徐渭集》,中华书局1983年版,第1328页。

"廿七八岁,始师事季先生,稍觉有进。前此过空二十年,悔无极矣。"①徐渭在《先师彭山先生小传》中说:"少受《春秋》于其兄木,遂以经名诸生中。其后往师新建,闻良知之旨,益穷年治经,心悟手书,忘昼夜寒暑,历仕与处,从游者数百人。所著书……为言数百余万,悉破故出新,卒归于自得。时讲学者多习于慈湖之说,以自然为宗,惧其失良知本旨,因为《警惕说》以挽其弊,识者谓其有功于师门。"②徐渭与王阳明的另一位弟子王畿是姑表兄弟,徐渭在《畸谱》的《师类》中将王畿列为第一人,《送王先生云迈全椒龙溪老师》《次王先生偈四首龙溪老师》等都反映了他们之间的交往与友谊。在季本、王畿两位老师的熏陶下,徐渭对王阳明及其心学有了更深的理解,"独知良知有所传"③。"致良知"是阳明心学最基本的理论。王阳明说:"吾生平讲学,只是'致良知'三字。"④他将"致良知"的宗旨定为"四句教":"无善无恶是心之本,有善有恶是意之动,知善知恶是良知,为善去恶是格物。"⑤对于这"四句教",王畿将其与禅宗思想结合起来,强调"良知""无善无恶",主张只要守住这无善无恶的本心,任其自然,不作任何调节、束缚,就是"致良知"。王阳明与王畿、钱德洪曾有一席谈话,后来被王门弟子称为"天泉证道",王阳明在评说王畿的意见时说:"利根之人直从本源上悟入。人心本体原是明莹无滞的,原是个未发之中。利根之人一悟本体,即是功夫,人己内外,一齐俱透了。"⑥王阳明及其弟子王畿等人强调"良知"说,强调"心外无理",无疑为宋明理学中的变异。《明史》卷二八二《儒林传》中指出:"原夫明初诸儒,皆朱子门人之支流余脉,师承有目……学术之分,则自陈献章、王守仁始……宗守仁者曰姚江之学,别立宗旨,显与朱学背驰,门徒遍天下,流传逾百年……嘉、隆而后,笃信程、朱,不迁异说者,无复几人矣。"显然,阳明心学与朱学背道而驰,别立宗旨,打破"一宗朱氏,令学者非五经、孔、孟之书不读,非廉、洛、关、闽之学不讲"⑦的思想僵局,重在自我悟解、直指人心、解除束缚、自立自适。正是在阳明心学的影响下,

---

① 《徐渭集》,中华书局 1983 年版,第 1332 页。
② 同上书,第 628—629 页。
③ 同上书,第 267 页。
④ 《王阳明全集》,吴光等编校,上海古籍出版社 1992 年版,第 990 页。
⑤ [明]李攀龙:《沧溟先生集》,上海古籍出版社 1992 年版,第 117 页。
⑥ 《王阳明全集》,吴光等编校,上海古籍出版社 1992 年版,第 117 页。
⑦ 陈鼎:《东林列传》卷二,文渊阁四库全书本。

加之庄学、禅学等的作用,徐渭"传姚江〔王阳明〕纵恣之派"①,形成了"疏纵不为儒缚"②、"眼空千古,独立一时"③的思想作风。

与前后七子复古派的剿袭模拟思潮不同的是,徐渭重"情"尚"真"的文学思想。他强调作诗必出于己之所得,他"讥评王、李,其持论迥绝时流"④。徐渭崇尚性情本色,他在《吕山人诗序》中评其诗说:"至任野性,傲睨一世,则有《长歌行》、《感遇》、《夏夜》、《溪堂》、《和谪仙》等篇在。"⑤又在《书田生诗文后》中评其诗文说:"田生之文,稍融会六经,及先秦诸子诸史,尤契者蒙叟、贾长沙也。姑为近格,乃兼昌黎、大苏,亦用其髓,弃其皮耳。师心横从,不傍门户,故了无痕凿可指。"⑥这些充分展示了徐渭在阳明心学等影响下的草野文人心态和艺术追求的精神。他在文学创作上独立于七子派复古思潮之外,直抒胸臆,所以,在徐渭去世后4年,也就是万历二十五年(1597),袁宏道(1568—1610)在会稽友人陶望龄(1562—?)的家中读到徐渭的诗集《阙编》时,不觉惊骇跃起,叹为奇绝,"灯影下读复叫,叫复读,童仆睡者皆惊起。余自是或向人或作书,皆首称文长先生。有来看余者,即出诗与之读,一时名公钜匠,浸浸知向慕云……先生诗文崛起,一扫近代芜秽自习,百世而下,自有定论,胡为不遇哉?"⑦"其诗遂为公安一派之先鞭,而其文亦为金人瑞等滥觞之始。"⑧袁宏道甚至将徐渭定为"我朝第一诗人"⑨(见图52)。

徐渭的诗歌有两方面的特征。一方面以草野文人狂放的精神,猛烈地冲击着独尊朱学的庙堂文化、占据文坛的复古思潮,任情而发,表现"真我",成为明嘉靖、隆庆和万历前期具有最强烈色彩的文学思想解放的先驱者。另一方面,他的文学观中也不乏事功意识,当时在野名流唐顺之与总兵万表、刑部郎中徐学诗等人到宁波去观察形势,回到绍兴时,受到绍兴名流王畿和季本的招待,徐渭和唐顺之成为文字之交。他伴随王畿、季本送

① 〔清〕纪昀等:《四库全书总目》,中华书局1983年版,第1606页。
② 徐渭:《自为墓志铭》,《徐渭集》,中华书局1983年版,第639页。
③ 袁宏道:《徐文长传》,《徐渭集》,中华书局1983年版,第1343页。
④ 〔清〕钱谦益:《列朝诗集小传》,上海古籍出版社2008年版。
⑤ 《徐渭集》,中华书局1983年版,第902页。
⑥ 同上书,第976页。
⑦ 同上书,第1342页。
⑧ 纪昀等:《四库全书总目》,中华书局1983年版,第1606页。
⑨ 钱伯城笺校:《袁宏道集笺校》,上海古籍出版社1981年版,第506页。

图 52　绍兴徐渭墓

唐顺之等乘船西上到柯亭。他有《壬子武进唐先生过会稽，论文舟中，复偕诸公送至柯亭而别，赋此》诗，诗序云："时荆川公有用世意，故来观海于明〔明州即宁波〕，射于越圃，而万总兵鹿园，谢御史狷齐，徐郎中龙川，睹公与之偕西也。彭山、龙溪两老师为之地主，荆川公为两师言，自宗师薛公所见渭文，因招渭，渭过之从此始也。"①徐渭认为唐顺之"有用世意"，其中不乏惺惺相惜之感。徐渭在后来参加了多次抗倭战争，以"国士"自期②，袁宏道也认为"其胸中又有一段不可磨灭之气，英雄失路托足无门之悲"，"有王者气，非彼巾帼而事人者所敢望也"。③袁宏道看到的是徐渭怀抱的英雄之气，用世之心，道理是一样的。在考察徐渭生平心态创作特色和文学地位

①　《徐渭集》，中华书局 1983 年版，第 66 页。

②　"国士"一词在《徐渭集》中出现多次，如："叨陪国士蒙知易，误饭王孙觉报难"(《园中怀宗师冯公寄呈》)，"当年国士知，昨夕鸡黍会"(《将游金山寺，立马江浒，奉赠宗师薛公(方山)》)，"重以诗人困，翻增国士思"(《赠杨叟》)，"愧古国士之流，虚书记之室"(《拟上督府书》，第 463 页)等。

③　钱伯城笺校：《袁宏道集笺校》，上海古籍出版社 1981 年版，第 717 页。

时,徐朔方也认为徐渭是面对现实的,道家思想并没有使他进入"浑忘物我"之境,在胡宗宪幕中最痛苦的是他的内心,他的七言古诗可说冶李白的豪放、三李的奇僻、韩愈的以文为诗于一炉,而形成自己的独特风格。他的边塞诗把唐朝以后带有浪漫情调的边塞诗改造为具有深刻内容的现实主义作品。① 这些都是徐渭诗的现实精神的表征。由于命运的偃塞,使徐渭倾向于采用高反差抒情方式,把诅咒命运和讴歌人生的复杂心理用诗歌等形式加以宣泄,使得这一情感与形式的内部失衡所产生的整体格调,不是倾向于通常意义上的热烈和平和,而是倾向于沉重和尖锐。②

我们认为徐渭的文学成就被再次确认,固然与时代的风气声气相呼有关,正如刘勰《文心雕龙》所谓"文变染乎世情,兴废系乎时序"。在明代中后叶文学思想的主潮由复古崇雅转向重情尚俗转变的过程中,徐渭的作品正好展示了他特殊的魅力。但这种重情尚俗、率性而发的创作个性,在越地是有历史渊源的,远的暂且不论,就近而言,就与杨维桢的诗文创作宗旨强调诗出情性一脉相承,并承上启下成为过渡到钱唐人袁枚"性灵说"的桥梁。有研究认为,正是"科名艺苑皆失位"的不幸遭遇玉成了徐渭,使他在文学思想酝酿变革的特定时期以草野文人的心态而放纵恣肆,轻装上阵,单骑突进,长驱直入,一跃而到达时代文学思想发展的最前沿,成为明代中后期文学解放思想的先驱者。③ 陈望衡认为徐渭的"真我说"强调个体的人而非群体的人,这是很了不起的进步,在中国历史上,此前还未有人给予个体的人以如此重要的地位。徐渭的"真我说"、李贽的"童心说"和汤显祖的"情至说"共同组成了明代浪漫主义的美学思潮,"真我说"的提出,则"使中国古典美学开始了从古典形态向近代形态的飞跃"④。

徐渭的哲学思想颇具叛逆色彩,有很多"异端"因素,惯以愤世嫉俗之心逼视社会的种种丑恶与弊端,通过诗文等方式驰骋才情,宣泄着自己的抨击与反叛。在冲破世俗观念、实现个体独立价值的征途中,追求个性独立精神自由、鲜明的平民意趣,在新旧交替中的晚明思想界均激发出璀璨

---

① 参见徐朔方:《论徐渭》,《浙江学刊》1989 年第 2 期。
② 参见付琼:《试论徐渭诗歌的抒情方式》,《绍兴文理学院学报》2002 年第 6 期。
③ 参见陈书录:《明代文学思想转型期徐渭与王世贞之比较——兼论吴越文化、朝野文学之异同及影响》,《南京师范大学学报》2005 年第 1 期。
④ 陈望衡:《徐渭和他的"真我"说》,《理论月刊》1997 年第 7 期。

的思想火花,预示着传统思想文化的新转机。作为敏感的思想者,徐渭在尊圣尚贤、继承传统道统的同时,也体现出力图恢复原始儒家的思想活力而为近世僵化的思想意识松绑的共识。徐渭认为:"自上古以至今,圣人者不少矣,必多矣。自君四海、主亿兆、琐至治一曲之艺,凡利人者,皆圣人也。"[①]传统儒家重义轻利,尊奉以董仲舒为代表的"正其义不谋其利,明其道不计其功"(《春秋繁露》)的道德化利益观。而明代商品经济的发展使更多有识之士看到了儒家重道德而轻事功的危害性,纷纷提出全新主张,突破了传统义利观。徐渭认为:"董子曰'正其义不谋其利',乃不知事固有谋利始足以正义者,不然《易》何以曰'利物足以和义'哉? 故知是举者,谋利而正义者也。"[②]这体现出顺应社会发展的进步思想。

徐渭融通季本的"戒惧"与王畿的"自然"为一体,既主张以自然为宗,又主张通过"惕"的工夫来涤除赝伪,恢复自然。正是基于这样的地域文化背景支撑,徐渭人格中才会既有宗经稽古的一面,又有"疏纵不为儒缚"的一面,师心横从,不傍门户,以抒写"真我"的本色。

二、阳明心学与市民文艺思潮的兴起

文艺的繁荣往往以思想的创新变革为先导。越地哲学的全盛期是明代中后期,文化史上称之为晚明时期的思想界,阳明心学(又称"王学")的兴起,逐渐打破朱(熹)学独尊的局面,对中国近代学术思想和文艺思想产生了广泛而深刻的影响。王阳明心学承南宋陆九渊的心学思想,以程、朱理学的对立面出现,倡导"知行合一"和"知行并进"说,旨在反对宋儒"知先后行"以及各种割裂知行关系的说法。王学以"反传统"的姿态出现,在明代中期以后,形成了影响很大的阳明学派。在这个以哲学思想为核心的文化思潮转向的时代,越地文学艺术深受王学的浸染是必然的,因为这种思想在越地不仅有其源头,而且流风所布,完全超越了地域的概念成为思想界的主流。

---

① 徐渭:《三集·论中三》,《徐渭集》,中华书局1983年版,第489页。
② 徐渭:《逸稿·正义堂记》,《徐渭集》,中华书局1983年版,第1006页。

(一)越人王阳明首创"心学"的意义

阳明心学的创立人王守仁(1472—1529),字伯安,祖籍浙江余姚,官至兵部尚书(见图53)。青年时父亲迁家至山阴(绍兴越城),晚年辞官回乡

图 53　王阳明

在绍兴、余姚一带创建书院讲学,因曾隐居会稽阳明洞,又创办过阳明书院,后来在距越城不远的阳明洞结庐讲学,自号阳明子,学者称他为阳明先生。他以著述讲学的形式,传播主观唯心主义心学思想,创立了"阳明心学",从而成影响明清两代学术思想的、蜚声海内外的越中第一大儒。

王阳明站在心学立场吸收事功学,他对心学的最重要的改造便是将事功学的实事实功思想引入心学认识论,从而确立了他的以知行合一说为主要内容的致良知认

识论。阳明心学在思想界产生了很大的影响,不仅冲击着传统的思想观念,还深刻影响着时代、文学和艺术,为越地文学艺术的全面繁荣奠定了思想解放、个性解放的基础。

王阳明心学思想的形成和发展,经历了一个曲折的求索过程。早年求学兴趣广泛,"初溺于任侠之习;再溺于骑射之习;三溺于辞章之习;四溺于神仙之习;五溺于佛氏之习"①。后来他认识到骑射与辞章不是学习的最后目的,从而走出了溺于骑射与辞章之路;而且已具体觉悟到佛老思想与人性的矛盾,从而摆脱了佛道思想的阴影。几经波折,终于使他回归到完全认同儒学的立场。但是,由于王阳明的曲折经历包括出入于佛老以及研究朱学的过程,使他所归本的儒学一开始就以注重精神境界为特色而与朱学

---

① 《阳明先生墓志铭》,《王阳明全集》卷三十八,上海古籍出版社 1992 年版,第 1401 页。

大异其趣。1505年王阳明34岁,在京师授徒讲学,他所首倡的正是与辞章记诵相对立的"身心之学",要求"先立必为圣人之志",扬弃了佛道智慧与境界的身心之学。但这时他还没有找到自己的一套关于本体与工夫的理论以与朱学相抗衡,也即自己的思想体系还没有确立起来,直到王阳明被谪居龙场,在极端困苦的环境条件下,继续探索儒学的真谛,"自计得失荣辱皆能超脱,惟生死一念尚觉未化,乃为石墩自誓曰'吾惟俟命而已!'日夜端居澄默,以求静一;久之,胸中洒洒。……因念:'圣人处此,更何所道?'忽中夜大悟格物致知之旨,寤寐中若有人语之者,不觉呼跃,从者皆惊。始之圣人之道,吾性自足,向之求理于物者误也"①。从恍若有悟到"再更寒暑"终于建立了知行合一的新说。

王阳明生活的16世纪是中国封建社会日趋没落、资本主义开始萌芽的时代,政治、经济空前动荡。王氏认为当时社会已处于"天下事势如沉疴积瘘"的状态,已到了"病革临约"②的垂死边缘。王氏认为政治、经济的动荡是由于道德沦丧,而道德沦丧是由于学术不明,学术不明是由于朱学的流弊所造成的。于是他以"正人心,息邪说"、"而后天下可得而治"为己任,从攻讦程朱理学入手,另辟蹊径,欲从思想谋略上解救明王朝的统治危机,为当时社会探寻一条新的再生之路。在这种目的指引下,王阳明潜心探索心学理论,最后完成了心学体系的建构。王阳明著述宏富,其门人编成《王文成公全书》38卷,其中《传习录》和《大学问》是他重要的哲学著作。明末清初的思想家黄宗羲在《明儒学案》中记录了王阳明学术的创建过程:

> 先生之学,始泛滥于词章;继而编续考亭〔朱熹〕之书,循序格物,顾物理、吾心终判为二,无所得入;于是出入于佛老者久之。及至居夷处困,动心忍性,因念圣人处此,更有何道? 忽悟格物致知之旨,圣人之道,吾性自足,不假外求。其学凡三变而始得其门。③

据此,王阳明的哲学思想是经过三次转变最后完成的:始由经学入手,同时研习程朱理学;后转而出入于佛、道之学;最后"忽悟格物致知之旨",转向陆九渊的心学。王氏继承发展了陆九渊"心即是理"、杨简"道与心一"

---

① 《王阳明全集》卷三十三,上海古籍出版社1992年版,第1228页。
② 王阳明:《答储柴墟》,《王阳明全集》卷二十一,上海古籍出版社1992年版,第811页。
③ 〔清〕黄宗羲:《明儒学案》卷十《姚江学案》,中华书局1985年版。

以及宋濂"六经皆心学"的观点,进一步把"心"视为宇宙万物之本源,提出了"心外无物,心外无事,心外无理"的心学基本命题①,认为:"身之主宰便是心,心之所发便是意,意之本体便是知,意之所在便是物。""学者,学此心也;求者,求此心也。"②他又提倡"知行合一"说,倡言"致良知"说,反对程、朱理学"知先行后"的观点和"格物致知"的繁琐教义,认为"良知"即是"天理",他同时又融合经史,用心学贯穿,提出"《春秋》亦经,五经亦史"③,"六经者,吾心之记籍也"④的观点。王阳明的"知行合一"说则体现了他的认识论的内容特征与方法。他说:"知是心之本体,心自然会知,见父自然知孝,见兄自然知弟,见孺子入井自然知恻隐。此便是良知,不假外求。"⑤"知"即人心中的良知本体,同时表明人心中本已具有对事物的认识存在。因此,知不必去假于外在的知识闻见,良知是自然的、先在的,人们只要依照心中良知律令自然地去做就是了。他说:"知之真切写实处便是行。若行而不知明觉精察。便是冥行,便是'学而不思则罔',所以必须说个知;知而不能真切写实,便是妄想,便是'思而不学则殆',所以必须说个行,元来只是一个工夫。"⑥在王阳明看来,真知行在知应是"真切笃实",行应是"明觉精察",因而知中即包含了行,行中亦即包含了知,知行工夫本是一个,不能分作两件事做。王学真正从思想上做到了道德实践和社会实践的统一。

王阳明的哲学思想和哲学命题,完整地创立了他的主观唯心主义的思想体系。王阳明认为,良知作为个体之心与普遍之理的统一,为主体提供了内在的价值评价标准,"只致良知,虽千经万典,异端曲学,如执权衡,天下轻重莫逃焉"⑦,王阳明在把良知作为评判是非准则的同时,特别强调其普遍性品格,使良知成为"公是非,同好恶"的普遍是非善恶标准。打破了程、朱理学的僵化教条,带有明显的近代民主平等的进步思想,启迪了学术

① 参见王阳明:《与王纯甫书》,《王阳明全集》卷四,上海古籍出版社 1992 年版,第 154 页。

② 王阳明:《传习录上》,《王阳明全集》卷一,上海古籍出版社 1992 年版,第 3 页。

③ 同上书,第 7 页。

④ 王阳明:《稽山书院尊经阁记》,《王阳明全集》卷七,上海古籍出版社 1992 年版,第 254 页。

⑤ 王阳明:《传习录上》,《王阳明全集》卷一,上海古籍出版社 1992 年版,第 3 页。

⑥ 王阳明:《答友人问》,《王阳明全集》卷六,上海古籍出版社 1992 年版,第 207 页。

⑦ 《五经臆说十三条》,《王阳明全集》卷二十六,上海古籍出版社 1992 年版,第 976 页。

界对于哲学观念的重新思考。王阳明继承陆九渊围绕"良知"与"致良知"而展开而创立的心学思想体系直接丰富着中国思想文化的内涵，活跃了当时知识分子的思想，启迪了后世人们对统一哲学思想重要性的认识；他的那种积极事功的进取精神和创新立说的果敢风格，为后世进步思想家冲破旧的思想樊笼开拓了道路；"心外无物"的哲学前提，逻辑地否定了"经书"的神学地位，引起人们对真理标准问题的探索；"致良知"的哲学道德观，逻辑地否定了封建等级思想，引起人们对民主平等地位的追求；"知行合一"观，突破了知行长期分离割裂的形而上学，引起人们将知行作统一思考，为后来的思想家探索知行关系铺平了道路。

　　王阳明的思想很快就风靡天下。他主讲的姚江书院影响巨大，形成了王学的"姚江学派"，产生了强大的地域文化效应。黄宗羲《明儒学案》中收录的王门学者达一百多位，阳明后学更是散播于全国各地，并形成了几个主要的派别。如以钱德洪、王畿为代表的"浙中王学"；以王艮为代表的王学左派"泰州学派"；邹守益的"江右王学"；薛应旂、唐鹤征的"南中学派"等等。不仅如此，阳明心学还远播到朝鲜、日本及东南亚各地，在海外也有十分巨大的影响力（见图54）。

图 54　绍兴王阳明墓

王阳明的心学体系以人本身之终极的道德完善与人格完成为目的,它不仅在哲学上解决了人与世界的同一性问题,而且极为充分地展示了人的主体精神,具有破除圣人迷信以解放思想的积极意义,顺应了当时社会思想观念的需要,由浙东崛起,影响波及整个文坛,很自然地成为明代思想学术界的主流,对文艺界的思想启蒙更是始料未及的。

(二)越地学术思想体系的完善

明末清初,在阳明心学的影响下,越地又出现了一批有建树的思想家和哲学流派,如刘宗周、黄宗羲等的蕺山学派。他们总结和清算了阳明心学,一起将浙东学术思想推向了一个新阶段,使越地学术思想更加体系化、系统化。

刘宗周(1578—1645),初名宪章,字起东,山阴人(见图55),因在山阴县城北蕺山讲学,被称为蕺山先生。刘宗周是蕺山学派的创建者,可以

图55 刘宗周

说他的某些背离理学的进步观点是早期启蒙思想的先驱。蕺山之学"上承濂洛,下贯朱王",从地缘上受阳明心学的影响较大,他曾经读遍阳明文集,一度尊信阳明心学,但却不拘泥其陈说,他由王门后学流弊反观其理论的缺陷,扭转阳明良知教为慎独、诚意之说,以殷切之心休整阳明学、矫治王学末流之弊,顺应了当时王学休整运动的潮流。梁启超先生认为,晚明对王学自身的反动,"最显著的是刘蕺山(宗周)一派"①(见图56)。

刘宗周继承和发展了张载的"气"为宇宙本体的思想,形成了

---

① 梁启超:《中国近三百年学术史》,东方出版社1996年版,第9页。

颇具自己的特色的理气论和道器论。关于理气论,刘宗周认为"离气无理",提出了"盈天地间一气而已"的观点;在道器关系上,刘宗周以为"道不离器",认为具体事物的"器"是作为一般原理的"道"的根本,而不是"道"为"器"的根本,因而它并不是理学家所说的"道在器先"、"理在气先"。刘宗周的理气论和道器论以及以"形气为本"的人性论和"良知不离见闻"的认识论被他的后学——蕺山学派的主要代表黄宗羲、陈确等人所继承和发展,成为明末清初早期启蒙思潮的重要组成部分。

　　刘宗周的思想,中年以"慎独"标宗,晚年以"诚意"为本。他通过对传统儒家的"慎独"范畴的发挥,系统地阐发了儒家的理学思想,认为唯有"慎独"方可"修齐治平","慎独"可融摄心性之学诸义。刘宗周对王阳明的"诚意"为本的思想极为赞赏,以为诚意为极则来统摄诸义,已足以明确《大学》之旨,他的阐发,使心学理论更加缜密。他所极力倡导的"慎独"学说对个体道德人格自我完善,强化个体的道德践履,也是具有现代意义的。刘宗周在伦理学上把"理"、"欲"统一起来,肯定"人欲"的合理性,这些思想表明,刘宗周既是王阳明思想的积极因素的继承者,又是阳明心学的修正者,在他的思想中已经包含着反理学的倾向。

刘宗周是明末儒学的殿军,为完善心学理论做出了重大贡献。后来,刘宗周的高足黄宗羲等浙东学人创立了浙东学派。明末清初的浙东学派,在许多重大的问题上实现了对传统儒学的突破。他们提出了全新的"经世致用"的思想观念。他们用市民社会的生活规则,来批判程朱理学和君主专制思想,在文艺界也产生了很大反响。

黄宗羲(1610—1695),字太冲,号梨洲,又号南雷(见图57)。世居余姚县(属浙东)通德乡黄竹浦。师承刘宗周,从王学出发,进而修正王学,又

将王阳明反对传统束缚的思想发展成对封建君主专制制度的否定。黄宗羲学术思想的形成,与其坎坷经历相关。黄宗羲自言一生"初锢之为党人,继指之为游侠,终厕之于儒林,其为人也,盖三变而至今"(《梨洲先生年谱卷首》)。晚年专事学术,或讲学或著述,所著《明儒学案》为中国首部学术史。其政治思想主要见诸《明夷待访录》,从政治、经济、法律、军事、教育、文

图57 黄宗羲

化、人才选用等方面系统批判封建君主专制制度,首次提出"天下之大害者,君而已矣"。并阐发"天下为主,君为客"、"君与臣,共曳木之人"的君臣平等原则,用"天下之法"代替"一家之法"的法律平等原则,"人各得自私自利"、"贵不在朝廷,贱不在草莽"的人权平等原则。经济政策上,主张改革土地、赋税制度,强调工商"皆本",批判传统的农本工商末的观点。教育思想上,提出改革科举制度、改革教育制度的主张,并提出类似资产阶级民主主义者的措施设想,被称为明清之际"三大家"之佼佼者。黄宗羲一贯倡导自得精神,反对程朱理学禁锢人们的思维自由,强调独立思考的主张。

在明代中后期商品经济的发展对传统文化价值观念的冲击下,王阳明精心构筑且风靡一时的"良知"已被"逐声色"、"逐货利"的浪潮所代替。黄宗羲提出了体现市民阶层的新价值观念的自私自利的人性论。他认为利己是人的天性。人的一切行为方针与价值取向,应以利己为前提。封建

专制主义所以要批判,是由于君主视天下为自己的私有财产而侵夺了民众的利益,"使天下之人不敢自私,不敢自利,以我之大私为天下之大公"①。刘宗周对这种思潮的描述耐人寻味:"志于货利者,唯知有货利而已,举天下之物无以易吾之货利,志于声色者,惟知有声色而已,举天下之物无以易吾之声色也。"②他认为生活中的人都是有欲望的,欲望的产生,是出于对人的需要的满足,是对物质和精神的一种渴求,所以"有生之初,人各自私也,人各自利也",已经蕴涵了近代的意识。黄宗羲站在"公天下"观念的视野,猛烈抨击"家天下"意识。认为封建专制制度所以要鞭挞,是封建皇帝以天下为私产,传之子孙,享受无穷,是封建君权"屠毒天下之肝脑,离散天下之子女,以博我一人之产业",从而"使天下之人不敢自私,不敢自利"。黄宗羲并在此基础上进一步肯定"人各得自私也,人各得自利也"③。黄宗羲还提出"工商皆本"的思想,"世儒不察,以工商为末,妄议抑之。夫工固圣王之所欲而来,商又使其愿出于途者,盖皆本也"④,成为第一个从理论上否定传统价值观的学者(见图58)。

黄宗羲主张学贵适用,提倡学术民主、学术自由。"道无定体,学贵适用,奈何今之人执一以为道,使学道与事功判为两途。事功不出于道,则机智用事而流于伪;道之不能达之于事功,论其学则有,适于用则无。讲一身之行为则似,救国家之急难则非也,岂真儒也。"⑤"道非一家之私,圣贤之血路,散殊于百家"⑥,"学也者,天下之公学",冀望出现一个"各持一说,以争鸣天下"的格局,让普天下的人们尽量发表自己的意见。他这种思想代表了新兴市民阶层的普遍愿望。

从学术渊源上讲,黄宗羲是王学传人。黄宗羲师承刘宗周,刘宗周则上接王阳明。他们的学说中都包含着"经世致用"的知行观。在黄宗羲的著述中虽然没有直接用"经世致用"的表述,但非常强调学问与事功的统一,改虚无蹈空的学风为"学贵适用"。学问与事功的统一是他们评判学问

---

① 黄宗羲:《明夷待访录·原君》,中华书局 1982 年版。
② 《刘子全书》卷八,《刘宗周全集》,浙江古籍出版社 2007 年版。
③ 黄宗羲:《明夷待访录·原君》,中华书局 1982 年版。
④ 黄宗羲:《明夷待访录·财计三》,中华书局 1982 年版。
⑤ 《黄宗羲全集》第 10 册,浙江古籍出版社 1993 年版,第 341 页。
⑥ 同上。

图58　黄宗羲墓

之道真与伪的标准,分离的是虚伪的学问,"救国家之急难"的学问,才算得上是真正的"学道"。

(三)晚明哲学思想对文艺的渗透

晚明是个特殊的变革时代,文艺思想与学术思潮面临一次深刻的转型。

伴随着商品市场经济的活跃、市民阶层的崛起,知识阶层的批判精神得到空前的强化。犹如欧洲的文艺复兴,晚明知识阶层的人文精神、主体意识得到伸张,以个性解放为特征的人文主义理念得到普遍的肯定。在阳明心学及其后学的激荡下,伦理自觉和独立人格的主张也得到阐扬,晚明掀起的人文主义思潮,由哲学领域向文化阶层扩散,对文学艺术创作产生了深刻的影响。

越地是阳明心学的策源地,王阳明从小生活在越文化的核心地区,耳濡目染中,地域文化精神不可避免地渗透到阳明心学之中,从而对他有举足轻重的影响。阳明心学在当时的思想界开启了"一种具有近代解放气息的浪漫主义的时代思潮"①,有力地推动着越文学艺术的发展进程,对越文

---

① 李泽厚:《美的历程》,中国社会科学出版社1984年版,第248页。

学艺术,乃至整个中国文艺的发展进程产生了深刻的影响。"思想的解放,实为文艺革新的先导。以袁中郎为首的公安派反前后七子的复古主义,其思想实来源于当时的'王学左派',特别是李贽所提倡的思想革命。当时思想革命与文学革命汇成一支文化革命的洪流,有力地冲击了封建思想和复古主义文学。其流风历清初,直到乾隆中叶而未沫。"①阳明心学引发的思想变革是巨大的,阳明心学不仅对明清之际的启蒙思想家发生过积极的影响,而且对文艺产生了最为直接的影响。

晚明的思想界和文艺界出现了一个崭新的局面,表现为文艺观念上的一次大突变,大更新。"晚明士人就其群体而言,存在着一个基本的大致的心理趋向,就是力求道统与政统合一的理想人格的解体,自我的觉醒和个性的张扬。"②士人高扬人的伦理道德的主体意识,肯定良知本体是"人人之所以同具者","愚夫愚妇与圣人同",人人皆有良知,个个做得"圣人"。这种道德本性上的平等观念,被王学传人演绎得更加具体现实,那就是肯定为人皆可以为尧舜的现实性。王阳明以"吾心"作为判断是非、善恶的标准,提倡"活泼泼"的"良知"学说,在某种程度上确实反映了当时开始出现的市民阶层的意愿,起到了活跃学术空气,解放人们思想的作用。其思想解放的浪潮遍及诗坛、曲苑、艺坛。表现为诗文领域中的性情性灵创作,戏剧领域中的人性世俗生活的描写刻画,书画领域中的水墨大笔写意表现手法等,特别在文学领域,形成了17—18世纪市民文学极其灿烂辉煌的新时代。与此同时,"王阳明禀赋的江南诗性精神使他在进行哲思时为诗歌留出了地盘,这种诗性精神也不可避免地融入其哲思之中"。阳明心学"通体焕发着一种诗性的光辉"③,映照着文坛的前路。

创立心学思想的是越人王阳明、刘宗周、黄宗羲,最早有意识地把心学思想渗透到"性灵"化的创作和文学批评的也是越人,如徐渭。徐渭的自我意识异常强烈,他努力追求自我的实现,而他的自我却始终得不到实现,他的胸中充满了磊落不平之气,王学思想为他苦闷的精神打开了一扇窗,他通过文艺创作把"狂者胸次"淋漓尽致地宣泄了出来,影响遍及文坛、曲坛、艺坛。

---

① 任访秋:《中国新文学渊源》,河南人民出版社1986年版,第2页。
② 周明初:《晚明士人心态及文学个案》,东方出版社1997年版,第206页。
③ 刘永:《阳明心学:中国诗性哲学的一座高峰》,《东方丛刊》2008年第4期。

三、明清越地曲坛

(一)徐渭和晚明越中曲派

明嘉靖到清康熙前期,越地剧作家成批涌现,戏曲创作十分繁盛,形成了后来研究者称之为"越中曲派"的戏曲创作群体。

越中曲派的奠基人与核心人物是多才多艺的徐渭。作为越中曲派的代表人物,徐渭是出色的剧作家兼戏曲评论家。他著有《狂鼓史》(见图 59)、《玉禅师》、《雌木兰》、《女状元》和《歌代啸》等,前四剧合称《四声猿》。现存并确定为他所作的戏曲作品只有《四声猿》杂剧,另便是理论专著《南词叙录》。即便此两部著作,也足以奠定其在中国戏曲史上的地位了。

图 59　明刊本《四声猿·狂鼓史》

王骥德《曲律》称《四声猿》是"天地间一种奇绝文字",汤显祖认为《四声猿》"乃词坛飞将"①,赵景深《戏曲笔谈》称《四声猿》"代表了明代杂剧

---

① 王思任:《批点玉茗堂牡丹亭叙》。

的转变"。嘉靖、万历年间是明代杂剧的蓬勃发展和鼎盛时期。徐渭的《四声猿》杂剧的推出，不仅标志着明杂剧在形式体制上的转变，最重要的是在思想内容上的根本转变。《四声猿》在明代戏曲史上是一部开风气的作品。其情节结构都以奇为特征，或肯定叛逆精神，或大胆歌颂情欲，张扬人性和男女平等，一扫传统戏曲中陈腐的伦理说教，充满着理想精神和离经叛道的思想，表现出惊世骇俗、桀骜不驯的恣狂个性和激情，开创了明杂剧浪漫主义新风。在艺术观念上，徐渭以对"新"的尊崇和"真"的追求为圭臬："众人所忽，余独详；众人所旨，余独唾。"①这种故意对抗流俗的心态，赋予他目光向下的勇气，率先表达出对民间艺术形式戏曲的推崇，并有意同传统的笔法、构思、欣赏习惯背道而驰进行创作。

明初以来整个剧坛充斥着封建道德和伦理说教，戏曲创作索然寡味。明代宣德以前的杂剧作家，只有由元入明的"十六子"和宁周二王，而且创作倾向是宫廷化、贵族化的。从正统初年至成化末，近半个世纪，北杂剧没有一个有名氏作家。嘉靖初，始出现康海和王九思，此后虽有杨慎、陈沂、李开先诸上层士大夫偶尔涉足杂剧，也仍是作品数量少而且影响不大。《四声猿》的出现，无异于空谷足音，对当时陈腐的戏曲文学和演剧舞台起了振衰除弊的作用。《四声猿》在体制上灵活自由，采用南、北曲，一扫骈俪迂腐之习，不假涂饰而才气飞扬，锤炼纯熟而接近口语，词锋犀利，富于气势，令人耳目一新。在杂剧领域，更是打破百年沉寂，直接刺激了明代杂剧的复兴和新的更精致合理的戏剧形式的诞生。

关于《四声猿》的具体写作年月，不得而知，只能推其大概。除《玉禅师》"系先生早年之笔"②，其余三剧，据袁宏道《徐文长传》："余少时过肆中，见北杂剧有《四声猿》，意气豪达，与近时书生所演传奇绝异。"时离徐渭去世6年，袁宏道31岁，自称"少时"，可以想见《四声猿》在徐渭生前早已付梓。现存《四声猿》的最早版本，是万历十六年（1588）新安龙峰徐氏刊本。陈继儒在《太平清话》卷三中评论说："近代杂剧，惟天池徐惠〔渭〕，辰玉王衡。天池有《花木兰》及《弥衡骂曹》，最为擅场。"此书成于万历二十三年（1595），徐渭去世才两年，名流陈继儒就已经把他作为当代杂剧的最

---

① 徐渭：《西厢序》，《徐渭集》，中华书局1983年版，第1089页。
② 王骥德：《曲律》，《中国古典戏曲论著集成》（四），中国戏剧出版社1959年版。

杰出代表来推举了,可见《四声猿》在当时的流布和影响。

徐渭《四声猿》问世,使杂剧剧坛空前热闹起来。一时名士大家无不宾服。汤显祖目为"词坛飞将",甚至要"生致文长,自拔其舌"①;王骥德《曲律》赞叹"称词人极则,追躅元人";澂道人更是推崇备至,在题《四声猿》时说"为明曲第一,即以为有明绝奇文字之第一,亦无不可"。在戏剧创作方面,则冯惟敏、汪道昆、许潮、梁辰鱼、陈铎、王衡、王骥德、吕天成等名家声气相和,纷纷掉转笔来,创作出大量优秀的杂剧作品,明代杂剧顿现复兴的趋势。就《明代杂剧全目》所载 109 位有名氏作家作个粗略比较,从洪武至正统初,约七十余年,有作家 26 人,作品 133 种,以后是八十来年的空白;而从嘉靖以降以至明亡,120 多年间就有作家 83 人,作品 216 种。可知即使堪称是传奇黄金时代的嘉靖、万历年间,杂剧仍达到了它的鼎盛时期。

徐渭之前杂剧方面的重要论著,先后有元钟嗣成《录鬼簿》、明初贾仲明《录鬼簿续编》和朱权《太和正音谱》。尤其是《太和正音谱》,共收录 385 支曲牌,为填制北曲杂剧提供了规范。徐渭尽管没有这方面的专著,但其《南词叙录》所载关于南北曲的重要见解,对杂剧创作同样具有指导作用。如他主"本色"的理论主张,内涵比前人的所谓"本色"要丰富得多。他在《南词叙录》中称扬《琵琶》、《荆钗》、《拜月》"句句是本色语,无今人时文气"。他还重视"场上之曲",强调通俗易懂,"夫曲本取于感发人心,歌之使奴、童、妇女皆喻,乃为得体",反对宾白过于文雅和用故事(典故)作对子,以为"最为害事"。音律上,徐渭批评人为的格律束缚,认为《琵琶记》"也不寻宫数词"是"最见高公之识"。他的"本色论"还强调"正身",即舞台上的人物要有自己的真实思想和动作,所表现的情要符合人物的身份,而不是剧作家外加的。尤其是宾白,保持了元杂剧自然、活泼、富有机趣的风格特点,而又辛辣、豪雄每每过之。宾白明白晓畅,俚俗不避,分量在全剧中大大增加。此后,一向重曲的杂剧也转而讲究起宾白的创作了。所有这些主张,对明中后期的戏曲创作和理论产生了巨大影响,同时也为杂剧创作高潮的到来,作好了理论上的准备。

《四声猿》对"短剧""南杂剧"的影响是显然的。明代杂剧较元杂剧在

---

① 见清晖阁评平《牡丹亭》序。

体制上的改进,主要表现在折数的自由伸缩上。它们不再局限于四折,而是一至七八折不等。其中尤以一二折的短剧最为盛行。王九思《中山狼院本》始开一折之端,但成就不高,影响极小。徐渭《四声猿》中,《渔阳弄》一折,《翠乡梦》、《雌木兰》均是两折,四剧中短剧就占了三部,这大大刺激了短剧的兴盛。几乎在徐渭同时,就掀起了创作单折杂剧的热潮。许潮接连写了24个单折,名流汪道昆也创作了不少。而且组剧上也效《四声猿》合数剧为一剧的形式①,许潮24剧总题"泰和记",汪道昆命名为"大雅堂四种"。后来相继出现的像叶宪祖《四艳记》、程士廉《小雅四记》、沈自徵《渔阳三弄》等单折合剧,都是步徐、汪后尘的。短剧在清代最为发达,合剧也很盛行,如嵇永仁《读离骚四种》、张声阶《玉田春水轩九种》、严廷中《秋声谱三种》等。张韬《续四声猿》、桂馥《后四声猿》甚而直标其名为《四声猿》的续作了,可见浸染之深之远。吴梅先生曾谓:"徐渭《四声猿》中《女状元》剧独以南词作剧,破元杂定格,自是以后,南剧孳乳矣。"②虽则《女状元》是否早于王骥德《倩女离魂》不得而知,并且几乎同时或者稍后,也有许潮、汪道昆用南曲作单折短剧,但就《四声猿》在当时的流布和影响来说,南杂剧的创兴,徐渭是起了关键作用的。引入南曲、南北合腔使南杂剧作为一种更成熟、更符合时代风尚和审美趣味的戏剧形式,从而取代北杂剧,与传奇共同成为有明一代戏曲的代表。

徐渭《四声猿》的出现,也大开文人剧的风气。文人剧,不仅以写文人掌故为主,而且常常是有寄托的。《狂鼓史》就以其寄慨遥深引起强烈反响。徐渭借他人酒杯,浇自己块垒,一腔愤懑郁勃之气喷泻而出,摄人魂魄。王季重《徐文长逸稿序》谓"英雄气大,未有敢当文长之横者也"。他若冯惟敏《不伏老》、王衡《郁轮袍》、沈自徵《鞭歌妓》,也都是重在抒写个人怀抱之作。不过,大多数的文人剧还是像《女状元》那样敷演文人学士的隽雅之事,诸如许潮《兰亭会》、《武陵春》,汪昆道《远山戏》、《洛水悲》,程士

---

① 合数剧为一剧,最早见于成弘间沈采的《四节记》传奇。杂剧中出现,应以《翠乡梦》为最早。

② 参见吴梅先生《中国戏曲概论》。王骥德《曲律》有云:"已为《离魂》,并用南调,郁蓝生谓'自尔诈祖,当一变剧体'。"祁彪佳《远山堂剧品》也说:"南曲向无四出作剧者,自方诸与一、二同志创之。"可见王氏是狭义的所谓"南曲四折"的南杂剧之祖,与吴梅先生所说并不矛盾。

廉《韩陶月宴》、《戴王访雪》(此两种均佚)之类。当然,这部分文人剧取材偏仄,也使得杂剧日益从酒筵歌席,进一步向文人案头清供发展,这已非徐渭之本愿了。

《四声猿》则不仅拓宽了题材范围,"俄而鬼判,俄尔僧妓,俄而雌丈夫,俄尔女学士"(澂道人题《四声猿》),涉及封建社会的政治、宗教、军事、科举和妇女问题诸多领域。而且赋以新的观念、思想和时代特征,大胆肯定情欲,歌颂叛逆精神,呼吁男女平等。这些题材在徐渭之前抑或有之,而《四声猿》显现的进步思想的曙光和全新的人性观念在明代杂剧中却是破天荒的。

徐渭有创作也有理论,所著《南词叙录》是第一部全面总结南戏渊源、声腔、角色、语言等方面的论著,并率先提出了戏曲的"本色论",即剧作应"从人心流出",以情感人;语言唯求通俗易懂,文辞中戏谑的成分也不断地增加,符合剧中人物的个性特点等。徐渭在戏曲史上的贡献,还在于他在越地培养或影响了一批后生作家,如王骥德、史槃、王澹等就是在徐门中成长起来的著名戏曲家或戏曲理论家,并形成了一个以徐渭为中心,队伍庞大影响持久的戏曲创作群体——越中曲家群体,在戏曲创作和戏曲理论研究方面为明代戏曲的发展做出了卓越贡献。王骥德在《曲律》中明确指出越中存在一个戏曲流派:

> 吾越故有词派,……近则谢泰兴海门之《四喜》,陈山人鸣野之《息柯余韵》,皆入逸品。至吾师徐天池先生所为《四声猿》,而高华爽俊,秾丽奇伟,无所不有,称元人极则,追足蜀元人。今则自缙绅、青襟,以迨山人、墨客,染翰为新声者,不可胜纪。以余所善,史叔考撰《合纱》、《樱桃》、《鹣钗》、《双鸳》、《李瓯》、《琼花》、《青蝉》、《双梅》、《梦磊》、《檀扇》、《梵书》,又散曲曰《齿雪馀香》,凡十二种。王澹翁撰《双合》、《金桃》、《紫袍》、《兰佩》、《樱桃园》,散曲曰《欸乃编》,凡六种。二君皆能度品登场,体调流丽,优人便之,一出而搬演几遍国中。姚江有叶美度进士者,工隽摹古,撰《玉麟》、《双卿》、《鸢媲》、《四艳》、《金锁》以及诸杂剧,共十余种。同舍有吕公子勤之曰郁蓝生者,从髫年便解搞挨,如《神女》、《金合》、《戒珠》、《神镜》、《三星》、《双栖》、《双阁》、《四相》、《四元》、《二媱》、《神剑》,以迨小剧,共二三十种。惜玉树早摧,赍志未竟。自馀独本单行,如钱海屋辈,不下一二十人。一时风

尚,概可见已。①

　　说明越中一带确实出现了王骥德所言"词派"即是曲派。这是一个人数众多,作品亦多,极具地域特色的曲家群体。有学者称之为"越中派",也有学者称之为"越中曲派"。他们大都命运坎坷,地位低微,视戏曲为生命,将戏曲当做一生的事业来追求。他们以戏曲理论素养深厚见长,创作带有明显的地域特色。越中戏曲的发展大致可分前后三个阶段:第一阶段以徐渭为中心,开曲苑风气,带动影响了越中众多曲家;第二阶段以王骥德为中心,他与越中诸曲家有广泛的联系;第三阶段以祁彪佳为中心,在他周围聚集了一批曲家。

　　戏曲领域中的越中派、吴中派、昆山派则是近现代研究者所命名的文学流派。明后期的徐渭、叶宪祖、吕天成、王骥德及明末的单本、祁彪佳、孟称舜等明代绍兴籍曲家我们称之为"越中派";吴中派则是指明中后期生活在苏州一带的祝允明、唐寅、郑若庸、张凤翼、梁辰鱼等为代表的曲家;而昆山派指的是在昆山腔经过魏良辅改革后以昆山腔作为声腔标准创作剧本的曲家,包括了梁辰鱼、郑若庸、张凤翼等吴中派为主体的曲家。可见今人所命名的这三个曲派,实际也只是三个地域性曲家群体。其中,越中曲派是一个以戏曲理论素养深厚见长的曲家群体,越中曲家的理论与创作在中国戏曲发展史上占有崇高的地位,极具研究价值。

　　越中曲派的戏曲理论具有一定的先进性,至今仍闪烁着理论的光辉。越中曲家共有戏曲专著 6 部,序跋有 21 种,题词 7 篇,评点多达几十种,另外还有散见于凡例、书信、日记、随笔中的戏曲论述。越中曲家的理论贡献主要表现在三方面:第一,推崇本色,赋予本色新的内涵;第二,提出"双美"主张,越中曲家在创作中既守音律,又擅才情,将舞台性与文学性完美地融合在一起;第三,持论个性化,拓宽了戏曲文学的批评空间。

　　越中曲派的创作丰富,富有个性和地方特色。创作戏曲作品 187 种(现存 57 种)②,不少是经典性、标志性的成果。如徐渭的《四声猿》,特别是徐渭开创杂剧抒情写愤的优良传统,滋润了越中后学乃至明清两代的杂剧作家。有人把徐渭与汤显祖、沈璟并列为"万历剧坛三家",认为"徐渭跨

---

　　① 　王骥德:《曲律·杂论第三十九下》,《中国古典戏曲论著集成》(四),中国戏剧出版社 1959 年版,第 167 页。

　　② 　参见佘德余:《越中曲派研究》,中国文联出版社 2000 年版,第 22 页。

进了一个新的时代,完成了中国戏剧文学由元代的政治社会层面进入到明代人生意识觉醒层面的超越"①。孟称舜的《娇红记》(见图 60)则把爱情剧推到一个前所未有的高度,与汤显祖的《牡丹亭》堪称明代传奇的双璧。

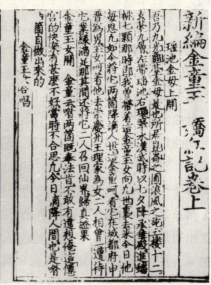

图 60　孟称舜《娇红记》

越中曲派的创作队伍十分庞大,从明嘉靖中后期到清康熙前期的一百多年间有名可稽的作家有 37 人,除徐渭外,包括谢谠、王澹、史槃、单本、叶宪祖、王骥德、吕天成、祁彪佳、孟称舜等本土创作群体。其中不乏在戏曲史上举足轻重的人物。

王骥德是越中曲派的中坚人物,是越中曲派戏曲理论的集大成者。他对于戏曲创作十分痴迷,曾拜徐渭为师,作有传奇《题红记》(见图 61)、《题曲》、《百合记》等三种,杂剧《男皇后》、《金屋招魂》、《弃官救友》、《两旦双鬟》、《倩女离魂》等五种。《曲律》是他研究戏曲的重要论著,也是中国古代戏曲理论史上最重要的著作之一。《曲律》凡 40 章,自成体系,他从戏曲艺术的受众的文化层次出发,十分强调戏曲的通俗性和现场演出效果,反对"卖弄学问,堆垛陈腐"案头创作,是一部史论结合的完整的曲学著作,对当时和后世产生了广泛的影响。

---

① 廖奔:《万历剧坛三家论——徐渭、汤显祖、沈璟》,《河北学刊》1995 年第 1 期。

图61　王骥德明刻本《题红记》

史槃是一位嗜戏如命的高产剧作家,和王澹一样既是作家,又是演员,体现了徐门弟子的"本色"。他们都是在徐渭的熏陶和指点下,或涉足于戏坛曲苑,或从事戏曲创作,或从事研究。徐门入室弟子除了王骥德、史槃、王澹、陈汝元等本地作家外,还有生活在绍兴的柳元谷、王图、吴系、马策之等三十多位戏曲爱好者,他们共同构成了越中曲派的浩大声势。他们一方面非常推崇徐渭戏曲创作抒情写愤的批评精神及戏曲的本色理论;另一方面继承了曲派的衣钵并且不断充实、丰富徐渭的"本色论",高扬越中曲派的旗帜,在戏曲创作和理论探讨上不断有新的建树。如《曲品》作者吕天成、著有传奇《清凉扇》的王应遴、整理《徐文长逸稿》的张岱、著有《娇红记》和《古今名剧合选》的孟称舜、著有《远山堂曲品剧品》的祁彪佳等,在当世均享有盛誉。

越中曲派是一个既从事戏曲创作,又自觉地从事戏曲理论研究的戏曲流派,越中曲家戏曲题材较为广泛,艺术上也各有个性,特别是他们的戏曲宗旨和评论,显示了中国戏曲理论的自觉,对万历年间的临川和吴江派的创作都产生过影响,直接推动了越地民间演剧活动的蓬勃发展,熏陶并培育了一大批从事戏曲演出的艺人和热心戏曲的观众,对活跃繁荣明清时期的戏曲做出了积极贡献。

（二）清代越地曲坛

清代的越地曲坛依然保持崇高的地位和巨大的辐射力,与晚明越中曲派保持着创作思想和戏曲精神上的传承所不同的是,清代越地曲坛的活动范围已不限于绍兴一地,而是辐射到钱塘江两岸的于越故地,并涌现了两位重要的人物,一是李渔,一是洪昇。

李渔(1611—1680),兰溪人(见图62),是在晚明文学思潮影响下成长起来的著名戏曲家。曾移居杭州,以卖文为生,《怜香伴》、《风筝误》等传奇

图62　李渔故里 芥子园

作于居杭时期。后来,李渔带着自己的家庭剧团,以度曲卖唱为生,浪迹江湖,四处演出,足迹遍及福建、甘肃等十几个省。在这期间,他完成了《比目鱼》、《慎鸾交》等多本传奇,出版了著名的戏曲论著《闲情偶寄》。现存的《笠翁十种曲》其中十之八九演绎男女情事,多是轻松幽默的喜剧,以离奇的情节表现真实的生活故事,充满着世俗化的情趣,深受市民阶层的欢迎。李渔的作品后来还被译成日文、拉丁文,在日本和欧洲广为流传。李渔也是一个创作、演艺与理论兼擅,"手则握笔,口却登场"的戏剧家,其《闲情偶寄》中的《词曲部》和《演习部》,在戏曲理论和导演理论上,也具有令人注目的建树。特别是李渔关于戏曲导演的理论,既是对前人戏曲研究成果的总结,更着眼于他多年从事戏曲的亲身体验,很好的舞台演出效果。他"填词之设,专为登场"的说法,对纠正明末以来普遍存在的剧本创作离开舞台,"头巾气"十足,一味追求典雅的弊病,有很好的补救作用。李渔关于导

演的理论和人情化的创作倾向与晚明以来越中曲派的艺术趣味有相通之处,其戏曲理论和寓庄于谐的戏剧精神与越中曲派是一脉相承的。其浓厚的以娱乐为宗旨的世俗化倾向是徐渭"道在戏谑"(《东方朔窃桃图赞》)的戏剧观念的进一步发展。但李渔作品格调不高,有媚俗的市井趣味以及缺乏应有的淑世精神,则是其特定生活环境下形成的产物。

洪昇(1645—1704),字昉思,号稗畦,钱塘(杭州)人,善诗词,工戏曲,《长生殿》(见图63)使他获得了盛誉,是清代享有盛名的剧作家,与《桃花扇》的作者孔尚任齐名,称"南洪北孔"。他同时是一位创作甚富的高产剧作家,另有杂剧《四婵娟》、《天涯泪》、《青衫湿》3种,传奇《闹高唐》、《回文锦》、《回龙院》、《锦绣团》、《孝节坊》、《长虹桥》6种。其代表作《长生殿》创作积十几年之功,初名《沉香亭》,改名为《舞霓裳》,最后才定名《长生殿》,共50出,结构波澜阔大,叙事谨严,文词完美,科白生动。剧本取唐代诗人白居易《长恨歌》题材,敷演唐明皇李隆基与贵妃

图63 《长生殿》刻本

杨玉环的爱情故事。以帝妃故事为主线,以朝政历史为副线,糅合了历代文人诗家咏叹的动人情事,内容非常丰满,正如吴梅所评:"取天宝间遗事,收拾殆尽。"(《顾曲麈谈》)剧中主副两条线交叉发展,彼此关联,情节错综,脉络极清晰,组合得相当紧凑而自然。既使全剧的情节有着内在的联系,又体现了主人公悲欢离合的变化和丰满细腻的人物形象,是清朝戏坛上影响极大、不可多得的杰作。《长生殿》结构细密,场面安排上轻重、冷热、庄谐参错,《长生殿》自搬上舞台后就演无虚夕,在结构安排上匠心经营,从而将传奇剧的创作推向了艺术的新高度。

《长生殿》的曲文很有特色,和徐渭《四声猿》的泼辣犀利、李渔《十种曲》的幽默机巧不同,他较多地糅合了唐诗、元曲的语言,从而形成一种清丽流畅的风格,其优长处在于剧本本身具有的浓厚的抒情性,能够更细腻

准确地表达出人物的心理活动,更深入地开掘人物的感情世界。在这方面《长生殿》既避免了案头剧中看不中演的弊端,又体现了戏曲崇高的美学境界,其杂剧《四婵娟》有模仿徐渭《四声猿》的痕迹,但就戏曲创作的总体成就而论,洪昇虽然没有理论建树,但在创作实践上与明代越中曲派的创作相比,确有出蓝之胜。

在明清易代之际,越中文人士大夫或抗争或死节,屈节降清者少,而殉节死难者不可胜数。清初一百多年,朝廷对江南文士的杀戮整治是前所未有的,目的是防止文人结党谋反。在清廷的严厉干预下,文士层逐渐瓦解,越中南北曲"文士剧"也遭到遏制,渐趋衰落。而作为民间戏曲在清中叶后逐渐兴起,于是形成了越地新一代地方戏曲的繁盛。

(三)越地戏曲在中国戏曲史上的地位

1. 越地戏曲是中国戏曲的重镇之一

自南宋戏文在温州诞生以后,越地一直是戏曲的一方热土。其重要标志是,明中叶以来,诸多以南曲为主的声腔,如"四大声腔"中的海盐腔、余姚腔,相继流行于越地,各种剧种的戏曲演出活跃于民间;著名的戏曲艺术家、戏曲评论家大量涌现,如高则诚、徐渭、王骥德、李渔、洪昇、王国维等;在中国戏曲史上可以传世的戏曲作品和理论著作比比皆是,如《琵琶记》、《四声猿》、《娇红记》、《风筝误》、《长生殿》、《南词叙录》、《曲律》、《远山堂曲品剧品》、《闲情偶寄》、《宋元戏曲考》等,在中国戏曲史上都产生了巨大的影响。到了清代中叶,越地又涌现了一批富有地域特色的多声腔新剧种,它们是绍剧、婺剧、瓯剧等。清末民初,民间逐渐形成了富有浙江地域特色的越剧、甬剧、姚剧等地方剧种,且尤以越剧的影响最大,绵延到当代也是中国第二大地方剧种。

2. 越中曲派有引领潮流开风气的作用

徐渭是越中曲派的杰出代表,他的《四声猿》就是一组开风气的杂剧。他开创文人剧的写作的风气,开杂剧抒情写愤的优良传统;他率先提出了戏曲的"本色论",在创作中表达了全新的人性观念,表现出惊世骇俗、桀骜不驯的恣狂个性和激情,开创了明杂剧浪漫主义新风。他的充满理想精神和离经叛道的思想,滋润了越中后学乃至明清两代的杂剧作家。他在体制上也大开短剧南北合腔的风气,使南杂剧作为一种更成熟、更符合时代风尚和审美趣味的戏剧形式;《四声猿》在题材上还首开女子易装戏曲的故事情节。在戏曲舞台上《雌木兰》、《女状元》中,花木兰、黄崇嘏一文一武两位杰出女性女扮男装,令人耳目一新。这种易装关目的创意不仅传奇作品全力响应,杂剧创作亦精心仿效,有清一代即有多部作品问世。王夫之《龙舟会》专写谢小娥易男装为仆、三年报仇雪恨的复仇故事,意欲为"莽乾坤,只有个闲钗钏"(第四折)张帜;张令仪亦步武徐渭而作《乾坤圈》,在另一种视界下演绎黄崇嘏女扮男装事;晚清吴藻的《乔影》则通过谢絮才易装"饮酒读骚",表达愿生为男儿的理想。这些作品无一例外体现出《四声猿》杂剧的精神浸染。①《四声猿》艺术精神的深远影响,始终与后代文人对徐渭人格风貌的深切向往毗连共生。被称为"扬州八怪"之一的郑板桥终身服膺徐渭,自刻印文曰"青藤门下牛马走",他说:"忆予幼时,行匣中惟徐天池《四声猿》、方百川制艺二种,读之数十年,未能得力,亦不撒手,相与终焉而已。"足见影响至深。

3. 越地曲坛创作、理论和演艺三位一体的特点

越地戏曲的繁荣昌盛是全方位的。越地演艺业拥有丰富地域文化基础和民间基础。在戏曲领域中,除了当地文坛专门有一大批爱好戏曲的文艺精英人士在倾力从事剧本创作和理论研究外,还有相当一大批人热衷从事戏曲演艺事业。明清时期,随着各种唱腔剧种的产生和盛行,越地的戏班组织也如雨后春笋般地涌现。当时的戏班组织大致有两类,一类是家乐,如张岱家、徐(徐谓)门弟子都能"度品登场"②,具有丰富的演艺经验。一是民间专事营业的戏班,如李渔带着由家姬组成的戏班,闯荡江湖,演遍了半个中国。王国维的《宋元戏曲考》通过对中国戏曲的历史考察,提出了"曲家都限于一地"③的观点。他说,明代中叶以后,创作传奇的以江、浙人居十之七八,而江、浙人中,又以江苏的苏州、浙江的绍兴居十之七八。这是"风习"使然。戏曲兴盛和繁荣的区域化现象确实与地域的文化风尚有着密切的关系。在越地从事戏曲演艺活动成了文人士大夫的一种嗜好和风尚,由于他们的身体力行,戏曲演出活动已经蔚然成风,有广泛的民间基础,创作、理论和演艺全面发展,越地成为中国戏曲的一方重镇是名副其

---

① 参见杜桂萍:《论清代杂剧对徐渭〈四声猿〉的接受》,《文学评论》2007年第3期。
② 王骥德:《曲律》,《中国古典戏曲论著集成》(四),中国戏剧出版社1959年版。
③ 王国维:《宋元戏曲考》,东方出版社1996年版,第77页。

实的。

越文学艺术论

越文化通论

四、张岱和明清小品文

（一）从载道明道到抒写闲情的嬗变

中国散文从一开始就承载了很多缘于历史哲学和政治改革的严肃命题。先秦两汉的诸子散文和历史散文，一直是后代文体文风的改革的风向坐标。历史上的文道之辩，或宗经复古、以道领文，一味强调教化，反对浮靡文风，否定一切文学性的追求；或主张"文以明道"、"文道并举"，把文学的艺术形式看得与思想内容同样重要，以中和文道的关系。总之，文章的话题是围绕着儒家之"道"而展开的。到了宋代欧阳修时代，对儒家之道的理解才有了生活的含义。欧阳修认为儒家之道是与现实生活密切相关的，他在《答李诩第二书》中说："六经之所载，皆人事之切于世者。"文道并重，他认为："道纯则充于中者实，中充实则发为文者辉光。"（《答祖择之书》）在欧阳修笔下，散文的实用性质和审美性质得到了充分的显示，散文的叙事、议论、抒情三种功能也得到了高度的有机融合。

正是在这种独特的文学影响下，宋代的散文呈现出多姿多采的艺术风貌。苏轼自谓："吾文如万斛泉源，不择地皆可出，在平地滔滔汩汩，虽一日千里无难。及其与山石曲折，随物赋形，而不可知也。所可知者，常行于所当行，常止于不可不止。"（《自评文》）苏轼确实具有极高的表现力，在他笔下几乎没有不能表现的客观事物或内心情思。苏轼散文的风格可以随着表现对象的不同而变化自如，如行云流水一般自然畅达。一变唐代韩愈时期的雄辩和古奥，表现出"文理自然，恣态横生"的平易自然的特点，这正是宋文异于唐文的特征之一。然而，宋代散文的主流还是表现了儒者关乎国计民生、天道性命等崇高的命题。

入明以后，被誉为"开国文臣之首"的宋濂的散文兼擅各种文体，尤擅长于人物传记，而刘基的散文文笔明快生动，所作的《郁离子》二卷，凡80篇，195则，多为寓言，短小精悍，用意深刻，与平庸的"台阁体"，形成了鲜明的对比。宋刘两人为文从根本上看是主张宗法唐宋，强调义理、事功、文辞三者的统一，与继起的"文必秦汉，诗必盛唐"的拟古主义思潮是有所区别的。嘉靖中，茅坤与唐顺之、王慎中、归有光"振起于时风众势"中，提倡唐宋文，试图矫正拟古派散文创作诘屈聱牙之弊端，认为好的文章"必本乎道而按古六艺之遗"。他们通过编评《唐宋八大家文钞》来扩大这种影响。从本质上看，他们还是在延续唐宋散文的基本特色和风格，尚未走出一条属于自己的路子。自徐渭散文出现，明代散文开始转型，无论是取材，还是风格均呈现另一种风味。

徐渭的散文体裁丰富，无论是传记类散文，还是尺牍类小品，大多短小精悍，往往随意写来，轻松活泼。且能生动勾勒出人物的性格和情状。如徐渭《陈山人墓表》是为越地乡贤陈鹤而作，陈鹤是越中多才多艺的文人，为人豪放不羁，不拘礼节，颇有魏晋名士的气度风姿：

> 其所作为古诗文，若骚赋词曲、草书，能尽效诸名家，既已间出己意，工赡绝伦。其所自娱戏，虽琐至吴歈越曲，绿章释梵，巫史祝咒，棹歌菱唱，伐木挽石，薤辞傩逐，侏儒伶唱，万舞偶剧，投壶博戏，酒政阄筹，稗官小说，与一切四方之语言，乐师盲瞍口诵而手奏者，一遇兴至，身亲为之，靡不穷态极调。

作者特别激赏布衣文人陈鹤狂诞的个性，在民间文艺领域内挥洒自如的才情，字里行间包含着作者个人性情的宣泄。他的《自为墓志铭》：

> 山阴徐渭者，少知慕古文词，及长益力。既而有慕于道，往从长沙公究王氏宗。谓道类禅，又去扣于禅，久之，人稍许之，然文与道终两无得也。贱而懒且直，故惮贵交似傲，与众处不浣袒裼似玩，人多病之，然傲与玩，亦终两不得其情也。生九岁，已能为干禄文字，旷弃者十馀年，及悔学，又志迂阔，务博综，取经史诸家，虽琐至稗小，妄意穷及，每一思废寝食，览则图谱满席间。故今齿垂四十五矣，藉于学宫者二十有六年，食于二十人中者十有三年，举于乡者八而不一售，人且争笑之。而己不为动，洋洋居穷巷，傀数椽储瓶粟者十年。一旦为少保胡公，罗致幕府，典文章，数赴而数辞，投笔出门。使折简以招，卧不起，人争愚而危之，而己深以为安。其后公愈折节，等布衣，留者盖两期，赠金以数百计，食鱼而居庐，人争荣机而安之，而己深以为危，至是，忽自觅死。人谓渭文士，且操洁，可无死。不知古文士以人幕操洁而死者众矣，乃渭则自死，孰与人死之。渭为人度于义无所关时，辄疏纵不为儒缚，一涉义所否，干耻诟，介秽廉，虽断头不可夺。故其死也，

亲莫制,友莫解焉。尤不善治生,死之日,至无以葬,独馀收数千卷,浮磬二,研剑图画数,其所著诗若文若干篇而已。剑画先托市于乡人某,遗命促之以资葬,著稿先为友人某持去。渭尝曰:余读旁书,自谓别有得于《首楞严》、《庄周》、《列御寇》若《黄帝素问》诸编倘假以岁月,更用绎绅,当尽斥诸注者缪戾,摽其旨以示后人。而于《素问》一书,尤自信而深奇。将以比岁昏子妇,遂以母养付之,得尽游名山,起僵仆,逃外物,而今已矣。渭有过不肯掩,有不知耻以为知,斯言盖不妄者。

……

不依不倚,字里行间流淌着真实性情和谐谑意味,从而为晚明散文开辟了一条特别平民化、生活化、性情化的路子。徐渭的散文从根本上颠覆了国计民生、天道性命等主流话题,代之以人伦性情、平居琐屑的人间生活,笔调自由活泼,为晚明小品文的发展导夫先路。

(二)张岱小品文的韵致

作为明清小品文的代表作家,张岱和越地的文缘是直接的。张岱在青年时代就对徐渭的思想个性和文艺成就非常钦慕向往,并刻意地加以学习模仿。因此个性、思想和诗文或直接或间接地受到徐渭的影响。虽然张岱后来诗文自成一体,特别在小品文的创作上大大超越了前辈作家,成为绝代高手,但他还是说自己是"不必学文长而似文长之宗子"(《琅嬛诗集序》),说明徐渭的影响已深入张岱生命的底层。

张岱(1597—1679),字宗子,号陶庵,绍兴人,侨寓杭州(见图64)。他在自作的《墓志》中称自己50岁前,生活优裕,沉溺于声色、狗马、歌舞、技艺之中;50岁以后,国破家亡,隐居山林,发奋著书。现存他的著作尚有《石匮书后集》、《琅嬛文集》、《西湖梦寻》、《陶庵梦忆》等。

张岱是一位放荡不羁、充满浪漫气质的文人。在文学理论上,张岱深受徐渭、袁宏道等人的影响,推崇王学,认为"阳明先生创良知之说,为暗室一炬"①,坚持个性,主张抒发性灵,反对复古派以模拟为能事,嘲笑嘉靖七子领袖王世贞:"弇州学《史》而《史》,学《左》而《左》,学《骚》而《骚》,学子

---

① 张岱:《石匮书·王守仁列传》,上海古籍出版社2008年版。

图 64　张岱

而子,直书籚中一大盗耳! 其手眼不自出焉,故勿贵也。"①主张"出自手眼",自成面目,"生平倔强,巾不高低,袖不大小,野服竹冠,人且望而知为陶庵"②。他在诗文中,对山光水色、平居生活充满了欣赏肯定的激情。张岱奉行"人无癖不可与交,以其无深情也;人无疵不可与交,以其无真气也"的信条,"只求不失其本面,真面,笑啼之半面"③,故"下笔描绘,妍媸自见,敢有刻画,亦就物肖形而已"④,坚持以真人真事为描写原则,崇尚真实自然的审美情趣。文章"何论大小哉,亦得其真,得其近而已矣!"⑤用散文努力表现人们日常所熟习的世俗生活的题材,重视精心结撰、惨淡经营的功夫。

这种文学观念的形成,是与明代中后期,市民经济空前繁荣,市井平民

①　张岱:《石匮书·文苑列传》,上海古籍出版社 2008 年版。
②　张岱:《琅嬛文集·又与毅儒八弟》,岳麓书社 1985 年版。
③　张岱:《琅嬛文集·家传》,岳麓书社 1985 年版。
④　张岱:《琅嬛文集·与李砚翁》,岳麓书社 1985 年版。
⑤　张岱:《琅嬛文集·张子说铃序》,岳麓书社 1985 年版。

阶层亦空前活跃紧密相关的。在城市社会中，工商活动在社会经济生活中的比重明显增强，坊主商人的社会地位逐渐上升，中古社会严格的等级秩序，单一的自然经济开始松动。顺应这一时代的王阳明心学，尤其是王学左派的李贽，冲破了传统的"士农工商"的"本末"之见，大胆地肯认商人、坊主日益提高的社会伦理地位，揄扬平民意识，在伦理关系上否定圣凡之分，政治关系上否定贵贱之别，对封建社会森严的等级秩序展开了全面批判。张岱深受这一思潮影响，提出了全新的社会价值观。张岱认为，人的价值取决于自身的智慧、才能，以及他生产的实绩——产品，这种对人的自我价值的发现体认，极大地丰富了启蒙思想。张岱特别爱才、怜才，不仅热情赞扬百业之能工巧匠："余友濮仲谦，雕刻妙天下"①，钦佩优伶名妓的一技之长："眼前活立太史公，口内龙门如水泻"②，说书艺人柳敬亭可以与司马迁相提并论。对于市井百姓的一技一艺，诸如园艺、盆景、烹调、踢球、划船、走索、彩灯、瀹茶、种橘等等，同样予以关注揄扬。即使小智小慧，"虽知星星爝火，不足与日月争光，而若当阴翳晦冥，腐草流萤，掩映其际，亦自灼灼可人，断难泯灭矣"③，也纤毫必珍。

张岱还深受王学左派李贽思想的影响，充分肯定人的天性和物欲，提出了"物性自遂"的主张。李贽说"穿衣吃饭，即是人伦物理"，人应"各从所好，各骋其长"④，"各遂其生，各获其所愿"，"凡为仁者，只在布帛、菽粟、饮食、日用之间，原不必好高骛远"⑤，要求尊重人的个性、欲望、爱好，发展人的个性、欲望、爱好，承认人最基本的物质需求和精神需要，主张恢复一切生灵的天性和自由。这与启蒙思潮高扬人的主体意识是一脉相承的。他赞赏好友秦一生"目厌绮丽，耳厌笙歌，一生之奉其耳目，真亦不减王侯矣"⑥。他自己的爱好更加广泛："极爱繁华，好精舍，好美婢，好娈童，好鲜衣，好美食，好骏马，好华灯，好烟火，好梨园，好鼓吹，好古董，好花鸟，兼以茶淫橘虐、书蠹诗魔。"⑦张岱是个性情中人，有癖有爱好，举凡斗鸡打猎、弹

---

① 张岱：《琅嬛文集·鸠柴奇觚记序》，岳麓书社 1985 年版。
② 张岱：《张子诗秕·柳麻子说书》，《张岱诗文集》，上海古籍出版社 1991 年版。
③ 张岱：《快园道古·小慧部》，高学安等标点，浙江古籍出版社 1986 年版。
④ 李贽：《焚书》卷一《答耿中丞》，中华书局 1974 年版。
⑤ 张岱：《四书遇》，《论语子张·吾友章》，浙江古籍出版社 1985 年版。
⑥ 张岱：《琅嬛文集·祭秦一生文》，岳麓书社 1985 年版。
⑦ 张岱：《琅嬛文集·自为墓志铭》，岳麓书社 1985 年版。

琴唱戏,看雪赏月,品茗吃蟹,观灯阅武,各有嗜好,举止无拘无束,但他鄙视那些"欲海无边,尘心难扫,汗颜顷刻,顽钝终身。填七尺于膻淫,耗须眉于营养。宅畔有宅,田外有田,好利亦复竞名,身荣又祈子富"①,一味贪求物质享受的利欲熏心之徒,以为生存发展,仅仅追求物质享受是不够的,还应"以天下为己任","仔肩宇宙",关心国计民生。张岱这一思想反映了明代后期资本主义生产关系萌芽以后,市民阶层要求满足人的正常情感欲求的心理愿望,又与张岱作为一个知识分子对风雅生活的追求,以及对丰富人生的精致体会是一致的。晚明小品提倡性灵和"闲适",重视民间文学的郑振铎在《插图本中国文学史》中说:"天启、崇祯间的散文作家,以刘侗、徐宏祖及张岱为最著",张岱"所著《陶庵梦忆》、《西湖梦寻》诸作,殆为明末散文坛最高的成就。像《金山夜戏》、《柳敬亭说书》,以及状虎丘的夜月,西湖的莲灯,皆为空前的精绝的散文;我们若闻其声,若见其形,其笔力的尖健,几透出于纸背。柳宗元柳州山水诸记,只是静物的写生;其写动的人物而栩栩若活者,宗子当入第一流"。②

阳明心学拨开了迷古的阴霾,给了人们自抒己见的勇气。着公安派先鞭,真正为晚明小品文扫清复古影响的是不以散文名世的几位独往独来的大家,徐渭、李贽、汤显祖。他们无意于为文,然其文却自具一种绝代的姿态。他们不模仿什么古人,只是说出他们心中所言,纯是一片天真,得到公安派袁宏道的极力推崇。越地的文人与公安派关系密切,声气相和,山阴陶望龄就是公安派的羽翼人物,与袁宏道过从密切,袁宏道又在山阴陶望龄家中发现了徐渭的手稿,并加以极力推崇。张岱正是在这样一种反拟古、抒性灵的文学大气候中登上文坛的。

徐渭对张岱的影响是直接的。张岱追求个性自由和思想独立,在纷繁的思想面前能够自出手眼,不随风气而变;在国破家亡的身世巨变中能忍冰傲雪,著书不辍,坚守自己的自由人格和道德操守,这在"天崩地解"的明清之际是非常不易的。由于徐渭、张岱都与佛禅宗有缘,佛教众生平等观念使他们能够把个性自由的思想推己及人、及物。徐渭有一首诗很有意趣:"大乘闻讲后,小水看鱼流,或浅非听瑟,时深岂避钩。半餐犹斗饵,一

① 张岱:《四书遇》,《孟子告子·本心章》,浙江古籍出版社 1985 年版。
② 郑振铎:《插图本中国文学史》,人民文学出版社 1957 年版,第 953 页。

瓮却千头。安得输江海,都令万里游。"①张岱也有类似的感慨,他说:"鱼若能言,其苦万状,以理撰之,孰若纵壑开樊,听其游泳,则物性自遂,深恨俗僧难与解释耳。"②张岱的"纵壑开樊,听其游泳"与徐渭"安得输江海,都令万里游"的体会是一脉相承。正是因为他们珍视个性自由并有深切的体会,才会怜物悯怀。张岱为文不从流俗,独出机杼,他的诗文学过徐渭、公安派、竟陵派,最后还是摆脱诸家的束缚,"自出手眼"③。

张岱出身仕宦人家,家族中有深厚的史学渊源。高祖天复专攻史部地理类,著有大部头的《皇舆考》,并创修《山阴县志》;曾祖元忭著有探讨历史编纂学理论的《读史肤评》,并推扬乃父之志,续完《山阴县志》,又自撰《绍兴府志》、《会稽县志》、《云门志略》等,在史部地理类乡邦著作的撰写中取得骄人的"创格"成就④;祖父汝霖曾主盟南京"读史社",倾动一时。张岱受祖先沾溉,也以著述为乐,不事举业,半生倾力于《石匮书》,从本质上看他还是个典型的布衣文人。他前半世生活优裕,当突如其来的家国变故,使他一下子陷于衣食不足的困境之中,能支撑他精神上保持高傲品质的也是他的文学事业。他广泛地与社会各个阶层接触,尤其是后半生由于生活的贫困,对平民情绪有着更深刻的体验。张岱在个性风格方面受徐渭的影响也是很明显的。他不忧生,不畏死,也象徐渭一样自为墓志铭。张岱幽默诙谐的个性和情趣,与徐渭的谐谑精神存在着内在的联系。他和徐渭一样有着布衣文人情结,喜欢市民文艺,经常混迹市井社会,好戏曲,作品带有鲜明的市民色彩。最重要的一点就是真正摆脱了明代文坛的复古思潮,笔具化工,用小品文表现了普通人的意趣与韵致。

张岱著作丰富,他自己最重视的是投注 27 年心血的明史《石匮书》,而后人看好的是明亡以后语及少壮秾华,对故国乡土深深眷恋的两部忆旧的书《陶庵梦忆》、《西湖梦寻》。祁豸佳评《西湖梦寻》云:"余友张陶庵,笔具化工。其所记游,有郦道元之博奥,有刘侗人之生辣,有袁中郎之情丽,有王季重之诙谐,无所不有其一种空灵晶映之气。寻其笔墨,又一无所有。

---

① 徐渭:《承恩寺听讲经,归路观瓮鱼于山家》,《徐文长三集》卷六,《徐渭集》,中华书局 1983 年版,第 206 页。

② 张岱:《西湖梦寻》卷三,上海古籍出版社 1991 年版。

③ 张岱:《又与毅儒八弟》,《琅嬛文集》卷三,岳麓书社 1985 年版。

④ 《四库全书提要·绍兴府志》,中华书局版。

为西湖传神写照,政在阿堵中。"①张岱的散文兼有诸家之精华,又自出机杼,个性天趣毕现。张岱好友王雨谦为他的《琅嬛文集》作序说:"甲申以后,屏弃浮云,益肆力于文章,自其策论、辞赋、传记、笺赞之类,旁及题额、柱铭,出其大力,为能登之重渊,而明诸日月,题曰《琅嬛文集》。盖其为文,不主一家,而别以成其家,故能醇乎其醇,亦复出奇尽变,所谓文中之乌获,而后来之斗杓也。"②说明张岱的散文,文备众体,各臻其妙,达到了挥洒自如的境地。

张岱的散文,题材非常广泛并且生活化。一些描写山水风物、民情风俗的特别出彩。如《湖心亭看雪》:

崇祯五年十二月,余住西湖。大雪三日,湖中人鸟声俱绝。

是日,更定矣,余拿一小舟,拥毳衣炉火,独往湖心亭看雪。雾凇沆砀,天与云、与山、与水,上下一白。湖上影子,惟长堤一痕,湖心亭一点,与余舟一芥,舟中人两三粒而已。

到亭上,有两人铺毡对坐,一童子烧酒炉正沸。见余大喜曰:"湖中焉得更有此人!"拉余同饮。余强饮三大白而别,问其姓氏,是金陵人,客此。及下船,舟子喃喃曰:"莫说相公痴,更有痴似相公者!"

作者用精练淡雅的笔墨,描绘了雪后西湖宁静清绝的景象,表现了性情中人,幽静深远的闲情雅致和遗世独立、卓然不群的高雅情趣。作者和遇到的知己共同营造了一种近乎纯美的意境。寒冬时分西湖天地一色的雪景和观赏者表里澄澈的情态达到了真正的和谐。

张岱的《西湖香市》,再现了农历二月二十日至端午节"数百十万"不同阶层的男女老少"日簇拥于寺之前后左右"的朝佛进香的生动情景。又如脍炙人口的《西湖七月半》(见图65),作者通过细致的观察,将"看七月半之人"划分为活灵活现、各具神采的五类。作者通过这五类人,观察芸芸众生,情态刻画细致,生动逼真;并用诙谐的手法描述游湖的五种人,以反衬"吾辈"之悠闲淡定,别有幽怀。散文对杭人夜游西湖、轧闹猛的娱乐情景,以及由这一情景反映出来的生活习性和风俗性态,进行了入木三分的刻画。《西湖梦寻》、《陶庵梦忆》中余韵无穷的怀旧文章,代表了晚明小品散

---

① 王雨谦:《西湖梦寻序》,《张岱诗文集》附录,上海古籍出版社1991年版,第434页。
② 同上。

图65　西湖·平湖秋月

文的最高成就。

在晚明的新散文中,张岱"用活泼新颖的文字,对当代的社会生活和美丽的湖光月色,作了真实生动的描写。有公安的清新,有竟陵的冷峭,又有王谑庵的诙谐"①。"各种体裁,到他手中都解放了,如传记、序跋、像赞、碑铭等等,在他的笔下,都写得诙谐百出,情趣跃然,这是他散文上的特点。"②

张岱的"自叙"文体,也写得非常成功。与专门褒扬先人功业的"墓志铭"大异其趣的是《自为墓志铭》:

蜀人张岱,陶庵其号也。少为纨绔子弟,极爱繁华,好精舍,好美婢,好娈童,好鲜衣,好美食,好骏马,好华灯,好烟火,好梨园,好鼓吹,好古董,好花鸟,兼以茶淫橘虐,书蠹诗魔,劳碌半生,皆成梦幻。年至五十,国破家亡,避迹山居。所存者,破床碎几,折鼎病琴,与残书数帙,缺砚一方而已。布衣疏莨,常至断炊。回首二十年前,真如隔世。

常自评之,有七不可解。向以韦布而上拟公侯,今以世家而下同乞丐,如此则贵贱紊矣,不可解一。产不及中人,而欲齐驱金谷,世颇多捷径,而独株守於陵,如此则贫富舛矣,不可解二。以书生而践戎马之场,以将军而翻文章之府,如此则文武错矣,不可解三。上陪玉皇大

---

① 刘大杰:《中国文学史》,上海古籍出版社1982年版,第941页。
② 同上书,第940页。

帝而不谄,下陪悲田院乞儿而不骄,如此则尊卑溷矣,不可解四。弱则唾面而肯自干,强则单骑而能赴敌,如此则宽猛背矣,不可解五。夺利争名,甘居人后,观场游戏,肯让人先?如此则缓急谬矣,不可解六。博弈樗蒲,则不知胜负,啜茶尝水,是能辨渑、淄,如此则智愚杂矣,不可解七。有此七不可解,自且不解,安望人解?故称之以富贵人可,称之以贫贱人亦可;称之以智慧人可,称之以愚蠢人亦可;称之以强项人可,称之以柔弱人亦可;称之以卞急人可,称之以懒散人亦可。学书不成,学剑不成,学节义不成,学文章不成,学仙学佛,学农学圃,俱不成。任世人呼之为败子,为废物,为顽民,为钝秀才,为瞌睡汉,为死老魅也已矣。

……

从陶渊明的《五柳先生传》开始,中国文人之撰写自传、自叙、自为墓志铭,多半采取自我调侃的笔调。在张岱之前有王绩的《自作墓志文》,刘知几的《自叙》,徐渭的《自为墓志铭》,张岱之后有汪中的《自序》,梁启超的《三十自述》等。同样是叙述平生,可以半真半假,亦虚亦实,嘲讽多而褒扬少。这是一种策略,带有游戏文章的意味,或者说是自我解嘲,寓庄于谐。张岱的《自为墓志铭》,袭取表彰功业为主的墓志铭体式,但改变宗旨,转为自我调侃。比如"好华灯,好烟火,好梨园,好鼓吹,好古董,好花鸟"等,在一般人看来游戏人生"玩物丧志"的癖好,如今反倒成了好事,起码使他的经历体验非同寻常,不只五光十色,而且真实生动。当初张岱如果跟一般读书人一样,很"务正业"的话,日后不一定写得出如此流光溢彩的好文章。

我们可以用张岱的文章,比如《陶庵梦忆》、《琅嬛文集》、《西湖梦寻》等,再参照同代人的相关著述,来复原明末江南的日常生活。就对民俗工艺、民间文化和都市风情等的理解与把握来说,张岱的文章远在许多史书与方志之上。在《陶庵梦忆》里,谈得最多的是戏剧和节庆,自然风景只是作为人物活动的背景,反倒退居其次。如果我们把它跟袁中郎等人的山水游记对比,便可以发现张岱笔下的山水景色是都市里的山川,人文化的自然,而不是真正的山水。《陶庵梦忆》等书,眼界几乎没有超出西湖,描写的就是作者对繁华都市的感受。每当月色苍凉,东方将白,韵友、名妓也都散了,这时候,"吾辈纵舟酣睡于十里荷花之中,香气拍人,清梦甚惬",此时的西湖方才是"我"的西湖。这种雅趣,确实很美。可饱经沧桑的张岱,只是淡淡一笑，一笔带过，自己享受就是了。张岱的文章，没有徐渭、李贽那样的愤世嫉俗。不是不愤怒、不感慨，而是看透一切人事，最终变得淡定、通达而洒脱。经历了山高水深，方才拥有一颗平常心。

张岱的文章，不像公安派"机锋侧出"，所以没有给人"芽甲一新，精彩八面"的感觉。一开始读，你很可能不觉得特别爽目。没有刻意经营的"精彩"，甚至显得有些平淡。第一印象是"干净"，碧空万里。文字干净，不是"没词"，而是思想敏捷，表达准确。只是这种文章境界，必须有绚烂作底，所谓豪华落尽见真淳。《陶庵梦忆》单说唱戏，说放月，说扫墓，说竞渡，说品茶等，既是妙文，也是绝好的社会文化史料。所述各事，和宋人周密的《武林旧事》、吴自牧的《梦粱录》等很接近；但文章的意趣相去甚远，这种文章趣味，这种洒脱心境，是经历过公安性灵、竟陵的淬砺，是前人所没有的。

张岱擅长写人，而且以细节为上。张岱的传记小品是他的人物品评的具体而生动的展开，他把自己的价值观念、生活情趣和人生感慨非常投入地渗透到笔下的人物形象之中，在诗意的描绘之中寄寓了自己独特的文化精神。张岱的传记涉及人物较多，包括族人、亲戚、师友、市井艺人等，都是他十分熟悉的。张岱笔下的人物，虽不乏名流，但还是以名不见经传的普通人为主体，尤其是多才多艺的底层文人和技艺高超的市井艺人最有特色。张岱的人物传记和人物小品，通过对人物独特个性的传神描写深入他们的内心世界，那些使他会然于心、惺惺相惜的感动，汩汩流淌在他的笔下，在这个时候，世间的功业、道德都不在张岱的视野之内，只有那种略带惆怅的一往深情跃然纸上。

张岱的人物传记和人物小品表现出鲜明的写意性质。作者抓住对象的精神实质进行勾勒点染，笔墨之中渗透着浓烈的感情，流淌着浓郁的诗意。袁宏道《徐文长传》开此风气之先，始终贯串着中郎强烈的感情，抓住传主"人奇"而"数奇"展开思路，带有明显的写意倾向。张岱进一步发展了这一特色，在人物传记和人物小品中，他对人物的把握是艺术式的、速写式的、顿悟式的。具体说来，这种写意性质主要表现在：风神潇洒的白描，传神的细节描写，通脱鲜活的语言。

张岱的人物传记和人物小品贯串着洞察人生底蕴的清明理智、舒展心灵的自由洒脱和面对困窘的调侃谐谑，从而调和成一种闪烁着智慧之光的生命艺术。它们以鲜明的人物形象和独特的艺术表现传达了他的审美理想和文化精神,透露出现代文化的气息,对现当代文学产生了深远的影响。从鲁迅先生小说、散文里的白描艺术可以看到张岱人物传记的痕迹。在当代,一些沐浴了五四新文化的作家在新时期写人记事的散文深受张岱人物传记的影响。汪曾祺就说:"我的散文大概继承了一点明清散文和五四散文的传统,有些篇可以看出张岱和龚定庵的痕迹。"①张中行在文章中多次提到他对《五异人传》的向往,他称自己的《负暄琐话》"就主观愿望说却是当作诗和史写的"②。事实上,《负暄琐话》的写作心境与《陶庵梦忆》有几分接近,它写人物的角度和那种平淡冲和的风格都与张岱的人物传记有着千丝万缕的联系。

《陶庵梦忆》是张岱晚年避世于山野时所著的一部小品随笔集,共8卷124则,文章"貌庄发人思,语谐引人省"。记录了明朝万历至崇祯末年作者亲身经历和所见所闻,向后世展现了晚明的社会百态和风俗画面。三言两语,便足以让人物流传千古。这种笔调,最直接的渊源,应该是《世说新语》。《陶庵梦忆》里的不少人物,包括张岱自己,都颇具晋人风韵。这种笔墨的养成,与张岱的好说书、好梨园有关系。写的多是奇人,选用的又都是传奇性的细节,干脆利落,要言不烦,让你"拍案惊奇"。郭预衡先生说张岱:"其实他的文章各体兼备,尤其长于人物传记,包括一些墓志。"③这里所说的人物传记,除了以传为名的文章之外,墓志铭、祭文也包括在内。除此之外,在《陶庵梦忆》和《西湖梦寻》中,还有一些简短的描写人物的片断,如《柳敬亭说书》、《王月生》等,其实是人物传记的一种变形,这类文章我们称为人物小品。张岱的散文中有50篇左右的人物传记和人物小品,这些作品通过对明清之际各色人物的生动描绘寄托了张岱的审美理想和文化情怀。

关于人物品评,张岱有独特的见地,他说:"人无癖不可与交,以其无深情也;人无疵不可与交,以其无真气也。"④他的人物传记和人物小品正是这一观念的展开和落实。这段议论偏激之中包含深刻,在表象和内容的矛盾之中抉剔人性的本来面目,它是在晚明文艺思潮影响之下产生的。李贽

---

① 汪曾祺:《自序》,《汪曾祺自选集》,漓江出版社1986年版,第1页。
② 张中行:《小引》,《负暄琐话》,黑龙江人民出版社1995年版,第1页。
③ 郭预衡:《中国散文史》(下),上海古籍出版社2002年版,第297页。
④ 张岱:《五异人传》,《琅嬛文集》,岳麓书社1985年版。

"童心说"是晚明文艺启蒙思潮的理论基石,袁宏道的"性灵说"代表这股思潮的高峰。他从"真情"和"真趣"两个方面来诠释"性灵","真"是他追求的主要目标。他在《叙小修诗》中认为袁中道的诗"其间有佳处,亦有疵处。佳处自不必言,即疵处亦多本色独造语"①。袁宏道还把这个"以疵求真"的文艺批评扩展到人物品评。他说:"弟谓世人但有殊癖,终身不易,便是名士。如和靖之梅,元章之石,使有一物易其所好,便不成家。"②随着公安派主盟文坛,这个观念被晚明文人广泛接受,形成以疵病为真为美的风气,张大复认为:"非世人之贵病也,病则奇,奇则至,至则传。"③张岱的人物品评与此一脉相承。

周作人在《〈陶庵梦忆〉序》中评价张岱:"《明遗民传》称其'衣冠揖让,绰有旧人风轨',不是要讨人家喜欢的山人,他的洒脱文章大抵出自性情的流露,读去不会令人生厌。"④在其中我们见到一个虽激愤于明清易代国破家亡,但仍欣欣然于日常生活的江南文人,使我们领略到了"一种最大限度超越了文化实用主义的诗性气质和审美风度"⑤。周作人在论及地域环境对作家文学创作的影响时说:"浙江的文人略早一点如徐文长,随后有王季重、张宗子都做那飘逸一派的诗文的人物。"⑥把张岱和徐渭、王思任归作飘逸一派,"如名士清淡,庄谐杂出,或清丽,或幽玄,或奔放,不必定含妙理而自觉可喜",由地缘和人缘关系维系的文化之链已隐然若现。

有研究者认为张岱虽然生于明末,一般文学史把他视为晚明小品文的代表作家,而他的许多小品,实际上都是在清初创作的,应该代表明清易代后散文趋势。向被看做张岱影响最大的两部小品文集为《陶庵梦忆》、《西湖梦寻》。《陶庵梦忆》,据自序"陶庵国破家亡"、"繁华靡丽,过眼皆空,五十年来,总成一梦"、"遥思往事,忆即书之"等内容,始撰于绍兴鲁监国政权抗清失败、浙东二次沦陷、张岱时年50岁的顺治三年;据原抄本和《砚云甲

---

① 《袁宏道集笺校》,上海古籍出版社1981年版,第3页。
② 袁宏道:《与潘景升》,《袁宏道集笺校》,上海古籍出版社1981年版。
③ 张大复:《病》,《梅花草堂笔谈》,续修四库全书本。
④ 周作人:《知堂小品》,陕西人民出版社1991年版,第163页。
⑤ 刘士林:《江南文化与江南生活方式》,2007"江南文化与中国古代文学"学术研讨会会议论文集。
⑥ 周作人:《地方与文艺》,《周作人自编文集·谈龙集》,河北教育出版社2002年版,第10页。

编》本的佚名序"今已矣,三十年来,杜门谢客"、"为序而藏之"等内容,当定稿于浙东二次沦陷后30年的康熙十五年。《西湖梦寻》,据康熙五十七年初刻本自序"前甲午、丁酉,两至西湖"、"余乃急急走避,谓余为西湖而来,今所见若此,反不若保我梦中之西湖"等内容,和末尾"岁辛亥七月"的署年,以及李长祥序"甲申三月,一梦蹉跎,三十年来,若魇若呓,未得即醒"云云,初稿当酝酿于顺治十七年稍后,而成书于康熙十年,但到康熙十三年可能仍在修改之中。也属小品文集的《琅嬛文集》,据王雨谦序"甲申以后,屏弃浮云,益肆力于文章,自其策论、辞赋、传记、笺赞之类,旁及题额、柱铭,出其大力,为能登之重渊,而明诸日月,题曰《琅嬛文集》",亦全为明亡以后之作,代表了小品在明清易代后的崭新动向。①

吴承学在《晚明小品研究》中认为:"张岱小品最突出特点,是把古典文化形态中的贵族文化与民间文化、高雅文化与通俗文化天衣无缝地融为一体。"②在张岱身上,老庄禅悦思想已染上世俗色彩,他对老庄禅悦思想不只是崇拜和虔诚信仰,而只是作为精神上的一种逃避和寄托。同时,禅学与心学合流,与个性解放思潮合拍,亦成为张岱高扬人的主体意识的一块沃土。张岱受魏晋情怀影响很深,但这种魏晋情怀亦染上了世俗色彩。因此,张岱虽崇尚通脱,但能脱去其骄饰、偏激,而在普通人中发现真、善、美。因此,其情也更真实、深沉、质实、恒久。张岱的《陶庵梦忆》,洒脱不拘似徐渭,性灵隽永似中郎,诙谐善谑似思任,并能在博采众长的基础上,意蕴丰厚又能自成风格。因此,张岱能成为晚明小品个性化之集大成者。

(三)黄宗羲、章学诚、李慈铭的学者型散文

文变染乎世情,兴废系乎时序。一代有一代的"世情",一代有一代的文章,由于时代风气和观念发生了很大变化,清代散文思想深刻、文字精粹,表现出自己的面目。和明清越地诗坛一样,越地散文也围绕着性情与事功的命题,此起彼伏,不断地表现出二元发展融合的趋势。张岱散文自然适性的情趣的抒写变成了黄宗羲、章学诚等浙东学派重实际、讲事功的创作,清代散文从根本上实现了从文人型散文到学者型散文的过渡。到了

---

① 参见潘承玉:《别一时代与文体视野中的张岱小品》,《文学遗产》2006年第1期。
② 吴承学:《晚明小品研究》,江苏古籍出版社1999年版,第227页。

清末李慈铭时代,越文化传统中自然适性和务实尚用两方面的精神特质则又有所融合。

越地学术文化有其自身承传的统系,这不光指家族与师友间的有形传授,也包括学理、学风甚至学术精神上的无形继承。这一点,发展到清代就更加显著。因此,有学者认为,越地学术思想与成果的清理、总结工作,已经构成了一个统系,或可称之为"越学"①,其核心为一个"实"字,内容上的史论结合(实事实理)和作风上的学以致用(经世致用),正是"越学"的思想价值之所在,"越学"以经世致用、讲求事功为胜长,对一味空谈心性的正宗理学采取批判态度,提倡博学通识、学以致用的作风,这一崇实致用的路线在元明之际有衍流,并通过明末的刘宗周,影响清初黄宗羲、全祖望、万斯同以至清中叶章学诚为代表的浙东学术统绪,清代越地的学者虽以史学为主干,而散文创作中表现世俗而务实的一面,经世砭俗的初衷并没有改变。

清初越地散文以黄宗羲为代表,黄宗羲(1610—1695),字太冲,号南雷,晚年自称梨洲老人,学者称梨洲先生,浙江余姚人。他既是明末遗民、抗清战士,又是进步的思想家和学富五车的大学者,学问渊博,思想深邃,著作宏富,与顾炎武、王夫之并称清初三大儒。黄宗羲作为刘宗周的弟子,阳明心学自然是其哲学思想的一个重要来源。但其并没有对王阳明、刘宗周心学盲目继承,而是批判性继承。在对阳明心学精华吸收的同时,也注意到阳明心学自身理论建构不完善及矛盾的地方,如心物关系、人性论中的理欲关系、本体与工夫关系等。而这些未解的哲学命题也成为黄宗羲散文创新的内驱力。他以天下为己任,提倡"经世致用",文章"载道"、"明道",反对空言"心学",不问世事。对一些文人"天崩地解,落然无与吾事"的作风进行过猛烈抨击。他和后来的章学诚作为浙东学派的领军人物,其经世思想和治学作风对清代的学风和文风影响很大。

章学诚(1738—1801),字实斋,会稽(今浙江绍兴)人(见图66)。博涉史书,以"六经皆史"说纠正重经轻史的偏失,阐发史学义例,独树一帜。所著《文史通义》,与唐刘知几的《史通》并称史学理论名著。其中《文德》、《文理》和《史德》等篇中涉及文学理论见解最多。他反对"舍今而求古,舍

---

① 陈伯海:《越俗越艺越学》,《海峡两岸越文化研究》,人民出版社 2006 年版,第 40 页。

图66 章学诚

人事而言性天"的学风。主张"史学所以经世""作史贵知其意"。在《文理》中,认为"是以学文之事,可授受者规矩方圆,其不可授受者心营意造",认为"气昌而情挚",才是"天下之至文"。在《答沈枫墀论学》中,提倡"文贵发明"(即创新),"亦期用世"。在这一点上他与黄宗羲的主张是一脉相传的。

　　以黄宗羲和章学诚为代表的清代散文和明代崇尚性情的散文大异其趣。清代作家大都与现实社会保持了比较密切的联系,清代散文作家注重实用,却不忽视散文的文学特征,因而创作了一大批言之有物的优秀散文。也不乏散文创作的专论,研究之精之细,远远超过前代。如黄宗羲的《论文管见》、章学诚的《文史通义》。黄宗羲提倡文章要有"风韵",章学诚对文体的兴替有深入的探究:"至如近代,始以录人物者,区分为传;叙事迹者,区分为记。盖亦以集部繁兴,人自生其分别,不知其然而然,遂若天经地义之不可移易。此类甚多,学者生于后世,苟无伤于义理,从众可也。"①在他

---

① 章学诚:《文史通义·传记》,叶瑛校注本,中华书局1985年版,第248页。

们笔下,传、行状、逸事、碑文等在文集中占有重要地位。清代学术空气很浓,和许多散文作者一样,越地散文作家学有根底,重视义理、考据、文章相结合的散文特征。章学诚反对汉学家只强调"记诵之学",也反对文章家只追求文辞光彩的"溺于器不知道",更反对理学家"舍器而言道"的"玩物表志"、"工文害道"的错误主张。他说:"义理不可以空言也,博学以实之,文章以达之,三者合于一,庶几周、孔之道虽远,不啻累译而通矣。"①又说:"学于道也,道混沌而难分,故须义理以析之;道恍惚而难凭,故须名数以质之;道隐晦而难宣,故须文辞以达之。三者不偏废也。"②"学资博览,须兼阅历,文贵发明,亦期世用,斯可进于道矣。"③章学诚所谓义理、考据、文章的关系,实际就是才、学、识的关系问题,重视学与文的结合是清代学者散文区别于明代文人散文的重要特点。清初黄宗羲等开其风气,后起作家、学者,或偏于文,或偏于学,但都不否认两者结合。所以清代学者,多数都通文章,文章作家也兼作学问。以黄宗羲、章学诚为代表的"浙东学派",均有史才,兼善文章,他们强调文史结合,提倡"以文写史",其散文从题材到风格都能独树一帜。黄宗羲的《原君》、《苍水张公墓志铭》、《柳敬亭传》等。清中叶以后,理学抬头,考据成风,太平盛世出现盛世之文,其典型代表是桐城派。与桐城派散文从内容到形式都形成对比的是杭州人袁枚的散文。袁枚文不拘一格,不为圣道伦常说教,直抒胸臆,写真性情,有真情实感,语言接近口语。其《祭妹文》、《黄生借书说》扫清了明末文风的纤佻,影响了清代文风的转变。梁启超归纳清学正统派的学风特点,其中最后一条说:"文体喜朴实简洁,最忌'言有枝叶'。"所以,"美文,清儒所最不擅长也"。④ 有清一代的散文,其总体特征有些类似儒学界所谓的"思想淡出,学术凸显"。越地的散文也受浙东学术风气的影响,以章学诚、李慈铭为代表的文人,在经学、史学方面取得了极大的成功,而他们的散文也一改晚明散文性情化的特点,不能忘情于经世致用,崇尚实学,表现出学者的气息。

李慈铭(1830—1894),字无伯,号莼客,会稽人(见图67)。他在诗文、

① 章学诚:《文史通义·原道下》,叶瑛校注本,中华书局1985年版,第138页。
② 章学诚:《与朱少白论文书》,《章氏遗书》卷二十九,上海古籍出版社1956年标点本。
③ 章学诚:《答沈枫墀论学书》,《章氏遗书》卷九,上海古籍出版社1956年标点本。
④ 梁启超:《清代学术概论》,上海古籍出版社1998年版,第65页。

考据、小学等方面造诣颇深，是晚清著名的诗人、学者。杨树达先生曾评价说："越缦先生者，乃承钱〔大昕〕、洪〔颐煊〕之流，而为有清一代之后殿者也。"①李慈铭一生著作繁富，但以日记为最著。他的日记，从咸丰四年（1854）至光绪二十年（1894），前后50年，有72册，可谓大观。他的日记，"略参国事""间采诗词"，并收己作"断句"及"良友清谈"。②鲁迅说他"上自朝章，中至学问，下迄相骂，都记录在那里面"③。李慈铭自幼读书，资分亦好，道光二十七年（1847）19岁时首次参加县试，22岁中秀才，以后的科考历程便大不顺畅，科场久困，正途入仕受限，李慈铭便兼谋"异途"。李慈铭的科场窘迫，并

图67　李慈铭

没有影响他文场的声名。他生长在"文彦辈出"的越地，祖上"屡世簪缨"，他博涉经史，更见长于文学。李慈铭"为文沉博绝丽，诗尤工，自成一家"④，"时越多高材生，咸推君〔指李慈铭〕为职志"⑤。文墨成果甚丰，说他著作等身，毫不夸张。他对书的癖好，补偿了仕途上的精神失落。他的日记体散文"记录了他在日常生活中的文学意味"，绘出了一个晚清文人最好的日常文学生活图画，"较好地展现了十九世纪中叶江南士绅的日常文

---

①　杨树达：《越缦堂读史札记序》，《越缦堂读史札记全编》，北京图书馆出版社2003年版，第5页。

② 《越缦堂日记壬集》卷首，见《越缦堂日记》，广陵书社2004年版。

③ 鲁迅：《华盖集续编·马上日记》，《鲁迅全集》第3卷，人民文学出版社2005年版，第310页。

④ 《清史稿》，天津古籍出版社2000年版，第13440页。

⑤ 平步青：《掌山西道监察御史督理街道李慈铭传》，《清代碑传全集》下册，上海古籍出版社1987年版，第1323页。

学生活"。① 李慈铭的日记不仅穿插收录了许多诗词,记录着乡居生活中的文学活动,而且生动地记录了日常生活中士大夫文人对乡居生活的情趣。比如春日出外祭祖上坟,描写的龙舟盛会,"上冢士女,青帘雀舫,观者栉比",作者有一段沿途景色描写:

> 时远风起万绿中,山水草木俱作油碧色,粘天如片。舟踞野庙古渡傍,有大樟树,垂荫过十亩,时见酿社人归,瓜皮摆渡,泛泛湖光桥影间,如得夕阳细雨,当更添烟景耳。旋晤墨臣秀才,溇中人也,邀一过其家,辞之。散行不数步,得短竹一篱,水陂闲映,鹅见数十,游浴湿翠中,令人逌然自乐。日加中,解缆,雨斜斜作矣。晚归。②

造语清丽,潇洒飘逸,极具文学感受性,似六朝小品,又有张岱小品的趣味。因此有人断言:"现存晚清的众多笔记中,论文学性、可读性,《越缦堂日记》都是一流的。"③李慈铭以清代大儒自期自况,绝不以普通的文人自限,也不以此等文字自诩。李慈铭才望倾朝,他积数十年心力所作《越缦堂日记》主观上是刻意排斥的娱情性文字,更多的是其学问的分量。集其治学之大成,是一部详赡的读书生活史,其中大量的读书札记,"略如《四库全书提要》之例",作者用学者的视角记录了朝野见闻、里面有人物评述、名物考据、书画鉴赏、山川游历,展示了晚清文化生活的一个侧面。内容涉及清朝朝野见闻和人物评述,以及他积毕生心力所做的对史料的鉴定考证和对古籍的评介阐释等等。与翁同龢的《翁同龢日记》、王闿运的《湘绮楼日记》、叶昌炽的《缘督庐日记》齐名,并称为晚清四大日记。《清史稿》评价李慈铭为文"沉博绝丽"④,并将他列入文苑传,似更贴切地反映了他作为学者的人生面貌与文学成就。受学界风气的影响,与浙东文人相呼应的是,李慈铭读史、治史始终贯彻着经世致用的宗旨,读史书以求当世之借鉴。这种"崇实黜虚"的实学精神在他的日记体散文中有所表现。

---

① 卢敦基:《从李慈铭看十九世纪江南士绅的日常文学生活》,《浙江学刊》2005 年第 6 期。

② 《越缦堂日记》戊集,三月丁丑朔,广陵书社 2004 年版。

③ 卢敦基:《从李慈铭看十九世纪江南士绅的日常文学生活》,《浙江学刊》2005 年第 6 期。

④ 《清史稿》卷四九三《李慈铭传》,天津古籍出版社 2000 年版。

五、元明清时期越地书画艺术的个性展示

其实,从元代开始,越地书画艺术经过长期的艺术积淀推进,水到渠成地进入了一个大家纷呈并且各树风标的时代。

元代赵孟頫以书画名天下,其行草学"二王",他把王羲之《快雪诗晴帖》展为大字,取李邕体势,承"二王"笔法,成为集晋、唐书法之大成的大家。其山水画将高逸的士大夫气息与散逸的文人气息综合于一体,使造境与写意、诗意化与书法化在绘画中得到调和与融洽,使"游观山水"向"抒情山水"转化,绘画意趣更多地体现在书法化的写意上,为建构文人画图式为主题的绘画新时代,拉开了序幕。赵孟頫(1254—1322),字子昂,号松雪道人,吴兴(今浙江湖州)人,明王世贞《艺苑卮言》、屠隆《画笺》等将赵孟頫列入"元四大家",而董其昌《容合别集》卷四《画旨》则认为赵孟頫"为元人冠冕",他身当易代巨变,在仕元期间,仍念念不忘"平生独往愿,丘壑守民不抱",对故乡山水充满着一腔深深的眷恋之情,因此对入仕一直处于矛盾和痛苦之中。赵孟頫是书画艺术糅为一体的大师,其书中有画,画中有书,绘画笔墨有书法意趣(见图68),融书法笔意于绘画技法,使之相得益彰,别开生面。

明清是中国书画艺术史上一个至关重要的阶段。据陶元藻《越画见闻》记载,当时仅绍兴一地就有画家 52 名①,在浙派画家中独树一帜,其中最值得一提的是徐渭和陈洪绶。明、清越地的书画创作,把宋、元时期浙地形成的书画艺术传统,发扬光大而称盛于世。"浙派画"左右了明代前期一个多世纪之久的山水画坛;徐渭的花鸟画,畅开了大写意画的风气,并一直影响到了近代的画坛。明代末期,杭州、嘉兴等地的地方画派也十分活跃。尤其是以蓝瑛为领袖的"武林派",发展了前期浙派画风,取得了可观的成就。诸暨的陈洪绶深得"武林派"的山水画旨,而他更以人物画享誉当世,成为明末清初人物画的巨擘,其版画人物在清代长达两个多世纪中,无人赶超。降至清代、近代,海派绘画艺术扬名海内外,为中国绘画艺术面向社

---

① 参见李浴:《中国美术史纲》下卷,人民美术出版社 1957 年版,第 731—732 页。

图68　赵孟頫《二羊图》

会、面向世界抒写了富有光彩的新篇章。书法史上狂放如徐渭,才华技巧都是一个时代的顶尖人物,他的出现,使越地书画一体的艺术特征得到了更个性化的展示。到清末,越地又迎来了一个花鸟画的高峰时期,出现了以赵之谦和任颐(伯年)为代表的一大批画家。赵之谦是清末中国画坛的一位杰出写意花卉画家。赵氏将日常生活中的瓜果蔬菜也纳入到绘画的题材当中,在花卉构图上,赵氏善于运用力的平衡规律。其笔墨特点主要体现在以书法的笔触来表现绘画的各种形体,充分发挥线条的艺术效果。在色彩上,赵氏常用浓艳明丽、对比强烈的色彩,因而在画面上给人一种气势逼人的感觉,为近代花鸟画的色彩运用开拓了新的程式,是"海上画派"的先驱。

(一)性情与本色:徐渭书画艺术的造诣

徐渭是一个诗文、书画、戏曲兼擅的天才艺术家。他自称"吾书第一,诗二,文三,画四",可见他对自己的书法是颇为自得的。他在 39 岁时所作的《观猎篇》一诗中,完全以一个狂傲不羁的豪宕书生自居,著名的《墨葡萄诗》"半生落魄已成翁,独立书斋啸晚风。笔底明珠无处买,闲抛闲掷野藤中"是他境遇的真实写照。"天命之谓性,率性之谓道",作为一个纯粹的文艺家,徐渭的遭遇,加上他的恃才和敏感是成就他特殊艺术个性的原动力。徐渭的一生大抵在不幸和潦倒中度过。身系庶出,襁褓丧父,生母离散,爱妻早逝,续娶不淑,有子不肖,科举不售。正是佗傺穷愁的生平,造就、砥砺了他天真烂漫的思想和艺术。于是,一以贯之的是颓然天放、存其本真的恣肆。徐渭颠沛坎坷的一生以及与时俱增的扭曲人格,未掩其过人之才华,反而使其书画创作更具震撼人心的力量。几近癫狂的草书作品,纵横驰骋的行草书,借以抒发其胸中郁愤之狂怪书风,逞才使气,急风骤雨,泼墨淋漓的大写意画风,明清时期越地的书法创作之新变,徐渭是个重要代表。

晚明书坛是中国书法史上一个保守与开创两派势力相互激荡的时代。具有保守色彩的如宋克、沈度、沈灿等,王宠、文征明、唐寅等在个人特色上有明显的表现。而另一派求新求变的如徐渭、张瑞图、黄道周、倪元璐、王铎、傅山等人,个个笔锋流畅,姿态各具,在此风潮之下渐渐蔓延形成一股狂怪的书风。徐渭没有提出"童心说",但他的文学艺术实践,已经率先示范了"绝假存真"的追求。而这种思想,正为公安三袁、金圣叹、金农、郑燮甚至吴昌硕、齐白石所继承和光大。狂飚突起的晚明浪漫书风,正是其波澜所及。徐渭的书法造诣很高又十分奇特。袁宏道说徐渭:"笔意奔放如其诗,苍劲中姿媚跃出……不论书法〔此处指法度〕而书神,先生诚八法之散圣,字林之侠客也。"①徐渭的书固然自许为"第一",而自谦"画四",可在绘画上同样堪称之为画坛之"散圣"、"侠客"。具体地说,他大畅以水墨大写意作花鸟的画风,成了中国大写意画派的奠基人。"间以其馀,旁溢为花鸟,皆超逸有致"。徐渭书长涂短抹,不修边幅,分间布白,不拘成法,却有着姿态横生、神采飞扬的整体效果。徐渭似乎将书法变成了一种纯任感情喷拥的大写意,而全然不将那成为神圣书统的重要组成部分的笔法、字法、章法放在眼里,这无疑是对传统书法及其观念的一次颇为严峻的冲击。

文人画在明代最为昌盛,其中又以山水画影响较深,但画风趋向复古,创新不多。宫廷设画院,承袭宋代院体画风,马远、夏珪水墨苍劲的画风又逐渐盛行起来。各自崇尚的画风或心仪的古画家不同,形成了各种不同的派别,例如以戴进为代表的"浙派",吴伟为代表的"江夏派",沈周、文征明为代表的"吴门派",董其昌为代表的"华亭派",和以徐渭为代表的"水墨

---

① 〔明〕袁宏道:《徐文长传》,《徐渭集》,中华书局 1983 年版,第 1342 页。

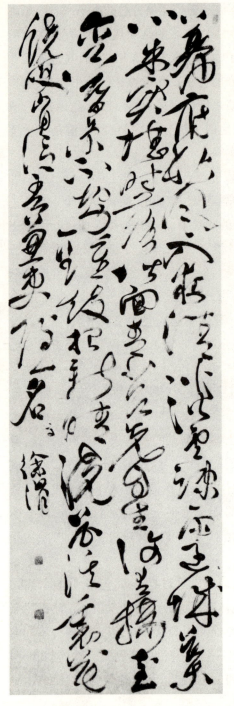

图69 徐渭《杜甫诗轴》

写意派"等。这些流派在因循复古方面有余，而真正旁出一枝的却是不以画自许的徐渭。明朝晚期，书坛还出现了许多风格独特和成就卓著的书法家。如徐渭、邢侗、张瑞图、董其昌、米万钟、黄道周、倪元璐、王铎、傅山等。其中则以徐渭纵横驰聘的行草书，借以抒发其胸中郁愤之狂怪书风，最为人称道。明代由于帝王极爱书法，书坛流行摹写"兰亭"，帖学十分盛行，以姿媚匀整为工，在一定程度上使书法失去了艺术情趣与个人风格。明代近三百年间，虽然也有有造诣的书家，但和前代书家相比，整体上缺乏生气与独创的精神。在这种背景下，徐渭的书法可谓是个例外。徐渭的最高成就是草书，其次行书（见图69、70）。

徐渭作品系年者不多，而且往往一卷之中，逞才使气，作多种风格，这给以时间为序寻绎出其书法发展的脉络带来了一定的困难。所以，我们平铺徐渭作品，进行分门别类的认识，或者取其代表，尝鼎一脔，或许不失为一种方法。

有必要说明的是，徐渭反对蹈袭前人，虽然他颇学钟王，于苏、黄、米、祝允明、张弼、陈淳以及张旭、怀素、李邕、倪瓒、王宠、王守仁等都有会心，但他似乎一家也不能写像，他不可能为任何既成的法度所束缚。所以，我们在分析其作品风格及其来龙去脉时，就带有很大的感性色彩。艺术风格的形成，因人而异，水到渠成，不可能也没有必要笔笔坐实出处，不可能也没有必要用图像的方法展示其衍变的过程。而张瑞图、黄道周、倪元璐、王铎、傅山一路发扬蹈厉的行草书，则是明代书法的异端，虽然他们各自取法不同，但"独抒性灵，不拘格套"的艺术精神是一致的。而明末这一路书风的开创者，远之则为祝允明和陈淳，近之则非徐渭莫属。徐渭的书法作品面孔奇异，用笔大胆，在同代书家中无有可参照者，可谓绝去依傍，徐氏书法不受约束的表现，几乎令人无法分析他的师承，这也是徐氏狂放恣肆的人格展现，也是一个天才与其特殊人生遭遇契合的才情爆发的结果。他把不幸的身世和郁抑心情转移到艺术创作之中，作品横空出世，挟风带雨，笔力恣肆，风神突兀。正如黄汝亨所说："按其生平，即

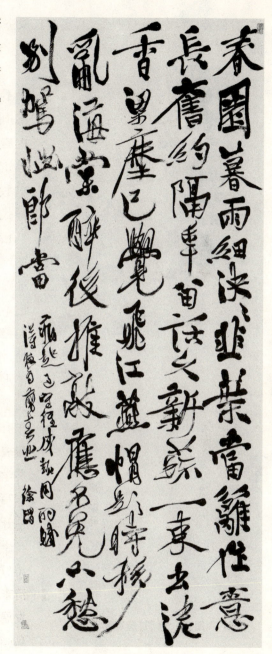

图70 徐渭书法

不免偏宕亡状、逼仄不广，皆从正气激射而出，如剑芒汇涛，政复不遏灭。其诗文与书画法，传之而行者也。"(《徐文长集·序》)因此，徐氏的书

法,看似天马行空,狂放散乱,其实在狂放恣肆的背后却蕴涵着伟岸峭拔的"意气"。

图71 徐渭《墨葡萄图》

徐渭中年开始学画,很快就出手不凡,擅长山水、人物,徐氏作画不拘于形象重性灵,"不求形似求生韵",笔墨简洁有力,走笔如飞,势如急风骤雨,多用泼墨为之,追求水墨淋漓的效果。其水墨花鸟画代表作有《墨葡萄图》(见图71)、《黄甲图》(见图72)、《榴实图》(见图73)等,用笔泼辣、洗练、准确、生动。他笔下的梅花和竹,已不是前人图式中那种清幽、静逸的格调,而是寄托了狂涛般的激情,作尽情的宣泄,从根本上完成了水墨写意花鸟画的变革,把中国写意花鸟画推向抒情言志的前所未有的至高境界,其淋漓尽致的笔墨表现力,对一向温柔敦厚的古典美学是一个强烈的冲击,徐渭是中国写意花鸟画发展史上的里程碑,他开创了水墨大写意画风,对后世产生了深远的影响。清代朱耷、石涛、郑燮、李鱼单、李方膺、高凤翰,清末民初吴昌硕、齐白石均继承和发展了他的画法,使大写意水墨花鸟画成为明清以来花鸟画的主流。

徐渭曾自评其艺云:"吾书第一、诗二、文三、画四。"似乎与诗书相比,画完全是才情的余溢。徐渭在《题自书一枝堂帖》中说:"高书不入俗眼,入俗眼者必非高书。然此言亦可与知者道,难与俗人言也。"在他看来,好的书法必不俗。何谓不俗? 他在《笔玄要旨》中说:"书法既熟,须要变通,自

图 72　徐渭《黄甲图》　　　　　　　图 73　徐渭《榴实图》

成一家,始免奴隶。"他在《书季微所藏摹本兰亭》中说:"非特字也,世间诸有为事,凡临摹直寄兴耳。铢而较,寸而合,岂真我面目哉。临摹《兰亭》本者多矣,然时时露己意者,始称高手。"每一句话都包含着自成一统的个性化的展示,概言之,表现真我面目者才可谓之高书高手。他在书画艺术中创造出了"书中有画，画中有书"的效果，减笔大写意借此而成，由此引发出中国画的一大变革，直接影响到近代中国画的走向。

人与艺合而为一，在这个意义上，大写意与徐渭可以成为中国艺术精神的本质象征。徐渭的画个人化色彩极强。无论取材还是用墨、用笔、风格，无不强力灌注"我"之色彩。徐渭的画重在写意，追求生韵神似，大写意把文人画"以形写神"、"气韵生动"、"怡悦情性"的精神特征发挥到极致，多用粗笔，趁兴涂抹，抓住与自己心境最契合的某一点作极度的强化与夸张，笔来，神来，气来，恣肆狂纵，势如风雨。徐渭的画深得用墨三昧，墨汁淋漓，烟岚满纸。在他笔下，不仅有干湿浓淡，还有泼墨、破墨、堆墨、晕墨之分。与其前代画家林良、吕纪、沈周、唐寅、陈淳等相比，徐渭的画风更加放纵，粗豪蓬勃，热烈奔放。在他之后，八大山人在多方面继承他的同时，舍去了其粗豪霸悍一面，使大写意风格趋雅。再经石涛、"扬州八怪"的发展变化，大写意流派，从晚明、清代以至近现代，成为左右中国画走向的主流派别。

学界将徐渭画论及绘画实践作了若干史的考察和定位，认为传统绘画所宗奉的是以体认道为艺术最高宗旨的道本论，情趣上偏向淡泊。徐渭的画论和实践则突破了道本论，使写意之"意"脱离淡泊心怀而直面人性的丰富真实。传统绘画重视经验性的笔墨技巧而忽视人的内在生命体验，徐渭则将无法释怀的生命痛楚和焦灼与画技结合，其画技上的大写意变形，实质上是绘画内容质变后不得不然的技法实践。正是这两点构成了近代国画变革的先声和基石。① 有研究认为徐渭书法是在宋人"尚意"书风的基础上，进一步抛弃了清淡幽雅的传统并走向狂放奇峭，从而更有力地走向个性化的创作之路。② 人们在探讨徐渭绘画的地位及其成因时认为，唐人画风豪放，宋人淡雅，徐渭画上追唐风，下融平民趣味，"突破了贵族化的婉约的小写意文人画风，大胆地创立了豪放的平民文人画风"③，而这种努力的成功很大程度上得益于他的诗文书法成就，还有他新颖独到的文艺见解。更有论者认为其特色在于其人格结构中的自我人格部分得到了充分

① 参见刘哲:《试析徐渭画论与中国写意画的发展》,《中国人民大学学报》1994 年第 2 期。
② 参见梁少膺:《恣肆狂怪的心理与艺术中的悲剧:略论徐渭与宋人"尚意"书风》,《书法研究》1995 年第 2 期。
③ 舒士俊:《从诗书画走向大写意的徐渭》,《书与画》1998 年第 4 期。

的显露和高度的张扬,其美学特征是"猖狂绝伦的"反中和美,因而"徐渭的意义决不止是他在形式上开创了水墨大写意画法,更重要的是人们从他那里倾听到了中国绘画美学由古典向启蒙转换的最初呼喊"①。

徐渭以桀骜不驯的性格入画,以惨痛的人生经历入画,以恣意的狂草入画,以氤氲淋漓的水墨入画,并能集古人之所长,开创了独特的中国大写意花鸟画风。其中《墨葡萄图》是徐渭水墨大写意花卉中的得意之作,画中的题跋也被徐渭一题再题,草书题跋与大写意《墨葡萄图》珠联璧合,谱写出徐渭半生的经历和沧桑。徐渭以恣意的笔墨开创了中国花鸟的大写意,继林良、陈淳的写意花鸟之后又向前推进了一步,将文人画的以画托意、以画自娱的真性情发挥到了极致。这给当时转相抄袭的摹古画风带来一缕新意,使他在中国绘画史上占据了不可或缺的地位,也真正达到了逸品文人画所标榜的"逸笔草草、不求形似"的最高境界。徐渭曾以"老氏之玄"称墨色,他写道:"夫真者,伪之反也。故五味必淡,食斯真矣;五声必希,听斯真矣;五色不华,视斯真矣。"②可见,徐渭是极力赞同老子的"五色"之说的。故以墨代色,是徐渭绘画创作的一大特色。徐渭一改古人所提倡的正统画风,而集前人之所长,再加上他的全面深厚的学识修养,大起大落的人生经历形成的狂傲不驯的性格,最终铸成了他大写意画风的格调。"半生落魄已成翁,独立书斋啸晚风。笔底明珠无处卖,闲抛闲掷野藤中。"这首诗多次出现在他的墨葡萄图上,应是徐渭最喜爱的题跋之一,故常与他的墨葡萄珠联璧合,谱写着他半生经历和沧桑世态。

郑为曾将徐渭和西方的凡高相提并论,说:"虽然在时代、地域、生活学养和艺术情趣上,徐渭与之不同。但贫穷潦倒,顽疾缠身下,疯狂地献身于艺术的纯真却又何等相似。"③这半生的经历被徐渭以艺术的方式,和以笔墨,泼到画纸上。老则老矣,却依然落魄。虽然是粗服烂头,也不能遮掩国色,故画中葡萄,即使被闲掷闲抛在野藤中,也依然如明珠般闪亮。徐渭的墨葡萄图与其说是写葡萄,还不如说是写他自己怀才不遇的不平与感慨。所以他笔下的墨葡萄笔墨更为精萃,诗云:"明珠一夜无人管,迸向谁家壁

① 李仕敬:《个性人格的凸现——论徐渭绘画的特色及其历史价值》,《艺术探索》2000年第1期。

② 《赠成翁序》,《徐渭集》,中华书局1983年版,第908页。

③ 郑为:《徐渭画集序》,浙江人民美术出版社1991年版,第1页。

上悬"，可见徐渭的寂寞萧条。

明代之前，主要是由楷书、隶书和行草书入画，而到了晚明更强调草书入画（见图74）。因为草书的丰富的书体变化和表意能力，更为文人画家们所提倡。徐渭说："盖晋时顾、陆辈笔精，匀圆劲净，本古篆书家相形意，其后张僧繇、阎立本，最后乃有吴道子、李伯时，即稍变，犹知宗之。迨草书盛行，乃始有写意画，又一变也。"①徐渭谙书画相通的道理，他认为草书带动了写意画的发展，故他的草书给他的绘画带来了一种富有个性魅力的特有风格。草书的写意性与大写意相得益彰，下笔时，天地为之低昂，虬龙失其夭矫。徐渭能以写意来抒发真性情，摆脱了具体笔墨形象的束缚，绘画虽被视为末技，排在最后，未尝不是艺术家的一种自信。徐渭的文人画本出乎心性，更能写出他凄凉的晚年之情境。

图 74　徐渭

徐渭的水墨花卉，在广泛吸收前人经验的基础上，借鉴周之冕、陈淳和林良等人的创作方法，再通过自己的艺术实践，融会贯通成特有的大写画风。经随后的朱耷、石涛等人的发展和丰富，逐渐形成了大写意与没骨花卉工笔花鸟并峙的局面，致使本来向蒋廷锡（南沙）学画的李鱓，亦丢开了工笔花鸟去画大写意。其他如以"扬州八怪"出名的郑板桥、高凤翰、金农、罗两峰等、稍后的赵之谦，近代的吴昌硕以至齐白石、潘天寿等人，无一不受徐渭的影响。特别是"扬州八怪"之一的郑板桥，一向是蔑

① 《书八渊明卷后》，《徐渭集》，中华书局1983年版，第573页。

视传统,不屑以传统为尚的,却对徐渭佩服的五体投地:"奇哉,造物无不有画工独出青藤手。青藤作画能通神……三百年来无此作,如登泰山小培楼,漫云法脉少真传,落落数人踵其后。苦瓜和尚大涤子,老莲先生陈洪绶,复有板桥郑道人,愿来门前作走狗〔板桥有青藤门下走狗画印〕。"①齐白石也说:"青藤、雪个〔朱耷〕、大涤子〔石涛〕之画,能纵横涂抹,余心极服之。恨不生三百年前,为诸君磨墨理纸。诸君不纳,余于门外饿而不去,亦快事也。"②

徐渭向来是提倡"本色"的,他也自始至终没有失其本色。尽管生活上的本色让徐渭吃尽了苦头,而从早年的"性豪恣,间或藉气势以酬所不快,人亦畏而怨",到晚年的"不事生业,客幕时,有馈之洮绒十许批者,遂大制衣被,下及所嬖私褻之服,靡不备者,一日都尽"③,艺术之本色,却成就了他恣肆的书风和大写意画风。徐渭书画的创作态度和创作手法是卓然特立的。他的书画作品不囿于前人,直接以造化为本,不求形似,逸笔草草,但得气韵。泼墨如雨,浑然如天成。这是徐渭创作思想的写照,也是他对自己作品的定义。他本着"戏谑"的态度,泼墨走笔,涂抹花卉,其实是在演绎自己的人生。这就是徐渭书画艺术的性情和本色所在。

(二)奇骇以怪诞:陈洪绶人物画的艺术创新

明代初期的浙派画,以杭州戴进为首;明代中后期的人物画,主要效法吴门四家。④ 诸暨人陈洪绶是一位有创造性天才的人物画大师,他在浙、吴两派外,别树一帜,开辟出一条"宁拙勿巧,宁丑勿媚"的艺术道路。取材多为释道人物,人物造型夸张变形,画线条粗壮沉着稳健,笔法遒劲,勾勒精细;设色清淡素雅,背景渲染简洁明快,风格奇特,有较浓厚的装饰味,对清末的"海上画派"有影响。

陈洪绶(1598—1652),字章侯,号老莲,别号老迟。明亡后,心怀故国,当清军攻入浙江时,士兵把刀搁在他的头上,逼他作画,洪绶却视死如归,不肯动笔。其长达十一段的《归去来图》(见图75),便是为了规劝身前好

① 《续修四库全书》子部,第 1091 册《虚斋名画录》卷十二,第 6 页。
② 《齐白石画论》,河南人民出版社 1999 年版,第 38 页。
③ 陶望龄:《徐文长传》,《徐渭集》附录,中华书局 1983 年版,第 1340 页。
④ 吴门画派以沈周、文征明、唐寅、仇英四家为代表。

友周亮工不要仕清而作。从中可见其气节和为人。

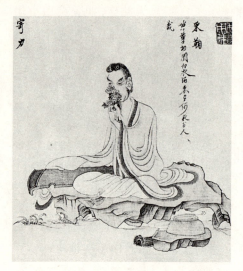

图75　陈洪绶《归去来图·采菊》

陈洪绶是明末的一位于山水、人物、花鸟无一不精到的杰出画家，而人物画的成就尤为突出，为世所罕及。现存的作品除《归去来图》外，有《生鲁居士四乐图》、《隐居十六观图》、《雅集图》，以及版画人物《九歌》、《西厢记》、《水浒叶子》、《博古叶子》等，多款作品流传海外，影响非常广泛。

《九歌》是他 19 岁时的作品，成功地塑造了屈原的形象，为长达两个多世纪的清代版画人物所望尘莫及。他所作的《西厢记》（见图 76）、《水浒叶子》等人物版画插图一度成为中国版画史上的代表性作品。特别是《水浒叶子》是他一生最精心的佳构。在这部作品中，作者倾注了极大的热情，歌颂了梁山英雄好汉，在明末清初具有重大的现实意义。他创作的儒士道释人物，体魄粗壮，气宇轩昂。陈洪绶的人物画简洁质朴，线条强调金石味；在人物形像的提炼上，既重视神情表达的含蓄，又极力追求形体的夸张，形成了前所未有的怪谲放诞的艺术风格。

徐渭和陈洪绶曾先后是青藤书屋的主人，也都是以"狂"著称的浪漫主义画家，有研究者从人格和心理角度分析徐陈浪漫风格的差异及其成因，认为"陈洪绶的"狂"是画家的"狂"，即以浪漫的形式、风格和夸张的创作手法所获取的艺术创作自由。而徐渭的"狂"则是诗人的"狂"，他所获取的是更为纯正、直接的审美理想的自由。因此，可以说陈洪绶更贴近于绘画本身，而徐渭却更靠近于审美理想。①

陈洪绶是明末清初画坛上少有的全才型画家，擅长人物、山水、花鸟、

---

① 参见漆澜：《浪漫的合奏——徐渭、陈洪绶艺术人格心理初探》，《乐山师范学院学报》2001 年第 2 期。

图 76　陈洪绶《西厢记·窥简》

竹石等,成就最高、影响最大的是其人物画。人物画包括故事画、宗教画、仕女画及肖像画等。明代中后期的人物画,效法吴门者,从刻画细丽日趋流于柔靡,细眉小眼、樱桃小口、下巴尖尖、弱不禁风的仕女,千人一面,生气渐失;而步伍浙派者,亦渐渐滑入粗陋简率。然而陈洪绶却不趋时流,独辟蹊径,锐意创新,试图以"太古之风"涤荡"时史靡丽之习",被誉为"代表17 世纪出现的许多有彻底个人独特风格的艺术家之中的第一人"①。他创作的仕女(见图 77),装束古雅,眉目端凝,纤腰细颈,体态婀娜,风情万种,宛若唐宫佳丽,能从古拙中看出妩媚。现存陈洪绶的早期作品是其木刻画《九歌图》和《屈子行吟图》,这一套作品人物的鲜明个性被刻画得淋漓尽致。尤其是屈原面容清癯憔悴而神情刚毅,虽忧郁仿徨而决不变节从俗的生动形象,成为后人刻画屈原形象的经典范本。作品的表现是画家融会唐宋画法而加以变化的结果,线条转折既不圆也不方,而是方圆兼顾。个人风格虽没有后期那样突出,却也颇见功力。

***

① 《陈洪绶书诗轴》,《书谱》1978 年第 3 期;高居翰:《气势撼人——17 世纪中国绘画中的自然与风格》,上海书画出版社 2003 年版,第 69 页。

图 77　陈洪绶《仕女图》

陈洪绶从早年到中晚年过渡时期的作品《水浒叶子》,栩栩如生地塑造了 40 位个性鲜明的梁山英雄好汉的形象。作品多用方折直拐之笔,"易圆以方",刚劲挺健,在线的组列上"易整以散",随意堑错,生机勃勃。这种表现手法非常适合表现水浒人物的性格特征,同时也与此时作者心高气傲、血气方刚、豪纵不羁的性格和心态有关。陈洪绶远取古法,追逾近人,兼收并蓄诸家艺术之长,融会贯通,其风格逐渐走向鲜明、成熟,其审美旨趣一直体现为对"高古"之风的不懈追求,师法晋唐同时也学习近人,是其形成高古格调的基础,正如周亮工《读画录》中云:"人但讶其怪诞,不知其笔笔皆有来历。"陈洪绶的人物画夸张变形,奇骇怪诞。西方学者将之与丁云鹏、崔子忠、吴彬等一并归于"晚明变形主义画派"。其人物造型躯干伟岸,表情冷漠,头大体弱,不合比例,扭曲畸变,形态迁怪。"变形"是以正常人的眼光来认识,而据西方精神病专家对凡·高、毕加索艺术的研究,在精神病人的眼中,正是真实的写实形象。

陈洪绶的人物画,取法于唐宋绘画,并能出己胸臆。陈洪绶的人物画造型大致有两类:一类如张庚《国朝画征录》中所评的"躯干伟岸"类,人物造型大都体态修长、宽袍广袖、上锐下丰,木刻插图如《屈子行吟图》(见图78)和《鸳鸯冢娇红记·娇娘像》,卷轴画如《摹李公麟乞士图》、《麻姑献寿图》、《三菩萨图》等;另一类则是头大身小,恍惚如侏儒式的人物,宽袍大袖,更显得人物身材矮小,比例失调,整体形似"钟"形,如《二老行吟图》,侏儒式的小矮人虽然让人觉得可笑,但整幅作品却显示出高超的表现技法。清末海派著名画家号称"海上三任"的任熊、任薰、任颐也都是师法陈洪绶的。特别是海派创始人任熊,其卷轴人物画、木刻人物画处处学陈洪绶,在其基础上进行加工和改造以形成自己的个人风貌。陈洪绶的画风具有浓厚的装饰情趣和现代情调,其影响还被广泛地运用到民间工艺中去。齐白石、程十发等名家也从不同的角度学习陈洪绶的创作方法和绘画技巧。鲁迅先生也曾极力推崇陈洪绶,积极

图78 陈洪绶《屈子行吟图》

收集其作品,晚年还准备把他的版画介绍出来。

　　陈洪绶畸变怪诞的人物造型,是其畸变的心灵和扭曲的人格精神的真实再现。而其畸变的心灵和扭曲的人格,又凝结着其一生失意的遭际,反映出整个社会风气的不安定、不和谐。而这一人格,则是由晚明"士风大坏"的社会风气而来。窥一斑而识全豹,由陈洪绶的人物造型可以窥见晚明的士风,由晚明的士风更可以加深对陈洪绶人物造型畸变的认识。

　　陈洪绶的线描具有无穷变化及无比丰富的表现力,人物线描艺术能最

越文化通论

第六章　越地文坛艺苑鼎盛论

深刻、最全面地诠释人物个性特点。作品中有强烈的变形、鲜明的艺术节律，这两点可谓一个承前、一个启后。陈洪绶是一位承前启后的大家，仅就他为张岱之友所创作的《水浒叶子》（见图79）而言，也不过是他28岁那年的作品。其中梁山好汉的造像，无论是大刀关胜、一丈青扈三娘，还是赤发鬼刘唐、小李广花荣，抑或美髯公朱仝、呼延灼等，或张或弛、或文或武、或动或静的人物形象各赋性格，栩栩如生。他整体干练的团块雕塑造型，上下浑然、无可指摘的森然骨法，还有因人而异、因不同质感而异的线条，都历历可鉴！他的线描"有游鳗独运万里乘风之势，他人莫能措手"的精湛功底，笔墨独具魅力。他的线描衣纹采用兰叶描和铁线描混合的画法，笔法挺劲流畅，变化多端。他擅长画龙点睛、简略精到的形貌刻画，为烘托人物身份、性格，他在服饰、背景等细节上独具匠心的配制，都令他人难以望其项背。陈洪绶的版画线描的功力远不止这些，《博古叶子》中杜甫造像就可看出他对线的敏锐及纯熟的把握，追求气韵的生生不息和笔外传神之美，追求知墨守白的空间美，追求线与线气脉贯通、循环流畅的气势美。陈洪绶还能融书法笔法于绘画表现中，运笔挥洒自如，游刃有余；线条如屈铁盘丝，刚劲有力；画风古拙雄奇，呈现出强烈的装饰感。

图79 陈洪绶《水浒叶子》

陈洪绶的人物画，前人评价为"力量气局，超拔磊落，在仇、唐之上"①。

---

① ［清］张庚：《国朝画徵录》，神州国光社1934年刊印本。

他所画的各类人物如高士、仕女、仙佛、鬼怪等，都为他博得了"高古奇骇"的称誉。这些特点，在他的绢本人物画作品中有所表现，在他的木刻版画中同样随处可见。其大胆的渲墨设色，更是超越了传统工笔重彩的范畴和尺度，使人耳目一新。如《莲石图》（见图80）墨分五色，重染细勾，焦墨题款晶莹剔透，一个恬淡的水墨世界跃然纸上，其丰富的层次感和笔墨魅力，使人感受到一种生机勃发，一种富于个性感染力的新奇，这点使他在明清时代超然卓立。

陈洪绶拥有良好的艺术修养，说自己"二十岁外嗜酒、学诗、工书画"。他的山水画波幻云诡、苍老润洁，能自立门庭；他的书法清新醇厚、气象浩博，表现出如画一般不羁的艺术个性。行书对联"何以至今心愈小，只因已往事皆非"（见图81），在行云流水之中伸缩自如，在倏忽之际，腾挪递变。线条忽粗忽细，用笔忽中锋忽侧锋，结构忽疏忽密，逸趣横生。书法作品忽草忽楷，既豪宕又温雅，不激不厉，直令今天的书家咋舌。陈洪绶在艺术上不甘常规、纵横自肆的求索，变幻多端、摄心澄怀的空间组合，提炼自我、强化自我的个性凸显，都让人感受到惊心动魄的艺术效果，有"奇怪近于理，迂拙而生动"的特殊价值。

陈洪绶作为彪炳中国绘画史册、有独创精神的人物画大师，其独特的

图80　陈洪绶《莲石图》

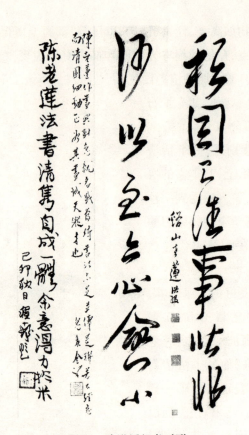

图81　陈洪绶行书对联

艺术品格和无穷的原创力均来自于性情孤傲奇特。追本求源，我们不难发现他身上有类似"竹林七贤"恃才傲物的魏晋名士风度，从他那欣静厌闹的作画境界、一生对艺术的痴迷执著，到人格正气凛然，个性的狂狷放浪形骸，都出常人之意表。他在清兵下浙东之际一再拒邀、拒画而险遭杀害，宁可落发为僧，一路改号"悔僧"、"秃翁"、"云门僧"、"迟和尚"，并最终悲愤而亡。我们必然会对这位承前启后、名噪国内、蜚声域外数百年并直至当代的全才怪杰，由衷地给予发自内心的推崇和敬重。特立不趋的"狂狷"个性，更是绘画艺术的一种趣味与境界。

（三）烂漫而拙朴：赵之谦金石入画的书画艺术

在晚清艺术史上，赵之谦无疑是最为重要的艺术家之一。

赵之谦（1829—1884），字益甫，又字撝叔，号悲盦、无闷等，会稽（今浙江绍兴）人。清道光九年（1829），出生于一个已经破败的商人家庭中。早年在浙、闽期间多以绘画为生，卖字画以糊口度日。他三次北上京师赶考，都没有得到进士的头衔，最后被挑选为国史馆的誊录，总算走上了仕途。于同治四年（1865）南下，途经济南、金陵，返回家乡会稽。此后一段时间里，赵之谦来往于杭州、台州等地出售字画，为人刻印。赵之谦一生能以国史馆誊录、《江西通志》主纂、县令身份而终老，这与他对儒家政治、生活理想的追求息息相关。在此过程中，34 岁发妻范璥病殁，次女、三女夭折，连遭家破人亡的赵之谦痛彻心肺，刻印改号"悲盦"（见图 82）。更兼三次会试不中的打击，使赵之谦郁郁不得志，但在政治上、生活中屡败屡战的进取精神，终于使他能在县令任上终其一生，得以不无酸楚地作为赵家唯一以仕入官的人感到些许慰藉。

赵之谦在学问上博古通今，雅好书画篆刻，能集诗书画印之大成。作为一个艺术家，他具备深厚文化功底和学养，曾致力于段玉裁、王念孙、王引之父子、庄述祖和刘逢禄等人的著作，上溯汉儒的经学，以及文字训诂和金石考据之学。这为赵之谦的绘画奠定了丰厚的人文基础。赵之谦作品洋溢着浓浓的学术文化气息，有别于晚

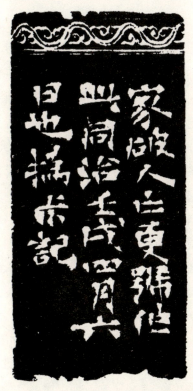

图 82　赵之谦"悲盦"印

清的其他很多画家,具有独特的艺术风格和人文魅力。赵之谦在艺术上算得上是个多面手,除擅长绘画外,篆刻、书法、文章、金石、鉴古等,均有相当高的造诣。

图83　赵之谦篆刻

其篆刻,初学浙、皖二派,进而对秦汉玺印、宋元朱文、皖派篆刻均有深邃的研究。他广泛汲取古钱币、镜铭碑版等的营养,突破时人因袭秦汉铃印之规范,以篆字入印,讲究章法,别具古劲浑厚、闲静遒劲之新格(见图83)。又常于印侧刻像,亦属他首创。在篆刻中追求"墨趣"是赵之谦的一大创造。

其书法从师颜真卿入手,又兼习南北诸多名家,功力非凡。后又改篆隶八分,师邓石如隶书,并揉糅魏碑体势写行书,刀法简练而能传神,日臻其妙,自创一体。在刻款上则更是开创了兼用六朝造像、阳文款识,开拓了刻款装饰的新形式,开辟了前无古人的新天地。

其绘画兼摄徐渭、石涛、恽寿平等写意笔法,又自出新意,并佐以印章之布局,书法之用笔,有笔墨酣畅、设色雅丽之特点,有宽厚博大之韵致,在清末的画坛独树一帜,卓尔不群。尤其是花卉画,可以说独步一时。如他的《牡丹图轴》(见图84),画中绘有牡丹数株,由石下向上延伸,蜿蜒俊俏,参差错落,铺满画面。随意点画的湖石使作品更有生趣。画家用没骨或勾染法画花瓣,层次感很强,浓墨勾筋,淡彩点叶,花枝及湖石用篆隶法写就。整幅作品笔法灵动潇洒,融金石书画为一体。画风明显受到"扬州八怪"之一李鱓之影响,而又自出新意。

在绘画艺术方面,赵之谦有多方面的开拓。中国画自宋代以后,笔墨的表现由于过多强调情趣,往往削弱了对形象尺度的重视。许多作品要么四平八稳,要么狂放不拘。而赵之谦的花卉作品构图则有别于前人,平稳中取奇巧,险境中求稳妥,浓淡、轻重、疏密之布局别有风致。如在他的许多花卉画作品中,往往可以看到大色块重墨压于画幅上部,但整个画面并没有头重脚轻的不平稳感觉。色彩对比强烈,越发显得精神饱满,生机勃勃。徐邦达先生在《中国绘画史图录》一书中评述赵之谦的用色用笔时说:"用鲜艳的色彩来配合放逸的笔法,继承但又超出了陈淳、徐渭以来粗笔花卉的传统。"①赵之谦的传世画作,最令人赞叹的就是他的绘画题材,画前人所未画。他喜欢画奇花异卉,如葵树、绣球、铁树、箬兰、百子莲、夹竹桃、仙人掌、夜来香等;还有日常蔬菜类,如白菜、萝卜、地瓜、蒜头等,开此类画风之先河。他在温州期间创作的《瓯中物产卷》(见图85)、《瓯中草木图四屏》等等,成了中国绘画史上不朽的杰作。

赵之谦的花卉画显著的特色还表现在题材上鲜明的地域性。他笔下花卉的门类品种很丰富。赵之谦青年时代有相当一段时间生活在越地的绍兴、温州和与越文化关系密切的福建福州等东南沿海地带。特别是避乱瓯越期间,由

图 84　赵之谦《牡丹图轴》

图 85　赵之谦《瓯中物产图》局部

① 徐邦达:《中国绘画史图录》,上海人民美术出版社 1984 年版。

于瓯越地处沿海,这里地处亚热带气候,动、植物奇形怪状,与内陆很不相同,丰富的动、植物开阔了赵之谦的眼界,一些前人未曾画过或很少画的题材,如芋花、天南星、棕榈、佛手、菠萝蜜、菖蒲、端午老虎等,赵之谦都大胆地以之入画。赵之谦结合地域风貌,在题材上的开拓,是他不拘成法向传统的挑战方式,也是他关注生活、体验地域风情的手法,更是晚清艺术领域中求变潮流在画家身上的体现。

赵之谦花卉画的另一个很重要的特色就是将金石篆刻的要素引入绘画中,使他的作品带有浓厚的金石趣味。我们从赵之谦的生平中得知,他一生勤学不辍。早年书法学颜真卿,后来学黄庭坚,学北碑,学汉隶,学吉金,学时人;篆刻由浙到皖,上追古镜铭、诏版、碑刻文字,对于秦砖汉瓦、碑刻印章都下过很大的工夫,加以钻研,并灵活运用到自己的创作中。无疑是他欲"历尽一切境界"的有意识追求。其目的在于探求一种返璞归真,一种历尽沧桑后的平淡自然。他的弃野守拙,使他在动荡不安、变化无端的时代能立足传统,又能放眼未来。这里,我们不能不感到赵之谦善于找寻立足点的辩证思维能力,这也不得不归功于他所倡导的书外之功。

作为一位极具个性的艺术家,赵之谦在诗、书、印等方面都有着不蹈常规的表现,在绘画方面,自然也不例外。如赵之谦作于同治九年(1870)的《钟馗像图轴》(见图86)是一幅难得的人物画佳作。他以风趣诙谐、变形夸张的笔法描绘钟馗。画面中的钟馗身着红袍,胡须蓬松,手执菖蒲,低头哈腰,处于画面下方。钟馗面部细勾轻染,富有立体之感,而人物衣纹,则用软笔勾出,把那钟馗画得如软骨动物一般,充满了虚幻讽刺的意味,算得上是历代钟馗画中的杰出之作,画面整体充满了艺术趣味。又如咸丰九年(1859)所作的《花卉》册十二开(现藏上海博物馆)中,有一帧梅花,画法奇特。图中一梅枝杈丫,缀梅花二三朵,款称"此种画法非世眼所合"。在赵之谦的作品中,这类"非世眼所合"的画作虽不占多数,却格外令人注目。在别人看来是"无理画",赵之谦却并不为"理"所拘,而是直接画出了胸中丘壑。咸丰十一年(1861)为月波所作的《梅花》轴,枝干锉曲,形状颇为"丑陋",画得也极怪异,而其骨子里是极具个性与创新精神的。赵之谦花卉画在色彩的运用上也有独到之处。他赋色大胆,识见过人。花卉画中斑斓的花朵,加上黑墨的干叶,对比十分强烈,源于自然,又高于自然。色彩既有文人画的素雅柔和,又有超越文人画的鲜明漂亮,所以能达到雅俗共赏的境地。

在赵之谦的绘画作品中，我们也能见到不少摹写古人笔意，揉糅了篆隶笔意，富有金石气的笔法勾勒，使作品粗放厚重，妙趣横生。他长于诗文韵语，并运用各体字体题款，这也是他高出其他清末画家，成为绘画大家的一个重要因素。他是诗书画印四位一体有机结合的典范。作品构图奇险，都有出人意表之处。再加上自拟的诗句，风格厚重、独特的题款，古朴的印章，诗书画印，相映生辉，这种综合的文化素养，集于一纸，令观者耳目一新。

赵之谦因为擅长书法，强调作画对糅入书法的运笔，而其书法又多以碑版入手，故笔墨粗放浓重，犹如以刀刻石一般强劲，富有力度。赵之谦能够运用极其强悍的

图86　赵之谦《钟馗》

笔墨，描绘出自然界细巧的花花草草，二者可以达到十分统一和谐的地步。其绘画作品从选材到用笔、设色等都迥异前人，诗、书、画、印兼擅的文化底蕴，为后来海派花鸟画的发展开了先河。以上海为中心的画家们，特别是吴昌硕等新一代画家受赵之谦影响，逐渐壮大了新的绘画流派——"海派"。潘天寿先生曾在《中国绘画史》中这样写道："会稽撝叔赵之谦，以金石书画之趣作花卉，宏肆古丽，开前海派之先河。已属特起，一时学者宗之。"①事实上，赵之谦的影响不只限于海上，齐白石、陈师曾等"北派"画家们也一样受过他的影响。

赵之谦逝世后，潘祖荫为赵氏子嗣代撰《撝叔府君行略》，在篇末也表

---

① 潘天寿：《中国绘画史》，上海人民美术出版社1983年版。

达了"所冀当代立言君子,锡之传珠,以备国史循吏、儒林之采择"的愿望。但事实上,赵尔奖、柯劭态修《清史稿》,列传15种,所录人物数以万计,赵之谦无论是在《循吏》还是《儒林》、《文苑》中均未得附名。与此形成鲜明对比的是,艺术史上的赵之谦却卓然为一大家。赵之谦虽然志存经世之学,但为他身后留名的,恰恰是被他目为小道的金石书画之艺。赵之谦的书法绘画,在他生前即享有盛誉,他去世之后,作品在沪杭一带的价格更是居高不下。

20世纪早期的绘画史对赵之谦的评价非常高。陈师曾在《中国绘画史》中论及晚清花鸟画风气之流变时,曾有这样的品评:"能震耀当世、人争求之者,惟赵撝叔之谦耳。撝叔有金石考据之学,书仿六朝。……其画宏肆奇崛,内蕴秀丽,能自创格局而不失古法。……金石篆之趣皆寓之于画,故能兀傲不群。然学之者往往务为丑怪;则亦可议不必矣。"①"金石气"确实是赵之谦书画的创新之处。赵之谦在绘画上不仅继承了前人的优秀传统,如徐渭、石涛、八大山人等的写意风格,更将篆刻和书法的艺术技巧与底蕴融入绘画之中。作于1872年的《松》,更能显示他笔法中的金石味。这幅画不施色彩,只在墨的浓淡、枯湿变化中用大胆泼辣的金石笔法体现苍松的体魄和精神,并题云:"以篆隶书法画松,古人多有之,兹更间以草法,意在郭熙、马远间。"拿画"树干"为例,赵之谦中锋侧锋间杂,且多留有飞白,尽显一种流动的朴拙之气。他的画不同于以往士大夫的画,他的学识决定了他的画更不同于画匠的描摹。他的花鸟画设色艳丽而不媚,构图饱满活泼,其笔调更具金石味,笔墨具有内涵而又极富视觉冲击力。以甲金文字、篆书和隶书等为主要创作取法对象的金石书法,作为一种特殊的书法线条表现手段和风格特征,进入了绘画创作领域,对晚清以来画坛产生了巨大而深远的影响。而在金石书法入画的流变过程中,赵之谦是一个重要的关节点。有美术史家对他这样评价:"在中国美术领域中,书、画、印三者是密切关连相互共生的,但是,美术史上三者兼攻的创作者并非多见,而能在篆刻史、书法史、绘画史上,均具有卓越成就而获致高度推崇地位者,赵之谦应是美术史上第一人。"②

---

① 陈师曾:《中国绘画史》,中国人民大学出版社2004年版,第174页。
② 林进忠:《赵之谦的篆刻书法绘画研究》,台湾古印出版文化有限会司2002年版。第479页。

赵之谦不追求北碑雄健、霸悍之气,而是取其俊丽舒放、飞逸浑穆之势,加之早年临颜真卿,便形成了外柔内刚、魏体颜面的赵氏书风。这种书风在很大程度上影响了他的绘画。同时,篆刻中的章法布局技巧在赵之谦的绘画构图中也充分表现出来。众所周知,在花卉画中,构图是极为关键的,但是宋朝以后推崇写意,强调画的情趣,认为画的结构构思并不那么重要。因此,其结果是,要么四平八稳,要么狂怪不拘,这两种极端对立的构图风格曾在相当长的时期内普遍存在。赵之谦打破了这两种框框,注重结构的改革,强调结构搭配,赵之谦的绘画构图逐渐形成了"平中取奇,险中求稳,浓淡、轻重、疏密"巧妙结合的独特风格。金石入画,古意烂漫,赵之谦绘画之遒劲浑厚,对于海派的影响,可谓"但开风气不为师"。

第七章　走向世界的越地近、现代文学

一、中西文化交融下的越地近、现代文学

考量越地近现代文学,可以由两个层面进入。一是看绍兴本土的文学状况,这可从地域文化场的角度,看这一特定时期文艺人士在越地的作为,如白马湖现象、浙东乡土小说等,创造了不俗的文学业绩;二是看从绍兴走出去在全国尤其是在北京、上海等地发展的作家的创作,则更其辉煌,它向全国乃至世界昭示着越地文学的实绩。绍兴为中国的近现代文学贡献了四个重量级的人物:作为近代女性文学先驱的秋瑾,作为新文化运动一面旗帜的蔡元培,作为现代文学奠基人的鲁迅,作为新文学的理论建树者和散文大师的周作人。正是他们会同其他的一些领军人物,引领着中国文学从古代向近现代转型,从拘囿于地域、民族、国土的闭锁状态向世界敞开。

（一）领先与辐射

一种新质的文学的勃兴,可能先是一些领军人物的开拓与引领,然后由他们辐射开去,积聚足够的能量与力量,形成一个又一个大的"文学场",从而长足发展而至鼎盛。绍兴籍的这样几个重量级人物,正具有这样的引领作用和辐射力。

秋瑾作为中国女权运动的先驱,她同时也是中国女性文学的先驱。完全可以说,中国真正意义上的女性文学是从秋瑾开始的。秋瑾兴女学,办女报,以通俗、晓畅、易懂的白话文撰写《敬告我二万万女同胞》、《敬告姊妹们》等散文,撰写《勉女权歌》等大量诗词和长篇自传体弹词《精卫石》,为全体中国女性代言、启蒙、呼吁,以自己的切身体验书写女性整体被父权制压制的人生经验和历史境遇。秋瑾创办的《中国女报》,由上海向全国辐射,集中全国范围内的女性作者和女性文章,以《中国女报》为"女界之总机关","通全国女界声息于朝夕",把中国妇女都团结起来,使她们"精神奋飞,绝尘而奔,快步进入大光明世界"。秋瑾的兴学、办报、写作,提高了广大妇女的觉悟认识、文化水平、审美能力,打下了广泛的女性读者基础、群众基础,为中国妇女解放运动和中国女性文学的发展做出了巨大贡献,产生了巨大影响。

作为北大校长,蔡元培"循思想自由原则,兼容并包",以北京大学为阵地,又有《新青年》由上海迁入北大,由此广揽人才,组织文化新军。由蔡元培辐射开去,形成了一个广大的"新文化场"。蔡元培成为新文化运动的重要组织者和领导者,而他所领导的北大成为新文化运动和文学革命的策源地。他又不仅仅是新文化组织者的身份,同时还以文学改革者的身份出现在新文化运动的舞台上,撰写了《洪水与猛兽》、《致〈公言报〉函并附答林琴南君函》等文,与守旧派公开论战,热情鼓吹新思潮和白话文运动,全力支持和声援胡适、陈独秀所倡导的文学革命,为文学的现代转型立下了汗马功劳。

从绍兴出发,"走异路,逃异地"的鲁迅,更是以"现代文学之父"的形象矗立在 20 世纪初期的中国。"新文化运动倡导势力自一刊一校的革新力量集结起来形成了自我势力"①,"一刊"即指《新青年》,"一校"即指北大。

---

① 陈万雄:《五四新文化运动的源流》,《五四运动与中国文化建设》,社会科学文献出版社 1989 年版,第 195 页。

鲁迅一人兼及这"一刊一校":他于 1918 年起加盟《新青年》,担任编辑工作,并在该刊发表大量小说、杂文;又于 1920 年正式应聘北京大学文科讲师。通过加盟《新青年》,他发表《狂人日记》、《孔乙己》、《药》、《故乡》等一系列"格式特别,表现深切"的小说,开创了中国现代小说的格局,确立了新文学发展的方向,奠定了中国现代文学的基础,显示了新文学的实绩,实现了中国文学的现代转型,并在新文学的起点即树起一个需要人仰视的高度。他的启蒙文学观念,他对于"国民性"的深切揭示,他的小说结构上、体式上的丰富性、实验性(日记体如《狂人日记》、手记体如《伤逝》、章回体、传记体如《阿 Q 正传》、戏剧体如《起死》、散文体如《故乡》、情节结构如《药》、情结结构如《社戏》、性格结构如《孔乙己》),小说叙事上的探索性、先锋性(《狂人日记》的元小说叙事圈套与文本前后拆解,《祝福》的多视点与重复性叙事,《伤逝》的不可信叙述与多音性,《阿 Q 正传》、《起死》的文体戏仿与跨文体写作,《故事新编》的语言游戏与狂欢、文本回响与神话解构),都不仅为我国现代小说的完善提供了经典范式,照亮了一大批现代小说作家的创作道路,而且作为一个影响源,在时间和空间两个维度上产生广泛而深远的辐射,对世界华文文学产生重大影响,又在广大的非华文世界声名远播,并且在当下作绵长的延伸,在网络高速信息公路上拓展:迄今为止,在中国作家中,鲁迅是被开辟网站最多的,被鼠标点击最多的,被"灌水"最多的。同样在时空维度产生深远辐射的还有鲁迅的许多杂文、散文以及散文诗经典《野草》,是鲁迅将杂文这种"古已有之"的文体加以改造,使之适应表现现代生活、体现现代情绪,并且在他的辐射下,带动一大批有才之士进行杂文创作,使杂文成为中国现当代文学的一个重要文类,成为介入社会生活、反映时代情绪的一种有力的表达方式。其《野草》则更是以对西方艺术经验的成功借鉴,对存在的形而上的勘探而又生动的表达,为我国现代散文诗的创作树立了第一块丰碑,在当时和后来都产生巨大影响。

通过应聘北大文科讲师,鲁迅培养了一大批文学学子,成为新文学的后备军,壮大了新文学的声势与力量,更其重要的也许是,鲁迅的文学思想辐射开来,被承传下去。

绍兴出现中国新文学的"双子星座"——周氏兄弟,他们在新文学的创建之初,一个侧重创作实绩,一个侧重理论建树。前者是哥哥周树人,后者是弟弟周作人。周作人对新文学的开拓之功，是确立了它的方向性路标，建构了"人的文学"的理论。1918年，周作人发表《人的文学》一文，在给旧文学作了"非人的文学"的定性并予以激烈的清算之后，作为它的对立面提出"人的文学"；又运用生物进化论对其所说的"人"予以界定："是人的灵肉二重的生活"。周作人的"人的文学"基于人道主义，"一种个人主义的人间本位主义"。他的这种"灵肉一致"的人道主义文学观，成为对新文学内容取向的价值导引。"胡适的《文学改良刍议》奠定了新文学的形式，周作人的《人的文学》定了新文学的内容。"①作为对"人的文学"理论的补充与深化，周作人又提出"平民文学"的口号，于1919年初发表《平民的文学》一文，对新文学与旧文学予以阅读对象和表现对象层面上的界分，指出新旧文学的区别不在阅读对象的社会阶层属性上，而在精神上。周作人在对旧文学作了"贵族的文学"的界定并予以清算后，作为它的对立面推出"平民的文学"，确立它的"内容充实"、"普遍与真挚"的标准。"五四新文学的一项重要的成果是对'平民文学'的发现，文学引人注目地从'英雄豪杰的事业，才子佳人的幸福'转向'记载世间普通男女的悲欢失败'。"②"人的文学"与"平民文学"的理论建树，不仅明晰了新文学启蒙主题的基本内涵与关注人生的基本层面，促进了新文学的现代转型和长足发展，而且影响深远，对于整个20世纪中国文学的健康发展都有一种方向性的指导意义。周作人自己的创作也实践他的"人的文学"与"平民文学"的理论，其《两个扫雪的人》、《背枪的人》、《西山小品》等就是这样的创作范本。同时他也将这一理论贯穿于他此后漫长的小品文创作当中，在散文创作领域里卓有建树。

（二）影响与吸纳

越地集束式地贡献给中国近现代文学四个重量级的领军人物，这种"先声夺人"的气势，与当时外来西方文化的冲击、影响不无关系，与越文化心理结构中自强不息、耻于人后、敏于世变的精神积淀不无关系。前者是"外助力推动"，后者是"内源性自觉"，前者施与影响，后者敏于吸纳，二者

---

① 引自王嘉良：《"浙江潮"与中国新文学》，文化艺术出版社2004年版，第40页。
② 同上书，第49页。

碰撞、交融、互动,使越地出现引领文化和文学潮头的人物。

早在明、清之际,浙江就已显示出走向近代的轨迹,而近海的越地,也迅速加入这种近代化的历程。资本主义经济在越地萌芽并生长,冲击了原有的封建经济结构;由经济发达与变革所推动的浙东启蒙思潮和人文主义思潮,鼓吹民主思想,提倡经世致用,地处浙东腹地的越地绍兴也正汇入这一股启蒙思潮中;西方传教士在温州、宁波,也在绍兴的沿海地区登陆,中西文化进行正面的、近距离的冲撞。就是这样的"外助力的推动",使越地紧随"面海的浙江"率先进入近代化、现代化的中心。

浸润着越文化滋养的秋瑾、蔡元培、鲁迅诸人,又获得一种"内源性"的吸纳力量。鲁迅曾说:"于越故称无敌于天下,海岳精液,善生俊异,后先络绎,展其殊才"①,越地文化具有明显的海洋文化特征,它是一种商业文化,富于冒险竞争意识和开创意识,崇尚力量和流动,不甘于忍耐而勇于反抗(所谓"乃报仇雪耻之乡,非藏污纳垢之地"),所谓"越子俗好贾"的习俗(越地有作为后代商人鼻祖的"陶朱公"范蠡)又造成好动善变的性格和乐于外向拓展的文化氛围。古老的"于越"文化作为"远传统"为越人的文化心理结构积淀一种自强不息、耻为人后的文化基因,宋、明开启的鼓吹思想启蒙、抗逆封建礼教的两浙人文传统,特别是以王阳明、黄宗羲为代表的"浙东学派"作为"近传统",对造就鲁迅等浙籍新文学先驱的现代文化人格起了更为直接更具效应的影响力。

同时,正如王嘉良先生在其《"浙江潮"与新时期文学》里提到的一个现象——20世纪初浙江出国留学生数量居全国上乘,"外出求知,甚或远涉重洋……成为浙江学人的一种急切而又自觉的选择"②,浙人有着非常明确的出国深造、培植人才的理念:"所以救浙者,救之之策,则造就人才是也。造之之策,则出洋留学是也。"③可以对此进行补充说明或展开分析的是,浙江(越地)留学热潮之盛,背后有它的经济支撑,是商品经济的发展与繁荣,使浙江成为江南富庶之地,才有钱或自费出国,或筹公款支助留学,这些又与异地考取公费留学的方式互为补充。有关资料也显示,当时出国留学人数

---

① 鲁迅:《集外集拾遗补编·〈越铎〉出世辞》,《鲁迅全集》第8卷,人民文学出版社2005年版,第41页。

② 王嘉良:《"浙江潮"与中国新文学》,文化艺术出版社2004年版,第16页。

③ 《敬告乡先生请令子弟出洋游学并筹集公款派遣学生书》,《浙江潮》第7期。

越文学艺术论

通论 越文化

多的是江浙等省,而相对贫穷落后的内陆诸省留学的人就少甚或没有。由此可以看出,经济也是推动浙江潮引领中国新文学的一个重要因素。正是经济的有力支撑(起码是其中的一个重要的支撑),使大批浙人可以出国深造,得以打开眼界,迎受新潮,融通中西,与时俱进,从而促成观念的更新,实现文学的转型。近现代文学史上叫得响的那些浙人的名字,大都曾出现在留日或留学欧美的名单上:钱玄同、鲁迅、周作人、郁达夫、丰子恺、徐志摩、沈尹默、夏衍、陈望道,等等。

二、近代女性文学的先驱秋瑾

中国"女性文学"与"女性"的概念正式出现,是在五四新文化运动中,但事实上女性文学在此前的秋瑾那里已然萌芽甚至已臻成熟。女性文学所强调的女性书写、挣脱男子中心主义的女性意识张扬、女权思想的彰显乃至"双性同体"等等,都是秋瑾诗词散文的核心内容或在她的创作中得到彰显。

(一)闺阁中的奇女子或"阁楼上的疯女人"

秋瑾(1875—1907),原名秋闺瑾,字璿卿(璇卿),号鉴湖女侠(见图87)。秋瑾的女性文学创作与她的日常生活二而为一。祖籍浙江山阴(今绍兴市)的秋瑾生于福建厦门,祖父秋嘉禾长期在福建任知县、知府等官职,后受不了外国人欺压,带家眷回到故乡绍兴。父亲秋寿南调任湘潭,将秋瑾许配给湘潭富绅王家儿子廷钧,1903 年王廷钧捐户部主事,秋瑾随夫来到北京,成为一个封闭的富家少妇,"终日蛰居,非其所亲,见之辄敛避"①。经济上对男性的依附,父权制的社会环境,传统婚姻的牢笼,使生性耿介、素有抱负的秋瑾无法忍受,她一面写诗词书写生活与情感经验,将父权制压制下的妇女经验真实地反映出来:

> 小住京华,早又是、中秋佳节。为篱下、黄花开遍,秋容如拭。四面歌残终破楚,八年风味徒思浙。苦将侬、强派作蛾眉,殊未屑!

---

① 徐珂:《秋瑾赋诗乞书》,《清稗类抄·文学类》,中华书局 1984 年版,第 35 页。

图87 秋瑾

通论 越文化

身不得，男儿列，心却比，男儿烈！算平生肝胆，不因人热。俗子胸襟谁识我？英雄末路当折磨。莽红尘、何处觅知音？青衫湿！① (《小住京华》)

上阕写景，以"苦"字作结，中秋美景却反添诗人闭锁闺中、国难家愁之苦闷；下阕抒情，直接喊出"身不得，男儿列，心却比，男儿烈"，前一个"列"字，是秋瑾对父权制社会给女性圈定的生活范围的奋力挣脱，要站到与男性同等的起跑线上；后一个"烈"字，是秋瑾对男权中心的颠覆，向男子的叫板与挑战。这种颠覆与挑战贯穿于她的诗词创作：

脏脏尘寰，问几个、男儿英哲？算只有、峨眉队里，时闻杰出……(《满江红》)②

莫重男儿薄女儿，平台诗句赐峨眉，吾侪得此添生色，始信英雄亦有雌。《题芝龛记》③

这时尚未突破旧式婚姻家庭的秋瑾，是以书写、以"语言"来建构被父权制压抑的女性自我主体的。一如海德格尔所说"语言是存在的家"，又如后结构主义理论指出的"主体在语言中建构"。"书写是女人可以抵抗男性中心象征/语言秩序的一个领域，而且是一个充满颠覆与救赎意义的领域"④，秋瑾要打破长期以来父权制社会里妇女受到压制的"沉默"、"失语"，她首先选择了"书写"来发出自己的声音，借此抗拒男权文化，并对男

① 《秋瑾集》，上海古籍出版社1979年版，第101页。
② 同上书，第110页。
③ 同上书，第55页。
④ 西苏：《美杜莎的微笑》，张京媛编《当代女性主义文学批评》，北京大学出版社1992年版，第194页。

子中心主义进行深刻的质疑与颠覆,因为这,被囚禁在婚姻牢笼中的秋瑾获得暂时的救赎。

另一方面,秋瑾又以"行动"来建构女性主体,突破闺阁束缚和父权制的压抑。她最富"革命性"的"行动"是"易装",改穿男装以实现"家庭革命"和"婚姻革命"(见图88)。据徐自华《炉边琐忆》,1903年中秋,王廷钧原说好让秋瑾准备家宴请客,傍晚却被人拉去逛窑子、吃花酒了。秋瑾遂首次着男装去戏园看戏散心,王廷钧知道后,动手打了她,秋瑾愤而离家住进客栈。一时引起轰动。"百年前的社会规范要求女性三从四德,官宦女眷更应典雅庄重,笑不露齿,行不动裙,大门不出,二门不迈,去戏园看戏实属不可想象,男装偕小厮去戏园看戏更是令人'瞠目结舌'的举动……"①秋瑾公然向男性社会叫板了。接着她又在1904年的正月,着男装去见吴芝瑛,参加吴发起的"妇女谈话会",由此读到一些新书新报,接受了一些进步思潮,尤其接触到一些女权言论,更是将秋瑾内心长期秉持的男女平等的强烈意识激活了。即使不易装,秋瑾的

图88 秋瑾男装

言行举止也有意触犯父权制社会对女性的规范,"首髻而足靴,青布之袍,略无脂粉,雇乘街车,跨车辕坐,与车夫并,手一卷书","令世人怪诧"。②至于1906年从日本回国后,秋瑾更是"弃和装不御,制月白色竹衫一袭,梳辫着草履,盖俨然须眉焉。此种装束,直至就义,犹未更易。改装伊始,曾摄小影,英气流露,神情毕肖"③。并附诗《自题小照:男装》:

俨然在望此何人,侠骨前生悔寄身。

---

① 马自义:《秋瑾夫妇关系考辨》,《历史教学问题》2005年第1期。
② 陶在东:《秋瑾遗闻》,《秋瑾研究资料》,山东教育出版社1987年版,第109页。
③ 《秋瑾集》,上海古籍出版社1979年版,第78页。

过世形骸原是幻,未来境界却疑真。

相逢恨晚情应集,仰屋暖时气益振。

他日见余旧时友,为言今已扫浮尘。

秋瑾在镜像中更为清晰地意识到了社会性别之差异,并由此获得了自我身份的转换(过去的女儿身原是幻觉,此后的形象与境界才是真)与认证("侠骨前生"),通过"行动"(易装,照相)和"语言"(附诗,书写)重新设计自我形象,在那样特定的时代语境里秋瑾以易装的方式曲折进入社会,但虽着男装却又并不像花木兰、孟丽君那样遮蔽自己的女性性别,而是明确标明女性身份,成为伍尔芙和西苏所说的"双性同体"。这种双性同体既是男女性别对立的消解,又是男女性别差异的高扬。正是这种消除了尖锐对立的"双性",使秋瑾作为女性得以在男性中心文化下浮出地表,登上历史的舞台。

当秋瑾在闺阁中写诗,以此抗拒男权文化和婚姻牢笼;当她"易装"走出闺阁,公然向男权社会叫板,在人们眼中,她是"闺阁中的奇女子"或"阁楼上的疯女人"。夏洛蒂·勃朗特的《简爱》中,男性主人公罗切斯娶了伯莎,发现她疯狂之后关进桑菲尔德的阁楼里。女权主义者吉尔伯特和格巴认为,这个疯女人是简爱的另一面,伯莎最后将桑菲尔德烧毁,是简爱反抗罗切斯特男性中心位置的潜在欲望,也是女性毁灭男权的象征。秋瑾"幼与兄妹同读家塾,天资颖慧,过目成诵……及笄以后,渐习女红,尤善刺绣","读书通大义,娴于词令,工诗文词,著作甚美"①,又"好剑侠传,习骑马,善饮酒",有着这样方方面面非凡创造力的秋瑾一直被婚姻的牢笼和父权中心文化所压制,她的写诗,她的"易装",就是她的"疯狂",就是闺阁时期的她反抗压抑的象征,就是她对父权文化的叛逆与抗拒。

(二)"作为妇女的论坛"或作为女性整体的代言

秋瑾的女性文学创作与她的妇女解放运动的实践二而为一。这时秋瑾的身份出现转换,由过去闺阁中的自我倾诉者变成女性的代言人,秋瑾也正是以中国女性代言人的身份出现在中国的近代舞台上。她借助女性写作与妇女运动这二者为全体中国女性启蒙并为她们代言,把目光投向女

---

① 陈去病:《鉴湖女侠秋瑾传》,《秋瑾史料》,湖南人民出版社1981年版,第117页。

性性别整体的命运。1906年初冬，从日本回国的秋瑾在上海租了房子，筹划《中国女报》，作为她开展妇女解放运动的阵地。她拟写了《创办中国女报之草章及章旨广告》，在上海《中外日报》上登载，并印送各地女子学校。但出资赞助者寥寥，秋瑾四处向朋友求借，还向湖南夫家要了几千两银子，凑集了急需的资金，于1907年1月14日出版了《中国女报》第一期（见图89）。同样因为资金问题，《中国女报》最后只出了两期，但它影响巨大。据当时的报刊记载，《中国女报》一出版就在社会上引起了不小的反响。有文化的妇女争相传阅，没文化的妇女也设法请别人念给她们听。

可以说，秋瑾是中国女权运动的第一人。"女性主义必须永远是在一种具有特殊政治目标的政治运动中妇女所结成的联盟"①，罗瑟琳·科渥德对"女性主义"的这一定义非常适于秋瑾，秋瑾就是明确把妇女解放运动作为"一种具有特殊政治目标的政治运动"并由此"结成联盟"来开展的，她在发刊词中说道："吾今欲结二万大团结于一致，通全国女界声息于朝夕，为女界之总机关，使我女子生动活泼，精神奋飞，绝尘而奔，以速进于大光明世界；为醒狮之前驱，为光明之先导，为迷津筏，为暗室灯，使我中国女界放一光明灿烂之异彩，使全球人种，惊心夺目，拍手而欢呼。"显然，秋瑾不仅要把全国妇女

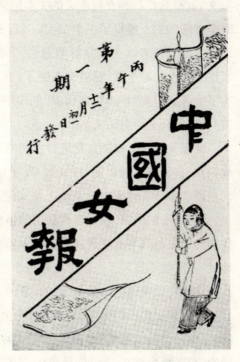

图89　秋瑾创办《中国女报》

从父权制下解放出来，还要在实现妇女解放之后进入更为开阔的境界（"大光明世界"），在妇女获得了自身的解放之后去实现国族的解放（"为醒狮之

①　罗瑟琳·科渥德：《妇女小说是女性主义小说吗?》，张京媛编《当代女性主义文学批评》，北京大学出版社1992年版，第84—85页。

前驱,为光明之先导"),以女性为思考问题的出发点,在倡导"男女平权"的同时,强调妇女对社会的介入与参与、责任与承担。秋瑾的女报活动以及她这一时期的创作不仅仅关注女性的体验、女性对父权中心文化的抗拒,还包含了更为丰富的社会历史内容和政治内容。按照切莉·雷吉斯特在《美国女权主义文学批评:文献介绍》的表述,女权主义文学具有如下功能:"(1)作为妇女的论坛;(2)帮助获得文化的男女双性;(3)提供角色模式;(4)促进姊妹情谊;(5)推动提高认识。"①秋瑾"女报"时期的创作(她办女报本身即是其创作的一部分,其发刊词、办报草章等本身即是较为优秀的散文)就是这样一种女权主义的文本范式。她的女报和她的文章正是给当时全中国的妇女提供了一个"论坛",促进了妇女的团结,提高了妇女的认识,"许多女读者认为女报鲜明通俗,尖锐泼辣,痛快新颖,生动活泼,说出了广大妇女的心里话,看后有人哭了,有人惭愧了,有的人则开始思索"②。为了更好地起到"推动提高认识"的作用,秋瑾将《中国女报》界定为一份通俗刊物,所刊全为白话文。

秋瑾是以对父权制文化进行批判的方式来提高妇女觉悟,以此达到解放妇女、提高妇女地位的目的的。发于创刊号上由秋瑾撰写的《敬告姊妹们》,既类似于一篇政论,又是一篇文笔优美的抒情散文。秋瑾以生动形象、文俗夹杂的语言,以她自身真切的体验,极为精当而深切地概括了女性整体的历史与现实的境遇:"我的二万万女同胞,还依然黑暗沉沦在十八层地狱,一层也不想爬上来。足儿缠得小小的,头儿梳得光光的;花儿、朵儿,扎的、镶的、戴着;绸儿、缎儿,滚的、盘的,穿着;粉儿白白、脂儿红红的搽抹着。一生只晓得依傍男子,穿的、吃的全靠着男子。身儿是柔柔顺顺的媚着,气虐儿是闷闷地受着,泪珠是常常的滴着,生活是巴巴结结的做着:一世的囚徒,半生的牛马。总是男的占主人的位子,女的处了奴隶的地位。为着要依靠别人,自己没有一毫独立的性质。"它写出了女性整体受父权制压制的经验,用琅琅上口的叠词偶句,用饱含深情的笔致,成就了一篇典范的反抗父权制中心文化的"抗拒性文本",借此给全体妇女启蒙,使她们明

<hr />

① 切莉·雷吉斯特:《美国女权主义文学批评:文献介绍》,《女权主义文学理论》,湖南文艺出版社 1989 年版,第 299 页。

② 何扬鸣、宣焕阳:《"责任上肩头,国民女杰期无负"——秋瑾创办〈中国女报〉经过》,《浙江档案》2000 年第 3 期。

白自己依附于男性的客体生存状况与奴隶地位。秋瑾又首创了自传体女性小说(弹词)形式,写下长篇弹词《精卫石》,熔铸进更为深切的个人体验,从自己的生活经历与人生经验出发,进一步地指证女性只是被排除在父权制中心之外的用以证明男性价值的"他者"地位:

> 家庭中,又须夫唱妇方随,闺门不出方为美,内言出间众人讥,女子无才便是德,读书识字不相宜,只合中馈供饮食,搓麻织布与缝衣。三从自古牢为例,四德由来不可移,女儿守节须从一,男子无妨笠众妻,亦有嫌妻刚烈者,谁言七出弃如遗。①

秋瑾深刻而痛彻地发现,以"超我"形式存在的父权制文化,先是作为一种"他律"规范、压制着妇女,而后转换为"自律"内化为妇女的"自我":

> 听见喜欢小脚,就连自己性命都不顾,去紧紧的裹起来。缠了近丈的裹布,还要加扎带子,再加上紧箍箍的尖袜套、窄窄的鞋,弄到扶墙摸壁,一步三扭,一足挪不了半寸。唯有终日如残废的瘸子、泥塑来的美人,坐在房间。就搽了满脸脂粉,穿了周身的绫罗,能够使丈夫爱你,亦无非将你作玩具、花鸟般看待,何曾有点自主的权柄?况且亦未必丈夫就因你脚小,会打扮,真的就始终爱你。②

秋瑾巧妙地借用、化用民间口语,极为形象生动、逼真传神地表达了多年以后、作为世界女权运动先驱的西蒙·波伏娃的观点,即经济上对男性的依附,使女性为了生存必得取悦于男性,并因之将以男性为中心的父权制文化价值取向内化为自己的行为准则,安于男人指派给她们的地位,不去争取自由。③ 秋瑾深刻的洞见使她进一步指出,妇女的这种"他者"的奴隶地位,不是命定的:"呜呼!尚日以搽脂抹粉,评头束足……作男子玩物、奴隶而不知耻,受万重之压制而不知痛,受凌虐折辱而不知羞,盲其双目,不识一个,懵懵然,恬恬然,安之:命也。"秋瑾抨击此"命也"说:"神仙鬼佛诸般说,尽是谣言哄弄人。"④同样地,秋瑾以形象化的诗歌的形式,表达了西蒙·波伏娃用理论表述的相同观点:"一个女人之为女人,与其说是'天生'的,不如说是'形成'的。没有任何生理上、心理上或经济上的定命,能

① 《秋瑾集》,上海古籍出版社 1979 年版,第 121 页。
② 同上。
③ 参见西蒙波伏娃:《第二性》,李强选译,西苑出版社 2004 年版,第 13 页。
④ 《秋瑾集》,上海古籍出版社 1979 年版,第 121 页。

决断女人在社会中的地位,而是人类文化之整体,产生出这居间于男性与无性中的所谓'女性'。"①

为了推动妇女"提高认识",为了引领妇女摆脱这种依附于男性的客体地位,秋瑾以"写作"和切实的妇女运动,解除以"超我"形式存在的父权制的压制,让妇女回到未经父权制文化扭曲的起初的"自我":

> 如今学堂也多了,女工艺也多了,但学得科学工艺、做教习、开工厂,何尝不可自己养活自己呢? ……一来呢,可使家业兴隆;二来呢,可使男子敬重,洗了无用的名,收了自由的福……难道我诸姊妹,真个安于牛马奴隶的生涯,不思自拔么?②

> 吾辈爱自由,勉励自由一杯酒。男女平权天赋就,岂甘居牛后?愿奋然自拔,一洗从前羞耻垢……③

秋瑾的写作是给妇女以历史地位,让妇女欢乐又自信的女性写作。

(三)"双性同体"或女性意识的雄性化

秋瑾的女性文学创作与她所从事的民主革命运动二而为一。这时秋瑾的身份又从女性整体的代言人向全体国民的代言人转换,或者是这两种代言人身份的融合。国难当头,现实要求作为女诗人、女散文家、女社会活动家的秋瑾调整视野,担当起不只是推动女性性别意识觉醒,而且是推动女性对社会对国家的承担;不只是推动女性觉醒,而且是推动全体国民觉醒的重任。秋瑾的"女性书写"融入"国民书写"。

事实上,秋瑾对国家命运的关注在她未到日本、未投身革命之前,即已有充分体现。她在随夫进京的"闺阁时期"即开始了介入现实、关心家国的"国民书写",或者说,即将这种"国民书写"与其"女性书写"相融合。她是以女性视角、女性体验介入社会现实的:

> 竟有危巢燕,应怜故国驼! 东侵犹未已,西望计如何?

> 儒士思投笔,闺人欲负戈。谁为济时彦? 相与挽颓波。④

这首约作于1900年的诗,已经先知先觉地谈到妇女对国家民族命运的

---

① 西蒙波伏娃:《第二性》,李强选译,西苑出版社2004年版,第23页。
② 秋瑾:《敬告姊妹们》,《秋瑾集》,上海古籍出版社1979年版,第111页。
③ 秋瑾:《勉女权歌》,《秋瑾集》,上海古籍出版社1979年版,第112页。
④ 秋瑾:《感事》,《秋瑾集》,上海古籍出版社1979年版,第64页。

担当。面对东西方帝国主义虎视眈眈的局面，闺阁中的诗人至为担忧，明确感到了作为一个女性应该承担的责任。此后，留日投身革命以后，直到她 1907 年英勇就义，类似感时忧国的"国民书写"更其充分，多慷慨悲壮，刚健豪迈，又都是从女性视角、女性体验出发的：

> 萧斋谢女吟秋赋，潇潇滴檐剩雨。知己难逢，年光似瞬，双鬓飘零如许。愁情怕诉，算日暮穷途，此身独苦。世界凄凉，可怜生个凄凉女。　　日归也，归何处？猛回头，祖国鼾眠如故。外侮侵陵，内容腐败，没个英雄作主。天乎太瞀！看如此江山，忍归胡虏？豆剖瓜分，都为吾故土。①

> 漫云女子不英雄，万里乘风独向东。诗思一帆海空阔，梦魂三岛月玲珑。铜驼已陷悲回首，汗马终惭未有功。如许伤心家国恨，那堪客里度春风。②

> 汉家宫阙斜阳里，五千余年古国死。一睡沉沉数百年，大家不识做奴耻……几番回首京华望，亡国悲歌泪涕多……主人赠我金错刀，我今得此心雄豪……宝刀之歌壮肝胆，死国灵魂唤起多……③

这些诗作（也有散文和弹词）呈现出鲜明的"双性同体"的特征。按照伍尔芙、西苏等西方女权主义文论者的界定，所谓"双性同体"，即是两性融合，同时具备男女双性的素质。伍尔芙说道："在我们每一个人当中都有两种力量在统辖着，一种男性的，一种是女性的。在男人的头脑中，男人胜过女人，在女人的头脑中，女人胜过男人。正常而又舒适的存在状态，就是在这两者共同和谐地生活，从精神上进行合作之时……只有在这种融合产生之时，头脑才能变得充分肥沃，并且使用所有的功能。我想，也许一个纯男性的头脑不能进行创造，正如一个纯女性的头脑不能进行创造一样。"④伍尔芙视"双性同体"为创作的最佳心理状态，并且认为其作品也最为有益。我们看秋瑾的创作，正是这样一种双性融合的形态。秋瑾的诗文频繁出现"宝刀"、"宝剑"、"长剑"、"神剑"、"吴钩"、"尺铁"、"白刃"、"红毛刀"等

① 秋瑾：《如此江山》，《秋瑾集》，上海古籍出版社 1979 年版，第 65 页。
② 秋瑾：《日人石井君索和即用原韵》，《秋瑾集》，上海古籍出版社 1979 年版，第 71 页。
③ 秋瑾：《宝刀歌》，《秋瑾集》，上海古籍出版社 1979 年版，第 73 页。
④ 伍尔芙：《一间自己的屋子》，《伍尔芙随笔全集》第 2 卷，王义国等译，中国社会科学出版社 2001 年版，第 578 页。

意象,还写过直接题为《宝刀歌》、《宝剑歌》、《剑歌》、《红毛歌》的诗篇。多用历代英雄如荆轲、项羽、刘秀之典,又多次写到汉将抗击匈奴的典故(著名如《秋风曲》中诗句"塞外秋高马正肥,将军怒索黄金甲,金甲披来战胡狗,胡奴百万回头走。将军大笑呼汉儿,痛饮黄龙自由酒"),多豪迈慷慨之言辞,多"雄性话语"(类似"好将十万头颅血,一洗腥膻祖国尘"和上引"主人赠我金错刀,我今得此心雄豪"的诗句),但又多以女性视点、女性体验出之("萧斋谢女吟秋赋……世界凄凉,可怜生个凄凉女"),又都落实到作为一个女性对国家命运的承担上,落实到作为一个女性的感时忧国的情感表达("几番回首京华望,亡国悲歌泪涕多")和建功立业的理想抒怀上("漫云女子不英雄,万里乘风独向东")。

无论伍尔芙还是西苏,都强调"双性"包容多元的包容性,既不排除差别,也不排除其中一性。按伍尔芙、西苏所说,过去的所谓文化,是单性的、父权制的文化,其诗学是单一的男性诗学。双性的提出,只是意在克服父权中心文化的偏颇,并非要以一性排除另一性,而是强调两性的融合。秋瑾的女性写作,她的那些"抗拒性文本",所抗拒的正是父权制中心文化对妇女的压制,而并非抗拒男性。相反,秋瑾还总是将大量的男性话语植入自己的女性文本,如我们上面所提到的那些意象、那些用典。这些却又并没有遮蔽更没有消泯秋瑾的女性特征。我们从她的那些慷慨豪迈的文字里总是能读到一个女性诗人、一个女革命家的气质与个性。况且,在特定的历史时期,在特定的历史语境里,也正需要淡化性别意识,将女性的性别角色收起,超越狭隘的女性世界或男性世界。面对内乱外患,国家危亡,在需要全体国民都奋起抗争、争取民族独立的特别时期,过分纠缠女性本体问题,过分强调女性意识,显得不合时宜也意义不大。秋瑾便有着这样的清醒的认识,这固然得益于她是一个心怀天下的女革命家,同时也有她故乡越文化中韧性、"硬气"的基因积淀,还有她超越狭隘的性别意识、关注人的整体的"非个人化写作"的文学自觉。在遥远的 20 世纪之初进行女性写作的秋瑾,非但是女性文学的先驱,而且已经代表了女性写作的正确的发展方向。

三、任伯年与"海上画派"

任伯年(1840—1896)名颐,字小楼,后字伯年,浙江山阴航坞山(今杭州市萧山区)人,是近代绍兴出现的绘画大师。他出生于山阴的一个绘画世家,父亲任声鹤是民间画像师,大伯任熊,二伯任薰是名声显赫的画家。这样的家庭环境使任伯年深受熏染,很小就学会了绘画。青年时期的任伯年曾参加太平军,其后回到故乡绍兴在一扇庄做学徒,而后随任熊、任薰去上海学画。中年起在上海卖画,渐成名,终成一代宗师。他在绘画上具有多方面的才能,山水、人物、花鸟,无一不精,而又尤善写真。重要作品有仿《陈小蓬斗梅图》、《五十六岁仲英写像》、《雀屏图》、《牡丹双鸡图》、《女娲炼石图》、《渔归图》、仿《宣和芭蕉图》、《人物册》、《壮心不已图》、《墨笔人物山水册》等。任伯年现存作品,大多收藏在国内外各大博物馆内。民间及港、台私人手里也留有一些他的作品。

19 世纪中叶以后,随着上海成为近代中国经济、文化中心地位的确立,吸引了各地画坛名家云集沪滨,各施所能,逐渐形成"海上画派"。海派艺术为死气沉沉的清末画坛注入了一股生气,直接影响了 20 世纪以来的绘画发展。而来自绍兴的任伯年则是海派画坛承前启后、最为重要的代表画家,是"海上画派"中的佼佼者。他与任熊、任薰、任预合称"海上四任",又与蒲华、虚谷、吴昌硕合称"海上四大家",又是"四任"和"四大家"之中成就最为突出者。蔡若虹先生由此称"任伯年是中国近代绘画的巨匠",徐悲鸿则更将他推崇为"仇十洲以后中国画家的第一人"。①

(一)务实与创新

任伯年是"海岳精液,善生俊异"的"于越"大地所生的"绘画俊异"。从越地走出去的他,身上延续着越文化的"固有之血脉"。这种内在的文化基因帮助他在绘画上敏于新变,勇于吸纳异质的东西,形成"我之为我,自有我在"的富于开创性的艺术理念,大胆地借鉴西洋画的素描写实因素,又务实于本土,将之融入中国画的传统笔墨之中,塑造人物形象,闯出了一条人物画发展的新路。

任伯年生活的时代,正逢上海开埠,西洋画涌入国门,对中国的传统绘画构成强烈冲击。对此,画坛作出了不同的回应,保守派坚守"国粹",坚拒西洋画;开放派主动迎受,迎合西洋画。而任伯年所在的海派绘画则是鲁

---

① 徐悲鸿:《任伯年评传》,《徐悲鸿讲艺术》,九州出版社 2005 年版,第 113 页。

迅所说"外之既不后于世界之思潮,内之仍弗失固有之血脉"①,既创新,又务实,或者说是切切实实、扎扎实实的创新,在这两种不同文化背景和审美趣味的艺术相互吸收、融合之间,造成内外感应的艺术共振,既融入许多西画的意识,例如对色彩的广泛运用、水彩画技法的借鉴吸收,又坚守传统笔墨,从而开创了一种既有中国画的传统又富有时代性的绘画面貌(见图90)。任伯年就是在这种中西艺术的共振中,看准了西洋画中人物写实性

图90　任伯年《钟馗捉鬼图》

这一显著特征,积极地通过西式素描、速写的手段来吸取造型的经验。任伯年对西方绘画异质因素的吸纳,达到忘我的地步。据史料记载,任伯年认识了一位西画素描基础深厚的朋友刘德,与他交往甚密,向其学习素描,还有意无意养成了画速写的习惯。每每外出,必备一手折,随时写下有特征的人和景物。这一轶事也充分显示作为越人的任伯年务实的作风和开拓的精神。这样长期积累,大大地提高了他的造型写实能力,他此前从古人肖像画入手所习得的默记的造型能力,这时与西画写生的方法相结合,中西画法相融贯,使画技大增,臻于化境。今天,我们从不少任伯年存世的人物肖像画中,都可以看出西画素描对他绘画造型的补益,看到他深厚的传统功底外附着的同样深厚的西画功力。如浙博所藏的他的一幅中年男子持

竹杖肖像画作品,在对象面部、手部的刻画中,作者渗入了极强的素描关

---

① 鲁迅:《文化偏至论》,《鲁迅全集》第1卷,人民文学出版社2005年版,第57页。

系。看其对面部骨骼结构的描绘，已不同于古人平面化的处理手法，而是借用了一些淡墨的皴擦、渲染，表现出结构的高低凹凸起伏。越地文化所秉有的开放性、流动性，赋予任伯年一种积极的、包容的艺术态度，使他接受并有选择地运用了西画中的造型技巧和手段，开出了一条中国画传统与西画相结合的人物绘画发展的新路。这种融贯中西的绘画方式，不仅成就了任伯年自己，也影响了后代人物绘画如徐悲鸿、林风眠、蒋兆和等画家的发展。"浙江潮"的引领作用，又一次在一个新的艺术领域显示出来。如果说秋瑾、蔡元培、周氏兄弟促进了中国文学由古代向近现代转型，那么任伯年的人物画则是中国传统人物画向近现代人物画跨越转变的一个坐标。

（二）叛逆与至情

越文化的流变中有一个清晰的反正统的"异端"谱系：范蠡"被发佯狂"，嵇康"非毁典谟"，徐渭放浪不羁……这一潜在的精神之流或隐或显作用于任伯年，使他骨子里也蕴藏着一种怀疑、叛逆的意志，表现在绘画艺术上，是他对死心塌地服务于封建王朝的"正统"艺术（以"四王"派和院体画为代表）表示极端的厌恶，转而很自然地接受明末遗民石涛、八大山人以及陈洪绶和扬州画派的影响，追求个人性灵的解放。在绘画作品里显示其至情至性的一面。

与不满于封建王朝的"正统"艺术相应，与对陈腐的封建"正统"进行叛逆相应，任伯年的绘画常常透出一种深重的历史感。这种历史感不仅来自于任伯年人物画多源自历史题材的缘故，更源于作品流露的艺术家对国家存亡、民族兴衰的关照与忧虑。在《苏武牧羊》、《关山在望》、《木兰从军》、《关河一望萧索》等边塞历史题材的作品中，都渗透着画家忧国忧民的情怀。他留下了大量具有深刻社会意义的人物画，如《女娲炼石图》以饱满的热情，塑造了一位爱国女性英雄的形象。这个女娲的形象仿佛是画家自己的化身，因此具有震撼人心的艺术力量。我们在任伯年的这些画里，看到与他的同乡陆游、秋瑾、鲁迅诸人相同的心忧苍生的悲悯与慷慨。

任伯年的画又是至情至性的，有着和他的同乡徐渭相同的意趣。徐悲鸿曾经谈道："伯年为一代明星，而非学究；是抒情诗人，而未为史诗。"①法

---

① 徐悲鸿：《任伯年评传》，《徐悲鸿讲艺术》，九州出版社 2005 年版，第 113 页。

国的艺术家达仰也曾这样赞誉任伯年的绘画:"多么活泼的天机,在这些鲜明的水墨画里,有着多么微妙的和谐。在其密致的色彩中,以意到笔的手法,营构出如此清新的趣味。"①体现在他的作品中,浓缩为一种"苍烟之趣",这种苍烟趣味曾经为五代董源南宗山水和宋代米家父子的"米氏云烟"所富有②,在任伯年的画里也随处可见,体现着中国绘画的诗意境界,显示的是画家的至情人格。

四、"浙江潮"与中国新文学的掀起

"浙江潮"有两个层面的含义:一是其比喻义,以澎湃激荡的钱江大潮喻浙江文学潮流的汹涌态势;一是其在文学史上实际有过的含义:指在 20 世纪上半期出现的两个文化也是文学的刊物,其一是于 1903 年 2 月由浙江留日学生蒋百里、许寿裳、周树人等在日本东京创刊的《浙江潮》,"岁十月,浙江人之留学于东京者百有一人,组织一同乡会,既成,眷恋祖国,其心恻以动,乃谋其众出一杂志,题曰'浙江潮'"③。其二是于 1938 年抗战高涨期在金华创刊的《浙江潮》半月刊(后改为月刊)。两个刊物遥相呼应,在浙江文学史上掀起两次澎湃的浪潮。蒋百里在前一个《浙江潮》的发刊词中写道:"可爱哉,浙江潮,挟其万马奔腾、排山倒海之气力以日日刺激于吾国之脑,以发其雄心以养其气魄。20 世纪之大风潮中,或亦有起陆龙蛇挟其气魄以奔入世界乎?"以激荡之势在世纪之初崛起;后一个《浙江潮》在 30 年代响起回声:"'春雨楼头尺八箫,何时归看浙江潮?'我们没有这样诗人骚客式的感伤,我们要占据这文字的堡垒,向敌人开炮;我们有的是铁与血,不达到收复失地,歼灭倭寇,誓不停止。"④"'浙江潮'所显示的如此磅礴的气势,分明可以把它看成是一种浙江文化精神的象征。"⑤正是在这种

---

① 引自徐悲鸿:《任伯年评传》,《徐悲鸿讲艺术》,九州出版社 2005 年版,第 113—114页。

② 参见王一飞:《奇花初胎,妙造自然——论任伯年的人物画艺术》,http://zjmuseum.com.cn,第 9 期。

③ 《〈浙江潮〉发刊词》,《浙江潮》1902 年 10 月。

④ 《〈浙江潮〉潮头语》,《浙江潮》1938 年 10 月。

⑤ 王嘉良:《"浙江潮"与中国新文学》,文化艺术出版社 2004 年版,第 5 页。

文化精神的感召下,在这股澎湃浪潮的挟裹下,越地文学汇入整个"浙江潮","奔入世界"。

(一)"浙江潮"推动"新文学"的发生

"浙江潮"的涌动,为浙江积聚一支支文学新军,推出一批批文化新锐和文学先驱,前述绍兴籍的秋瑾、蔡元培、周氏兄弟之外,其他浙籍人物如章太炎、王国维、茅盾、郁达夫、徐志摩等,他们以其敏锐与睿智,胸襟与气魄,胆识与才识,推动并实现中国文学的近现代转型,引领中国文学的观念、思潮、创作诸方面。

新文学的兴起,"浙江潮"有极大的引领与推动作用。它在五四大潮中整体推出浙江文学队伍,又贡献出重量级的领军人物,如前所述,蔡元培、鲁迅、周作人诸人,于新文学的能量积聚、理论建树、方向把握、路标树立、创作奠基都做出了根本性的巨大的贡献。甚至可以说,如果没有鲁迅诸君,新文学还要在黑暗中摸索一段时间。同时,新文学社团的蜂起,推动新文学运动走向高潮。而于新文学社团的建设,浙江作家贡献突出。周作人、郑振铎、沈雁冰、蒋百里、孙伏园、朱希祖之于文学研究会的发起、组织,郁达夫之作为创造社的组建与活动的"扛鼎"作用,鲁迅、周作人、钱玄同、孙伏园、孙福熙、柔石之于语丝社的成立与撰稿,徐志摩之于新月社的组建与改革……从理论到创作,从组织到活动,从发起到推动,方方面面,可以说,浙江潮引领并主导了20世纪20年代的五四新文学。

就文学观念的更新、新文体的创建与实践诸方面,浙江潮又引领了新文学的创作。在启蒙主义、人道主义的现代意识支配下,鲁迅、周作人、茅盾等人纷纷对旧小说、旧文学发难。鲁迅批判黑幕小说、鸳鸯蝴蝶派等旧小说的神教设道、丑诋谩骂、嫖学教材、奴性加足的特征,体现鲜明的反封建立场。周作人则系统地提出"人的文学"、"平民文学"的口号,对作为"非人的文学"、"贵族的文学"的旧文学予以清算。茅盾严厉地指斥旧小说是"游戏的消遣的金钱主义的文学观念"①,针锋相对地倡导"为人生"的文学。浙籍作家发挥离经叛道、敏于新变的文化基因,在打破旧的文学观念文学体系,建构新文学新文体上走在前列:鲁迅是中国现代小说之父,又首

① 茅盾:《"写实小说之流弊"?》,《文学旬刊》第 54 号,1922 年 11 月 1 日。

开"乡土小说"创作风气,并为中国小说修史,把从来被视做"小道"的小说抬到文学的"正宗"地位;周作人、沈尹默、刘大白等开中国白话新诗之先声;徐志摩率领新月派诗人进行新诗革命,建构新格律诗;郁达夫首创自叙传小说、浪漫抒情小说;茅盾建构了"社会分析小说"这一新的创作范式;周作人提倡"美文",对散文作文学艺术的定位,对散文"体"的认识予以重大突破;鲁迅首创散文诗,为现代散文开辟了一个新领域,并以《野草》作为完美的实践,同时又赋予杂文文体以全新的现代意义,引领新文学一个又一个杂文创作高潮……新文学大树的培植、枝叶的丰茂,浙江潮功不可没。

(二)"浙江潮"推动"新文学"的发展

推动了五四文学的产生后,浙江潮又将新文学推进到一个新的发展阶段——20世纪30年代文学阶段。以左翼文学为主导,又有现代派、论语派、后期新月派等的多元思潮,构成了30年代文学左翼文学的主导倾向与文学多元互补的格局。而几乎于这每一种文学思潮,浙军又都立于潮头之上。

浙江潮在"文学革命"向"革命文学"的推进中,以其敏锐的感知捕捉文艺新潮,迅速而适时地调整了文学观念,积极介入左翼文艺运动并起到了引导作用,占据了重要位置。鲁迅、茅盾领衔左翼文艺,鲁迅发起成立"左联",成为左翼文艺运动的一面旗帜。"左联"正是因为鲁迅作为旗手,才更有号召力;又正因了鲁迅,才使"左联"不断校正了"左"的或右的错误倾向,得以沿着健康的方向发展。茅盾长期担任"左联"的行政书记,并以丰富的创作显示左翼文艺的实绩,其代表作《子夜》、《林家铺子》、《农村三部曲》都是30年代文学的重大收获。另三个浙江人,冯雪峰、夏衍、柔石,既是"左联"的发起人,又长期担任"左联"的实际组织工作。而艾青、朱镜我、巴人、楼适夷、沈西苓、徐懋庸、殷夫、潘漠华、应修人等则形成庞大的浙江左翼青年作家群。左翼运动又一次显示了以鲁迅为代表的浙江作家敏于新变、善于吸纳外来文化的开拓品质。是左翼文艺运动第一次使中国文学和世界文学产生了直接的联系,"它和国际无产阶级运动形成了一种时代的共振"①。

---

①　王嘉良:《"浙江潮"与中国新文学》,文化艺术出版社2004年版,第57页。

左翼之外,周作人在北京成为"京派"作家的代表、"京派"的精神领袖、北方文坛的"盟主",他在 30 年代创作的散文,拥有广泛的读者群,并在理论和创作实践两个层面起到了引领作用;徐志摩在上海创办《新月》杂志,率领后期新月派诗歌为中国新诗的革新与发展做出难以磨灭的贡献。徐志摩之外,浙江上虞籍的诗人陈梦家是后期新月派中最活跃、最重要的诗人;而在上海的另三个浙江籍作家施蛰存、戴望舒、穆时英,则引领了 30 年代中国的现代主义文学思潮。戴望舒领衔现代诗派,进行现代诗的完美实践,其诗《雨巷》是现代派诞生的先声,而其诗《我的记忆》则可视为现代派诗的起点,他的诗歌创作的开展,是对现代主义诗歌美学原则的不断探索;施蛰存、穆时英则开启了新感觉派小说,作为"现代派"创作在小说领域里做了一次成功的尝试与实践,又一次显示了浙江潮敢为人先的探索精神。而施蛰存不仅以新感觉派小说名世,而且对推动现代主义诗歌创作也多有贡献。他在译介英、美意象派诗人的作品方面得风气之先,对现代诗风的形成与发展起到了极大的催化作用,而他自己也作了一些成功的创作实验。

在引领 30 年代文学诸种思潮的"浙江潮"中,绍兴依旧是贡献了重量级的人物鲁迅、周作人兄弟,又有另一些光辉不及他们却也占有文学史一席地位的陈梦家、许钦文等人。

五、越文化视野中的鲁迅与浙东乡土作家群

作为文学伟人,鲁迅是多种"合力"造就的。他声称他之写小说"大约全仰仗先前所看过的百来篇外国作品"[①],但他又不乏深厚的国学功底(他 16 岁前就读完了《论语》、《孟子》、《易经》、《诗经》,而后又读了《尔雅》、《周礼》、《仪礼》。而他能治"中国小说史",自然得益于他深厚的国学根基);他言辞激烈地批判作为"大传统"的儒家文化,将旧礼教归纳为简短的两个字:吃人,但他的文化品格和文化心理又仍然有着儒家文化的深深的

---

① 鲁迅:《我怎么做起小说来》,《鲁迅全集》第 4 卷,人民文学出版社 2005 年版,第 526 页。

烙印和渊源,他分明对儒家思想的积极因素有承继与发扬;他身上有作为"小传统"的越文化的一些正面价值如韧性、务实、进取等等,同时越文化的一些负面因素也对他不无影响;作为"远传统"的"于越"文化在他的意识与人格里留下积淀,而作为"近传统"的浙东学派更是对他的思想与观念产生直接的影响。

(一)越文化传统链条中的重要一环

上述"合力"中,鲁迅与作为"小传统"的越文化呈现一种互动又矛盾的关系。越文化的正负面价值都对鲁迅产生影响,相应地,鲁迅对其正负面也都有承继与扬弃。概括地说,鲁迅承传了越文化的精神,又有所修正,有所发扬,最后,鲁迅自己也成为这个传统的一部分,成为越文化远近传统链条中的重要一环。

越文化价值中所蕴涵的怀疑与叛逆精神、韧性与进取意识、务实态度、复仇意志等等,都给予鲁迅以深刻影响。鲁迅硬气的文化人格,韧性的战斗精神,叛逆的个性气质,务实的作风,启蒙的话语,复仇的主题,犀利老辣的文风等等,都明显地打上了越文化的烙印。鲁迅一生致力于改造国民性的工作,把对国民进行思想启蒙看成是文学最重要的职责。鲁迅的启蒙思想、启蒙文学观念、启蒙话语的形成,固然受西方文化思潮和文学思潮的影响,即他自己所说的"外之既不后于世界之思潮",但也有他的故乡越文化的作用,即他所说的"内之仍弗失固有之血脉"①(《文化偏至论》)。这"固有之血脉",由南宋吕祖谦、陈亮、叶适等人开启("浙东学派"),创事功学和心学两大体系,确立理性务实精神和张扬人的精神主体性的哲学理念;到明清王阳明和黄宗羲等人推动,建构兼具主体精神与事功精神的哲学体系,抨击压抑人性的经学与理学,鼓吹民族民主思想;到近代的龚自珍、章太炎等人承传,或作为启蒙文学大师,或作为启蒙文史大家……一代又一代人承续下来,形成越地极其深厚的启蒙意识积淀,从这个地域文化场走出去的鲁迅,自然深受其浸润,又加以西方思潮的熏染,遂成就新一代的启蒙文学大师。鲁迅的启蒙文学观与他的复仇主题、复仇意识相辅相成,鲁迅在其小说《铸剑》、散文诗《野草》等篇目里表现的复仇,不是针对具体的

---

① 鲁迅:《文化偏至论》,《鲁迅全集》第1卷,人民文学出版社2005年版,第57页。

个人,而是对于整个封建体制、封建道德和文化的复仇,他复仇的方式不是以暴抗暴,而是启蒙和批判。正是基于唤醒众人对于吃人社会的清醒认识的启蒙目的,他发起了对于旧体制旧道德的复仇。如《铸剑》里眉间尺与宴之敖对暴虐的"王"的复仇,《野草》里两个人裸身持刃,对立于广漠的旷野之上,不拥抱也不杀戮,对无聊看客的"复仇",等等。鲁迅在作品里表现的这种复仇反抗意识,也同样有其深厚的越文化渊源。鲁迅最初是在家乡戏曲无常、女吊等触媒中直接感知到古越文化中的这种复仇反抗意识的,随后这样的意识便贯穿于他后来的思想与创作中。1907 年,他在日本时研究了西欧文学中的恶魔派诗人后写下论文《摩罗诗力说》,其中盛赞反抗沙皇残暴统治的波兰诗人密克威支,说他的代表作《死人之祭》燃烧仇的火焰:"渴血渴血,复仇复仇"。辛亥革命后光复会志士被杀,鲁迅的复仇意识更炽,他说,清末,"凡有叫喊复仇和反抗的,便容易惹起感应"①。鲁迅的启蒙思想、复仇反抗意识、怀疑精神、创作的先锋意识以至他老辣犀利的文风,是紧密关联,构成一个体系。越文化的"远传统"(越地先民的励志拓新,东汉王充的"问孔"、"刺孟",魏晋嵇康的"非汤武而薄周孔"等)与"近传统"("浙东学派"反抗经学理学压抑,张扬主体精神等)作为深厚的文化积淀、心理积淀作用于鲁迅,鲁迅在内在的精神上面与这些"乡先贤"一拍即合,由此激发他对既有的秩序提出同样深刻的质疑,表现同样强烈的反叛,这种质疑和反叛不仅仅体现在他的作品的内容层面,也表现在其艺术形式层面,他对既有的文学观念、表达方式乃至叙述模式、语言结构等等统统质疑,并予以激烈的反叛,使他的作品显示出先锋和前卫的意味来。

鲁迅是在对古越史书的阅读、会稽先贤逸文的编校、越地民间艺术的欣赏等过程中受到耳濡目染,并与越文化的远近传统发生亲缘关系的。他青少年时期就读过《鉴略》、《于越先贤像赞》等古越书籍,辛亥革命前后又编定了有关会稽历史地理的逸文《会稽郡故书杂集》,"集资刊越先正著述"②。在他后来所收集、整理、研究的古籍当中,相当一部分作者都是越人。而整理、校辑《嵇康集》的工作,更是断断续续伴随他的后半生(历时11 年辑校《嵇康集》,而后又作《嵇康集》逸文考、《嵇康集》著录考等)。鲁

---

① 鲁迅:《坟杂忆》,《鲁迅全集》第 1 卷,人民文学出版社 2005 年版,第 234 页。
② 鲁迅:《古籍序跋集·〈会稽郡故书杂集〉序》,《鲁迅全集》第 10 卷,人民文学出版社 2005 年版,第 35 页。

迅花如此大的心血在嵇康身上，源于他与嵇康在情感与精神上的共鸣，嵇康参与了对鲁迅倔强性格和叛逆精神的塑造。绍兴同乡当中，对鲁迅的人格塑造发生作用的，还有明末的两位思想家，一是朱舜水，这位明末的"遗民和逆民"，其"窜身海外，志在恢复"①的精神被鲁迅引为楷模；一是王思任，他拒不降清，病中绝食而死，为鲁迅所仰慕。而他关于绍兴的两句判断更得到鲁迅的极大认同：

> 大概是明末的王思任说的罢："会稽乃报仇雪耻之乡，非藏垢纳污之地！"这对于我们绍兴人很有光彩，我也很喜欢听到，或引用这两句话。②

显然，鲁迅又是在现实生活的刺激和相同的人生境遇里与诸先贤获得精神上的共鸣的，也是在这样的感同身受里与越文化相亲近的。

鲁迅在与越文化的亲近中、在与故乡绍兴的亲近中，又与之发生矛盾。他发现了越文化的陋习和越人身上的劣根性，他在越文化反抗侵略、复仇兴邦、勤劳勇毅、励志拓新、慷慨成仁的正面价值背后发现其负面价值，在这个"报仇雪耻之乡"发现长期积淀下来的许多"污垢"，在越人中的知识分子、堕民、农民和流浪汉身上发现奴性、自私、冷漠、自卑、油滑、隔岸观火、迷信秘方、嗜酒好赌、消沉厌世、仗势压人、趁火打劫、遇难认命等等。从越人出发，从地域出发，鲁迅由此去把握全体国民的劣根性，予以深刻的揭示与批判，又在批判中有同情与建构，"哀其不幸，怒其不争"。他以现代意识观照越文化，对它予以修正、完善，将其价值中所蕴涵的正面因素作现代性的改造。如他将古越文化中包蕴的复仇反抗意识予以修正，将对个人的狭隘的复仇，放大为对落后反动的体制的复仇；将为个人利益或家族利益复仇的狭隘目的，放大为解救被礼教吃掉的人、放大为"救救孩子"的远大目标。而且鲁迅的复仇有时还是表达一种"大爱"，是基于爱而不是基于恨。比如《野草·复仇二》描写耶稣虽遭戏弄和迫害，但他只是仇恨他们的现在，却悲悯他们的前途。

鲁迅作为一代文化和文学巨擘，他在接受先贤的荫庇时又走出自己的

---

① 鲁迅：《华盖集·这回是"多数"的把戏》，《鲁迅全集》第 3 卷，人民文学出版社 2005 年版，第 186 页。

② 鲁迅：《且介亭杂文末编·女吊》，《鲁迅全集》第 6 卷，人民文学出版社 2005 年版，第 637 页。

道路,在与先贤的对话中又发出自己强有力的声音,在承传与扬弃了越文化传统后,他自己成了这传统的一部分,或者说鲁迅也作为越文化传统留在越地的历史之河里,这是一个经由了鲁迅现代意识观照和修正的越文化传统。这样我们可以将"远传统"与"近传统"进行重新定位,由南宋开启至明清繁盛的"浙东学派"往前推,与大禹、句践、王充、嵇康等一起成为"远传统",而秋瑾、蔡元培、鲁迅等成为"近传统"。越地现在的文化建设、文学艺术发展,也正是在充分挖掘鲁迅这一"近传统"的精神资源。

"从春秋战国'被发徉狂,倜傥负俗'的范蠡,到东汉'疾虚妄'的王充,到'非毁典谟'的以嵇康为代表的魏晋名士,到孕育了明清浪漫洪流的一代心学宗师王阳明,到明清之际破天荒提出'为天下之大害者,君而已矣'的黄宗羲,再到有清一代'但天风气不为师'的龚自珍、主张'六经皆史'的章学诚和'自我横冲的独行孤见'的章太炎,几乎构成了一个前后相互贯通的精神谱系。"①或者我们可以开出更长一点的谱系:从大禹治水"三过家门而不入",到句践"十年生聚,十年教训",卧薪尝胆、报仇雪耻,到王充大胆"问孔"、"刺孟"、"非韩"、"实事疾妄",到嵇康"刚肠疾恶,轻肆直言",到陆游激昂慷慨,刚直不阿,到徐文长放浪不羁,愤世嫉俗,到秋瑾侠骨铮铮,慷慨赴死,……这一谱系"不仅构成了鲁迅思想与精神的家园,也构成了鲁迅艺术的家园。这不仅仅表现在故乡构成了'他创作灵感的源泉',形成了一种独特的浙东水乡的情韵与题材,构筑起一个以'鲁镇'和'未庄'为中心的弥漫着浓郁的越文化气息的艺术世界;而且在于结构了他独特的艺术思维方式和语言艺术形式,并进而形成了一种独特的文体及其风格",鲁迅在接受了这一思想谱系的滋养后,以其卓绝的思想和才华把自己也写进了这一谱系。

(二)围绕鲁迅的浙东乡土作家群

诚如夏志清所说:"鲁迅的故乡是他创作灵感的源泉"②,乡土化的鲁镇,绍兴方言土语,乌毡帽,乌篷船,乌干菜,社戏,祝福婚嫁等等,这些有着浓郁的绍兴风情的乡村和乡镇物事,不仅提供给鲁迅丰富的创作灵感,还

---

① 王晓初:《论鲁迅思想与艺术的越文化渊源》,《文学评论》2005 年第 5 期。
② 夏志清:《中国小说史》,友谊出版有限公司 1979 年版,第 29 页。

使他成就了一种小说经典范式——"乡土小说"。鲁迅首创了乡土小说之后，又引领一批年轻作者热情投入乡土小说的创作。在20世纪20、30年代的越地，在鲁迅周围，形成了一个"浙东乡土作家群"，其代表人物有许钦文、王鲁彦、许杰等。和鲁迅相同的文化背景，相同的地域文化浸染，相似的农村生活经历，以及与鲁迅的接触、直接受到鲁迅的指点、培养，使他们作为一个浙东乡土作家群整体推出。他们秉承鲁迅乡土小说的旨趣，从不同角度描绘作家所熟悉的故乡农村或小乡镇的人物和环境，忠实地摹写现实农村的苦难生活，针砭社会痼疾，揭示农民的生存之苦与精神病痛，显示了坚实的现实主义的力量。

许钦文是浙东乡土小说群中具代表性的绍兴本土作家。许钦文的小说直接师法鲁迅，与鲁迅有着最直接的联系。他的第一本小说集《故乡》在名字上就跟鲁迅的同名小说有着渊源。《鼻涕阿二》作为其著名的中篇小说，描写宗法制社会毁人于无形的冷酷，揭示农村妇女争取做人的地位而不能的悲剧：主人公菊花因是二胎女儿而为全家所鄙视，落了个"鼻涕阿二"的绰号，随意供人差遣，形同奴婢。维新开始后进了夜校，因为一场恋爱被家人讥为"贱小娘"。丈夫死后，被婆婆卖给钱师爷做妾。为"争取做人"，用尽心计取宠于师爷，却很快又为师爷的新欢所排挤，最后凄惨死去，连在师爷的牌位上刻下自己名字的资格都没捞上。有论者曾经指出："儒家的伦理道德观以及三纲五常在这个地区〔指越地，引者注〕推广起来，比其他任何地方都来得激烈，因为'中庸'、'忠'、'孝'、'贞节'等观念与强悍好斗、野性十足的越人性格冲突非常大。但是，一旦越人接受了这些规范，就比其他任何地方实践得更彻底。"①鲁迅的《祝福》与许钦文的《鼻涕阿二》都深刻地揭示和批判了越文化中的这种负面性。

王鲁彦是出身于镇海的浙东乡土小说代表作家。他也有意识地仿效、师法鲁迅，这从其名字就可以看出：原名王衡，自取笔名鲁彦。除了表层的笔名，他在深层次上也自觉追随鲁迅，准确地把握了鲁迅为文为人的主旨：改造国民劣根性，并有意将自己的小说作为这一思想的诠释。他发表于1927年的代表作《黄金》，有对国民性的入木三分的刻画。作品写本来还算

---

① 朱文斌：《风景之发现——论越文化对鲁迅的负面影响》，《鲁迅研究月刊》2005年第3期。

殷实的如史伯伯家，因儿子年终不曾汇款回家，便立刻遭到势利、冷酷的村人嘲笑、欺侮：他老婆去串门，人家唯恐她开口借钱，早早摆下拒绝的冷眼；他去参加婚宴，也遭冷遇，由以前的上席改到末席；女儿在学校被同学嘲笑，被老师刁难；家中被盗，也不敢声张，怕人猜疑他假装失窃以赖债。小说着力表现了人情的冷暖和世态的炎凉，深刻揭示了金钱原则下人的精神上、心理上的变态、扭曲。作为受害者的如史伯伯也具有这种陈四桥性格，也处于这一精神扭曲的大网中。小说的批判深度由此更为掘进。在地域风情的描绘上，王鲁彦也对鲁迅小说有所承传和拓展。他着力刻画了有着浓郁的浙东风情的乡村习俗和地理风貌。各个以"桥"命名的村镇，各式各样的船只(如柴船、冬瓜船、轧米船等)，各种奇特的乡俗，如《菊花的出嫁》里的"冥婚"，《岔路》里的迎关帝驱瘟神等等，呈现了一幅 20 世纪 20、30 年代的浙东风俗画。

许杰是又一个卓有成就的乡土小说作家，他以表现浙东的乡村悲剧见长，其小说有着浓郁的浙东"土"气，为读者打开了一幅幅浙东乡村风俗画卷，显示了一股剽悍倔强的民风。其代表作《惨雾》写两个山村为争夺一块沙渚而起的械斗，以粗豪的文笔，开阔的气势，出色的场面调度能力和精湛的叙述技巧，叙写了械斗从偷袭到对垒再到火拼的全过程，由此披露了这样的原始野蛮陋习给农民心灵蒙上的糅合着痛苦与仇恨的"惨雾"。作品带给人极大的震撼。而他另外的作品如《暮春》、《飘浮》等，触及西方思想进入浙东穷乡僻壤后，人们的心理变化。这样的新异题材与他的粗犷的文风，都丰富了由鲁迅所开创的乡土小说创作。

六、神奇的乡村文化圈"白马湖作家群"

20 世纪 20 年代的越地沃土上，围绕鲁迅的浙东作家群之外，出现另一个作家群，即上虞白马湖畔，春晖中学，聚集在夏丏尊周围的白马湖作家群(见图 91)。

(一)聚集到乡村："纯正的教育"与亲近自然

首先来到白马湖的是经亨颐，1921 年，这位著名的教育家回到家乡上

图91　夏丏尊、叶圣陶、胡愈之等在春晖平屋前留影

虞,到达景色幽丽、民风淳厚的白马湖畔,创办了后来闻名遐迩的春晖中学。随即夏丏尊应邀而来,成为这所乡村中学最初的教师。随后,陆续抵达白马湖畔的有朱自清、匡互生、丰子恺、王任叔、朱光潜等,他们的加盟使这个偏居一隅的乡村中学人气旺盛,群星璀璨。而后又有一批名流贤达来此讲学,何香凝、柳亚子、蔡元培、俞平伯、刘大白、黄炎培、张闻天、李叔同、叶圣陶、陈望道、吴稚晖等,更使春晖中学成为英才荟萃、群贤毕至的风水宝地,而至享有"北有南开,南有春晖"的美誉。

　　将朱自清、丰子恺诸人聚集到春晖中学,经亨颐、夏丏尊是看得见的纽带,看不见的纽带是他们紧密的精神联系,是他们共同的理想与情趣。

　　这共同的理想即是切切实实地推行教育改革和社会文化教育的启蒙工作,实现"纯正的教育","爱"与"美"的教育。自1913年浙江省第一师范学校建立以来,作为校长的经亨颐带领学校实施教育改革,他在《教育潮》(1913年创刊,原名《教育周报》,经亨颐将之更名为《教育潮》)上发表《动学观与时代之理解》,提出"教育为继往开来之精神事业"。与经亨颐的"动学观"相呼应,时任师范学校教师的夏丏尊、陈望道、刘大白等人积极响应教学改革，一度推动浙江省第一师范学校在新文化运动中与北大相唱和，成为浙江新文化运动的中心。但后来遭到守旧派与当局的压迫、查办和排挤，经、夏二人不得已离校。经亨颐辗转回到故乡上虞，春晖中学的创办，使他有了一块实践其民主主义教育理想的基地。作为教育家的经亨颐广泛吸纳国内外先进教育思想，认为学校不是"贩卖知识之商店"，"求学为何？学为人而已"，提倡人格教育，强调德智体美全面发展，在教法上倡导"自动、自由、自治、自律"，在教改中主张"与时共进"。相同的教育理念使夏丏尊很快追随他而来，从而又聚集起朱自清、丰子恺、朱光潜诸君。夏丏尊以宗教般的精神献身教育，他翻译的《爱的教育》引起强烈反响，在这本译自意大利作家亚米契斯的小说的译者序言中，夏丏尊说道："教育上的水是什么？就是情，就是爱。教育没有了情爱，就成了无水的池。任你四方形也罢，圆形也罢，总逃不了一个空虚。"①朱自清在《教育家的夏丏尊》里一开篇就说道："夏丏尊先生是一位理想家。"②这"理想"就是夏丏尊自己在《春晖的使命》里所呼吁的"你是生在乡间的，乡村运动，不是你本地风光的责任吗？"③自耕自食、帮助乡民认字、推行纯正教育、文理农师范并生、男女同校、以精神的力量战胜物质的困顿，即是夏丏尊规划并实践的乡村运动和新村理想。朱自清则在初到春晖不久，即在《春晖》半月刊上发表《教育的信仰》一文，呼应经亨颐校长的"人格教育"理念。他认为教育的目的在于它担负着"改善人心的使命"，"教育者和学生共在一个情之流中"，"纯洁之学生，唯纯洁之教师可以训练"，"教育者须先有健全的人格，而且对于教育，须有坚贞的信仰，如宗教信徒一般"。④他将这样的教育理念付诸于他在春晖的国文教学实践，践履经亨颐所提倡的"自动、自由、自治、自律"，给学生以充分的能动性，一反"师道尊严"的传统，要求学生克服见了老师就"矫情伪饰"的毛病，培养做人"纯正的趣味"。丰子恺在最直接的层面上从事"美的教育"，他在春晖中学教音乐、美术、兼任英文教员。他教学生画石膏头像，教学生互为模特儿写生素描，给春晖中学早期的校歌谱曲

① 夏丏尊：《〈爱的教育〉的译者序言》，《夏丏尊文集》，浙江人民出版社 1983 年版，第 42 页。

② 朱自清：《教育家的夏丏尊先生》，《荷塘月色》，江苏文艺出版社 2005 年版，第 81 页。

③ 夏丏尊：《春晖的使命》，《春晖》半月刊，上虞青晖中学文史资料。

④ 朱自清：《教育的信仰》，《春晖》半月刊，上虞春晖中学文史资料。

等等。要之,白马湖诸人秉持的是以人为本的教育理念,其具体内涵包括理想化的新村意识,人格化、多样化的教学方法,德、智、体、美、群、劳六育的全面开展,艺术的张扬与美育的提倡。

联结白马湖诸人的精神纽带又是他们相同的闲适与自由的情趣,及对大自然的亲近。白马湖的这一场聚会是"新文化史上一次著名的山水文人雅集"①。朱自清曾说:我爱春晖的闲适。这"闲适"是优美清丽的自然环境,志趣相投的朋友相处,融洽轻松自由的氛围,是朱自清自己所说的"没有层叠的历史"所造就的"单纯"。也是他自己所说的"无论何时,都可以自由说话;一切事务,常常通力合作"的人文环境。② 朱光潜曾对这样一种氛围、这样一场"雅集"有精当的描述:"这批布衣先生,每在课余获得闲暇的感觉,营造一种轻松的氛围,追求一种美丽的趣味。由于他们的人生态度和气质上,都有着相近之处,加上人人都有横溢的才气,追求真善美,彼此便相融无间,意气相投。"③

(二)在乡村中:平民意识与生活艺术化

白马湖作家群的"文人雅集",又并非传统文人名士风雅高蹈的作派。这个作家群的成员大多出身于平民阶层,有着一种源于本土的质朴和平民气息。而且他们通常在国内完成学业或根本没进过大学,具有一种本真的平民身份。在与乡村、与大自然的亲近中,在与乡民、与学生的亲近中,白马湖诸人本身就具有的平民化精神取向更加彰显。这种平民意识表现于生活的方方面面,渗透进白马湖的一草一木。所住的屋,是面湖的几间平房、瓦屋,"屋宇虽系新建,构造却极粗率"④,夏丏尊将它命名为"平屋"(寓"平凡、平淡、平民"之意),丰子恺名之曰"小杨柳屋"。所吃的菜,多是笋煮豆、霉干菜、臭豆腐、霉千张、炒螺蛳等绍兴一带百姓的家常菜。所做的事,是到民间去,在偏居一隅的乡村默默地、切实地推广平民教育。相应

---

① 吴蓓:《白马湖文化符号精神解读》,《白马湖文学研究》,上海三联书店2007年版,第82页。

② 朱自清:《春晖的一月》,《朱自清散文集》,西苑出版社2006年版,第25页。

③ 朱光潜:《丰子恺先生的人品与画品》,《朱光潜集》,花城出版社2009年版,第446页。

④ 夏丏尊:《白马湖之冬》,《夏丏尊文集》,浙江人民出版社1983年版,第161页。

地,所写的文章,也多是描写身边琐事,抒发平民化的不平和悲怆情怀。或慨叹自身的悲凉处境,如夏丏尊之《猫》,朱自清之《背影》、《悼亡妇》;或叙写朋友的不幸遭际,如丰子恺、夏丏尊、朱自清、叶圣陶四人写的悼念同人白采的同题散文《白采》;或表现普通平民之入学之艰辛、生活之艰辛,如朱自清的《哀韦杰三君》、夏丏尊的《悼一个自杀的中学生》。风格上也是铅华洗尽,豪华落尽,多质朴、平易、自然、真挚,少雕琢、堆砌、粉饰、张扬。最能说明问题的是朱自清,春晖之前,他早期的《桨声灯影里的秦淮河》等文章清丽雅隽,精致美妙,但"都有点儿做作,太过注重修辞,见得不怎么自然"。经过春晖时期熏陶后写的《背影》、《给亡妇》、《欧游杂记》等,则"全写口语,从口语中提取有效的表现形式……周密妥贴……平淡质朴"①。而不管哪一时期的朱自清,都持守平民价值立场和身份,从不以"名士"自许。尤其能说明这一点的是,时人因朱自清与俞平伯在散文创作中"合致"的原因,曾有"朱俞并称"之说,殊不知朱自清颇不满意于俞的,正是其性情行径,有些像明人,对其文多有以趣味为主,以洒脱为务的"名士"风颇不以为然。②

生活于优美而富野趣的白马湖畔,夏丏尊诸人将简单粗疏的平民化的生活过得充满审美的意味,在平凡质朴中蕴涵了动人的诗意,即是夏丏尊在给《子恺漫画》作序时借描写弘一所说的"生活艺术化":"在他,世间竟没有不好的东西,一切都好,小旅馆好,统舱好,挂搭好,粉破的席子好,破旧的手巾好,白菜好,菜菔好,咸苦的蔬菜好,跑路好,什么都有味,什么都了不得……这是何等的风光啊!宗教上的话已不说,不屑的日常生活到此境界,不是所谓生活的艺术化了吗?人家说他在受苦。我却要说他是享乐。"③他们的住房本身即是生活艺术化的体现。虽然矮小简单,但依山傍水而建,丰子恺门前植有柳树,夏丏尊院内种满花木……居室的名字也充满韵味,"平屋"(夏丏尊),"小杨柳屋"(丰子恺),"长松山房"(经亨颐),"蓼花居"(何香凝),等等。相应地,他们之间的交往,也全是一种自在自由的状态,随兴所至,谈天说地;他们之间人与人的关系,是一种超功利的无为关系,即是一种审美关系。朱自清这样描述:"春晖中学在湖的最胜处,

---

① 叶圣陶:《朱佩弦先生》,《叶圣陶散文》,浙江文艺出版社2007年版,第235页。
② 参见王保生:《俞平伯和他的散文创作》,王保生编《俞平伯散文选集》,上海文艺出版社1983年版,第218页;《夏丏尊文集》,浙江人民出版社1983年版,第49—50页。
③ 夏丏尊:《〈子恺漫画〉序》,《夏丏尊文集》,浙江人民出版社1983年版,第49—50页。

我们住过的屋也相去不远,是半西式。湖光山色从门里从墙头进来,到我们窗前、桌上。我们几家接连着;丏翁的家最讲究。屋里有名人字画,有古瓷,有铜佛,院子里满种着花。屋子里的陈设又常常变换,给人新鲜的受用。他有这样好的屋子,又是好客如命,我们便不时地上他家里喝老酒。"① 朱光潜在《敬悼朱佩弦先生》中回忆说:"学校范围不大,大家朝夕相处,宛如一家人。佩弦和丏尊子恺诸人都是爱好文艺,常以所作相传视。我于无形中受了他们的影响,开始学习写作。"②夏丏尊则透过白马湖与众不同的冬天的风,在凡俗以至困顿的生活里发现"萧瑟的诗趣":"风从窗缝隙中来,分外尖削,把门缝窗隙厚厚地用纸糊了,缝中却仍有透入……靠山的小后轩,算是我的书斋,在全屋子中风最小的一间,我常把头上的罗宋帽拉得低低地,在洋灯下工作至夜深。松涛如吼,霜月当窗,饥鼠吱吱在承尘上奔窜。我于这种时候深感到萧瑟的诗趣,常独自划拨着炉灰,不肯就睡,把自己拟诸山水画中的人物,作种种幽邈的遐想。"③丰子恺也在偏远的山水之间发现生活的诗意,他在《山水间的生活》一文里写道:"我对于山水间的生活,觉得有意义……上海虽热闹,实在寂寞,山中虽冷清,实在热闹。上海是骚扰的寂寞,山中是清净的热闹。"他们在春晖中学进行的是爱与美的教育,而他们也把这"爱与美"渗透进平常的日常生活里,又将它植入文学艺术的创作里。

(三)从乡村向外眺望:以出世之姿做入世之事

需要指出的是,白马湖作家群在春晖中学的相聚,并非逃避现实向世外桃源的退避。他们居住在乡村,却又不断地从乡村向外面的世界眺望。校长经亨颐明确说道:"白马湖不是避人避世的桃源,是暂时立于局外,旁观者清,不受牵制,造成将来勇猛的生力军的所在。"④固然,作为教育家,作为社会活动家,乃至作为一个政治家,经亨颐的理念与专事教育与文学的夏丏尊诸人有时相左,但在"白马湖不是避世桃源"这一点上,他们应该是达成共识。夏丏尊虽处"平屋",但心忧天下,他在平屋里挂有"天高皇帝

① 朱自清:《白马湖》,《朱自清散文集》,西苑出版社 2006 年版,第 110 页。
② 朱光潜:《敬悼朱佩弦先生》,《朱光潜集》,花城出版社 2009 年版,第 475 页。
③ 夏丏尊:《白马湖之冬》,《夏丏尊文集》,浙江人民出版社 1983 年版,第 161 页。
④ 经亨颐:《勷白马湖生涯的春晖中学》,1922 年《春晖》半月刊,春晖中学资料。

远,人少畜牧多"的对联,用以讽喻军阀统治下的混乱时政。他在春晖前后写下了大量忧国忧民之作,有关心妇女命运的《闻歌有感》、《对了米莱的〈晚钟〉》,关注知识分子命运的《命相家》、《"无奈"》、《猫》、《知识阶级的运命》,关注青年人遭遇与前途的《悼一个自杀的中学生》、《一个四川来的青年》、《流弹》、《致文学青年》等。夏丏尊的"心忧天下",丰子恺曾在《悼丏师》里有生动的描绘:"凡熟识夏先生的人,没有一个不晓得夏先生是个多愁善感的人。他看见世间的一切不快、不安、不真、不善、不美的状态,都要皱眉,叹气。他不但忧自家,又忧友,忧校,忧店,忧国,忧世……国家的事,世界的事,别人当作历史小说看的,在夏先生都是切身问题,真心地忧愁,皱眉,叹气。"①而丰子恺自己,受夏丏尊等人的影响,也是基于他自己本身具有的济世情怀,于抗战时期,作《漫画日本帝国主义侵略中国史》,使略识文字的人都了解日军的野蛮行径。又作《还我缘缘堂》,凛然表示:"东战场、西战场、北战场,无数同胞因暴敌侵略所受的损失,大家先估计一下,将来我们一起同他算帐!""我虽老弱,但只要不转乎沟壑,还可凭五寸不烂之笔来抗暴敌。"②夏、丰二人都笃信佛教,有居士之称,"可是所想做的,还是儒家式的修养"③。这种"儒家式"的处世规范,注定这两位"居士"始终以出世之姿行入世之事,投入现实,心忧时世。春晖时期,白马湖清幽雅丽的风光并没有让他们忘怀时世,而家国遭难之时,他们就更是变"居士"为"斗士"。至于朱自清,春晖时期他写下清隽淡雅的《春晖的一月》、《刹那》等,但也有《哀韦杰三君》等沉痛感时之作。春晖之后,他更是在写下回忆春晖时光的写景抒情名篇《白马湖》,质朴感人的记人叙事名篇《背影》、《悼亡妇》的同时,写下了慷慨愤世、痛斥时弊的散文名篇《执政府大屠杀记》、《白种人——上帝的骄子》、《生命的价格——七毛钱》。事实上,白马湖诸人在春晖中学所从事的平民教育推广、爱与美的教学,本身便是立足偏远的乡村向未来的眺望:塑造学生的理想人格,为未来培养理想的人才。他们在远离都市的乡村一隅默默地、切切实实地工作,以"出世"的姿态,做了许多入世的事业。

---

① 丰子恺:《悼丏师》,丰一吟、韦陈宝编《丰子恺文集》第6卷,文学卷2,浙江文艺出版社、浙江教育出版社1992年版,第159页。

② 丰子恺:《还我缘缘堂》,《缘缘堂随笔集》,浙江文艺出版社1983年版,第191页。

③ 夏丏尊:《弘一法师之出家》,《夏丏尊文集》,浙江人民出版社1983年版,第245页。

七、越地文学艺术在海外的反响

越地文学艺术因为有鲁迅、周作人等大家的存在,它先是率先迎受西方思潮的冲击从而走向世界,然后又反过来在海外产生了巨大反响。多年以前,周氏兄弟曾经勤奋而热情地为当时的中国读者译介大量的"域外小说",多年以后,周氏兄弟自己的著作在世界各国有了大量译本和很多的研究者;鲁迅曾经高度赞扬果戈理、契诃夫、陀斯妥耶夫斯基、拜伦等等,后来,罗曼罗兰、大江健三郎等人给予鲁迅高度评价……而鲁迅在华文文学世界的影响更是卓著而深远。鲁迅凭借他的作品将越地文化、越地风情、越地人事深深楔进世界各地华人的心里。

(一)新马华文文学:形成性影响和"父亲"形象

新马华文文学脱胎于中国五四新文学,新加坡文学史家方修界定新马华文文学"就是接受中国五四文化运动影响,在马来亚(包括新加坡、婆罗州)地区出现,以马来西亚地区为主体,具有新思想、新精神的华文白话文学"①,它的形成和发展,受惠于五四新文学、受惠于鲁迅的很多。

首先,鲁迅在《呐喊·自序》里表达的文艺观被移植到新马文坛,得到极大的认同与响应:1926年4月,一家华文周刊《星光》杂志上,发表了南奎的文章《本刊今后的态度》,写道:"我们深愿尽我们力之所能地扫除黑暗,创造光明。我们还有自知之明,知道自己决不是登高一呼,万山响应的英雄,只不过在这赤道上的星光下,不甘寂寞,不愿寂寞,忍不住的呐喊几声'光明!光明!'倘若这微弱的呼声,不幸而惊醒了沉睡人们的好梦,我们只要求他们不要唾骂,不要驱逐我们,沉睡者自沉睡,呐喊者自呐喊……"大到观念,小到造句、用词,都明显有鲁迅《呐喊·自序》的影子。也即是说,新马文坛从鲁迅那里借来创作思想,借来主题,从而指明了新马华文文学的建设方向。鲁迅的影响对新马文学的基本方向给予了规约。

其次,鲁迅被塑造成一个战士、巨人、导师、反殖反封的民族英雄进入

---

① 方修:《马华文学史论》,香港三联书店1986年版,第8页。

新马,成为新马文学界、文化界抵抗殖民强权的"精神上的父亲"。"鲁迅作为一个经典作家,被人从中国移植过来,是要学他反殖民、反旧文化,彻底革命","要利用鲁迅来实现本地的政治目标:推翻英殖民地。"①面对英国殖民主义者,面对强权,处于形成和发展中的新马华文文学自觉承担起启蒙与救亡的双重使命,而鲁迅恰被左派文人塑造成这样一个以文学来进行启蒙与救亡的民族英雄,从而进入新马文化人的"期待视野"。

同时鲁迅的作品被新马作家大量模仿、借鉴、消化、变形,以富于新马特色的形式表现出来。有艺术形象的影响,单是阿Q,就在南洋有长长的广泛的"旅行":吐虹的《"美是大"阿Q别传》、丁翼的《阿Q外传》、林万菁的《阿Q后传》、李龙的《再世阿Q》……在对鲁迅的《阿Q正传》加以"消化"后,又"变形"为殖民者统治下南洋国民的"精神胜利"的独特"行状",剖析出拜金、忘祖、崇洋等南洋特质的"国民性";有使用同一文体所呈现的影响关系,鲁迅所创造的"杂文"受到特别关注与推崇:"杂文,这种鲁迅所一手创造的文艺匕首,已被我们的一般作者所普遍掌握"②,由此给新马华文写作开辟了新路。从大的基本的文艺观,到小的具体的艺术形象;从内在的精神气质,到外在的文本形式,鲁迅作为一个眩目的辐射源,照亮了稚嫩的新马华文文学。

马来亚作家韩山元(章翰)曾经表述:"鲁迅是对马华文艺影响最大、最深、最广的中国现代文学家。"③作为对他这句话的印证,在马来亚广泛流传着一个小册子《伟大的文学家、思想家》,全是歌颂鲁迅如何伟大的;鲁迅的作品作为经典被新马作家最大程度地摹仿、移植,单是《阿Q正传》就有近十个摹写本、改写本;新马作家、学者方修、赵戎、高潮、方北方等论述文学问题处处以鲁迅为依据;鲁迅逝世后新马文化界对他的悼念,是新马追悼一位作家最隆重、最庄严、空前绝后的一次。鲁迅是作为偶像被新马文化人加以崇拜的:"共产党在新马殖民社会里,为了塑造一个代表左翼人士的崇拜偶像,他们采用中国的模式,要拿出一个文学家来作为膜拜的对象,这样这个英雄才能被英国殖民主义政府接受。鲁迅是一个很理想的偶像和旗帜。"①

（二）美华文学：远距离的辐射，审美的观照

1942 年，纽约华人成立华人华侨文化社，创办《华侨文阵》，成为美国第一份华文纯文学期刊。正是该刊物在 1944 年明确提出了跟中国大陆文艺有着区别的美国本地华人文艺的概念。由此掀起了美华文学的第一个高潮；20 世纪 60 年代，由于中美意识形态的对峙，台湾成为中美文化交流的最重要通道。加之台湾岛上"留美热"高涨，从而 60 年代起的美华文坛的主导力量逐步为从台湾迁居美国的作家所把握，美华文学甚至在某些方面成为台湾文学在海外的延续。这构成了美华文学的第二个高潮。第三个高潮酿成于 90 年代。北美华文作家协会成立，现有 10 个分会、近 700 名会员，是阵容最为齐全的美华文学团体。其他众多华文文学社团的成立和活动，表明本土性美华文学群体环境的构筑取得了很大进展。作家群落纷起，"台湾文群"历久不衰，"草根文群"和"新移民作家群"崛起，为 90 年代的美华文学推波助澜。

美华文学虽然明确提出与中国大陆文艺的区别，但仍然与五四新文学有着"剪不断"的渊源。鲁迅的影响并没有消失，而是远距离地辐射到美华文学，照耀到这些美华作家身上。

第一个高潮期也就是发轫期的美华文学，和五四新文学本就是相通的。林语堂等 20 世纪 30、40 年代活跃于美华文坛的作家，大都是在中国接受了五四新文学运动的影响之后东渡北美的。赴美的林语堂虽与鲁迅早就闹僵，但仍认为鲁迅的"文笔"很成功，"冷嘲热讽，一针见血，自为他人所不及"②。"语丝"时期两人的惺惺相惜，对对方的影响，持续作用于赴美后的林语堂。

第二个高潮期的"台湾文群"，诚如黄万华撰文所述，由于摆脱了文学意识形态的束缚，超脱了"身在其中"的距离观照，使其对中国历史、文化既有了更深的眷恋，也有了更冷静的审视。③ 在他们和鲁迅的关系上，就形成

---

① 王润华：《华文后殖民文学——中国、东南亚个案研究》，学林出版社 2001 年版，第 71 页。

② 林语堂：《记周氏兄弟》，《鲁迅学刊》，1981 年第 1 期。

③ 参见黄万华：《20 世纪美华文学的历史轮廓》，《华文文学》2004 年第 4 期。

了这样一种格局:鲁迅对他们有着远距离的辐射,而他们摆脱了意识形态的影响,给予鲁迅以审美的观照。

美华"台湾文群"的代表作家白先勇这样论述鲁迅的影响:"五四时代影响力最大的小说家当然首推鲁迅。鲁迅的重要影响有两方面:一方面是他对中国旧社会封建传统的黑暗面深刻尖锐的批判揭发,他这种道德的觉醒和道德的勇气,替五四时代的知识分子树立了一种典范。另一方面是他第一次将西方现代小说的技巧形式成功地引进他的创作中而开辟了中国小说,尤其是中国现代短篇小说的新风格。"[①]从白先勇的话里我们看出,鲁迅对欧美海外华文文学的影响是一种"回返影响":西方现代文学影响了鲁迅,而鲁迅作为一个强者作家,显示了自己的伟力后,又反过来对西方文化语境下的海外华文文学产生影响。旅美的白先勇作出这样的判断,正是这种"回返影响"的体现。而且这种影响向海外华人作家中广泛并持久地渗透。

"台湾文群"的代表女作家聂华芩说鲁迅的小说发人深思,在她说这话的 80 年代初直言鲁迅的写作技巧"在二十年代是'新'的,就是在七十年代也还是'新'的……也是写小说的人应该学习的"[②];而於犁华更是给予鲁迅高度评价:"作家分三种等次,一流的必须是思想家,如俄国的陀斯妥耶夫斯基,中国的鲁迅……"[③]

旅美作家李渝则为鲁迅的词语文句大唱赞歌,他说:"深知日文的鲁迅也喜欢扭弄句法,变更词性,叠积形容词,使用书写性词汇,使用一波三折式的复句来引导意念,绵延出一句衍生出一句的追索性的反刍性的长句子,在他的几篇小说代表作,例如《在酒楼上》、《药》、《祝福》等,以及散文中,都可以看到这样的句子。如果和琅琅上口的老舍或钱钟书,或者茅盾、巴金等比较,鲁迅要'别扭古怪'得多,不容易读,但是如果我们再读三读,却能觉出它理念深密井然,层层卷入内里的绵延的气势,有一种质疑和追索探寻的气质,是其他人没有的。针对了舒闲或流畅的白话口语体,鲁迅

---

① 白先勇:《社会意识与小说艺术——五四以来中国小说的几个问题》,《第六只手指》,香港华汉出版公司 1988 年版,第 87 页。

② 聂华芩:《关于鲁迅的杂想》,《三十年后归国杂记》,湖北人民出版社 1980 年版,第 16 页。

③ 朱蕊:《对於犁华的访问记——魂归故里》,《台港文学选刊》,1990 年 12 月。

· 387 ·

越文化通论

第七章 走向世界的越地近、现代文学

塑造出一种罕见的知性文体,一种庄严的书写体,至今仍旧光辉照耀。"①同为旅美作家的柯振中引用了李渝上面这段话,又说道:"一代文豪鲁迅……一意孤行尝试实践'新字眼、新语法'的散文小说创作结果,取得了甚为理想的成绩,给继后的刻意创新的写作人士留下了远大的有力影响。"②这里是从一个具体细小的文本要素——句法入手,谈鲁迅对海外华文文学的"回返影响":西方文学的句式深深影响鲁迅的文风,直接导致鲁迅作品的"欧化"现象,而鲁迅的这种"欧化"又作用于若干年后来到西方的这些海外作家的身上。

鲁迅的烙印深深打进美华文学中,它的几位著名的大学者这样表达他们对鲁迅的印象:

夏济安认为,中国近代有三大小说家,第一位便是鲁迅。他在《鲁迅作品的黑暗面》一书里,充分肯定鲁迅的杰出才华及其在中国现代文学史上的意义。认为鲁迅的天才"很可能"比胡适、周作人都高,他是一个"病态的天才",也是"中国现代史上较有深度的人"。③

李欧梵更是明确指出:"五四的短篇小说家,最杰出的当然是鲁迅。我认为不论就五四的意义或中国现代文学史的意义而言,鲁迅都是非常了不起的小说家。"④

夏志清也认为,鲁迅是中国"西式新体"小说的奠基人,是"最伟大的现代中国作家",认为《狂人日记》、《在酒楼上》等是中国现代小说的上乘之作。他说:鲁迅是中国最早用西式新体写小说的人,也被认为是最伟大的现代中国作家。在他一生最后的六年中,他是左翼报刊读者群心目中的文化界偶像。⑤ 夏承认鲁迅有实力,早就"被推崇"。这是其一,与台湾、香港对鲁迅的比较普遍而基本的接受相一致;其二,旅美的理论家夏志清的这些表述与旅美作家白先勇的论述相呼应,都谈到了鲁迅对他们构成的"回

---

① 李渝:《寻找一种叙述方式》,转引自柯振中《小说的语言文字》,《尤伤——港人素颜》,香港三联书店 1990 年版,第3—4 页。

② 柯振中:《小说的语言文字》,《尤伤——港人素颜》,香港三联书店 1990 年版,第3—4 页。

③ 夏济安:《鲁迅作品的黑暗面》,原刊美国《亚洲学会会季刊》第23 卷第2 期,1964 年2 月号,引自袁良骏《关于鲁迅的历史评价》,《鲁迅研究月刊》1999 年第6 期。

④ 李欧梵:《五四文学与鲁迅》,《中西文学的回想》,香港三联书店 1986 年版,第8 页。

⑤ 参见夏志清:《中国现代小说史》,香港友联出版社 1979 年版,第63—64 页。

返影响"：鲁迅接受"西式新体"写小说，从而开创了中国的现代小说。然后，鲁迅的成就又回过头来令"西式新体"语境下的海外评论家、作家们感到折服，纷纷由此出发谈论鲁迅的影响。

归纳起来，上述表述所阐明的鲁迅带给美华文学的这种"回返影响"，又具体体现在两个方面：一是"比较文学"上所说的"框范影响"，即鲁迅作品所揭示的社会环境、时代、风物与背景等"框范"影响了美华文学。白先勇就把这点清晰地突出出来："一方面是他对中国旧社会封建传统的黑暗面深刻尖锐的批判揭发。"在很多时候，白先勇等美华作家也就继续在这样的"框范"内，做着这种"批判"与"揭发"。二是艺术技巧的影响。这一点同样被白先勇明晰地凸显出来："另一方面是他……开辟了中国小说……的新风格。"鲁迅在新文学的开端就树立了一个艺术的高度，这个高度至今需要人仰视。这个高度标示了鲁迅作为一个强有力的先驱的位置，即使远在海外的后来者也不得不正视这一伟大的存在。

"回返影响"算是影响的高层次，从辐射源接受了影响，然后又回过头来反影响辐射源，只有少数强者作家才能做到这样，鲁迅便是其中之一。

鲁迅给了越地文学辐射到遥远的海外的无限广度。

主要参考文献

越文学艺术论

越文化通论

1. 周振鹤等:《中国历史文化区域研究》,复旦大学出版社 1997 年版。

2. 萧克主编:《中华文化通志》,上海人民出版社 1998 年版。

3. 张步天:《中国历史文化地理》,湖南教育出版社 1993 年版。

4. 陈正祥:《中国文化地理》,三联书店 1983 年版。

5. 郭忠义等:《中国人文地理学》,山东教育出版社 1991 年版。

6. 李德勤:《中国区域文化》,山西高校联合出版社 1995 年版。

7. 陈侃言等:《中国地域文化论》,广州出版社 1994 年版。

8. 晏贵昌编著:《中国古代地域文明纵横谈》,湖北人民出版社 2000 年版。

9.《人文地理:文化社会与空间》,北京师范大学出版社 1998 年版。

10. 裴文中:《旧石器时代之艺术》,商务印书馆 1999 年版。

11. 王嘉良:《地域视阈的文学话语》,中国文史出版社 2007 年版。

12. 蔡丰民主编:《吴越文化的越海东传与流布》,上海学林出版社 2006 年版。

13. 杨天宇注:《周礼译注》,上海古籍出版社 2004 年版。

14. 费君清主编:《中国传统文化与越文化研究》,人民出版社 2005
年版。

15. [美]斯图尔德:《文化变迁的理论》,张恭启译,台北允晨文化出版
社 1984 年版。

16. [德]格罗塞:《艺术的起源》,蔡慕晖译,商务印书馆 2005 年版。

17. [俄]普列汉诺夫:《论艺术》,曹葆华译,三联书店 1973 年版。

18. 丹纳:《艺术哲学》,傅雷译,广西师范大学出版社 2000 年版。

19. 郑择魁等:《吴越文化与中国现代文学》,杭州大学出版社 1998
年版。

20. 邓福星:《艺术前的艺术》,山东文艺出版社 1987 年版。

21. [汉]司马迁:《史记》,中华书局 1982 年版。

22. [汉]班固:《汉书》,中华书局 1996 年版。

23. [南朝宋]范晔:《后汉书》,中华书局 1965 年版。

24. [西晋]陈寿:《三国志》,中华书局 1959 年版。

25. [东汉]袁康、吴平辑录:《越绝书》,上海古籍出版社 1985 年版。

26. [东汉]赵晔:《吴越春秋》,江苏古籍出版社 1992 年版。

27. [东汉]王充:《论衡》,黄晖《论衡校释》本,中华书局 1990 年版。

28. [东汉]刘向:《说苑》,中华书局聚珍版。

29. [南齐]沈约:《宋书》,中华书局 2003 年版。

30. [梁]萧子显:《南齐书》,中华书局 1997 年版。

31. [唐]房玄龄等:《晋书》,中华书局 1993 年版。

32. [唐]李延寿:《南史》,中华书局 1997 年版。

33. [唐]张彦远:《法书要录》,辽宁教育出版社 1998 年版。

34. [宋]严羽:《沧浪诗话》,何文焕辑《历代诗话》,中华书局 2001
年版。

35. [清]桑世昌:《兰亭考》,《四库全书》本,上海古籍出版社 1987
年版。

36. [清]严可均辑:《全上古三代秦汉三国六朝文》,中华书局 1999
年版。

37. [清]沈德潜:《说诗晬语》,上海古籍出版社 1999 年版。

38. ［清］叶梦得：《石林诗话》，《历代诗话》本，中华书局 2001 年版。

39. ［清］方东树：《昭昧詹言》，人民文学出版社 2006 年版。

40. 逯钦立辑：《先秦汉魏晋南北朝诗》，中华书局 1998 年版。

41. ［梁］萧统编，［唐］李善注：《文选》，上海古籍出版社 1997 年版。

42. 顾绍柏校注本：《谢灵运集校注》，中州古籍出版社 1987 年版。

43. ［南朝宋］刘义庆：《世说新语》，徐震堮校笺本，中华书局 1999 年版。

44. 陈寅恪：《金明馆丛稿初编》，三联书店 2001 年版。

45. 余英时：《士与中国文化》，上海人民出版社 2003 年版。

46. 宗白华：《意境》，北京大学出版社 1997 年版。

47. 徐复观：《中国艺术精神》，华东师范大学出版社 2001 年版。

48. 李泽厚、刘纲纪：《中国美学史》，安徽文艺出版社 1999 年版。

49. 王锺陵：《中国中古诗歌史》，人民出版社 2005 年版。

50. 罗宗强：《魏晋南北朝文学思想史》，中华书局 1996 年版。

51. 张可礼：《东晋文艺综合研究》，山东大学出版社 2002 年版。

52. 孙昌武：《佛教与中国文学》，上海人民出版社 2007 年版。

53. 普惠：《南朝佛教与文学》，中华书局 2002 年版。

54. 赵益：《六朝南方神仙道教与文学》，上海古籍出版社 2006 年版。

55. 龚鹏程：《书艺丛谈》，山东画报出版社 2007 年版。

56. ［晋］陶潜著，汪绍楹校注：《搜神后记》，中华书局 1981 年版。

57. ［南朝宋］刘义庆：《幽明录》，《鲁迅辑录古籍丛编》本，人民文学出版社 1999 年版。

58. ［南朝宋］孔灵符：《会稽记》，《鲁迅辑录古籍丛编》本，人民文学出版社 1999 年版。

59. 郭廉夫：《王羲之评传》，南京大学出版社 1996 年版。

60. 刘正成主编：《中国书法全集》第 18 卷、第 19 卷，荣宝斋 1999 年版。

61. 吴大新：《红月亮——〈兰亭序〉解读》，西泠印社出版社 2005 年版。

62. 费君清等主编：《海峡两岸越文化研究》，人民出版社 2005 年版。

63. 浙江省文物考古所：《浦阳江流域考古报告之一跨湖桥》，文物出版社 2004 年版。

64. 陈剩勇：《中国第一王朝的崛起》，湖南出版社 1994 年版。

65. 浙江省文物考古研究所编：《河姆渡——新石器时代遗址考古发掘报告》（上下册），文物出版社 2003 年版。

66. 曹锦炎：《鸟虫书通考》，上海书画出版社 1999 年版。

67. 董楚平、金永平：《吴越文化志》，上海人民出版社 1998 年版。

68. 郭沫若主编：《中国史稿》，人民出版社 1976 年版。

69. 梁启超：《饮冰室合集》，东方出版社 1996 年版。

70. 董楚平：《吴越文化新探》，浙江人民出版社 1988 年版。

71. 张正明主编：《楚文化志》，湖北人民出版社 1988 年版。

72. 夏野：《中国古代音乐史简编》，上海音乐出版社 1989 年版。

73. 《顾颉刚选集》，天津人民出版社 1988 年版。

74. 赵辉：《楚辞文化背景研究》，湖北教育出版社 1995 年版。

75. 郭建勋：《先唐辞赋研究》，人民出版社 2004 年版。

76. 金其桢：《中国碑文化》，重庆出版社 2002 年版。

77. 吴纳：《文章辨体序说》，人民文学出版社 1962 年版。

78. ［清］姚鼐：《古文辞类纂》，上海古籍出版社 1998 年版。

79. 范文澜、蔡美彪：《中国通史》，人民出版社 1994 年版。

80. 葛剑雄：《中国移民史》，福建人民出版社 1997 年版。

81. ［唐］杜牧撰，陈允吉校点：《樊川文集》，上海古籍出版社 2007 年版。

82. 邹志方选注：《浙东唐诗之路》，浙江古籍出版社 1995 年版。

83. 韩国磐：《隋唐五代史论集》，三联书店 1997 年版。

84. 瞿蜕园等校注：《李白集校注》，上海古籍出版社 1980 年版。

85. ［后晋］刘昫等修撰：《旧唐书》，中华书局 1975 年标点本。

86. ［宋］欧阳修、宋祁等修撰：《新唐书》，中华书局 1974 年标点本。

87. ［宋］李昉等：《文苑英华》，中华书局 1966 年版。

88. 《韩昌黎文集校注》，上海古籍出版社 1986 年版。

89. 《元稹集》，冀勤点校，中华书局 1982 年版。

90. 蒋寅：《大历诗人研究》，中华书局 1995 年版。

91. ［宋］王存等：《元丰九域志》，中华书局 1984 年点校本。

92. 吴松弟：《北方移民与南宋社会变迁》，台湾文津出版社 1993 年版。

越文学艺术论

93. 吴廷燮:《二十五史补编本》,中华书局1984年版。

94.《全唐诗》,中华书局校点本,中华书局1960年版。

95.《全唐文》,中华书局1983年影印本。

96. 黄侃、刘师培:《中国现代学术经典》,河北教育出版社1996年版。

97. [美]宇文所安:《盛唐诗》,贾晋华译,三联书店2004年版。

98. [清]贺裳:《载酒园诗话》,郭绍虞编《清诗话续编》本,上海古籍出版社1983年版。

99. 中国陆游研究会编:《陆游与越中山水》,人民文学出版社2006年版。

100. [清]王琦注:《李太白全集》,中华书局1977年版。

101. [清]仇兆鳌注:《杜诗详注》,中华书局1979年版。

102. [北魏]郦道元撰,陈桥驿点校:《水经注》,浙江古籍出版社2001年版。

103. [宋]孔延之撰,邹志方点校:《会稽掇英总集》,人民出版社2006年版。

104. [宋]吴曾:《能改斋漫录》,上海古籍出版社1979年版。

105.《白居易集》,顾学颉点校,中华书局1979年版。

106. 缪钺:《诗词散论》,上海古籍出版社1982年版。

107. 袁行霈主编:《中国文学史》,高等教育出版社1999年版。

108. 唐圭璋编:《全宋词》,中华书局1965年版。

109. 孔凡礼编:《全宋词补辑》,中华书局1981年版。

110. 刘扬忠:《唐宋词流派史》,福建人民出版社1999年版。

111. 沈松勤:《唐宋词社会文化学研究》,浙江大学出版社2004年版。

112.《吴梅戏曲论文集》:中国戏剧出版社1983年版。

113.《晦庵先生朱文公文集》,四部丛刊本。

114.《宋张紫微先生集》,《永乐大典》本。

115.《苏轼集》,山西古籍出版社2007年版。

116.《陆放翁全集》,中国书店1986年版。

117. 钱仲联校注:《剑南诗稿校注》,上海古籍出版社1985年版。

118. [宋]陆佃:《陶山集》,武英殿聚珍版。

119. 钱钟书选注:《宋诗选注》,人民文学出版社1997年版。

120. 吴熊和：《唐宋词通论》，浙江古籍出版社 1985 年版。

121. 刘乃昌：《两宋文化与诗词发展论略》，山东大学出版社 2005 年版。

122. 高利华：《越文化与唐宋文学》，人民出版社 2008 年版。

123. 沈善洪、费君清主编：《浙江文化史》（上下册），浙江大学出版社 2009 年版。

124. 陶然：《金元词通论》，上海古籍出版社 2001 年版。

125. ［宋］周密：《浩然斋雅谈》，辽宁教育出版社 2000 年版。

126. ［宋］张炎：《词源》，《词话丛编》本，中华书局 1986 年版。

127. ［宋］张炎：《山中白云词》，中华书局 1983 年版。

128. 夏承焘：《唐宋词人年谱》，上海古籍出版社 1979 年版。

129. ［清］厉鹗：《樊榭山房集》，上海古籍出版社 1992 年版。

130. 《陶宗仪集》，浙江人民出版社 2005 年版。

131. 郭预衡：《中国散文史》，上海古籍出版社 2002 年版。

132. ［明］张岱：《琅嬛文集》，岳麓书社 1985 年版。

133. 刘大杰：《中国文学史》，上海古籍出版社 1982 年版。

134. ［明］张岱著，夏咸淳校点：《张岱诗文集》，上海古籍出版社 1991 年版。

135. ［明］张岱：《四书遇》，浙江古籍出版社 1985 年版。

136. 郑振铎：《插图本中国文学史》，人民文学出版社 1957 年版。

137. ［明］张岱：《石匮书》，上海古籍出版社 2008 年版。

138. ［明］张岱撰，高学安等标点：《快园道古》，浙江古籍出版社 1986 年版。

139. ［明］王骥德：《曲律》，《中国古典戏曲论著集成》本，中国戏剧出版社 1959 年版。

140. 佘德余：《越中曲派研究》，中国文联出版社 2000 年版。

141. 《徐渭集》，中华书局 1983 年版。

142. 钱伯城笺校：《袁宏道集笺校》，上海古籍出版社 1981 年版。

143. 吴光等编校：《王阳明全集》，上海古籍出版社 1992 年版。

144. ［清］钱谦益：《列朝诗集小传》，上海古籍出版社 2008 年版。

145. ［清］张廷玉等：《明史》，中华书局 1984 年版。

越文化通论

主要参考文献

146. 罗月霞主编:《宋濂全集》,浙江古籍出版社 1999 年版。

147.《诚意伯文集》,《四库全书》文渊阁本,上海古籍出版社 1987 年影印。

148. [明]胡应麟:《诗薮》,中华书局 1958 年版。

149. [清]顾嗣立编选:《元诗选》,中华书局 2002 年版。

150. [清]赵翼:《廿二史札记》,中国书店 1987 年版。

151. 吴承学:《晚明小品研究》,江苏古籍出版社 1999 年版。

152. 周明初:《晚明士人心态及文学个案》,东方出版社 1997 年版。

153. [清]沈德潜:《古诗源》,文学古籍刊行社 1957 年版。

154. 任访秋:《中国新文学渊源》,河南人民出版社 1986 年版。

155. 吴光等编校:《刘宗周全集》,浙江古籍出版社 2007 年版。

156. 沈善洪主编:《黄宗羲全集》,浙江古籍出版社 2005 年版。

157. [清]黄宗羲:《明夷待访录》,中华书局 1982 年版。

158. [清]黄宗羲等:《明儒学案》,中华书局 1985 年版。

159. [清]章学诚撰,叶瑛校注:《文史通义校注》,中华书局 1985 年版。

160. 钱穆:《中国近三百年学术史》,东方出版社 1996 年版。

161. 梁启超:《清代学术概论》,上海古籍出版社 1998 年版。

162. 汪蔚林编:《孔尚任诗文集》,中华书局 1962 年版。

163. 秋瑾:《秋瑾集》,上海古籍出版社 1979 年版。

164. 周芾棠等辑:《秋瑾史料》,湖南人民出版社 1981 年版。

165. 郭延礼编:《秋瑾研究资料》,山东教育出版社 1987 年版。

166. [法]西蒙波伏娃:《第二性》,桑竹等译,湖南文艺出版社 1988 年版。

167. 张京媛主编:《当代女性主义文学批评》,北京大学出版社 1992 年版。

168. [美]玛丽·伊格尔顿编:《女权主义文学理论》,湖南文艺出版社 1989 年版。

169. 王嘉良:《"浙江潮"与中国新文学》,文化艺术出版社 2004 年版。

170. 龚产兴编:《任伯年研究》,天津人民美术出版社 1982 年版。

171. 王建华等主编:《白马湖文学研究》,上海三联书店 2007 年版。

172.《叶圣陶散文乙集》,三联书店 1984 年版。

173. 王保生编:《俞平伯散文选集》,上海文艺出版社 1983 年版。

174.《丰子恺文集》,浙江文艺出版社、浙江教育出版社 1992 年版。

175. 丰子恺:《缘缘堂随笔集》,浙江文艺出版社 1983 年版。

176. 方修:《马华文学史论》,香港三联书店 1986 年版。

177. 王润华:《华文后殖民文学——中国、东南亚个案研究》,学林出版社 2001 年版。

178.《鲁迅全集》,人民文学出版社 2005 年版。

179. 陈方竞:《鲁迅与浙东文化》,吉林大学出版社 1999 年版。

180. 韩山元:《鲁迅与马华新文学》,新加坡风华出版社 1977 年版。

181. 夏志清:《中国现代小说史》,香港友联出版社 1979 年版。

182.《伍尔芙随笔全集》,王义国等译,中国社会科学出版社 2001 年版。

越文化
通论

后　记

　　越地地处长江下游,"西则迫江,东则薄海",特殊的地理位置和河网密布、丘陵蜿蜒、田畴纵横、优美旖旎的自然环境,使越地深得海岳之精华、山川之灵气,尤其适宜于文艺人才的孕育和成长。身为越人的鲁迅曾自豪地说:"于越故称无敌于天下,海岳精液,善生俊异,先后络绎,展其殊才。"在中国文学艺术的发展历程中,越地确实以层出不穷的大家引领着时代的潮流。要对越地的文学艺术及其成就作全面的梳理和论述实在是一项艰难而巨大的工程。

　　越文学艺术论的研究范畴很广,研究的现象比较复杂。在时间上贯穿古今,内容上涉及文学、艺术等诸多门类。尽管我在申报课题之前对此有所关注、有所积累,但在课题立项的两年内要完成既定目标,实非一人之力所能胜任。因此,我在拟定总体纲目次以后,特别邀请了两位同行共同参与课题的研究,他们的加盟和通力合作为本书的顺利完成提供了有力的保障。邹贤尧教授是浙江师范大学文化创意与传播学院的学术骨干,他长期从事中国现当代文学的教学与研究工作,思维活跃,成果丰硕,近年来著有

《广场上的狂欢——当代流行文学艺术研究》(中国社会科学出版社)和《征服时空——鲁迅影响论》(新星出版社)等,并在《文学评论》、《文艺争鸣》、《鲁迅研究月刊》、《江西社会科学》、《海南师范大学学报》等上发表论文四十多篇,多篇论文被人大复印资料全文转载,是完成《越文学艺术论》现、当代部分的不二人选。渠晓云博士是绍兴文理学院人文学院副教授,她主要致力于魏晋南北朝文学和地域文化的研究,著有《六朝文学与越地文化》(人民出版社),近年来在《江西社会科学》、《中国文化研究》、《六朝学刊》(台湾)等学术期刊发表论文近20篇,主持完成省厅各级课题3项,对六朝文学文化的研究用力很深。由于课题组成员都是高校学有专攻的教师,平时一直从事相关领域的研究,这使得课题的研究工作进展得比较顺利,合作也很愉快。

区域文化背景下的文学艺术繁荣现象的描述和特征的剖析是本课题研究的重点。我们运用了史、论结合的方法,在纵向展示越地各个时期文学艺术成就的同时,概括每个不同历史阶段的个性特征,阐述越文学艺术形成发展基本路径及其显著的地域特征。

本书一共7章,近40万字,我们是这样分工的:由我负责全书的纲目设计和修订,具体承担第一、二、三、五、六章的著述,渠晓云博士负责第四章著述,邹贤尧教授负责第七章著述,最后由我负责统稿审定。初稿去年已成,后又经过多次认真修订,到今年年初方才定稿。每一次修改总有许多感慨,杜甫说"文章千古事,得失寸心知",即将付梓,心里还不免存有很多遗憾。

感谢学校领导和同事们的敦促和勉励,感谢顾琅川教授、陈望衡教授、孟文镛教授对本书的审读和帮助,感谢责任编辑陈来胜老师的辛勤劳动。2010年是绍兴建城2500年,是越文化发展历程中值得回眸的一年,赶在这一年出版,也是值得永久记忆的。

高利华

2010 年 11 月于风则江畔

越文化通论

后记